Von Jae außerdem lieferbar

Tintenträume
Ein Happy End kommt selten allein
Alles nur gespielt
Aus dem Gleichgewicht
Hängematte für zwei
Herzklopfen und Granatäpfel
Vorsicht, Sternschnuppe
Cabernet & Liebe

Die Gestaltwandler-Serie:
Vollmond über Manhattan

Die Hollywood-Serie:
Liebe à la Hollywood
Im Scheinwerferlicht
Affäre bis Drehschluss

Die Portland-Serie:
Auf schmalem Grat
Rosen für die Staatsanwältin

Die Serie mit Biss:
Zum Anbeißen
Coitus Interruptus Dentalis

Fair-Oaks-Serie:
Perfect Rhythm – Herzen im Einklang
Beziehung ausgeschlossen

Oregon-Serie:
Westwärts ins Glück (Bd. 1 & 2)
Angekommen im Glück
Verborgene Wahrheiten (Bd. 1 & 2)
Lektionen der Liebe

Eine Mitbewohnerin zum Verlieben

Jae

Kapitel 1

Der Abend würde kein gutes Ende nehmen. Steph wusste es in dem Moment, als Marissa, die Komikerin, die vor ihr an der Reihe war, das Mikrofon aus dem Ständer zog und es sich dabei versehentlich auf die Nase schlug.

Der Rest ihrer Nummer lief auch nicht besser.

Da die Kneipe keine Garderobe hatte, in der die Künstler auf ihren Auftritt warten konnten, saß Steph an der Bar und musste den Untergang ihrer Kollegin aus nächster Nähe miterleben.

Marissa hielt das Mikro mit beiden Händen umklammert, so als wollte sie ein Gedicht aufsagen. »Hat in letzter Zeit jemand eine Saftkur gemacht?«

Steph stöhnte leise. Eine Saftkur? Ausgerechnet dieses Material hatte sie für eine ländliche Gegend in Idaho gewählt?

Die Leute im Publikum sahen Marissa an, als hätte sie gefragt, ob jemand einen Dinosaurier als Haustier halte.

Marissa schien es nicht zu bemerken und machte weiter im Text. »All meine Freundinnen schwören darauf. Sie sagen, man bekommt davon eine reinere Haut und einen flachen Bauch. Aber bei mir hat es lediglich einen Kater am nächsten Morgen bewirkt. Woher hätte ich auch wissen sollen, dass Piña colada nicht als Saft zählt?«

Die Pointe brachte ihr ein mitleidiges Lächeln von einer Frau in der ersten Reihe ein. Zwei Männer weiter hinten im Raum standen auf und kehrten an die Billardtische zurück. Der Geräuschpegel in der Bar stieg, als die Leute ihre Unterhaltungen fortsetzten.

Trotz des tiefen Ausschnitts konnte nicht einmal Marissas hautenges Oberteil ihr die Aufmerksamkeit des Publikums sichern. Schweiß glänzte auf ihrer Stirn und sie fing an, schneller zu sprechen, wodurch sie alles nur noch schlimmer machte.

Na toll. Steph war nicht begeistert, nach ihr auf die Bühne zu müssen. Erst hatte sie sich gefreut, als sie erfahren hatte, dass sie mit einer Kollegin zusammenarbeiten würde. Stand-up-Comedy war immer noch ein von Männern dominiertes Geschäft. Oft war Steph die einzige Frau und die einzige nicht heterosexuelle Person auf der Bühne. Aber nachdem Marissa derart versagt hatte, würde Steph sich noch mehr anstrengen müssen, um zu beweisen, dass Frauen sehr wohl lustig sein konnten. Ihre männlichen Kollegen kannten dieses Problem nicht. Niemand beurteilte sie danach, ob der Kerl vor ihnen gescheitert war. Das war einfach nicht fair und machte Steph noch entschlossener, es allen zu zeigen.

»Kann ich dir noch einen Drink bringen … oder sonst irgendetwas?«, fragte die Barkeeperin.

Steph drehte sich zu ihr um und musterte die hübsche Rothaarige. Bildete sie sich das nur ein oder hatte in ihrer Stimme ein koketter Unterton mitgeschwungen?

»Du siehst aus, als könntest du einen gebrauchen«, fügte die Barkeeperin mit einem Augenzwinkern hinzu.

Ja, sie flirtete definitiv. In der Tat konnte Steph einen Drink gut gebrauchen, um Marissas Auftritt zu überstehen, und das Flirten war eine ihrer Lieblingsbeschäftigungen. Am Anfang ihrer Comedykarriere hätte sie das Getränk und jedes andere Angebot der Rothaarigen sofort angenommen, aber die vergangenen zehn Jahre hatten sie viel gelehrt. Mittlerweile mied sie Alkohol vor ihren Auftritten und sie hatte auf die harte Tour gelernt, sich nie mit den Mitarbeitern in den Clubs und Bars einzulassen, in denen sie auftrat.

Schade eigentlich. Die Rothaarige war richtig süß. Steph lächelte ihr dankbar zu. »Danke. Aber ich bleibe lieber nüchtern. Je nachdem, wie das hier weitergeht«, sie deutete in Richtung Bühne, »muss ich nach meinem Auftritt vielleicht schnell die Biege machen.«

»Das bezweifle ich. Ich kann mich noch vom letzten Jahr an dich erinnern. Du bist gut.« Die Barkeeperin blickte zu Marissa. »Was man von ihr nicht gerade sagen kann.«

Beide schwiegen und hörten Marissa eine Weile zu.

»… und dann stieß er meinen Selfiestick beiseite und sagte …« Marissa machte nervös einen Schritt auf die Bühnenkante zu, trat dabei auf das Kabel und zog es aus dem Mikro. Ihre Stimme wurde mitten in der Pointe abgeschnitten. Vielleicht war das letzten Endes doch ein Segen, denn das Kleinstadtpublikum konnte mit Marissas Großstadthumor nichts anfangen.

Komm schon. Schau dir die Gesichter der Leute an!

Marissa schaffte es irgendwie, das Mikrofon wieder anzuschließen, und kämpfte sich durch den Rest ihrer Nummer.

Steph wusste nicht, wer erleichterter war, als der Auftritt schließlich endete: Marissa oder die Zuschauer. Mit einem gemurmelten »Dieser Witz läuft normalerweise besser« floh sie von der Bühne.

Der Barbesitzer nahm das Mikrofon und starrte ihr nach, als würde er bereuen, eine Frau für seine Comedyshow angeheuert zu haben. »Danke. Das war, ähm, interessant. Einen Riesenapplaus für Marissa Jones, bitte!«

Das Publikum klatschte ohne echte Begeisterung.

»Seid ihr bereit für den Star unseres heutigen Abends?«, fragte der Barbesitzer und täuschte einen vergnügten Tonfall vor. »Herzlich Willkommen, Tiffany Renshaw!«

Steph stöhnte. Er hatte es geschafft, sie im zweiten Jahr in Folge mit dem falschen Namen anzukündigen.

Aber sie war eine professionelle Komikerin, also lächelte sie, als sie die Bühne betrat. Auf keinen Fall würde sie zulassen, dass er sie aus der Fassung brachte. Sie schüttelte ihm die Hand und nahm ihm das Mikrofon ab. »Vielen Dank, aber eigentlich heiße ich Stephanie Renshaw.« Sie wandte sich dem Publikum zu und bedachte die Zuschauer mit einem verschwörerischen Grinsen. »Jemand sollte ihm mal sagen, dass ein Mann sich um Kopf und Kragen reden kann, wenn er im falschen Moment den falschen Namen sagt.«

»Ach, das weiß er bereits, Schätzchen«, rief die Ehefrau des Barbesitzers aus der letzten Reihe.

Das brachte ihr den ersten richtigen Lacher des Abends ein.

Grinsend begann Steph ihr Programm und vergaß alles andere – ihre Frustration über Marissa, das heruntergekommene Hotel, in dem sie übernachtet hatte, und die tausenddreihundert Kilometer zurück nach Los Angeles, die vor ihr lagen. So erging es ihr immer. Die Bühne war der einzige Ort, an dem sie sich zu Hause fühlte. Als reisende Komikerin das ganze Jahr unterwegs zu sein, machte schon seit einer Weile keinen Spaß mehr, aber dieses Gefühl hielt sie dennoch bei der Stange.

Ehe sie sichs versah, war die Stunde vorüber und sie setzte zu ihrem letzten Witz an. »Weil Halloween ist, möchte ich noch kurz über etwas richtig Furchteinflößendes sprechen: das Liebesleben der meisten Komiker. Ist euch je aufgefallen, dass die meisten von uns entweder single oder geschieden sind? Anscheinend sind Sarkasmus und ständige Abwesenheit keine begehrenswerten Eigenschaften für einen Partner. Wer hätte das gedacht?« Sie fasste sich an die Brust und tat überrascht. »Außerdem musste ich feststellen, dass Fertignudeln nicht als romantisches Abendessen gelten und dass die meisten Leute es nicht attraktiv finden, wenn ich bei der ersten Verabredung Notizen für Witze mache, während sie mir ihre Lebensgeschichte erzählen.«

Das Publikum lachte.

»Ich bin also single. Ja, ich weiß, das schockt euch jetzt.« Spielerisch warf sie ihre zerzausten Haare über die Schulter zurück.

Vom Publikum kam ein vorgetäuscht mitleidiges »Oooh.«

»Keine Sorge. Das ist durchaus so gewollt. Nicht von mir, nur von meinen potenziellen Partnern, aber immerhin.« Das stimmte nicht, aber es brachte ihr immer einen Lacher ein, deshalb hatte sie den Witz im Programm behalten.

»Ich würde dich nehmen, Kleine«, rief einer der Männer, die von den Billardtischen zurückgekommen waren.

»Tut mir leid. Das wäre all meinen anderen Verehrern gegenüber nicht fair«, antwortete Steph, ohne zu zögern. »Nun ja, jedenfalls denken meine Eltern, ich hätte ein schlechtes Urteilsvermögen, was meine Partnerwahl angeht. Entweder das oder aber ein schlechtes Sehvermögen. Ich hatte mal einen richtig muskulösen Freund. Er trug sogar ständig eine dieser Gewichtsmanschetten um das Fußgelenk und ich dachte: Ist ja toll, der macht etwas für seine Fitness.« Sie schlüpfte in seine Rolle und hüpfte auf einem Bein über die Bühne, um den Zuschauern zu zeigen, wo das Gewicht gewesen war. Dann setzte sie eine Kunstpause, bevor sie zur Pointe kam. »Es hat sich dann als elektronische Fußfessel herausgestellt. Er hatte vergessen zu erwähnen, dass er auf Bewährung draußen war.«

Das Publikum brüllte vor Lachen und ein Kerl mit einem Cowboyhut knallte seinen Bierkrug auf die Theke, während er sich wiehernd vornüberbeugte.

Das Gelächter schwappte wie eine Welle über Steph hinweg und sie ließ sich wie eine Weltklassesurferin davon tragen. Das Adrenalin schoss durch ihre Adern und sie konnte nicht anders, als mitzulachen. Nichts konnte das Gefühl übertreffen, einen Saal voller fremder Menschen zum Lachen zu bringen.

Als sie dem Publikum dankte und die Bühne verließ, begegnete sie dem Blick der süßen Barkeeperin.

Okay, womöglich war Sex noch besser. Schade, dass sie sich eisern an die Regel hielt, die Finger nicht nur von Leuten mit Fußfesseln, sondern auch von Mitarbeitern ihrer Veranstalter zu lassen.

Das Hochgefühl der Bühne ließ langsam nach, als Steph über den Parkplatz der Bar zu ihrem Mini Cabrio ging.

»Stephanie? Warte!« Die Stimme einer Frau ließ sie innehalten.

Steph grinste breit. Scheinbar wollte die süße Barkeeperin sie nicht ohne eine Verabschiedung gehen lassen.

Doch als sie sich umdrehte, war es nicht die Rothaarige, die ihr gefolgt war, sondern Marissa. »Fährst du ins Hotel zurück?«

»Nein, nach einem Auftritt bin ich immer hellwach, deshalb kann ich die Zeit genauso gut dazu nutzen, schon mal ein paar hundert Kilometer in Richtung L.A. zu fahren. Wenn ich müde werde, nehme ich mir einfach unterwegs irgendwo ein Zimmer.«

»Kann ich mitfahren?«, fragte Marissa. »Ich bin mit dem Greyhoundbus hergekommen, weil meine Gage nicht einmal die Benzinkosten abdeckt.«

Greyhound? Das war echte Hingabe an ihren Beruf. »Klar. Steig ein. Mein Auto ist nicht groß, aber es riecht sicher besser als der Bus.«

»Danke.« Marissa quetschte ihren Rucksack in den Kofferraum neben Stephs Reisetasche.

Sie stiegen ins Cabrio und fuhren die ersten Kilometer, ohne etwas zu sagen. Doch Steph spürte, was auf sie zukam, und deshalb war sie nicht überrascht, als Marissa im Flüsterton fragte: »Das war richtig schlecht, oder?«

Steph hatte nicht vor zu lügen, aber sie wollte ihre Kollegin auch nicht entmutigen. »Jeder vergeigt mal einen Auftritt. Das gehört dazu.«

»Ja, aber ich verstehe nicht, wie das passieren konnte. In L.A. spiele ich dasselbe Material ständig und es funktioniert jedes Mal.«

»Du kannst nicht überall dieselben Witze bringen. Die Leute aus einer Kleinstadt in Idaho können mit Saftkuren, Piña coladas und dem Stoßverkehr in L.A. einfach nichts anfangen.«

»Hm. Da könntest du recht haben.« Marissa zog ihr Handy aus der Tasche und fing an, sich Notizen zu machen. »Hast du sonst noch irgendwelche Ratschläge?«

Steph warf ihr aus dem Augenwinkel einen Blick zu. Wann war aus ihrer Unterhaltung eine kostenlose Beratung geworden? Aber sie hatte jede Menge Zeit, also konnte sie genauso gut auch einer Kollegin helfen. Sie deutete auf Marissas tief ausgeschnittenes Oberteil. »Ich würde mal einen Blick in deinen Kleiderschrank werfen, wenn ich du wäre. Versteh mich nicht falsch. Ich bin die Letzte, die sich darüber beschwert, wenn eine Frau ein hautenges Top trägt.« Steph lachte. »Aber wenn du willst, dass man dich ernst nimmt, dann solltest du die Leute mit deiner Comedy beeindrucken, nicht mit deinem Dekolleté.«

Marissa errötete und zupfte am Ausschnitt ihres Oberteils herum. »Heißt das, du bist lesbisch? Dann waren all die Witze über deinen schlechten Geschmack, was Männer angeht, komplett erfunden?«

»Nein, das stimmt alles.« Steph grinste. »Ich bin bisexuell, was in meinem Fall bedeutet, dass ich einen schlechten Geschmack habe, was Männer *und* Frauen angeht.«

Ein Kichern kam vom Beifahrersitz. »Mensch, du bist lustig. Wenn du mich nach so einem Abend zum Lachen bringen kannst, bist du richtig gut.«

»Wenn du lange genug durchs Land tourst, wirst du auch irgendwann richtig gut.« *Oder du läufst mit eingezogenem Schwanz nach Hause zurück,* fügte sie in Gedanken hinzu. Aber bei ihr war das anders, oder? Sie kehrte aus einem völlig anderen Grund nach L.A. zurück.

Marissa seufzte. »Du hast recht. Mit den Fünf-Minuten-Auftritten, die ich in L.A. ergattern kann, komme ich einfach nicht voran. Ich brauche mehr Zeit auf der Bühne und die bekomme ich nur, wenn ich auf Tour gehe. Aber ich bin gerade mal seit drei Wochen unterwegs und hasse es jetzt schon. Ich dachte, jede Woche in einer neuen Stadt zu sein, wäre ein tolles Abenteuer, aber …«

»Wem sagst du das? Außer einer Woche im Sommer war ich das ganze Jahr unterwegs, habe aus dem Koffer gelebt und mich von ungesundem Zeug ernährt.«

»Aber jetzt hast du vor, in L.A. zu bleiben?«, fragte Marissa.

»Ja. Seien wir mal ehrlich. Niemand ist je in einer kleinen Bar im südlichen Idaho entdeckt worden. Den großen Durchbruch schaffe ich nur in der Stadt des Sonnenscheins und des Smogs. Das habe ich jedenfalls vor, vorausgesetzt, ich finde irgendwie eine Wohnung, ohne dafür ein paar Organe verkaufen zu müssen.«

»Falls du einen Platz zum Übernachten brauchst, ich habe eine Schlafcouch«, sagte Marissa.

Das war eines der Dinge, die Steph am Komikerdasein so gefielen. Obwohl alle um die wenigen Auftrittsmöglichkeiten konkurrierten, gab es einen unausgesprochenen Ehrenkodex unter Comedians. Wenn ein Kollege für ein paar Tage eine Bleibe brauchte, stellte man ungefragt eine zur Verfügung.

»Danke, aber zum Glück lebt meine Schwester in L.A. Ich kann ihr Gästezimmer haben, so lange ich möchte.«

»Ach, das wird sicher nett.«

»Mehr oder weniger. Meine Schwester hat einen Ordnungs- und Putzfimmel. Das ist also ungefähr so, als würde man noch zu Hause wohnen.« Zum Glück war Claire etwas entspannter geworden, seit sie mit Lana zusammen war. Das war einer von vielen Gründen, warum Steph ihre zukünftige Schwägerin so sehr mochte.

»Ich weiß, was du meinst«, sagte Marissa. »Meine Schwester ist genauso. Oh, Moment! Sie und ihr Freund ziehen von L.A. nach New York und sind auf der Suche nach einem Nachmieter für ihre Dreizimmerwohnung. Ich glaube, sie haben noch keine Annonce geschaltet. Soll ich sie mal anrufen?«

»Kommt drauf an, wie hoch die Miete ist. Wie ich eben schon gesagt habe, ich hänge ziemlich an meinen Nieren.«

»Die Miete ist eigentlich ganz vernünftig, vor allem, wenn man bedenkt, dass die Wohnung an der Ecke Melrose und Sweetzer liegt«, sagte Marissa.

Wäre Steph ein Hund gewesen, hätte sie jetzt die Ohren gespitzt. Eine halbwegs erschwingliche Wohnung so nah an zwei der großen Comedyclubs zu finden, war ungefähr so wahrscheinlich, als träfe man mitten auf der Autobahn auf ein Zebra. Es war fast zu schön, um wahr zu sein. »Was genau heißt ›eigentlich ganz vernünftig‹?«

»Um die zweitausendzweihundert Dollar im Monat.«

An den meisten anderen Orten des Landes war das Wucher, aber für eine solch zentrale Lage in L.A. konnte man die Miete fast schon günstig nennen. Trotzdem konnte sie sich diese Summe von ihrer mickerigen Gage als Komikerin nicht leisten. Aber vielleicht war es machbar, wenn sie ihre Freundin Penny dazu brachte, sie wieder als Hundeausführerin einzustellen, und sich außerdem ein paarmal pro Woche als Uber-Fahrerin verdingte. »Weißt du was? Ruf deine

Schwester an. Wenn ich einen Mitbewohner finde, der pünktlich die Hälfte der Miete bezahlt, könnte es klappen.«

Marissa schlug sich auf die Stirn. »Mist. Tut mir leid. Vergiss, dass ich die Wohnung je erwähnt habe.«

»Was? Warum denn?«

»Der Hausbesitzer vermietet nicht an Singles«, sagte Marissa. »Irgendwas muss wohl einmal passiert sein, aber ich habe nie erfahren, was. Ich weiß nur, dass er keine Alleinstehenden und keine WGs will.«

Steph runzelte die Stirn. »Hört sich nach Diskriminierung an.«

»Nur, wenn du es vor Gericht beweisen kannst. Echt schade. Es ist ein tolles Viertel. Schön ruhig, aber trotzdem ganz in der Nähe vom Improv und der Fun Zone. Außerdem unterliegt die Wohnung der Mietpreisbindung und es gehören sogar zwei Parkplätze und eine Waschmaschine dazu. Wenn ich nicht vorhätte, den Großteil des Jahres von einer Bühne zur nächsten zu tingeln, würde ich selbst einziehen.«

»Mist.« Steph schlug mit der Faust aufs Lenkrad. »Für so eine Wohnung würde ich, wenn's sein müsste, sogar heiraten.«

»Tut mir leid«, sagte Marissa.

Beide schwiegen eine Weile. Nur das Radio und das monotone Geräusch der Reifen auf der Fahrbahn unterbrachen die Stille. Die Worte, die sie eben gesagt hatte, hallten Steph noch durch den Kopf. *Für so eine Wohnung würde ich sogar heiraten.* So weit würde sie natürlich nicht gehen, dafür genoss sie ihre Freiheit als Junggesellin zu sehr. Aber das brauchte der Vermieter ja nicht zu wissen. Was wäre, wenn sie es mit demselben Trick versuchte, den ihre Schwester letztes Jahr abgezogen hatte? Claires Verlobte hatte mit ihr Schluss gemacht. Um die Veröffentlichung ihres Beziehungsratgebers nicht zu gefährden, hatte Claire kurzerhand eine arbeitslose Schauspielerin engagiert, um die Rolle ihrer zukünftigen Braut zu spielen.

Vielleicht könnte Steph etwas Ähnliches tun? In einer Stadt wie Los Angeles sollte es nicht schwer sein, jemanden zu finden, der genauso verzweifelt nach einer bezahlbaren Wohnung suchte und bereit war, vor dem Vermieter ihre bessere Hälfte zu spielen.

Die Idee war genial. Zumindest solange ihr nicht dasselbe passierte wie Claire, die sich in ihre angebliche Partnerin verliebt hatte.

Doch das dürfte ihr nicht weiter schwerfallen, denn von Liebe hielt sie nicht viel. Ihr Mitbewohner und sie würden sich nur die Wohnung teilen, nicht das Bett. Sobald der Mietvertrag unterschrieben war, konnten beide sich wieder den Freuden des Singledaseins hingeben.

Jetzt musste sie nur noch jemanden finden, der bereit war, bei ihrem tollkühnen Plan mitzumachen. Sie grinste, als sie sich die Internetanzeige vorstellte: *Suche Mitbewohner oder Mitbewohnerin für Dreizimmerwohnung. Zentral gelegen, mit Parkplatz, Waschmaschine und vorgetäuschter Beziehung.*

Als sie die Staatsgrenze nach Nevada überquerten, vertrieb sich Steph noch immer die Zeit damit, sich amüsiert vorzustellen, welche Sorte Mensch wohl auf eine solche Anzeige antworten würde. Sie konnte es kaum erwarten, die- oder denjenigen kennenzulernen.

Kapitel 2

Rae blinzelte in die Dunkelheit vor dem Comedyclub und bemühte sich, die Leute in der Warteschlange im Auge zu behalten. Das grelle Licht der blinkenden Neonreklame störte sie. Schon jetzt graute ihr vor der Heimfahrt nach der Spätvorstellung. Leider war die Verbindung mit öffentlichen Verkehrsmitteln in L.A. genauso bescheiden wie ihre Fähigkeit, im Dunkeln zu sehen, sodass ihr keine andere Wahl blieb, als sich selbst hinters Steuer zu setzen.

Wenn sie doch nur endlich eine Wohnung in der Nähe des Clubs fände.

Das wird nicht passieren. Hör auf zu jammern und konzentriere dich auf deine Arbeit.

»Hey, Neue!«

Die Stimme, die unvermittelt hinter ihr erklang, trieb ihren Puls in die Höhe, doch sie versuchte, sich nichts anmerken zu lassen, und drehte langsam den Kopf.

Brandon Zimmerman, einer ihrer Kollegen, tauchte in ihrem Gesichtsfeld auf. Er hatte an der Tür direkt neben ihr Stellung bezogen.

Scheiße. Sie konnte es sich nicht leisten, solche Dinge zu übersehen und während der Arbeit Schwäche zu zeigen.

Brandon verschränkte seine muskulösen Arme vor der Brust und bedachte Rae mit einem Grinsen. »Soll ich die Tür übernehmen, während du die Damentoilette im Auge behältst? Letzten Monat hat ein Mädchen zu viel getrunken und ist da drin umgekippt.«

Dachte er tatsächlich, dass Rae als die einzige Frau im Team nur dazu gut war, die Damentoilette zu überprüfen?

Rae sah ihm in die Augen, obwohl sie mit ihren eins achtundsiebzig nicht ganz an seine beeindruckende Größe heranreichte. Sie fixierte ihn mit einem Blick, der selbst den abgebrühtesten Kriminellen Angst und Schrecken eingejagt hatte. »Lass uns eines klarstellen: Ich wurde für den gleichen Job wie du eingestellt. Wenn du denkst, ich bin nur hier, um kotzende Mädchen aus der Toilette zu holen, hast du –«

Laute Stimmen aus dem Club unterbrachen sie.

Die Frühvorstellung würde erst in zehn Minuten enden, es konnte sich also nicht um Zuschauer handeln, die sich vordrängelten, um als Erste ein Selfie mit den Komikern zu machen.

»Du kannst mich nicht rauswerfen, Arschloch«, schrie ein Mann in der Lobby. Seine Stimme klang verwaschen, als hätte er zu viel getrunken. »Ich hab 'ne Eintrittskarte. Ich hab bezahlt, Mann.«

»Alle anderen Zuschauer aber auch, und die wollen die Comedians hören, nicht Ihr Geschwätz«, antwortete Carlos, einer der Türsteher. »Ich habe Ihnen dreimal gesagt, Sie sollen endlich die Klappe halten.«

»Das ist der Kerl, der sich vorhin darüber beschwert hat, dass er mindestens zwei Getränke bestellen muss«, sagte Brandon zu Rae.

Sie schnaubte. Der Typ war total betrunken. Ganz sicher hatte er mehr als zwei Drinks intus. Er hatte nur nach einem Grund gesucht, um Ärger zu machen. »Weißt du was? Ich hab meine Meinung geändert. Du kannst die Tür übernehmen. Ich kümmere mich um ihn.«

»Bist du sicher?« Eine Sorgenfalte grub sich zwischen Brandons Augenbrauen ein.

»Natürlich.« Nach zwei relativ ereignislosen Wochen im neuen Job war das endlich ihre Chance, sich und ihren Kollegen zu beweisen, dass sie mit schwierigen Gästen umgehen konnte. Ohne auf weitere Einwände von Brandon zu warten, betrat sie an ihm vorbei den Club und hielt auf Carlos zu.

Dieser hatte den Gast am Arm gepackt, um ihn nach draußen zu befördern.

Himmel, der Typ war ein Hüne. Er überragte sogar Carlos, der selbst nicht gerade klein und schmächtig war. Wenn sie nicht aufpassten, konnte die Situation schnell eskalieren.

Rae hob die Hand, um sie auf das Holster ihrer Beretta zu legen, doch ihre Finger griffen ins Leere. Sie ballte eine Faust. Selbst nach acht Monaten vermisste sie das vertraute Gewicht ihrer Dienstwaffe und das, wofür sie stand.

Hör mit dem Selbstmitleid auf. Das hier ist jetzt dein Job.

Als sie die Lobby durchquerte, versuchte sie, sich einzureden, dass sie solche Situationen schon tausendmal ohne Waffe gemeistert hatte. Irgendwie war es ihr immer gelungen, selbst den aggressivsten Gegner nur mit ihren Worten zum Aufgeben zu bewegen. Mit einer Ausnahme.

Denk nicht daran. Du schaffst das.

Ruhig ging sie auf die beiden Männer zu und achtete dabei darauf, nicht zwischen sie zu geraten oder dem Kerl zu nahe zu kommen. Sein Gesicht war rot angelaufen und er wirkte, als würde er gleich zuschlagen.

Schweiß lief ihren Rücken hinab und durchtränkte das schwarze Hemd unter ihrem Jackett, doch sie wusste, dass ihre Miene undurchdringlich war. Auf ihr Pokerface konnte sie sich verlassen. »Was ist hier los, Sir?«

»Dieser verfickte Arsch will mich rauswerfen!« Der Mann versuchte, sich aus Carlos' Griff zu befreien, und stieß ihn dabei gegen eine Säule, an der ein Plakat mit den Komikern des Abends hing.

Carlos hielt ihn hartnäckig fest.

Rae wusste, dass gleich die Fäuste fliegen würden. »Lass ihn los, Carlos.«

Ihr Kollege starrte sie an, als wären ihr Hörner gewachsen.

Mann, hatte ihm denn niemand beigebracht, wie man eine gefährliche Situation deeskalieren konnte? Sie musste nachher unbedingt mit ihm reden.

»Ich würde gern mit ihm sprechen und seine Sicht der Dinge hören«, sagte Rae.

Der Betrunkene richtete sich auf, schwankte dabei aber und warf Carlos einen triumphierenden Blick zu.

»Lass ihn los, Carlos«, sagte Rae, diesmal mit mehr Nachdruck.

»Wenn das schiefgeht, bist du schuld.« Carlos ließ endlich los.

Der Mann taumelte und wäre fast gestürzt.

Rasch griff Rae nach seinem Ellbogen, verfehlte ihn aber. Sie knirschte mit den Zähnen. Beim zweiten Versuch gelang es ihr, seinen Arm zu fassen. »Hier drin wird es gleich ziemlich laut, wenn die Vorstellung endet. Lassen Sie uns draußen reden.«

Der betrunkene Kerl warf Carlos noch einen letzten Blick zu, dann folgte er ihr wie ein gut erzogener Schoßhund.

Da draußen schon die Gäste für die nächste Vorstellung Schlange standen, führte sie ihn zur Hintertür. Draußen regte er sich über das Zwei-Getränke-Minimum und die überteuerten Hähnchenflügel auf.

Sie hörte geduldig zu, doch als er anfing, sich über die Parkgebühren zu beschweren, hob sie die Hand. »Tut mir leid, dass Sie so schlechte Erfahrungen mit unserem Club gemacht haben. Vermutlich ist es das Beste, wenn Sie nicht wiederkommen.« Ohne eine Antwort abzuwarten, schlüpfte sie zurück in den Club, schloss die Tür zwischen ihnen und verriegelte sie. Bis ihm klar wurde, dass sie nicht die Absicht hatte, ihn wieder hereinzulassen, war sie schon am anderen Ende der Lobby.

Carlos stieß einen Pfiff aus. »Ich hätte nicht gedacht, dass wir es schaffen, ihn vor die Tür zu setzen, ohne dass die eine oder andere Nase gebrochen wird. Darunter meine. Wo hast du den Trick gelernt?«

»LAPD.«

»Verdammt, du bist ein Bulle?«

»War ich.«

»Wow.« Carlos sah sie an, als wäre sie eine Superheldin nur ohne roten Umhang. »Ich habe auch versucht, in die Akademie aufgenommen zu werden, aber es hat nicht geklappt. Warum bist du nicht mehr bei der Polizei?«

Rae ignorierte seine Frage und ging zurück zur Vordertür.

Das Adrenalin, das durch ihre Adern floss, ließ langsam nach und ihre Hände, die während der Auseinandersetzung ganz ruhig gewesen waren, begannen zu zittern. Sie schob sie in die Taschen ihrer schwarzen Anzughose, um sie vor Brandon zu verstecken.

Als der Besitzer des Clubs ihnen bedeutete, die Gäste für die Spätvorstellung hereinzulassen, hatten ihre Nerven sich beruhigt. »Du kümmerst dich um diese Schlange.« Sie zeigte auf die Leute, die ihre Karten online vorbestellt hatten. »Ich übernehme die da.« Sie deutete zu den Gästen, die hofften, Karten an der Kasse zu bekommen.

Brandons Mundwinkel zuckten, als könnte er sich nicht entscheiden, ob er amüsiert grinsen oder das Gesicht verziehen sollte. »Hast du immer so einen Befehlston drauf?«

Seine Bemerkung erinnerte sie daran, was ihr Partner, Mike, immer gesagt hatte, wenn sie darauf bestand, selbst zu fahren. Einen Moment lang lächelte sie fast. »Ja. Gewöhn dich besser daran.« Sie trat vor, um den Ausweis des ersten Gastes zu kontrollieren und stichprobenartig nach Alkohol, Drogen oder Waffen zu suchen.

Während der vergangenen zwei Wochen war sie bei den Türkontrollen sehr effizient geworden und so dauerte es nicht lange, bis sie ihren Teil der Menge in den Club geschleust hatte. Nur ein Springmesser und zwei Flachmänner mussten draußen bleiben.

Gerade als sie ihren Kollegen helfen wollte, den Gästen ihre Plätze zuzuweisen, lief eine weitere Kundin auf sie zu. Die Frau war Ende zwanzig und versuchte, sich mit einem »Hallo« und einem charmanten Grinsen an Rae vorbeizuschieben.

Doch davon ließ Rae sich nicht beeindrucken. Sie versperrte ihr mit ihren breiten Schultern den Weg. »Ich möchte Ihren Ausweis sehen und die Eintrittskarte kostet zwanzig Dollar, Ma'am.«

»Ich bin nicht hier, um mir die Vorstellung anzusehen«, sagte die Frau. »Ich bin selbst Komikerin.«

Rae sah hinüber zu dem Plakat, dann zu der schlanken Frau vor ihr. Blondes Haar fiel ihr in ungebändigten Wellen auf die Schultern und ein Zick-Zack-Scheitel verlieh ihr ein zerzaustes Aussehen, so als wäre sie eben erst aus dem Bett gekrochen. Ihr Gesicht war zugegebenermaßen hübsch, doch es befand sich nicht auf dem Poster. »Sie sind keine der Künstlerinnen, die heute auftreten.«

»Nicht heute Abend, aber einer meiner Freunde spielt nachher. Ich wollte nur kurz Hallo sagen.« Die Blondine reckte sich zu ihren vollen eins siebzig, um über Raes Schulter hinweg auf eines der Fotos auf dem Plakat zu deuten. »Gabriel Benavidez.«

Der Name stand tatsächlich da. Vermutlich hatte die Blondine ihn abgelesen. Auf so einen uralten Trick würde Rae nicht hereinfallen. »Ausweis und Eintrittsgeld, bitte.«

»Ach, kommen Sie schon. Comedians werden immer umsonst reingelassen.« Ein schelmisches Grinsen schlich sich auf das Gesicht der Blondine. »Soll ich Ihnen einen Witz erzählen, damit Sie mir glauben, dass ich Komikerin bin?«

Rae verschränkte die Arme vor der Brust. Sie war nicht in der Stimmung, stundenlang mit dieser Unruhestifterin herumzudiskutieren. Wenn sie glaubte, sie könne sich ohne Bezahlung in den Club mogeln, nur weil sie niedlich aussah, hatte sie sich geschnitten. »Nein danke. Ich bin sicher, Sie sind umwerfend komisch«, sagte sie ohne den Anflug eines Lächelns. »Aber ich bin Türsteherin, keine Talentsucherin.«

»Ist da drüben alles in Ordnung?«, rief Brandon.

Rae knirschte mit den Zähnen. Sie verabscheute es, dass er glaubte, ihr zu Hilfe kommen zu müssen. »Alles bestens.«

Eine unerwartete Berührung an ihrer linken Schulter ließ sie zusammenzucken. Sie wirbelte herum und erhaschte einen Blick auf Brandon, der nur wenige Zentimeter hinter ihr Stellung bezogen hatte.

Beruhig dich, befahl Rae ihrem kampfbereiten Körper und zwang sich, ihre Fäuste zu öffnen. »Verdammt noch mal, Zimmerman. Zieh Leine. Ich hab dir doch gesagt, dass alles in Ordnung ist.«

»Ähm, Leute, können wir uns bitte alle entspannen?«, fragte die Blondine. »Ich wollte nur Gabe Hallo sagen.«

»Bist du das, Steph?« Brandon reckte den Hals, sodass er um Rae herumspähen konnte.

Die Blondine lächelte ihn an. »Wie ich leibe und lebe. Hast mich wohl vermisst, was?«

Brandon grinste. »Ja. Vermutlich nicht so sehr wie der Chef es vermisst hat, dass du jede Woche bei ihm im Büro auftauchst und ihn um einen Kurzauftritt anbettelst.«

»Hey, ich bettle nicht.« Die Blondine zwinkerte ihm zu. »Außer es ist eine heiße Person mit talentierten Fingern involviert.«

Brandon lachte sich schlapp, griff um Rae herum und zog die Blondine an ihr vorbei. »Lass sie rein, Rae. Sie ist Komikerin und total harmlos.«

Rae starrte ihnen finster nach. Es gefiel ihr gar nicht, dass Brandon sich in ihre Arbeit einmischte. *Von wegen harmlos.* Sie würde die Blondine auf jeden Fall im Auge behalten.

Steph ging an den gerahmten Porträtfotos berühmter Komiker vorbei, die schon hier aufgetreten waren. Ein paar waren hinzugekommen, seit sie das letzte Mal hier gewesen war, und sie nahm sich fest vor, dass eines Tages ihr Bild an der Wand des Clubs hängen würde.

Brandon ging langsamer. »Du kennst dich hier immer noch aus, oder? Ich möchte nach Carlos sehen, bevor die Vorstellung beginnt. Er ist neu und weiß noch nicht so richtig, wie die Dinge hier laufen.«

»Klar, mach nur. Danke, dass du mich an Frau Dobermann vorbeigeschleust hast.« Sie deutete zum Eingang. Schon erstaunlich, wie viel sich innerhalb weniger Monate verändert hatte. Als Steph im Juni für eine Woche hier aufgetreten war, hatte der Club noch keine weiblichen Sicherheitskräfte gehabt. Normalerweise fand Steph Frauen in von Männern dominierten Berufen richtig gut und sie musste zugeben, dass Frau Dobermann mit ihren breiten Schultern und der schlanken Taille ausgesprochen heiß in Anzug und Krawatte aussah. Trotzdem war sie sich nicht sicher, ob die Neue tatsächlich eine gute Ergänzung für das Sicherheitspersonal war. Steph verabscheute Menschen, die ihr kleines bisschen Macht missbrauchten, und genau das hatte die Türsteherin ihrer Meinung nach getan.

Brandon grinste. »Kein Problem. Sie ist auch noch neu und will sich vermutlich beweisen. Ich wünschte, ich könnte sagen, dass ›Hunde, die bellen, beißen nicht‹ auf sie zutrifft, aber da bin ich mir nicht so sicher. Sie ist ein harter Brocken.« Es klang wie ein Kompliment. »Ich muss weiter. Bis später.«

Als er davonging, schlenderte Steph an der Bar vorbei, schlüpfte hinter einen Vorhang und marschierte dann einen schmalen Gang hinab.

In der Künstlergarderobe war alles beim Alten geblieben. Zwei Komiker lümmelten auf den abgenutzten Sofas und versuchten, sich gegenseitig mit Geschichten darüber zu übertrumpfen, wie sie auf der Bühne baden gegangen waren. Ein weiterer Comedian saß in der Ecke und murmelte seinen Text vor sich hin. Ein vierter Kollege starrte hinauf zu den gerahmten Covern von Comedyalben, als hätte er noch nie etwas Faszinierenderes gesehen.

Stand er unter Drogen? Steph schüttelte den Kopf. Zwar hatte sie früher ab und zu Gras geraucht, aber während einer Vorstellung high zu sein, war keine gute Idee.

Die Kühlschranktür wurde zugeschlagen und Gabe tauchte auf. In einer Hand hielt er ein Bier, in der anderen einen Zettel, auf dem er sich vermutlich die Reihenfolge der Witze in seiner Nummer notiert hatte. Als er Steph sah, legte er beides beiseite, durchquerte den Raum und zog sie in eine Umarmung. »Steph! Du bist wieder da!«

Der vertraute Duft seines Rasierwassers stieg ihr in die Nase und sie glaubte sogar, einen Hauch von Butter, Zimt und Zucker wahrzunehmen, der von den selbst gemachten Churros seiner Mutter stammte.

Nach einer Weile ließ er los und trat zurück, um sie zu mustern. »Wow, du siehst beschissen aus.«

Steph lachte. »Mann, bist du charmant. Das muss wohl der Grund sein, warum ich mit dir Schluss gemacht habe.«

»Schluss gemacht?« Er stieß sie mit dem Ellbogen an, aber sein Ton war belustigt, ohne jede Spur von Bitterkeit. »Nennt man das jetzt so, wenn man sich am nächsten Morgen davonschleicht, ohne eine Nachricht zu hinterlassen?«

»Ach, komm schon. Als ob du mich mit nach Hause nehmen und deiner Mutter vorstellen wolltest.«

»Meine Mutter kennt dich schon.«

Steph winkte ab. »Du weißt, was ich meine.«

»Ja, ja, ja. Aber im Ernst, du siehst beschissen aus. Hast du dir in Iowa das Schlafen abgewöhnt?«

»Idaho«, sagte Steph. »Ich bin nach dem letzten Auftritt nicht geblieben, sondern hab mich sofort auf den Rückweg gemacht. Nach einem Drittel der Strecke konnte ich nicht mehr und hab mir ein Hotelzimmer genommen.«

»Wie lange bleibst du diesmal?«, fragte Gabe.

»Für immer. Meine Uhr tickt. Ticktack, ticktack.«

Gabes Unterkiefer klappte herab. »Du willst ein Baby? Im Ernst?«

»Himmel, nein!« Steph lachte. »Kannst du dir mich als Mutter vorstellen? Ich würde das arme Kind wahrscheinlich innerhalb einer Woche umbringen. Spätestens wenn ich es das erste Mal mit etwas füttere, was ich gekocht habe.«

»Was soll dann das Ticktack?«

»Ich habe nicht von meiner biologischen Uhr gesprochen«, antwortete Steph. »Ich spreche von meiner professionellen Uhr. Als ich damals mit Stand-up-Comedy angefangen habe und mir jeder gesagt hat, dass man davon nicht leben kann, gab ich mir zehn Jahre Zeit, um allen das Gegenteil zu beweisen. Ich habe mir vorgenommen, bis zu meinem dreißigsten Geburtstag meinen großen Durchbruch zu schaffen.«

Gabe zählte die Monate bis zu ihrem Geburtstag im März an seinen Fingern ab und stieß dann einen leisen Pfiff aus. »Das sind nur noch vier Monate. Bloß kein Druck. Ich schätze, das heißt, du willst hier in L.A. sofort wieder durchstarten und morgen mit mir zu ein paar Open-Mic-Auftritten gehen?«

»Sehr gern. Aber zuerst muss ich einen Mitbewohner finden, der vorgibt, die Liebe meines Lebens zu sein«, sagte Steph grinsend.

Gabe starrte sie an. »Wie bitte?«

»Ist eine lange Geschichte. Ich erzähle dir die Einzelheiten später. Die Kurzversion ist, dass ich eine Chance auf eine Wohnung gleich um die Ecke habe, sie mir aber ohne Mitbewohner nicht leisten kann.«

Gabe seufzte. »Irgendwas läuft hier falsch, oder? Ohne unsere beiden Mitbewohner könnten Yolanda und ich uns unsere Bude auch nicht leisten.«

»Ich will die Wohnung unbedingt. Dann könnte ich zwei oder drei Auftritte in verschiedenen Clubs am selben Abend spielen, ohne stundenlang im Stau zu stecken.«

Gabe warf ihr einen sehnsuchtsvollen Blick zu. »Mann, das klingt toll. Ich würde ja selbst bei dir einziehen, aber das würde Yolanda vermutlich nicht gefallen.«

So viel stand fest. Seine Freundschaft mit Steph gefiel Gabes Lebensgefährtin nicht, obwohl Stephs One-Night-Stand mit ihm schon lange vor Yolandas Zeit passiert war.

»Tja, ich schätze, dann muss ich wohl mein Glück im Internet versuchen.« Sie rümpfte die Nase. Das letzte Mal, als sie online nach einem Mitbewohner gesucht hatte, war einer der Bewerber mit einem ganzen Zoo voller Haustiere aufgetaucht, während ein anderer ihre Annonce wohl mit den Sexanzeigen verwechselt hatte.

»Moment mal«, sagte Gabe. »Ich glaube, Rae sucht nach einer Bleibe in der Nähe des Clubs.«

»Ray?«, wiederholte Steph.

»Ja, einer der Neulinge beim Sicherheitspersonal.« Er deutete zum Eingang.

»Hm, gute Idee. Der Club überprüft alle Bewerber, bevor sie eingestellt werden. So wüsste ich zumindest, dass ich nicht mit einem Massenmörder zusammenziehe.«

»Zumindest nicht mit einem Massenmörder, der geschnappt und verurteilt wurde«, scherzte Gabe.

»Stimmt. Wenn er clever genug ist, um einer Verhaftung zu entgehen, hat er sein Leben hoffentlich so weit im Griff, dass er auch seinen Teil der Miete pünktlich bezahlt. Wo finde ich diesen Ray?«, fragte Steph. »Arbeitet er heute?«

»Ja, aber genau genommen ist Rae kein –«

Einer der Assistenten des Clubbesitzers warf einen Blick in die Garderobe. »Benavidez, Sie sind dran.«

Von draußen drang die Stimme des Moderators herüber, der Gabe ankündigte.

Gabe schnappte sich seinen Spickzettel und hielt auf den kurzen Gang zu, der von der Garderobe zur Bühne führte. Dann blieb er stehen und sah zu Steph zurück. »Rae ist –«

»Schon okay. Ich finde ihn sicher.« Steph machte eine scheuchende Handbewegung. »Geh da raus und zeig allen, was du drauf hast.«

Gabe grinste. »Mach ich. Ruf mich morgen mal an. Aber nicht vor Mittag.«

Dann war er weg. Applaus erklang aus dem Saal, als die Zuschauer ihm einen herzlichen Empfang bereiteten.

Steph wünschte, sie stände an seiner Stelle auf der Bühne und brächte die Menge in einem der größten Comedyclubs der Stadt zum Lachen. Nun ja, sie würde dieses Ziel irgendwann erreichen, aber zuerst musste sie sich um die Wohnung kümmern. Es war an der Zeit, mit Ray zu reden.

Als Steph die Garderobe verließ, war nur noch Brandon in der Lobby.

»Hey, Brandon, kannst du mir sagen, wo dein neuer Kollege ist?« Dann fiel ihr ein, dass der Club mehrere neue Türsteher eingestellt hatte. »Ich meine Ray.«

»Irgendwo draußen«, sagte Brandon. »Ein paar Mädels von einem Junggesellinnenabschied haben zu viel getrunken und brauchen ein Taxi.«

Steph hasste Junggesellen- und Junggesellinnenabschiede. Die Gäste waren oft schon zu Beginn der Vorstellung betrunken und erwarteten, dass sich alles nur um sie drehte. Ihnen ging es nicht um gute Comedy.

Wenn Ray mit einer solchen Gruppe zurechtkam, würde er vielleicht auch vor einer Scheinbeziehung nicht zurückschrecken.

»Danke. Dann bis nächste Woche.« Sie winkte Brandon zu und stieß die Glastür auf.

Frau Dobermann stand an der Bordsteinkante und sah einem Taxi nach, das eben davonfuhr, doch von Ray gab es weit und breit keine Spur.

Dann sah Steph genauer hin. Im orangefarbenen Licht einer Neonreklame konnte sie eine wuchtige Gestalt erkennen, die sich an das Gebäude lehnte. Der schwarze Anzug verschmolz beinahe mit der fast vollständigen Dunkelheit, aber die glimmende Spitze einer Zigarette verriet seine Position.

Igitt. Ray raucht. Steph konnte damit umgehen, solange er nur in seinem eigenen Zimmer rauchte. Aber Zungenküsse, um ihrem Vermieter eine Beziehung vorzugaukeln, kamen definitiv nicht infrage.

Sie ging zu ihm hinüber und räusperte sich.

»Mist.« Er warf seine Zigarette weg und wedelte verzweifelt mit der Hand, um den Rauch zu verteilen, wie ein Jugendlicher, der von seinen Eltern beim Kiffen erwischt worden war. Dann atmete er auf und ließ sich gegen die Hauswand sinken. »Mann, ich dachte, du wärst der Chef. Er mag es nicht, wenn wir auf dem Clubgelände rauchen.«

»Nein, ich bin's nur. Tut mir leid. Ich wollte dich nicht erschrecken.«

»Hast du nicht. Aber ich bin neu hier und will nicht gleich im ersten Monat Schwierigkeiten bekommen.« Er fuhr sich mit der Hand über seine raspelkurzen Haare. Von irgendwoher förderte er eine Packung Zigaretten zutage und hielt sie ihr hin. »Willst du eine?«

»Nein danke«, sagte Steph. »Ich bin hier, weil mein Freund Gabe sagt, du suchst nach einer Wohnung in der Nähe des Clubs. Ich weiß von einer Dreizimmerwohnung, die wir uns teilen könnten. Hast du Interesse?«

Er erstarrte mit dem Feuerzeug auf halbem Weg zur Zigarette, die zwischen seinen Lippen klemmte. »Ähm …«

»Sie ist ganz in der Nähe«, fügte Steph hinzu. Warum sah er sie an, als hätte sie ihm ihre Dienste als Auftragskillerin angeboten?

»Ich glaube, das wäre keine gute Idee«, murmelte er um die unangezündete Zigarette herum. »Ich habe eine Freundin und sie hätte sicher etwas dagegen, wenn ich mit einer anderen Frau zusammenziehe.«

»Oh.« Steph kicherte, um ihre Verlegenheit zu überspielen. »Tut mir leid, Ray. Das hat Gabe nicht erwähnt.«

Wieder starrte er sie an. Sein Mund stand offen, sodass er Gefahr lief, auch seine zweite Zigarette zu verlieren. »Wie es aussieht, hat Gabe auch vergessen, etwas anderes zu erwähnen.«

»Was denn?«

Endlich nahm er die Zigarette aus dem Mund. »Mein Name ist Carlos.«

Was zum Teufel war hier los? Steph blinzelte zu ihm auf. »Wer ist dann Ray?«

»Das bin ich«, kam eine tiefe, aber eindeutig weibliche Stimme aus der Dunkelheit hinter Steph.

Sie wirbelte herum.

Frau Dobermann stand mit verschränkten Armen vor ihr. Die Neonreklame warf flackernde Lichter auf ihr markantes Gesicht, dessen Ausdruck Steph warnte, ihr bloß nicht blöd zu kommen.

»D-Du? Aber ich dachte …« Steph sah zwischen Frau Dobermann und ihrem Kollegen hin und her. »Du bist Ray?«

»Sieht ganz so aus.« Frau Dobermann pochte auf das Namensschild, das am Revers ihrer Anzugjacke befestigt war.

Vorhin hatte Steph es nicht beachtet. Jetzt kniff sie die Augen zusammen, um es im schwachen Licht der Leuchtreklame lesen zu können.

Rae, stand dort geschrieben. Mit *e*, nicht mit *y*.

Schöne Scheiße.

Frau Dobermann … oder vielmehr Rae musterte sie mit undurchdringlicher Miene. »Hast du ein Problem damit?«

Steph hob abwehrend beide Hände. »Oh, nein, nein. Es ist nur …« Sie würde Gabe umbringen, sobald sie ihn in die Finger bekam. Langsam und qualvoll.

»Ich gehe mal nachsehen, ob Brandon Hilfe dabei braucht, nach Zwischenrufern Ausschau zu halten.« Carlos schob sich an ihnen vorbei und eilte davon.

Rae rührte sich nicht. Sie fixierte Steph noch immer mit ihrem kühlen Blick. Im Halbdunkel vor dem Club konnte Steph ihre Augenfarbe nicht erkennen, aber etwas an ihren Augen kam ihr seltsam vor, nur konnte sie nicht sagen, was es war. Vielleicht täuschte der Eindruck auch.

»Du hast nach mir gesucht«, sagte Rae. »Und du hast mich gefunden. Was willst du?«

Meine Güte, die nahm kein Blatt vor den Mund! Steph zögerte. Sollte sie ihren Plan trotzdem durchziehen? Sie holte tief Luft. Ja, warum nicht? Zwar hatten sie einander auf dem falschen Fuß erwischt und würden vermutlich nie gemeinsam auf der Couch sitzen und Netflix schauen, aber das hieß nicht, dass sie keine WG gründen konnten. In Beverly Grove, wo die Wohnung lag, hatte es in den letzten Jahren häufig Einbrüche gegeben. Wenn sie ihrem Vermieter Rae als Sicherheitsexpertin anpriesen, hatten sie bessere Chancen, die Wohnung zu bekommen.

Aber diesmal würde sie es anders angehen, um sich nicht ein zweites Mal so wie bei Carlos zu blamieren. »Hast du eine Freundin?«

»Wie bitte?« Es klang wie ein Knurren.

»Oder einen Freund?«, fügte Steph schnell hinzu. Mit ihren markanten Gesichtszügen, der Statur einer Schwimmerin und ihren kurzen, schwarzen Haaren sah Rae aus wie eine Lesbe, aber Steph wollte keinem Vorurteil zum Opfer fallen. Immerhin gab es auch viele tough aussehende Heterofrauen oder Rae könnte bi- oder pansexuell sein.

»Wenn das dein Versuch ist, mir einen Witz zu erzählen, dann bist du komplett gescheitert.« Rae machte auf dem Absatz kehrt und marschierte zur Tür, ohne Zweifel mit der Absicht, sie hinter sich zu schließen und Steph draußen stehen zu lassen.

»Warte!« Steph lief ihr nach und griff nach Raes Arm, um sie aufzuhalten.

Rae erstarrte. Die Muskeln ihres Unterarms schienen sich unter Stephs Fingern in einen Betonblock zu verwandeln. Langsam drehte Rae den Kopf und sah auf Stephs Hand herab. Ihr Blick hatte die Intensität eines Laserstrahls.

Steph zog ihre Hand zurück, als hätte sie sich verbrannt. »Hör zu, ich weiß, dass ich das falsch angegangen bin, aber bitte lass mich ausreden.«

Raes Haltung veränderte sich nicht, aber sie nickte Steph kurz zu, um anzudeuten, dass sie gewillt war, zuzuhören.

»Mein Freund Gabe sagt, du bist auf der Suche nach einer Wohnung in der Nähe des Clubs.«

Rae drehte sich um.

Ha! Jetzt hab ich dich! Steph verkniff sich ein triumphierendes Grinsen. Sie musste vorsichtig sein, um Raes Interesse nicht zu verlieren. »Ich hab von einer tollen Dreizimmerwohnung ganz in der Nähe gehört. Die Vormieter ziehen gerade aus und suchen nach jemandem, der den Mietvertrag übernimmt.«

»Wo ist der Haken?«, fragte Rae.

Unter Raes prüfendem Blick fiel es Steph schwer, nicht nervös mit den Füßen zu scharren. »Nun ja, die Miete beträgt mehr als zweitausend Dollar im Monat, deshalb suche ich einen Mitbewohner.«

»Mitbewohner.« Rae neigte den Kopf. »Du meinst, du und ich sollen zusammenziehen?«

Steph schürzte die Lippen. Die Art, wie Rae das gesagt hatte, so als wäre es ein ihr völlig unbekanntes Konzept, war beinahe süß. »Ja, das ist normalerweise das, was man unter einem Mitbewohner versteht.«

Rae zog die Augenbrauen zusammen. »Wenn ich zustimme, muss ich dann damit rechnen, dass du immer so eine Klugscheißerin bist?«

»Um ehrlich zu sein, ja. Meine Familie sagt, ich habe keinen Ausschalter.« Steph bedachte sie mit ihrem charmantesten Lächeln, aber Raes Gesichtsausdruck blieb unbewegt. »Also? Hast du Interesse?«

»Wie weit entfernt vom Club ist denn die Wohnung?«

»Man kann bequem zu Fuß gehen.«

Raes grimmige Miene erhellte sich. Sie rieb sich ihr ausgeprägtes Kinn. »Und ich hätte ein eigenes Zimmer?«

»Ja, natürlich«, sagte Steph. »Aber offiziell wäre es das Gästezimmer oder ein Büro.«

»Wie bitte?«

Mist. Sie hätte Rae fast gehabt, doch jetzt sah Rae sie wieder mit dieser misstrauischen Miene an. »Der Vermieter ist scheinbar ein ziemliches Arschloch. Ich meine, ich kenne ihn nicht, aber er besteht darauf, nur an Paare zu vermieten. Deshalb dachte ich mir, dass du und ich …«

»Vergiss es«, sagte Rae.

»Na, herzlichen Dank. Hat dir schon mal jemand gesagt, dass du dem Ego einer Frau nicht gerade schmeichelst?« Steph streckte die Hand aus, um ihr einen Klaps zu geben, zog sie dann aber rasch wieder zurück. Spielerisch warf sie sich in die Brust. »Nur damit du es weißt, es gibt mindestens ein Dutzend Leute im ganzen Land verteilt, die liebend gern mein Partner oder meine Partnerin wären.«

Rae hob die Augenbrauen. »Wenn du so heiß begehrt bist, warum fragst du dann keinen dieser unzähligen Leute, ob sie mit dir zusammenziehen?«

»Weil ich nicht der Beziehungstyp bin und keinen falschen Eindruck vermitteln will«, sagte Steph. »Du und ich würden nur vor dem Vermieter so tun, als wären wir ein verliebtes Paar. Sobald der Mietvertrag unterschrieben ist, kannst du mich wieder finster anblicken.«

Rae starrte hinaus in die Dunkelheit in Richtung der flackernden Leuchtreklamen auf der Melrose Avenue.

Steph wartete und machte sich auf eine Absage gefasst.

Nach einer Weile, die ihr wie eine Stunde vorkam, aber vermutlich nur Sekunden dauerte, wandte Rae ihre Aufmerksamkeit wieder Steph zu. »Na schön.«

»Na schön?« Steph hüpfte auf und ab. »Du machst es also?«

»Nur wenn mir die Wohnung gefällt und du darauf verzichtest, mich zu umarmen.«

Steph erstarrte, denn sie war gerade drauf und dran gewesen, genau das zu tun. »Keine Umarmungen. Verstanden. Ähm, na ja, aber vielleicht muss ich dich umarmen oder deine Hand halten, wenn wir uns mit dem Vermieter treffen. Wir wollen doch vermeiden, dass er denkt, wir wären kurz vor der Trennung, oder?«

Rae seufzte. »Stimmt.«

»Super. Schön, dass du das genauso siehst.« Steph strahlte sie an. »Willst du mir deinen Namen und deine Handynummer geben?«

Rae sah sie nur an.

»Himmel, ich versuche nicht, dich anzumachen. Ich brauche deine Nummer, damit ich dich anrufen kann, wenn ich ein Treffen mit dem Vermieter vereinbart habe. Außerdem geben wir kein glaubwürdiges Paar ab, wenn wir einander mit ›hey, du da‹ ansprechen.«

»Deine Familie hat recht. Du hast keinen Ausschalter«, grummelte Rae. Sie nahm das Handy, das Steph ihr hinhielt, und fügte ihren Namen und ihre Nummer zu den Kontakten hinzu. Dann schickte sie sich eine SMS, sodass sie Stephs Handynummer hatte.

Steph nahm ihr Handy entgegen und blickte auf das Display. »Freut mich, dich kennenzulernen, Rae Coleman. Ich bin Stephanie Renshaw.« Sie hielt ihr die Hand hin, aber Rae nickte ihr lediglich zu. »Wow. Schätze, wir machen das wirklich.«

»Sieht wohl so aus.«

»Na dann.« Steph beschloss, lieber zu gehen, bevor Rae es sich anders überlegen konnte. »Ich rufe dich an, sobald ich etwas mit dem Vermieter vereinbart habe.«

Rae nickte erneut.

Als Steph auf ihr Auto zuging, spürte sie, wie Raes Blick ihr folgte.

»Stephanie«, rief Rae.

Sie drehte sich um und grinste. »Sag bitte Steph. Wenn du mich Stephanie nennst, denke ich, dass ich in Schwierigkeiten stecke.«

»Irgendwie habe ich das Gefühl, das kommt öfter vor«, sagte Rae.

»Ach, bist du jetzt auch Komikerin?«, fragte Steph.

Rae schnaubte. »Nein danke. Ich wollte nur deine Frage von vorhin beantworten.«

»Welche Fra –?« Dann fiel es Steph wieder ein. »Ach, die Frage, ob du eine Freundin oder einen Freund hast?«

»Ja«, sagte Rae. »Ich habe keine.«

»Falsch gedacht. Du hast jetzt eine Freundin, Schatz.« Steph warf ihr eine Kusshand zu und schlenderte davon.

Kapitel 3

Was zum Teufel hatte sie sich da eingebrockt? Selbst Stunden später konnte Rae immer noch nicht fassen, dass sie Stephs bizarrem Plan zugestimmt hatte. Ihr Leben war schon kompliziert genug. Warum hatte sie nicht einfach Nein gesagt?

Der Gedanke daran, mit jemandem zusammenzuwohnen, insbesondere mit jemandem, der nicht unterschiedlicher hätte sein können, bereitete ihr Unbehagen. Sie war daran gewöhnt, allein zu leben und alles auf ihre Weise zu handhaben. Außerdem würde sie so tun müssen, als wäre sie in Steph verliebt und glücklich mit ihr.

Glücklich. Verliebt. Sie hatte vergessen, wie sich beides anfühlte. Warum um alles in der Welt hatte sie geglaubt, dass sie eine glücklich Verliebte mimen konnte?

Seufzend stieg sie in ihren SUV.

Gerade als sie den Schlüssel im Zündschloss drehte, zerbarsten die ersten Regentropfen auf der Windschutzscheibe.

Na toll. Rae schickte einen anklagenden Blick zum Nachthimmel. *Von wegen ›It never rains in Southern California‹.*

Früher hatte sie sich über die leichten Regenschauer gefreut, die es im Winter manchmal in L.A. gab, aber bei Regen war es noch schwieriger, im Dunkeln zu fahren.

Schweiß stand ihr auf der Stirn, als sie langsam zurücksetzte. Sie hasste es, dass eine so einfache Aufgabe wie das Ausparken ihr immer noch solche Schwierigkeiten bereitete. Den Großteil der vergangenen acht Monate hatte sie damit verbracht, sich an ihre veränderte Situation zu gewöhnen. Sie hatte erst nach einem neuen Job gesucht, als sie nicht mehr ständig gegen Türrahmen gelaufen war oder beim Eingießen Getränke verschüttet hatte. Nur ihre Tiefenwahrnehmung war unverändert schlecht, besonders nachts, wenn es keine Schatten gab, anhand derer sie die Entfernung von Objekten einschätzen konnte. Ihr Gehirn rief ihr zu, sie sei im Begriff, gegen die Stoßstange eines anderen Autos zu prallen, doch die Einparkhilfe-Kamera verriet, dass der Wagen weiter weg war, als es schien.

Schließlich schaffte sie es, den Subaru auf die Straße zu lenken. Sie versuchte, die blendenden Scheinwerfer der entgegenkommenden Autos zu ignorieren, als sie zu ihrer kleinen Wohnung in Silver Lake fuhr.

Genau das war der Grund, warum sie Stephs tollkühnem Plan zugestimmt hatte.

Wenn sie die Wohnung tatsächlich bekamen, würde sie nachts nicht mehr fahren müssen. Sie könnte zu Fuß zur Arbeit und zurück gehen. Das wäre all die Unannehmlichkeiten wert, die dieses Arrangement mit sich brachte.

Aber Rae wollte sich nicht zu viel versprechen. Möglicherweise würde sich die Wohnung als überteuerte Müllhalde mit einem undichten Dach, einer kaputten Klimaanlage und unzähligen Drogendealern in der Nachbarschaft erweisen. Bei ihrem Glück würde sich Steph als nervtötende Mitbewohnerin herausstellen. Wie normal konnte eine Frau schon sein, die einen solchen Plan ausheckte?

Am Sonntagmorgen eilte Steph auf das Café zu, in dem sie sich mit Rae treffen sollte. »Tut mir leid, ich kann nicht lange reden«, sagte sie ins Handy. »Ich bin mit meiner Freundin verabredet.«

Einige Sekunden lang drang nur das Bellen eines Hundes durch das Handy. »Mit deiner Freundin?« Penny schrie fast. »Was ist in Idaho passiert? Drogen? Gehirnwäsche? Irgendeine seltsame Sekte?«

Steph lachte. »Okay, ich gebe es zu. Es ist nur vorgetäuscht.«

»Vorgetäuscht?«, wiederholte Penny. »Also weißt du, Steph, so viel wollte ich eigentlich nicht über das Sexualleben meiner besten Freundin wissen. Nicht, dass ich nicht ohnehin schon jede Einzelheit wüsste, denn du bist alles andere als schüchtern, wenn es darum geht, über deine Abenteuer zu reden.«

Steph warf spielerisch ihr Haar zurück. »Du bist doch bloß eifersüchtig.«

»Pah! Du weißt genau, dass ich Hunde den Frauen vorziehe.« Penny hielt inne. »Äh, das klang jetzt irgendwie pervers. Du weißt schon, was ich meine. Ein Hund wird dir nie das Herz brechen oder dich mit seinem PMS wahnsinnig machen.«

»Genau das sag ich doch auch immer. Ein Hund ist mir auch lieber als eine Beziehung.« Ein einziges Mal in ihrem Leben hätte Steph gern eine feste Beziehung gehabt, doch es hatte damit geendet, dass sie vielen Menschen, an denen ihr etwas lag, wehgetan hatte.

»Apropos Hunde …« Steph hatte das Blue Bottle Café jetzt erreicht und blieb vor der Tür stehen, um das Gespräch zu beenden. »Glaubst du, deine Kunden würden sich über einen gut aussehenden, freundlichen und bescheidenen Hundeausführer freuen?«

»Ganz bestimmt. Aber ich dachte, Gabe ist allergisch gegen Hunde.«

Steph konnte das breite Grinsen auf Pennys braungebranntem Gesicht förmlich vor sich sehen. »Ha, ha, ha. Du weißt genau, dass ich von mir gesprochen habe. Kann ich meine alten Kunden zurückhaben? Bitte, bitte.«

Penny antwortete nicht sofort. »Du hast mich ziemlich hängen lassen, als du im Januar spontan beschlossen hast, auf Tour zu gehen. Das ist den anderen Hundeausführern und vor allem den Hunden gegenüber nicht fair. Sie können nicht verstehen, warum du eines Morgens einfach nicht auftauchst.«

Steph sah zu Boden und versuchte, sich nicht vorzustellen, wie sich der arme Moose wohl gefühlt haben musste, als ihn eine andere Hundeausführerin abgeholt hatte. »Es tut mir leid. Ich verspreche, dass ich dieses Mal länger bleibe. Wer weiß? Wenn ich in vier Monaten noch nicht im Fernsehen war oder in den großen Clubs auftrete, könnte ich sogar Vollzeit für dich arbeiten. Wenn du mich als Angestellte haben willst.«

»Das würde mich freuen.« Sanfter fügte Penny hinzu: »Aber noch mehr würde ich mich freuen, wenn die Comedybranche endlich merken würde, wie lustig du bist, und all deine Träume in Erfüllung gehen.«

Diesmal fiel Steph kein Witz ein, mit dem sie überspielen konnte, wie gerührt sie war. »Wieso noch mal hast du keine Freundin?«

»Sag mir du lieber, warum du plötzlich eine hast«, gab Penny zurück. »Im Ernst, was hat es damit auf sich?«

»Ich schaue mir gleich eine Wohnung an. Mit den Vormietern bin ich mir schon einig geworden, aber der Vermieter will die Wohnung nur einem Paar überlassen, deshalb habe ich mir eine angebliche Freundin angelacht.«

Ein Paar mit einem Kinderwagen starrte sie im Vorbeigehen an.

Penny atmete lautstark aus. »Manchmal kommen dir Ideen.«

»Hey, die Idee stammt nicht von mir. Erinnerst du dich noch daran, was Claire herausgerutscht ist, als du sie an ihrem letzten Geburtstag betrunken gemacht hast?«

»Zum tausendsten Mal, ich habe sie nicht betrunken gemacht. Sie hatte höchstens einen kleinen Schwips und ich habe ihr lediglich eine Flasche Rotwein geschenkt, weil ich keine Ahnung hatte, was ich ihr sonst mitbringen sollte. Woher hätte ich wissen sollen, dass sie kaum etwas verträgt?«

»Wie dem auch sei«, sagte Steph. »Zumindest weißt du jetzt, dass meine Schwester dieselbe Idee hatte.«

»Ja. Sie wird ihre vorgetäuschte Freundin nächstes Jahr sogar heiraten«, sagte Penny.

Steph lachte. »Ich gebe zu, damit geht sie ein bisschen zu weit. Aber keine Sorge. Das wird mir nicht passieren, ganz egal, wie heiß meine angebliche Partnerin auch sein mag.«

»Ist sie denn heiß?«, fragte Penny.

Steph dachte kurz darüber nach. Ihr erstes Zusammentreffen war so feindselig gewesen, dass sie nicht darauf geachtet hatte, wie Rae aussah. Na schön, zumindest nicht länger als ein paar Sekunden. Natürlich war ihr Raes durchtrainierter Körper nicht entgangen. Jetzt spähte sie durch das Schaufenster des Cafés.

Es überraschte sie nicht, dass Rae bereits auf sie wartete. Sie saß mit dem Rücken zur Wand. Statt des schwarzen Hemds und der Krawatte von gestern Abend trug sie nun zur schwarzen Jeans ein weißes Hemd, das sich über ihren breiten Schultern spannte. Sie wirkte relaxter als auf der Arbeit, aber ihr Blick war wachsam und ständig in Bewegung.

Bei Tageslicht konnte Steph jetzt auch Einzelheiten erkennen, die ihr gestern Abend entgangen waren. Rae war einige Jahre älter, als sie angenommen hatte, vermutlich Mitte dreißig. Ihre Haare waren auch nicht schwarz, sondern dunkelbraun. Die Farbe erinnerte Steph an Kaffeebohnen. Ihre Kurzhaarfrisur betonte ihre hohen Wangenknochen und ihren markanten Kiefer. Durch den finsteren Ausdruck, den sie ständig zur Schau trug, wirkte sie zu einschüchternd, um sie hübsch zu nennen, aber sie war auf jeden Fall beeindruckend. Nur ihre vollen Lippen und ein paar widerspenstige Haarsträhnen, die ihr auf die Stirn fielen, verliehen ihr einen Hauch von Verletzlichkeit.

Als spürte sie Stephs Blick, drehte Rae den Kopf und sah sie an. Sie lächelte oder winkte nicht. Sie blickte Steph nur mit dieser seltsamen Intensität an, die sie erschaudern ließ.

»Steph?«, fragte Penny. »Bist du noch da? Ist sie nun heiß oder nicht?«

»Ja, ich schätze schon. Zumindest, wenn man auf große Brünette mit finsterer Miene steht. Und das tue ich absolut nicht. Zumindest nicht auf die finstere Miene.« Steph wechselte das Handy ans andere Ohr und öffnete mit der rechten Hand die Tür. »Ich muss Schluss machen. Kann ich dich bei meinem Vermieter als Arbeitgeberin angeben?«

»Ja, klar. Ruf mich später an und wir erstellen einen Terminplan für dich.«

»Mach ich. Ach, Penny? Meinst du, ich könnte Moose zurückhaben oder ihn zumindest kurz sehen? Ich habe ihn echt vermisst.«

Penny seufzte in den Hörer. »Du hast Glück. Ich führe ihn im Moment selbst aus, weil seine Ausführerin gekündigt hat. Wenn du ihn zurückhaben willst, gehört er ab morgen wieder dir.«

»Danke.«

Als sie das Gespräch beendeten, zwang sich Steph, ihr breites Grinsen zu zügeln, und betrat das Café. Einen Moment blieb sie stehen und sah sich um.

Der helle Raum wirkte einladend mit seinen weiß gestrichenen Backsteinmauern und seinem minimalistischen Dekor. Sie ging hinüber zu dem kleinen, runden Tisch, den Rae ausgewählt hatte, und setzte sich ihr gegenüber. »Hallo. Danke, dass du gekommen bist.«

Rae nickte und rückte ihren Stuhl ein wenig zur Seite, als wollte sie die Tür im Auge behalten.

Steph grinste sie an. »Wartest du auf jemanden?«

»Nein«, sagte Rae ohne weitere Erklärung.

Steph sah zur Theke, wo eine Espressomaschine ein sanftes Zischen von sich gab. Ihr fiel ein, dass sie noch keinen Kaffee gehabt hatte. »Ich hole mir einen Latte. Kann ich dir etwas mitbringen?«

»Kaffee.«

Steph wartete, aber erneut fügte Rae nichts hinzu. Na toll. Scheinbar musste sie sich auf eine Mitbewohnerin gefasst machen, der sie jedes einzelne Wort aus der Nase ziehen musste. »Willst du Milch und Zucker?«

»Nein. Nur schwarzen Kaffee.« Rae hielt ihr einen Fünf-Dollar-Schein hin und fügte zögernd hinzu: »Bitte.«

Steph schüttelte sich bei dem Gedanken an schwarzen, ungesüßten Kaffee. Zumindest würde Rae nicht die letzte Milch verbrauchen und die leere Tüte dann im Kühlschrank lassen, so wie einer ihrer früheren Mitbewohner.

Wenig später kam Steph mit einem Latte und einem schwarzen Kaffee für Rae zum Tisch zurück. »Möchtest du die Hälfte?« Sie hielt ihr den Schokoladenkeks hin, den sie sich geleistet hatte.

»Nein danke.«

»Gut. Dann bleibt mehr für mich. Die sind wirklich lecker.« Steph nahm einen großen Bissen und musterte Rae, während sie kaute.

Rae hielt ihrem Blick stand. Ein paar kreisrunde Narben auf ihrer Stirn wirkten, als hätte sie irgendwann die Pocken gehabt. Das Braun ihrer Augen war eine Spur heller als das ihrer Haare, und das linke Auge schien sich weniger zu bewegen als das rechte. Rae stellte ihre Tasse ab und richtete sich auf, als wäre ihr Stephs prüfender Blick unangenehm. »Was ist?«

»Nichts.« Steph wollte sie nicht noch mehr in die Defensive treiben, indem sie ihr Schielen erwähnte. »Kann ich es nicht einfach nur genießen, die Frau, die ich liebe, bewundernd anzuschauen?« Sie klimperte mit den Wimpern.

Von Rae kam keine Reaktion, nicht einmal ein Zucken ihrer Mundwinkel. Sie hielt ihre Tasse mit beiden Händen umfasst, während sie Steph über den Tisch hinweg beobachtete. Ihre Hände waren ziemlich groß für eine Frau, sodass die Tasse wie aus einem Puppenhaus wirkte. »Warum wolltest du, dass wir uns um zehn treffen, obwohl wir mit dem Vermieter erst um elf verabredet sind?«

»Nun ja …« Steph wedelte mit der Hand und verteilte dabei Kekskrümel auf dem gesamten Tisch. »Ich dachte, wir könnten einander etwas näher kennenlernen.«

Rae sah sie misstrauisch an. »Sag nicht, du gehörst zu der Sorte Mitbewohner, die wie eine Klette an mir klebt und unbedingt gemeinsam einkaufen und essen will.«

»Keine Sorge. Das wäre mir viel zu häuslich. Ich meine einfach nur, wir sollten einander ein bisschen kennenlernen, damit wir nachher dem Vermieter überzeugend vermitteln können, ein Paar zu sein.«

»In Ordnung.« Raes steife Körperhaltung zeigte jedoch, wie unangenehm die Situation ihr war. »Was willst du wissen?«

Steph beschloss, mit etwas Einfachem anzufangen, um sie nicht noch mehr zu verschrecken. »Wie lange arbeitest du schon in der Fun Zone?«

»Seit ungefähr zwei Wochen.«

»Und was hast du davor gemacht? Hast du für einen anderen Comedyclub gearbeitet?«

»Nein.«

Steph seufzte, nahm einen Schluck von ihrem Latte und wünschte sich dabei, er enthielte etwas Hochprozentiges. Das brachte sie nicht weiter. »Erzähl mir doch einfach, was ich über dich wissen sollte.«

Rae schien kurz darüber nachzudenken, dann nickte sie. »Mein Name ist Raelynn Joy Coleman. Ich bin 36, habe keine Vorstrafen und –«

»Moment! Sagtest du eben Raelynn Joy?« Steph lachte los und hielt sich dann den Mund zu. Ein solcher Name passte einfach nicht zu dieser einschüchternden Frau.

Rae zuckte mit den Schultern. »Meine Eltern wollten es dem Universum überlassen, am Tag meiner Geburt einen passenden Namen für mich zu finden, und da es ein sonniger Tag war, haben sie sich für Raelynn Joy entschieden.«

»Rae wie Ray, also Sonnenstrahl?«

»Ja.«

Steph kicherte. »Na ja, wenn man bedenkt, dass du auch Regenbogen oder Wolkig-mit-Aussicht-auf-Regen hättest heißen können, hast du Glück gehabt. Ich mag den Namen Rae.«

Rae zuckte nur erneut mit den Schultern, doch ihre angespannte Körperhaltung schien sich etwas zu lockern. »Und du?«

»In meiner Familie gibt's keine Regenbogen. Meine Eltern haben mich Stephanie Katherine genannt, nach meinen Großeltern mütterlicherseits, die Stephan und Katherine hießen. Das ist der Teil der Familie, der stinkreich war.«

»Deine Familie ist reich und du suchst trotzdem nach einer Mitbewohnerin, weil du dir die Miete nicht leisten kannst?« Rae drehte ihren Kopf hin und her, während sie Steph musterte. Das machte sie ständig und es ließ sie wirken wie einen Raubvogel, der eine Maus aus allen Winkeln betrachtete. Auch aus dieser Angewohnheit wurde Steph noch nicht so ganz schlau.

»Das Geld gehört nicht mir, sondern meiner Mutter. Ich behaupte nicht, dass ich nie einen Cent von ihr angenommen habe. Ein paarmal hatte ich keine andere Wahl. Aber normalerweise suche ich nach anderen Wegen, etwas Geld aufzutreiben. So erspare ich mir die Predigt über verantwortungsbewusstes Verhalten oder darüber, dass ich das Studium nicht hätte abbrechen sollen.«

Rae nickte und sah zu Stephs Überraschung tatsächlich so aus, als verstände sie, wie es ist, die Erwartungen seiner Eltern zu enttäuschen.

Stephs Handy vibrierte in ihrer Tasche. Sie zog es heraus und blickte aufs Display. »Mist. Es ist Mr Kleinberg, der Vermieter. Ich hoffe, er ruft nicht an, um uns zu sagen, dass er die Wohnung bereits anderweitig vergeben hat.«

»In diesem Fall wäre das die kürzeste Scheinbeziehung in der Geschichte der Menschheit«, sagte Rae.

Es gab nur einen Weg, es herauszufinden. Mit einem schweißfeuchten Zeigefinger strich Steph über das Display und hob ihr Handy ans Ohr.

Rae beobachtete Steph, während sie telefonierte. Sie nickte mehrfach, als könnte der Vermieter sie sehen.

»Ja, natürlich«, sagte Steph. »Überhaupt kein Problem. Wir sind ohnehin schon in der Gegend. Wir sind gleich da.«

Das klang nicht, als hätte Mr Kleinberg angerufen, um ihnen zu sagen, dass er die Wohnung an jemand anderen vermietet hatte. Rae war sich nicht sicher, ob sie erleichtert oder enttäuscht sein sollte. Je mehr Zeit sie mit Steph verbrachte, desto mehr wuchsen ihre Zweifel. War es wirklich eine gute Idee, eine WG mit Steph zu gründen und vorzugeben, ihre Partnerin zu sein? Eigentlich schien Steph ganz nett zu sein, mal abgesehen von ihrer forschen Art und ihrer spitzen Zunge, aber sie beide waren einfach grundverschieden. Konnten sie tatsächlich unter einem Dach leben, ohne sich innerhalb einer Woche gegenseitig umbringen zu wollen?

Steph steckte das Handy weg und sah auf. Zum ersten Mal bemerkte Rae, dass ihre Augen hellgrau waren. Vielleicht hätte die Farbe sie an einen kalten Felsen oder hartes Metall erinnern sollen, aber durch das humorvolle Glitzern erschienen sie irgendwie warm.

»Er fragt, ob wir schon vor elf vorbeikommen können, weil er die Wohnung später noch einem anderen Paar zeigen will«, sagte Steph.

Rae nahm ihre Lederjacke vom Stuhl und setzte ihre Sonnenbrille auf, um ihr Auge zu schützen, als sie das Café verließen. »Dann gibt es also Mitbewerber.«

»Sieht so aus. Bist du darauf eingestellt, Mr Kleinberg so zu beeindrucken, dass es ihn aus den Socken haut?«

Rae gab ein unverbindliches Grunzen von sich. Sie konnte sich nicht erinnern, wann sie das letzte Mal versucht hatte, jemanden zu beeindrucken, und das machte sie ein wenig nervös.

»Lass uns zu Fuß gehen. Das ist schneller.« Steph zeigte um die Ecke, in Richtung Sweetzer Avenue. »Die Wohnung ist nur zwei Blocks von hier entfernt.«

Rae nickte und versuchte, unauffällig auf Stephs andere Seite zu gelangen, um sie weiterhin zu ihrer Rechten zu haben.

Schmerz durchfuhr ihr linkes Knie. Sie fluchte unterdrückt und drehte den Kopf, um zu sehen, wogegen sie gestoßen war. Es handelte sich um einen quadratischen Blumenkübel aus Stein. Sie warf dem verdammten Ding einen vernichtenden Blick zu.

»Alles in Ordnung?« Steph legte ihr die Hand auf den Arm.

Sie schon wieder mit ihren Berührungen. Rae ging weiter, sodass Stephs Hand von ihrem Arm glitt. »Ja, alles bestens.«

»Bist du sicher?«, fragte Steph. »Das sah aus, als hätte es wehgetan.«

»Da hab ich schon weit Schlimmeres hinter mir.« Das war nicht gelogen. Anfangs hatte ihre linke Seite ausgesehen, als hätte jemand sie als Boxsack missbraucht, weil sie ständig gegen Hindernisse gestoßen war. »Also, wie schaffen wir es, ihn zu überzeugen, dass wir ein Paar sind?«

»Verhalte dich einfach ganz normal«, sagte Steph.

Das war kein besonders hilfreicher Ratschlag. Rae deutete auf den Abstand, den sie zwischen ihnen beibehielt. »Das *ist* mein normales Verhalten.«

Steph lächelte. »Du bist wohl nicht der Kuscheltyp, oder? Hab ich mir schon gedacht. Entspann dich. Ich glaube kaum, dass er erwartet, dass wir die Küche einweihen, indem wir wild herumknutschen. Irgendetwas ganz Einfaches sollte reichen.«

»Etwas Einfaches?« Rae sah sie fragend an.

»Ja. So etwas wie das hier.«

Einen Moment lang dachte Rae, Steph würde versuchen, sie zu küssen, aber Steph nahm lediglich ihre Hand.

Irgendwie war diese Geste sogar noch intimer, als ein Kuss es gewesen wäre, vielleicht weil Steph es nicht eilig hatte, loszulassen. Rae starrte auf ihre miteinander verschlungenen Hände hinab. Stephs zierliche Finger wirkten sehr verletzlich in ihrer größeren Pranke, doch ihr Griff war fest und selbstbewusst.

Ihre Haut war weich und warm, besonders im Vergleich zu Raes rauerer Handfläche. Es war nicht unangenehm, aber Rae hatte schon so lange keine Hand mehr gehalten, dass es sich surreal anfühlte.

Als Rae weiterhin ihre Hände anstarrte, drückte Steph sanft ihre Finger. »Ist das in Ordnung?«

Rae wandte den Blick ab und bemühte sich, ganz beiläufig zu wirken. »Ja, klar.«

Steph musterte sie. »Du hast gesagt, du hättest keine Freundin, aber du hattest schon mal eine, oder? Ich meine, du stehst auf Frauen, oder nicht?«

Offenbar hatte sie Raes Unbehagen gespürt und wusste nicht, worauf es zurückzuführen war.

Sanft entzog ihr Rae ihre Hand und schob sie in die Hosentasche. »Im Moment stehe ich auf gar niemanden. Aber ja, ich bin lesbisch. Also keine Sorge, ich werde nicht schreiend davonlaufen, wenn du meine Hand hältst.«

Steph grinste. »Gut zu wissen.« Sie schlenderte neben Rae her und hielt trotz ihres Größenunterschieds von fast zehn Zentimetern problemlos mit ihr Schritt, so als wäre sie daran gewöhnt, viel zu Fuß zu gehen.

Da Stephs Aufmerksamkeit der Villa auf der anderen Straßenseite galt, konnte Rae sie beobachten, ohne dabei erwischt zu werden. Stephs Kleidungsstil war eine interessante Mischung aus klassisch-geschmackvoll und rebellisch. Ihr dunkelgrauer Rock hatte tiefe Taschen und Hosenträger, die über ein enges, lilafarbenes Oberteil geknöpft waren. Rae hätte sich lieber erschossen, als derartige Klamotten zu tragen, aber sie musste zugeben, dass Steph hübsch aussah. Es schadete auch nicht, dass der Rock oberhalb ihrer Knie endete und ihre schlanken Beine zur Schau stellte.

»Was ist?«, fragte Steph.

»Nichts.« Rae richtete ihre Aufmerksamkeit auf die Straße, die vor ihr lag. Das Viertel, in dem sie womöglich bald wohnen würden, wirkte genauso entspannt wie Steph. Obwohl sich der Sunset Strip mit seinem bunten Treiben nur wenige Blocks entfernt befand, war es hier ruhig und beschaulich. Palmen, andere Bäume und sorgfältig bewässerte Grünstreifen säumten die Straße. Neuere Ein- und Mehrfamilienhäuser mischten sich mit Villen aus den dreißiger Jahren. »Ich frage mich nur, was wir sagen sollen, wenn er fragt, wie wir uns kennengelernt haben.«

»Die Wahrheit«, sagte Steph.

»Ach, du willst ihm wirklich sagen, dass wir uns kennengelernt haben, als du versucht hast, dich in den Club zu mogeln, ohne zu bezahlen?«

Einen Moment lang bewegte sich Stephs Mund, ohne dass ein Ton herauskam. »Ich wollte mich nicht in den Club mogeln! Comedians haben wirklich freien Zutritt in der Fun Zone. Zumindest war das früher immer so.«

»Ich weiß«, sagte Rae. »Aber meine Kollegen hatten es versäumt, mir das zu sagen.«

»Ist das eine Entschuldigung?« Das amüsierte Funkeln kehrte in Stephs Augen zurück.

»Es ist eine Erklärung.« Rae hatte sich nie dafür entschuldigt, ihre Arbeit erledigt zu haben, und sie würde jetzt nicht damit anfangen.

Steph neigte den Kopf wie eine Königin, die ihrer Untertanin huldvoll zunickte. »Erklärung akzeptiert. Sagen wir ihm einfach, wir haben uns bei der Arbeit kennengelernt.« Sie deutete auf ein zweistöckiges Gebäude auf der anderen Straßenseite. »Ich glaube, das ist es.«

Rae betrachtete das Mehrfamilienhaus mit einem kritischen Blick. Vier Wohnungen, jede mit einem Balkon, lagen zur Straße hinaus, und sie vermutete die gleiche Anzahl von Wohnungen auf der rückwärtigen Seite. Die Glasschiebetüren könnten ein möglicher Einstiegspunkt für Einbrecher sein, aber alles in allem schienen das Gebäude und das Viertel ziemlich sicher zu sein.

Mehrere Palmen flankierten ein halbes Dutzend Stufen, die zu einer robust wirkenden Vordertür führten. Ein kahlköpfiger Mann um die sechzig wartete neben zwei Reihen weißer Briefkästen.

Steph nahm erneut Raes Hand und zerrte sie über die Straße.

Rae versuchte, das Gefühl von Stephs Hand in ihrer zu ignorieren, und konzentrierte sich stattdessen darauf, die Höhe der Bordsteinkante und der Treppenstufen richtig einzuschätzen.

»Mr Kleinberg?«, fragte Steph im Näherkommen.

»Ja.« Er lächelte. Falls es ihn überraschte, zwei Frauen statt eines heterosexuellen Paares vor sich zu sehen, ließ er sich nichts anmerken. »Sie müssen Ms Renshaw sein. Und Sie sind Ms …?«

»Coleman.« Rae löste ihre Hand aus Stephs und hielt sie Mr Kleinberg hin. Diesen Trick hatte sie schon vor Monaten gelernt. Solange sie die Hand zuerst ausstreckte, konnte sie sich nicht blamieren, indem sie versuchte, die Hand ihres Gegenübers zu ergreifen, und sie verfehlte.

Mr Kleinberg nahm ihre Hand in einen festen Griff. »Danke, dass Sie schon ein wenig früher gekommen sind. Lassen Sie uns reingehen, dann zeige ich Ihnen alles.« Er führte sie die Treppe hinauf zu einer der Wohnungen im ersten Stock, die zum Hinterhof hinausgingen.

Steph griff wieder nach Raes Hand und diesmal wusste Rae nicht, ob sie versuchte, Mr Kleinberg zu beweisen, dass sie eine liebevolle Beziehung hatten, oder ob sie nach etwas Halt und Ermutigung suchte.

Für alle Fälle ließ sie es zu, dass Steph ihre Hand hielt, bis diese losließ, um Mr Kleinberg ins winzige Bad zu folgen.

Es gab nur dieses eine Bad. Sie würden es also teilen müssen. Nun ja, sie waren erwachsen; es sollte also kein Problem sein.

Der Vermieter und Steph unterhielten sich angeregt über die Parkplätze, die Klimaanlage und den Waschraum im Keller.

Rae war froh, Steph das Gespräch überlassen zu können, während sie durch die Wohnung wanderte und sich umsah. Ihr Blick schweifte über den Gasherd in der Küche, die dunklen Parkettböden im Wohnbereich und die geräumigen Einbauschränke in den Schlafzimmern.

Schließlich kam Steph zu ihr in die Küche. Unter dem Vorwand, Rae einen zärtlichen Kuss auf die Wange zu geben, flüsterte sie ihr ins Ohr: »Was meinst du?«

»Hm?« Raes Wange brannte, wo Stephs Lippen sie gestreift hatten.

»Was hältst du von der Wohnung?«

»Oh. Für mich sieht alles gut aus«, antwortete Rae. »Was meinst du?«

Ein leises Lachen kitzelte Raes Ohr und verursachte ihr eine Gänsehaut. »Ich habe die meiste Zeit des Jahres in drittklassigen Hotels verbracht, deshalb sind meine Ansprüche bescheiden. Solange es nicht merkwürdig riecht und der Teppich keine Flecken hat, die mich vermuten lassen, dass hier jemand ermordet wurde, ist für mich alles bestens.«

»Wenn Sie hier aus dem Fenster sehen, können Sie übrigens Ihre Parkplätze sehen«, rief Mr Kleinberg aus einem der Schlafzimmer.

Als Steph sich zu ihm gesellte, blieb Rae zurück und berührte ihre Wange. Vielleicht sollte sie von Anfang an eine Hausordnung aufstellen. Regel Nummer eins: keine Berührungen. In ihrem früheren Job war es gefährlich gewesen, jemanden so nah an sich heranzulassen, dass sie berührt werden konnte. Aber schon bevor sie zur Polizei gegangen war, hatte sie nie auf Nähe gestanden.

Doch bevor sie über eine Hausordnung für ihre WG nachdenken konnte, mussten sie erst einmal die Zusage für die Wohnung bekommen.

Rae ging hinüber zu dem kleinen Balkon, von dem aus man einen Blick auf einen von Bäumen gesäumten Hinterhof hatte. Von dort aus konnte sie erkennen, dass das Gebäude um einen kleinen Innenhof mit Bäumen und Topfpflanzen herum ein O bildete. Scheinbar gab es im Haus mehr Wohnungen, als sie gedacht hatte.

Steph eilte zu ihr, legte einen Arm um Rae und versuchte, sie wegzuziehen.

»Was soll das?«, flüsterte Rae. Stimmte etwas nicht mit dem Balkon? Sie beäugte ihn, konnte aber nichts Ungewöhnliches entdecken.

Steph zerrte erneut an ihr, aber Rae rührte sich nicht vom Fleck. »Das sollte ich dich fragen!«

Mr Kleinberg kam zu ihnen. Die Falten um seinen Mund herum gruben sich tiefer in seine Haut ein, als er die Lippen aufeinanderpresste. »Stimmt etwas nicht?«

»Nein, nein, alles ist wunderbar. Sie müssen meine Partnerin bitte entschuldigen.« Mit der freien Hand tätschelte Steph Raes Arm. »Sie kann eben nicht aus ihrer Haut. Einmal Polizistin, immer Polizistin.«

Woher zum Teufel wusste sie das? Rae hatte Steph gegenüber nicht erwähnt, dass sie bei der Polizei gewesen war. Selbst die Gerüchteküche im Comedyclub konnte das nicht so schnell verbreitet haben. Und was sollte überhaupt dieser Kommentar?

Steph gab ihr einen liebevollen Klaps. »Schatz, du siehst aus, als hättest du einen Durchsuchungsbefehl für die Wohnung.«

Erst jetzt bemerkte Rae, dass sie sich gegen die Wand gepresst hatte und um den Türrahmen herum durch die Glasschiebetür des Balkons spähte. *Mist.* Alte Gewohnheiten waren schwer abzulegen.

Der verwirrte Ausdruck auf Mr Kleinbergs Gesicht wich einem anerkennenden Blick. »Ach, Sie waren Polizistin?«

Rae versuchte ganz bewusst, eine entspannte Haltung einzunehmen, indem sie sich gegen Steph lehnte, die noch immer einen Arm um sie geschlungen hatte.

Ihre Körperwärme fühlte sich genauso an, wie ihre Hand zu halten: angenehm aber zugleich seltsam. »Ja«, sagte sie so beiläufig wie möglich. »Vierzehn Jahre lang.«

»Das ist beeindruckend. Dann sind Sie sicher bis zum Captain aufgestiegen.«

Sie schüttelte den Kopf. »Ich konnte den Papierkram und das politische Taktieren nicht leiden. Ich war am glücklichsten, wenn ich auf Streife war.«

»Die übrigen Mieter werden es sicher zu schätzen wissen, eine Nachbarin zu haben, die das Haus im Auge behält«, sagte Mr Kleinberg.

Im Auge behält. Rae musste an sich halten, um nicht das Gesicht zu verziehen.

Steph tauschte einen hoffnungsvollen Blick mit Rae und sah dann Mr Kleinberg an. »Heißt das, wir haben die Wohnung?«

Er lächelte sie an. »Später kommt noch ein anderes Paar, um sich die Wohnung anzusehen, aber um ehrlich zu sein, würde ich Ihnen am liebsten sofort zusagen. Vorausgesetzt, Ihre Referenzen und die Bonitätsauskunft fallen gut aus.«

»Das werden sie«, sagte Steph fest.

»Dann lassen Sie uns gleich die Formalitäten hinter uns bringen.« Er nahm einen Stift aus der Tasche und legte ihn neben den Bewerbungsbogen auf den Küchentresen.

Innerhalb weniger Minuten hatten sie alles ausgefüllt und verließen die Wohnung mit dem Versprechen von Mr Kleinberg, dass er sich bis Dienstag bei ihnen melden würde.

»Juhu! Ich glaube, wir haben es geschafft!« Steph schlang ihre Arme um sie.

Rae erstarrte.

»Oh, entschuldige.« Steph ließ los und trat zurück.

Rae winkte ab. Ihre Aufmerksamkeit galt etwas anderem. »Woher wusstest du das?«

»Dass wir die Wohnung bekommen würden? Ich hatte da so ein Gefühl. Ich meine, wer kann diesem charmanten Lächeln schon widerstehen?« Steph zeigte auf ihr grinsendes Gesicht.

»Das meine ich nicht. Ich rede davon, dass ich Polizistin bin.« Rae biss sich auf die Unterlippe. »War.« Es tat noch immer weh, sich einzugestehen, dass sie nicht länger das Recht hatte, sich als Polizistin zu bezeichnen.

»Klingt, als würdest du es vermissen«, sagte Steph. »Warum bist du nicht mehr bei der Polizei?«

Rae wartete, bis sie sicher am unteren Ende der Treppe angekommen war, bevor sie antwortete. »Ist ’ne lange Geschichte.« Das war ihre Standardantwort, denn damit konnte sie sich meistens neugierige Fragen vom Leib halten. Es war schon schlimm genug gewesen, dass ihre Geschichte in den Zeitungen und im Internet ausgeschlachtet worden war. Sie hatte nicht vor, sie sonst jemandem anzuvertrauen. »Ich frage noch mal: Woher wusstest du, dass ich früher bei der Polizei war?«

»Es ist irgendwie offensichtlich, wenn man weiß, wonach man Ausschau hält. Einer meiner Exfreunde hat mir beigebracht, woran man einen Polizisten erkennt, und als ich gesehen habe, wie du dich in der Wohnung verhalten hast, fiel mir wieder ein, dass du vorhin im Café mit dem Rücken zur Wand gesessen und die Tür im Auge behalten hast. Da habe ich eins und eins zusammengezählt.«

Rae hob die Augenbrauen. »Exfreund?«

»Ja. Ich bin bisexuell.«

Rae war völlig egal, ob Steph nun bisexuell, lesbisch oder hetero war. Das war nicht der Grund für ihre Frage. »Klingt, als ständest du auf böse Jungs.«

»Und auf böse Mädchen«, fügte Steph grinsend hinzu.

»Gut zu wissen. Dann brauche ich mir keine Sorgen zu machen. Ich passe nicht ins Beuteschema.«

Steph tätschelte ihr den Arm, als sie die Straße hinabgingen. Sie schien nicht zu bemerken, dass sie Rae schon wieder berührte. »Nein, keine Sorge. Ich werde nicht versuchen, mich nachts in dein Bett zu schleichen oder zu dir unter die Dusche zu steigen.«

Rae hätte sich beinahe an ihrer eigenen Spucke verschluckt und versuchte, die interessanten Bilder aus ihrem Kopf zu vertreiben, die Stephs Worte ausgelöst hatten. Eines stand fest: Das Zusammenleben mit Steph würde nicht langweilig werden.

Kapitel 4

Am frühen Dienstagabend machte sich Steph fertig zu einem Auftritt in einer Bar in Echo Park, wo sie mit dem Basketballspiel im Fernsehen konkurrieren musste und nur mit Freibier bezahlt werden würde. Aber zumindest verhalf der Auftritt ihr zu etwas Zeit auf der Bühne, was in L.A. nicht leicht zu bekommen war.

Sie war gerade dabei, ihre T-Shirts und einige andere Merchandising-Artikel einzupacken, um zumindest ein paar Dollar zu verdienen, als ihr Handy klingelte.

Ein Blick auf das Display verriet, dass es Mr Kleinberg war.

Steph ließ sich auf das Bett im Gästezimmer ihrer Schwester fallen und nahm den Anruf an. »Hallo, Mr Kleinberg. Bitte sagen Sie mir, dass Sie gute Neuigkeiten für uns haben.«

Er lachte. »Guten Abend. Ja, ich habe gute Neuigkeiten. Ihre Kreditauskunft war makellos. Wenn Sie die Wohnung noch wollen, gehört sie Ihnen.«

»Natürlich wollen wir sie!« Steph machte sich nicht einmal die Mühe, so zu klingen, als hätte sie unzählige andere Optionen. »Herzlichen Dank. Wann können wir den Mietvertrag unterschreiben?«

»Wie wäre es mit Freitag um sechs? Meine Frau würde Sie und Ihre Freundin vor der Schlüsselübergabe gern kennenlernen.«

»Ja, natürlich. Freitag passt mir gut.« Steph hielt inne. *Mist.* Da sie angeblich in einer Beziehung war, sollte sie auch den Terminplan ihrer Partnerin in Betracht ziehen. Das war wohl der Grund, warum sie single war. »Aber Rae arbeitet meistens abends. Ich muss erst mit ihr klären, ob sie eine Vertretung finden kann.«

»Sagen Sie mir einfach Bescheid«, sagte Mr Kleinberg.

»Mach ich. Nochmals vielen Dank.« Steph verabschiedete sich und beendete das Gespräch. Jubelnd rannte sie aus dem Gästezimmer und führte einen Freudentanz auf, so als hätte sie gerade eine Goldmedaille gewonnen. Wenn die Wohnungssuche in L.A. eine olympische Disziplin gewesen wäre, hätte sie definitiv einen Platz auf dem Siegertreppchen ergattert.

Ihre Schwester Claire trat aus der Küche, eine makellos weiße Schürze um ihre Hüften gebunden. »Ich nehme an, dein kleines Tänzchen bedeutet, dass du die Wohnung bekommen hast?«

»Ja!« Steph ballte die Hand zur Siegerfaust. »Wenn alles gut geht, können wir dieses Wochenende einziehen. Dann bin ich hier nicht mehr im Weg und du und Lana könnt wieder Sex auf dem Küchentisch haben.« Sie genoss es, ihre überkorrekte Schwester zum Erröten zu bringen.

»Das machen wir nicht. Lana zieht mich nur damit auf, weil eine der Kapitelüberschriften in meinem Buch *Sex beginnt in der Küche* heißt.«

»Ach, Kapitelüberschrift. So nennt man das heutzutage.« Dann hatte sie Erbarmen mit ihrer Schwester. »Hey, habt ihr dieses Wochenende Zeit, mir dabei zu helfen, meine Möbel aus dem Lager zu holen und in die neue Wohnung zu bringen?«

Lana trat aus der Küche und tauschte einen Blick mit Claire aus. Ihre wortlose Kommunikation beeindruckte Steph immer wieder aufs Neue. »Wir haben Zeit. Ich werde sogar dafür sorgen, dass Claire für einen Umzug passend angezogen ist. Als ich bei ihr eingezogen bin, hat sie in einer eleganten Bluse und einer maßgeschneiderten Hose Umzugskartons geschleppt.«

Steph lachte. Sie konnte sich vorstellen, wie ihre Schwester am Umzugstag in ihrem Psychologinnenoutfit auftauchte. Vielleicht sollte sie einen Witz darüber schreiben. »Danke. Ich sage Bescheid, sobald ich Näheres weiß.« Sie holte ihr Merchandise-Paket aus dem Gästezimmer und sah auf dem Weg zu ihrem Auto auf die Uhr.

War Rae schon bei der Arbeit? Sie beschloss, es zu versuchen. Falls Rae nicht abnahm, würde sie einfach eine Nachricht hinterlassen.

Nach dreimaligem Klingeln nahm Rae ab. »Ja?« Ihr keuchendes Atmen drang durch die Leitung.

Was um alles in der Welt machte Rae gerade? »Hey, hier ist Steph. Störe ich gerade? Bist du auf der Arbeit?«

»Nein, heute ist mein freier Tag. Ich trainiere nur.« Etwas klirrte metallisch, als hätte Rae eine Hantel weggelegt.

Steph umklammerte das Handy fester, als sie sich ein schweißgetränktes T-Shirt vorstellte, das an Raes Brust und ihren Schultern klebte.

»Also, was gibt's?«, fragte Rae, als Steph zu lange still blieb.

»Oh, tut mir leid.« Steph schüttelte die Bilder in ihrem Kopf ab. Von all den sexy Singles in L.A. war Rae so ziemlich die Einzige, von der sie die Finger lassen musste. Arbeit und Privatleben sollte man getrennt halten. Aber das hieß nicht, dass sie nicht ein wenig mit ihr flirten und sie aufziehen konnte. »Hast du am Freitagabend um sechs Zeit für ein heißes Date?«

Ein Knurren drang durch das Handy. »Stephanie …«

Steph grinste. »Was denn? Ich rede von einem Treffen mit Mr Kleinberg und seiner Frau.«

»Ist das deine Art, mir zu sagen, dass wir die Wohnung bekommen?«, fragte Rae.

»Ja. Er hat mich eben angerufen.«

Falls Steph lauten Jubel erwartet hatte, so hatte sie sich geirrte. »Gut«, sagte Rae ruhig.

»Gut? Ist das alles, was du dazu sagst? Hey, du darfst mit mir zusammenziehen. Komm schon, zeig etwas Begeisterung!«

»Juhu«, sagte Rae in monotonem Tonfall.

»Wenn du das für Begeisterung hältst, wundert es mich nicht, dass du single bist.« Als Steph ihr Auto erreichte, schloss sie es auf, stieg aber noch nicht ein. »Mr Kleinberg will sich am Freitag um sechs mit uns treffen. Ist das machbar?«

Rae schwieg einen Moment lang. »Ich werde es machbar machen.«

»Super. Ich muss los. Ich habe einen Auftritt in Echo Park und werde vermutlich gleich im Stau stecken.«

»Viel Glück«, sagte Rae. »Dann bis Freitag.« Sie legte auf, ohne eine Antwort abzuwarten.

Steph starrte auf ihr Handy. Ihre Mitbewohnerin stand wohl nicht auf Small Talk. Aber das spielte keine Rolle. Steph war nicht nach L.A. zurückgekehrt, um neue Freundschaften zu schließen. Sie war hier, um den großen Durchbruch in der Comedybranche zu schaffen. Wenigstens würde Rae sie nicht von diesem Ziel ablenken.

War dieses ständige Berühren irgendwie ansteckend? Am Freitagabend sah Rae auf Mrs Kleinberg hinab und versuchte, sich ihr Unbehagen nicht anmerken zu lassen, als die Vermieterin sich bei ihr unterhakte und sie durch die Wohnung führte, obwohl Rae diese schon gesehen hatte.

»Harold und ich halten uns aus den Angelegenheiten unserer Mieter ja grundsätzlich raus, aber wenn Sie mich fragen, ich würde das kleinere Zimmer zum Schlafzimmer machen und das größere als Büro oder Hobbyraum nutzen. Schließlich schläft man im Schlafzimmer nur, da braucht man nicht viel Platz.«

Steph grinste schelmisch und öffnete den Mund.

Rae warf ihr einen warnenden Blick zu. *Sag's nicht.*

Steph schloss den Mund, grinste aber weiterhin.

Mrs Kleinberg tätschelte Raes Arm. »Die Küche würde sicherlich nett aussehen mit halb durchsichtigen Vorhängen, die viel Licht hereinlassen, meinen Sie nicht?«

Himmel. Musste sie jetzt in jedem Raum weitere Berührungen und Tipps zur Innenausstattung über sich ergehen lassen, bevor sie den Mietvertrag unterschreiben durfte? Lieber hätte sie eine ganze Schicht lang nichts anderes getan, als Temposündern aufzulauern oder Berichte zu schreiben. Mrs Kleinberg hielt sich an ihrem linken Arm fest. Ganz egal, wie sehr Rae es hasste, Leute auf dieser Seite zu haben, sie konnte ihre Vermieterin nicht abschütteln, ohne unhöflich zu wirken.

Mr Kleinberg sah seine Frau nachsichtig an und schien nicht geneigt, deren Foltermethoden ein Ende zu setzen.

Steph gesellte sich zu ihr. »Ach, Schatz?«

Erst nach einem Moment wurde Rae klar, dass Steph mit ihr sprach. Scheinbar war Rae genauso schlecht darin, eine Beziehung vorzutäuschen, wie tatsächlich in einer zu sein. »Ja?«

Steph schob sich zwischen Rae und ihre Vermieterin. »Könntest du dir mal das Bad ansehen und mir sagen, ob du meinst, mein kleines Eckregal passt? Du bist viel besser als ich, wenn es um visuelle Sachen geht.« Sie sah Rae so verliebt an, dass Rae sich fragte, warum sie eine Karriere als Komikerin anstrebte, anstatt Schauspielerin zu werden.

»Ja, sicher, ähm, Schatz.« Rae eilte davon und hoffte, dass sie dabei wie eine treu ergebene Partnerin wirkte, nicht wie eine introvertierte Person, die vor einer übermäßig freundlichen Frau flüchtete.

»Soll ich helfen?«, rief ihr Mrs Kleinberg hinterher. »Ich glaube, wir haben irgendwo ein Maßband, oder, Harold?«

Scheiße. Rae sah über die Schulter zurück und rang sich ein Lächeln ab. »Nein, danke. Das mache ich schon.«

Mrs Kleinberg machte Anstalten, ihr dennoch zu folgen, aber Steph hielt sie fest und zog sie ins Wohnzimmer. »Für den Moment reicht mir eine grobe Schätzung. Ausmessen können wir alles später noch. Aber ich hätte da noch eine Frage.«

»Natürlich, Liebes«, sagte Mrs Kleinberg eifrig. »Worum geht es?«

Puh. Rae zerrte an ihrem Kragen und atmete auf, als sie sich für einen Moment im Badezimmer verstecken konnte. Doch so erleichtert sie auch war, Mrs Kleinberg entkommen zu sein, jetzt schuldete sie Steph einen Gefallen. Sie hasste das Gefühl, auf Hilfe angewiesen zu sein.

Deshalb hatte Steph sie doch ins Badezimmer geschickt, oder? Falls sie Rae nicht nur vor Mrs Kleinberg hatte retten wollen, sondern tatsächlich Maße für das Eckregal brauchte, hatte sie Pech gehabt. Entfernungen und Maße abzuschätzen, war keine von Raes Stärken mehr.

»Ms Jones, die Vormieterin, hat erwähnt, dass Sie keine Singles als Mieter haben möchten«, kam Stephs Stimme aus dem Wohnzimmer. »Uns persönlich betrifft das natürlich nicht, aber ich bin einfach neugierig.«

Mrs Kleinberg seufzte. »Wir haben einige unschöne Erfahrungen gemacht. Die Mieter vor Ms Jones waren zwei Mitbewohner, die ständig nachts laut gefeiert haben. Wir mussten mehrmals die Polizei rufen. Und im Erdgeschoss hatten wir eine alleinstehende Mieterin, die häufig wechselnde Herrenbesuche hatte, die nicht eben pfleglich mit der Wohnung umgegangen sind. Und eine andere Mieterin hat sich in einen Kerl mit einem langen Vorstrafenregister verliebt und ihn ohne unsere Erlaubnis einziehen lassen.«

Zögernd verließ Rae das Bad und gesellte sich zu ihnen.

Sofort schlang Steph einen Arm um sie, so als hätte sie Rae in ihrer kurzen Abwesenheit vermisst.

»Unserer Erfahrung nach sind Paare einfach die bodenständigeren Mieter«, fügte Mrs Kleinberg hinzu. Lächelnd deutete sie zwischen Rae und Steph hin und her. »Ich meine, das sieht man doch an Ihnen beiden. Ihnen muss ich sicher nicht ständig hinterherkontrollieren, damit sie nicht den Teppichboden beschädigen oder Zigarettenkippen vom Balkon werfen.«

Rae legte den Arm um Steph und setzte eine Miene auf, die ihre Vergangenheit als zuverlässige Polizistin demonstrieren sollte. »Nein, Ma'am. Uns müssen Sie nicht hinterherkontrollieren.«

Nach einer gefühlten Ewigkeit hatten Steph und Rae schließlich den Mietvertrag unterschrieben und je die Hälfte der ersten Monatsmiete und der Kaution bezahlt.

Als sich die Tür hinter den Kleinbergs schloss, sank Rae gegen die Kücheninsel. »Wow. Ich dachte schon, die wollen bei uns einziehen.«

Steph lachte. »Komm schon. Sie wollte nur nett sein.«

»Ja, klar. Nett.« Rae verzog das Gesicht. »Was machen wir, wenn sie doch kontrollieren kommt und merkt, dass wir getrennte Schlafzimmer haben?«

»Dann sage ich einfach, dass du schnarchst wie ein Walross, das schlimm erkältet ist.«

Rae funkelte sie an. »Ich schnarche nicht.«

»Das wissen die Kleinbergs aber nicht. Komm schon. Sei keine Spielverderberin. Wenigstens haben wir die Wohnung bekommen.«

»Ja. Und das bedeutet, dass du mich jetzt nicht mehr berühren oder Schatz nennen wirst.«

»Was?« Steph fasste sich an die Brust und schniefte laut. »Jetzt, da du bekommen hast, was du wolltest, machst du mit mir Schluss?«

Rae stöhnte auf. »Das habe ich jetzt davon, dass ich mit einer Komikerin zusammengezogen bin.«

»Ja. Steht im Vertrag. Du hättest das Kleingedruckte lesen sollen, bevor du ihn unterschrieben hast. Jetzt musst du dich daran gewöhnen.« Steph fuhr mit dem Finger über die Kücheninsel. »Ich kann nicht fassen, dass die Wohnung jetzt uns gehört. Na ja, tut sie eigentlich ja auch nicht, aber du weißt, was ich meine. Ziehst du auch morgen ein oder hast du auf die Schnelle niemanden finden können, der dir beim Umzug hilft?«

»Ich ziehe vor der Arbeit ein.« Rae musste nicht auf irgendwelche Helfer warten, denn sie hatte vor, den Umzug allein durchzuführen. »Und du?«

»Ich auch. Sollen wir etwas essen gehen und unsere Möbel koordinieren?«, fragte Steph.

Rae rümpfte die Nase. »Möbel koordinieren?«

»Wenn wir uns nicht absprechen, haben wir sonst am Ende vielleicht zwei Mikrowellen, zwei Sofas und zwei Couchtische, und dafür ist die Wohnung nicht groß genug.«

Nach ihrer Begegnung mit Mrs Kleinberg brauchte Rae etwas Zeit für sich. »Bring mit, was immer du willst. Ich habe sowieso keine Mikrowelle, kein Sofa und keinen Couchtisch.«

Steph sah sie ungläubig an. »Du hast nichts von all dem?«

»Nein.« Rae war nicht in der Stimmung, ihr den Grund zu erklären. Sie ging zur Tür. »Wie ich eben sagte, bring einfach mit, was du hast. Das passt schon.«

»Hey, warte!«, rief Steph ihr hinterher. »Vergisst du nicht etwas? Wenn du morgen einziehen willst, brauchst du deine Hausschlüssel.«

Als Rae sich umdrehte, warf Steph ihr einen Schlüsselbund zu.

Ach, wenn die Leute bloß aufhören würden, ihr Gegenstände zuzuwerfen. Ihre Chancen, die Schlüssel zu fangen, standen schlecht, aber sie wollte sich nicht blamieren, deshalb versuchte sie es trotzdem. Prompt verfehlte sie den Schlüsselbund um mehrere Zentimeter.

Er fiel klappernd zu Boden, rutschte über das Parkett und blieb vor ihren Füßen liegen.

Steph starrte sie an.

Raes Wangen brannten vor Verlegenheit. Sie versuchte, so würdevoll wie möglich zu wirken, als sie sich bückte und die Schlüssel aufhob.

»Bist du –?«

»Gute Nacht.« Rae umklammerte die Schlüssel, machte auf dem Absatz kehrt und stieß unsanft die Tür auf.

Stephs verwirrt klingendes »Gute Nacht« hallte ihr noch in den Ohren, als sie ihr Auto erreichte.

Kapitel 5

Früh am nächsten Morgen stieß Rae eine Reihe von Flüchen aus. Eine einen Meter vierzig breite Matratze alleine zu transportieren, war alles andere als einfach. Bis sie die Matratze, das Kopf- und den Fußteil und den Lattenrost sowie einige andere Möbelstücke endlich im Lastwagen hatte, war sie schweißgebadet.

Als Nächstes stapelte sie Umzugskartons auf die Sackkarre und zog sie zum Möbelwagen. Wenigstens hatte ihr altes Wohnhaus einen Aufzug, sodass es einfacher war, alles nach unten zu bringen. Das neue Haus hatte keinen, aber Rae war entschlossen, trotzdem alles allein zu schaffen.

Mit einem Ruck zog sie die Sackkarre unter den Kartons hervor und machte sich auf den Weg, um die nächste Ladung zu holen.

Schließlich lud sie den letzten Umzugskarton und ihre Kugelhantel in den Wagen. Sie wischte sich mit dem Unterarm den Schweiß von der Stirn und blieb auf der Laderampe stehen, um einen letzten Blick auf ihr altes Zuhause zu werfen. Erinnerungen an die vergangenen neun Jahre überkamen sie. Ohne dass sie es wollte, sah sie Mike vor sich, wie er sich bei seinem letzten Besuch im Wohnzimmer auf den Boden gesetzt hatte. Seine blauen Augen hatten gestrahlt, als er mit ihr um das letzte Bier kämpfte.

Dann drohten Erinnerungen an die vergangenen acht Monate die glücklicheren Gedanken zu überlagern, aber Rae verdrängte sie rasch.

Sie sprang von der Rampe und schob sie zurück in den Wagen. Krachend warf sie die Tür zu, als könnte sie so auch ihre Erinnerungen aussperren.

Gerade als sie in die Fahrerkabine einsteigen wollte, hielt ein vertrautes Auto hinter ihr und Kim stieg aus.

Mist. Ausgerechnet jetzt wollte Kim ihr einen Besuch abstatten.

Kims lockiges Haar hüpfte auf und ab, als sie auf Rae zukam. Obwohl Rae mindestens einen halben Kopf größer und fast zwanzig Kilo schwerer war, baute sich Kim in drohender Haltung vor ihr auf. »Was ist hier los?«

Rae versuchte erst gar nicht, um den heißen Brei herumzureden. »Ich ziehe um.«

»Du ziehst um?«, wiederholte Kim. »Wann hattest du vor, mir davon zu erzählen? Wolltest du es mich herausfinden lassen, wenn ich vorbeigekommen wäre, um zu sehen, ob du noch am Leben bist, weil ich nie von dir höre, und dann deine Wohnung leer vorgefunden hätte?«

Rae sah zu Boden. Wünschte sich Kim manchmal insgeheim, sie wäre an Mikes Stelle und er wäre noch am Leben? Sie könnte es ihr nicht verübeln. »Es tut mir leid, Kim. Das war nicht meine Absicht. Es war einfach alles sehr kurzfristig. Ich habe erst gestern einen Nachmieter für die alte Wohnung gefunden.«

»Trotzdem hättest du mich oder einige der Jungs anrufen können. Du weißt, sie hätten alles stehen und liegen lassen, um dir beim Umzug zu helfen. Du gehörst immer noch zur Familie, auch wenn du keine Uniform mehr trägst.«

»Ach was. Die Jungs verbringen ohnehin schon zu wenig Zeit mit ihren Familien. Ich schaffe das auch allein.«

»Himmel, Rae. Du bist dickköpfiger als Mike – und das will etwas heißen, denn mein werter Ehemann war sturer als ein Esel. Um Hilfe zu bitten, ist kein Zeichen von Schwäche.«

»Das weiß ich«, sagte Rae. Dennoch wollte sie niemanden um Hilfe bitten, insbesondere nicht ihre ehemaligen Kollegen. Egal, was Kim sagte, sie gehörte nicht mehr zu dieser eingeschworenen Truppe, und die Jungs wiederzusehen, hätte ihr diesen Verlust nur noch deutlicher gemacht.

»Warum hast du mich dann nicht angerufen? Ich verstehe dich wirklich nicht. Wie willst du deine Couch und die anderen größeren Möbel allein in den Möbelwagen bekommen?«

»Ich habe keine Couch. Alle meine Sachen sind bereits verstaut.« Rae klopfte auf die Seite des Wagens.

Kim starrte sie an. »Du hast keine Couch?«

Trotz ihrer schmerzenden Muskeln zuckte Rae mit den Schultern. Warum war das für alle so schwer zu glauben? »Lise hat das Sofa mitgenommen, als sie ausgezogen ist.«

»Aber das ist vier Jahre her! Warum hast du keine neue Couch gekauft? Ist das der Grund, warum du lieber zu uns … zu mir kommst, statt mich zu dir einzuladen? Warum hat Mike nie erwähnt, dass du keine Couch hast?«

Rae hielt nur mit Mühe ein genervtes Stöhnen zurück. Dies war einer der Gründe, warum sie nicht um Hilfe gebeten hatte. Sie wollte nicht das Gefühl haben, sich für ihren Lebensstil entschuldigen zu müssen. »Weil solche Dinge zwischen Mike und mir keine Rolle spielten. Ich bin ohnehin fast nie zu Hause, deshalb habe ich mir nicht die Mühe gemacht, ein neues Sofa anzuschaffen.«

»Das war vielleicht früher so, aber während der vergangenen acht Monate hast du dich förmlich in deiner Wohnung verkrochen.«

»Ich war noch nicht so weit.« Selbst jetzt gab es manchmal Tage, an denen sie lieber im Bett geblieben wäre, statt sich in die Welt hinauszuwagen, mit ihren neuen Einschränkungen konfrontiert und daran erinnert zu werden, dass ihr Leben nie wieder wie früher sein würde. »Jetzt brauche ich ohnehin keine Couch mehr, denn Steph bringt ihre mit.«

Kim sank gegen den Möbelwagen, als hätten ihre Knie ihr den Dienst versagt. »Du ziehst mit einer Frau zusammen, von der ich noch nicht einmal gehört habe?« Bestürzt blickte sie Rae an. Tränen schimmerten in ihren Augen. »Warum schließt du mich aus deinem Leben aus? Es fühlt sich an, als hätte ich an jenem Tag nicht nur Mike, sondern auch unsere beste Freundin verloren.«

»Nein, Kim, das wollte ich nicht. Ich …« Raes Kehle war so eng, dass sie nicht weitersprechen konnte. Sie lehnte sich neben Kim an den Möbelwagen und zwang sich, nicht zurückzuweichen, als Kims Schulter ihren Arm streifte. Kim befand sich auf der falschen Seite, zu ihrer Linken, aber vielleicht war das sogar gut so. Wenigstens musste Rae dann nicht sehen, wie sehr sie Kim wehgetan hatte. »Du wirst mich nicht verlieren, das verspreche ich. Ich brauche nur etwas Zeit für mich, um herauszufinden, wer ich bin, jetzt, da ich keine Polizistin mehr sein kann.«

Kim nahm ihre Hand und drückte sie. »Das musst du nicht alleine herausfinden. Du warst für mich da, nachdem Mike … nachdem wir ihn verloren haben. Bitte lass mich auch für dich da sein.«

»Ich weiß, dass du immer für mich da bist, wenn ich dich brauche. Aber das ist etwas, was ich alleine tun muss«, sagte Rae leise. »Und nur damit du es weißt: Steph ist nicht meine neue Freundin. Außer meine Vermieter sind in der Nähe.«

»Wie bitte?«

»Es ist kompliziert. Ich rufe dich morgen an und erkläre dir alles.«

»Nein. Ich komme mit und helfe dir beim Umziehen, du kannst mir also alles auf dem Weg zur neuen Wohnung erklären.« Kims Tonfall duldete keinen Widerspruch.

Rae seufzte, wusste aber, dass sie Kim nicht davon abbringen konnte. »Na schön. Dann lass uns losfahren. Ich muss den Möbelwagen zurückbringen, bevor ich zur Arbeit gehe.«

Kim begutachtete das sperrige Fahrzeug. »Soll ich fahren? Ich weiß, das ist nicht einfach für dich.«

»Es ist acht Monate her. Ich komme gut zurecht.« Rae kletterte hinter das Steuer und wartete, bis Kim auf der anderen Seite eingestiegen war.

Den ungewohnten Möbelwagen zu fahren, war in der Tat nicht so einfach. Ihre Nackenmuskeln schmerzten, weil sie ständig den Kopf drehen musste, um zu kontrollieren, dass sich kein Auto oder Radfahrer in ihrem toten Winkel befand. Zum Glück war samstags nicht so viel Verkehr, sodass sie sich zutraute, ohne größere Probleme nach Beverly Grove zu kommen.

»Wolltest du mir nicht die Sache mit deiner Freundin, die nicht deine Freundin ist, erklären?«, fragte Kim nach einer Weile. »Es ist fünfzehn Jahre her, seit ich mit jemandem ausgegangen bin, aber ich dachte eigentlich, entweder ist man ein Paar oder man ist es nicht. Das ist bei Lesben doch auch nicht anders, oder?«

Rae lachte. »Nein. Mein neuer Vermieter vermietet nicht an Singles, deshalb hat Steph vorgeschlagen, dass wir uns als Paar ausgeben.«

Kim hob eine Hand. »Warte. Ich glaube, du hast da ein paar Einzelheiten ausgelassen. Wer ist Steph?«

»Stephanie Renshaw. Erfolglose Komikerin, meine neue Mitbewohnerin und eine riesige Nervensäge.«

Kim klatschte in die Hände. »Klingt nach genau der richtigen Person, um dich aus der Reserve zu locken.«

»Ich will nicht aus der Reserve gelockt werden, schon gar nicht von einer neunmalklugen Komikerin.«

Unbeeindruckt hüpfte Kim auf dem Beifahrersitz auf und ab. »Ich kann es kaum erwarten, sie kennenzulernen.«

Rae strich sich genervt mit der Hand über die Stirn. Das würde ein langer Tag werden.

Steph hatte erwartet, dass Rae mit einem halben Dutzend muskulöser Polizisten auftauchte, die die Möbel rasch in den ersten Stock befördern und dort aufbauen würden. Doch als ein weiterer Möbelwagen hinter dem hielt, den Steph gemietet hatte, stiegen lediglich Rae und eine Frau Mitte dreißig aus.

In ihrer beigefarbenen Stoffhose und einem kurzärmeligen, preiselbeerfarbenen Rollkragenpulli sah die Fremde ungefähr so aus, wie Claire am Umzugstag ausgesehen hätte, wenn Lana nicht interveniert hätte.

Was hatte es damit auf sich?

Penny sprang hinter Steph aus dem Möbelwagen. Die Stehlampe, die sie trug, war größer als sie selbst. »Wer ist das denn?«

»Das ist Rae«, sagte Steph. Ihr Blick ging zu der verwaschenen Jeans und dem Baumwoll-T-Shirt, das an Raes Schultern zu kleben schien. »Keine Ahnung, wen sie da dabeihat, aber ich werde es gleich herausfinden.« Sie stellte den Umzugskarton ab und ging zu den beiden hinüber. Neugierig musterte sie die Frau. Rae hatte behauptet, sie habe keine Freundin, und die Fremde war allenfalls mittelgroß und hatte kastanienbraunes, lockiges Haar, war also vermutlich nicht mit Rae verwandt. »Hallo.«

»Hallo.« Die Frau begrüßte Steph mit einem warmen Lächeln und hielt ihr die Hand hin. »Ich bin Kim Lindstrom, eine gute Freundin von der wortkargen Langen da drüben. Du musst die Mitbewohnerin Schrägstrich Scheinfreundin sein.«

Steph lachte. »Ja, das bin ich. Stephanie Renshaw. Aber sag doch bitte Steph zu mir.«

»Schön, dich kennenzulernen. Ich würde ja sagen, Rae hat mir schon viel von dir erzählt, aber wenn du bereits ein wenig Zeit mit ihr verbracht hast, dann weißt du sicher, dass das gelogen wäre.«

»Hey, ich dachte, du bist mitgekommen, um mir beim Umziehen zu helfen, nicht um über mich zu tratschen, während ich danebenstehe«, grummelte Rae.

Kim stieß sie spielerisch mit dem Ellbogen an, was Steph nicht entging. »Wenn ich gewusst hätte, dass ich beim Umziehen helfen soll, hätte ich etwas anderes angezogen, deshalb kann ich tratschen, so viel ich will.«

Dann polterten Stephs Freunde, Verwandte und ihre Komikerkollegen die Treppe herab und ein lautstarkes Chaos brach aus, als sich alle vorstellten.

Rae schaffte es, sich von der Gruppe wegzustehlen. Sie zog die Rampe ihres Möbelwagens aus. Offensichtlich waren größere Gruppen nicht ihr Ding und Steph hatte so ein Gefühl, dass für Rae schon mehr als zwei Leute als Menschenansammlung galten.

Ganz leise, um nicht den Rest ihrer Freunde auf sich aufmerksam zu machen, ging Steph zu ihr hinüber und spähte in den Möbelwagen. Rae hatte nicht übertrieben. Sie schien tatsächlich kaum Möbel zu besitzen. Trotzdem würde es nicht einfach werden, die Matratze, das Bett und die Kommode ohne Aufzug in den ersten Stock zu befördern, schon gar nicht in den eleganten Pumps, die Kim anhatte. »Wenn du das Ende nimmst, packe ich am anderen an.« Sie deutete auf die Matratze.

Rae zuckte zusammen, als hätte sie nicht bemerkt, dass Steph unmittelbar neben ihr stand. »Danke, aber das ist nicht nötig. Du hast genug mit deinen eigenen Sachen zu tun.«

»Machst du Witze? Meine Schwester hat alles mit der Präzision eines Militärfeldzugs geplant. Sie wird dir Geld anbieten, dafür dass du mich beschäftigt hältst und ich ihr perfektes System nicht durcheinanderbringen kann.«

»Stimmt«, rief Claire. »Und ich verdopple die Bezahlung, wenn du deine Umzugskartons beschriftet hast. Meine total unorganisierte kleine Schwester hat das nämlich versäumt und deshalb hat sie keine Ahnung, wo ihre Schraubenzieher sind.«

Steph hatte sich Claires Beschwerden schon seit einer Stunde anhören müssen. »Nur weil ich deinen 32-Schritte-Packplan nicht verwendet habe, bin ich noch lange nicht unorganisiert. Wir finden die Schraubenzieher schon.«

»Sie sind vermutlich im Karton mit den Sexspielsachen«, meinte Gabe.

»Nein«, sagte Penny. »Die füllen schon allein einen Karton.«

Stephs Komikerkollegen lachten brüllend und fügten der Diskussion ihre eigenen Kommentare hinzu.

»Na toll«, murmelte Steph. »Das hab ich jetzt davon, dass ich mit Comedians befreundet bin. Vermutlich bauen sie das in ihr Programm ein.«

Raes Mundwinkel zuckten, als kämpfte sie gegen ein Lächeln an. Das war es fast wert, von ihren Freunden aufgezogen zu werden.

Steph schob sich an Rae vorbei, kletterte in den Möbelwagen und packte ein Ende der Matratze.

»Du musst mir wirklich nicht helfen.«

»Ich weiß«, sagte Steph. »Aber wir wollen doch nicht, dass die Kleinbergs und unsere Nachbarn merken, dass wir kein Paar sind. Es gibt also nicht meine Sachen und deine Sachen, sondern nur unsere Sachen.«

Rae zögerte und schüttelte den Kopf, als würde sie sich fragen, wann sie die Kontrolle über die Situation verloren hatte.

Fiel es ihr wirklich so schwer, ein wenig Hilfe anzunehmen? Steph stieß ein gequältes Stöhnen aus, als könnte sie die Matratze nicht länger halten. »Das Ding wird langsam schwer. Beeil dich.«

Mit zwei großen Schritten ging Rae die Rampe hinauf und nahm das andere Ende. Als sie vorsichtig rückwärts die Rampe hinabmanövrierte, sah sie zu Steph auf. »Weißt du tatsächlich nicht, wo deine Schraubenzieher sind?«

»Ich weiß genau, wo sie sich befinden.« Steph hob stolz den Kopf. »Sie sind in dem Karton mit dem braunen Deckel.«

»Die haben alle braune Deckel.«

Steph bedachte sie mit einem schelmischen Grinsen. »Dumm gelaufen.«

Rae fühlte sich wie eine Entenmutter, als sie die Treppe hinunterging. Hinter ihr quietschten Stephs Turnschuhe und dann folgte der Rest der Gruppe.

Die meisten hielten auf Stephs Möbelwagen zu, aber zwei der Jungs gingen weiter zu Raes. Sie hatte die beiden im Club gesehen, deshalb wusste sie, dass sie Komiker waren. Beide hatten sich vorhin vorgestellt, aber sie konnte sich nicht an ihre Namen erinnern. Ein drahtiger Latino, auf dessen T-Shirt *Vorsicht oder du landest in meinem Comedyprogramm* stand, schnappte sich den Umzugskarton mit den Tellern.

»Nein, das ist meiner.« Rae bedeutete ihm, den Karton abzustellen.

»Na und?« Er sah sie an. »Muss der nicht auch nach oben?«

»Ja, schon, aber –«

Bevor sie ein Tauziehen mit dem Umzugskarton veranstalten konnten, kam Steph zu ihnen herüber. »Lass meine Freunde einfach helfen. Je schneller alles erledigt ist, desto schneller gehen alle und du kannst allein sein.«

War das so offensichtlich? Rae rieb sich den Nacken.

Steph lächelte ihr zu und stupste sie an. »Komm schon. Hilf mir mit dem Bettgestell.«

Rae wusste, wann sie sich besser geschlagen geben sollte. Sie folgte Steph die Rampe hinauf und nahm ein Ende des Bettgestells. »Danke«, sagte sie widerwillig.

»Du musst mir nicht danken. Betrachte es als Bezahlung.«

»Bezahlung wofür?«

»Dafür, dass ich deine Schraubenzieher ausleihen darf«, antwortete Steph.

Rae bemühte sich, ihre ernste Miene beizubehalten, aber es war nicht einfach. »Wie kommst du darauf, dass ich weiß, wo meine Schraubenzieher sind? Oder dass ich überhaupt welche besitze? Es ist ein Stereotyp, dass alle Lesben auf Werkzeug stehen.«

Über das Bettgestell hinweg grinste Steph sie an. »Na ja, du hast das Bett und zwei Regale auseinandergebaut, und ich glaube nicht, dass du das mit den Zähnen gemacht hast.«

»Hm, da hast du mich erwischt.«

Sie trugen das Bett die Treppe hinauf. Diesmal ging Steph rückwärts.

Als sie die Wohnungstür erreichten, schob sich einer von Stephs Komikerfreunden mit einem Umzugskarton an ihnen vorbei, auf dem *Laken* stand. Er hielt damit auf Stephs Schlafzimmer zu.

»Stopp, das kommt in mein Zimmer.« Rae nickte in Richtung des kleineren Schlafzimmers. Sie hatte Steph den größeren Raum überlassen, weil diese mehr Möbel mitbrachte.

Der Comedian blieb stehen und drehte sich um. Sein Blick glitt zwischen Rae und Steph hin und her. »Ach, du hast ein eigenes Schlafzimmer?«

Rae runzelte die Stirn. »Natürlich. Warum sollte ich kein eigenes Zimmer haben?«

Er lachte. »Mann, ich dachte ›Mitbewohnerin‹ wäre eine lesbische Bezeichnung dafür, dass ihr beide das Schlafzimmer-Rodeo zusammen reitet.«

Claire sah von dem Umzugskarton auf, den sie – womöglich auf der Suche nach den Schraubenziehern – gerade durchwühlte. »Manchmal ist eine Zigarre einfach nur eine Zigarre.«

»Herzlichen Dank, Dr. Freud.« Steph wandte sich von ihrer Schwester ab und ihrem Kumpel zu. »Nein, wir sind wirklich nur Mitbewohnerinnen. Wenn ich in meinem Schlafzimmer ein Rodeo veranstalte, dann mit einem anderen Cowgirl oder Cowboy.«

Stöhnend ging Rae weiter zu ihrem Zimmer. *Worauf zum Teufel habe ich mich da bloß eingelassen* wurde so langsam zu ihrem neuen Motto.

Steph hatte gerade die Einzelteile ihres neuen Bücherregals am Boden ausgelegt, als Raes Freundin Kim ihren Kopf durch die offene Tür steckte. »Rae meinte, du brauchst den hier sicher.« Sie hielt ihr einen Schraubenzieher hin.

»Danke.« Steph ging zu ihr und nahm das Werkzeug entgegen. »Ich habe meine immer noch nicht gefunden.«

Kim kicherte. »Ich weiß. Die Theorien deiner Freunde darüber, wo sie sein könnten, werden von Minute zu Minute wilder.«

»Wilder als der Kommentar bezüglich Sexspielzeug?«

»Ja. Glaub mir, du willst keine Einzelheiten hören.« Kim deutete auf die Teile des Bücherregals. »Brauchst du Hilfe?«

»Gern, aber braucht Rae dich nicht? Lana oder Penny können mir helfen, sobald sie die Pfannen und Töpfe verstaut haben.«

»Rae bringt gerade die Gardinenstangen an und deine Schwester hat sich bereits zu ihrer Helferin erklärt.«

Steph spähte durch die offene Tür und erhaschte einen Blick auf Rae. Diese stand auf einer Leiter und hantierte mit einer Bohrmaschine, während Claire mit dem Staubsauger neben ihr Stellung bezogen hatte, um den Bohrstaub aufzufangen. »Meine neue Mitbewohnerin ist wohl eine Frau mit vielen Talenten.«

Kim nickte. »Es gibt nicht viel, was sie nicht kann.« Leise, als spräche sie mehr mit sich selbst, fügte sie hinzu: »Außer, um Hilfe zu bitten.«

Da die gemurmelten Worte offensichtlich nicht für ihre Ohren bestimmt waren, beschloss Steph, diese zu ignorieren.

»Gut, dann lass uns das Bücherregal in Angriff nehmen.«

Kim kniete sich auf den Boden, um die Seitenwände des Regals festzuhalten, während Steph die Schrauben festzog.

Steph deutete auf die beigefarbene Hose, die Kim trug. »Soll ich dir eine Jeans von mir leihen? Du müsstest vielleicht die Hosenbeine umkrempeln, aber ansonsten sollte sie passen.«

»Nein, geht schon.« Kim blies sich eine Haarsträhne aus dem Gesicht und lächelte sie an. »Ich habe das Gefühl, bis du den Karton mit den Jeans findest, sind wir hier fertig.«

Steph seufzte übertrieben laut. »Bin ich so leicht zu durchschauen oder bist du auch Psychologin, wie meine Schwester?«

»Nicht ganz. Ich bin Datingberaterin.«

Der Schraubenzieher rutschte ab und kratzte über die Seite des Regals, als Steph sie anstarrte. »So etwas gibt es?«

»Wenn nicht, dann verrate es nicht meinen Kunden.«

»Habe ich nicht vor.« Steph zog die Schraube fest. »Woher kennst du Rae? Sie war keine deiner Kundinnen, oder?«

Kim lachte herzlich. »Um Gottes willen, nein. Sie würde lieber einen Urlaub auf einem überfüllten Kreuzfahrtschiff buchen, als sich von mir bei der Suche nach ihrer Seelenverwandten helfen zu lassen. An so etwas glaubt sie nicht.«

Steph auch nicht.

»Wie habt ihr euch dann kennengelernt?« Steph schraubte den obersten Regalboden fest. Gemeinsam drehten sie das Bücherregal um, sodass sie die Rückwand festnageln konnten. Leider befand sich aber Stephs Hammer bei dem restlichen vermissten Werkzeug.

»Durch meinen Mann. Er war zwölf Jahre lang Raes Partner bei der Polizei.« Kims Lächeln wurde wehmütig und die zuvor fröhliche Atmosphäre im Raum schlug um.

Obwohl Stephs Familie ihr oft vorwarf, überhaupt kein Taktgefühl zu haben, zögerte sie, weitere Fragen zu stellen, obwohl ihr viele durch den Kopf gingen: Wie hatten die beiden es geschafft, so lange Partner zu bleiben, obwohl Rae offenbar genauso schlecht wie sie selbst darin war, Beziehungen jeglicher Art zu pflegen? Und warum war er jetzt nicht hier, um seiner ehemaligen Partnerin beim Umzug zu helfen? War ihm etwas zugestoßen?

Kim nickte als Antwort auf ihre unausgesprochene Frage. »Er –«

»Ihr braucht sicher den hier.« Rae stand im Türrahmen und hielt Stephs kleinen, roten Werkzeugkoffer in die Höhe. »Deine Schwester hat ihn in dem Karton mit deiner Unterwäsche gefunden.«

Steph starrte sie an. »Ähm, warum packt Claire meine Unterwäsche aus?«

»Weil du die Kartons nicht beschriftet hast und sie keine Ahnung hatte, was sich darin befindet, bevor sie ihn geöffnet hat«, sagte Rae.

Da hatte sie recht. Warum um alles in der Welt hatte sie die Werkzeuge in den Karton mit ihrer Unterwäsche getan? »Na toll. Das wird sicher in Gabes Comedyprogramm enden.«

Rae stieg über Regalböden hinweg und gab ihr den Werkzeugkoffer. Ihr Blick ging zu Kim und ihre Haltung wirkte so beschützend, als wollte sie ihre Freundin von allem fernhalten, was sie womöglich verletzen könnte. »Alles in Ordnung?«, fragte sie so leise, dass Steph ihre Worte kaum verstand.

Kim nickte und erhob sich vom Boden. »Alles prima.«

Steph schluckte gegen ihren trockenen Mund an, als sie der Interaktion der beiden zusah. Die Verbundenheit zwischen ihnen war offensichtlich, und sie hatte das Gefühl, dass nicht nur glückliche Erinnerungen die beiden verbanden. »Wenn du deine Helferin zurückhaben willst, kann ich den Rest auch allein machen.«

Statt erneut jede Hilfe zurückzuweisen, nickte Rae. »Danke. Ich könnte ein zweites Paar Hände im Schlafzimmer gut gebrauchen.«

»Das sage ich auch immer«, scherzte Steph, weil sie die plötzliche Anspannung nicht mehr ertragen konnte.

Kim lächelte und tätschelte ihre Schulter, als wüsste sie genau, was in Steph vorging.

Rae folgte ihrer Freundin zur Tür. Dort hielt sie inne, blickte zurück und nickte Steph knapp zu.

Mit dem Werkzeugkoffer in der Hand blieb Steph zurück. Sie wusste noch immer nicht, was sie von ihrer neuen Mitbewohnerin halten sollte.

Rae faltete gerade einige der Umzugskartons zusammen, die sie bereits ausgepackt hatte, als Steph an die offene Tür klopfte. »Hey, hier sieht es ja so langsam richtig wohnlich aus und nicht mehr wie auf einer Baustelle.«

»Ja, so langsam wird es.« Rae ließ ihren Blick durch den Raum schweifen. Er wirkte ziemlich spartanisch, vor allem im Vergleich zu Stephs Zimmer, das vollgestopft war mit Möbeln, die nicht zueinander passten, einer riesigen Rubbelkarte der Welt, Fotos von Steph mit einem halben Dutzend verschiedener Hunde sowie Bildern, die sie mit Freunden und Familie zeigten.

Abgesehen von Raes Bett gab es nur eine Kommode, einen Nachttisch, einen kleinen Schreibtisch, einen Stuhl, ein Bücherregal und ihre Stereoanlage. Die Hanteln in der Ecke und die Augentropfen auf dem Nachttisch waren die einzig persönlichen Gegenstände.

Raes Eltern hatten Recycling und Wiederverwenden zur Kunstform erhoben und nie etwas weggeworfen, deshalb mochte sie es minimalistischer.

Steph zeigte zum Wohnzimmer. »Ich bestelle Pizza für die hungrige Meute. Was soll ich dir bestellen?«

»Nichts, danke. Ich hole mir später etwas.« Rae öffnete den nächsten Karton und hoffte, dass Steph den Wink mit dem Zaunpfahl verstehen würde.

Stattdessen lehnte sich Steph an den Türrahmen. »Komm schon. Pizza am Umzugstag ist Tradition. Sag nicht, du bist eine der Frauen, die so tun, als ob es das Ende der Zivilisation bedeutet, wenn sie ab und zu ein paar Kohlenhydrate essen.«

Zusammengeknülltes Zeitungspapier segelte von der Küche aus durch die Luft, wo mehrere Leute Geschirr auspackten. Es prallte gegen Stephs Kopf und kullerte über den Parkettboden.

»Hey, ich habe doch gesagt, ich esse ein Stück Pizza«, rief Claire. Sie kam zu ihnen herüber und bückte sich nach dem Wurfgeschoss. »Wenn du einen Job hättest, bei dem du den ganzen Tag lang nur auf dem Allerwertesten sitzt, müsstest du auch aufpassen, was du isst.«

Steph rollte spielerisch mit den Augen. »Sag doch einfach Hintern, Claire.«

Rae hörte zu, wie die beiden einander neckten. Unglaublich, wie unterschiedlich Geschwister sein konnten. Hätten sie nicht die gleichen blonden Haare und hellgrauen Augen gehabt, hätte man glauben können, eine von beiden wäre adoptiert.

Schließlich schlichtete Claires Verlobte den neckischen Streit, indem sie Claire küsste und zurück in die Küche zog.

»Also?« Steph wandte sich wieder Rae zu. »Ist Salamipizza okay? Kim sagt, du bist keine Vegetarierin.«

»Bleibt sie hier und isst mit euch?«, fragte Rae.

»Ja. Du bist die Einzige, die sich verweigert.« Steph trommelte mit den Fingern auf dem Türrahmen herum und sah sie erwartungsvoll an.

Nun ja, wenn Kim vorhatte zu bleiben, wollte Rae es ihr nicht schwerer machen, indem sie sich in ihr Zimmer zurückzog. »Für mich bitte doppelt Käse.«

Ein Grinsen glitt über Stephs Gesicht. »Wird gemacht.« Sie eilte davon, hob das Handy ans Ohr und rasselte eine Bestellung herunter, die so lang war, dass sie mit der Pizza vermutlich die gesamte Nachbarschaft sattbekommen würden.

Eine Stunde später lagen nur noch leere Pappschachteln auf Stephs Couchtisch und den rasch zusammengeschobenen Umzugskartons, die als improvisierte Tafel dienten. Einer der Komiker hatte sogar eine Kühlbox voller Bier mitgebracht, aber da Rae wusste, dass sie bald den Möbelwagen zurückbringen und ihr Auto holen musste, trank sie keinen Alkohol.

Außerdem bereitete ihr der Geräuschpegel auch so schon Kopfschmerzen. Die Umzugshelfer plapperten drauflos und machten mehr Krach als ein ganzer Schwarm Krähen. Rae war noch nie ein geselliger Mensch gewesen, aber seit der Schießerei fand sie es noch anstrengender, mit anderen zu interagieren. Unter dem Vorwand, sich ein Glas Wasser zu holen, floh sie auf den Balkon und zog die Tür hinter sich zu, sodass nur noch ein kleiner Spalt blieb.

Sobald die Geräuschkulisse nachließ, lockerte sich die Anspannung in ihren Schultern. Sie atmete auf, lehnte sich gegen das Balkongeländer und beobachtete, wie eine leichte Brise durch die Blätter der Bäume im Innenhof fuhr.

Sie hatten mit dieser Wohnung großes Glück gehabt. Nur wusste sie noch nicht, wie viel Glück sie bezüglich ihrer Mitbewohnerin gehabt hatte.

Gelächter drang durch den Türspalt und lenkte ihre Aufmerksamkeit zum Wohnzimmer zurück.

Steph saß auf einem der Umzugskartons und gestikulierte mit einem angebissenen Stück Pizza, während sie ihre Freunde mit einer Geschichte über die Abenteuer unterhielt, die sie auf ihrer Tour durchs ganze Land erlebt hatte. Offenbar war sie unter so vielen Menschen voll in ihrem Element. Rae wusste nicht, ob sie Steph bemitleiden oder beneiden sollte.

Einer der Komiker warf einen Arbeitshandschuh nach Steph, dem sie grinsend auswich.

Das gutmütige Necken zwischen ihr und ihren Kumpels und der sarkastische Sinn für Humor, den sie teilten, erinnerten Rae an ihre Kameraden aus ihrer Zeit bei der Polizei.

Steph warf den Handschuh zurück.

Rae konnte nicht hören, was sie sagte, aber Claire verschluckte sich an einem Stück Pizza, das Lana ihr eben in den Mund geschoben hatte, und Kim hielt vor Lachen ihre Seiten umklammert.

Das entlockte Rae ein Lächeln, das so ungewohnt war wie der Anblick von Kims Lachen. Es war das erste Mal seit Mikes Tod, dass sie Kim so unbeschwert hatte lachen hören. Jetzt war Rae froh, dass sie Stephs Einladung zu Pizza angenommen hatte. Noch immer lächelnd drehte sie sich um und beobachtete eine Katze, die gerade über den Hof lief.

Die Glastür hinter ihr wurde aufgeschoben. Einen Moment traf sie das Geräusch von Stimmen und Gelächter mit der Heftigkeit eines Regenschauers. Dann wurde die Tür wieder geschlossen, was Rae und die unbekannte Person, die sich zu ihr gesellt hatte, vom Rest der Gruppe trennte.

Jetzt war es mit ihrer Ruhe also vorbei.

Rae drehte sich um.

Sie hatte Kim oder Steph erwartet, doch stattdessen stand Claire vor ihr. Obwohl sie wie alle anderen Umzugshelfer Jeans und T-Shirt trug, waren ihre Klamotten offensichtlich nagelneu. Die Bierflasche in ihrer Hand wirkte irgendwie fehl am Platz. Claire stellte sie am Boden ab, als wüsste sie nicht so recht, was sie damit anfangen sollte. Dann trat sie neben Rae ans Geländer und blickte schweigend in den Hof hinab.

Gerade als Rae zu hoffen begann, dass sie sich ohne Small Talk aus der Affäre ziehen konnte, deutete Claire über ihre Schulter. »Ich habe eine Pause gebraucht. Stephs Freunde können ein bisschen überwältigend sein.«

Rae brummte nur, weil sie nicht wusste, welche Antwort von ihr erwartet wurde. Außerdem wollte sie Claire auf keinen Fall zu einer längeren Unterhaltung ermutigen.

»Ja, ich weiß.« Claire lachte. »Man sollte meinen, eine Psychologin wäre viel geselliger.«

»Du bist Psychologin?« Rae musste an sich halten, um nicht von ihr abzurücken. Sie wusste, dass es albern war, aber sie konnte nicht anders. Nach all den obligatorischen Gesprächen mit dem Polizeipsychologen war ihr diese Berufsgruppe in etwa so sympathisch wie anderen Leuten ein Zahnarzt.

Claire lächelte sanft. »Keine Sorge. Ich werde dich nicht psychoanalysieren, egal, was meine kleine Schwester in ihrem Comedyprogramm vermutlich über mich gesagt hat.«

»Ich habe sie noch nicht auftreten sehen.«

»Ach, dann magst du wohl einfach keine Psychologen.« Claire lächelte noch immer. Obwohl sie und Steph einander sehr ähnlich sahen, glich ihr zurückhaltendes Lächeln nicht dem sorglosen Grinsen ihrer Schwester.

Rae zuckte mit den Schultern. »Nimm's nicht persönlich.«

»Mach ich nicht. Ich bin das gewohnt. Als Lana und ich uns kennengelernt haben, wollte sie auch nichts mit Psychologen zu tun haben.«

Rae folgte Claires Blick durch die Glasschiebetür zu der Stelle, an der Lana es sich auf dem Parkettboden bequem gemacht hatte. Sie drehte den Kopf, als hätte sie den Blick ihrer Verlobten auf sich ruhen gespürt, und ein warmes Lächeln erhellte ihr Gesicht, als sie ihnen zuwinkte.

Claire erwiderte ihr Lächeln und ihr Gesichtsausdruck wechselte von reserviert zu strahlendem Verliebtsein.

Die beiden zu beobachten, war Rae irgendwie unangenehm, vielleicht weil es sich anfühlte, als würde sie etwas sehr Privates mit ansehen. »Sieht so aus, als hätte sie ihre Meinung inzwischen geändert.«

Claire lachte und das letzte bisschen Verschlossenheit fiel von ihr ab. »Das will ich doch schwer hoffen. Immerhin werden wir nächstes Jahr heiraten.«

»Herzlichen Glückwunsch«, sagte Rae.

»Danke.« Mit offensichtlichem Widerwillen wandte Claire den Blick von Lana ab, um Rae zu mustern. »Und du? Bist du wie Steph und genießt das Singleleben viel zu sehr, um dich auf eine feste Beziehung einzulassen?«

Rae kniff die Augen zusammen. Das Gespräch begann langsam, sich wie der psychologische Eignungstest anzufühlen, zu dem ihre Vorgesetzten sie verdonnert hatten. Wollte Claire nur ihre jüngere Schwester beschützen und herausfinden, ob Rae womöglich versuchen würde, Steph zu verführen?

Bevor Rae antworten konnte, schob Steph die Schiebetür ein Stück auf und steckte ihren Kopf durch die Lücke, trat aber nicht nach draußen, als würde sie spüren, dass Rae auf keinen Fall noch mehr Gesellschaft wollte.

Aber im Moment war Rae sogar glücklich über die Störung.

Steph bedachte ihre Schwester mit einem warnenden Blick. »Du erzählst Rae doch hoffentlich nichts von all den Sachen, die ich als Kind angestellt habe, oder?«

»Nein«, sagte Claire. »Selbst wenn ich mich kurz fasse, würde das ungefähr eine Woche dauern und ich bezweifle, dass Rae so viel Zeit hat.«

»Hahaha. Und ich dachte, ich wäre die Komikerin in der Familie.« Steph wandte sich Rae zu. »Mir kam gerade eine Idee. Warum bringen wir die Möbelwagen nicht gemeinsam zurück? Gabe kann mit seinem Auto hinter uns herfahren und dich und Kim dann bei deiner alten Wohnung absetzen, damit du dein Auto holen kannst.«

»Ich kann auch ein Taxi rufen«, sagte Rae.

»Ich weiß, aber warum solltest du? Wir sind jetzt Mitbewohnerinnen.«

O Mann. Wenn sie jetzt noch hinzufügte, Rae gehöre praktisch zur Familie, würde Rae davonlaufen.

Steph lachte, als wüsste sie genau, was Rae gerade dachte. Sie schob die Balkontür weiter auf und rief ins Wohnzimmer hinüber: »Leute, wir fahren jetzt los, um die Möbelwagen zurückzubringen. Alle raus hier!«

Obwohl Rae das Gefühl nicht mochte, ihr einen weiteren Gefallen schuldig zu sein, musste sie doch über Stephs unverblümtes Vorgehen grinsen. Wenn sie gewusst hätte, dass es so einfach sein würde, die Menschenansammlung in ihrem Wohnzimmer loszuwerden, hätte sie es schon früher mit dieser Methode versucht.

Kapitel 6

Manchmal machte es wirklich keinen Spaß, Komikerin zu sein. Keine Krankenversicherung, keine Altersvorsorge, keinerlei Respekt von ihrer Familie und die Bezahlung war schlechter als die einer Kellnerin, nur ohne Trinkgeld. Aber dafür hatte Stand-up-Comedy einen unerwarteten Vorteil: Sie zog Frauen an wie ein Magnet. Die meisten Frauen – und viele Männer – hielten es für verdammt sexy, wie sie selbstbewusst auf die Bühne steigen und einen Saal voller Fremder zum Lachen bringen konnte.

Frauen, an denen sie interessiert war, zu ihren Auftritten einzuladen, hatte noch nie seine Wirkung verfehlt, und danach zu schließen, wie Allison an ihrem Hals knabberte, hatte es auch heute Abend funktioniert.

Die Vorstellung im winzigen Hinterzimmer eines Comedyclubs in Burbank war vor einer halben Stunde zu Ende gegangen, aber sie standen immer noch neben ihren Autos auf dem Parkplatz und knutschten wie zwei Teenager.

»Himmel, das war gut«, sagte Allison atemlos.

Steph ließ ihren Zeigefinger über die Wölbung von Allisons Schlüsselbein gleiten, das vom tief ausgeschnittenen Oberteil nicht bedeckt wurde. »Bisher hat sich noch niemand beschwert.«

»Das auch, aber ich habe eigentlich von deinem Auftritt gesprochen«, sagte Allison. »Es ist Ewigkeiten her, seit ich richtig gute Comedy gesehen habe, aber wow, du hast mich umgehauen.«

Steph bedachte sie mit einem verwegenen Grinsen. »Wenn ich schon auf der Bühne so gut bin, stell dir vor, was ich erst im Bett mit dir anstelle.«

Allison kicherte wie ein Schulmädchen, doch der feurige Blick, den sie ihr zuwarf, war ziemlich erwachsen. »Wieso soll ich es mir nur vorstellen? Ich bin bereit, es herauszufinden, wenn du es auch bist.«

Steph mochte es, wenn eine Frau ohne jede Spielchen sofort auf den Punkt kam. Trotzdem wollte sie sich vergewissern, dass sie beide wussten, woran sie waren. »Ich bin für alles zu haben. Aber zuerst möchte ich eine Sache klarstellen.

Ich finde dich toll, aber ich konzentriere mich voll auf meine Karriere. Da bleibt kein Platz für eine Freundin.«

»Gut«, sagte Allison. »Ich suche auch nicht nach etwas Festem.«

Steph strahlte sie an. »Prima. Also, gehen wir zu dir oder zu mir?«

»Zu dir. Meine Schwester und ihre Kinder wohnen gerade bei mir und ich möchte sie ungern mit den Geräuschen aus meinem Schlafzimmer traumatisieren.« Sie zwinkerte Steph zu.

Einen Moment lang dachte Steph an Rae, deren Zimmer gleich neben ihrem lag. Nicht, dass sie traumatisiert werden würde, wenn sie zwei Frauen beim Sex hören würde. Polizeiuniformen zogen Frauen an wie ein Magnet. Vermutlich hatte Rae ebenfalls mit unzähligen Frauen geschlafen. Aber trotzdem war es ein seltsames Gefühl. *Ach, stell dich nicht so an.* Steph hatte in den letzten Jahren meistens einen oder mehrere Mitbewohner gehabt und es hatte sie nie davon abgehalten, jemanden zu einem One-Night-Stand mit nach Hause zu nehmen. Das würde sich jetzt nicht ändern.

Beherzt schloss sie ihr Auto auf. »Fahr mir nach.«

Es waren immer die Gerüche, die am schlimmsten waren – die Gerüche und die Geräusche.

Ein Funkgerät knisterte und ihre eigene Stimme drang ruhig aber befehlsgewohnt über den Parkplatz. Sirenen heulten in der Ferne und näherten sich rasch. Hinter ihr kamen mehrere Streifenwagen mit quietschenden Reifen zum Stehen.

»Runter!«, brüllte Mike neben ihr.

Es gab einen lauten Knall, dann schlug etwas Heißes in sie ein. Sengende Schmerzen explodierten in ihrem Kopf und sie ging zu Boden.

Jemand schrie auf. Benommen dachte Rae, dass es womöglich sie selbst gewesen war. Oder vielleicht war es der Verdächtige, der auf sie geschossen hatte, denn ihre Verstärkung feuerte nun auf ihn.

Der beißende Gestank von Schießpulver stieg ihr in die Nase und vermischte sich mit dem metallischen Geruch von Blut.

Neben ihr fielen keinerlei Schüsse. Warum erwiderte Mike das Feuer nicht und rief auch keinen Krankenwagen?

Sie umklammerte ihren Kopf und rollte sich auf die Seite.

Mike war ebenfalls zu Boden gegangen. Er hatte seine Waffe fallengelassen und presste beide Hände auf seinen Hals. Blut spritzte zwischen seinen Fingern hervor und er starrte sie mit weit aufgerissenen Augen an.

Nein, nein, nein, nein, nein. Sie sah alles nur verschwommen und ihr Kopf hämmerte vor Schmerz, aber irgendwie schaffte sie es, zu ihm hinüberzukriechen. Ihre linke Seite fühlte sich taub an, sodass sie mit der rechten Hand nach ihrem Schultermikro tastete. »Polizeibeamter verletzt! Ecke Sixth und Archer. Brauchen sofort einen Krankenwagen!«

Blut. Da war so viel Blut, seins und ihres. Rae presste ihre Hände über Mikes und versuchte, den Strom zurückzuhalten, der zwischen seinen Fingern hervorquoll. Warm und klebrig lief es über ihre Hände und bildete Pfützen auf dem Asphalt, wo es sich mit ihrem eigenen Blut vermischte.

Seine Lippen bewegten sich, als er versuchte, etwas zu sagen, aber alles, was herauskam, war roter Schaum, der sein Kinn hinablief.

»Pst, nicht reden. Halte durch. Der Krankenwagen ist unterwegs. Sie werden jeden Moment hier sein, okay?«

Mike begann zu zittern. Seine Beine zuckten unkontrolliert und sein Gesicht lief bläulich an. Gurgelnde Geräusche und scharfe Keuchlaute entrangen sich seiner Kehle.

Raes Kräfte schwanden. Der Schmerz in ihrem Kopf war jetzt so stark, dass sie glaubte, gleich auf Mike zusammenzubrechen, aber irgendwie schaffte sie es, bei Bewusstsein zu bleiben und ihre Hände noch stärker auf seinen Hals zu drücken.

Langsam hörten Mikes Zuckungen auf und das Keuchen wich einer ohrenbetäubenden Stille. Er zuckte noch einmal und lag dann reglos da.

Ein Krankenwagen und weitere Streifenwagen rasten um die Ecke und tauchten Mikes reglosen Körper in ein grelles Rot und Blau.

Keuchend schnellte Rae im Bett in die Höhe. Ihr Blick huschte nach links und rechts, ohne dass sie ihre Umgebung erkannte.

Langsam begannen die Bilder aus ihrem Albtraum zu verblassen. Im Licht des Vollmonds, das durch die halb offene Jalousie fiel, konnte sie die unvertrauten Konturen ihres neuen Zimmers ausmachen.

Ihre Finger schmerzten und sie merkte, dass sie beide Hände fest ins Laken gekrallt hatte. Sie ließ los und sank aufs Bett zurück, um zu warten, bis das Trommeln in ihren Ohren nachließ.

Verdammt. Sie hatte diesen Traum schon lange nicht mehr gehabt, zumindest nicht in seiner kompletten Länge. Vermutlich hatte das Wiedersehen mit Kim die Erinnerungen an die Schießerei wieder zurückkommen lassen.

Welch grausame Ironie. In ihren Albträumen spielte sich alles ab wie in einem 3-D-Film, sodass sie jede Einzelheit mit schmerzhafter Klarheit vor sich sah, während sie seit acht Monaten die Welt im wachen Zustand nur in 2-D betrachten konnte. Selbst jetzt geisterten die verblassenden Nachbilder noch vor ihrem inneren Auge herum.

Fluchend schaltete sie das Licht an, warf die Decke zurück und schwang die Beine aus dem Bett. Zum Glück gaben sie nicht unter ihr nach. Der Länge nach hinzufallen oder gegen eine Wand zu laufen, würde ihre neue Mitbewohnerin aufwecken und ihre besorgten Fragen waren das Letzte, was sie jetzt brauchte.

Die Ecke des Couchtisches schrammte über ihr Schienbein, als sie versuchte, im Mondlicht die noch fremde Wohnung zu durchqueren. *Mist.* Sie schaffte es bis zum Kühlschrank und öffnete dessen Tür mit mehr Schwung als nötig. Einen Moment lang stand sie da und ließ die kalte Luft über ihren erhitzten Körper strömen. Sie bekam eine Gänsehaut, war aber dankbar, etwas anderes als pure Panik zu empfinden.

Die Tür zu Stephs Zimmer schwang knarrend auf und jemand tapste barfuß über den Parkettboden.

Na toll. Entweder hatte sie im Schlaf geschrien oder ihre Kollision mit dem Couchtisch hatte Steph aufgeweckt. Sie machte sich auf neugierige Fragen gefasst.

Rae nahm eine Flasche Wasser aus dem Kühlschrank und schloss die Tür. Wenigstens würde das ihren Händen etwas zu tun geben. Sie schraubte die Kappe ab und nahm einen Schluck, während sie sich umdrehte und betont beiläufig sagte: »Ich hoffe, ich habe dich nicht geweckt.«

»Ähm, hallo. Nein, ich war sowieso wach.« Die Stimme war weiblich, aber es war nicht Stephs. »Ich muss nach Hause, bevor meine Schwester aufwacht und merkt, dass ich nicht da bin.«

Wasser lief Raes Kinn hinab. Ihr Körper ging sofort in Verteidigungshaltung. Warum zum Teufel war mitten in der Nacht eine Fremde in der Wohnung? Sie tastete mit einer Hand über die Wand, bis sie den Lichtschalter fand.

Als das Licht anging, starrten sie einander blinzelnd an.

Die Rothaarige mit den Sommersprossen auf der Nase kam ihr bekannt vor, aber der BH, der aus ihrer Handtasche hing, lenkte Rae ab.

Moment mal! War das nicht …? »Du bist die Möbelwagenfrau.« Die Rothaarige war die Mitarbeiterin, die heute Nachmittag die Möbelwagen in Empfang genommen hatte. Steph hatte schamlos mit ihr geflirtet. Irgendwie musste es ihr gelungen sein, die Handynummer der Frau zu bekommen, ohne dass Rae es bemerkt hatte.

»Und du bist die Mitbewohnerin.« Die Rothaarige schlüpfte in ihre Schuhe, die sie in der Hand gehalten hatte.

»Offensichtlich, sonst wäre ich wohl kaum mitten in der Nacht hier.«

Die Möbelwagenfrau errötete und beäugte Raes Boxershorts und das T-Shirt, das an ihrer schweißfeuchten Haut klebte.

Machte Stephs Eroberung sie etwa gerade an? Himmel, das wurde von Sekunde zu Sekunde bizarrer. Rae verschränkte die Arme über ihrer Brust. »Die Sonne wird bald aufgehen. Wäre doch schade, wenn deine Schwester aufwacht, bevor du es nach Hause schaffst.«

»Steph ist eindeutig die charmantere von euch beiden«, murmelte die Rothaarige.

Rae war es egal, was sie von ihr dachte. Unerwartet auf eine Fremde zu treffen, insbesondere nach einem Albtraum, hatte ihre Geduld erschöpft und nun wollte sie nur noch, dass die Tussi abhaute … und zwar sofort.

Die Möbelwagenfrau marschierte mit hochmütiger Miene an ihr vorbei.

»Dein BH hängt aus der Tasche«, sagte Rae, als sie die Tür erreichte.

Die Rothaarige stopfte ihn zurück, öffnete die Tür und stapfte davon, ohne sie eines weiteren Blickes zu würdigen.

»Ich hoffe, Steph hat es nicht auf eine zweite Verabredung abgesehen.« Rae starrte ihr einen Moment lang hinterher, dann schaltete sie das Licht aus und ging zurück ins Bett. Morgen früh musste sie mit Steph ein ernsthaftes Gespräch über Übernachtungsgäste führen.

Rae hatte höchstens drei oder vier Stunden geschlafen. Trotzdem hatte sie nach ihrer Begegnung mit der Möbelwagentussi nur noch unruhig vor sich hin gedöst.

Kurz vor sieben hörte sie Steph aufstehen und aus ihrem Zimmer kommen. Vielleicht fragte sie sich, wo ihre Gespielin für die Nacht abgeblieben war, und suchte jetzt nach ihr.

Als der Duft von frisch gebrühtem Kaffee durch die Wohnung zog, stieg Rae aus dem Bett, streifte sich eine Jogginghose über und ging ihren Koffeinbedarf decken.

Das Wohnzimmer war ein einziger Hindernisparcours aus halb ausgepackten Umzugskartons, die Steph auf der Suche nach etwas geöffnet haben musste.

Vorsichtig stieg Rae über die Kartons und rieb sich das linke Auge, das sich anfühlte, als hätte sie einen Sandsturm hinter sich. Sie sollte es später ausspülen. Aber zuerst brauchte sie einen Kaffee.

Auf der Ablage in der Küche standen unzählige saubere Tassen herum und einer der Schränke stand offen.

Was zum Teufel sollte das? Gestern Abend war das Geschirr ordentlich verstaut gewesen. Wie hatte Steph es geschafft, innerhalb von Minuten nach dem Aufstehen ein solches Chaos zu verursachen?

Rae schlug die Schranktür zu. Mann, das war ja, als würde sie wieder bei ihren Eltern wohnen.

Das Einzige, was Steph Kopf und Kragen rettete, war die Tatsache, dass sie genug Kaffee für Rae gemacht hatte.

Sie sah sich nach ihrer Lieblingstasse um, aber auf sämtlichen Tassen, die auf der Ablage herumstanden, prangten lustige Sprüche. Offenbar gehörten sie Steph. Rae öffnete den Schrank, aber auch dort wurde sie nicht fündig.

War ihre Tasse beim Umzug verlorengegangen? Oder hatte jemand sie benutzt und in die Spülmaschine gestellt?

Rae knirschte mit den Zähnen. Mike hatte sie immer damit aufgezogen, dass sie ein Revierverhalten wie ein Rottweiler hatte und nicht gut teilen konnte. Aber darum ging es hier nicht. Ihre Lieblingstasse war riesig und weiß, ohne ablenkende Muster. Der Kontrast zwischen dem hellen Porzellan und dem schwarzen Kaffee machte es einfacher zu beurteilen, wann die Tasse voll war und sie aufhören musste, einzugießen.

Vermutlich brauchte sie diesen kleinen Trick nicht mehr, aber sie hatte sich an die Tasse gewöhnt.

Grummelnd nahm sie eine andere und schenkte sich Kaffee ein.

Ein Teil der dampfenden Flüssigkeit schwappte auf die Anrichte. *Mist.* Sie hatte schon seit einiger Zeit nichts mehr verschüttet, aber wenn sie müde oder abgelenkt war, konnte es leichter passieren. *Oder wenn mir jemand meine Tasse stiehlt.* Sie nahm ein Papiertuch und wischte die Anrichte ab. Dieser Tag fing ja gut an!

Ihre Mitbewohnerin hingegen schien einen guten Start in den Tag zu haben.

Als Rae auf dem Weg zurück zu ihrem Zimmer am Balkon vorbeikam, ertönte von dort ein fröhliches Pfeifen. Steph saß auf einem der beiden Stühle, den sie nach hinten gekippt hatte, um ihre Füße auf den winzigen Tisch zu legen. Trotz der kühlen Temperaturen im November hatte sie sich nicht entsprechend angezogen, bevor sie nach draußen gegangen war. Sie war barfuß und ihr Oberteil mit seinen Spaghettiträgern ließ nackte Schultern sehen. Ansonsten trug sie nur eine Jogginghose. Einen Moment lang vergaß Rae ihre verschwundene Tasse und musterte Steph fasziniert. Die aufgehende Sonne tauchte Stephs Gesicht in ein orangefarbenes Licht und ließ ihr zerzaustes Haar goldblond aufleuchten. Sie umklammerte mit beiden Händen eine Tasse und hielt mit glückseliger Miene ihre Nase in den aufsteigenden Kaffeedampf.

Dann huschte Raes Blick von all der zur Schau gestellten nackten Haut zu der großen, weißen Tasse. Ein leises Knurren entfuhr ihr. *Meins!*

Steph sah auf. Ein einladendes Lächeln breitete sich auf ihrem Gesicht aus, als wäre sie sich keiner Schuld bewusst. »Guten Morgen. Wie ich sehe, hast du den Kaffee gefunden.«

Rae trat auf den Balkon, erwiderte das Lächeln aber nicht. »Und wie ich sehe, hast du meine Tasse gefunden.«

»Oh, tut mir leid. Die gehört dir?« Steph sah auf die Tasse in ihren Händen hinab. »Ich habe nicht darauf geachtet, sondern einfach nach der größten gegriffen, die ich finden konnte. Nach gestern Nacht brauche ich eimerweise Kaffee.« Sie stellte die Tasse weg, gähnte und streckte sich wie eine Katze, was dazu führte, dass ihr Oberteil nach oben rutschte.

Gegen ihren Willen folgte Raes Blick der Bewegung und fiel auf einen Streifen heller Haut und einen gepiercten Bauchnabel. Das ärgerte sie noch mehr. Auf keinen Fall wollte sie diese Tassendiebin auch nur annähernd attraktiv finden. »Nächstes Mal würde ich es begrüßen, wenn du deine eigene Tasse nimmst und die, die du nicht benutzt, wieder in den Schrank stellen würdest.«

»Meine Güte. Scheinbar ist deine Nacht nicht so gut gewesen wie meine.« Steph nahm einen Schluck Kaffee und der Anblick ihrer vollen Lippen, die sich um den Rand der Tasse legten, war seltsam ablenkend. »Du hast wohl schlecht geschlafen?«

Rae grunzte etwas. Auf keinen Fall würde sie mit Steph über ihre Albträume sprechen.

»O nein.« Steph nahm die Füße vom Tisch und setzte sich aufrecht hin. »Haben wir dich wach gehalten? Tut mir leid. Wir haben versucht, leise zu sein, aber …«

Um ehrlich zu sein, hatte Rae die beiden nicht gehört, vermutlich weil sie in einem Albtraum gefangen gewesen war. Aber deshalb war sie trotzdem nicht willig, ständig wechselnde Fremde in ihrer Wohnung zu haben. »Ich glaube, wir sollten ein paar Hausregeln aufstellen.«

Steph leckte sich ein wenig Milchschaum von der Oberlippe. »Regeln?«, wiederholte sie, als wäre das ein Fremdwort für sie.

Rae war nicht in der Stimmung für eine Konfrontation am frühen Sonntagmorgen, aber das musste ein für alle Mal gesagt werden. Sie zog den zweiten Klappstuhl unter dem Tisch hervor und setzte sich Steph gegenüber. »Ich finde es ziemlich respektlos, Gäste hier übernachten zu lassen, ohne es mir vorher zu sagen.«

Steph zuckte mit den Schultern. »Das ist ganz spontan entstanden. Wie hätte ich dich da vorher um Erlaubnis fragen können?«

»Dann musst du dir nächstes Mal spontan einen anderen Ort überlegen, wohin du deine, ähm, Freunde mitnehmen kannst. Denn das hier«, Rae legte die Hand auf den Tisch und spreizte die Finger in einer besitzergreifenden Geste, »ist auch mein Zuhause und ich fühle mich nicht wohl dabei, wenn ständig Fremde mit ihrem BH aus der Tasche hängend durch die Gegend laufen.«

»Ständig?« Steph rollte mit den Augen. »Das klingt ja, als hielte ich jede Nacht Orgien in meinem Zimmer ab. Ja, ich genieße ein aktives Sexleben und habe nicht die Absicht, wie eine Nonne zu leben, nur weil es dir vielleicht nicht gefällt. Das ist auch mein Zuhause, also kannst du die Regeln nicht einfach allein bestimmen. Wenn ich doofe Regeln darüber wollte, mit wem ich schlafen darf und mit wem nicht, dann wäre ich wieder bei meinen Eltern eingezogen.«

»Es ist mir egal, mit wem du schläfst, solange du es nicht hier tust.«

Steph schlug die Tasse auf den Tisch. »Wenn du so unser Zusammenleben beginnen willst, das kannst du haben.«

Einen Moment lang starrten sie einander an. Keine von beiden wollte wohl zuerst den Blick abwenden. Dann nahm Steph ihre Tasse – Raes Tasse – und stürmte an Rae vorbei, wobei sie etwas murmelte, was klang wie: »Danke, dass du mir den Morgen nach einer heißen Nacht voller Sex verdirbst.« Dann schlug sie ihre Zimmertür hinter sich zu.

Rae zuckte zusammen und rieb sich ihr Auge. Willkommen im WG-Leben.

Kapitel 7

»Gilli, nein!«, rief Penny zum zwanzigsten Mal, seit sie den Park betreten hatten, und zerrte den Beagle von einer Bananenschale weg. »Himmel, ich sollte mehr Geld dafür verlangen, dass ich Gilli ausführe. Dieser Hund kann keiner Versuchung widerstehen und hat sofort alles im Maul, was nicht bei drei auf den Bäumen ist.«

»Genau das denkt Rae von mir auch.« Steph trat nach einem Kieselstein.

Penny drehte sich zu ihr um und sah sie mit großen Augen an. »Wie bitte?«

Steph vergrub ihre Finger in Moose' braun-weißem Fell, als der Bernhardiner-Labrador-Mischling auf dem gepflasterten Weg neben ihr hertrottete. Er sah zu ihr auf und die Hingabe in seinen sanften braunen Augen ließ ihren Ärger verfliegen. Zum Glück hielt Penny nicht viel davon, die Hunde in riesigen Rudeln auszuführen, sodass sich Steph ganz auf Moose konzentrieren konnte und nicht noch ein halbes Dutzend weiterer Vierbeiner mitnehmen musste. Doch da Gilli und Moose sich bestens verstanden, trafen sie sich manchmal, wenn ihre Gassitouren zur gleichen Zeit angesetzt waren. »Meine launische Mitbewohnerin und ich hatten gestern eine kleine Meinungsverschiedenheit zum Thema One-Night-Stands. Ich bin total dafür, sie ist dagegen.«

»Na, Gott sei Dank ist wenigstens eine von euch vernünftig!«

Steph blieb mitten auf dem Weg stehen, sodass mehrere Jogger und Spaziergänger mit ihren Hunden um sie herumgehen mussten. Fassungslos starrte sie Penny an. Diese Reaktion hätte sie von ihrer verständnisvollen besten Freundin nicht erwartet. »Wie bitte?«

»Jetzt hör aber auf! Selbst du musst zugeben, dass es keine gute Idee wäre, mit deiner Mitbewohnerin zu schlafen. Da kannst du am nächsten Morgen nicht einfach wie sonst abhauen. Wenn es schiefgeht, muss eine von euch ausziehen.«

»So hab ich das nicht gemeint«, sagte Steph. »Du weißt doch, dass ich mich nicht mit Clubmitarbeitern einlasse.«

»Seit wann das denn?«

Ein Pokémon-Go-Spieler, dessen Blick auf sein Handy gerichtet war, stieß fast mit Steph zusammen. Rasch ging sie weiter. »Seit dem Barkeeper, mit dem ich vor ein paar Jahren geschlafen habe.«

Penny runzelte die Stirn. »Daran erinnere ich mich nicht.«

»Es war nur für eine Nacht und als ich ihm sagte, dass ich nicht mehr von ihm will, wurde er sauer.« Als Penny erschrocken dreinblickte, fügte sie schnell hinzu: »Nein, keine Sorge. Es ist nichts passiert. Aber die Theke war im selben Raum wie die Bühne und der Barkeeper ist für den Mixer verantwortlich.« Sie setzte eine dramatische Miene auf.

Penny lachte. »Sag nicht, er hat …«

»Doch, hat er«, sagte Steph. »Er hat jedes Mal den Mixer eingeschaltet, wenn ich eine Pointe setzen wollte. Das hat meine Nummer völlig ruiniert.«

»Und trotzdem hast du nichts daraus gelernt?« Penny schnalzte tadelnd mit der Zunge. »Die Türsteher sind diejenigen, die den Zuschauern ihre Plätze zuweisen, oder? Was, wenn du deine Affäre mit Rae beendest, und sie dir das krummnimmt? Vielleicht verteilt sie die Leute dann in kleinen Grüppchen im ganzen Saal, anstatt die Reihen von vorn zu füllen. Darüber hast du dich doch letztes Jahr beschwert.«

»Hör mir doch mal zu. Ich habe nichts mit Rae. Wenn es nach Rae geht, werde ich nie wieder etwas mit irgendjemandem haben.«

»Ich bin verwirrt. Kannst du mir das erklären?«

Steph wartete, bis sie das Baseballfeld hinter sich gelassen hatten, wo gerade ein Spiel im Gange war. »Am Samstag habe ich eine süße Frau kennengelernt, als wir die Möbelwagen zurückgebracht haben. Ich lud sie zu meiner Show ein und danach hatten wir jede Menge Spaß miteinander, aber am nächsten Morgen hat Rae mich zur Schnecke gemacht, weil ich Allison habe übernachten lassen.«

»Moment mal, sie hat bei dir übernachtet, obwohl du sie erst ein paar Stunden vorher kennengelernt hast? Ich wusste ja, dass das bei dir schnell geht, aber das ist selbst für dich Rekordgeschwindigkeit. Wow, du bist echt unglaublich.«

Steph schenkte ihr ein Grinsen. »Das hat sie auch gesagt.«

Penny schlug ihr leicht mit dem Ende von Gillis Leine auf den Arm. »Im Ernst, ich verurteile dich nicht.« Sie seufzte. »Manchmal wünschte ich, ich könnte mehr wie du sein und mit jemandem schlafen, ohne dass Gefühle im Spiel sind. Aber du verstehst ja sicher, dass nicht jeder so ist.«

»Natürlich verstehe ich das. Wenn Rae enthaltsam sein will, bis sie die Liebe ihres Lebens kennenlernt, dann ist das völlig in Ordnung. Sie ist diejenige, die deswegen schlecht von mir denkt.« Steph umklammerte Moose' Leine fester.

Penny wandte den Blick von Gilli ab und musterte Steph. Ein Lächeln hob ihre Mundwinkel. »Ach, das ist ja was ganz Neues.«

»Was denn?«

»Normalerweise ist es dir scheißegal, was die Leute von dir halten, aber was Rae von dir denkt, beschäftigt dich schon.«

»Quatsch.« Steph könnte es gar nicht gleichgültiger sein, was Rae von ihr hielt. Aber wenn Raes Meinung ihr egal war, warum war sie dann so wütend geworden, als Rae ihr die Leviten gelesen hatte? Ihr Gegenüber einfach stehen zu lassen und wütend rauszustürmen, war sonst nicht ihre Art.

Penny sah sie weiterhin prüfend an. Nur der Klang ihrer Schritte unterbrach die Stille. Für jeden Schritt von Steph musste Penny zwei machen. Wegen ihrer zierlichen Gestalt, die nur 1,55 Meter maß, und ihrer Pausbacken wurde Penny häufig unterschätzt, sie war aber alles andere als ein Duckmäuser. Sie hielt Stephs Blick stand, bis Steph diejenige war, die wegsah.

»Na schön, vielleicht ist es mir nicht völlig egal, was sie von mir hält.« Steph blies die Wangen auf und stieß ihren Atem aus. Jetzt war es endlich draußen.

»Und warum nicht?«

»Weil … Ich weiß auch nicht. Vielleicht, weil ich weiß, dass sie nicht ganz unrecht hat. Meine früheren Mitbewohner haben sich nicht daran gestört, wenn ich jemanden mit nach Hause gebracht habe, aber Rae ist ziemlich introvertiert und verschlossen, da hätte ich mir denken sollen, dass sie sich nicht mit meinen One-Night-Stands an den Frühstückstisch setzen will.« Nicht, dass die meisten so lange bleiben würden.

»Insbesondere nicht am ersten Morgen in einer neuen Wohnung, in der sie sich noch nicht so ganz heimisch fühlt«, fügte Penny hinzu. »Ich kann verstehen, warum sie ausflippt, wenn du jemanden übernachten lässt, noch bevor die Tinte auf eurem Mietvertrag trocken ist.«

Auszuflippen war nicht Raes Art. Aber ja, es war keine von Stephs Glanzleistungen gewesen; das konnte sie jetzt zugeben. »Meinst du, ich sollte mich bei ihr entschuldigen?«

»Kann nicht schaden. Ich meine, ihr beide werdet vermutlich nie beste Freundinnen werden, dazu seid ihr einfach zu verschieden. Aber du willst sicher nicht, dass die Situation sich so zuspitzt, dass ihr das Gefühl habt, euch in euren Zimmern verstecken zu müssen, wenn die andere zu Hause ist.«

Himmel, nein, das wollte sie auf keinen Fall. »Mann, das WG-Leben vermasselt mir echt die Tour, was mein Liebesleben angeht.«

Penny sah sie unschuldig an. »Du hast ein Liebesleben? Ich dachte, es wäre nur Sex?«

Bevor Steph antworten konnte, nahm sie aus dem Augenwinkel eine Bewegung zwischen zwei Bäumen wahr. Ein Eichhörnchen hüpfte durchs Gras und suchte vermutlich nach seinem Mittagessen. Steph ahnte, was gleich passieren würde. »Scheiße. Eichhörnchenalarm!«

Bevor sie Gilli ablenken oder einen anderen Weg einschlagen konnten, entdeckte auch die Hündin das Eichhörnchen. Laut bellend versuchte sie, hinterherzujagen, und zerrte so heftig an der Leine, dass Penny fast umgerissen wurde. Chaos brach aus und Steph vergaß Rae und ihren Streit für eine Weile.

Als Steph von ihrem zweiten Spaziergang – diesmal mit drei Corgis, die demselben Besitzer gehörten – nach Hause kam, drang ein rhythmisches Klopfen aus Raes Zimmer. Es klang, als würde das Kopfende von Raes Bett gegen die Wand schlagen, begleitet von dem leiseren Knarren der Bettfedern.

Steph verharrte mitten in der Wohnung. *Nee. Das ist nicht das, wofür ich es halte, oder?* Rae würde nicht Sex mit einer Frau haben, nachdem sie Steph gestern deswegen fast den Kopf abgerissen hatte.

Aber Steph besaß eine rege Vorstellungskraft und die hörte nicht auf das vernünftige Argument. Vor ihrem inneren Auge sah sie, wie die Muskeln in Raes breitem Rücken und ihren Armen spielten, als sie sich auf einer stöhnenden Fremden bewegte.

Steph wurde ganz warm. Energisch schüttelte sie den Kopf. *Ignoriere es. Ignoriere es einfach.*

Aber das war leichter gesagt als getan, denn das rhythmische Klopfen ging weiter, als sie zu ihrem Zimmer schlich.

Bumm, bumm, bumm, bumm. Die Geräusche aus dem Schlafzimmer ließen keine Sekunde lang nach.

Himmel, ihre Mitbewohnerin schien unglaublich ausdauernd zu sein.

Raes Zimmer lag direkt neben ihrem, deshalb konnte sie nicht umhin, in diese Richtung zu blicken.

Sie erstarrte auf den Zehenspitzen wie ein Einbrecher, der ertappt worden war. Die Tür zu Raes Schlafzimmer stand offen! Hatte Rae das absichtlich gemacht, damit Steph das Spektakel mitbekommen würde, wenn sie nach Hause kam? Versuchte sie etwa, sich wegen Samstagnacht zu rächen?

Aber das passte nicht zu Rae. Es musste etwas anderes dahinterstecken.

Auf Zehenspitzen pirschte Steph sich an und spähte um den Türrahmen herum. Sie machte sich darauf gefasst, sich sofort zurückzuziehen, sollte Rae tatsächlich gerade Sex haben.

Rae lag mit den Füßen in Richtung Kopfkissen auf dem Bett. Die Muskeln ihres Arms traten in der Tat hervor, aber sie war weder nackt noch in Gesellschaft einer Frau. Ihr Zeitvertreib war kein bisschen sexy. Sie warf lediglich immer wieder einen Tennisball gegen die Wand, fing ihn auf und warf ihn dann erneut.

Steph wusste nicht, ob sie erleichtert oder enttäuscht sein sollte. Da sie nicht dabei erwischt werden wollte, wie sie vor Raes Tür herumlungerte und ihr hinterherspionierte, räusperte sie sich. »Hallo.«

Rae antwortete nicht. Sie warf weiterhin den Tennisball gegen die Wand, als wäre es die faszinierendste Tätigkeit der Welt.

»Hallo?«, rief Steph lauter. Hatte Rae sie nicht gehört, weil der Ball so laut gegen die Wand schlug? Als sie näher hinsah, entdeckte sie die Kopfhörer, die in Raes Ohren steckten. Das Kabel führte zu ihrem Handy, das neben ihr auf dem Bett lag.

Ach so. Steph stellte sich in den Türrahmen und winkte, um Raes Aufmerksamkeit zu erregen.

Nichts. Rae fing den Ball und warf ihn erneut.

Das war doch albern! Rae hatte sie doch sicher aus dem Augenwinkel gesehen, auch ohne den Kopf zu drehen. Sie ignorierte Steph einfach! Steph konnte es nicht fassen. Sie wohnten erst seit zwei Tagen zusammen und schon spielte Rae kindische Spielchen? So viel zu ihrem Vorhaben, sich zu entschuldigen. *Vergiss es!*

Steph wirbelte herum und marschierte ins Badezimmer, um eine kurze Dusche zu nehmen, bevor sie sich auf den Weg zu ihrem Auftritt auf einer Kegelbahn machte.

Als ihr Arzt zum ersten Mal vorgeschlagen hatte, sie solle einen Tennisball gegen die Wand werfen, hatte Rae gedacht, das würde totlangweilig sein. Aber inzwischen musste sie zugeben, dass es irgendwie beruhigend war. Nicht so beruhigend, wie ihre Bahnen zu schwimmen und sich in ihrem Rhythmus und dem Gefühl des Wassers um sie herum zu verlieren. Aber bis sie den Mut fand, wieder ins Becken zu steigen, musste der Tennisball als Ersatz herhalten.

Rae machte es ein wenig spannender, indem sie den Ball immer schneller warf, bis sie nur noch einen gelben Schemen erkennen konnte. Dann änderte sie den Winkel, um zu testen, ob ihr Gehirn mithalten konnte.

Als sie danebengriff und der Tennisball sie an der Nase traf, beschloss sie, dass sie für heute ihre Hand-Augen-Koordination genug trainiert hatte. Sie zog die Kopfhörer aus den Ohren und warf sie samt dem Ball in die Nachttischschublade.

Es war an der Zeit, sich für die Arbeit fertig zu machen. Sie nahm einen sauberen Anzug, ein schwarzes Hemd und eine Krawatte aus dem Schrank. Abgesehen davon, dass ihre Polizeimarke und die Rangabzeichen fehlten, ähnelte ihre Arbeitskleidung der Uniform, die sie vierzehn Jahre lang getragen hatte. Trotzdem lagen Welten dazwischen.

Seufzend öffnete sie die Badezimmertür … und erstarrte.

Sie hatte gedacht, Steph wäre immer noch unterwegs, aber anscheinend war sie nach Hause gekommen, während Rae mit dem Tennisball trainiert hatte. Jetzt stand sie nur in Unterwäsche im Badezimmer. Ihre Klamotten waren quer durchs Bad verstreut und sie trug nur einen schwarzen BH und einen Slip, der nicht dazu passte.

Seltsam, auf welche Details Raes Gehirn sich konzentrierte, wenn es überlastet war. Und das war es momentan definitiv. Schon seit einer ganzen Weile hatte Rae keine Frau mehr halb nackt gesehen, geschweige denn eine derart attraktive. Trotz der kalifornischen Sonne war Stephs Haut sehr hell, nur ihre Arme und ihr Gesicht hatten einen goldbraunen Ton angenommen. Ihr Bauchnabelpiercing funkelte und lenkte Raes Aufmerksamkeit auf ihren flachen Bauch. Ihre vollen Brüste wogten, als sie überrascht nach Luft schnappte.

Ein paar Sekunden lang standen sie beide da und starrten einander an.

Dann gab sich Rae einen Ruck, wirbelte herum und zog die Tür hinter sich zu. »Tut mir leid«, rief sie. »Ich wusste nicht, dass du …«

»Dass ich was?«, fragte Steph, als Rae verstummte.

Ja, was eigentlich? Dass du so schön bist? »Dass du zu Hause bist«, sagte Rae. Sie schüttelte die seltsame Benommenheit ab, die sie überkommen hatte. Es spielte keine Rolle, wie attraktiv Steph war. Sie war eine Nervensäge.

»Wer's glaubt, wird selig.«

»Was soll das denn bitte heißen?«

»Ich stand eben im Türrahmen und winkte eine volle Minute lang wie eine Wilde und jetzt folgst du mir ins Badezimmer, weil du angeblich nicht wusstest, dass ich zu Hause bin? Ja, klar.«

Rae presste ihre Zähne zusammen, bis ihre Kiefermuskeln schmerzten. »Ich habe dich nicht gesehen, das schwöre ich.« Es klang ziemlich unglaubhaft, das musste sie selbst zugeben. Sie sollte es Steph einfach sagen, aber irgendetwas hielt sie zurück. Vielleicht war es ihr Stolz. Laut Kim würde der eines Tages ihr Untergang sein. Vielleicht war es auch etwas anderes. Sie wollte nicht, dass Steph Mitleid mit ihr hatte.

Im Badezimmer wurde es still.

Rae lehnte sich gegen die Tür. Warum machte sie sich überhaupt die Mühe? Ihre WG funktionierte offensichtlich nicht.

Dann seufzte Steph hörbar. »Na schön. Ich glaube dir.«

Einfach so? Wow. Es war schon eine Weile her, seit jemand Rae beim Wort genommen hatte. Nicht einmal ihre Vorgesetzten hatten ihr geglaubt, als sie versicherte hatte, sie könne ihren Job auch weiterhin erledigen. Ein Kloß bildete sich in ihrem Hals. Verärgert schluckte sie ihn herunter.

»Ähm, Rae?«, sagte Steph nach einer Weile. »Während du noch immer vom Anblick meines heißen Körpers betört bist, wäre das vielleicht der richtige Moment, mich zu entschuldigen. Tut mir leid, dass ich in der ersten Nacht in der neuen Wohnung jemanden mit nach Hause gebracht habe. Ich werde versuchen, in Zukunft mehr Rücksicht zu nehmen.«

Jetzt hatte sie es geschafft, Rae ein zweites Mal sprachlos zu machen. »Danke. Das weiß ich zu schätzen.« Sie trat von der Tür zurück. »Ich ziehe mich in meinem Zimmer um. Das Bad gehört ganz dir.«

»Vergisst du nicht etwas?« Stephs Stimme klang amüsiert.

Rae drehte sich um. »Was denn?«

»Du hast deine Sachen fallen lassen.« Die Tür wurde einen Spaltbreit geöffnet und Stephs grinsendes Gesicht erschien in der Öffnung. »Hier.« Sie drückte Rae das Kleiderbündel in die Hand.

»Oh. Danke.« Rae hatte nicht einmal bemerkt, dass sie ihre Kleider verloren hatte. Ihr Gehirn lief heute nicht auf Hochtouren. Das hatte aber nichts damit zu tun, was Steph anhatte … oder eben nicht anhatte. Sie musste sich nur erst daran gewöhnen, eine Mitbewohnerin zu haben.

Stephs Lachen hallte hinter ihr her, als sie zu ihrem Zimmer ging. »Du wirst rot. Wie niedlich.«

Rae straffte die Schultern. »Ich werde nicht rot. Ich bin schon seit 1997 nicht mehr rot geworden.«

»Ja, klar«, rief Steph. »Hey, was ist denn 1997 passiert?«

»Gar nichts«, entgegnete Rae. »Übrigens, das nächste Mal solltest du die Tür abschließen.«

»Ach nee. Wo wäre denn der Spaß dabei?«

Kapitel 8

Witze zu schreiben war kein Spaß, zumindest nicht, wenn man versuchte, sich Material für einen Auftritt in einem Krankenhaus auszudenken. Natürlich konnte sie einen Teil ihres Standardrepertoirs verwenden, aber sie wollte auch ein paar neue Gags einbauen, die ganz auf das Krankenhaus zugeschnitten waren.

Steph lag bäuchlings auf der Couch, baumelte mit den Beinen und blätterte durch ihr Notizbuch, in dem sie Ideen und Dinge aufschrieb, die sie witzig fand.

Vielleicht etwas über Krankenhausessen oder hinten offene Nachthemden? Hm. Sollte sie Gabe anrufen und fragen, ob er Zeit hatte, mit ihr Pointen zu brainstormen?

Als sie nach ihrem Handy griff, klingelte es an der Tür. Dann klopfte es.

Steph sprang auf und sah nach, ob die Schlafzimmertüren geschlossen waren, für den Fall, dass es die Kleinbergs waren. Dann spähte sie durch den Spion.

Das leicht verzerrte Gesicht einer Frau erschien vor ihr. Steph konnte nur ein braunes Auge und einen Teil ihres Gesichts erkennen, denn die Frau lehnte sich dem Spion entgegen, aber es genügte, um sagen zu können, dass es nicht Mrs Kleinberg war.

Steph öffnete die Tür einen Spaltbreit und sah hinaus.

Der rostbraune Rock der Frau und ihr weites Batikoberteil raschelten, als sie Steph zuwinkte. Ein Lächeln vertiefte die Falten um ihre Augen und ihren Mund. »Hallöchen. Ein Nachbar im Erdgeschoss hat uns reingelassen.«

Trotz der freundlichen Begrüßung war Steph sich sicher, die Fremde noch nie zuvor gesehen zu haben. War sie eine Zeugin Jehovas oder eine Vertreterin? »Ich will nicht unhöflich sein, aber wenn Sie hier sind, um mir etwas zu verkaufen, haben Sie leider Pech gehabt. Ich bin mittellose Künstlerin. Für mich stellt sogar die Anschaffung einer neuen Zahnbürste eine riskante Investition dar.«

Ein dröhnendes Lachen erklang hinter der Frau.

Erst jetzt sah Steph, dass die Fremde nicht allein war. Der hochgewachsene Mann, der hinter ihr aufragte, war genauso ungewöhnlich wie seine Begleiterin.

Sein graues Haar hing zu einem Pferdeschwanz gebunden auf breite Schultern hinab. Ein grau melierter Bart verbarg den Großteil seines Gesichts und der Rest war von Wind und Wetter gegerbt wie ein abgetragener Baseballhandschuh. Eine dunkelblaue Baskenmütze thronte schief auf seinem Kopf. »Keine Sorge, wir wollen nichts verkaufen. Außer Sie interessieren sich für ein fünfundzwanzig Jahre altes Wohnmobil.«

Die Frau klatschte begeistert in die Hände, was die Lederarmbänder an ihrem Handgelenk zum Schwingen brachte. »Sie sind Künstlerin? Das hat Raelynn gar nicht erwähnt.«

»Ach, du kennst sie doch«, sagte der Mann. »Sie redet nicht viel.«

Steph starrte sie an. »Sie kennen Rae?«

»Das will ich doch hoffen.« Die Frau lachte. »Wir sind ihre Eltern.«

Mit großen Augen blickte Steph vom ungeschminkten Gesicht der Frau zu den Birkenstocksandalen, in denen trotz des für L.A. kalten Novemberwetters ihre Füße steckten. »Sie machen wohl Witze«, entfuhr es ihr, bevor sie sich zurückhalten konnte. Die beiden konnten unmöglich die Eltern der grimmigen Rae sein. Doch zugegeben, die meisten Leute, die Stephs Eltern kannten, glaubten auch, dass sie adoptiert worden war.

»Nein, das ist mein Ernst. So ernst wie dreiundzwanzig Stunden in den Wehen zu liegen.« Die Frau deutete auf ihren Begleiter. »Er hier war schon drauf und dran, die Idee mit der Hausgeburt zu verwerfen und mich ins Krankenhaus zu fahren.«

Raes Vater versuchte, an Steph vorbei in die Wohnung zu linsen. »Ist unsere Älteste zu Hause?«

»Äh, nein, aber sie kommt sicher gleich.« Raes Tagesablauf schien streng geregelt zu sein. Sie verschwand jeden Tag zur selben Zeit und kehrte eine Stunde später in schweißgetränkter Kleidung zurück, die an ihren muskulösen Schultern und ihren festen Brüsten klebte. Steph achtete immer darauf, um diese Zeit im Wohnzimmer zu sein. Den Anblick zu genießen, schadete ja nicht, oder?

Erst jetzt erinnerte sich Steph an ihre guten Umgangsformen. »Bitte kommen Sie doch herein.« Sie zog die Tür auf und ließ die beiden eintreten. Als sie den Besuch ins Wohnzimmer führte, huschte ihr Blick über die drei schmutzigen Tassen und die leere Kekspackung auf dem Couchtisch. Ihr Notizbuch hatte sie zu

Boden geworfen, als es geklingelt hatte. Rasch hob sie es auf. »Bitte entschuldigen Sie das Chaos.«

Raes Mutter winkte ab.

Sie strahlte eine Wärme und Entspanntheit aus, die ihrer in sich gekehrten Tochter überhaupt nicht ähnelte. »Immer mit der Ruhe. Wir sind nicht von der Putzpolizei. Ich sage immer, ein unordentliches Haus ist ein glückliches Haus.«

Trotzdem wischte Steph schnell ein paar Kekskrümel vom Sofa. »Bitte, setzen Sie sich doch, Mr und Mrs Coleman.«

»Willett«, sagte Raes Vater. »Wir sind nicht verheiratet. Aber sagen wir doch du. Ich heiße Lonnie. Und das ist meine wunderschöne Partnerin, CC.«

»CC?«, wiederholte Steph. Irgendwie schien ihr Gehirn nur im Zeitlupentempo zu arbeiten.

Als sie Anstalten machte, sich in den abgenutzten Sessel zu setzen, den Rae beim Einzug mitgebracht hatte, zogen Raes Eltern sie zwischen sich auf die Couch.

Raes Mutter grinste. Ihre Augen, die die gleiche braune Farbe hatten wie die ihrer Tochter, funkelten vergnügt. »Eigentlich heiße ich Celeste, aber in bestimmten Situationen ist der Name einfach zu lang, um ihn leidenschaftlich hinauszuschreien. Deshalb ist CC irgendwie hängengeblieben.«

Redete Raes Mutter gerade über Sex? Steph wollte es lieber nicht so genau wissen.

CC lehnte sich auf der Couch zurück und sah so entspannt aus, als wäre sie hier zu Hause. »Du bist also Malerin?«

Lonnie streckte einen seiner langen Arme aus, um CC über Steph hinweg anzustupsen. »Wie kommst du denn darauf? Sie sagte, sie ist Künstlerin. Du weißt aber schon, dass es neben der Malerei noch andere Kunstformen gibt, oder? Sie könnte zum Beispiel Dichterin sein.«

Steph kam sich vor, als wäre sie in eine alte, gutmütige Neckerei hineingeraten. Hieß das, Raes Mutter war Malerin und ihr Vater Dichter? »Ich bin keines von beidem. Ich bin Stand-up-Komikerin.«

Im Wohnzimmer wurde es still.

Auf keinen Fall würde Steph beschämt den Blick senken. Sie hatte sich angewöhnt, nichts auf die Meinungen anderer zu geben, was ihren Job betraf.

»Wow«, sagte CC. »Das muss ja unglaublich erfüllend sein. Etwas zu erschaffen, das bei den Zuschauern so starke Gefühle auslöst, dass sie laut loslachen. Das stelle ich mir toll vor.«

Lonnie nickte. »Vermutlich ist es der Dichtkunst und der Malerei nicht unähnlich. Ich wette, du verarbeitest genauso viel von deinen persönlichen Erfahrungen in deinem Programm wie ich in meinen Gedichten oder CC in ihren Bildern.«

Steph brauchte ein paar Sekunden, ehe sie sprechen konnte. »Kann schon sein.« Sie hatte sich nie als Künstlerin auf derselben Ebene wie ein Dichter oder eine Malerin betrachtet, aber vielleicht hatten die beiden recht. »Die beste Comedy leitet sich immer aus dem wirklichen Leben ab, deshalb muss man immer auch etwas Privates preisgeben.«

CC und Lonnie nickten, als verständen sie es tatsächlich.

»Hast du Raelynn auf der Arbeit kennengelernt?«, fragte CC.

Steph musste sich beherrschen, um nicht jedes Mal loszulachen, wenn sie Raes Vornamen hörte. »Ja. Wir haben uns in dem Comedyclub kennengelernt, in dem sie arbeitet.« Mit den beiden konnte man so gut reden, dass sie sich auf die Zunge beißen musste, damit ihr die Geschichte von der Scheinbeziehung nicht herausrutschte.

»Keine Sorge.« CC tätschelte Stephs Hand. »Wir würden uns niemals ein Urteil darüber erlauben, dass ihr so schnell zusammengezogen seid. Wahre Liebe macht so etwas Triviales wie Zeit völlig irrelevant.«

Steph fiel fast von der Couch. »L-Liebe?«

Lonnie lachte. »Oder Lust.«

»Nein, nein, ich … Wir sind nicht …«

»Kein Grund zur Verlegenheit.« Lonnies Zähne blitzten hinter seinem Bart auf, als er sie anlächelte. »Was uns betrifft, ist Liebe einfach nur Liebe, egal, ob es sich um einen Mann und eine Frau, zwei Frauen oder zwei Männer handelt.«

»Oder um mehr als zwei Personen«, fügte CC hinzu. »Wir sind einfach nur froh, dass Raelynn nach allem, was sie dieses Jahr durchgemacht hat, jemanden gefunden hat.«

Steph kämpfte gegen den Drang an, nachzufragen, was Rae durchgemacht hatte. Zuerst einmal musste sie dieses Missverständnis aufklären, sonst würde Rae sie umbringen, wenn sie nach Hause kam und ihre Eltern sie praktisch zur neuen Schwiegertochter erklärt hatten. »Ähm, Rae und ich sind nur Mitbewohnerinnen.«

»Ja, das hat sie auch gesagt, als sie angerufen und uns von dem Umzug erzählt hat«, sagte CC grinsend. Dann wurde sie ernst. »Warte, soll das etwa heißen, ihr seid wirklich nur Mitbewohnerinnen?«

Hatte sie das nicht eben schon gesagt? Steph nickte.

»Oh. Wir dachten …« CC schlug sich die Hand vor die Stirn und lachte. »Unsere Tochter kann manchmal ein wenig verklemmt sein. Als sie erzählt hat, dass sie mit einer Mitbewohnerin zusammenzieht«, sie deutete mit den Fingern Anführungszeichen an, »dachten wir, sie will uns damit sagen, dass sie endlich nicht mehr alle auf Abstand hält, sondern eine Partnerin gefunden hat.«

Obwohl Steph ansonsten nicht so schnell verlegen wurde, spürte sie, wie ihre Wangen glühten. »Nein. Wir teilen uns nur das Bad, nicht das Bett.«

Raes Eltern sahen doch tatsächlich enttäuscht aus. Schließlich lächelte CC. »Nun ja, wie Raelynns Großmutter immer sagte: Was nicht ist, kann ja noch werden. Vielleicht wirst du unsere Tochter mit der Zeit lieb gewinnen.«

Ausnahmsweise wusste Steph nicht, was sie sagen sollte.

Lonnies kariertes Hemd spannte sich über seinen breiten Schultern, als er sich nach vorn beugte. »Aber ihr seid befreundet, oder?«

»Irgendwie schon.«

»Dann erzähl mal, wie es unserer Kleinen geht«, sagte er. »Wie wird sie damit fertig?«

Womit sollte sie fertigwerden? Dem WG-Leben? Oder meinte er etwas anderes? Steph wusste nicht, was sie sagen sollte, selbst wenn sie geahnt hätte, wonach genau Lonnie sich erkundigte. Rae stand nicht gerade auf tiefschürfende Unterhaltungen über ihre Gefühle. Normalerweise beschränkten sich ihre Gespräche auf Themen wie wer zuerst ins Bad durfte oder wem der letzte Joghurt im Kühlschrank gehörte. »Ich glaube, sie kommt gut zurecht. Sie scheint die Wohnung sehr zu mögen.«

»Hat sie bei der Arbeit schon Freunde gefunden?«, fragte CC.

Steph hatte nicht das Gefühl, dass Rae sich mit ihren Kollegen angefreundet hatte. Ein paarmal war sie in der Fun Zone gewesen, um den Besitzer zu überreden, sie auftreten zu lassen. Nicht ein einziges Mal hatte sie dabei gehört, wie Rae über private Dinge mit ihren Kollegen sprach. »Die anderen Türsteher schätzen sie sehr.«

Lonnie seufzte. »Manchmal glaube ich, wir hätten nicht so oft umziehen sollen, als sie klein war. Raelynn hat nie gelernt, Freundschaften zu schließen.«

»Ich glaube nicht, dass das einen großen Unterschied gemacht hätte«, sagte CC. »Egal, wo wir hingezogen sind, es gab überall eine Menge Kinder. Ihr Bruder hatte immer viele Freunde.«

Lonnie lachte dröhnend. »Ja, er war bei allen beliebt. Erinnerst du dich noch daran, wie wir dachten, er würde mit Drogen dealen?«

Ein mädchenhaftes Kichern entfuhr CC. »Schon damals haben wir immer versucht, verarbeitete Lebensmittel zu meiden.« Sie deutete auf die leere Keksschachtel. »Anstelle von Mist wie dem hier haben unsere Kinder Sonnenblumenkerne und selbst gezogene Mandelsprossen bekommen.«

Steph verzog das Gesicht. Raes Eltern und ihre eigenen hatten also zumindest eine Sache gemeinsam. Steph war die Einzige in ihrer Familie, die einen leckeren Burger und Waffeln mit Sirup zu schätzen wusste.

CC lächelte geduldig. »Die Kinder haben sich daran gewöhnt. Dachten wir jedenfalls. Später haben wir herausgefunden, dass ihre Großmutter ihnen heimlich Süßigkeiten zugesteckt hat, wenn sie zu Besuch kam. Darrin – Raelynns jüngerer Bruder – hat einen florierenden Schwarzhandel mit Süßigkeiten betrieben.«

»Bis Raelynn ihn dabei erwischt hat.« Ein liebevoller Ausdruck breitete sich auf Lonnies bärtigem Gesicht aus. »Sie war schon immer eine eifrige Verfechterin von Recht und Ordnung, selbst als sie noch klein war. Hat sie dir von dem Vorfall erzählt, als sie sieben war und Räuber und Gendarm spielen wollte und wir uns geweigert haben, ihr eine Spielzeugpistole zu kaufen?«

Steph schüttelte den Kopf und versuchte, sich Rae in diesem Alter vorzustellen. Vermutlich war sie ein ernstes, aber total niedliches Kind gewesen. »Was ist passiert?«

Bevor Raes Eltern antworten konnten, klimperte ein Schlüssel im Schloss, dann schwang die Tür auf und Rae betrat in schweißgetränkten Joggingklamotten die Wohnung.

Jetzt würde Steph wahrscheinlich nie herausfinden, was es mit der siebenjährigen Rae und der Spielzeugpistole auf sich hatte. Aber der überraschte Ausdruck auf Raes Gesicht war es wert, die Geschichte zu verpassen. Ach, wenn sie doch nur ein Foto machen könnte! Steph lehnte sich auf der Couch zurück und versuchte, sich irgendwie unsichtbar zu machen, um beobachten zu können, wie Rae mit ihren Eltern interagierte.

Rae blieb verdutzt stehen.

Selbst das gesamte Team der Los Angeles Rams in ihrem Wohnzimmer vorzufinden, hätte sie nicht so sehr überraschen können wie der Anblick, der sie begrüßte.

Ihre Eltern lehnten sich gemütlich auf der Couch zurück, so als kämen sie jeden Tag auf ein Plauderstündchen vorbei. Was noch schlimmer war: Steph saß zwischen ihnen und sah aus, als hätte sie sich bestens mit CC und Lonnie unterhalten.

O Gott. Wie lange waren sie schon hier und worüber hatten sie gesprochen? Hatten sie Steph von der Schießerei erzählt? Raes Magen krampfte sich zusammen. Zögernd machte sie einen Schritt auf das Sofa zu. »W-Was macht ihr denn hier?«

Lonnie erhob sich. »Hallo, Rae-Rae. Ich freue mich auch, dich zu sehen.«

»Das sollte jetzt nicht klingen, als wäre ich nicht froh, euch hierzuhaben.« Obwohl sie Überraschungsbesuche hasste, freute sie sich doch, ihre Eltern zu sehen und sich davon überzeugen zu können, dass beide wohlauf waren und nichts von ihrer Lebensfreude verloren hatten. »Ich wusste bloß nicht, dass ihr zu Besuch kommen wolltet. Was, wenn niemand zu Hause gewesen wäre? Ihr wohnt nicht gerade in der Nähe.« Sie wandte sich Steph zu. »CC und Lonnie leben in Oregon.« Moment mal! Warum hatte sie das gesagt? Sie schuldete ihrer Mitbewohnerin keine Erklärung. Aber aus irgendeinem Grund wollte sie nicht, dass Steph sie für eine undankbare, abweisende Tochter hielt.

»Wir haben Freunde in San Francisco besucht und dachten, wir kommen mal vorbei und schauen uns deine neue Wohnung an«, sagte Lonnie.

Das hätte Rae nicht überraschen sollen. Ihre Eltern hatten nie zuerst angerufen, wenn sie zu Besuch kamen; sie waren immer unangekündigt aufgetaucht.

CC erhob sich und breitete die Arme aus. »Wo bleibt meine Umarmung?«

Rae ging hinüber, umarmte ihre Eltern und war sich dabei sehr bewusst, dass Steph sie beobachtete.

Steph stand ebenfalls auf und kam um den Couchtisch herum auf Rae zu.

Was wird das denn? Einen Moment lang dachte Rae, Steph hätte es ebenfalls auf eine Umarmung abgesehen, doch dann ging Steph an ihr vorbei zum Sessel, um den Platz zwischen CC und Lonnie ihr zu überlassen. *Was hast du denn gedacht?* Warum sollte Steph sie umarmen wollen, vor allem, da sie vom Joggen völlig verschwitzt war?

Steph setzte sich im Schneidersitz in den Sessel und warf ihr einen neugierigen Blick zu. »Du nennst deine Eltern beim Vornamen?«

Rae zuckte mit den Schultern. »Das haben sie sich so ausgesucht.«

»Wir wollten unsere Kinder nicht mit herkömmlichen Autoritätsstrukturen erziehen, deshalb haben wir sie gebeten, uns bei unseren Vornamen zu nennen.« Ein schelmisches Lächeln breitete sich auf CCs Gesicht aus. »Außerdem fühle ich mich dadurch jünger.«

Steph grinste sie an. »Du siehst doch ohnehin schon aus, als wärst du Raes ältere Schwester.«

Lonnie lachte und klopfte Rae auf die Schulter. »Sehr charmant. Du solltest sie dir schnappen, solange sie noch nicht vergeben ist.«

O Gott. Wie lange musste sie noch hier sitzen und sich von ihren Eltern in Verlegenheit bringen lassen? Ihre Ohrläppchen wurden warm. »Lonnie, bitte. Ich will sie mir nicht schnappen.«

Steph lehnte sich näher an Rae heran. Ihre Augen funkelten vergnügt. »Ach, sieh mal einer an. Rae Coleman errötet zum zweiten Mal seit 1997.«

»Was war denn 1997?«, fragte CC.

»Ja, das will ich auch schon die ganze Zeit wissen.« Steph sah zwischen CC und Lonnie hin und her. »Habt ihr eine Ahnung?«

»Die Pathfinder-Sonde ist auf dem Mars gelandet, Prinzessin Di starb und ich glaube, es war das Jahr, in dem das geklonte Schaf Dolly geboren wurde«, sagte Rae.

Lonnie kratzte sich am Bart. »1997. War das nicht das Jahr, in dem Raelynn …?«

Rae sprang auf. »Wie wäre es mit einem Kaffee?«

Lachend erhob Steph sich. »Ich mache welchen. Wenn du duschen gehen willst, nur zu.«

»Du denkst im Ernst, ich lasse dich mit meinen Eltern allein, damit sie dir jede einzelne peinliche Geschichte aus meiner Kindheit erzählen können?« Rae schüttelte den Kopf. »Nein danke.«

Steph und Raes Eltern sahen einander grinsend an. »Na schön, dann bleib hier und leiste deinen Eltern Gesellschaft. Ich mache den Kaffee.«

»Danke.« Rae sah ihr nach, als Steph hinüber in den offenen Küchenbereich ging. Der Anblick ihrer engen Jeans lenkte sie einen Moment lang ab.

CC beugte sich vor und flüsterte: »Sie ist eindeutig eine Frau zum Heiraten.«

Rae riss ihren Blick von Steph los, bedeckte ihr Gesicht mit den Händen und stöhnte. »Lasst uns eine Vereinbarung treffen«, sagte sie hinter ihren Fingern hervor. »Ihr hört auf, mich verkuppeln zu wollen, und ich nenne euch nicht Mami und Papi.«

CC zuckte doch tatsächlich ein wenig zusammen. »Einverstanden.« Sie lehnte ihren Kopf gegen Raes Schulter, was ihr leicht fiel, da sie fast einen Kopf kleiner war. Prüfend musterte sie Rae. »Aber jetzt sag mir erst mal, wie es dir geht.«

»Es geht mir gut.« Rae schielte zur Küche. Während Steph mithören konnte, wollte sie das Thema lieber nicht ausführlich besprechen. Aber sie wusste, dass ihre Eltern sich nicht so leicht abspeisen lassen würden, deshalb fügte sie hinzu: »Wir hatten richtig Glück mit der Wohnung. Sie ist zwar eher klein, aber mehr brauche ich nicht und die Gegend ist toll. Man kommt überall zu Fuß hin und der Comedyclub ist ganz in der Nähe.«

»Gibt es auch ein Schwimmbad in der Nähe?«, fragte Lonnie.

»Keine Ahnung. Im Moment schwimme ich nicht.«

»Was?« Die Falten auf Lonnies Stirn verwandelten sich in tiefe Furchen. »Warum denn nicht?«

Du kennst den Grund, wollte Rae sagen, hielt sich aber zurück.

Steph bewahrte sie davor, antworten zu müssen, als sie mit einem Schneidebrett zurückkehrte, das sie anstelle eines Tabletts benutzte. Sie verteilte Kaffeetassen und stellte mehrere Kännchen und Behälter auf den Couchtisch. »Ich wusste nicht, ob ihr euren Kaffee wie Rae schwarz trinkt oder lieber Milch und Zucker möchtet. Hier sind auch noch Cashewmilch und Dattelzucker, die vom letzten Besuch meiner Schwester übrig geblieben sind. Sie steht auch total auf gesundes Essen.«

CC fasste sich an die Brust. »Das ist lieb von dir.«

Es war in der Tat rücksichtsvoll. Rae nickte ihr anerkennend zu, hoffte aber insgeheim, dass Steph aufhören würde, derart nett zu ihren Eltern zu sein, denn sonst würden die beiden ihre Verkupplungsversuche nie sein lassen.

Als Steph keine Tasse für sich selbst auf den Tisch stellte, sah CC sie mit offensichtlicher Enttäuschung an. »Setzt du dich nicht zu uns?«

»Nein. Tut mir leid.« Steph wirkte, als ob es ihr tatsächlich leidtäte und sie das nicht nur sagte, um höflich zu sein. »Ich muss noch ein paar Sachen vorbereiten, ehe ich ins Krankenhaus fahre.«

Rae verharrte mit der Tasse auf halbem Weg zum Mund. »Du musst ins Krankenhaus? Was ist passiert?« Auf sie wirkte Steph mit ihrem ungekünstelten Lächeln, ihrer entspannten Haltung und dem spitzbübischen Funkeln in ihren grauen Augen ziemlich gesund. Aber natürlich konnte man nicht alle Krankheiten und Behinderungen auf den ersten Blick erkennen; das wusste Rae aus eigener Erfahrung.

»Nichts ist passiert. Ich trete da nur auf.« Sie lächelte Rae neckisch zu. »Hast du dir etwa Sorgen um mich gemacht?«

Rae behielt ihre undurchdringliche Miene bei. »Nein. Natürlich nicht. Ich wollte nur wissen, ob ich die Wohnung für ein paar Tage für mich allein haben werde.«

»Ja, klar. Damit du eine wilde Party schmeißen kannst.« Ohne auf Raes Proteste zu achten, winkte Steph deren Eltern zu und verschwand in ihrem Zimmer.

CC sah ihr nach, drehte sich dann zu Rae um und legte ihr eine Hand aufs Knie. »Jetzt erzähl schon. Wie geht es dir wirklich?«

»Es geht mir gut.«

»Macht dir dein Job Spaß?«, fragte Lonnie.

Rae musste kurz darüber nachdenken. Nicht zu arbeiten, war für sie nie eine Option gewesen, selbst wenn ihre Berufsunfähigkeitsrente ausgereicht hätte, deshalb hatte sie keinen Gedanken daran verschwendet, ob ihr neuer Job ihr gefiel. »Ja, ich denke schon. Es ist zwar nicht dasselbe wie bei der Polizei, aber für den Moment ist es okay. Zumindest hält mich der Job auf Trab, bis ich weiß, was ich mit dem Rest meines Lebens anfangen will.«

»Wenigstens musst du jetzt keine dieser schrecklichen Waffen mehr tragen und dich von Leuten beschießen lassen«, flüsterte CC.

Rae seufzte. »CC …«

»Was denn? Ist es falsch von mir, wenn ich mich um dich sorge?«

»Nein. Aber es gibt keinen Grund zur Sorge, okay?«

»Jetzt, da ich deine Mitbewohnerin kennengelernt habe, sorge ich mich viel weniger.« Irgendwie schaffte es CC, das Wort *Mitbewohnerin* wie *die Liebe deines Lebens* klingen zu lassen. »Ich glaube, sie wird dich im Auge behalten, und danach zu urteilen, wie du sie vorhin beobachtet hast, als sie in der Küche war, wirst du auch ein Auge auf sie haben.« Sie erblasste unter ihrer Bräune. »Entschuldige. So wollte ich das eigentlich nicht sagen.«

»Immer mit der Ruhe«, sagte Rae. »Das war ein ganz normaler Satz. Ich will nicht, dass du dir mir gegenüber jedes Wort zweimal überlegst.«

CC nagte an ihrer Unterlippe und nickte.

Rae trank ihren Kaffee aus und schlug sich auf die Schenkel. »Kommt, ich zeig euch die Wohnung.«

Eine Stunde später klopfte Rae leise an Stephs Tür. Als Steph »herein« rief, öffnete sie die Tür einen Spaltbreit und spähte ins Zimmer.

Steph stand mit einem Zettel in der Hand vor der verspiegelten Tür ihres Kleiderschranks. Probte sie ihre Nummer vor dem Spiegel?

»Ja?« Steph legte fragend den Kopf schief, als Rae schwieg.

»Ähm, meine Eltern wollten sich verabschieden.«

Steph ließ den Zettel aufs Bett fallen und folgte Rae ins Wohnzimmer. »CC, Lonnie, es war schön, euch kennengelernt zu haben. Ihr fahrt nicht heute Abend noch nach Oregon zurück, oder?«

»Nein«, sagte Lonnie. »Wir haben Freunde in ganz Kalifornien. Wir haben so vielen Leuten einen Besuch versprochen, dass wir sicher drei Wochen brauchen werden, bis wir wieder zu Hause sind.«

»Das ist doch toll. Aber fahrt trotzdem vorsichtig.« Steph umarmte beide herzlich.

Rae sah kopfschüttelnd zu. Sie hatte noch nie verstanden, wie manche Menschen es schafften, so schnell Freundschaften zu schließen. Sie ließ zu, dass ihre Eltern sie ebenfalls umarmten, und versprach, gut auf sich aufzupassen.

Dann fiel die Tür hinter ihren Eltern ins Schloss und Rae meinte zu hören, wie vor dem Haus das alte Wohnmobil knatternd ansprang und dann schneller als erlaubt die Straße hinabraste. Schließlich wandte sie sich Steph zu. »Tut mir leid, dass du meine Eltern vorhin ganz allein unterhalten musstest.«

»Du musst dich nicht entschuldigen. Die beiden sind großartig. Ich wünschte, meine Eltern wären wie deine.«

Rae sah sie skeptisch an. Als Kind hatte sie sich immer gewünscht, ihre Eltern wären mehr wie die anderer Kinder. Rae war immer eine Außenseiterin gewesen. Dafür sorgten schon ihre selbst genähten Kleider, die Geburtstagstorte aus Johannisbrotmehl und ihre Wissenslücken über beliebte Fernsehsendungen und Promis.

»Ganz im Ernst«, sagte Steph. »Meine Eltern denken immer noch, das wäre alles nur eine Phase, aus der ich irgendwann herauswachsen werde.«

»Ich gebe zu, dass ich in dieser Hinsicht Glück hatte. Als meine Eltern herausfanden, dass ich lesbisch bin, haben sie eine Coming-out-Party organisiert.« Rae rümpfte die Nase. »Komplett mit regenbogenfarbenen Luftschlangen, einer Torte mit Regenbogenfähnchen und Musik von jeder lesbischen Sängerin, die ihnen einfiel.«

Steph lachte. »Das passt zu deinen Eltern. Aber das meinte ich gar nicht. Meine Eltern haben kein Problem damit, dass ich bisexuell bin. Mit meinem Job sind sie weniger einverstanden. Für sie ist Comedy nur ein Hobby, das ich irgendwann von selbst aufgebe, wenn ich wirklich erwachsen werde. Aber als ich deinen Eltern vorhin sagte, dass ich Komikerin bin, haben sie mich sofort als Künstlerkollegin akzeptiert und mich mit so viel Respekt angesehen, als würde Stand-up-Comedy eines Tages die Welt retten. So etwas ist mir noch nie passiert.«

Sie strahlte so viel Verwunderung und Freude aus, dass Rae ausnahmsweise einmal richtig stolz auf ihre Eltern war. Vielleicht war es manchmal doch nicht so schlecht, von der Norm abzuweichen. »Ich glaube kaum, dass Comedy Krebs heilen oder den Welthunger stillen wird, aber ich habe einen gehörigen Respekt vor jedem, der sich praktisch vor einem Saal voller Fremder entblößt, nur um sie zum Lachen zu bringen.« Der bloße Gedanke daran verursachte Rae ein flaues Gefühl im Magen.

»Wow, danke.« Stephs graue Augen strahlten, sodass sie fast silbern wirkten. »War das etwa ein Kompliment von Rae Coleman?«

Rae rieb sich den Nacken und wandte den Blick ab. »Gewöhn dich bloß nicht daran. Wahrscheinlich liegt es am Vollmond oder daran, dass der Merkur rückläufig ist oder so etwas in der Art.«

Steph lachte. »Keine Sorge. Ich werde schon nicht eingebildet werden oder erwarten, dass du mir von jetzt an täglich Komplimente machst.« Sie sah auf die Uhr. »Hoppla. Ich muss los.« Sie machte zwei Schritte auf die Tür zu und drehte sich dann noch einmal um. »Was hältst du davon?« Sie hob ein unsichtbares Mikrofon an ihren Mund. »Es wird euch wahrscheinlich nicht überraschen, wenn ich euch sage, dass Krankenhausmode nicht von Versace oder Armani entworfen wird. Wer schon mal eines dieser hinten offenen Krankenhaushemdchen anziehen musste, der fragt sich, ob es wirklich *OP* oder doch eher *oje* heißen muss.«

Ohne den Hauch eines Lächelns sah Rae sie an.

»OP … oje. Es reimt sich, verstehst du?«

»Ja, das hab ich schon verstanden.«

Ein tiefes Seufzen entrang sich Stephs Brust. »Aber du findest es nicht lustig. Mann, du bist aber auch ein schwer zufriedenzustellendes Publikum. So schlecht ist der Witz nun auch wieder nicht.«

Ein bisschen etwas Lustiges war dran, aber Rae musste normalerweise in lockerer Stimmung sein, um über Witze lachen zu können, und das war schon seit einer ganzen Weile nicht mehr vorgekommen. »Bei den Leuten im Krankenhaus kommt das sicher besser an. Du kennst ja uns Polizisten. Wir müssen unseren Sinn für Humor abgeben, wenn wir in die Polizeiakademie aufgenommen werden.«

Steph grinste. »Sagte die Frau, die gerade einen Witz gemacht hat.«

Rae wedelte mit der Hand, als würde sie eine lästige Fliege vertreiben. »Du musst los. Toi, toi, toi – oder was immer ihr Komiker auch sagt.«

»Du könntest mir wünschen, dass ich kille. Das sagt man, wenn jemand auf der Bühne so richtig abräumt.«

Rae hatte solche Ausdrücke im Club schon des Öfteren gehört. »Man könnte meinen, ihr wärt ein Haufen Serienmörder.«

»Ein paar von uns vielleicht.« Steph versuchte, eine einschüchternde Miene aufzusetzen, scheiterte aber kläglich.

Unbeeindruckt zuckte Rae mit den Schultern. »Ich schlafe sowieso mit einem offenen Auge.« Steph konnte nicht ahnen, dass das sogar stimmte, denn ihr linkes Auge blieb nachts einen Spaltbreit offen. Ein zögerliches Lächeln schlich sich auf Raes Lippen. Es fühlte sich fast wie ein Zucken ihrer Mundwinkel an, so als hätten ihre Gesichtsmuskeln den Bewegungsablauf vergessen. Sie hob die Hand und berührte überrascht ihre Lippen. Abgesehen von dem sarkastischen Galgenhumor, den sie mit vielen ihrer früheren Kollegen teilte, hatte sie dieses Jahr nicht viel Grund zum Lächeln gehabt. Nie zuvor hatte sie über die Folgen der Schießerei scherzen können.

Wer hätte das gedacht? Rae starrte Steph hinterher, als diese ihr zuwinkte und zur Tür hinausging, um die Leute im Krankenhaus aufzumuntern. Das Zusammenleben mit einer Komikerin schien doch seine Vorteile zu haben.

Kapitel 9

Es war seltsam, Rae außerhalb ihrer gemütlichen, kleinen Wohnung zu erleben. Sie sah anders aus, wenn sie sich in einschüchternder Pose vor dem Eingang der Fun Zone aufbaute. Der Hauch eines Lächelns, den Steph gelegentlich zu Hause sah, war völlig verschwunden. Aber sie sah verdammt gut in ihrem schwarzen Anzug und ihrer Krawatte aus.

Eine Frau in Uniform hatte etwas, selbst wenn es nur eine solche Arbeitsuniform war. Steph konnte den Blick nicht von ihr abwenden. Das musste wohl das bisexuelle Äquivalent eines Pawlow'schen Reflexes sein.

Als Steph am Anfang der Warteschlange ankam, sah Rae ihr mit undurchdringlicher Miene entgegen, so als wären sie einander nie zuvor begegnet.

Offensichtlich war sie im Arbeitsmodus, deshalb zügelte Steph ihre schelmische Ader und begrüßte sie mit einem freundlichen, aber professionellen Lächeln. »Diesmal verlangst du aber nicht, dass ich bezahle, oder?«

»Kommt drauf an.« Raes Gesichtsausdruck war schwer zu durchschauen. »Trittst du heute Abend auf?«

»Nein. Aber ich bin hier, um das zu ändern. Ich versuche, den Clubbesitzer zu überzeugen, mich als Headliner zu engagieren.«

Rae hob die Augenbrauen. »Als Headliner? Na, du willst aber hoch hinaus.«

»Warum auch nicht?«, antwortete Steph. »Ich hatte schon mehrere Kurzauftritte in der Fun Zone und war auch schon öfter Moderatorin. Aber ich werde niemals einen Talentsucher, der zufällig im Publikum sitzt, beeindrucken, wenn ich nur hier und da zwei Minuten meines Materials spiele. Ich brauche ein abendfüllendes Programm.«

»Na, dann viel Glück«, sagte Rae. »Mr Hicks hat in den sechs Wochen, seit ich hier arbeite, noch keinen einzigen weiblichen Headliner engagiert.«

»Er hat noch nie einer Frau als Headliner eine Chance gegeben, seit er letztes Jahr den Club gekauft hat«, warf ihr Kollege Brandon ein.

Ein Stirnrunzeln ließ Raes Miene noch einschüchternder wirken. »Ich hätte nicht gedacht, dass er so sexistisch sein würde. Schließlich hat er mich eingestellt.«

»Ja, aber du könntest ihn beim Bankdrücken ohne Probleme in die Höhe stemmen.« Lachend hob Brandon die Faust, um ihr einen Klaps auf die Schulter zu versetzen, doch ein eisiger Blick von Rae hielt ihn davon ab. »Vermutlich ist er gar nicht sexistisch. Er glaubt nur nicht, dass Frauen lustig sind.«

»Und das soll nicht sexistisch sein?« Steph schüttelte den Kopf. »Hat er noch nie von Ellen DeGeneres, Tina Fey, Wanda Sykes oder Hannah Gadsby gehört? Es gibt viele lustige Frauen!«

Brandon hob beide Hände in die Höhe. »Das habe ich nie bezweifelt. Sag das nicht mir; sag es Mr Hicks.«

»Das werde ich.« Steph stellte sich auf eine Konfrontation ein. Irgendwie musste es ihr gelingen, Mr Hicks zu überzeugen, sie auftreten zu lassen. Auftritte in Krankenhäusern, Cafés und Bars waren eine gute Übung, brachten aber kaum genug ein, um die Benzinkosten zu decken. Wenn sie sich als Komikerin einen Namen machen wollte, reichte das nicht. Ein Auftritt in einem der besten Clubs in L.A. könnte ihr Karrieresprungbrett sein. Sie hatte vor, ein einstündiges Programm aufzuzeichnen und das Video an den Programmchef eines Comedysenders zu schicken, um endlich einen der heiß begehrten Fernsehauftritte zu ergattern. »Drückt mir die Daumen.«

Doch als sie den Club betreten wollte, versperrte Rae ihr den Weg. »Hast du nicht was vergessen?«

Steph konnte nicht widerstehen. Sie formte ihre Lippen zu einem Kussmund. »Einen Kuss, um mir viel Glück zu wünschen?«

Rae blickte finster drein und rieb Daumen und Zeigefinger aneinander, die universelle Geste für Geld.

Wie bitte? Steph konnte es nicht fassen. Ihre Mitbewohnerin erwartete ernsthaft, dass sie Eintritt bezahlte? »Du willst mich wohl verarschen!«

»Ja. Rein mit dir.«

So viel zum Thema ehemalige Polizisten hätten keinen Sinn für Humor, auch wenn es ein ziemlich schräger war! Steph warf ihr einen Blick zu, der eindeutig sagte: Komm du mir mal nach Hause!

Rae sah sie unbeeindruckt an.

Kopfschüttelnd marschierte Steph an ihr vorbei. Sie winkte einigen ihrer Komikerkollegen zu, die an der Bar saßen und Bier tranken.

Die Bühne im großen Saal war noch leer, aber ein Tontechniker fummelte an der Audioanlage herum, die kleinen Tische begannen, sich zu füllen, und Kellnerinnen huschten umher und nahmen die ersten Getränkebestellungen entgegen.

Steph warf einen Blick auf das Mikro, das vor der typischen Backsteinmauer im Hintergrund aufragte. Dort oben gehörte sie hin. Aber zuerst musste sie Mr Hicks davon überzeugen.

Sie ging den Flur hinab und klopfte an seine Bürotür. Drüben im Barbereich war es so laut, dass sie keine Antwort ausmachen konnte, deshalb öffnete sie die Tür einen Spaltbreit. »Mr Hicks? Ich habe heute Morgen angerufen.« *Und gestern und vorgestern.* »Sie sagten, ich solle zu Ihnen kommen, wenn ich das nächste Mal im Club bin. Tja, hier bin ich.«

Er blickte von seinem Papierkram auf und sah sie an, als könnte er sich nicht an ihre Unterhaltung erinnern. Ganz sicher erinnerte er sich auch nicht an all die anderen Male, als sie ihn gebeten hatte, sie auftreten zu lassen. Seufzend warf er seinen Stift auf den Schreibtisch und winkte sie herein.

Verglichen mit dem Saal, in dem Vorstellungen mit vierhundert Personen stattfanden, war sein Büro geradezu winzig und bis zum letzten Winkel mit Unterlagen und Werbematerial vollgestopft.

Mr Hicks nickte in Richtung des Stuhls auf der anderen Seite des Schreibtisches.

Steph setzte sich schnell, bevor er seine Meinung ändern konnte. »Hatten Sie zufällig etwas Zeit, einen Blick auf den Link zu werfen, den ich Ihnen geschickt habe?«

Er deutete auf den Papierkram, der sich vor ihm auftürmte. »Sieht das so aus, als hätte ich Zeit für irgendetwas?«

Das Gespräch nahm keinen guten Anfang. »Nein, vermutlich nicht. Es ist ein Link zu einem Video von mir als Headliner einer Vorstellung bei Tickle Me Funny.«

Obwohl sie einen namhaften Comedyclub genannt hatte, wirkte er nicht beeindruckt. »Und?«

»Ich habe im vergangenen Jahr ein sehr solides Programm auf die Beine gestellt, mit dem ich im ganzen Land Erfolg hatte. Ich habe mich gefragt, ob Sie mir erlauben würden, als Headliner aufzutreten. Es muss nicht unbedingt an einem Samstag sein. Die Spätvorstellung an einem Donnerstag wäre großartig.«

Er griff nach seiner Maus und klickte ein paarmal, wahrscheinlich um sein E-Mail-Programm zu öffnen. Einige Sekunden später drang Stephs Stimme aus den Lautsprechern auf seinem Schreibtisch: »Ist Ihnen jemals aufgefallen, dass die meisten Komiker aus verkorksten Familien kommen? Ich natürlich nicht. Nein, nein, wirklich nicht. Ich bin die einzig Normale in meiner Familie. Die anderen sind alle Psychologen und Nervenärzte. Ich bin mehr der Typ Nervensäge.«

Mr Hicks lachte nicht. Nicht einmal seine Mundwinkel zuckten unter seinem Spitzbart.

Meine Güte, Leute wie er und Rae konnten einer Komikerin einen Minderwertigkeitskomplex verpassen!

Er klickte erneut mehrfach. Sah er sich auf ihrer Webseite um? Er schien von dem, was er sah, nicht beeindruckt zu sein. »Keine Fernsehauftritte?«

»Noch nicht, aber ich arbeite daran.«

»Dann kommen Sie mal wieder, wenn Sie bei Colbert oder Fallon aufgetreten sind.«

Das war ja ihr Dilemma: Sie brauchte Fernsehauftritte, um in größeren Clubs wie der Fun Zone spielen zu dürfen, aber um das Interesse der Programmchefs zu wecken, musste sie in einigen der beliebten Clubs aufgetreten sein. Es war an der Zeit, die Karten auf den Tisch zu legen. »Sie kennen sich aus in der Comedyszene. Bevor Sie die Fun Zone gekauft haben, waren Sie Manager eines Clubs in Denver.« Es schadete nicht, wenn er sah, dass sie sich auf das Gespräch vorbereitet hatte.

Mr Hicks hatte sich bereits wieder seinem Papierkram zugewandt, doch nun hob er den Kopf und bedeutete ihr, fortzufahren.

»Sie wissen, wie der Hase läuft. Der große Comedyboom ist vorbei. Es gibt eine Menge urkomische, talentierte Comedians, die nie im Fernsehen zu sehen sein werden – es sei denn, jemand gibt ihnen eine Chance.«

»Und Sie wollen, dass ich dieser Jemand bin.« Er formulierte es nicht als Frage.

»Warum nicht? Sie sind nicht so erfolgreich geworden, indem Sie immer nur auf Nummer sicher gegangen sind.«

Er rieb seinen Spitzbart und betrachtete sie eine Weile. Dann öffnete er eine Mappe und blätterte darin herum. »Ich sage Ihnen was. Ich lasse Sie im Januar eine Woche moderieren.«

Steph war in Clubs wie der Fun Zone schon unzählige Male als Moderatorin aufgetreten. Doch mittlerweile war ihre Karriere an einem Punkt, an dem sie das nicht weiterbrachte. Der Moderator hatte die Aufgabe, die übrigen Komiker anzukündigen, das Publikum aufzuwärmen und die Hausregeln zu erklären. Mit ein bisschen Glück blieb genug Zeit, ein paar Minuten des eigenen Materials in die Moderation einfließen zu lassen, aber das war auch schon alles. »Vielen Dank, aber ich bin kein Neuling. Ich mache seit fast zehn Jahren Stand-up-Comedy. Ich bin dieses Jahr überall im Land mit einem eigenen abendfüllenden Programm aufgetreten.«

»Nicht in L.A.«, sagte Mr Hicks. »Nicht in meinem Club.«

»Noch nicht.« Steph weigerte sich, unterwürfig den Blick zu senken und seine Entscheidung zu akzeptieren.

»Himmel, jetzt verstehe ich, warum Sie sich als Nervensäge bezeichnet haben«, murmelte er. »Haben Sie eine Ahnung, was es kostet, einen Comedyclub zu betreiben? Wir müssen den Saal jeden Abend füllen, um unsere Kosten zu decken, und Sie sind nicht bekannt genug, um die Menschen scharenweise anzulocken.«

»Genauso wenig wie Amy Schumer, Chris Rock oder Sarah Silverman bekannt genug waren, bevor sie ihren Durchbruch hatten. Irgendwo muss ich ja anfangen. Es könnte genauso gut Ihr Club sein.«

Mittlerweile zerrte Mr Hicks geradezu an seinem Bart. »Vergessen Sie's. Ich lasse Sie nicht als Hauptakt auftreten. Aber …« Steph hielt den Atem an, während er die Mappe noch einmal durchblätterte. »Wenn Sie auf der Bühne so schlagfertig sind wie hier drin, engagiere ich Sie als Feature.«

Das bedeutete, dass sie zwischen dem Moderator und dem Headliner auftreten und zwanzig bis dreißig Minuten ihres Materials spielen durfte. Es würde weniger Geld einbringen, aber falls es ihr gelang, Mr Hicks zu beeindrucken, würde er ihr vielleicht doch noch einen Auftritt als Headliner ermöglichen.

»Abgemacht«, sagte sie rasch, bevor er seine Meinung ändern konnte. »Wann?«

Mr Hicks sah auf seine Mappe hinab. »Sonntag.«

»Diesen Sonntag?«, kiekste Steph. Das bedeutete, dass sie Teil der Vorstellung am Thanksgiving-Wochenende sein würde, die in ganz L.A. stark beworben worden war. Sie konnte sich nur mit Mühe davon abhalten, einen Freudentanz aufs Parkett zu legen.

Er grunzte höhnisch. »Nein. Ich meine die Spätvorstellung am Sonntag danach.«

Enttäuschung machte sich in Steph breit, aber sie sagte sich, dass jeder Sonntag ein guter Termin wäre. Es war der einzige Tag der Woche, an dem Mr Hicks den ganzen Abend im Club verbringen würde, weil er Gehaltsschecks unterschreiben musste. Wenn sie Glück hatte, sah er sich einen Teil ihrer Nummer an, und wenn sie ihm gefiel, könnte ihr das Tür und Tor für größere Auftritte in der Fun Zone öffnen. »Großartig. Herzlichen Dank. Sie werden es nicht bereuen, das verspreche ich.«

»Das will ich doch schwer hoffen. Mein stellvertretender Geschäftsführer schickt Ihnen dann die Einzelheiten per Mail.« Er wedelte mit der Hand. »Und jetzt verschwinden Sie hier und lassen Sie mich weiterarbeiten.«

Steph verließ in Rekordzeit sein Büro und konnte sich kaum davon abhalten, zur Tür zu hüpfen. Sobald sie draußen war, sprang sie auf und ab wie ein Känguru, das Aufputschmittel genommen hatte. Sie hatte es geschafft und die erste von hoffentlich vielen großen Chancen ergattert.

Vergnügt winkend eilte sie an den Jungs an der Bar vorbei ins Freie.

Die Schlange vor dem Club war verschwunden, ebenso wie Brandon, aber Rae bewachte weiterhin den Eingang und ließ Nachzügler herein.

Als Steph von hinten auf sie zuging, zuckte Rae zusammen, erholte sich aber rasch und warf ihr einen erwartungsvollen Blick zu. »Was hat er gesagt?«

»Er will mich nicht als Headliner haben.«

Rae presste die Lippen aufeinander. »Nimm's nicht persönlich.«

»Aber er lässt mich nächste Woche als Feature auftreten.« Steph konnte ihre Freude nicht länger zügeln. Stürmisch schlang sie die Arme um Rae.

Beide erstarrten, als ihre Körper einander berührten.

Rae hatte automatisch die Arme gehoben. Ihre Hände lagen nun auf Stephs Rücken und hielten Steph an sich gedrückt, obwohl ihre Haltung steif war.

Steph lehnte sich einen Moment lang an Raes kräftige Gestalt, dann ließ sie los und trat zurück. »Entschuldige. Ich wollte nicht …«

»Schon okay.«

Aus einem halben Meter Entfernung starrten sie einander an. Raes Augen waren faszinierend. Eines bewegte sich weniger als das andere, besonders wenn sie, wie jetzt, nach unten blickte. Hauptsächlich fand Steph aber ihre Farbe interessant. Aus der Ferne sahen sie einfach nur braun aus. Aber aus der Nähe entdeckte Steph, dass sie um die Pupillen herum bernsteinfarbene Sprenkel hatten, die wie züngelnde Flammen wirkten.

Ja, und du könntest dir leicht daran die Finger verbrennen, wenn du nicht aufpasst, sagte sich Steph. Ihre Mitbewohnerin war die einzige Frau, die selbst für nur eine Nacht tabu war. Außerdem war Rae ohnehin nicht an ein paar Stunden Spaß mit ihr interessiert.

Rae drehte ihren Kopf weg, als wäre Stephs musternder Blick ihr genauso unangenehm wie die Umarmung. Obwohl Steph sie nicht fest genug umarmt hatte, um ihre Kleidung zu zerknittern, fuhr Rae mit den Händen über ihre Anzugjacke. Die Geste erinnerte Steph an einen Vogel, der sein Gefieder glättete. »Ich bin einfach nicht der Typ, der auf Umarmungen steht.«

Steph setzte einen verblüfften Gesichtsausdruck auf. »Nein!«

»Klugscheißerin«, murmelte Rae.

Steph wurde ernst. Sie wollte, dass Rae verstand, was dieser Auftritt ihr bedeutete. »Das ist eine wichtige Sache für mich. Ungeheuer wichtig. Um ehrlich zu sein, wusste ich, dass er mich nicht als Headliner engagieren würde. Aber ein Auftritt als Feature könnte praktisch das Vorsprechen für ein Engagement als Hauptakt sein.«

Rae gab ihr einen unbeholfenen Klaps auf den Arm. »Herzlichen Glückwunsch.« Sie wirkte, als meinte sie es aufrichtig. »Du wirst das sicher toll machen. Und wenn du nett zu mir bist, werde ich an deinem großen Abend darauf achten, keinen Junggesellinnenabschied in die erste Reihe zu setzen.«

Steph lachte. »Herzlichen Dank.«

In der Stille, die zwischen ihnen entstand, wirkten das Hupen und die Rufe von der Melrose Avenue ungewöhnlich laut.

Rae verlagerte ihr Gewicht von einem Bein aufs andere und zeigte mit dem Daumen über ihre Schulter. »Gehst du wieder rein, um mit deinen Kumpels zu feiern?«

»Nein. Ich gehe nach Hause und beginne mit den Vorbereitungen. Das ist meine große Chance, und ich habe vor, sie zu nutzen.«

Rae nickte ihr respektvoll zu. »Dann sehen wir uns zu Hause.«

Brandon trat nach draußen. »Zu Hause?« Er blickte von Rae zu Steph und stieß einen Pfiff aus. »Heilige Scheiße! Ihr zwei wohnt zusammen? Mann, das ist …«

»Wenn du jetzt ›heiß‹ sagst, breche ich dir die Nase.« Rae sah so grimmig drein, als ob sie es ernst meinte.

Steph legte ihr die Hand auf den Arm und spürte, wie Raes Muskeln vor Anspannung vibrierten. »Wir sind bloß Mitbewohnerinnen in einer WG, Brandon. Türsteher werden sicher genauso schlecht bezahlt wie wir Komiker, deshalb brauchen wir beide etwas Hilfe, um die Miete bezahlen zu können.«

»Ach so.« Brandon rieb sich die Nase. »Ja, das stimmt schon. Wir verdienen kaum genug, um eine Kakerlake am Leben zu erhalten.«

Rae knurrte zustimmend und die Anspannung in ihren Muskeln ließ nach.

Steph zog ihre Hand zurück. *Puh.* Gut, dass sie wirklich kein Paar waren und nie eines sein würden. Wenn Rae sich bereits derart fürsorglich zeigte, obwohl sie nur Mitbewohnerinnen waren, hätte sie Brandons Nase vermutlich in Kartoffelpüree verwandelt, wenn sie tatsächlich zusammen wären.

Zwar hieß Steph Gewalt jeglicher Art nicht gut, aber sie wusste es zu schätzen, dass Rae sie in Schutz genommen hatte. Als Komikerin hatte sie sich ein dickes Fell zugelegt, denn ihre Kollegen nahmen kein Blatt vor den Mund. Sie hatte schon seit Langem aufgehört zu zählen, wie viele Angebote zu einem flotten Dreier sie im Laufe der Jahre erhalten hatte. Scheinbar nahmen manche Comedians an, bisexuell zu sein, würde bedeuten, gleichzeitig mit einem Mann und einer Frau schlafen zu wollen. Steph steckte solche Kommentare weg und antwortete mit einem schlagfertigen Spruch, aber das hieß nicht, dass es ihr nichts ausmachte.

»Okay, ich geh dann mal. Soll ich dich später abholen?« Steph zeigte zum Parkplatz des Clubs. »Wie ich sehe, bist du nicht mit dem Auto hier.«

»Nein, ich gehe zu Fuß«, sagte Rae.

»Bist du sicher?«

»Ich kann dich nach Hause fahren«, sagte Brandon.

Rae schüttelte energisch den Kopf. »Ich gehe zu Fuß.«

»Meine Güte, wenn ich deinen zweiten Vornamen nicht genau kennen würde, könnte ich meinen, er würde *Sturkopf* lauten«, murmelte Steph.

»Oh, was ist denn ihr zweiter Vorname?«, fragte Brandon.

»Ich habe keinen.« Rae warf Steph einen drohenden Blick zu.

Lachend hielt diese beide Hände in die Höhe und wich zurück. »Ich mische mich da nicht ein, Leute. Schönen Abend noch.« Sie winkte den beiden zu und ging zu ihrem Auto.

Rae griff nach einer Tomate, sah sich dann eine zweite an und zögerte. Sollte sie genug Salat machen, dass er auch für Steph reichte? Als sie vor vier Wochen zusammengezogen waren, hätte sie sich nicht vorstellen können, für sie zu kochen. Eine ihrer ungeschriebenen Hausregeln war gewesen, dass jede ihr eigenes Essen besorgen und ihre Mahlzeiten selbst zubereiten musste.

Aber seit Mr Hicks ihr vor einer Woche den Auftritt zugesichert hatte, arbeitete Steph ohne Pause daran, ihre Nummer zu verbessern. Fast jeden Tag probierte sie das neue Material bei Firmenweihnachtsfeiern aus oder trat bei Open-Mic-Veranstaltungen auf, wo jeder, der wollte, vor Publikum fünf Minuten lang singen, tanzen oder eben Witze erzählen konnte.

Rae musste zugeben, dass sie Komiker – oder zumindest diese Komikerin – falsch eingeschätzt hatte. Sie hatte immer gedacht, Comedians hätten einen ziemlich lockeren Job. Sie konnten bis mittags schlafen, verbrachten den ganzen Tag damit, lustige Videos auf YouTube anzuschauen, und verdienten ihren Lebensunterhalt, indem sie weniger als eine Stunde pro Abend arbeiteten.

Doch diese Vorstellung entsprach nicht Stephs Tagesablauf. Sie stand etwa zeitgleich mit Rae auf und feilte den ganzen Morgen an ihren Gags, ehe sie sich auf den Weg zu ihrem Nebenjob machte. Rae wusste das, weil sie oft hörte, wie Steph ihr Material vor sich selbst aufsagte. Abgesehen von ein paar Stunden, die sie an Thanksgiving mit ihrer Familie verbracht hatte, war Steph unermüdlich am Arbeiten gewesen.

Selbst jetzt drang Stephs leise Stimme aus ihrem Zimmer.

Rae nahm die zweite Tomate und wog sie in der Hand. Na schön, sie würde es tun. Aber nur dieses eine Mal und nur, weil sie nicht wollte, dass der Pizzabote spät in der Nacht an ihrer Tür klingelte, wenn Steph schließlich merkte, dass sie noch nichts gegessen hatte.

Sie wusch die Tomate, schnitt sie klein und fügte Römersalat, rote Paprika und Fetakäse hinzu. Einen Moment lang zog sie Oliven und Zwiebeln in Betracht, beschloss dann aber, beides wegzulassen, da sie nicht wusste, ob Steph sie mochte. Mit schnellen Bewegungen aus dem Handgelenk verquirlte sie Olivenöl und Zitronensaft und streute etwas Oregano und Pfeffer hinzu.

Gerade als sie das Dressing über den Salat gießen wollte, hielt sie inne. Etwas fehlte noch. Wo war die Gurke, die sie gestern auf dem Markt gekauft hatte?

Sie öffnete den Kühlschrank und wühlte in der Gemüseschublade. Nichts. Die Gurke fand sich auch nicht in der Schüssel neben dem Kühlschrank, in der sie die Tomaten aufbewahrte, damit diese ihr Aroma nicht verloren.

Was zum Teufel? Hatte Steph sie genommen? Das erschien ihr ziemlich unwahrscheinlich, da Stephs Vorstellung von einer ausgewogenen Ernährung darin zu bestehen schien, zwischen Schokolade, Burgern und Nudeln abzuwechseln. Aber wo war sie dann?

Stirnrunzelnd klopfte Rae an Stephs Tür, um den mysteriösen Fall der verschwundenen Gurke aufzuklären.

»Komm rein«, rief Steph.

Rae öffnete die Tür. »Entschuldige, dass ich dich unterbreche, aber hast du zufällig …« Ihr Blick fiel auf das verschollene Gemüse.

Steph hielt die Gurke wie ein Mikrofon in der Hand. Sie lächelte Rae an, als wäre es die normalste Sache der Welt, unschuldiges Gemüse als komödiantisches Hilfsmittel zu missbrauchen.

»Ähm, was machst du mit meiner armen Gurke?«

Steph strich mit der Hand sinnlich über die grüne Frucht. »Wonach sieht es denn aus?« Sie senkte ihre Stimme zu einem verführerischen Raunen.

Ein Schauder durchlief Rae und sie verfluchte ihren Körper für seine automatische Reaktion. Sie warf Steph einen tadelnden Blick zu.

»Na schön.« Kichernd hörte Steph auf, die Gurke zu streicheln. »Sieh mich nicht an, als wäre ich ein Gemüseperversling. Ich probe meinen Auftritt und dafür brauche ich ein Mikro.«

Rae schüttelte den Kopf. Jemand sollte einen Witz über die seltsamen Ideen von Comedians schreiben. »Und die Gurke schien dir die naheliegende Wahl zu sein? Haben dir deine Eltern nicht beigebracht, nicht mit deinem Essen zu spielen?«

Steph schenkte ihr ein charmantes Grinsen. »Genau genommen ist es ja *dein* Essen, mit dem ich spiele, und ich will gar nicht wissen, was meine Eltern sagen würden, wenn sie mich dabei erwischen, wie ich mit einer Gurke herumspiele. Sie sind Psychologen.«

»Alle beide und deine Schwester noch obendrein?«

»Ja. So ziemlich die ganze Familie außer mir. Na ja, genau genommen ist Onkel Albert Psychiater.«

»Himmel!«, platzte es aus Rae heraus. Ihr schwirrte der Kopf, als sie versuchte, sich vorzustellen, wie es sein musste, so aufzuwachsen. Offenbar hatten sie doch eines gemeinsam: Sie stammten beide aus unkonventionellen Familien.

»Es hat auch seine guten Seiten. Zum Beispiel liefert meine Familie reichlich Stoff für mein Comedyprogramm.«

Rae musterte sie, konnte aber nicht einschätzen, ob sie scherzte. Sprach Steph auf der Bühne tatsächlich über ihre Familie? Falls ja, waren ihre Angehörigen damit einverstanden, dass Steph sie zum Gespött der Leute machte?

»Brauchst du irgendwas?«, fragte Steph.

Rae zeigte auf die Gurke. »Das Mikrofon.«

»Wozu brauchst du ein Mikrofon?« Steph wirbelte die Gurke in ihren Händen herum. »Ich dachte, du wärst nicht der Typ, der auf die Bühne geht und Witze erzählt.«

»Ich bin der Typ, der Vitamine essen will. Los, her damit.«

Als Rae nach der Gurke griff, hielt Steph das andere Ende spielerisch fest.

»Verdammt, Steph!« Rae stieß ein entnervtes Knurren aus. Sie war nicht in der Stimmung für ein Tauziehen, obwohl sie ihre zierlichere Mitbewohnerin sicher leicht überwältigen könnte. Aber wenn sie ruckartig an der Gurke zerrte, würde Steph nach vorn stolpern und in ihren Armen landen. Das kam nicht infrage. »Lass los oder …«

»Was oder?« Ein verführerischer Ton schien in Stephs Stimme zu vibrieren.

Hitze breitete sich in Raes Bauch aus. *Hör auf mit dem Quatsch,* sagte sie ihrem verräterischen Körper. Steph machte nur Spaß. »Sonst bekommst du nichts von dem leckeren griechischen Salat, den ich gerade zubereite.«

Steph ließ so abrupt los, dass Rae, die noch immer an der Gurke zog, rückwärts stolperte und gegen die Tür krachte. Der Türknauf traf ihren Hüftknochen und die Gurke fiel ihr aus der Hand. *Verdammt!* Rae rieb sich die Hüfte. *Das gibt einen blauen Fleck.*

»O nein! Rae, das tut mir so leid. Das wollte ich nicht.« Steph eilte zu ihr. »Lass mich mal sehen.« Ihre Hände fuhren über Raes Hüften, dann über ihren Rücken, als sie versuchte, Raes Hemd aus der Hose zu ziehen und den Bund ihrer Jeans ein wenig herunterzuschieben.

Raes ganzer Körper begann zu kribbeln, ohne erst ihr Gehirn um Erlaubnis zu fragen. *Scheiße!* Sie packte Stephs Hände und zog sie von ihrem Körper weg. »Hör auf«, sagte sie lauter, als sie es beabsichtigt hatte. Sie bemühte sich, sanfter zu sprechen. »Es geht mir gut.«

Steph zog ihre Hände zurück, wich aber nicht zurück. »Bist du sicher? Das sah aus, als hättest du dir wehgetan.«

»Als Streifenpolizistin wurde auf mich geschossen, man hat mir in den Bauch getreten und ich wurde von einem Kerl, der dreimal so groß war wie ich, gegen eine Wand geschleudert. Das hier ist nicht der Rede wert.«

Anstatt sie zu beruhigen, schien das Steph nur noch mehr in Aufregung zu versetzen. »Auf dich wurde geschossen?«

Jeder Muskel in Raes Körper verkrampfte sich. *Verdammt.* Warum hatte sie Steph das erzählt? »Ja.« Sie versuchte, so zu tun, als wäre es keine große Sache. »Zweimal, um genau zu sein.«

Steph wurde blass. »O mein Gott«, flüsterte sie. »Und ich dachte, auf der Bühne ausgebuht zu werden, wäre schlimm.«

»Jede Arbeit hat ihre Vor- und Nachteile.«

»Das ist alles, was du dazu sagst?«

»Was soll ich denn sonst sagen? Ich habe überlebt. Aber ich könnte vor Hunger sterben, wenn ich nicht innerhalb der nächsten zehn Minuten etwas zu essen bekomme.« Rae hob die Gurke vom Boden auf, wobei sie darauf achtete, nicht das Gleichgewicht zu verlieren, und marschierte in die Küche. Obwohl sie aus dem linken Augenwinkel nichts sehen konnte, spürte sie, dass Steph ihr folgte und sich neben sie stellte.

Steph sah zu, wie sie die Gurke wusch und in Scheiben schnitt.

Rae machte sich auf weitere Fragen gefasst. Ihre Finger krampften sich so fest um den Griff des Messers, dass sie schmerzten.

Doch Steph schien zu spüren, dass Rae ihre Grenze erreicht hatte und nicht weiter darüber sprechen wollte. »Keine Oliven?«

Rae drehte den Kopf und sah sie an. Hoffentlich war ihre Erleichterung nicht allzu offensichtlich. »Ich wusste nicht, ob du Oliven magst.«

»Und wie!« Steph ging zum Kühlschrank und kam mit einem Glas schwarzer Oliven zurück.

Als Rae ihr das Glas abnahm, berührten sich ihre Finger. Raes Blick huschte von Stephs Hand zu ihrem Gesicht. Einen Moment lang dachte Rae, sie würde Steph etwas Unerwartetes erzählen – vielleicht etwas darüber, angeschossen worden zu sein – aber dann setzte ihre Vernunft wieder ein und sie nickte ihr nur zu. »Danke.«

»Gern geschehen.«

Seltsam. Es fühlte sich an, als meinten sie beide viel mehr als nur das Glas Oliven. Mit einem Kopfschütteln warf Rae ein paar davon in die Schüssel und mischte den Salat durch. »Du brauchst dich nicht zu bedanken. Du machst den Abwasch.«

Kapitel 10

Steph war schon seit Jahren vor einem Auftritt nicht mehr so nervös gewesen. Mit ihrer Stichwortliste in der Hand ging sie in der Künstlergarderobe auf und ab. Sollte sie wirklich die neuen Gags spielen oder sich auf ihre altbewährten Witze verlassen?

Hör auf. Sie wusste, dass sie zu viel über ihr Programm nachdachte. Ihr Material war gut und sie würde auf Nummer sicher gehen, indem sie die neuen Witze zwischen ihre stärksten Gags packte, die ihr jedes Mal Lacher brachten.

Sie streckte sich und sprang auf und ab, um ihre Muskeln zu lockern und ihren Körper auf den Adrenalinkick vorzubereiten, den sie immer auf der Bühne bekam.

Der Headliner warf ihr von seinem Platz auf der Couch aus einen finsteren Blick zu. »Kannst du damit aufhören? Das hier ist eine Garderobe, kein Fitnessstudio.«

Wenn er nicht gerade auf der Bühne stand, hatte er den Charme und die sozialen Fähigkeiten eines Stiers mit Verstopfung. Sie zwang sich, stehen zu bleiben, und spähte durch den Vorhang, der die Garderobe von der Bühne trennte.

Gabe war heute Abend der Moderator. Er erklärte den Zuschauern die Hausregeln, die Fotos und Videoaufnahmen verboten, und machte dann ein paar Witze. War es bloß Zufall, dass er heute Abend moderierte, oder hatte er das absichtlich gemacht, um sicherzustellen, dass die Zuschauer gut aufgewärmt waren, wenn Steph auf die Bühne ging?

Wenn das der Fall war, wusste Steph es definitiv zu schätzen. Sie sah sich um und versuchte, die Stimmung des Publikums abzuschätzen. Die Vorstellung war nicht ausverkauft, aber Rae und ihre Kollegen hatten die Leute perfekt im Saal verteilt. Die ausgelassenen, lauten Grüppchen saßen ganz hinten, wo die Sicherheitskräfte sie leichter entfernen konnten, wenn sie Ärger machten.

Danke, Rae.

Als hätte dieser Gedanke sie hervorgezaubert, steckte Rae ihren Kopf in die Garderobe. »In einer Minute bist du dran.«

Draußen las Gabe gerade die Anmoderation vor, die sie ihm vorhin gegeben hatte. »Wenn ihr die *Tonight Show*, *Comedy Central Stand-Up Presents* und *Comedians of the World* gesehen habt, dann habt ihr das mit unserer nächsten Komikerin gemeinsam. Sie hat sie ebenfalls gesehen.«

Die Menge lachte, was Steph ein zufriedenes Lächeln entlockte.

»Einen Riesenapplaus für Stephanie Renshaw, bitte!«, rief Gabe.

Rae sah ihr in die Augen und nickte ihr ermutigend zu. »Zeig ihnen, was in dir steckt.«

»Mach ich.« Steph schob den Vorhang beiseite und sprang mit einem breiten Grinsen auf die Bühne. Der Scheinwerfer folgte ihr, als sie ihre Wasserflasche und ihr Handy auf den Hocker legte, der zwei Meter entfernt stand. Von dort konnte die Aufnahme-App ihre Stimme aufzeichnen, ohne dass der Hocker ihr in die Quere kam.

Gabe schüttelte ihr fest die Hand, gab ihr das Mikrofon und verschwand hinter dem Vorhang.

Jetzt gehörte die Bühne ihr.

Mit dem Mikro in der linken Hand trat sie näher an den Bühnenrand. Die grellen Lichter machten es ihr unmöglich, hinter der ersten Sitzreihe irgendetwas zu erkennen. Aber sie wusste, dass Rae im Saal war und auf Störenfriede achtete, und das gab ihr Selbstvertrauen.

»Vielen Dank, dass ihr an einem Sonntagabend gekommen seid.« Ihre Nervosität verschwand augenblicklich, als sie sich an die Zuschauer wandte. »Vielleicht sollte ich gleich zu Beginn eine Sache klarstellen, sonst werdet ihr die Hälfte der Witze über mein Liebesleben nicht verstehen. Ich bin bisexuell.«

Jemand ganz hinten im Saal jubelte laut.

Steph winkte in diese Richtung. »Oh, danke. Sieht so aus, als wäre ich nicht die Einzige.«

Der Kerl, der gerade gejubelt hatte, rief etwas, aber da die Leute um sie herum kicherten, hatte Steph es nicht verstanden.

Sie beugte sich nach vorn und hob die freie Hand an ihr Ohr. »Kannst du das bitte wiederholen?«

»Ich bin nicht bi«, rief der Mann und klang dabei etwas beleidigt. »Aber meine Freundin ist es ab und zu.« Steph wusste schon, was er als Nächstes sagen würde, noch ehe er hinzufügte: »Also, wie wär's? Du, ich und sie nach der Vorstellung?«

Steph wusste, dass sie ihn sofort in die Schranken weisen musste, sonst würde er die Vorstellung ständig mit Zwischenrufen unterbrechen. »Danke für das Angebot, aber wie kommst du darauf, dass du zwei Frauen befriedigen kannst, wenn es dir vermutlich nicht mal bei einer gelingt?«

Seine Kumpels brüllten vor Lachen. Als lautes Gelächter aufbrandete, wusste Steph, dass der Rest ihrer Nummer gut laufen würde.

Normalerweise zog Rae es vor, den Türdienst zu übernehmen oder verärgerte Kunden zu beschwichtigen, anstatt den Saal im Auge zu behalten. Sobald die Vorstellung begann, wurden die Lichter gedämpft. Ab und zu musste sie sich im Halbdunkel einen Weg durch die Reihen und Tische bahnen, um laute Gruppen zu bitten, doch etwas leiser zu sein. Da Rae im Dunkeln nicht gut sah, war das keine leichte Aufgabe für sie.

Aber heute Abend hatte sie sich freiwillig für den Saaldienst gemeldet. Brandon gegenüber hatte sie behauptet, die Weihnachtsmusik und die festliche Dekoration in der Lobby gingen ihr auf die Nerven, aber der wahre Grund war natürlich, dass sie zumindest einen Teil von Stephs Nummer sehen wollte.

Jetzt war sie froh, hier zu sein. Sie baute sich demonstrativ neben dem Typen auf, der Steph gerade einen flotten Dreier vorgeschlagen hatte, und stellte sicher, dass er sie sehen konnte, während sie auf ihr Auge und dann auf ihn zeigte. *Ich hab dich im Blick, Kumpel. Eine falsche Bewegung und ich werfe dich hochkant raus.*

Obwohl um sie herum laut gelacht wurde, bildete sie sich ein, hören zu können, wie er schluckte.

Gut. Er hatte die Botschaft verstanden.

Sie wandte ihre Aufmerksamkeit der Bühne zu. Im Gegensatz zu manch anderen weiblichen Comedians, die Rae in der Fun Zone gesehen hatte, versuchte Steph nicht, die Männer im Publikum anzusprechen, indem sie sich übermäßig reizvoll kleidete. Auf dem T-Shirt, das unter ihrem Blazer hervorschaute, war eine pinkfarbene Krawatte aufgedruckt. Ihr Stil gefiel Rae – und das nicht nur, weil Stephs hautenge Jeans ihre langen, schlanken Beine zur Geltung brachte.

»Als ich mich vor ein paar Jahren meinen Eltern gegenüber geoutet habe, waren sie ziemlich glücklich darüber.« Stephs zerzauste Haare schimmerten im Scheinwerferlicht. »Ja, ihr habt richtig gehört. Sie haben wohl angenommen, weil ich bisexuell bin, würden sich meine Chancen verdoppeln, den oder die Richtige zu finden und endlich sesshaft zu werden. Aber eigentlich verdoppelt es nur meine Chancen auf Liebeskummer.«

Als Steph eine urkomische Geschichte über eine ihrer Verabredungen zum Besten gab, konnte Rae nicht umhin, darüber zu staunen, wie entspannt sie zu sein schien. Sie legte vor dem gesamten Saal ihr Privatleben offen und entblößte sich, um diese Menschen zu unterhalten. Wie konnte sie es ertragen, schmerzhafte Erlebnisse in etwas zu verwandeln, über das die Leute lachten?

Rae wurde übel, als sie sich daran erinnerte, wie es sich angefühlt hatte, als ihr ganz persönlicher Schmerz nach der Schießerei in sämtlichen Zeitungen breitgetreten worden war. Jede Schlagzeile hatte sie den schlimmsten Tag ihres Lebens noch einmal erleben lassen. Und was noch schlimmer war: Die Presse hatte sie als Heldin dargestellt und das fühlte sich wie ein einziger großer Witz an, denn Rae wusste, dass sie alles andere als das war.

Steph war jetzt durch mit dem Material über ihr Liebesleben und wechselte das Thema. »Wie ihr euch also vorstellen könnt, verspüre ich nicht den Drang, mit jemandem zusammenzuziehen. Oh, halt, genau genommen bin ich mit jemandem zusammengezogen. Habe ich erwähnt, dass ich eine Mitbewohnerin habe? Und nein, in diesem Fall ist das kein bisexueller Euphemismus dafür, dass wir miteinander den Matratzen-Mambo tanzen.«

Was soll der Scheiß? Raes Bewunderung für Steph schlug so schnell in Wut um, dass sie fast ein emotionales Schleudertrauma bekam.

»Wenn ihr schon mal in einer WG gelebt habt, wisst ihr sicher, dass das nichts für schwache Nerven ist, insbesondere dann nicht, wenn die Mitbewohner so verschieden sind, dass man sich manchmal fragt, ob sie überhaupt zur selben Spezies gehören. Für mich bedeutet eine ausgewogene Ernährung, in jeder Hand einen Schokoriegel zu halten. Meine Mitbewohnerin ist hingegen eine totale Streberin, was gesunde Ernährung angeht. Ihr kennt solche nervigen Leute sicher auch. Das sind die, die ernsthaft Salate mögen und uns übrigen damit ein schlechtes Gewissen machen. Vermutlich hat sie das von ihren Eltern. Die sind der Inbegriff moderner Hippies. Ich bin sicher, dass sie ihre rote Beete aussuchen, indem sie zunächst deren Aura lesen.« Steph formte ihre Finger zu einem Ball, als betrachtete sie eine Rote-Beete-Knolle durch eine Kristallkugel.

Raes Puls hämmerte in ihren Schläfen und sie ballte die Hände so fest zu Fäusten, dass ihre kurzen Fingernägel winzige, halbmondförmige Abdrücke in ihren Handflächen hinterließen. Es war nicht das erste Mal, dass sich jemand über ihre Eltern lustig machte. Als Kind war sie wegen deren Hippielebensweise oft gehänselt worden.

Das Publikum lachte über den nächsten Mitbewohnerinnenwitz, aber Rae bekam ihn nicht mit. Sie wollte gar nicht wissen, was Steph sonst noch über sie sagte. Noch weniger wollte sie, dass all diese Fremden auch nur die geringste Einzelheit über sie erfuhren.

Ein bitterer Geschmack machte sich in ihrem Mund breit. Irgendwie hatte sie gedacht, dass Steph und sie dabei waren … na ja, vielleicht nicht direkt Freundinnen, aber doch freundschaftlich miteinander umgehende Mitbewohnerinnen zu werden.

Aber da hatte sie sich wohl getäuscht. Das würde sie lehren, sich von Menschen fernzuhalten. Jedes Mal, wenn sie jemanden an sich heranließ, wurde sie am Ende verletzt, und Steph hatte gerade bewiesen, dass sie keine Ausnahme darstellte.

Trotz des Zwischenrufers, der ihr Programm anfangs unterbrochen hatte, war dies einer der besten Auftritte, den Steph je erlebt hatte. Die dreißig Minuten, die Mr Hicks ihr zugesichert hatte, fühlten sich eher wie zehn an. Ehe sie sichs versah, blitzte hinten im Saal das Licht auf, das ihr bedeutete, zum Schluss zu kommen, und sie setzte ihre letzte Pointe.

»Das war's von mir«, sagte sie schließlich. »Mein Name ist Stephanie Renshaw. Ich danke euch vielmals und wünsche euch noch viel Spaß mit dem Rest der Vorstellung.« Sie reichte Gabe das Mikro zurück und ging mit federnden Schritten von der Bühne.

Der Applaus verstummte erst, als sie schon längst in der Garderobe war.

Sie hatte es geschafft!

Ihr Körper vibrierte noch immer vor Adrenalin. Sie hatte das Gefühl, ihre Arme weit ausbreiten und den ganzen Weg nach Hause schweben zu können. Doch zunächst musste sie bleiben und sich den Headliner ansehen, denn es galt als unhöflich, sofort nach dem eigenen Programmteil zu gehen.

Sie setzte sich ganz hinten in den Saal und reckte den Kopf, um nach Mr Hicks Ausschau zu halten. Sie konnte es kaum erwarten, herauszufinden, was er von ihrer Nummer hielt. Aber in dem gedämpften Licht konnte sie die Gesichter der Menschen um sie herum nicht erkennen. Das Gespräch mit Mr Hicks würde bis später warten müssen.

Kurz bevor der Headliner sein Programm beendete, schlich sich Steph aus dem Saal, um nach dem Tisch in der Lobby zu sehen, wo sie und die anderen Komiker ihre T-Shirts und andere Fanartikel verkaufen durften. Ihre kleine Ecke des Tisches schien unberührt. Angesichts des großartigen Sicherheitspersonals in der Fun Zone hatte sie auch nichts anderes erwartet.

Apropos Sicherheitspersonal … Sie blickte zum Eingang, konnte aber den vertrauten breiten Rücken ihrer Mitbewohnerin nirgendwo entdecken. Stattdessen stand Carlos an der Tür.

War Rae also tatsächlich während der Vorstellung im Saal gewesen? Falls ja, hatten ihr Stephs Gags gefallen? Ein flüchtiger Gedanke ging Steph durch den Kopf. Rae hatte doch nichts gegen die Witze über ihr WG-Leben einzuwenden, oder?

Jubel und Applaus rissen sie aus ihren Gedanken, bevor sie sich eingehender mit der Frage befassen konnte.

Die Tür zum Saal schwang auf und die Zuschauer strömten heraus.

Mehrere Personen blieben an ihrem Tisch stehen, um ihr zu ihrer gelungenen Vorstellung zu gratulieren oder sich ein signiertes Krawatten-T-Shirt oder eine ihrer Comedy-CDs zu kaufen.

Ein älterer Mann kam auf sie zu. »Sie waren sehr lustig.«

Steph lächelte ihn an. »Danke.«

»Das hätte ich Ihnen gar nicht zugetraut«, fügte er hinzu und ruinierte damit sein Kompliment. »Sie sehen so hübsch aus.«

Steph musste sich auf die Zunge beißen, um nicht zu antworten: *Und ich hätte nicht gedacht, dass sie so unhöflich sein würden. Sie sehen so wohlerzogen aus.*

Aber anscheinend erwartete er ohnehin keine Antwort. »Lassen Sie mich Ihnen eine Geschichte erzählen. Sie ist zum Brüllen komisch. Sie können sie gern in Ihrer Nummer verwenden.«

O nein. Steph hatte solche Leute überall im Land getroffen. Es endete für gewöhnlich damit, dass sie eine halbe Stunde lang gelangweilt dastand und sich die Geschichte anhören musste. Sie sah sich nach jemandem um, der ihr aus der Misere helfen konnte. Ihr Blick fiel sofort auf Rae, die auf sie zukam.

Die Menge um Rae herum teilte sich, als umgäbe sie ein negativ geladenes Kraftfeld.

Raes Gesicht war ausdruckslos und kein Hauch Wärme in ihren Augen, als sie vor dem Tisch stehen blieb.

Sie sollte Poker spielen.

»Kann ich dich kurz sprechen?« Ohne eine Antwort abzuwarten, ergriff Rae Stephs Ellbogen und zog sie vom Tisch weg.

»Tut mir leid«, sagte Steph zu dem Mann, der immer noch auf sie einredete. »Ganz offizielle Clubangelegenheit. Das verstehen Sie sicher.«

In der Garderobe sank Steph auf die Couch. »Danke für die Rettung. Er hätte –«

»Was zum Teufel hast du dir dabei gedacht?«

»Wobei?«

Rae ragte drohend über ihr auf. »Vergiss die Frage. Es ist ziemlich offensichtlich, dass du überhaupt nicht nachgedacht hast, sonst hättest du mich und meine Eltern nicht zum Gespött des ganzen Clubs gemacht.«

»Wovon sprichst du?«

»Stellst du dich absichtlich dumm oder meinst du wirklich, es ist völlig in Ordnung, die Privatsphäre anderer Leute für deine Witze zu verletzen?«

»Die Privatsphäre anderer Leute verletzen?«, wiederholte Steph. »Meinst du die Witze über das WG-Leben?«

Rae schnaubte. »Das beantwortet meine Frage. Du stellst dich absichtlich dumm.«

»Nein, das tue ich nicht. Ich hätte nicht gedacht –«

»Ja, das haben wir ja schon geklärt. Du hast kein bisschen nachgedacht.«

Wut glomm in Stephs Magengrube auf. Sie erhob sich, hielt es aber für besser, sich Rae nicht zu nähern. »Lässt du mich wenigstens mal zu Wort kommen, damit ich mich verteidigen kann?«

Die Muskeln in Raes Kiefer traten hervor, als sie die Zähne zusammenbiss. »Ich konnte mich auch nicht verteidigen, als du auf der Bühne über mich gesprochen hast, warum sollte ich dir jetzt diese Chance geben?«

Steph massierte ihre Schläfen, die schmerzhaft pochten. »Hör zu, Rae. Ich glaube, du verstehst das falsch. In den Witzen ging es gar nicht wirklich um dich.«

Die Tür der Garderobe wurde geöffnet und Mr Hicks trat ein. »Ach, da sind Sie ja.« Sein Blick glitt von Steph zu Rae. »Gibt es irgendein Problem?«

»Nein, Sir«, sagte Rae mit ruhiger Stimme und Pokerface. »Ich wollte nur bei den Komikern nachfragen, ob sie mit der Sitzordnung zufrieden waren.«

»Ach so. Ich mag Mitarbeiter, die die Initiative ergreifen, aber darüber sollten Sie sich nicht den Kopf zerbrechen. Die meisten Komiker sind nicht gerade schüchtern. Wenn denen was nicht passt, lassen sie uns das schon wissen.« Er klopfte ihr auf die Schulter, was Raes Haltung noch steifer machte.

»Es war alles prima«, sagte Steph, um seine Aufmerksamkeit von Rae abzulenken. »Ich arbeite immer gern mit Profis und Ihre Leute gehören zu den besten in der Branche.«

»Schön, das zu hören.« Mr Hicks zog einen Umschlag aus seiner Anzugjacke. »Ihr Honorar.«

Steph nahm den Umschlag und öffnete ihn. Ein einziger Hundert-Dollar-Schein lag darin. Das war mehr, als sie für einen Auftritt in einer Bar bekam, aber trotzdem nicht viel, wenn man bedachte, dass sie sich zehn Tage lang vorbereitet hatte. Aber im Grunde hatte sie es nicht wegen des Geldes getan, sondern um sich vor Mr Hicks zu beweisen. »Vielen Dank. Und? Was halten Sie von meinem Programm?«

Er streichelte seinen Kinnbart. »Ich war nicht im Saal, aber ich bin sicher, es war in Ordnung.«

Es traf Steph wie ein Schlag ins Gesicht. Er hatte sich nicht einmal einen Teil ihrer Nummer angehört? Hatte er sie nur benutzt, um eine Lücke im Programm zu füllen, anstatt ihr eine echte Chance zu geben, sich zu beweisen?

Er lachte glucksend und fügte hinzu: »Wenn es nicht in Ordnung war, wird mir das zu Ohren kommen, glauben Sie mir.«

Stephs Pokerface war längst nicht so gut wie das von Rae und so fiel es ihr schwer, sich ihre Enttäuschung nicht anmerken zu lassen. »Tja, dann vielleicht beim nächsten Mal.«

»Sicher.« Er nickte unverbindlich, wandte sich ab und bedeutete Rae, ihm zu folgen.

Bevor sich die Tür hinter den beiden schloss, drehte Rae den Kopf und fixierte Steph mit einem düsteren Blick, der verriet, dass das Thema WG-Witze für sie noch nicht beendet war.

Steph ließ sich auf die Couch fallen und vergrub ihr Gesicht in den Händen. *Mist, Mist, Mist.* Sie trat gegen den wackeligen Couchtisch. Sie hatte zehn Tage ununterbrochen gearbeitet, um ihr Programm zu perfektionieren, und zu allem Überfluss hatte sie Rae dabei auch noch verärgert. Nun war alles umsonst gewesen. Womöglich hatten ihre Eltern doch recht. Vielleicht war es an der Zeit, das Handtuch zu werfen und darüber nachzudenken, was sie sonst noch aus ihrem Leben machen könnte.

Die Tür wurde geöffnet. War Rae zurückgekommen, um ihre Diskussion fortzusetzen?

»Tut mir leid, Rae«, murmelte Steph durch ihre Finger hindurch. »Ich bin jetzt wirklich nicht in der Stimmung für –«

»Steph Renshaw ist nicht in Stimmung? Das ist ja etwas ganz Neues.« Es war nicht Raes Stimme, sondern die von Gabe.

Steph ließ ihre Hände sinken. »Sehr witzig. Du solltest Komiker werden.«

Gabe setzte sich neben Steph und musterte sie. »Alles in Ordnung? Warum bist du nicht da draußen und feierst?« Er stieß sie mit seiner Schulter an. »Du warst klasse!«

»Ja.« Es klang wie ein Seufzen. »Das war der beste Auftritt seit Langem. Aber anscheinend war ich trotzdem nicht gut genug.«

Er neigte den Kopf. »Gut genug wozu?«

Um Rae dazu zu bringen, mir zu verzeihen, war der erste Gedanke, der Steph in den Sinn kam. Was zum Teufel sollte das? Im Moment sollte sie sich auf ganz andere Dinge konzentrieren. »Um Mr Hicks zu beweisen, dass Frauen witzig sein können und es verdienen, ein abendfüllendes Programm spielen zu dürfen.«

»Lass dich von diesem Arsch nicht unterkriegen. Du hast mehr Sinn für Humor im kleinen Finger als er in seinem ganzen Körper, einschließlich seines lächerlichen Ziegenbartes. Irgendwann wird er das schon einsehen.« Gabe stand auf und zog sie von der Couch. »Komm, ich gebe dir ein Bier aus.«

»Du weißt genau, dass ich heute Freibier bekomme.«

»Dann kannst du mir eins ausgeben.« Er zog sie aus der Garderobe und hinüber zur Bar.

Es war verlockend. Ein bisschen *zu* verlockend. Steph hatte zu viele Comedians gesehen, die vor ihren Auftritten tranken, um ihre Nerven zu beruhigen, oder nach der Vorstellung, um entweder ein gelungenes Programm zu feiern oder ein schlechtes zu vergessen. Damit wollte sie erst gar nicht anfangen. Sie hatte auch so schon genug Probleme. »Nicht heute Abend. Ich will bloß nach Hause und mich hinlegen.«

»Mensch, du bist ja richtig häuslich geworden, seit du mit Rae zusammengezogen bist.« Er musterte sie. »Ihr zwei seid doch nicht etwa …?«

»Nein.« Ihre Lippen hoben sich zu einem sarkastischen Lächeln. »Ich bekomme nur den heftigen Streit, ohne auch in den Genuss von großartigem Versöhnungssex zu kommen.« Sie gab ihm ihren Getränkegutschein. »Hier. Drück mir die Daumen, dass ich den Rest des Abends überlebe.«

»Was? Warum solltest du den Abend nicht überleben?«

Sie winkte ab. »Ist 'ne lange Geschichte. Wir sehen uns morgen.«

Der Geruch von Regen hing in der Luft, als Steph nach draußen trat. Von Rae oder den meisten ihrer Kollegen war nichts zu sehen; nur Carlos stand noch am Eingang.

»Hey, du hast deine Mitbewohnerin knapp verpasst.« Er deutete auf die Lichter der Melrose Avenue, die auf der anderen Seite des Parkplatzes leuchteten, und blickte dann hinauf in den Nachthimmel. »Aber du kommst gerade rechtzeitig, um klatschnass zu werden.«

Regentropfen begannen, Muster auf dem Asphalt zu bilden. »Ach, nicht schlimm. Ich habe da drüben geparkt.« Sie winkte ihm zu, rannte dann zu ihrem Auto und drückte den Knopf auf ihrem Schlüssel. Schwungvoll sprang sie hinters Steuer und startete den Wagen, während sie mit der anderen Hand nach dem Sicherheitsgurt fischte. Ausnahmsweise konnte sie es kaum erwarten, dem Club zu entkommen.

Zum Glück war ihre Wohnung nur zwei Autominuten von der Fun Zone entfernt. Als sie in ihre Straße einbog, erhaschte sie einen Blick auf eine hochgewachsene Gestalt, die mit den Händen in den Taschen und gesenktem Kopf den Bürgersteig entlangging.

Steph musste das Gesicht der Person nicht sehen, um zu wissen, dass es Rae war. Inzwischen war sie mit Raes Gang vertraut und sie konnte die unnahbare Energie, die sie ausstrahlte, selbst aus der Ferne spüren.

Kurz überlegte sie, ob sie an ihr vorbeifahren sollte, ohne anzuhalten. Ihr stand nicht der Sinn nach weiteren Diskussionen. Aber sie wohnten zusammen, deshalb war es unmöglich, Rae zu entkommen. Sie bremste ab und ließ das Seitenfenster auf der Fahrerseite herunter. »Rae!«, rief sie über das Motorengeräusch und den trommelnden Regen hinweg.

Rae wirbelte herum und war sofort in voller Alarmbereitschaft.

»Ich bin's nur«, rief Steph. »Steig ein. Ich nehme dich mit.«

Rae ging weiter. »Nein danke.«

»Ach, komm schon. Bestraf mich nicht, indem du dich selbst bestrafst.«

Rae zögerte. Nach einigen Sekunden überquerte sie die Straße und stieg auf der Beifahrerseite ein, ohne ein Wort zu sagen.

Nachdem Rae sich angeschnallt hatte, lenkte Steph den Wagen die lange Straße hinab. Da kaum Verkehr war, konnte sie hin und wieder zu Rae hinüberschielen.

Rae hatte ihre durchnässte Anzugjacke ausgezogen, bevor sie eingestiegen war, vermutlich, um den Sitz nicht nass zu machen. Auch ihr Hemd war feucht geworden und klebte an ihrer Brust und ihren muskulösen Schultern.

Hör auf, sie anzugaffen. Ihr streitet euch gerade, schon vergessen? Steph wandte ihre Aufmerksamkeit wieder der Straße zu. Sollte sie versuchen, Rae zu erklären, warum sie ihr WG-Leben zum Thema ihres Programms gemacht hatte? Oder war es besser zu warten, bis sie nicht mehr im Auto eingesperrt waren?

Bevor sie sich entscheiden konnte, erreichten sie ihr Wohnhaus.

Rae sprang aus dem Wagen, um das Tor zu öffnen. Vielleicht wollte sie Steph aber auch nur entkommen.

Als Steph das Auto auf ihrem Stellplatz geparkt hatte und um das Gebäude herum zur Haustür ging, war sie sich sicher, dass Rae längst in ihrem Zimmer verschwunden war.

Aber Rae wartete draußen und hielt mit dem Fuß die Haustür auf.

Einmal Polizistin, immer Polizistin. Sie hätte wissen müssen, dass Rae sie niemals im Dunkeln allein zurücklassen würde, egal, wie wütend sie war. Jetzt war Steph froh, dass sie angehalten hatte, anstatt Rae im Regen nach Hause laufen zu lassen.

Schweigend stiegen sie die Treppe hinauf. Die Anspannung zwischen ihnen nahm mit jedem Schritt zu.

Sobald sich die Tür hinter ihnen geschlossen hatte, wandten sie sich einander zu und standen sich gegenüber wie zwei Boxerinnen, die nur auf die Glocke warteten, bevor sie zuschlagen würden.

Das war viel zu konfrontativ. Um ihre feindselige Haltung zu durchbrechen, ging Steph in die Küche. »Willst du einen Kaffee?« Sie würde heute Nacht ohnehin nicht schlafen.

»Ich möchte lieber eine Entschuldigung.« Raes Tonfall war so kalt und schneidend wie eine Stahlklinge.

Steph drehte sich zu ihr um.

Raes nasses Haar, das nun pechschwarz wirkte, klebte an ihrem Kopf. Als sie ungeduldig eine feuchte Strähne aus ihrer Stirn wischte, fiel ein Haarbüschel zur Seite und enthüllte eine kahle Stelle auf ihrer Kopfhaut.

Der Anblick lenkte Steph kurz ab und das fachte ihren Ärger nur noch mehr an. »Ich werde mich nicht dafür entschuldigen, dass ich meinen Job gemacht habe. Das gehört zum Beruf, Rae. Ich verwende Dinge aus meinem Alltag in meinem Programm. Wenn ich das nicht täte, wären es nur unpersönliche Witze, die ungefähr so interessant sind wie die Werbung im Fernsehen.«

Rae stürmte an ihr vorbei, riss den Kühlschrank auf und holte eine Flasche Wasser heraus, als bräuchte sie etwas zum Abkühlen. »Das ist doch Quatsch. Du hattest schon ein Comedyprogramm, lange bevor wir zusammengezogen sind. Es war komplett unnötig, mich zur Belustigung wildfremder Leute zu demütigen!«

»Demütigen?« Steph nahm eine Tasse aus dem Schrank und knallte sie auf die Ablage. »Jetzt übertreibst du aber. Ich habe mich mehr über mich selbst lustig gemacht, als ich über dich gesprochen habe.«

»Ich will überhaupt nicht, dass du dich über mich lustig machst«, entgegnete Rae.

»Das habe ich nicht. Im Grunde handelt keiner meiner Witze von dir. Das war nur der Aufhänger, damit ich über die witzigen Situationen reden konnte, die entstehen, wenn ein Chaot wie ich mit einem Ordnungsfanatiker zusammenwohnt. Jeder im Publikum kann sich in einer von uns beiden wiedererkennen.«

Ein Knurren entrang sich Raes Brust. »Du hast mich auf der Bühne als Ordnungsfanatiker bezeichnet?« Sie knallte die Kühlschranktür zu, wirbelte herum und machte einen Schritt auf Steph zu, noch bevor sie sich vollends zu ihr umgedreht hatte.

Rums!

Sie stieß gegen die Schranktür, die Steph offen gelassen hatte. Die Kante erwischte sie an der linken Schläfe und schickte sie zu Boden, wo sie benommen sitzen blieb.

»O Gott, Rae!« Ein Schreck durchfuhr Steph wie ein elektrischer Schlag. »Es tut mir so leid. Hast du dir wehgetan?« Sie fiel neben ihr auf die Knie.

»Nein«, sagte Rae, sah aber ziemlich verdutzt aus.

Als sie versuchte, aufzustehen, legte Steph ihr beide Hände auf die Schultern. »Bleib sitzen. Du könntest eine Gehirnerschütterung haben.«

Rae begann, den Kopf zu schütteln, zuckte dann aber zusammen. »Ich hatte vor ein paar Jahren mal eine Gehirnerschütterung. Das fühlt sich anders an. Ist sicher nur eine kleine Beule.« Trotz ihrer Proteste blieb sie sitzen, als Steph sich zu ihr hinüberbeugte.

»Lass mich mal sehen.« Sanft griff Steph nach Raes Kinn und drehte ihren Kopf, damit sie sich die Stelle ansehen konnte. Rae blutete nicht, aber die linke Seite ihrer Stirn begann, anzuschwellen. Steph kämpfte gegen den Drang an, tröstend Raes Wange zu streicheln. Das würde Rae im Moment wohl kaum zu schätzen wissen. »Mist. Du bekommst eine ganz schöne Beule. Wir müssen das sofort kühlen. Warte hier.«

Rae murrte, versuchte aber nicht, aufzustehen, als Steph zum Eisfach ging.

Sie konnte kein Coolpack finden, deshalb schnappte sie sich den ersten halbwegs geeigneten Gegenstand, den sie fand.

»Himbeeren?« Rae hob die Augenbrauen, dann zuckte sie zusammen, als die Bewegung die geschwollene Haut straffte.

»Die sind gesund.« Steph wickelte die Packung Tiefkühlfrüchte in ein Geschirrtuch, kniete sich wieder hin und hielt das improvisierte Coolpack sanft an Raes Stirn.

Rae schob Stephs Hände beiseite. »Verdammt. Ich habe dir schon tausendmal gesagt, dass du den verfluchten Schrank nicht offen lassen sollst.«

»Es tut mir wirklich leid, Rae. Aber wie in aller Welt hast du es geschafft, gegen die offene Schranktür zu laufen? Sie war genau vor dir, nicht zu übersehen!«

Rae sah sie finster an. »Ja, für jemanden mit zwei funktionierenden Augen!«

Sie starrten einander an. Rae wirkte ebenso fassungslos darüber, was ihr eben herausgerutscht war, wie Steph sich fühlte.

»Soll das heißen, du siehst auf einem Auge nicht gut?«

»Ich sehe auf dieser Seite überhaupt nichts.« Rae klopfte auf ihr linkes Auge. Es klang, als hätte sie mit den Fingernägeln auf der harten Oberfläche der Küchenarbeitsplatte herumgetrommelt.

Stephs Magen fühlte sich an, als befände sie sich im freien Fall. Sie schluckte schwer. »O Gott! Du hast ein Glasauge? Warum hast du mir das nicht gesagt?«

Rae schnaubte. »Warum sollte ich? Damit du darüber in deinem Programm Witze machen kannst?«

Ihre Worte trafen Steph wie ein Schlag. Sie landete mit dem Hintern auf dem Boden. »Himmel, Rae. Denkst du das wirklich von mir?«

»Woher soll ich das wissen?«, murmelte Rae. »Für dich scheint alles ein Witz zu sein, warum sollte ausgerechnet das tabu für dich sein?«

Stephs Augen brannten. *Ach, komm schon.* Solche Vorwürfe hatte sie schon früher zu hören bekommen, sogar von ihrer eigenen Schwester, und sie hatte es immer mit einem Schulterzucken abgetan. Das sollte diesmal nicht anders sein, aber irgendwie war es das. »Ich würde niemals …«

»Jaja.« Mit einer Hand presste Rae sich die Himbeeren an den Kopf, während sie sich in die Höhe stemmte.

Steph blieb noch einige Augenblicke länger auf dem Boden sitzen. Sie fühlte sich benommen, fast als wäre sie diejenige gewesen, die die Schranktür am Kopf getroffen hatte. Als Rae an ihr vorbei in Richtung ihres Zimmers ging, sprang Steph schnell auf. »Rae, warte!«

Rae drehte sich um. Ihre Schultern waren so angespannt, als würde sie einen Angriff erwarten.

»Bist du sicher, dass ich dich nicht zum Arzt fahren soll, damit er sich deinen Kopf ansieht?« Steph deutete auf die Beule über Raes linkem Auge.

»Nicht nötig.« Die Tür fiel hinter Rae ins Schloss, wurde aber keine zwei Sekunden später erneut geöffnet.

Steph sah mit hoffnungsvollem Blick auf, als Rae in die Küche zurückkehrte. War Rae bereit zu reden? Nicht, dass Steph wusste, was sie hätte sagen sollen. Die Enthüllung über Raes Auge hatte sie völlig überrumpelt.

Doch Rae ging nur zu der Plastikflasche, die sie zuvor hatte fallen lassen.

Bevor sie sich bücken konnte, um sie aufzuheben, tat Steph es schnell für sie.

»Danke.« Ohne ein weiteres Wort marschierte Rae zurück in ihr Zimmer. Diesmal blieb die Tür geschlossen.

Es war drei Uhr morgens, aber Steph war hellwach und lief in ihrem Zimmer auf und ab. Tausend verschiedene Gedanken gingen ihr durch den Kopf.

Sie schloss ihr linkes Auge und versuchte, sich vorzustellen, wie das Leben mit einem Auge aussehen würde. Die Kommode und das Bücherregal verschwanden aus ihrem Blickfeld.

Nun ergab vieles, was sie zuvor nicht verstanden hatte, plötzlich Sinn: warum Rae manchmal erschrak, wenn Steph von links auf sie zukam, warum sie immer um Steph herumging, um sie auf ihrer rechten Seite zu haben, und warum sie Steph scheinbar an dem Tag ignoriert hatte, als Steph ihr beim Werfen eines Tennisballs zugesehen hatte.

Vielleicht würde sie nie erfahren, wie Rae die Welt erlebte, weil Rae sich weigern würde, je wieder über irgendetwas halbwegs Privates mit ihr zu sprechen. Der Gedanke schmerzte.

Hatte Rae überreagiert oder war Steph heute Abend auf der Bühne wirklich zu weit gegangen?

Bisher hatte sie das nicht geglaubt, aber vielleicht sollte sie sich ihre Aufzeichnung anhören.

Gabe hatte ihren Auftritt mit seiner Kamera aufgezeichnet, aber er würde das Video wahrscheinlich erst morgen auf ihren YouTube-Kanal hochladen. Deshalb hatte sie eine Tonaufnahme mit ihrem Handy gemacht, damit sie vor dem Schlafengehen ihre Witze durchgehen konnte. Sie durchquerte den Raum und durchwühlte ihre Jackentaschen, um ihr Handy zu finden. Doch dort war es nicht. Auch in der Küche und im Flur wurde sie nicht fündig.

Wo hatte sie das Handy zuletzt gesehen? Mist. Sie hatte es auf den Hocker auf der Bühne gelegt, um ihren Auftritt aufzunehmen, aber sie konnte sich nicht daran erinnern, es danach eingesteckt zu haben. In der Aufregung musste sie es im Club vergessen haben. Jetzt konnte sie nur hoffen, dass jemand vom Personal es gefunden und sicher eingeschlossen hatte, bis sie es abholen konnte.

Steph ließ sich auf ihr Bett fallen und starrte an die Decke. Großartig. Was für ein beschissenes Ende für einen beschissenen Abend!

Kapitel 11

Als Stephs Wecker klingelte, zog sie sich stöhnend die Decke über den Kopf. Sie hatte höchstens zwei Stunden geschlafen und wäre am liebsten im Bett geblieben. Sollte sie sich krankmelden? Der Gedanke war verlockend, aber um neun hatte sie ihren ersten Termin zum Hundeausführen und sie hatte sich geschworen, Penny nicht wieder im Stich zu lassen.

Sie würde Penny ohnehin nicht anrufen können, da sie ihr Handy im Club liegen gelassen hatte.

Moment mal! Wenn ihr Handy im Club war, wie hatte ihre Wecker-App sie dann wecken können?

Sie schwang die Beine aus dem Bett und folgte barfuß dem Weckton, der noch immer durch die Wohnung drang.

Er kam aus der Küche, wo das Handy auf der Kücheninsel lag.

Steph schaltete den Weckruf aus und starrte das Telefon an. Hatte sie es doch mit nach Hause genommen? Nein. Sie hatte gestern Nacht auch in der Küche nachgesehen und es war nicht da gewesen.

Rae musste es nach der Vorstellung auf der Bühne gefunden haben und hatte wegen ihres Streits vermutlich vergessen, es Steph zurückzugeben. Oder hatte sie es absichtlich behalten, weil sie wütend auf Steph war?

Nein, das passte nicht zu Rae.

Steph sah sich in der Küche um, aber es lag nirgendwo ein Zettel von Rae. Die Tür zu ihrem Zimmer stand offen, aber Rae war nicht da. Ihr Bett war gemacht und ihre Laufschuhe, die sonst im Flur standen, fehlten. War sie etwa trotz ihrer Beule joggen gegangen?

Bei dem Gedanken wurde Steph übel. Doch selbst wenn sie gewusst hätte, wo Rae normalerweise joggte, sie hatte keine Zeit, nach ihr zu sehen. Vermutlich würde es Rae ohnehin nur noch wütender machen.

Steph vergrub ihre Finger in ihrem zerzausten Haar. Wann war ihr Leben bloß derart kompliziert geworden? Sie hatte immer gedacht, emotionale Verwicklungen vermeiden zu können, wenn sie keine Beziehung einging, aber anscheinend reichte es aus, mit einer Frau eine WG zu gründen, um alles schwierig zu machen.

Rae raste den hügeligen Pfad hinunter, so schnell sie konnte, um ihren persönlichen Rekord zu brechen. Sie hatte den Pan Pacific Park einige Tage nach ihrem Umzug entdeckt. Zwar stellte der Rundweg für sie keine richtige Herausforderung dar, aber sie kam dennoch ab und zu her, um die Outdoor-Fitnessgeräte zu benutzen.

Zur richtigen Tageszeit war es hier friedlich. In der Mitte des Parks konnte sie nicht einmal die Verkehrsgeräusche hören. Wären da nicht ein paar Palmen gewesen, hätte sie fast vergessen können, dass sie sich in L.A. befand. Normalerweise hatte der Park eine beruhigende Wirkung auf sie, doch heute half selbst die dritte Runde nicht, den Kopf frei zu bekommen, ganz egal, wie schnell sie rannte. Sie wurde langsamer, als sie am Baseballfeld vorbeikam und einer Frau mit einem Kinderwagen auswich.

Die Fitnessgeräte waren auf einem Hügel aufgestellt worden, sodass Rae den größten Teil des Parks überblicken konnte, als sie sich auf der Bauchmuskeltrainingsbank niederließ und anfing, Crunches zu machen. Eine Baumreihe versperrte ihr die Sicht auf den unbeheizten Pool, aber sie wusste, dass er da war und spürte seine Anziehung. Sie stellte sich vor, durch das Wasser zu gleiten, abzutauchen und alles um sich herum zu vergessen – alles, was gestern passiert war.

Aber das Schwimmbad war im Winter geschlossen, sodass die Illusion nicht von Dauer war. Sie schwamm schon seit Monaten keine Bahnen mehr und wer wusste, wann sie den Mut aufbringen würde, wieder ins Becken zu steigen? Es gab keinen medizinischen Grund, es nicht zu tun; das wusste sie. Mit Ausnahme einiger Ballsportarten, die eine gute Tiefenwahrnehmung erforderten, gab es kaum etwas, was sie nicht machen könnte. Aber sie wäre nicht in der Lage zu sehen, wenn ein anderer Schwimmer von links in ihre Bahn geriet. Noch schlimmer wäre, wenn ihre Prothese im Wasser herausrutschen würde. Ihr Ocularist hatte ihr versichert, dass dies unwahrscheinlich war, aber sie hatte sich in einem Forum für Menschen umgesehen, die ein Auge verloren hatten, und einigen war so etwas schon passiert. Zwar würde ihre Schwimmbrille die Prothese auffangen, aber im Becken konnte sie das Kunstauge nicht wieder einsetzen. Der Gedanke daran, dass andere ihre leere Augenhöhle sehen könnten, drehte ihr den Magen um. Rae stellte sich vor, wie alle sie entsetzt anstarrten – so wie Steph sie gestern Abend angestarrt hatte.

Ihre Schläfen begannen zu pochen, als sie sich daran erinnerte, wie sie gegen die Schranktür geknallt war. Mann, das war peinlich gewesen! Noch schlimmer war jedoch, dass sie den Fehler gemacht hatte, Steph von ihrem Auge zu erzählen. Wie zum Teufel war das passiert? Sie hatte es nie jemandem erzählt, nicht einmal aus Versehen. Ihr Chef wusste es natürlich, aber ihre Kollegen hatten keine Ahnung und das sollte auch so bleiben.

Aber womöglich war das jetzt keine Option mehr.

Sie legte sich auf die Bank und starrte in den diesigen Himmel hinauf.

Ungeachtet dessen, was sie gestern Abend im Zorn gesagt hatte, glaubte sie nicht ernsthaft, dass Steph auf der Bühne Witze über ihre einäugige Mitbewohnerin machen würde. Aber falls Steph ihrem Freund Gabe davon erzählte, würden es kurz darauf auch alle anderen Komiker und schließlich auch das gesamte Personal des Clubs wissen.

Würden ihre Kollegen immer noch Vertrauen in ihre Fähigkeiten als Türsteherin haben, wenn sie erfuhren, dass sie auf einem Auge blind war?

Etwas Kaltes und Nasses berührte die bloße Haut ihrer Ellbogenbeuge.

Fast wäre sie von der Bank gefallen. Rasch drehte sie den Kopf.

Ein riesiger Hund ragte vor ihr auf und schnüffelte an ihrem Arm. Mit seinem struppigen Fell und seinem massigen Kopf sah er eher wie ein Bär aus.

Rae hielt ganz still. Wer zum Teufel hatte dieses Monster von der Leine gelassen?

Die kalte, schwarze Nase wanderte ihren Arm hinauf. Zum Glück verriet die Körperhaltung des Hundes, dass er lediglich neugierig war.

»Hallo«, sagte Rae und versuchte, freundlich und beruhigend zu klingen.

Der Hund hörte auf zu schnüffeln, neigte seinen riesigen Kopf zur Seite und musterte sie. Er sah nicht aus, als würde er seine nächste Mahlzeit auskundschaften.

Gerade als sich Rae vorsichtig aufrichten wollte, leckte der Hund über ihre Wange.

»Igitt.« Rae setzte sich schnell auf und schob ihre Hände in das dichte Fell des Hundes, um ihn zurückzudrängen. »Solltest du mich nicht erst zum Essen einladen, bevor du mir Zungenküsse gibst?«

Der Hund lehnte sich ihr auf der Suche nach mehr Streicheleinheiten entgegen.

Rae kam der unmissverständlichen Aufforderung nach. Wow, sein Fell war unglaublich dicht und weich, obwohl es eher kurz war. Sie kraulte ihn hinter seinen Schlappohren. Das erste Lächeln des Tages schlich sich auf ihre Lippen, als der Hund schaffte, was nicht einmal das Training vermocht hatte: sie endlich ein wenig zu entspannen.

»Du bist im Grunde ein einziges großes Kuscheltier, stimmt's?«

Der Hund stieß ein zufriedenes Seufzen aus.

Rae schaute sich nach seinem Besitzer um. Jemand musste diesen Teddybären von einem Hund doch sicher vermissen.

Hinter der Wegbiegung näherten sich eilige Schritte. »Moose!«, rief eine atemlose Frau.

Der Hund spitzte seine Schlappohren.

»Moose?«, murmelte Rae. Die Fremde hatte ihren Hund *Elch* genannt? Aber irgendwie passte es zu dem großen Tier. »Das bist wohl du.«

Eine schlanke Frau bog im Laufschritt um die Ecke. Ihr blondes Haar wehte in wilden Wellen um ihren Kopf. Eine Wolke aus Sandstaub stieg auf, als sie schlitternd vor Rae zum Stehen kam.

Raes Blick wanderte über lange Beine in einer hautengen Jeans, dann hinauf zu vollen Brüsten, die durch ein Oberteil mit V-Ausschnitt und eine offene Lederjacke nur zum Teil verdeckt wurden, und schließlich zum Gesicht der Frau. Sie erstarrte. »Steph?«

»Rae?«

»Was machst du denn hier?«, fragten sie gleichzeitig.

Steph konnte nicht fassen, dass Moose ausgerechnet zu ihrer Mitbewohnerin gelaufen war! Zu ihrer verschwitzten, äußerst attraktiven und sicher noch immer wütenden Mitbewohnerin, die noch wütender werden würde, wenn sie Steph dabei ertappte, wie sie ihren Bizeps, ihre Schultern und ihre Brüste anstarrte, die sich unter ihrem schweißfeuchten T-Shirt abzeichneten. Widerwillig wandte sie den Blick ab.

»Ich trainiere«, sagte Rae.

»Das habe ich bemerkt«, murmelte Steph. »Ich meine, das ist ziemlich offensichtlich.« Sie zeigte auf die Trainingsgeräte.

»Was machst du hier?«, fragte Rae.

Steph deutete auf Moose, der seinen großen Kopf auf Raes Knie gelegt hatte und sich eindeutig im siebten Hundehimmel befand, als Rae ihm die Ohren massierte. »Ich gehe mit diesem großen Tölpel Gassi.«

»Kommt mir eher so vor, als ob er mit dir Gassi geht, nicht umgekehrt«, meinte Rae.

Hitze kroch Stephs Nacken empor. »Normalerweise lasse ich ihn nicht von der Leine, aber heute sind nicht viele Leute unterwegs und Moose ist sonst eher der gemächliche Typ, deshalb dachte ich, es wäre in Ordnung. Aber als ich kurz was getrunken habe, ist er mir entwischt.«

Rae musterte den Hund, ohne mit ihren Streicheleinheiten aufzuhören. »Er gehört nicht dir, oder?«

Steph lachte. »Glaubst du, ich könnte einen Hund seiner Größe unbemerkt in unserer Wohnung verstecken?« Sie schüttelte den Kopf. »Ich bin nebenberuflich Hundeausführerin und er ist mein Lieblingsklient.«

»Kann ich verstehen.« Als Rae auf den Hund hinabblickte, wurde ihr Gesichtsausdruck so sanft, wie Steph ihn noch nie zuvor gesehen hatte.

»Du magst Hunde.« Steph war sich nicht sicher, warum diese Feststellung sie dermaßen freute.

»Wer tut das nicht? Meistens sind mir Tiere lieber als Menschen.« Rae fuhr mit ihren langen Fingern durch das zottige Fell an Moose' massivem Hals. »Was für eine Rasse ist er?«

»Ein Labernard. Ein Bernhardiner-Labrador-Mischling.«

Rae sah von Moose zu Steph und wieder fiel Steph auf, dass sich ihr linkes Auge weniger bewegte als das rechte. Doch nun wusste sie, dass Rae nicht bloß schielte. Unzählige Fragen gingen ihr durch den Kopf. Durfte sie einige davon stellen?

Als Rae in ihren Liebkosungen innehielt, sprang Moose auf und leckte ihr Gesicht ab, um sie zum Weitermachen aufzufordern.

»Moose, nein!« Steph leinte ihn an und schaffte es, ihn einige Zentimeter von Rae wegzuziehen.

Rae wischte sich das Gesicht mit dem Ärmel ihres T-Shirts ab. »Igitt.«

Der Ausdruck auf ihrem Gesicht brachte Steph zum Lachen. »Keine Sorge. Er trinkt nur gelegentlich aus der Toilette.«

»Hahaha.«

Steph bot ihr eines der Feuchttücher an, die sie immer zur Hand hatte, wenn sie Hunde ausführte, und sah zu, wie Rae ihr Gesicht abwischte. Als sie den rosalilafarbenen Bluterguss auf Raes Stirn sah, vergingen ihr die Scherze. »Tut es weh?«

»Nein. Ist ja nur ein bisschen Hundesabber.«

»Nein, ich meine den Bluterguss.«

Raes Miene verschloss sich. »Nicht der Rede wert.«

»Doch, ich denke schon, dass wir darüber reden sollten«, sagte Steph.

Rae sah aus, als würde sie sich lieber erneut von Moose ablecken lassen, als mit ihr zu reden. »Es gibt nichts zu bereden. Erzähl nur niemandem, dass es kein muskelbepackter Hüne war, der mir das Veilchen verpasst hat.« Sie versuchte, ein schiefes Grinsen aufzusetzen, aber es gelang ihr nicht ganz. »Von einer Schranktür k. o. geschlagen zu werden, wäre schlecht für meinen Ruf.«

Steph warf ihr einen Blick zu. »Wer macht jetzt aus allem einen Witz?« Zum ersten Mal verstand sie, warum ihre Schwester das so lästig fand. Sie stieß Rae sanft mit dem Ellbogen an. »Komm schon. Du weißt, dass ich recht habe. Wenn wir nicht darüber reden, werden wir anfangen, wie auf Eierschalen umeinander herumzuschleichen. Das willst du doch sicher auch nicht.«

Seufzend erhob sich Rae von der Trainingsbank. »Na schön.« Sie knüllte das Feuchttuch zusammen und warf es in Richtung eines Mülleimers, verfehlte diesen aber um dreißig Zentimeter.

Lag es daran, dass sie nur ein Auge hatte? Steph verkniff sich die Frage. Stattdessen hob sie das Feuchttuch auf und warf es in den Mülleimer.

»Danke«, murmelte Rae.

Moose trottete schwanzwedelnd zwischen ihnen her, als sie den Weg entlanggingen. Obwohl sie diejenige gewesen war, die hatte reden wollen, wusste Steph nun nicht, was sie sagen sollte.

Auch Rae schien es nicht eilig zu haben, dieses Gespräch zu beginnen. Sie hielt an einem Trinkbrunnen an und Steph versuchte, sie nicht allzu offensichtlich zu beobachten, als Rae ein paar Schlucke nahm. Wie um alles in der Welt konnte sie so sexy dabei aussehen, während sie einfach nur Wasser trank?

Nachdem Rae ihren Durst gestillt hatte, gingen sie weiter.

»Komm, wir setzen uns dort drüben hin.« Steph ging hinüber zu einem Picknicktisch und ließ sich auf eine Bank fallen. Erst dann fiel ihr ein, dass Rae sie nicht sehen konnte, wenn Steph zu ihrer Linken saß. Schnell rutschte sie zur Seite, sodass sie rechts von Rae sitzen würde. Daran würde sie sich erst gewöhnen müssen, aber sie gelobte im Stillen, es Rae so leicht wie möglich zu machen.

Rae nickte ihr knapp zu und setzte sich ganz ans andere Ende der Bank, als wollte sie möglichst viel Platz zwischen ihnen lassen.

Moose schaute zwischen ihnen hin und her, ließ sich dann vor ihnen ins Gras fallen und legte seine Schnauze auf Stephs Schuhe. Sein zufriedenes Seufzen durchbrach die Stille.

Steph wartete darauf, dass Rae etwas sagte, doch nach einer Weile wurde ihr klar, dass sie den ersten Schritt machen musste. Sie räusperte sich und flüchtete sich in neckisches Flirten. »Ist das jetzt der Teil nach dem Streit, wo wir uns zur Versöhnung küssen?«

Raes Mundwinkel blieben, wo sie waren. Nicht der Hauch eines Lächelns huschte über ihr Gesicht. Doch trotz ihrer mürrischen Miene änderte sich ihre Körperhaltung und wurde irgendwie weicher. Noch vor einem Monat hätte Steph das vermutlich übersehen. »Das hättest du wohl gern.«

»Frau kann's ja mal versuchen.« Steph wurde ernst und versuchte, Raes Blick einzufangen. »Es tut mir leid, dass ich den Schrank offen gelassen habe. Ich dachte, du wärst pingelig, weil du immer alle Schränke geschlossen und alle Dinge an ihrem Ort haben wolltest.«

»Um ehrlich zu sein, würden meine Eltern vermutlich behaupten, dass ich zwanghaft ordentlich bin. Ich war schon immer ordentlicher als die beiden, aber in erster Linie vermeide ich es so, auf meiner blinden Seite ständig gegen irgendwelche Gegenstände zu stoßen.«

Blinde Seite. Ihre Worte hallten durch Stephs Kopf und hinterließen dort winzige Schockwellen. Sie konnte es immer noch nicht fassen. Obwohl sie schon länger vermutet hatte, dass mit Raes linkem Auge etwas nicht stimmte, hätte sie nie gedacht, dass es ein Glasauge war.

Rae beugte sich hinab und streichelte Moose, als wollte sie Steph nicht ansehen. »Frag einfach«, sagte sie, ohne aufzublicken. Ihr Tonfall deutete an, dass sie es so schnell wie möglich hinter sich bringen wollte.

Steph zögerte. Es war nicht etwa so, dass sie keine Fragen hatte; sie hatte viel zu viele. Außerdem fühlte es sich irgendwie an, als würde Rae sie auf die Probe stellen. Wenn sie die falsche Frage stellte, würde Rae sich völlig zurückziehen.

Schließlich entschied sich Steph für die erste Frage, die ihr in den Sinn kam. Na schön, es war wohl eher die zweite. Sie spürte, dass Rae nicht bereit war, über das zu sprechen, was Steph wirklich wissen wollte: wie sie ihr Auge verloren hatte. »Was brauchst du von mir?«

Rae richtete sich auf und schaute sie zum ersten Mal, seit sie sich gesetzt hatten, richtig an. »Was ich brauche?« Sie sah so verwirrt aus, als hätte Steph nach ihrer bevorzugten Stellung beim Sex gefragt.

Interessante Bilder, die viel nackte Haut beinhalteten, schossen Steph bei diesem Gedanken durch den Kopf. *Reiß dich zusammen,* sagte sie sich streng. »Ja. Mal abgesehen davon, dass ich von nun an alle Schränke schließen werde, gibt es sonst noch etwas, was ich tun oder lassen kann, um dir zu helfen?«

»Ich brauche keine Hilfe«, sagte Rae schroff.

»Jeder braucht mal Hilfe, Rae. Das macht dich nicht schwach.« Toll, jetzt klang sie wie ihre Eltern oder ihre Schwester.

Rae schüttelte den Kopf. »Schließ einfach die Schranktüren und vermeide es, von links an mich heranzutreten. Das reicht mir.«

Steph nickte und wartete, aber Rae fügte nichts weiter hinzu. Gab es wirklich nichts, was sie sonst tun konnte, oder wollte Rae es ihr nicht sagen, weil sie ihr nicht vertraute?

»Kann ich dich jetzt etwas fragen?«, fragte Rae.

»Klar doch.«

Rae deutete auf ihr linkes Auge. »Ist es dir bisher wirklich nicht aufgefallen?«

»Dass du auf diesem Auge blind bist?«

»Dass es ein künstliches Auge ist.«

»Nein. Es sieht unglaublich echt aus.« Steph betrachtete Raes Augen und verglich das linke mit dem rechten. Sie waren nicht völlig symmetrisch. Das linke schien eine Spur größer zu sein, aber schließlich waren die Augen der meisten Menschen nicht vollkommen gleich. Die Farbe der Iris war jedoch identisch, bis hin zu den winzigen Bernsteinsprenkeln, die Steph zuvor bewundert hatte. »Selbst jetzt muss ich noch einen Moment lang überlegen, welches das echte und welches das Glasauge ist.«

Ein Lächeln erhellte Raes angespannte Gesichtszüge.

Hatte ihr nie zuvor jemand gesagt, wie gut das Kunstauge aussah? Steph konnte sich vorstellen, dass Rae selten jemanden nahe genug an sich heranließ, um ihr Auge genauer zu betrachten, geschweige denn, Fragen darüber zu stellen.

»Acryl«, sagte Rae nach einer Weile. »Die meisten Augenprothesen sind nicht mehr aus Glas. Die Iris wird von Hand aufgemalt, damit sie perfekt zum anderen Auge passt. Sie bilden sogar die Äderchen im weißen Teil des Auges mit hauchfeinen, roten Seidenfasern nach.« Trotz ihrer grimmigen Mimik konnte Rae ihre Faszination nicht verbergen.

»Wow. Wer auch immer dein Auge angefertigt hat, war ein wahrer Künstler.«

Rae strich mit dem Finger über die kleinen, runden Narben auf ihrer Stirn. »Ja.« Ein merklicher Schauder durchfuhr sie.

Zuerst nahm Steph an, das Gespräch über ihre Augenprothese hätte unangenehme Erinnerungen geweckt, aber als Rae ihre mit einer Gänsehaut bedeckten Arme an ihre Brust drückte, wurde ihr klar, dass Rae wahrscheinlich nur kalt geworden war. Die kurzen Ärmel ihres T-Shirts endeten über ihrem Bizeps und die Brise hier oben auf dem Hügel drückte den schweißfeuchten Stoff an ihre Brust.

Steph versuchte, nicht darauf zu achten, wie Raes harte Nippel sich unter der Baumwolle abzeichneten. Sie zog ihre Lederjacke aus und hielt sie Rae hin. »Hier.«

Rae starrte sie an, ohne nach der Jacke zu greifen.

»Dir ist kalt«, fügte Steph hinzu.

Rae starrte sie weiterhin an. Dann legte sich ein zögerliches Lächeln auf ihre Lippen. »Ähm, danke, aber ich glaube kaum, dass mir deine Jacke passt. Und selbst wenn, würde ich sie dir nicht verschwitzt zurückgeben wollen.«

»Ach, ein bisschen ins Schwitzen zu kommen, kann durchaus Spaß machen.« Steph grinste sie an. Sich in ihre vertrauten Witze zu flüchten, war eine Erleichterung.

Rae rollte mit den Augen oder besser gesagt mit einem Auge, da sich das linke nicht ganz nach oben bewegte.

Steph war sich sehr bewusst, wie sehr sie sich dessen bewusst war. Sie hoffte, dass dies mit der Zeit nachlassen würde, da sie Rae nicht verunsichern wollte.

»Ich gehe jetzt nach Hause, bevor deine Witze noch schlimmer werden.« Rae erhob sich.

»Ja, ich muss auch los und Moose zurückbringen. Seine Stunde ist um.« Steph stand auf und schlüpfte in ihre Lederjacke.

Moose' langer, buschiger Schwanz schwang von einer Seite zur anderen, als er zwischen ihnen den Park verließ. Am Beverly Boulevard, wo vierspuriger

Verkehr an ihnen vorbeirollte, packte Steph seine Leine fester. Eine Weile liefen sie schweigend nebeneinanderher. Nur der Verkehrslärm und das leise Klimpern von Moose' Hundemarke begleitete sie.

Als sie schließlich an einer roten Fußgängerampel stehen blieben, schielte Steph zu Rae hinüber. Eine Sache musste sie noch loswerden, so sehr sie es auch vorgezogen hätte, das Thema zu meiden. »Noch mal wegen der Vorstellung gestern …«

Rae schob die Hände noch tiefer in die Taschen ihrer Laufshorts, als wollte sie so viel wie möglich von sich selbst verstecken. Für jemanden, der körperlich so stark war, konnte sie zuweilen äußerst verletzlich erscheinen. »Ja? Was ist damit?«

»Waren die Witze über meine Mitbewohnerin wirklich so schlimm?« Sie hatte versucht, sie möglichst harmlos zu halten, ohne persönliche Details zu nennen.

Die Ampel schaltete auf grün, aber Rae rührte sich nicht. Sie drehte sich zu Steph um und seufzte. »Ich habe nur einen gehört, von daher kann ich über den Rest nichts sagen, aber –«

»Moment! Du hast gar nicht zugehört, mich aber trotzdem dafür zur Schnecke gemacht, dass ich deine Privatsphäre verletzt habe?« Steph stemmte die Hand, mit der sie nicht die Leine hielt, auf ihre Hüfte. »Was zum Teufel soll das, Rae?«

»O nein. Du hast nicht das Recht, empört zu sein. Du bist nicht diejenige, der unrecht getan wurde.«

Steph ließ sich nicht von Raes finsterem Blick einschüchtern. »Woher willst du wissen, dass ich dir unrecht getan habe, wenn du gar nicht zugehört hast?«

»Ich habe genug gehört, um zu wissen, dass es mir nicht gefallen hat«, erwiderte Rae.

Moose bellte, als würde er die wachsende Anspannung zwischen ihnen spüren.

Steph legte ihre Hand auf seinen Kopf, streichelte ihn und versuchte, sich abzuregen. »Das bringt uns nicht weiter. Wir machen dem armen Moose nur Angst.«

Auch Rae streckte die Hand aus und als sie gleichzeitig dieselbe Stelle hinter seinem Ohr kraulten, streiften sich ihre Finger. Rae zog ihre Hand zurück und schob sie wieder in ihre Hosentasche. »Entschuldige«, murmelte sie.

Galt die Entschuldigung der versehentlichen Berührung oder hatte sie sich dafür entschuldigt, Moose Angst eingejagt zu haben?

»Schon okay«, sagte Steph. »Ich will nicht mit dir streiten. Ich will nur, dass du mich verstehst. Die Witze hatten im Grunde nichts mit dir zu tun. Sie handeln von Situationen, in die mein Publikum sich hineinversetzen kann. Fast jeder weiß ja, wie es ist, mit jemandem zusammenzuwohnen, der das totale Gegenteil ist.«

»Mag sein. Aber wenn du nächstes Mal auf der Bühne über so etwas reden willst, benutz mich nicht als Beispiel. Erfinde einfach etwas.«

Steph schüttelte den Kopf. »So funktioniert Stand-up-Comedy nicht. Man muss authentisch sein.«

Rae stand ihr mit unerbittlicher Miene gegenüber. »Dann musst du einen anderen Weg finden, um authentisch zu sein. Wenn es eine Sache gibt, die ich hasse, dann ist es, in der Öffentlichkeit verspottet zu werden.« Als Steph ihren Mund öffnete, hob Rae die Hand. »Ich weiß, du glaubst, dass ich überreagiere, und vielleicht hast du recht, aber als Kind wurde ich wegen meiner Eltern und ihres Lebensstils oft gehänselt und ich lasse nicht zu, dass mir das ein zweites Mal passiert.«

Das war also der Grund, warum Rae so heftig reagiert hatte. »Es tut mir leid. Das wusste ich nicht.«

Rae winkte ab. »Es geht nicht nur um meine Eltern. Versprich mir einfach, dass du mich nicht mehr zum Thema in deinem Comedyprogramm machst.«

Steph hatte noch nie jemandem so ein Versprechen gegeben, da sie ihre schöpferische Freiheit nicht einschränken wollte. Aber jetzt, da sie wusste, warum Rae so sehr darauf bedacht war, Ordnung in der Wohnung zu halten, konnte sie ohnehin nicht mehr darüber scherzen. »Na schön.«

»Versprichst du es?«

»Versprochen. Jetzt, wo ich weiß, dass es dir ein Dorn im …« Steph stoppte sich, bevor sie das Wort *Auge* sagen konnte. »Äh …«

»Himmel, du lässt auch wirklich kein Fettnäpfchen aus, oder?« Zu Stephs Überraschung schwang Belustigung in Raes Stimme mit.

Steph bedeckte ihre glühenden Wangen mit den Händen. »Nein. Das ist bei mir leider chronisch. Tut mir leid.«

Rae schüttelte den Kopf. »Ich möchte nicht, dass du mir gegenüber jedes Wort auf die Goldwaage legst.«

»Du willst also, dass ich auf der Bühne aufpasse, was ich sage, nicht aber zu Hause?«

»Genau.«

»Einverstanden.« Trotzdem schwor sich Steph, in Zukunft vorsichtiger mit solch unbedachten Bemerkungen zu sein. Ihre Familie mochte denken, sie sei unfähig, taktvoll zu sein, aber das konnte sie sehr wohl.

Steph blieb an der Straßenecke stehen, wo sie rechts abbiegen musste, um Moose bei seiner Besitzerin abzuliefern, während Rae weiter geradeaus laufen musste. »Moose wohnt dort drüben.«

Rae zögerte. »Soll ich auf dich warten?«

Steph dachte einen Moment lang darüber nach. Aber sie musste Moose füttern und Fotos von ihm machen, um sie zusammen mit ihrem täglichen Bericht an seine Besitzerin zu schicken. Es wäre nicht fair gewesen, Rae noch länger vom Duschen abzuhalten. Außerdem spürte sie, dass Rae etwas Zeit für sich brauchte, um sich von dem Gespräch zu erholen. »Nein, schon in Ordnung. Wir sehen uns nachher zu Hause.«

Rae nickte und streichelte Moose ein letztes Mal. »Benimm dich, Großer.«

Er winselte leise, als verstände er, dass er sich von Rae verabschieden musste.

»Rae?«, hörte Steph sich sagen, bevor Rae weggehen konnte. Sie hatte nicht vorgehabt, noch etwas zu sagen, aber zugleich wusste sie, dass die Frage ihr nicht mehr aus dem Kopf gehen würde, bis sie diese endlich stellte.

»Ja?« Rae sah argwöhnisch zu ihr herüber. Vermutlich ahnte sie, was kommen würde.

»Du hast mal erwähnt, dass auf dich …« Steph schluckte den Kloß in ihrem Hals hinunter. »… geschossen wurde. Hast du so dein Auge verloren?«

»Ja.«

Steph hatte das schon vermutet, doch als sie nun die Antwort hörte, ballte sich doch eine riesige Faust um ihren Magen zusammen.

Rae hob die Hand, entweder als Abschiedsgeste oder um Steph von weiteren Fragen abzuhalten. »Wir sehen uns zu Hause.« Als sie davonging, zerrte Moose an seiner Leine und versuchte, ihr zu folgen.

Steph hüpfte zweimal, um das Gleichgewicht zu halten, und stemmte dann die Absätze in den Boden. Ihre Armmuskeln protestierten, als sie dem Zug an der Leine standhielt. »Moose, nein! Hiergeblieben!«

Moose murrte, ließ dann aber doch seinen Hintern neben ihr auf den Asphalt plumpsen. Beide sahen zu, wie Rae sich immer weiter entfernte, bis ihnen schließlich entgegenkommende Fußgänger die Sicht versperrten.

Kapitel 12

»Wow. Großmütter sind auch nicht mehr das, was sie einmal waren.« Rae starrte der älteren Dame hinterher, die gerade versucht hatte, eine große Flasche Bourbon in ihrer Handtasche in den Club zu schmuggeln.

Carlos stieß einen Pfiff aus. »Und meine *abuela* behauptet immer, dass zu ihrer Zeit Frauen nicht wie Männer getrunken haben.«

»Willkommen im einundzwanzigsten Jahrhundert«, sagte Rae. »Frauen können so ziemlich alles tun, was Männer können.«

»Inklusive in Schlägereien geraten.« Carlos betrachtete den blauen Fleck auf Raes Stirn, der sich nach vier Tagen zu einem bläulichen Violett verfärbt hatte. »Mann, ich verpasse immer den ganzen Spaß! Ausgerechnet wenn ich freihabe, passiert so etwas.«

»Das ist nicht im Club passiert«, sagte Rae.

Carlos winkte mehrere Gäste durch. »Wie ist es dann passiert?«

Auf keinen Fall würde sie verraten, wie sie zu dem Bluterguss gekommen war. Rae warf ihm einen vielsagenden Blick zu. »Ich habe eine Schlägerei mit der letzten Person angefangen, dir mir ständig neugierige Fragen stellte. Aber sie sieht viel schlimmer aus als ich.«

»Sehr lustig. Du wohnst wohl schon zu lange mit einer Komikerin zusammen. Ihr Sinn für Humor färbt auf dich ab. Ach, wenn man vom Teufel spricht! Deine Partnerin ist hier.« Er nickte in Richtung der Warteschlange, die sich vor dem Club bildete.

Rae drehte den Kopf. Ihr Blick fiel sofort auf Steph, die am Ende der Schlange stand. Sie trug eine enge Jeans und ein ebenso figurbetontes schwarzes T-Shirt mit aufgedruckter rosaroter Krawatte. Bei den meisten Leuten hätte Rae das Outfit albern gefunden, aber zu Steph passte es.

»Sie ist nicht meine Partnerin«, sagte Rae, ohne den Blick von Steph abzuwenden, die etwas zu den Leuten vor ihr sagte und sich dann an ihnen vorbei an die Spitze der Warteschlange schob.

Steph blieb leicht rechts von Rae stehen, sodass Rae ihren Kopf nicht drehen musste, um sie anzusehen, aber ansonsten behandelte sie Rae nicht anders als zuvor, obwohl Rae das insgeheim befürchtet hatte.

»Was machst du denn hier?«, fragte Rae. Steph hatte nicht erwähnt, dass sie in der Fun Zone auftreten würde.

Steph klimperte mit den Wimpern. »Vielleicht habe ich dich vermisst.«

»Ja, klar.«

»Na schön. Euer Moderator hat in letzter Minute abgesagt, deshalb hat mich Mr Hicks angerufen und ich bin direkt von der Weihnachtsfeier im Altenheim hierhergekommen.«

Rae hob die Augenbrauen. »Aber ist es nicht ein Rückschritt für dich, eine Vorstellung zu moderieren, nachdem du schon als Feature aufgetreten bist?« Sich unter Wert zu verkaufen, passte nicht zu Steph.

Steph grinste verschmitzt. »Eigentlich schon. Aber ich habe ihm gesagt, dass ich es nur mache, wenn ich dafür noch einmal als Feature auftreten darf und er diesmal zusieht.«

Ja, das passte eher zu Steph. Rae nickte ihr anerkennend zu.

»Kann ich reingehen oder willst du mich erst abtasten?« Steph streckte neckisch die Arme von ihrem Körper weg.

Rae konnte nicht anders; ihr Blick glitt wieder über das enge T-Shirt. Verärgert über sich selbst sah sie zu Boden.

»Ich könnte das machen«, rief Carlos neben ihr.

Rae warf ihm einen Blick zu, der versprach, dass sie ihn zu Brei verarbeiten würde, sollte er auch nur versuchen, Steph anzufassen.

»Äh, wenn ich es mir recht überlege, denke ich, dass wir uns das Abtasten dieses Mal sparen können, weil du ja Raes Mitbewohnerin bist.« Carlos winkte sie durch.

Steph tippte sich an eine imaginäre Hutkrempe. »Danke.« Sie ging an ihnen vorbei in den Club.

Beide drehten sich um und sahen ihr einen Moment lang nach.

»Sie ist süß«, kommentierte Carlos.

Rae brummte nichtssagend. *Ja, wenn man auf Klugscheißer mit einem sexy Grinsen und Haaren steht, die immer so aussehen, als wäre sie gerade erst aufgestanden.* Moment mal! Hatte sie Stephs Grinsen in Gedanken gerade als sexy bezeichnet?

»Wenn sie nicht deine Partnerin ist, hast du dann etwas dagegen, wenn ich mit ihr ausgehe?«, fragte Carlos.

Ein Knurren entrang sich Raes Brust. »Sehe ich aus, als würde ich ihr Liebesleben managen? Im Übrigen, hast du nicht schon eine Freundin?«

Carlos zuckte mit den Schultern. »Wir haben Schluss gemacht.«

Er sah nicht gerade aus, als hätte ihm das Ende das Herz gebrochen. Kamen andere Leute heutzutage wirklich so schnell darüber hinweg, wenn eine Beziehung scheiterte? Nachdem Lise ausgezogen war, hatte Rae über ein Jahr lang keine andere Frau auch nur angeschaut.

Brandon gesellte sich zu ihnen an den Eingang und klopfte Carlos auf die Schulter. »Warum hilfst du mir nicht, den Saal im Auge zu behalten, bevor du dich hier noch um Kopf und Kragen redest?«

»Nein, ich mach das«, sagte Rae, bevor Carlos antworten konnte. Sie wollte Steph auf der Bühne beobachten – selbstverständlich nur, um sicherzugehen, dass sie keine Mitbewohnerinnenwitze mehr machte.

Nicht, dass Steph heute Abend viel Gelegenheit gehabt hätte, ihre eigenen Gags ins Programm einfließen zu lassen. Sie war damit beschäftigt, für Mr Hicks Werbung zu machen, die anderen Komiker anzukündigen und sich mit einem Zwischenrufer auseinanderzusetzen, der es offensichtlich auf sie abgesehen hatte. Das Arschloch hatte seine große Klappe nicht einmal aufgerissen, als der Komiker in der Mitte der Vorstellung völlig versagte, doch als Steph wieder die Bühne betrat, konnte Rae fast spüren, wie der Typ sich darauf vorbereitete, sie wieder zu unterbrechen.

Schade, dass er in Brandons Teil des Saals saß, wo er sich außerhalb von Raes Reichweite befand.

Steph sah das Publikum mit weit aufgerissenen Augen an und deutete auf den Komiker, der gerade von der Bühne geflüchtet war. »Wow. Das war, als würde man der Titanic beim Untergehen zusehen, oder?«

Anfangs hatte Rae nicht fassen können, wie Komiker oft über Kollegen herzogen. Polizisten stärkten sich gegenseitig immer den Rücken, selbst wenn man sich nicht ausstehen konnte. Aber in den zwei Monaten, die sie nun schon im Comedyclub arbeitete, hatte sie entdeckt, dass dies nichts mit Schadenfreude zu tun hatte. Wenn Steph nicht auf die miese Leistung ihres Vorredners einging und so tat, als wäre der Auftritt toll gewesen, wirkte sie nicht mehr authentisch.

Womöglich würde das Publikum sogar annehmen, dass ein solcher Auftritt normal war und auch alle weiteren Komiker derart schlecht sein würden.

»Einschließlich Leonardo sterben zu sehen, weil Kate die verdammte Tür für sich in Beschlag genommen hat«, fügte Steph hinzu.

Das Publikum lachte.

»Ja, so wie du das Mikrofon in Beschlag nimmst«, rief der Zwischenrufer. »Gib es jemandem, der witzig und originell ist!«

Rae umklammerte ihr Funkgerät fester und versuchte, im Halbdunkel des Saals seine Position ausfindig zu machen. »Hey, Brandon«, sagte sie in das Walkie-Talkie. »Bist du eingeschlafen? Schmeiß den Mistkerl raus!«

»Dann bringt Steph mich nach der Vorstellung um«, kam Brandons Stimme aus dem Knopf in ihrem Ohr. »Reg dich ab und gib ihr die Chance, selbst mit ihm fertigzuwerden.«

Rae wusste, dass er recht hatte, aber sich zurückzuhalten und andere Leute ein Problem lösen zu lassen, war nicht ihre Stärke. Sie war es gewohnt, selbst aktiv zu werden. Unter dem Vorwand, einer Kellnerin mit einem Tablett auszuweichen, schob sie sich näher an den Störenfried heran. Sie sah zu Steph und wartete auf ein Signal von ihr, das sie zum Eingreifen aufforderte.

Aber Steph schien sich von dem Kerl nicht einschüchtern zu lassen. Sie sah auf ihn herab wie eine Kindergärtnerin, die mit einem unartigen Kleinkind sprach. »Lass mich raten. Du meinst sicherlich jemanden wie dich, oder?«

»Ganz genau!«

»Ich würde dich ja einladen, zu mir auf die Bühne zu kommen, da du die Aufmerksamkeit offensichtlich dringend brauchst, aber ehrlich gesagt glaube ich, dass eine Therapie besser für dich wäre«, sagte Steph. »Wenn du nach der Vorstellung zu mir kommst, kann ich dir jemanden empfehlen.«

»Fick dich!«, rief der Kerl wütend.

»Na, wer ist jetzt unoriginell?«

Stephs schlagfertige Antwort ließ Gelächter durch den Saal hallen. Das Publikum war eindeutig auf ihrer Seite und als der Zwischenrufer merkte, dass es keinen Ruhm zu ernten gab, hielt er schließlich den Mund.

Rae beobachtete ihn während der restlichen Vorstellung genau, aber er unterbrach Steph nicht mehr. Einmal ertappte sie ihn sogar dabei, wie er über einen ihrer Witze lachte. *Von wegen nicht lustig!*

Schließlich endete die Spätvorstellung und die Zuschauer strömten aus dem Saal.

Der Mann ließ sich Zeit und schlenderte gemächlich zum Ausgang, deshalb blieb Rae zurück und folgte ihm in die Lobby.

Dort posierte Steph gerade für ein Foto mit den beiden anderen Komikern und einer Frau aus dem Publikum.

Der Störenfried steuerte direkt auf sie zu.

Raes Puls beschleunigte sich. Mit zwei schnellen Schritten hatte sie ihn eingeholt und hielt ihn am Arm fest. »Der Ausgang ist da drüben, Sir.«

Er schwankte ein wenig, als er herumwirbelte und versuchte, seinen Arm aus ihrem Griff zu befreien, aber Rae ließ nicht los. »Was zum Teufel soll das?« Aus der Nähe konnte Rae den Alkohol in seinem Atem riechen. »Lass los!«

»Ich möchte nur verhindern, dass Sie auf dem Weg nach draußen ausrutschen und hinfallen, Sir.« Rae schenkte ihm ein Lächeln, das mehr einem Zähnefletschen als einer freundlichen Mimik ähnelte.

»Ich war nicht auf dem Weg nach draußen. Ich will auch ein Foto mit ihr.« Er wedelte mit dem Zeigefinger in Stephs Richtung.

Nur über meine Leiche. Rae war versucht, nach seinem Finger zu greifen und fest zuzudrücken, bis er aufhörte, auf Steph zu zeigen. »Tut mir leid. Die Fotos sind ausverkauft.«

Brandon und Carlos gesellten sich zu ihr und bezogen links und rechts von Rae Position. Obwohl sie es normalerweise nicht mochte, wenn sich jemand in ihrem toten Winkel befand, war es ein gutes Gefühl, Rückendeckung zu haben.

Der Kerl fluchte, hatte aber keine andere Wahl, als ihnen zum Ausgang zu folgen. Innerhalb einer Minute hatten sie ihn hinausbefördert. Die kühle Nachtluft würde ihm hoffentlich helfen, nüchtern zu werden.

Als Rae zurück in die Lobby kam, hatte Steph die Fotoaufnahmen beendet und kam zu ihr herüber. »Was war das denn?«

Rae setzte eine ahnungslose Miene auf. »Was war was?«

»Du kannst mir nichts vormachen.« Steph legte leicht die Hand auf Raes Arm. Dann zog sie ihre Finger rasch zurück, als wäre sie sich dessen nicht bewusst gewesen. »Danke.«

»Ich mache nur meine Arbeit.«

Steph sah sich in der nun fast leeren Lobby um. »Ich denke, wir können hier auch gleich abhauen. Wollen wir etwas essen gehen?«

Rae zögerte. Sie hatte nicht vorgehabt, sich so oft mit ihrer Mitbewohnerin zu treffen, und nachdem Steph das mit ihrem Auge herausgefunden hatte, fühlte sie sich in ihrer Nähe etwas unbehaglich, aber wenn sie Steph begleitete, konnte sie wenigstens dafür sorgen, dass der Zwischenrufer ihr nicht irgendwo auflauerte. »Ja, warum nicht?«

Weil sie nachts schlecht sah und der Asphalt von Schlaglöchern übersät war, hatte Rae sich angewöhnt, den Parkplatz des Clubs mit äußerster Vorsicht zu überqueren. Doch Steph packte ihren Ärmel und zerrte sie zu ihrem Cabrio. »Komm schon! Wir müssen uns beeilen.«

Rae wollte nicht zugeben, dass sie kaum etwas sehen konnte, deshalb versuchte sie, mit ihrer Mitbewohnerin Schritt zu halten. »Geht dem Restaurant, zu dem du mich schleppst, jeden Moment das Essen aus?«

»Nein, aber sie schließen um eins.« Steph schloss das Auto auf und hatte den Schlüssel in der Zündung, noch ehe Rae richtig auf dem Beifahrersitz saß.

Im Licht des Armaturenbretts warf Rae einen Blick auf ihre Armbanduhr. »Ähm, es ist Viertel vor eins.«

»Keine Sorge. Das schaffen wir.« Steph startete den Wagen und fuhr auf der Melrose Avenue nach Osten.

Rae hatte es immer gehasst, Beifahrerin zu sein. Nachdem sie zwölf Jahre gemeinsam Streife gefahren waren, hatte Mike es aufgegeben, sie zu überreden, ihn ab und zu fahren zu lassen. Jetzt hasste sie es noch mehr, denn da sich der Fahrersitz links von ihr befand, konnte sie den Fahrer nicht sehen. Leider hatte sie im Moment keine andere Wahl. Ihr Auto stand zu Hause und selbst wenn sie es dabeigehabt hätte, war es für sie stressig und vielleicht sogar gefährlich, bei Dunkelheit zu fahren.

Sie schob ihren Sitz zurück und drehte sich so weit wie möglich, um Steph sehen zu können. Ihre Hände presste sie fest gegen ihre Oberschenkel, um sich nicht am Türgriff festzuklammern.

Steph blickte kurz zu ihr herüber. »Ich fahre nicht zu schnell, Officer.«

»Ich weiß.«

»Dann entspann dich. Ich bin wirklich eine sichere Fahrerin. Ich werde dich schon nicht umbringen, nur weil ich unbedingt einen Double-Double will.«

Um sich von ihrem Unbehagen abzulenken, konzentrierte sich Rae auf das Gespräch. »In L.A. gibt es tausend tolle Restaurants und du bringst mich zu In-N-Out?«

»Na klar. Als Kalifornierin bin ich quasi kulturell indoktriniert, die Burger von In-N-Out zu lieben.« Steph bog links in die La Brea Avenue ein. »Sag nicht, du magst deren Burger nicht.«

Rae zuckte mit den Schultern. »Keine Ahnung. Ich habe noch keinen probiert.«

»Wie bitte?« Steph starrte sie an, als hätte sie gestanden, noch nie Sex gehabt zu haben. »Das müssen wir auf jeden Fall korrigieren.« Schon eine Minute später hatte sie das Drive-in-Restaurant erreicht und ließ das Fenster auf der Fahrerseite herunter. »Darf ich für dich bestellen?«

Rae zögerte. Sie wusste, dass es nur um einen Burger ging, nicht um eine Entscheidung auf Leben und Tod, aber trotzdem fiel es ihr schwer, jemand anderem die Kontrolle zu überlassen.

Steph lachte und hob beide Hände. »Okay, okay, dann bestell dein Essen selbst. Was hättest du gern?«

Rae reckte den Hals, um die Speisekarte an der Tafel zu erkennen, die links von ihr angebracht war. »Ich nehme einen Double-Double und eine Portion Pommes.«

»Du brauchst unbedingt auch einen Milchshake«, sagte Steph.

»Ach ja?«

Steph nickte entschlossen. »Man kann keinen Burger ohne Milchshake essen. Probier den Neapolitaner. Den nehme ich auch.«

»Neapolitaner? Was ist das?«

»Vanille-, Erdbeer- und Schokoladenshakes zusammengemischt.« Steph leckte sich die Lippen. »Der beste Milchshake der Welt.«

Rae schüttelte sich. »Nein danke. Ich bleibe bei Vanille.«

»Himmel, bist du langweilig!«

»Willkommen bei In-N-Out«, kam eine Männerstimme durch den Drive-in-Lautsprecher. »Was darf ich Ihnen bringen?«

Steph rasselte ihre Bestellung so schnell herunter, dass Rae kaum folgen konnte, aber der Mann schien alles problemlos zu verstehen.

Da sie in wenigen Minuten schließen würden, dauerte es nicht lange, bis ihr Essen in einem Papierbeutel durch das Drive-in-Fenster geschoben wurde. Steph reichte ihn Rae und stellte die beiden Milchshakes in die Getränkehalter zwischen ihren Sitzen.

Als Rae nach ihrer Geldbörse griff, um zu bezahlen, winkte Steph ab. »Ich zahle. Du bist dann nächstes Mal dran.«

Rae warf ihr einen skeptischen Blick zu. »Wer sagt, dass es ein nächstes Mal geben wird?«

»Warte, bis du den Burger probiert hast.«

Rae hatte nicht nur einen weiteren Besuch bei In-N-Out gemeint, sondern auch jedes andere Essen mit Steph. Warum hielt Steph es plötzlich für selbstverständlich, dass sie weiterhin Zeit miteinander verbringen würden?

Anstatt nach Hause zu fahren, wie Rae erwartet hatte, parkte Steph am anderen Ende des Parkplatzes, weit entfernt von den drei anderen Wagen, die sich noch auf dem Gelände befanden. Sie schob ihren Sitz zurück, als bereitete sie sich auf ein großes Festessen vor. »Die Pommes werden kalt, wenn wir sie nicht sofort anfangen.«

Rae verkniff sich ein Seufzen. Bis sie nach Hause kamen, würde die Mittelkonsole sicher bleibende Einkerbungen auf ihrem Oberschenkel hinterlassen und sie würde einen Krampf im Nacken bekommen, weil sie sich auf dem Beifahrersitz so weit zur Seite drehte, bis sie Steph sehen konnte.

»Stimmt etwas nicht?«, fragte Steph. »Möchtest du lieber zu Hause essen?«

»Nein, schon gut.« Rae zögerte. Aber es war albern, schweigend zu leiden, zumal Steph bereits erkannt hatte, dass sie sich unwohl fühlte. »Ähm, könnten wir die Plätze tauschen, während wir essen?«

»Wieso sollten wir …? Oh!« Steph schlug sich an die Stirn. »Entschuldige bitte. Ich hätte es merken müssen.« Sie stieg aus und kam um das Auto herum auf die Beifahrerseite.

»Danke«, sagte Rae, als sie aneinander vorbeigingen. Sie setzte sich auf den Fahrersitz und atmete auf. Ja, das fühlte sich viel besser an.

»Du brauchst mir nicht zu danken. Wenn ich das nächste Mal an so etwas nicht denke, sag's mir bitte.« Steph nahm ihr die Papiertüte ab und öffnete sie.

Der Geruch von gebratenem Fleisch stieg Rae in die Nase und ihr Magen reagierte mit einem lauten Knurren.

Steph lachte und drückte Rae einen eingewickelten Burger in die Hände. »Hier, bevor du anfängst, an mir zu knabbern.«

»Ich knabbere grundsätzlich nicht.«

Steph grinste. »Oh, du bist also eher ein Beißer?«

Rae warf ihr einen Blick zu, würdigte das schamlose Flirten aber nicht mit einer Antwort. Sie packte ihren Burger aus, hob die obere Brötchenhälfte an und betrachtete kurz die Tomatenscheibe und die gedünsteten Zwiebeln, bevor sie vorsichtig hineinbiss. Das Aroma von saftigem Fleisch, der säuerliche Geschmack von Essiggurken und die Süße von Ketchup vermischten sich auf ihrer Zunge. Sie konnte nicht anders, als leise zu stöhnen, während sie kaute.

Steph verharrte mit ihrem eigenen Burger auf halbem Weg zu ihrem Mund. »Schmeckt's?«

»Ich habe schon Schlimmeres gegessen«, sagte Rae, sobald sie den Bissen hinuntergeschluckt hatte.

Steph streckte die Hand über die Mittelkonsole und versetzte ihr einen Klaps auf die Schulter.

Jetzt, da Steph rechts von ihr saß, konnte Rae es kommen sehen und erschrak nicht.

»Es schmeckt großartig«, sagte Steph. »Gib's zu.«

Anstatt zu antworten, nahm Rae einen großen Bissen von ihrem Burger. Er schmeckte auf jeden Fall besser als das Stück Pappe aus der Mikrowelle, das Mike manchmal als Mittagessen für sie ausgesucht hatte.

Papier raschelte, als Steph ihre Schachtel Pommes frites aus der Tüte zog.

Rae ließ ihren Burger sinken und starrte zu ihr hinüber. Die Pommes waren mit geschmolzenem Käse, karamellisierten Zwiebeln und einer Art Soße bedeckt. »Was in aller Welt ist das?«

»Sie nennen es Pommes nach animalischer Art«, sagte Steph mit halb vollem Mund. Teuflisch grinsend fügte sie hinzu: »Nicht zu verwechseln mit animalischem Sex.«

Gut, dass Rae nicht von ihrem Burger abgebissen hatte, sonst wäre sie jetzt vermutlich an dem Bissen erstickt. Himmel, ihre Mitbewohnerin war gefährlich.

»Willst du mal probieren?« Steph hielt ihr die Schachtel mit den Pommes hin.

»Nein danke. Ich habe selbst welche und ich hoffe, da ist nichts von diesem animalischen Mist drauf.«

Steph zog eine zweite Schachtel Pommes aus der Tüte und reichte sie Rae.

Sie waren ohne irgendwelche Extras, deshalb machte sich Rae darüber her.

Einige Minuten lang aßen sie schweigend. Rae blickte zu Steph, die gerade in ihren Burger biss. Wow. Für jemanden, der so schlank war, konnte sie ganz schön was verdrücken. Rae hatte schon immer Frauen geschätzt, die ihr Essen genossen, ohne jede Kalorie zu zählen.

Steph war zuerst fertig. Sie stahl eine Handvoll von Raes Pommes frites. »Was ist?«, sagte sie, als Rae ihr einen tadelnden Blick zuwarf. »Ich hatte einen anstrengenden Abend.«

Rae schob den Rest ihrer Pommes über die Mittelkonsole. »Ja, die Spätvorstellung scheint solche Arschlöcher anzuziehen.«

Steph nahm geräuschvoll einen Schluck Milchshake. »Das kannst du laut sagen. Manchmal weiß ich wirklich nicht, warum ich mir das antue.«

»Warum tust du's?«, fragte Rae, bevor sie sich zurückhalten konnte. Normalerweise vermied sie es, persönliche Fragen zu stellen, weil die meisten Menschen dies als Einladung verstanden, ihr im Gegenzug ebenfalls Fragen zu stellen. Aber sie musste zugeben, dass sie neugierig auf ihre Mitbewohnerin war. »Ich meine, du bist intelligent und deine Familie ist, na ja …«

»Stinkreich«, beendete Steph den Satz.

»Ähm, ja. Ich wette, du hättest dir jeden Job der Welt aussuchen können.«

»O ja, und das habe ich auch.« Steph lachte. »Es gibt nicht viel, was ich noch nicht gemacht habe. Ich habe gekellnert, ich habe im Zoo und im Kundenservice gearbeitet, ich habe in Werbespots mitgewirkt und ich war Barkeeperin. Manchmal verdiene ich mir immer noch als Uber-Fahrerin ein paar Dollar dazu, obwohl meine letzte Fahrt kein gutes Ende genommen hat.«

Rae wischte ihre Hände an einer Serviette ab. »Hattest du einen Unfall?«

»Nein, nichts dergleichen. Ich übe immer mein Comedyprogramm, wenn ich allein fahre. Letztes Mal habe ich vergessen, dass noch ein Kunde im Auto saß. Ziemlich peinlich. Und als Barkeeperin wurde ich gefeuert, weil ich den Chef imitiert habe. Ich bin wohl für einen normalen Job nicht geschaffen. Ich bin zur Komikerin bestimmt. Als ich im zweiten Jahr an der Uni zum ersten Mal auf der

Bühne stand, wurde ich sofort süchtig danach. Ein paar Monate später habe ich das Studium abgebrochen, um mich ganz der Comedy zu widmen.«

»Was hast du denn studiert?«

»Tierwissenschaften«, antwortete Steph. »Nach der Schule hatte ich keine Ahnung, was ich mit meinem Leben anfangen sollte. Ich wusste nur, dass ich nicht wie der Rest meiner Familie Therapeutin werden wollte. Da ich Tiere schon immer geliebt habe, dachte ich, warum nicht Tierärztin werden?«

»Und das hast du aufgegeben, um Komikerin zu werden?« Rae versuchte, ihre Stimme neutral zu halten. Sie wusste, wie es sich anfühlte, für ihre Arbeit kritisiert zu werden. Ihre eigenen Eltern waren dagegen gewesen, dass sie zur Polizei gegangen war.

»Ja. Und ich bereue es keine Sekunde lang. Menschen zum Lachen zu bringen, macht süchtig. Das ist besser als Sex.« Steph hielt inne und schien einen Moment lang darüber nachzudenken. »Na schön, es ist fast so gut wie Sex. Außerdem waren meine Noten ohnehin nicht gut genug, um Veterinärmedizin studieren zu können.« Sie nahm den Deckel ihres Milchshakes ab und rührte ihn mit ihrem Strohhalm um. Dann setzte sie den Deckel wieder auf und betrachtete Rae über den Rand ihres Bechers hinweg. »Und wie war das bei dir?«

»Ich hatte in den meisten Fächern eine zwei. Keine Ahnung, ob das für Veterinärmedizin gereicht hätte.«

Steph schüttelte den Kopf. »Du weißt genau, dass ich das nicht gemeint habe. Bereust du es, Polizistin geworden zu sein?«

Niemand hatte sie das je zuvor gefragt. Rae knüllte ihre Serviette und die Verpackung des Burgers zusammen und stopfte beides in die leere Papiertüte. »Nein«, sagte sie nach einer Weile und fühlte tief in ihrem Herzen, dass es die Wahrheit war. Sie bedauerte vieles, aber Polizistin gewesen zu sein, gehörte nicht dazu.

»Vermisst du es?«, fragte Steph leise.

»Manches davon.« Rae konnte nicht sagen, was sie am meisten vermisste: die Kameradschaft unter Polizisten, die Genugtuung, Menschen zu beschützen und ihnen zu helfen, oder das Gefühl, dass sie jede noch so schwierige Situation meistern konnte.

Aber Letzteres hatte sich als Illusion herausgestellt. An dem Tag, als Mike erschossen worden war, hatte sie nichts mehr im Griff gehabt. Rae versuchte zu lächeln, aber ihre Lippen fühlten sich steif an. »Nicht den endlosen Papierkram oder dass ich meine freien Tage ständig vor Gericht verbringen musste.«

Diesmal erwiderte Steph das Lächeln nicht, sondern blieb ernst. »Konnte die Polizeibehörde dir keine neue Position zuweisen? Irgendetwas, was du auch mit einem Auge tun konntest?«

»Das wollten sie, aber ich hatte kein Interesse an einem Schreibtischjob. Wenn ich nicht im Streifendienst arbeiten kann, will ich nicht bei der Truppe bleiben und ständig daran erinnert werden, was ich alles nicht mehr tun kann.« Rae klappte den Mund zu und staunte darüber, wie viel sie gesagt hatte.

Steph griff über die Mittelkonsole, fand wie aus reinem Instinkt im Halbdunkel Raes Hand und drückte sie sanft. Ihre Finger waren kalt von dem Milchshake, aber die Berührung fühlte sich nicht so unangenehm an, wie Rae es erwartet hatte. »Es tut mir leid.«

Rae biss sich so fest auf die Lippe, dass sie Blut schmeckte. »Ist nicht deine Schuld.«

»Ja, aber es kann mir trotzdem leidtun, oder? Ich weiß nicht, wie dein Leben vorher war oder was genau passiert ist, aber ich kann mir vorstellen, dass du viel verloren hast.« Sie drückte noch einmal sanft Raes Hand.

Dieses Mal war es Rae zu viel. Sie zog ihre Hand weg. »Na ja, ein oder zwei Dinge habe ich auch hinzugewonnen. Jetzt darf ich die vielversprechendsten Comedians in L.A. vor unheimlichen Typen, Zwischenrufern und alten Omas beschützen, die Bourbon in den Saal schmuggeln.«

Wieder ging Steph nicht auf ihr Ablenkungsmanöver ein. Sie musterte Rae ernst, streckte dann die Hand aus und tippte ihr auf die Schulter. »Weißt du was? Wir haben mehr gemeinsam, als ich dachte.«

»Wir beide?« Rae deutete zwischen ihnen hin und her und setzte dabei eine gespielt entsetzte Miene auf.

»Ja. Man wirft mir ständig vor, dass ich Humor als Bewältigungsstrategie einsetze. Und du machst das auch.«

Das stimmte, aber Rae wollte es nicht zugeben. »Du klingst wie deine Schwester, die Therapeutin.«

Der Strohhalm entglitt Stephs Mund und sie riss die Augen auf. »Verdammt, du hast recht. Liegt sicher an all dem Zucker im Milchshake.« Sie schob den Becher in den Getränkehalter. »Okay, genug tiefschürfende Gespräche für heute.

Ich bin normalerweise auch nicht der Typ dafür. Aber wenn du je mit jemandem reden möchtest, weißt du, wo ich wohne.«

»Danke«, sagte Rae, obwohl sie nicht vorhatte, dieses Angebot jemals anzunehmen.

»Ich weiß, was du denkst.«

Rae sah argwöhnisch zu ihr hinüber. Für heute reichte es ihr wirklich.

Stephs Lächeln veränderte sich und glich nun mehr dem unbekümmerten Grinsen, das Rae von ihr kannte. »Du denkst, du brauchst einen Nachtisch.«

Rae lachte erleichtert los. »Ja, genau das habe ich gedacht. Aber hatten wir nicht schon einen Nachtisch?« Sie deutete auf die Milchshakebecher.

»Das war ein Getränk, kein Nachtisch. Lass uns die Plätze tauschen und losfahren. Ich kenne ein Diner, das rund um die Uhr offen hat und die besten Waffeln mit Eiscreme in L.A. macht.«

»Das ist nicht dein Ernst, oder?« Rae hielt sich den Bauch. »Du willst nicht ernsthaft nach dem Burger, dem Milchshake und den Pommes, die du gerade verdrückt hast, auch noch Waffeln und Eiscreme essen, oder?«

Steph öffnete die Beifahrertür und grinste wie ein Pirat, der dabei war, ein mit Reichtümern beladenes Schiff zu kapern. »Finden wir's raus.«

Kapitel 13

Am Montag vor der Weihnachtswoche warf Steph ihre Schlüssel auf das Tischchen neben der Tür und rief scherzhaft: »Schatz, ich bin zu Hause.«

Aus Raes Zimmer kam keine Antwort.

Steph betrat den Wohnbereich. »Rae? Bist du zu Hause? Ein mobiler Tacostand parkt vorne an der Ecke, deshalb habe ich Tacos mitgebracht. Bin ich die beste Mitbewohnerin aller Zeiten oder was?«

Wieder kam keine Antwort aus Raes Zimmer.

Die Tür stand offen. Keine Rae.

Früher hatte sich Steph immer gefreut, wenn ihre Mitbewohnerinnen nicht zu Hause gewesen waren, weil sie die Wohnung dann für sich gehabt hatte, aber jetzt war sie eher enttäuscht. Das lag natürlich nur daran, dass es keinen Spaß machte, allein zu essen.

Zwar hatte sich Rae am letzten Donnerstag zuerst gegen einen Nachtisch ausgesprochen, aber dann hatte sie Steph in nichts nachgestanden, als es darum ging, Waffeln und Eiscreme zu verdrücken. Steph gefiel es, ihre Mahlzeiten mit einer Frau zu teilen, die sich nicht vornehm zurückhielt.

Rae konnte ihre Tacos später essen, wenn sie zurückkam.

Es sei denn sie schmecken so gut, dass ich ihre auch aufesse. Steph grinste vor sich hin. Aber zuerst wollte sie eine kurze Dusche nehmen, um den Hundegeruch loszuwerden. Sie ließ die Tacos in der Küche zurück, holte sich aus ihrem Zimmer Kleidung zum Wechseln und machte sich auf den Weg zum Badezimmer.

Als sie die Tür öffnete, wehte eine Dampfwolke heraus. Ein Déjà-vu-Gefühl überkam sie, nur war es diesmal Rae, die nackt vor dem Waschbecken stand.

Heiliger Strohsack! Offenbar teilte sie sich die Wohnung mit einer Göttin. Steph wusste nicht, wie sie es schaffte, nicht zu sabbern, als ihr Blick über muskulöse Waden, starke Oberschenkel und …

Rae räusperte sich. »Genießt du die Aussicht?«, fragte sie ohne einen Hauch von Verlegenheit.

»Ja«, antwortete Steph, noch ehe ihr Gehirn sich einschalten konnte. Rasch sah sie auf und in Raes Gesicht. »Entschuldige, ich war …« Dann vergaß sie, was sie hatte sagen wollen.

Rae hatte ihre Augenprothese herausgenommen. Ihr Lid hatte sich zu drei Vierteln geschlossen, aber darunter konnte Steph das rosafarbene Fleisch ihrer leeren Augenhöhle sehen.

»Scheiße.« Erst jetzt schien Rae einzufallen, dass sie die Prothese herausgenommen hatte. Während sie sich nicht daran zu stören schien, dass Steph sie nackt sah, bedeckte sie sofort ihre Augenhöhle mit der Hand und starrte Steph mit ihrem verbliebenen Auge an. »Würde es dir etwas ausmachen, das Bad zu verlassen?«

Steph wirbelte so schnell herum, dass sie fast gegen den Türrahmen gestoßen wäre. »Es tut mir wirklich leid, Rae. Ich –«

»Raus!«

»Entschuldige. Es tut mir sehr leid.« Steph verließ fluchtartig das Bad. Sie zog die Tür hinter sich zu, ließ sich dagegen sinken und fluchte leise. Ausgerechnet jetzt, da sie Rae endlich dazu gebracht hatte, in ihrer Gegenwart weniger angespannt zu sein, musste so etwas passieren! Jetzt hatte sie alles ruiniert. Sie ahnte instinktiv, wie schlimm es für Rae war, wenn jemand sie ohne ihr künstliches Auge sah.

Steph stolperte zur Couch und ließ sich darauf fallen, um auf Rae zu warten.

Es schien eine Ewigkeit zu dauern, bis Rae aus dem Badezimmer kam. War es schwierig, die Augenprothese wieder einzusetzen, oder versuchte Rae, ihr auszuweichen? Steph hatte das Gefühl, dass Letzteres der Fall war.

Schließlich verließ Rae das Bad. Ihr Haar war noch nass und klebte an ihrem Kopf, was ihre markanten Gesichtszüge betonte. Sie war so angespannt, dass jeder Muskel in ihrem Gesicht wie in Stein gemeißelt schien. Sie trug ihre Arbeitskleidung und hatte die Prothese wieder eingesetzt. Nach einem finsteren Blick in Stephs Richtung stapfte sie zu ihrem Zimmer.

»Rae, warte!« Ein Dutzend Gedanken gingen durch Stephs Kopf, als sie nach etwas suchte, das Raes Rückzug aufhalten würde. »Ich habe dir Tacos mitgebracht.«

»Ich habe keinen Hunger«, sagte Rae, ohne stehen zu bleiben.

»Bitte, Rae. Es gibt keinen Grund, dich zu schämen.«

»Ich schäme mich nicht.«

Steph stand von der Couch auf, hielt sich aber davon ab, auf Rae zuzugehen, so sehr sie das auch wollte. Sie spürte, dass sie Rae damit in die Flucht treiben würde. »Dann komm und iss mit mir.«

An der Tür zu ihrem Zimmer blieb Rae stehen und drehte sich um.

Ein Ausdruck, den Steph nicht deuten konnte, zog über ihr Gesicht wie eine Gewitterwolke, die sich vor die Sonne schob. »Ich habe doch gesagt, dass ich keinen Hunger habe. Außerdem hätte ich gedacht, dass auch dir der Appetit vergangen wäre.«

Es war leicht zu übersehen und fast wäre es auch Steph entgangen. Doch sie war in einer Familie aufgewachsen, in der jede noch so kleine Geste, jeder Gesichtsausdruck, jeder Tonwechsel bis zur Erschöpfung ausdiskutiert wurde. Zum ersten Mal in ihrem Leben empfand sie es als Vorteil, von Psychotherapeuten umgeben aufgewachsen zu sein, denn nun erkannte sie, dass Rae nicht wütend war. Sie hatte Angst. Wahrscheinlich fürchtete sie sich davor, dass Steph sie zurückwies oder mit Ekel auf den Anblick ihrer leeren Augenhöhle reagierte.

»Mir soll der Appetit vergehen?« Steph nutzte ihre komödiantischen Fähigkeiten, um ein überzeugendes Kichern von sich zu geben. »Das ist mir noch nie passiert, wieso sollte es also jetzt geschehen? Weil ich dich ohne die Prothese gesehen habe?«

Ihre offenen Worte ließen Rae erstarren, aber Steph wusste, dass sie gesagt werden mussten.

»Glaubst du ernsthaft, dass ich mich ekeln würde?« Nun machte sie doch einen Schritt auf Rae zu und schüttelte bedächtig den Kopf. »Warum sollte ich?«

Rae lachte, aber es klang traurig und bitter, ohne jeglichen Humor. »Weil die meisten Menschen nicht einfach ihr Auge herausnehmen können wie ein Zombie!«

Steph überbrückte die restliche Distanz zwischen ihnen, blieb dann aber in einem Meter Entfernung stehen. »Du bist kein Zombie und du bist auch nicht wie die meisten Menschen. Himmel, Rae, du hast einen Schuss in den Kopf überlebt! Deine Prothese ist Teil dessen, was dich zu einer Überlebenskünstlerin macht. Nichts daran ekelt mich an, verstanden?«

Rae starrte sie einige Sekunden lang an. Schließlich nickte sie. »Verstanden«, sagte sie so leise, dass Steph es kaum hörte. Dann straffte Rae die Schultern und Steph konnte fast sehen, wie sie ihre übliche Schutzrüstung überstreifte. »Welche Sorten Tacos hast du mitgebracht?«

Vor Erleichterung wurden Steph einen Moment lang die Knie weich. »Ich wusste nicht, was du magst, deshalb habe ich sechs verschiedene besorgt. Carne Asada, Chorizo, Garnelen, gegrilltes Gemüse, Hühnchen und einen Fischtaco.«

»Kann ich den mit Carne Asada haben?«, fragte Rae.

»Hm, kommt drauf an.«

»Worauf?« Ein wenig Argwohn schwang in Raes Tonfall mit.

Sie erinnerte Steph an einen ängstlichen Hund, der vor ihr zurückwich und jede ihrer Bewegungen beobachtete, während sie ihn zum ersten Mal Gassi führte. Aber mit viel Geduld war es Steph immer gelungen, das Vertrauen des Tiers zu gewinnen, und das würde bei Rae hoffentlich nicht anders sein. Sie schenkte ihr ein neckisches Grinsen. »Darauf, ob du weiterhin die Badezimmertür nicht abschließen wirst, wenn du duschen gehst, damit ich noch mal aus Versehen einen Blick auf dich werfen kann.«

Rae erstarrte.

»Mensch, Rae, ich spreche von deinem heißen Körper, nicht von deinem Auge.« Steph stieß sie sanft mit dem Ellbogen an. Dann drehte sie sich um und ging in die Küche. Sie richtete die Tacos auf zwei Tellern an und holte zwei Flaschen Wasser aus dem Kühlschrank, um Rae etwas Zeit zu geben, sich zu sammeln.

Schließlich gesellte sich Rae zu ihr, nahm ihr wortlos die Wasserflaschen ab und trug sie zur Couch.

Steph folgte ihr. Auf halbem Weg zum Sofa fiel ihr ein, dass sie vergessen hatte, den Schrank zu schließen, nachdem sie die Teller herausgenommen hatte. Alte Gewohnheiten waren wirklich schwer abzulegen. Sie ging in die Küche zurück, schloss den Schrank und nahm dann neben Rae Platz. Ihr Magen knurrte protestierend, als sie ihr den Teller mit dem Carne-Asada-Taco hinschob.

»Danke«, sagte Rae.

Dieses eine Wort schien so viel mehr zu umfassen als die Tacos oder dass Steph daran gedacht hatte, die Schranktür zu schließen. Steph lächelte sanft. »Gern geschehen.«

Rae rieb sich das linke Auge, nahm dann den Taco und studierte ihn von allen Seiten, als versuchte sie zu entscheiden, wie sie ihn essen sollte, ohne dass er auseinanderfiel. »Wenn du mich weiterhin mit Fast Food fütterst, muss ich mehr trainieren.«

Steph warf ihr einen ungläubigen Blick zu. »Ich habe dich gerade splitterfasernackt gesehen. Du brauchst nicht noch mehr zu trainieren.«

Rae stieß ein unverbindliches Brummen aus und nahm einen großen Bissen. Guacamole tropfte heraus und ein Stück Steak fiel auf den Teller.

Steph beobachtete sie grinsend.

»Was ist?« Rae nahm das Stück Steak und schob es sich in den Mund.

»Du machst das falsch.«

»Es gibt eine richtige und eine falsche Art, Tacos zu essen?« Rae warf ihr einen skeptischen Blick zu. »Mund auf, Taco rein, Mund zu, kauen, schlucken, fertig. Kennst du etwa eine bessere Methode?«

»Ja. Na ja, das Kauen und Schlucken ist dasselbe, aber ich habe schon öfter Tacos mit Gabes Familie gegessen und sie halten die immer so.« Steph umfasste den Taco von oben mit Daumen, Zeige- und Mittelfinger. »So kann die Füllung nicht herausfallen. Hier, ich zeig's dir.« Sie legte ihre Hand auf Raes und lenkte ihre Finger in die richtige Position. Raes Hand fühlte sich warm und überraschend weich an und Steph verweilte eine Sekunde länger, als unbedingt nötig gewesen wäre.

»Verstehe. Danke.« Rae hielt einen Moment lang still, zog dann aber ihre Hand weg, indem sie den Taco zum Mund hob. Diesmal gelang es ihr, einen Bissen zu nehmen, ohne die Hälfte der Füllung zu verlieren.

Steph gab sich einen Ruck und griff zu ihrem Fischtaco. *Vorsicht. Sie ist deine Mitbewohnerin und eine Clubangestellte. Nur anschauen, nicht anfassen, verstanden?*

Rae schluckte den letzten Bissen, wischte sich die Hände an einer Serviette ab und rieb sich dann mit dem Handrücken das linke Auge.

»Stimmt etwas nicht mit dem Auge?«, fragte Steph. »Du reibst es ständig.«

»Nein, alles in Ordnung.« Rae rieb das Auge erneut.

Steph warf ihr einen ungläubigen Blick zu.

»Irgendetwas stört mich heute«, sagte Rae schließlich. »Es fühlt sich an, als hätte sich eine Wimper oder so etwas dahinter verfangen. Deshalb habe ich die Prothese nach dem Duschen herausgenommen und die Augenhöhle mit Kochsalzlösung ausgespült.«

»Nimmst du sie sonst nicht jeden Tag raus?«, fragte Steph.

Ein mildes Lächeln huschte über Raes Gesicht. »Dachtest du, das Auge ist wie ein Gebiss, das man jeden Abend herausnimmt und in ein Glas Wasser legt?«

Steph zuckte mit den Schultern. »Woher hätte ich das wissen sollen? Ich habe noch nie jemanden mit einer Augenprothese getroffen. Zumindest nicht, dass ich wüsste.«

»Na schön, das muss ich dir lassen«, sagte Rae. »Früher haben die Ärzte dazu geraten, die Prothese täglich herauszunehmen und zu reinigen, aber heutzutage scheint der Konsens zu sein, dass man sie so lange wie möglich drinlassen sollte, es sei denn, sie stört einen. Ich nehme sie nur alle paar Wochen heraus, um sie zu reinigen.«

Steph musterte das künstliche Auge. Die Lider waren vom Reiben ein wenig gerötet. »Tut es weh?«

»Nein. Ich weiß nicht, was im Moment damit los ist. Meistens spüre ich die Prothese gar nicht mehr.«

»Ich meine, tut es weh, wenn man sie herausnimmt und wieder einsetzt?«

»Nein«, sagte Rae. »Das ist, als würde man eine Kontaktlinse einsetzen, nur viel größer und dicker.«

Steph war neugierig darauf, wie die Prothese aussah, wollte aber nicht darum bitten, sie sehen zu dürfen. Rae sollte nicht das Gefühl haben, sie müsste ihr Auge zur Belustigung ihres Publikums herausnehmen, wie ein Zauberer, der einen Trick vorführte. »Ich war immer dankbar dafür, dass ich keine Brille oder Kontaktlinsen brauche. Der Gedanke daran, mir etwas ins Auge zu schieben … Ich weiß nicht, ob ich das könnte.«

»Man gewöhnt sich an alles. Ich hatte ja auch keine Wahl. Meine einzige Alternative war eine Augenklappe.«

Vor ihrem inneren Auge sah Steph eine tollkühne Piratin mit kniehohen Lederstiefeln, einem verwegenen Grinsen und einer weißen Bluse, die ein wenig zu weit aufgeknöpft war. Sie legte ihren Taco auf den Teller zurück, um sich mit beiden Händen Luft zuzufächeln. »Ach, ich weiß nicht. So eine Augenklappe hätte dir sicher gut gestanden.«

»Ich will nicht wissen, was dir gerade durch den Kopf geht, oder?«

Steph lachte. »Nein, wahrscheinlich nicht.«

Rae betrachtete sie kopfschüttelnd. »Du bist unmöglich.«

»Es ist unmöglich, mich nicht zu mögen«, sagte Steph und stopfte sich den Rest des Tacos in den Mund.

Rae schnaubte, widersprach aber nicht.

Kapitel 14

In der Vorweihnachtszeit gab es im Club viel zu tun, sodass Rae in den vergangenen zwei Wochen jeden Abend gearbeitet hatte. An ihrem ersten freien Tag seit einer Ewigkeit lag sie auf der Couch und nutzte Stephs Netflix-Abonnement, um sich *The Fall – Tod in Belfast* anzusehen. Sie hatte nie viel ferngesehen, aber sie brauchte einen Zeitvertreib, um abends abzuschalten, und das Lesen auf dem kleinen Bildschirm ihres Handys strengte ihr Auge zu sehr an. Außerdem musste sie zugeben, dass die Serien, die Steph vorgeschlagen hatte, erstaunlich gut waren und Gillian Anderson immer noch verdammt sexy war.

Steph kam aus dem Bad und hüpfte auf einem Bein durchs Wohnzimmer, während sie ihre hochhackigen Schuhe anzog.

Wo wir gerade über verdammt sexy Frauen reden. Ohne hinzusehen, griff Rae nach der Fernbedienung und drückte auf *Pause*. Steph trug nicht Jeans, T-Shirt und Blazer wie sonst, wenn sie zu einem Auftritt ging. Wäre ihr schwarzer Minirock ein paar Zentimeter kürzer gewesen, wäre sie sicher verhaftet worden, und das enge, schwarze Oberteil mit kurzen, spitzenbesetzten Ärmeln betonte ihre Kurven.

»Was ist?« Steph, die nun beide Schuhe anhatte, blieb mitten im Wohnzimmer stehen und fuhr mit den Händen über ihren Rock, um etwaige Falten zu glätten. »Habe ich eine Laufmasche in meiner Strumpfhose?«

»Du trägst keine Strumpfhose«, murmelte Rae. Sie wusste das genau, denn es war verflixt schwer, nicht auf Stephs Beine zu starren.

Steph grinste sie an. »Ich wusste gar nicht, dass du dich dafür interessierst, was ich anziehe.«

»Tue ich nicht.« Rae drückte auf die Play-Taste. »Zieh an, was immer du willst. Es scheint mir nur für eine Comedyshow oder einen Open-Mic-Abend mit Gabe ein bisschen übertrieben zu sein.« Lief da immer noch etwas zwischen den beiden? Laut der Gerüchteküche des Clubs hatten sie nur kurz etwas miteinander gehabt, bevor Steph ihm den Laufpass gegeben hatte.

»Ich gehe weder zu einer Show noch zu einem Open-Mic-Abend. Diesen Monat bin ich so gut wie jeden Tag auf irgendeiner Weihnachtsfeier aufgetreten. Jetzt brauche ich eine Pause. Ich gehe aus.«

Einer der Nachteile daran, nur ein Auge zu haben, bestand darin, dass Rae sie nicht aus dem Augenwinkel beobachten konnte, während sie vorgab, sich auf ihre Fernsehserie zu konzentrieren. »Heißes Date?«

»Du bist wohl eifersüchtig.« Steph trat in ihr Blickfeld und zwinkerte ihr zu.

Gab es heutzutage wirklich noch Erwachsene, die anderen zuzwinkerten? Das sollte verboten werden. Rae warf ihr einen grimmigen Blick zu, bis Steph nachgab.

»Schön wär's. Claire und Lana haben darauf bestanden, dass ich mit ihnen weggehe, und meine Schwester sagte mir, ich solle mich erwachsen anziehen.«

»Damit meinte sie bestimmt, du sollst keines deiner T-Shirts mit aufgemalter Krawatte tragen.«

Stephs Augen funkelten. »Hoppla, hab ich wohl falsch verstanden.«

Es klingelte an der Tür, was Rae vor einer Antwort bewahrte. Sie wusste auch nicht, was sie hätte sagen sollen. Ihr Mund war zugegebenermaßen ein wenig trocken.

»Mist, das sind sie. Kannst du bitte die Tür aufmachen, während ich meine Jacke hole und meine Ohrringe suche?«

»Klar.« Rae drückte erneut die Pause-Taste und erhob sich. Auf dem Weg zur Tür kreuzten sich ihre Wege und der Duft von Stephs Parfüms stieg Rae in die Nase.

Normalerweise machte Rae sich nichts aus Parfüms, aber wer auch immer diesen Duft geschaffen hatte, verdiente es, Millionär zu werden. Sie schüttelte den Kopf, um ihn klarzukriegen. Vielleicht hatten ihre Eltern recht gehabt. Zu viel Fernsehen brachte das Gehirn durcheinander.

Sie ging zur Tür, während Steph in ihrem Zimmer verschwand.

Stephs Schwester und ihre Verlobte hatten sich ebenfalls fein gemacht. In gewisser Weise trug Claire die bravere Version von Stephs Outfit – einen schwarzen, knielangen Rock und ein cremefarbenes Oberteil aus Seide, während ein schwarzer Blazer über ihrem Arm hing.

Doch Raes Blick galt vor allem Lana. Ihr auberginefarbenes Wickeloberteil ließ ihre Arme frei und enthüllte eine bunte Tätowierung, die einen majestätischen

Phönix darstellte. Der mythische Vogel hatte seine Flügel über einer langen Narbe ausgebreitet, die im Zickzack oberhalb ihrer linken Ellbogenbeuge verlief.

Rae versuchte, nicht darauf zu starren. Warum hatte sie die Narbe nicht bemerkt, als sie Lana am Umzugstag kennengelernt hatte? *Vermutlich, weil du dich die halbe Zeit über auf dem Balkon versteckt hast.* Es spielte ohnehin keine Rolle. Nur weil auch Lana eine Verletzung davongetragen hatte, waren sie noch lange keine Seelenverwandten.

»Kommt rein«, sagte sie verspätet und trat zurück, um sie eintreten zu lassen. »Steph holt ihre Jacke.«

Claire und Lana betraten Hand in Hand die Wohnung.

Lana sah sich um. »Hey, warum habt ihr noch nicht dekoriert? In einer Woche ist Weihnachten!«

Rae winkte ab. »Ich mache so etwas nicht. Ich besitze nicht einmal Weihnachtsdeko.«

»Ich auch nicht«, rief Steph aus ihrem Zimmer.

»Warum habt ihr nichts gesagt?«, fragte Claire. »Wir hätten euch eine Schachtel von unseren Sachen mitbringen können. Jetzt, wo wir zusammengezogen sind, haben wir mehr, als wir für unseren Baum brauchen.«

»Ich glaube nicht, dass wir einen Baum aufstellen werden«, sagte Rae.

»Wie bitte?«, sagten Lana und Claire gleichzeitig. Lana warf ihr einen erstaunten Blick zu. »Aber wie wollt ihr ohne einen Baum in Festtagsstimmung kommen?«

Steph kam mit einer schwarzen Lederjacke über dem Arm aus ihrem Zimmer. »Festtagsstimmung?« Sie lachte. »Könnt ihr euch meine grimmige Mitbewohnerin in Festtagsstimmung vorstellen?«

Rae blickte die drei mit finsterer Miene an. »Ich fälle keinen Baum, um ihn mit glitzerndem Zeug zu schmücken und dann im Januar wegzuwerfen.« Was diese eine Sache anging, waren sie und ihre Eltern absolut einer Meinung.

Steph trat neben sie, sodass Rae wieder ihr Parfüm riechen konnte. »Ich will auch keinen Baum. Ihr wisst doch, dass ich nicht auf dieses weihnachtliche Zeug stehe.«

»Ach ja?« Claire blickte ihre jüngere Schwester über den türkisfarbenen Rand ihrer Brille hinweg an. »Für jemanden, der nicht auf Weihnachten steht, hast du aber ziemlich schnell Ja gesagt, als wir gefragt haben, ob du den Lichterschmuck im Einkaufszentrum mit uns anschauen willst.«

»Wer sagt denn, dass ich wegen der Beleuchtung mitkomme?« Steph grinste breit. »Ich komme wegen des schicken Abendessens mit, das du uns spendieren wirst, Schwesterchen.«

»Ja, klar. Du kommst wegen des Fenchelsalats, des Kelp-Kaviars und der glutenfreien, fettarmen Auberginenlasagne mit.«

Steph schlug die Hände vors Gesicht. »Bitte sag mir, dass wir nicht zu einem dieser Restaurants gehen, in dem es nur Kaninchenfutter gibt.«

Claire lachte. »Wart's ab.«

»Lana, bitte sag mir, dass wir irgendwohin gehen, wo sie tatsächlich richtiges Essen auf Tellern in Erwachsenengröße servieren.«

Lana hob beide Hände. »Keine Ahnung. Claire hat den Tisch reserviert. Ich bin nur wegen der Weihnachtsbeleuchtung mitgekommen und um Zeit mit meiner reizenden Verlobten zu verbringen.«

Steph machte Geräusche, als müsste sie sich übergeben. »Kaninchenfutter und Romantik. Na toll.« Sie warf Rae einen hoffnungsvollen Blick zu. »Willst du mitkommen, damit ich mit den beiden Turteltauben nicht allein sein muss?«

Rae wich zurück. »Tut mir leid, du bist auf dich allein gestellt. Ich bin allergisch gegen Fenchel und gegen Romantik.«

»Ja, ich auch. Ich ziehe einen Burger und heißen S–«

Claire hielt ihrer Schwester den Mund zu. »Ich glaube nicht, dass ich das hören will. Lasst uns gehen, bevor sie etwas sagt, weswegen ich in Therapie muss.«

»Meine Güte, ihr Therapeuten seid ja empfindliche Treibhauspflänzchen!« Steph schlüpfte in ihre hüftlange Lederjacke, winkte Rae zu und folgte ihrer Schwester und Lana zur Tür.

Einen Moment lang hörte Rae noch, wie sie sich neckten, dann verklangen die Schritte auf der Treppe und Rae blieb allein in der Wohnung zurück.

Sie legte sich wieder auf die Couch, blickte auf das erstarrte Bild von Gillian Anderson auf dem Fernsehbildschirm und stellte sich das Einkaufszentrum zur Weihnachtszeit vor. The Grove war immer voller Menschen, die den größten Weihnachtsbaum in L.A. sehen wollten, nervige Weihnachtsmusik würde aus den Lautsprechern dröhnen und die künstlichen Schneeflocken, die während der nächtlichen Vorstellung vom Himmel fielen, würden ihr Auge zusätzlich reizen. Nein danke. Um alles Geld der Welt würde sie die drei nicht begleiten wollen.

Was spielte es da schon für eine Rolle, dass sie nicht sehen würde, wie Steph mit vom Glühwein geröteten Wangen aussah? Solche Dinge kümmerten sie nicht, oder doch?

Sie schüttelte den Kopf. Entschlossen griff sie zur Fernbedienung und drückte auf *Play*.

Gut, dass Rae nicht mitgekommen war. Gern hätte Steph gesehen, ob die Weihnachtsdekoration oder die Lichter, die an jedem Baum funkelten, ihrer mürrischen Mitbewohnerin ein Lächeln entlocken könnten, doch sie wusste, dass die Menschenmenge im Einkaufszentrum für Rae eine Qual gewesen wäre. Sie schloss ein Auge, um The Grove so zu erleben, wie Rae es tun würde, und stieß prompt gegen die Einkaufstasche eines Mannes, der ihr entgegenkam.

Mist! Mit nur einem Auge war es nicht einfach, sich durch das Gedränge zu schieben. Ihre Bewunderung für Rae wuchs.

»Geht's dir gut?«, fragte Claire, während sie an der Werkstatt des Weihnachtsmanns vorbeischlenderten und dann innehielten, um den dreißig Meter hohen Weihnachtsbaum zu bestaunen, auf dessen Spitze ein beleuchteter Weihnachtsmann mit seinen Rentieren thronte.

»Ja, klar. Warum sollte es mir nicht gut gehen?«

»Du bist gerade mit jemandem zusammengestoßen. Außerdem hast du nicht mal kurz geschaut, als wir eben an Santa vorbeigelaufen sind.«

Steph zuckte mit den Schultern. »Du weißt doch, dass mich all das Weihnachtszeug nicht so interessiert.«

»Aber normalerweise interessierst du dich für nackte Haut.« Claire zeigte über ihre Schulter.

Steph drehte sich um und erhaschte einen Blick auf eine Frau in einem Weihnachtsmannkostüm, wenn man das so nennen konnte. Der Großteil des roten Samtes und des weißen Kunstpelzes war in der Mütze verarbeitet worden. Das Kleid der Weihnachtsfrau war sogar noch kürzer als Stephs Rock und ihr pelzgesäumter Ausschnitt enthüllte ein sehr großzügiges Dekolleté. Wären sie in New York oder in irgendeinem anderen Teil des Landes gewesen, wo es einen richtigen Winter gab, hätte die Weihnachtsfrau unangenehme Eiszapfen an einigen empfindlichen Stellen bekommen.

»Ist nicht mein Typ.« Steph drehte sich wieder um.

Claire fasste sich mit übertriebener Bestürzung an die Brust. »Ach, du hast einen Typ? Ich dachte immer, du schläfst mit allem, was einen Puls und eine lange Vorgeschichte mit unzähligen gescheiterten Beziehungen hat.«

»Spüre ich da etwa eine tief verwurzelte Eifersucht?«

»Glaub mir, deine Schwester hat keinen Grund und keine Zeit, eifersüchtig zu sein«, warf Lana mit einem Grinsen ein. »Unser Liebesleben ist –«

»Hey!« Claire wedelte mit der Hand, um ihre Verlobte zu unterbrechen. »Könnt ihr beide bitte aufhören, über unser Liebesleben zu sprechen? Das ist privat.«

»Du hast damit angefangen«, sagte Steph.

Claire schüttelte den Kopf. »Ich habe über dein Sexualleben, nicht über dein Liebesleben gesprochen. Da besteht ein Unterschied, auch wenn du den nicht kennst.«

»Meine Güte, Schwesterherz. Steig von deinem hohen Ross herunter oder besser noch, gib deine kohlenhydratarme Diät auf. Die macht dich zickig.«

Lana zog die beiden auf eine Bank und setzte sich zwischen sie, um sie voneinander getrennt zu halten. »Okay, das reicht jetzt. Nur fürs Protokoll: Claire isst tatsächlich Kohlenhydrate, manchmal sogar nach sechs Uhr abends.« Sie stieß Stephs Schulter leicht mit ihrer eigenen an. »Wie läuft es mit deiner Mitbewohnerin? Treibt ihr euch immer noch gegenseitig in den Wahnsinn?«

»Oh, du meinst, so wie du mich anfangs in den Wahnsinn getrieben hast, weil du meine Küche tagtäglich in ein Katastrophengebiet verwandelt hast?« Claires Tonfall war liebevoll und sie beugte sich vor, um Lana einen zärtlichen Kuss auf den Mund zu geben.

Lana erwiderte den Kuss und streichelte mit dem Daumen Claires Wange. »Nein, ich meinte, so wie du mich in den Wahnsinn getrieben hast, indem du ständig mit dem Putzlappen hinter mir hergelaufen bist und das Geschirr wieder aus dem Geschirrspüler genommen hast, weil ich es deiner Meinung nach nicht auf die richtige Weise eingeräumt hatte.« Sie wandte sich Steph zu. »Ist Rae auch so? Ihre Umzugskartons haben einen ziemlich gut organisierten Eindruck gemacht.«

»Sie ist schon ziemlich ordentlich und sie mag ihre Routinen. Am Anfang kam ich mir tatsächlich vor, als würde ich mit meiner Schwester zusammenleben.«

»Aber jetzt nicht mehr?«, fragte Lana.

Steph lachte. »Nein. Rae lässt sich leicht dazu verleiten, Fast Food zu essen. Und sie stört sich nicht an Hundesabber. Man kann sie nicht mit Claire verwechseln.«

Claire spähte um ihre größere, molligere Verlobte herum und fixierte Steph mit einem Blick, der diese unruhig auf der Bank herumrutschen ließ. Ihr Gesichtsausdruck war der gleiche wie der ihrer Eltern, wenn diese Stephs Verhalten interpretierten. »Du magst sie.«

Steph zwang sich, nicht in die Defensive zu gehen, nur weil Claire ihre Therapeutinnenmiene aufgesetzt hatte. »Ja, ich glaube schon. Sie kommt wie eine schroffe Einzelgängerin rüber und manchmal ist sie das auch, aber wenn man genauer hinsieht, ist sie viel komplexer.«

»Siehst du?« Claire hob belehrend den Zeigefinger. »Wenn man sich nicht durch Sex ablenken lässt und tatsächlich mit einem Menschen spricht, kann man ihn näher kennenlernen.« Sie zögerte. »Du hast keinen Sex mit ihr, richtig?«

»Nein! Herrgott, Claire, für wie doof hältst du mich?« Steph griff um Lana herum und gab ihrer Schwester einen Klaps auf die Schulter. »Und hör auf, mich mit deinem Therapeutinnenblick anzuschauen. Du willst nichts mit meinem Job zu tun haben, also halt bitte auch deinen Beruf aus meinem Leben raus.«

Claire und Lana tauschten einen langen Blick aus. »Ähm, wo wir gerade davon sprechen …«

»Worüber? Dass ich mich nicht gern psychoanalysieren lasse?«

»Darüber, dass ich nichts mit deinem Job zu tun haben will«, sagte Claire. »Lana und ich haben darüber geredet und vielleicht ist es an der Zeit, dass ich endlich zu einem deiner Auftritte komme.«

Steph wäre fast von der Bank gefallen. In den beinahe zehn Jahren, seit sie angefangen hatte, als Comedian aufzutreten, hatte Claire nie das geringste Interesse daran geäußert, sich ihr Programm anzusehen. Selbst wenn Steph sie eingeladen hatte, behauptete Claire immer, sie könne aus beruflichen Gründen nicht kommen. Steph wusste, dass sie diesen Sinneswandel Lana zu verdanken hatte. Claire hatte sich verändert, seit sie Lana kennengelernt hatte. »Wow. Wann denn?«

Claire sah Lana noch einmal an und diese nickte ihr ermutigend zu. »Ich dachte, vielleicht wenn du das nächste Mal in einem der größeren Clubs auftrittst.«

Hatte Claire darauf gesetzt, dass sie es in nächster Zukunft ohnehin nicht schaffen würde, einen dieser begehrten Plätze zu ergattern? Steph nahm sich vor, jetzt noch härter zu arbeiten, um es in einen der großen Clubs zu schaffen. »Ich werde dich auf dem Laufenden halten.«

Claire nickte und stand auf. »Seid ihr bereit für ein gebackenes Jackfruchtgyros?«

Stephs Kinnlade klappte nach unten. »Du machst Witze, oder? Bitte sag mir, dass das ein Witz ist!«

Obwohl Steph Rae gesagt hatte, dass sie einen freien Abend brauchte, hatte sie auf dem Heimweg bei einer Bar angehalten, um fünf Minuten ihres Materials bei einer Open-Mic-Veranstaltung auszuprobieren. Jetzt, da sie wusste, dass Claire zu einer ihrer Vorstellungen kommen würde, war der Druck groß.

Wenn du dem Druck nicht standhalten kannst, deine Schwester im Publikum zu haben, wie wirst du dann erst damit umgehen, im Fernsehen aufzutreten, wo jeder, den du kennst, zuschauen kann?

Sie verdrängte den Gedanken. Damit würde sie sich auseinandersetzen, wenn es so weit war. Im Moment sah es nicht danach aus, als müsste sie sich jemals darüber Sorgen machen. Es waren nur noch drei Monate bis zu ihrem dreißigsten Geburtstag im März und sie hatte es noch nicht einmal geschafft, Mr Hicks zu beeindrucken, geschweige denn den Programmchef eines Fernsehsenders.

Seufzend betrat sie ihre Wohnung und schlich auf Zehenspitzen durch den Flur, ohne das Licht einzuschalten. Es war kurz vor Mitternacht und sie wollte Rae nicht wecken. Sie ging ins Badezimmer und machte sich bettfertig, aber nach dem kurzen Auftritt in der Bar war sie zu aufgedreht, um schlafen zu gehen.

Sie hörte sich die Aufnahme ihrer Nummer an und machte sich Notizen darüber, was funktioniert hatte und was nicht. Normalerweise beruhigte sie das, sodass sie danach schlafen konnte.

Diesmal jedoch nicht. Ihr Gehirn war hellwach und ihr Magen knurrte, weil sie beim Abendessen nicht viel gegessen hatte.

Sie schlich sich in die Küche und zog den Flyer von einem Pizzalieferservice unter dem Magneten am Kühlschrank hervor. Doch dann zögerte sie. In letzter Zeit hatte sie es mit dem Essen kommen lassen ein wenig übertrieben. Zwar bestellte sie nichts Teures, aber dennoch läpperte es sich zusammen. Diesen Monat hatte sie mit all den Auftritten auf Weihnachtsfeiern gut verdient, aber den Großteil des Geldes hatte sie dafür ausgegeben, ihre Januarmiete im Voraus zu bezahlen.

Seufzend klemmte sie den Flyer wieder unter den Magneten und öffnete den Kühlschrank. Während sie hineinschaute, drangen leise Geräusche aus Raes Zimmer. Konnte Rae auch nicht schlafen?

Irgendwie war es beruhigend zu wissen, dass in der Wohnung noch jemand wach war.

Steph wandte ihre Aufmerksamkeit wieder dem Inhalt des Kühlschranks zu. Der Teil, der ihr gehörte, bot nicht viele Optionen. Aber immerhin hatte sie eine Schachtel Eier und wenn Rae wach war, könnte sie diese vielleicht fragen, ob sie ihr eine Zwiebel und eine rote Paprika lieh. Rührei würde sie doch sicher hinbekommen, oder?

Gerade als sie die Eier aus dem Kühlschrank nahm, ging Raes Tür auf und sie trat aus ihrem Zimmer. »Dachte ich mir doch, dass ich dich hier draußen höre. Wie wars im Einkaufszentrum?«

»Weihnachtlich«, sagte Steph. »Aber ich muss zugeben, es war schön.«

»Ich brauche sicher nicht zu fragen, wie das Abendessen war.« Rae deutete auf den Karton mit den Eiern. »Kochst du?«

»Ich weiß nicht, ob ich das, was ich mache, Kochen nennen würde, aber ja, ich mache mir etwas zu essen.«

»Claire hat euch also tatsächlich in ein Restaurant geschleppt, wo es Fenchelsalat und Kelp-Kaviar gab?«

Steph lachte. »Nein. Das würde sie Lana nicht antun. Ich hatte vorhin einfach keinen großen Appetit. Ich, ähm, war ein wenig in Gedanken, weil Claire mir sagte, dass sie zu meinem nächsten größeren Auftritt kommen wird.«

»Und das macht dich nervös?«, fragte Rae.

»Ein wenig.« Steph merkte, dass es ihr nichts ausmachte, das Rae gegenüber zuzugeben. »Sie hat mich noch nie auf der Bühne gesehen und ich bin mir nicht so sicher, ob sie meinen Sinn für Humor teilt, insbesondere wenn ich Witze über sie oder den Rest der Familie mache.«

Raes Miene verschloss sich. »Dann solltest du vielleicht auf solche Witze verzichten.«

»Ich verstehe, warum du das sagst. Aber das wäre, als ob ein Zimmermann nur die Hälfte seiner besten Werkzeuge benutzen würde.« Steph wollte keinen Streit anfangen, deshalb beschloss sie, das Thema zu wechseln. »Könnte ich eine Zwiebel und eine Paprika von dir stibitzen?«

»Nur zu.« Rae ging zum Kühlschrank und holte eine Flasche Wasser heraus. Ihre oberhalb der Knie abgeschnittene Jogginghose spannte sich über ihrem Hintern.

Steph zwang sich, wegzuschauen. Sie nahm ein Messer aus der Schublade und begann, eine Zwiebel zu schälen. Zwei Minuten später hatte sie es geschafft, die Haut abzuziehen, aber ihre Augen brannten. Sie legte die Zwiebel und das Messer weg, um sich die Augen zu reiben. *Mist.* Aus genau diesem Grund kochte sie normalerweise nicht.

Ein Taschentuch erschien in ihrem Gesichtsfeld.

»Danke.« Dankbar griff Steph zu, trocknete sich die Augen und putzte sich die Nase, bevor sie sich mutig daran machte, die Zwiebel zu schneiden.

»Ich will mich nicht in dein Meisterwerk der gehobenen Küche einmischen, aber das ist ein Brotmesser«, sagte Rae hinter ihr.

Steph drehte sich um und lehnte sich mit dem Messer in der Hand an die Kücheninsel. »Und? So etwas wie ein Zwiebelmesser gibt es doch gar nicht, oder?«

»O Mann.« Rae schüttelte den Kopf. »Setz dich und lass mich das machen, bevor wir in der Notaufnahme landen, weil du dir sämtliche Finger abhackst.«

Steph überließ ihr gern die Zwiebel und steckte das Messer in den Geschirrspüler. Statt sich an die Kücheninsel zu setzen, schwang sie sich auf die Arbeitsplatte neben dem Herd, von wo aus sie Rae beim Kochen zusehen konnte, und baumelte mit den Beinen.

Überrascht sah sie zu, wie geschickt Rae mit dem Messer umging.

Sie ließ die Spitze auf dem Schneidebrett ruhen, während nur der breitere Teil der Klinge in einer schnellen, rhythmischen Bewegung auf und ab wippte. Im Nu hatte sie die Zwiebel und die Paprika in gleichmäßige Stücke geschnitten.

Steph hatte sämtliche Hausarbeit immer gehasst, aber Rae zuzusehen, hatte etwas unerwartet Erotisches.

»Was ist?«, fragte Rae und riss Steph aus ihren Gedanken.

»Ähm, ich dachte, Sachen kleinzuschneiden, würde dir womöglich schwerfallen, weil man genau hinsehen muss, um es ganz präzise zu machen.«

Rae schüttelte den Kopf. »Ich schaue kaum noch nach unten. Meine Hände machen das von ganz allein.« Anstatt die Eier zu verquirlen, holte Rae ein Steak aus ihrem Teil des Kühlschranks und schnitt es in dünne Streifen.

»Erinnere mich bitte daran, dass ich dir das Geld zurückgebe, sobald ich für meinen nächsten Auftritt bezahlt werde.« Steph wollte nicht davon ausgehen, dass sie Raes Essen umsonst bekam, zumal sie wusste, dass auch Rae ihr Geld zusammenhalten musste.

»Zerbrich dir darüber nicht den Kopf. Du hast den Burger und die Tacos bezahlt, jetzt bin ich an der Reihe.«

Vielleicht hatte ihre Schwester recht. Wenn man sich tatsächlich mit Menschen unterhielt und mit ihnen Zeit außerhalb des Schlafzimmers verbrachte, offenbarten sie Seiten, mit denen Steph nie gerechnet hätte. Die griesgrämige Einzelgängerin, mit der sie zusammenlebte, war in Wirklichkeit ein gutmütiger Teddybär. Wer hätte das gedacht?

Rae erhitzte Öl in einer Pfanne. Während das Fleisch, die Zwiebel und die Paprika vor sich hin brutzelten, schnitt sie ein Ciabatta der Länge nach in zwei Hälften und schob es kurz in den Ofen.

Steph lief das Wasser im Mund zusammen, als himmlische Düfte durch die Küche strömten. »Lecker. Wo hast du das Kochen gelernt? Von deinen Eltern?«

»In gewisser Weise«, sagte Rae.

Steph bedeutete ihr, fortzufahren. Manchmal war Rae zum Reden zu bringen, als wollte man einen Würfel einen Berg hinaufrollen. Man musste immer wieder stupsen.

»Meine Eltern haben sich schon Jahrzehnte, bevor es in Mode kam, nur von veganem Bioessen ernährt, deshalb mussten wir alles selbst zubereiten«, sagte Rae. »Außerdem gab es bei uns zu Hause keine geregelten Essenszeiten, selbst wenn wir mal ein Haus hatten. Wenn ich Hunger hatte, habe ich mir etwas gekocht.«

»Ihr hattet kein Haus?«, fragte Steph. »Du meinst, ihr habt in einer Wohnung gelebt?«

»Nein. Meine Eltern führten ein ziemliches Nomadenleben. Als ich klein war, lebten wir eine Zeit lang in einer Kommune im Norden und bevor mein Bruder geboren wurde, fuhren wir sogar in einem Wohnmobil von einer Künstlermesse zur nächsten. Den größten Teil meiner Kindheit verbrachte ich halb nackt und barfuß, ohne jede Regeln.«

»Wow. Das muss toll gewesen sein. Ich wünschte, meine Eltern wären wie deine gewesen. Sie waren Verfechter klarer Regeln, deshalb habe ich als Kind die meiste Zeit unter Hausarrest in meinem Zimmer verbracht.« Steph lachte.

Rae schaltete den Herd aus und nahm das Ciabatta aus dem Ofen. Während das Brot etwas abkühlte, lehnte sie sich an die Kücheninsel und verschränkte ihre muskulösen Arme über der Brust. »So viel Freiheit war nicht immer schön, glaub mir. Meine Eltern hatten die Einstellung, dass alles schon irgendwie klappen wird, und haben nie irgendetwas geplant. Es gab keinerlei Struktur. Manchmal kam ich mir vor wie die einzige Erwachsene in der Familie, selbst mit zwölf Jahren schon.«

Steph dachte eine Weile darüber nach. Vielleicht hatte es auch seine Nachteile, so viele Freiheiten zu haben und schon in jungen Jahren eigene Entscheidungen treffen zu können. Sie konnte sich vorstellen, wie allein und orientierungslos Rae sich gefühlt haben musste. »Bist du deshalb zur Polizei gegangen? Weil es dort Gesetze und Regeln und eine Struktur gibt, an die du dich halten konntest?«

Rae konzentrierte sich darauf, Fleisch und Gemüse auf dem Ciabatta zu verteilen und dann eine Soße aus Mayonnaise, Senf und klein gehackten Kräutern darüber zu träufeln. Gerade als Steph dachte, dass sie keine Antwort bekommen würde, schob Rae ihr den Teller mit dem Sandwich hin und sagte: »So habe ich das noch nie gesehen, aber das war vermutlich einer der Gründe. Außerdem war es meine Art, gegen meine Eltern zu rebellieren.«

»Du hast rebelliert, indem du Polizistin geworden bist?« Steph sprang von der Arbeitsfläche und trug den Teller zur Kücheninsel.

»Na ja, fällt dir etwas ein, was zwei zu spät geborene Hippies mehr hassen würden, als dass ihre Tochter Teil des Establishments wird?«

»Stimmt.« Steph drückte die Ciabattahälften zusammen und nahm einen großen Bissen. Das saftige Fleisch, das knusprige Brot, die leichte Süße der Paprika, die Schärfe des Senfs und der frische Geschmack des Basilikums vermischten sich in perfekter Harmonie miteinander. Sie stöhnte genüsslich. »O mein Gott«, sagte sie mit vollem Mund. »Ich glaube, ich hatte gerade einen Orgasmus. Oder besser einen Essensgasmus.«

Rae rieb sich ein Ohrläppchen. »Ähm, danke. Ich fasse das mal als Kompliment auf.«

»Das war es auf jeden Fall.« Steph leckte ein bisschen Senfsoße von ihren Fingern.

Rae wandte sich ab und begann, die Küche aufzuräumen.

Errötete sie etwa zum dritten Mal seit 1997? *Wie süß.* Steph grinste vor sich hin, beschloss aber, sie nicht deswegen aufzuziehen. »Lass mich das machen. Ich kümmere mich um die Küche, sobald ich mit der neuen Liebe meines Lebens fertig bin.«

Nach kurzem Zögern legte Rae das Schneidebrett weg und setzte sich Steph gegenüber auf einen Barhocker.

»Ähm …« Steph schaute zwischen dem Sandwich und der Frau hin und her, die es für sie zubereitet hatte. Es war ein Opfer, aber ein Opfer, das sie zu bringen bereit war. »Willst du die Hälfte?«

»Nein danke. Das gehört voll und ganz dir.«

Steph ließ sich das nicht zweimal sagen. Sie verschlang den Rest des Sandwichs in Rekordzeit. Erst beim letzten Bissen aß sie langsamer. »War es bei deinem Bruder genauso? Hat er sich auch nach Struktur gesehnt?«

»Nein. Er ist ein netter Kerl, aber wir haben nicht viel gemeinsam.«

»Ich weiß, was du meinst. Ich liebe meine Schwester, aber manchmal kann ich nicht glauben, dass wir verwandt sind.« Steph schob sich ein Stück Steak in den Mund, das neben den Teller gefallen war. »Und was macht dein Bruder beruflich? Ist er auch Künstler, wie deine Eltern?«

»So etwas in der Art. Darrin ist Bühnenbildner am Broadway, deshalb sehen wir uns nicht oft.«

»Wow. Dann bist du also die Einzige mit einem total prüden Beruf.«

Rae blickte sie mit finsterer Miene an. »Ich bin nicht prüde.«

»Zumindest sagst du das.« Steph fuhr mit dem Finger durch die Senfsoße auf ihrem nun leeren Teller und steckte ihn dann in den Mund. »Klingt, als wären wir beide in die falsche Familie hineingeboren worden. Hey, vielleicht sollten wir tauschen. Ich verbringe Weihnachten bei deinen Eltern und du kommst zu meinen. Ich habe das Gefühl, das würde viel besser passen.«

Rae schüttelte den Kopf. »Das würde nicht funktionieren.«

»Wieso nicht?«, fragte Steph. »Weihnachten bei meinen Eltern ist jedes Jahr dieselbe Prozedur. Meine Mutter stellt die Vorspeise um halb drei auf den Tisch und den Hauptgang um drei und nicht eine Sekunde später. Jede Menge Struktur. Es würde dir gefallen.«

»Vielleicht, aber der andere Teil deines Plans wird nicht funktionieren, weil meine Eltern kein Weihnachten feiern. Sie haben mit Religion und der Kirche nicht viel am Hut.«

Steph zuckte mit den Schultern. »Ich auch nicht, aber ich mag die Geschenke und das Essen und sogar die Zeit mit meiner Familie, obwohl ich das ihnen gegenüber nie zugeben würde.« Sie musterte Rae über die Kücheninsel hinweg. »Was machst du dann an Weihnachten?«

»Vermutlich werde ich arbeiten.«

»Das ist nur am Abend. Was machst du vorher?«

»Weiß ich noch nicht.« Rae rutschte auf dem Barhocker herum, als wären Stephs Fragen ihr unangenehm. »Nichts Besonderes.«

So sehr sich Steph auch über ihre Familie beklagte, sie konnte sich nicht vorstellen, Weihnachten ohne sie zu sein. Sie schob die Brotkrümel auf ihrem Teller zusammen. Sollte sie Rae einladen, mit ihr und ihrer Familie Weihnachten zu verbringen? Sie hatte noch nie jemanden über die Feiertage mit nach Hause genommen, da sie vermeiden wollte, dass die Person, mit der sie ein flüchtiges Techtelmechtel hatte, die Geste missverstand und annahm, Steph wollte eine längerfristige Beziehung. Aber zwischen ihr und Rae lief nichts, deshalb konnte sie Rae ruhig einladen, oder? »Ähm, würdest du …?«

Leichte Fältchen entstanden in Raes Augenwinkeln, als sie lächelte, was selten vorkam. »Soll ich dir noch ein Sandwich machen? Es hat dir wohl richtig gut geschmeckt.«

»Nein. Ich meine, ja, es war großartig, aber … ähm …« *Mein Gott. Raus damit. Du klingst wie eine Jugendliche, die ihrem Schwarm ihre Liebe gestehen will.* Steph gab sich einen Ruck. »Willst du Weihnachten mit mir nach Hause kommen?«

Rae hob ihre Augenbrauen. »Treiben wir damit unsere vorgetäuschte Beziehung nicht ein bisschen zu weit?«

Diesmal ging Steph nicht auf den Scherz ein. »Wenn du lieber nicht mitkommen möchtest, kann ich das verstehen, aber ich meine das Angebot tatsächlich ernst.«

»Oh.« Das Lächeln auf Raes Gesicht verschwand. Sie rieb sich den Nacken und senkte den Blick. »Ich weiß nicht so recht, Steph. Normalerweise komme ich nicht so gut mit Leuten zurecht.«

»Das sind keine Leute. Das ist meine Familie. Claire und Lana kennst du bereits. Du hast doch keine Angst davor, den Tag mit drei Psychologen zu verbringen, oder?«

Rae schaute auf und kniff die Augen zusammen. »Versuchst du einen Psychotrick, indem du mich herausforderst?«

Mist, war sie so leicht zu durchschauen? Oder kannte Rae sie bereits besser, als sie gedacht hatte? »Vielleicht ein bisschen.« Fast hätte Steph den Arm über die Kücheninsel gestreckt, um Raes Hand zu drücken, aber sie hielt sich zurück. »Ganz im Ernst, das Angebot steht. Du musst das nicht jetzt entscheiden. Denk einfach darüber nach.«

»Mach ich.« Rae rutschte vom Barhocker. »Ich gehe jetzt ins Bett. Es ist schon spät.«

»Gute Nacht. Schlaf gut.« Steph sah ihr nach. »Ach, Rae? Nochmals danke für das Sandwich.«

»Gern geschehen.« Rae zog die Tür hinter sich zu und Steph fragte sich, ob es ein Fehler gewesen war, sie einzuladen. Hatte sie ihrer zögerlichen Freundschaft geschadet?

Das war es doch, was zwischen ihnen vorging, oder? Sie waren dabei, Freundinnen zu werden. Da Steph in den letzten Jahren viel unterwegs gewesen war, hatte sie schon länger keine neuen Freundschaften mehr geschlossen, insbesondere nicht mit jemandem, zu dem sie sich hingezogen fühlte.

Ihre Schwester würde vermutlich sagen, es sei eine Erfahrung, die sie reifer machen würde.

Steph schnaubte und begann, die Küche zu putzen.

Kapitel 15

Zwei Tage später, am Donnerstagnachmittag, wartete Steph im hinteren Teil eines Ballsaals, während der Chef der Baufirma, die sie für ihre Weihnachtsfeier engagiert hatte, sie ankündigte. Es gab keine Bühne, aber zumindest schienen die Tonanlage und die Beleuchtung halbwegs vernünftig zu sein. Hoffentlich würde dieser Firmenauftritt weniger schlimm sein als einige der anderen, die sie hinter sich hatte.

»Eines möchte ich noch sagen, bevor wir zum Unterhaltungsteil kommen«, sagte der Firmenchef in das Mikrofon. »Inzwischen haben die meisten wahrscheinlich schon gehört, was mit Jack passiert ist.«

Ein Raunen ging durch den Saal.

»Für diejenigen unter euch, die noch nichts davon wissen: Er wurde am Montagmorgen von einem Kipplaster überrollt. Der Fahrer fuhr rückwärts und hat ihn nicht gesehen. Jack war auf der Stelle tot. Also seid bitte vorsichtiger. Steht nicht auf einer Baustelle herum, während ihr eine Zigarettenpause macht.« Der Chef setzte ein gezwungenes Lächeln auf. »Kommen wir nun zum lustigen Teil des Abends. Für eure Unterhaltung haben wir eine Komikerin engagiert. Begrüßt bitte die ungeheuer lustige Stephanie Renshaw.«

Steph hatte im Laufe der Jahre schon viele total verhunzte Anmoderationen gehört, aber die hier übertraf sie alle! Wie konnte er von ihr erwarten, dass sie nach dieser Ankündigung auf der Bühne ihre Witze machte? Himmel, und ihr warf man vor, taktlos zu sein!

Kaum jemand applaudierte, als sie den Saal durchquerte, weil alle damit beschäftigt waren, darüber zu tuscheln, was mit dem armen Jack geschehen war.

Steph holte tief Luft und nahm das Mikrofon entgegen.

Irgendwie schaffte sie es, sich durch ihr einstündiges Programm zu arbeiten. Einige Mitarbeiter lachten sogar ein paarmal, aber trotzdem würde das nicht als ihr erfolgreichster Auftritt in die Geschichte eingehen.

Warum tue ich mir das eigentlich an? Ach ja, stimmt. Weil Firmenfeiern das Zehnfache eines Auftritts in Comedyclubs einbrachten. Geistig erschöpft, aber mit einem Umschlag voller Bargeld machte sie sich auf den Weg zurück zum Auto. Sie stieg ein und saß eine Weile hinter dem Steuer, ohne den Motor zu starten.

Vielleicht sollte sie Penny anrufen, um zu fragen, ob sie mit ihr etwas trinken gehen wollte. Sie hatte ihre beste Freundin seit einer Weile nicht mehr gesehen, teilweise weil sie ständig arbeitete und jeden Auftritt annahm, den sie bekommen konnte, aber auch, weil sie mehr Zeit zu Hause verbrachte, seit sie mit Rae zusammengezogen war.

Nie hätte sie gedacht, dass sie es genießen würde, Zeit mit jemandem zu verbringen, der so zurückhaltend wie Rae war, aber das war tatsächlich der Fall.

In dem Moment vibrierte ihr Handy und sie zog es aus ihrer Tasche. Es war Penny.

Das erste Lächeln des Nachmittags formte sich auf Stephs Lippen. Mit ihrer besten Freundin zu reden, heiterte sie immer auf, deshalb nahm sie rasch den Anruf entgegen. »Hey, Penny. Ich wollte dich gerade anrufen. Kannst du Gedanken lesen?«

»Wenn ja, dann wusste ich von dieser neuen Fähigkeit bisher noch nichts.«

»Wollen wir uns irgendwo auf einen Drink treffen? Ich hatte gerade den beschissensten Firmenauftritt aller Zeiten.«

Penny seufzte. »Ich wünschte, das ginge. Ich könnte auch einen Drink vertragen, aber ich passe über Nacht auf den Hund eines Kunden auf.«

»Soll ich vorbeikommen und Bier mitbringen?«

»Nein, ich bin nicht zu Hause. Ich bin beim Kunden.«

»Mist«, murmelte Steph. »Erwachsen zu sein, macht keinen Spaß, oder?«

Ein weiteres Seufzen drang durch das Handy. »Nein, heute nicht. Ähm, hör mal, Steph, es gibt da etwas, was ich dir sagen muss. Ich wollte nicht, dass du es erfährst, wenn du dich in unseren Kalender einloggst, um zu sehen, wann du nächste Woche gebucht bist.«

Kälte kroch Stephs Brust hinauf. Sie rieb sich mit der freien Hand das Brustbein. »Dass ich was herausfinde? Du hast mich doch nicht gefeuert, oder?«

Penny kicherte, aber es klang nervös. »Nein, das ist es nicht. Janine rief mich heute Morgen an.«

»Warum? Sag nicht, sie hat sich über mich beschwert! Das ist lächerlich, Penny. Selbst wenn sie mich nur für eine halbe Stunde bucht, bleibe ich immer viel länger bei Moose und sorge dafür, dass –«

»Reg dich ab. Sie hat sich nicht über dich beschwert. Ganz im Gegenteil. Sie ist total begeistert von dir und wie toll du mit Moose umgehst.«

Steph ließ ihren Kopf gegen die Rückenlehne sinken. »Oh. Es ist nett von ihr, anzurufen, um dir zu sagen, wie zufrieden sie mit mir ist.«

»Deswegen hat sie nicht angerufen. Es tut mir schrecklich leid, Steph. Sie hat angerufen, um zu sagen, dass sie nach Chicago zieht.«

Ihre Worte hallten durch das Handy, aber Stephs Gehirn weigerte sich, deren Bedeutung zu erfassen. »Sie zieht weg?«

»Ja.«

»Und Moose wird sie mitnehmen?«

»Ja, natürlich«, sagte Penny. »Sie würde ihn nicht zurücklassen.«

»Nein, natürlich nicht.« Steph rieb sich die Stirn. »Wann?«

»Janines Firma schickt sie gleich zu Beginn des neuen Jahres nach Chicago. Anscheinend war das alles sehr kurzfristig.«

Das bedeutete, dass Steph weniger als zwei Wochen blieben, um sich von ihrem Lieblingskunden zu verabschieden.

»Es tut mir leid. Ich weiß, wie du dich fühlst. Ich habe letzten Monat auch einen von meinen Hunden verloren.« Penny zögerte. »Willst du vorbeikommen und mir beim Hundesitten helfen?«

Das Angebot ihrer Freundin rührte Steph. Penny hielt es für unprofessionell, jemanden mitzunehmen, wenn sie bei einem Kunden auf sein Haustier aufpasste, deshalb hatte sie das, soweit Steph wusste, noch nie zuvor getan. »Danke, aber ich werde wohl einfach nach Hause fahren.«

»Ist Rae zu Hause?«

»Ich glaube nicht. Sie ist wahrscheinlich bei der Arbeit. Im Dezember ist im Club viel los.« Außerdem war Rae nicht der Typ für tröstende Umarmungen und aufmunternde Worte. »Mach dir keine Sorgen um mich, ja? Ich komme schon klar.«

Nachdem sie das Gespräch beendetet hatten, ließ sie das Handy auf ihren Schoß fallen und lehnte ihren Kopf gegen das Lenkrad. Gott, was für ein Tag.

Schade, dass Rae nicht zu Hause und nicht der Typ für Umarmungen war. Sie hätte eine wirklich gut gebrauchen können.

In der Wohnung war es merkwürdig still. Normalerweise mochte Rae es, wenn alles ruhig war. Anfangs hatte sie nicht gewusst, ob sie das Leben in einer WG lange aushalten würde. Ständig jemanden um sich zu haben, vor allem jemanden, der äußerst gesprächig war, entsprach ihrer ganz persönlichen Vorstellung von der Hölle.

Doch obwohl Steph und sie äußerst verschieden waren, passte ihr Tagesablauf erstaunlich gut zueinander. Beide arbeiteten bis spät in die Nacht, standen meist zur selben Zeit auf und gingen in etwa zur selben Zeit ins Bett, sodass Rae nie durch Lärm aus Stephs Zimmer wach gehalten wurde. Nur selten hatte sie die Wohnung für sich und nun tigerte sie herum wie ein wildes Tier, das die Grenzen seines Reviers austestete.

Als sie vor dem Kühlschrank stehen blieb, um nachzuschauen, was sie sich zum Abendessen machen konnte, klimperte ein Schlüssel im Schloss. Die Wohnungstür schwang auf. Steph stapfte herein und trat die Tür mit der Hacke zu. Sie ließ ihre Schlüssel auf den Tisch fallen, als hätten ihre Finger nicht mehr die Kraft, sie festzuhalten. »Oh. Du bist zu Hause.«

»Ja«, sagte Rae. »Da ich sowohl an Heiligabend als auch am ersten Weihnachtsfeiertag arbeiten muss, meinte Mr Hicks, ich solle mir den Abend freinehmen.«

Steph nickte.

Rae wartete auf einen Witz darüber, dass Stephs verfrühte Rückkehr ihre Pläne für eine wilde Party oder eine Orgie ruiniert hatte, aber der Gag blieb aus. Irgendetwas stimmte nicht mit Steph.

Rae lehnte sich an den Kühlschrank und musterte sie. Stephs graue Augen wirkten stumpf, ohne das übliche Funkeln, das sie sonst von innen heraus zu erhellen schien. Normalerweise fiel Rae so etwas nicht auf, aber jetzt schien es ihr offensichtlich, dass irgendetwas passiert war. Sollte sie fragen, was los war?

Steph begann, die Schränke zu durchsuchen und dann jede der Schranktüren geräuschvoll zuzuschlagen.

Wenigstens ließ sie die Türen nicht offen. Das war ein Fortschritt. Rae zuckte bei jedem lauten Knall zusammen, sagte aber nichts.

»Wo ist die ganze Schokolade hin?«, murmelte Steph.

»In deinen Bauch.«

Steph gab ihre Suche auf und sank gegen die Kücheninsel. »Mist.«

Jede halbwegs anständige Mitbewohnerin würde sich erkundigen, ob alles in Ordnung war. Doch Rae hatte keine Ahnung, wie sie mit der vermutlichen Antwort umgehen sollte. Sie zwang sich, trotzdem zu fragen. »Geht's dir gut?«

»Moose zieht weg«, platzte Steph heraus, als hätte sie nur darauf gewartet, dass Rae nachfragte. »Ich meine, seine Besitzerin zieht um und nimmt Moose mit.«

»Oh.« Rae wusste nicht, was sie sagen sollte. Sie hatte den liebenswerten Hund nur einmal getroffen, aber selbst sie war ein wenig traurig, dass sie ihn nicht mehr wiedersehen würde. Da konnte sie sich unschwer vorstellen, wie es Steph gehen musste. »Verdammt. Tut mir leid. Das ist wirklich schade.«

Steph seufzte. »Ja.«

»Aber wenigstens ist er nicht gestorben, stimmt's?«

»Ja.« Ein weiterer Seufzer drang aus Stephs Brust.

Rae verlagerte ihr Gewicht von ihrem linken Bein auf das rechte und wieder zurück. Warum gab es kein Buch mit leicht verständlichen Anleitungen, wie mit solchen Situationen umzugehen war? Normalerweise machte sie sich nicht einmal die Mühe, es zu versuchen. Leute aufzumuntern, war nicht ihre Lieblingsbeschäftigung. Das hatte sie in ihrer Kindheit, als sie einen Großteil der Verantwortung für ihren Bruder übernommen hatte, schon zur Genüge getan. Aber die Traurigkeit in Stephs Augen durchdrang ihren emotionalen Schutzpanzer. Langsam ging sie auf Steph zu und klopfte ihr auf die Schulter. Mann, das war ziemlich ungeschickt gewesen. Sie klopfte noch einmal und versuchte, es weniger roboterhaft zu machen.

Steph lehnte sich ihr entgegen, als würde die Berührung ihre Traurigkeit vertreiben.

Das war gut, oder? Trösten war vielleicht doch nicht so schwer wie gedacht. Rae hörte auf, Stephs Schulter zu tätscheln, schloss ihre Finger stattdessen um ihren Oberarm und drückte diesen kurz.

Aber Steph schien es als Einladung zu sehen und ließ sich gegen Rae sinken.

Irgendwie fand sich Rae in einer Umarmung wieder, bei der Stephs Kopf auf ihrer Schulter ruhte. *Wow.* Rae stand wie angewurzelt da und fühlte sich, als hielte sie ein zerbrechliches Neugeborenes, das ihr die Eltern anvertraut hatten. Sie hatte seit Monaten niemanden mehr im Arm gehalten. Nicht seitdem sie nach Mikes Tod versucht hatte, für Kim da zu sein. Aber dies fühlte sich anders an. Zum einen war sie sich bewusst, dass Stephs Atem ihre Brust wärmte und Stephs Hände auf ihrem Rücken lagen, während sie solche Einzelheiten nie bemerkt hatte, wenn sie Kim hielt. Das Merkwürdigste war jedoch, dass dieses Gefühl zwar neu und unvertraut war, aber längst nicht so unangenehm, wie Rae erwartet hatte.

Steph ließ als Erste los und senkte den Kopf. Dieses Mal war sie diejenige, die rot wurde. »Tut mir leid. Ich wollte nicht …« Sie deutete auf die Stelle an Raes Schulter, an der eben ihr Kopf geruht hatte. »Ich sollte es mir nicht so zu Herzen nehmen. Ab und zu einen Hund zu verlieren, gehört zum Job.«

»Es gehört auch zum Job, die Hunde ins Herz zu schließen. Du wärst eine lausige Ausführerin, wenn es dir egal wäre.«

Steph schaute in Raes Auge. Der Hauch eines Lächelns umspielte ihre Mundwinkel. »Du hast recht. Danke.«

Rae wünschte sich, sie hätte weitere tröstende Worte auf Lager oder zumindest eine Tafel Schokolade. Aber die einzige Regel, auf die ihre Eltern während ihrer Kindheit bestanden hatten, war der Verzicht auf verarbeitete Kohlenhydrate gewesen, deshalb kaufte Rae noch als Erwachsene selten Süßigkeiten. Sollte sie Steph irgendwie von ihrem Kummer ablenken? Sie sagte das Erste, was ihr einfiel. »Willst du einen kleinen Ausflug machen?«

»Wohin?«, fragte Steph.

Woher soll ich das wissen? Aber das wollte Rae nicht zugeben. »Wart's einfach ab.«

Dieser Ausflug war die schlechteste Idee aller Zeiten gewesen. Das wurde Rae klar, noch bevor sie das Auto erreicht hatten. Es war halb acht, deshalb war es draußen längst dunkel geworden. *Was habe ich mir nur dabei gedacht?*

Sie sah Steph an, die ihren Blick erwartungsvoll erwiderte.

Ich wollte sie aufmuntern. Dafür war sie auch bereit, ein wenig ihres Stolzes zu opfern. »Würde es dir etwas ausmachen, wenn du fährst?«

»Hast du kein Benzin mehr?«, fragte Steph.

Einen Moment lang erwog Rae, einfach Ja zu sagen, aber sie wollte nicht lügen. »Nein. Ich … Seit ich mein Auge verloren habe, sehe ich nachts nicht gut. Das liegt wahrscheinlich daran, dass es im Dunkeln keine Schatten gibt, die mir helfen, Entfernungen einzuschätzen. Außerdem blenden mich die Scheinwerfer entgegenkommender Autos.«

»Oh, klar. Es macht mir nichts aus zu fahren.« Steph blieb neben ihren Autos stehen. »Warst du deshalb so erpicht darauf, eine Wohnung in der Nähe des Clubs zu finden? Damit du nachts nicht mehr fahren musst?«

»Nein, das lag daran, dass ich schon auf den ersten Blick so hin und weg von dir war, dass ich es gar nicht erwarten konnte, mit dir zusammenzuziehen.«

Steph stieß sie mit der Schulter an.

Rae stupste zurück, aber da sie kräftiger war, schubste sie Steph dabei versehentlich gegen die Fahrertür. »Hoppla. Entschuldige.«

»Grobian.« Steph klimperte mit den Schlüsseln. »Sollen wir dein Auto nehmen, damit du mehr Beinfreiheit hast?«

Zögernd sah Rae zwischen Stephs Mini und ihrem SUV hin und her. Sie hatte noch nie jemandem erlaubt, ihr Auto zu fahren.

Steph bedachte sie mit einem Grinsen. »Manchmal bist du wie meine Schwester. Total kontrollsüchtig.«

Rae runzelte die Stirn. Zwar mochte sie Claire, aber es gefiel ihr nicht, mit Stephs Schwester verglichen zu werden. Über den Grund dafür wollte sie lieber nicht nachdenken. »Na schön. Lass uns mein Auto nehmen.« Sie warf Steph die Schlüssel zu.

Steph war so überrascht, dass sie diese beinahe fallen gelassen hätte. »Danke.« Schmunzelnd schloss sie den Wagen auf. »Ein Subaru. Du bist ein wandelndes Lesbenklischee.«

»Deshalb hab ich den Wagen nicht gekauft.« Rae zögerte, beschloss dann aber, ihr die Hintergründe zu erklären. »Als ich lernte, mit einem Auge zu fahren, wurde mir klar, dass mein altes Auto völlig untauglich für mich war. Ich brauchte eines mit großen Windschutz- und Heckscheiben, um die toten Winkel zu reduzieren. Deshalb habe ich das alte verkauft und das hier angeschafft.« Sie tätschelte die Beifahrertür.

»Jetzt verstehe ich. Tut mir leid. Das wusste ich nicht, sonst hätte ich keine Witze über den Subaru gemacht.«

»Schon okay.« Rae stieg auf der Beifahrerseite ein.

Steph setzte sich hinter das Steuer und verstellte erst einmal den Sitz, um mit ihren kürzeren Beinen an die Pedale zu kommen. Als sie die Hand ausstreckte, um die Seitenspiegel einzustellen, verharrte sie. »Was ist das?«

Rae drehte den Kopf, um zu sehen, worauf Steph zeigte. Es war der kleine, runde Spiegel in der oberen Ecke des Außenspiegels. »Ein Toter-Winkel-Spiegel.«

Steph warf einen Blick in den Rückspiegel, der größer als gewöhnlich war, und drehte sich dann auf dem Fahrersitz zu Rae um. »Mit einem Auge zu fahren, muss ziemlich schwierig sein.«

Rae verkrampfte sich, obwohl sie sich sagte, dass es keinen Grund gab, in Abwehrhaltung zu gehen. »Zum Glück hat mein rechtes Auge eine normale Sehschärfe, sodass ich zumindest tagsüber gut fahren kann. Ich muss nur meinen Kopf mehr drehen als du.«

»Trotzdem«, sagte Steph. »Solltest du je eine Fahrerin brauchen, lass es mich wissen, ja? Ich bin immer für einen kleinen Ausflug zu haben.«

Rae hatte nicht vor, sie jemals beim Wort zu nehmen, aber sie wusste das Angebot zu schätzen und vor allem die Art, wie Steph es formuliert hatte, so als wäre es ein lustiges Abenteuer, keine Last. »Danke.«

Steph schnallte sich an und startete den Motor.

Es war seltsam, auf dem Beifahrersitz ihres eigenen Autos zu sitzen, aber Rae musste zugeben, dass Steph eine gute Fahrerin war. Sie parkte problemlos rückwärts aus.

Als sie das Tor am Ende der Einfahrt erreichten, gab das Auto ein Piepen von sich.

Steph zuckte zusammen. »Himmel!«

»Entschuldige.« Rae drückte den Knopf, der das Tor öffnete. »Das Auto ist mit sämtlichen Sicherheitsvorkehrungen ausgestattet, inklusive Rückfahrkamera und Frontsensoren. Ich habe eine Weile gebraucht, um mich daran zu gewöhnen, aber jetzt finde ich sie ziemlich hilfreich. Ich kann sie aber ausschalten.«

Steph schlug spielerisch ihre Hand weg. »Nein, lass nur. Ich habe nichts gegen ein gesprächiges Auto. Also, wohin soll's gehen? Dir ist doch sicher klar, dass du mir sagen musst, wohin du mich entführst, wenn ich fahre.«

Mist! Rae wusste immer noch nicht, wohin sie wollte. Es musste ein ganz besonderer Ort sein, der Steph garantiert aufmuntern würde. Am liebsten ein Ort, an dem keine Weihnachtsmusik gespielt wurde und wo es keine Menschenmengen gab. Aber in Los Angeles war es leichter gesagt als getan, einen solch magischen Ort zu finden.

Moment mal! Magisch. Verzaubert. Vielleicht der verzauberte Lichterwald?

Steph mochte sich nichts aus Weihnachtsdeko und Festtagsbeleuchtung machen, aber der Lichterwald des botanischen Gartens hatte nichts mit Weihnachten zu tun. Mike und Kim hatten letztes Jahr versucht, sie dorthin mitzuschleppen, aber Rae hatte sich geweigert. Da Mike nur selten freie Tage mit seiner Frau verbringen konnte, hatte sie die beiden nicht stören wollen. Daraufhin hatten ihre Freunde Rae zwei Karten zu Weihnachten geschenkt, doch Rae hatte sie noch nicht eingelöst.

Ob sie wohl noch gültig und so kurzfristig umbuchbar waren? Eigentlich empfahl der botanische Garten, möglichst lange im Voraus zu reservieren. Aber da unter der Woche weniger los sein mochte, war es sicher einen Versuch wert.

»Moment.« Sie zog ihr Handy aus der Jackentasche und suchte nach der E-Mail mit den Eintrittskarten. Als sie Mikes Namen unten in der E-Mail sah, stieg das vertraute Gefühl der Trauer wie eine Gewitterwolke in ihr auf.

»Rae«, sagte Steph leise. »Bist du …?«

»Alles bestens.« Erst jetzt bemerkte Rae, dass sie dasaß und auf die E-Mail starrte. Schnell tippte sie auf den Link, der zur Webseite führte, und loggte sich ein. *Wo ist denn bloß …? Ah, da!* Einige Sekunden später grinste sie Steph triumphierend zu. »Fahr in Richtung Pasadena. Ich sage dir dann, wohin es geht, wenn wir in der Nähe sind.«

»Pasadena?«, wiederholte Steph.

»Fahr einfach.«

Heute war scheinbar der Tag der schlechten Ideen. Steph fragen zu müssen, ob sie fahren konnte, war schon schlimm genug gewesen, doch als sie ausstiegen und auf den Eingang des botanischen Gartens zugingen, wurde Rae klar, dass ein Spaziergang durch die Descanso Gardens genauso herausfordernd wie das Fahren bei Nacht sein würde.

Die Kieswege lagen nahezu im Dunkeln, während die Wipfel der umliegenden Bäume durch farbenfrohe Laserprojektionen beleuchtet wurden. Die Tatsache, dass statt Weihnachtsliedern leise Instrumentalmusik aus Lautsprechern drang, war ein kleiner Trost.

Wenige Schritte vom Eingang entfernt erwartete sie die erste Lichtinstallation. Zu beiden Seiten des Weges erstreckten sich Felder aus künstlichen Tulpen, die wellenförmig in allen Farben des Regenbogens aufleuchteten, zuerst in Blau und Violett, dann in Rot und Gelb.

»Wow, Rae!« Steph schaute sie mit so viel Bewunderung an, als hätte Rae den Garten eigenhändig angelegt. Ein Lichtstrahl tanzte über ihr Gesicht und zeigte das fröhliche Funkeln in ihren Augen. »Das ist wunderschön.«

Das musste selbst Rae zugeben. Die Lichterpracht war genauso schön wie die Freude in Stephs Augen. *Himmel, hörst du dir eigentlich selbst zu? Das muss an diesem übertrieben romantischen Ort liegen.*

Aber Steph sah in der Tat ziemlich gut aus heute Abend. Sie hatte ihren Blazer gegen ihre Lederjacke und das T-Shirt mit der aufgemalten Krawatte gegen ein tiefrotes Oberteil eingetauscht, dessen tiefer V-Ausschnitt ein Stückchen Dekolleté erkennen ließ.

Ein leises Glockenspiel begleitete sie, als sie zur nächsten Installation gingen und unter hoch aufragende Platanenbäume traten. Unter den Platanen waren Lichtsäulen errichtet worden und als die Zuschauer sie berührten, tauchten sie die Bäume in einen Strudel verschiedener Farben. Jede Berührung erzeugte neue Farbtöne.

»Oh.« Steph zupfte an Raes Ärmel. »Lass uns mal sehen, welche Farben wir auslösen können.«

Rae musste über ihren kindlichen Eifer lächeln. Sie folgte ihr zu den zwei Meter hohen Säulen und stieg auf die hölzerne Plattform, auf der diese aufgestellt worden waren. Oder vielmehr versuchte sie es. Im Dunkeln schätzte sie die Höhe der Stufe falsch ein und blieb mit der Spitze ihres Turnschuhs daran hängen. *Scheiße!* Sie stürzte nach vorn und riss instinktiv die Hände hoch, um sich abzufangen.

Anstatt auf dem harten Holz zu landen, kollidierte sie mit etwas Weichem und Warmem. Mit *jemand* Weichem und Warmem.

Steph hatte sich zu ihr umgedreht, entweder um etwas zu sagen oder weil sie gemerkt hatte, was passiert war, und erwischte Rae im letzten Moment.

Beide hatten die Arme umeinander geschlungen, als sie über die Plattform stolperten und gegen eine der Säulen prallten, die sie vor einem Sturz bewahrte.

Die Säule tauchte sie und die umliegenden Platanen in ein weiches, violettes Licht.

Aus wenigen Zentimetern Entfernung starrten sie einander an. Der Schein der Säule tauchte Stephs Gesicht in eine Abfolge von Rosa, Grün und Orange. Ihre Augen schienen heller zu leuchten als die Lichter.

»Atemberaubend«, flüsterte Rae.

Steph blinzelte. »Ähm, wie bitte?«

»Die Lichter«, sagte Rae.

»Ach so. Ja. Wunderschön.« Stephs Blick blieb auf Raes Gesicht gerichtet. »Hast du dir wehgetan?«

Rae befreite sich sanft aus Stephs Armen. Ein Schauder durchlief sie, als ihre Körper den Kontakt verloren. Das lag nur daran, dass der botanische Garten weit oben in den Hügeln lag, wo die Temperatur abends stark abkühlte. »Nein, nichts passiert. Ich habe nur nicht richtig aufgepasst.« Zumindest nicht darauf, wohin sie ging. Ihre Aufmerksamkeit hatte Steph gegolten und dem Gedanken, wie reizend sie in den funkelnden Lichtern aussah. Dieser Unsinn musste sofort aufhören. Sie hatte ihr Leben gerade erst wieder im Griff und konnte keine neuen Komplikationen gebrauchen.

Unter dem Vorwand, zur nächsten Säule weiterzugehen, vergrößerte sie den Abstand zwischen ihnen.

Doch Steph folgte ihr, ergriff ihren Arm und zog sie herum.

Rae wollte ihr nicht so nahe sein. Sie brauchte Zeit, um sich zu sammeln, aber ihr Körper verriet sie und drehte sich um, bevor ihr Gehirn die Bewegung aufhalten konnte.

»Mensch, ich bin ein Idiot!« Steph schlug sich gegen die Stirn. »Du siehst hier kaum etwas, oder? Daran hätte ich denken sollen. Warum hast du nichts gesagt?«

Rae öffnete den Mund, um zu antworten.

Steph hob die Hand. »Sag jetzt bloß nicht: ›Alles gut‹.«

Rae klappte den Mund zu.

»Nächstes Mal sag bitte Bescheid, bevor du dir das Genick brichst.« Steph hakte sich bei Rae unter und legte ihre freie Hand auf Raes Bizeps, als wollte sie Rae daran hindern, sich ihr zu entziehen. »Bleib dicht bei mir.«

Widerstand war zwecklos, das wusste Rae. Sie ließ sich über die hölzerne Plattform und entlang des Kieswegs führen, der sich durch den Wald schlängelte. Über ihnen schwebten leuchtende Sterne in einem Laubbogen.

Arm in Arm schlenderten sie durch einen Rosengarten, während im Hintergrund beruhigende Musik spielte.

Meine Güte. Das alles war so romantisch, dass es fast schon lächerlich war. Kein Wunder, dass die meisten Menschen, die ihnen begegneten, ihrer Körpersprache nach zu urteilen Paare waren.

Steph umfasste Raes Arm fester und blieb mitten auf dem Weg stehen. »Mist. Mir ist gerade aufgefallen, dass ich links von dir gehe. Das magst du nicht, oder?«

»Nein.«

Steph ließ ihren Arm los, der sich sofort kalt anfühlte.

»Normalerweise nicht«, fügte Rae hinzu. »Aber mit all den Leuten um uns herum …« Sie deutete auf den See vor ihnen, wo sich mehrere Grüppchen zusammengesellt hatten, um der Lasershow auf dem Wasser zuzusehen. »Da wäre es mir lieber, dich zu meiner Linken zu haben, als ständig andere anzurempeln.«

Stephs Lächeln war so breit, dass Rae es sogar im Halbdunkel sehen konnte, da ihre Zähne einen Lichtstrahl reflektierten. Wieder nahm sie sanft Raes Arm und sie setzten ihren Weg zum See fort.

Lichter glitten über das Wasser und bewegten sich im Einklang mit der leisen Musik.

Steph ließ ihren Arm auch dann nicht los, als sie stehen blieben, um zuzusehen. Ihre Körperwärme drang durch Raes Jackenärmel und schien ihren gesamten Arm und ihre Brust zu erfassen. Normalerweise mochte sie es nicht, wenn andere ihr zu nahe kamen, aber hier war es so kühl, dass Stephs Wärme angenehm war. Außerdem schaffte es Steph, ihr das Gefühl zu vermitteln, als bräuchte sie die Nähe ebenso sehr, um sich warm zu halten, anstatt die hilflose Rae zu führen.

Gemeinsam gingen sie weiter, vorbei an einem Hain majestätischer Eichen, bis sie einen Pavillon aus beleuchteten Stangen erreichten.

Ein älteres Ehepaar trat heraus. Die Frau lächelte sie an. »Soll ich ein Foto von Ihnen beiden machen?«

»Nein, d–«

»Sehr gern«, sagte Steph, noch bevor Rae ihren Satz beenden konnte. Sie gab der Frau ihr Handy und zerrte Rae in den Pavillon.

Die Frau winkte ihnen zu. »Lehnen Sie sich etwas näher aneinander.«

Steph schlang ihren Arm um Raes Taille. »Komm schon. Ich beiße nicht.« Sie lehnte sich noch näher heran und flüsterte: »Es sei denn, das törnt dich an.«

Ihr warmer Atem strich über Raes Ohr und ließ sie erzittern. Rae legte ihren Arm um Steph und kniff sie dabei in die Hüfte.

»Autsch!«, rief Steph, und machte kichernd einen kleinen Sprung. »Ist das ein Ja?«

Rae kniff sie erneut.

Die Frau trat auf sie zu und gab das Handy zurück. »Das ist ein sehr schönes Foto.«

Wie bitte? Sie hatte das Foto bereits gemacht? Keine von ihnen hatte auch nur in ihre Richtung geschaut.

»Sie beide sind ein richtig süßes Paar«, fügte die Frau hinzu und schlenderte davon.

Rae starrte ihr nach. »Sie dachte im Ernst, wir wären ein Paar?«

Steph lachte. »Sag das nicht so entsetzt. Ich bin süß. Du bist süß. Na ja, zumindest, wenn du ausnahmsweise mal nicht grimmig dreinblickst. Also wären wir natürlich auch ein süßes Paar.« Sie ließ Rae los, um sich das Foto anzusehen. Ihr Lachen verstummte, als sie auf das Handy hinabstarrte.

Stirnrunzelnd lehnte sich Rae näher heran, um nachzusehen, was Steph zum Schweigen gebracht hatte.

Das Foto sah aus wie eine Szene aus einem Märchen – oder aus einem Liebesfilm. Steph und sie standen inmitten des beleuchteten Kreises und hielten sich in den Armen, als hätten sie das schon tausendmal so gemacht. Steph hatte ihren Kopf nach oben geneigt, sodass sie Rae in die Augen sehen konnte, und sie lachte auf diese unbekümmerte Weise, die selbst Rae jedes Mal fast dazu brachte, zurückzulächeln. Rae blickte auf sie hinab. Sie lachte nicht, aber ihre Miene war nicht so grimmig, wie sie gedacht hatte. Ihr Ausdruck war gutmütig und ihr Mund weich, als würde sie jeden Moment lächeln wollen.

Steph steckte das Handy kommentarlos in die Tasche. »Lass uns weitergehen«, sagte sie nach kurzer Stille. »Wenn wir uns nicht bewegen, wird es kalt.«

Ganz im Gegenteil. Rae war es ein wenig zu warm. Sie zog den Reißverschluss ihrer Jacke ein Stück herunter, als sie auf die nächste Installation zuschritten.

Beleuchtete Wege wanden sich durch das Gras. Kinder und Erwachsene hüpften von einer Platte zur nächsten, wobei jede die Farbe wechselte.

»Du erwartest doch sicher nicht von mir, dass ich hüpfe wie ein kleines Kind, oder?«

»Kannst du es denn?«, fragte Steph.

Rae richtete sich auf. »Natürlich kann ich hüpfen.«

»Ich meinte wegen deines Auges.« Stephs Tonfall wurde sanfter. »Ich will nicht, dass du ausrutschst und dich verletzt.«

Nun war Rae diejenige, die sie zu dem Pfad hinüberzog. Da er von unten her beleuchtet war, konnte sie ihn problemlos sehen. Aber selbst wenn das nicht der Fall gewesen wäre, hätte sie es vermutlich nicht zugegeben. »Überzeug dich selbst davon, wie gut ich bin.«

Sie lieferten sich ein Wettrennen, bei dem beide versuchten, so viele verschiedene Farben wie möglich aufleuchten zu lassen. Rae hatte so etwas schon seit Ewigkeiten nicht mehr gemacht – um ehrlich zu sein, vermutlich noch nie. Sie hatte auch schon lange nicht mehr so viel Spaß gehabt.

Als sie schließlich stehen blieben, keuchten sie vor Anstrengung und vor Lachen.

»Ich brauche eine Pause.« Steph hakte sich wieder bei Rae ein und führte sie zu einer leuchtenden Bank in der Nähe. Als sie an einer kleinen Imbisshütte vorbeikamen, blieb sie stehen. »Sie haben heiße Schokolade! Halt mir einen Platz frei. Ich bin gleich wieder da.« Schon war sie weg, noch ehe Rae antworten konnte.

Rae ging allein weiter und setzte sich auf die Bank. Unter ihr wechselte deren Farbe von Gelb zu Orange. Sie atmete tief durch und starrte in die Dunkelheit hinaus. Irgendwo leuchtete ein Schild mit dem Namen der Lichtshow, *Enchanted* – verzaubert. So fühlte sie sich auch. Völlig verzaubert. Diese magische Erfahrung mit Steph zu teilen, schien irgendetwas zwischen ihnen verändert zu haben. *Ignoriere es einfach. Morgen wird alles wieder beim Alten sein.*

Kurz darauf kehrte Steph zurück. Sie setzte sich neben Rae und rutschte sofort näher an sie heran, sodass ihr Oberschenkel den von Rae berührte. »Hier.« Sie hielt ihr einen Pappbecher hin und legte etwas auf Raes Schoß.

»Danke.« Rae hielt den Becher in beiden Händen und schaute auf den Pappteller auf ihrem Schoß hinab. »Was ist das?« Ein unbekanntes Lebensmittel war unter einem Berg Puderzucker versteckt.

»Beignets.« Steph nahm sich einen Krapfen. Als sie ihre Hand zurückzog, regnete Puderzucker auf Raes Jeans herab. »Hoppla. Entschuldige bitte.« Sie stellte ihre heiße Schokolade ab und versuchte, den Puderzucker von der Hose zu wischen.

Die warmen Finger auf ihrem Schenkel ließen Erregung in Rae aufkeimen. Ihre verdammte Libido hatte lange Winterschlaf gehalten. Warum musste sie ausgerechnet jetzt aufwachen? Sie biss die Zähne zusammen und drückte Stephs Hand gegen ihr Bein, um sie daran zu hindern, sich zu bewegen. »Danke«, sagte sie und versuchte, ganz normal zu klingen. »Ich mach das schon.«

Als Steph ihre Hand unter ihrer wegzog, wischte Rae mehrmals über ihren Schenkel, mehr in dem Versuch, die Erinnerung an Stephs Berührung auszulöschen, denn um den Puderzucker zu entfernen.

Glücklicherweise schien Steph nichts zu bemerken. Sie verschlang ihren Beignet, als hätte sie seit Tagen nichts gegessen. »Mmh. Lecker. Probier mal.«

Rae nahm sich einen Krapfen und biss ohne viel Enthusiasmus davon ab. Später hätte sie nicht sagen können, wie er geschmeckt hatte. *Komm schon. Mach aus einer Mücke keinen Elefanten. Deine Mitbewohnerin ist eine attraktive Frau und du bist doch noch nicht ganz tot. Und wenn schon.* Es hatte nichts zu bedeuten.

Nachdem sie die Beignets aufgegessen und die heiße Schokolade ausgetrunken hatten, setzten sie ihren Weg zu den letzten zwei Installationen fort.

Die erste der beiden war bisher Raes Favorit. Versteckte Nebelmaschinen erzeugten einen nebelverhangenen Wald. Blaue und grüne Lichter drangen durch den Dunst und tauchten die hohen Küstenmammutbäume, die Ginkgos und die Farne in ein schemenhaftes Glühen. Winzige Lichtpunkte tanzten wie Glühwürmchen um sie herum, während sie von Natursoundeffekten begleitet durch den Wald wanderten.

»Wow«, murmelte Steph leise, so als ob sie die friedliche Atmosphäre nicht stören wollte. »Ich glaube, das ist mein Favorit.«

Rae brummte zustimmend. Erstaunlich, wie zwei so verschiedene Menschen so sehr im Einklang sein konnten.

Schließlich erreichten sie einen japanischen Garten, wo Hunderte roter Papierlaternen in den Bäumen hingen. Ihr Schein wurde von einem Teich reflektiert und offenbarte die Umrisse eines Teehauses. Steph führte sie über eine Brücke, unter der ein Bach verlief.

Von dort oben konnte Rae bereits den Ausgang sehen.

Anstatt zum Parkplatz zurückzugehen, blieb Steph mitten auf der Brücke stehen.

Rae vermutete, dass sie einen Blick in das dunkle Wasser unter ihnen werfen wollte. Zwar konnte Rae im Dunkeln nichts erkennen, aber es machte ihr nichts aus, auf Steph zu warten. Geduldig lehnte sie sich neben ihr an das Geländer.

Aber Steph sah nicht auf den plätschernden Bach hinab. Sie stand Rae zugewandt und zupfte an ihrem Ärmel. »Rae?«

Langsam drehte sich Rae um, bis sie Steph ansah. »Ja?«

Steph trat noch näher an sie heran. »Ich wollte nur danke sagen. Für alles.« Sie machte eine Handbewegung, die den botanischen Garten und die Lichtshow mit einschloss. »Ich glaube, das ist das Netteste, das je jemand für mich getan hat.« Ausnahmsweise lag nicht einmal die Spur eines Scherzes in ihrem Tonfall.

Bevor Rae sie mit einem schnellen »Gern geschehen« abtun konnte, stellte Steph sich auf die Zehenspitzen und gab ihr einen sanften Kuss auf die Wange, die unter der Berührung ihrer weichen Lippen sofort zu glühen begann.

Als Steph zurückwich, stand Rae mitten auf der Brücke und starrte sie an. Sie hob die Hand und berührte die Stelle, die Stephs Mund eben gestreift hatte.

Steph lächelte und Rae wurde klar, dass sie vermutlich wie ein unerfahrenes Mädchen wirkte, das noch niemals zuvor geküsst worden war, noch nicht einmal auf die Wange. Das stimmte natürlich nicht. Sie war schon oft geküsst worden, wenn auch nur von einer Frau.

Sie versuchte, einen finsteren Blick aufzusetzen, aber es fiel ihr schwer. Ihr Gesicht schien nur einen von zwei Ausdrücken annehmen zu wollen: verdutzt oder freudestrahlend. Oder vielleicht war es eher totale Panik. Rae war sich da nicht so sicher.

»Komm, es ist schon spät.« Steph hakte sich erneut bei Rae unter. »Wir sollten nach Hause fahren.«

Ja. Nach Hause, wo alles wieder wie vorher sein würde. Rae nickte entschlossen und sie gingen zurück zum Auto.

Kapitel 16

Steph wachte auf, als die ersten Strahlen der Dezembersonne durch ihr Fenster drangen. Zufrieden streckte sie sich und gab ein Geräusch von sich, das einem leisen Schnurren ähnelte. Schon seit Wochen hatte sie nicht mehr so gut geschlafen wie gestern Nacht.

Dann fiel ihr ein, was am Tag zuvor alles geschehen war: der schlimmste Firmenauftritt aller Zeiten, Pennys Anruf und die Nachricht, dass Moose wegziehen würde, und dann der wundervolle Abend im botanischen Garten.

War all das wirklich passiert? Bei Tageslicht betrachtet fühlte es sich so surreal wie ein Traum an. Ein ausgesprochen romantischer Traum. Sie konnte immer noch Raes Arme um sich spüren, Raes weiche Wange unter ihren Lippen und ihren muskulösen Körper, der sich an ihren eigenen gepresst hatte, als sie Rae vor einem Sturz bewahrt hatte.

Ihr wurde warm, als sie sich an diesen Moment erinnerte und dann an die Umarmung, während sie das Foto im Pavillon gemacht hatten.

Sie nahm ihr Handy vom Nachttisch und entsperrte den Bildschirm. Das Foto verblüffte sie noch immer genauso sehr wie gestern Abend – und genauso sehr wie der Kuss, den sie spontan auf Raes Wange gehaucht hatte.

Meine Güte, Stephanie. Warum nimmst du das so wichtig? Sie hatte in ihrem Leben schon mehr Menschen geküsst, als sie zählen konnte, und meistens sehr viel leidenschaftlicher. Ein harmloser Kuss auf die Wange war kein Heiratsantrag.

Es hatte sich doch nichts geändert, oder? Sie stand immer noch nicht auf Romantik oder Beziehungen und Rae war keine Frau, mit der man ein oder zwei Nächte lang herumspielen konnte. Es ging nicht mehr nur darum, dass Rae Angestellte eines Comedyclubs war. Sie hatte so viel durchgemacht. Was sie jetzt brauchte, war eine gute Freundin, keine kurze Affäre. Steph war entschlossen, ihr eine Freundin zu sein, selbst wenn Rae nie zugeben würde, dass sie jemanden brauchte.

Freundinnen. Entschlossen legte sie das Handy beiseite, aber die Erinnerung daran, wie Rae im Schein der Pavillonlichter ausgesehen hatte, ließ sich nicht so leicht beiseiteschieben. Rasch stand Steph auf und zog sich an. Sie brauchte dringend etwas frische Luft und etwas Abstand von ihrer Mitbewohnerin, die sicher bald aufwachen würde.

Sie schnappte sich ihre Handtasche und verließ die Wohnung, um spazieren zu gehen und sich einen Kaffee zu holen. Vielleicht würde das Koffein dabei helfen, ihren Kopf frei zu bekommen.

Aber sie kam nicht weit.

Ihre Vermieterin betrat mit einem Arm voller Einkaufstüten das Gebäude. Erst nachdem sie und Rae eingezogen waren, hatte Steph herausgefunden, dass Mrs Kleinberg ebenfalls im Haus wohnte.

Schnell hielt Steph ihr die Tür auf.

»Danke, Liebes«, sagte Mrs Kleinberg. »Wie schön, dass ich Sie sehe. Ich wollte schon länger fragen, wie Ihnen und Rae die Wohnung gefällt.«

»Sehr gut, danke.«

»Das freut mich. Ich habe gestern noch zu Harold gesagt, wir sollten mal bei Ihnen vorbeischauen und uns vergewissern, dass alles in Ordnung ist. Wir haben nicht viel von Ihnen gesehen, seit Sie eingezogen sind.«

»Alles ist ganz wunderbar. Wir arbeiten nur beide zu ungewöhnlichen Zeiten.« In Wahrheit waren sie ihren Vermietern absichtlich aus dem Weg gegangen, um keine Show abziehen und vorgeben zu müssen, ein Paar zu sein.

»O ja, natürlich«, sagte Mrs Kleinberg. »Darüber müssen Sie mir morgen unbedingt mehr erzählen.«

Steph runzelte die Stirn. »Morgen?«

»Ja. Sie kommen doch, oder?«

Steph kam sich vor, als würden sie zwei verschiedene Sprachen sprechen. »Zu was denn?«

Mrs Kleinberg nickte in Richtung der Eingangstür. »Haben Sie den Zettel nicht gesehen? Wir haben die Einladung vor zwei Wochen an die Tür gehängt.«

Ach ja, natürlich. Steph hatte den Zettel schon vor einiger Zeit bemerkt. Die Kleinbergs wollten im Hof ein Grillfest veranstalten und alle Mieter waren herzlich eingeladen. Da Steph nicht vorhatte, hinzugehen, hatte sie es wieder vergessen. »Ja, habe ich gesehen. Aber wie ich schon sagte, Rae und ich arbeiten beide abends, sogar am Wochenende, also werden wir nicht kommen können.«

»Gut, dass das Grillfest schon am Nachmittag stattfindet. Harold wird die Steaks gegen zwei Uhr auf den Grill werfen. Ich freue mich darauf, Sie beide etwas besser kennenzulernen.« Ohne eine Antwort abzuwarten, schloss Mrs Kleinberg die Tür zu ihrer Wohnung im Erdgeschoss auf und verschwand.

Steph blieb mit offenem Mund zurück.

Na ja, so schlimm konnte es nicht werden, ein Stündchen mit ihren Nachbarn und Vermietern zu verbringen, oder? Wenigstens würde es echte Steaks geben, nicht die Tofuburger und Auberginenscheiben, die ihre Eltern bei ihren Grillabenden auftischten.

Steph verließ das Haus – und erstarrte. *Mist.* Sie hatte eine Kleinigkeit vergessen: Wenn die Kleinbergs in der Nähe waren, mussten Rae und sie vorgeben, ein Liebespaar zu sein. So viel zu ihrem Vorsatz, sich so lange von Rae fernzuhalten, bis sie sich nicht mehr zu ihr hingezogen fühlte.

Rae schloss den obersten Knopf an ihrem kurzärmeligen Hemd. Aber da sie ohnehin schon das Gefühl hatte, eine Schlinge würde sich um ihren Hals zuziehen, öffnete sie ihn rasch wieder. »Warum können wir uns nicht einfach hier verstecken, bis das Grillfest vorbei ist?«, fragte sie Steph durch die offene Badezimmertür.

Steph blickte von ihren Bemühungen auf, ihr zerzaustes Haar zu bändigen. »Weil die Kleinbergs sonst bei uns vorbeischauen. Wenn wir zum Grillfest gehen, sind zumindest noch andere Mieter da, die sie ablenken werden. Wir halten uns einfach im Hintergrund, essen unsere Steaks und sagen dann, dass wir zur Arbeit müssen.«

In der Theorie klang das gut, aber Rae ahnte, dass es nicht so einfach sein würde. »Ja, aber wir müssen so tun, als wären wir ein Paar, oder nicht?«

Steph legte die Bürste weg und trat aus dem Badezimmer. Sie hatte sich ein wenig herausgeputzt, doch mit einer beigefarbenen Hose, einer weißen Bluse mit dreiviertellangen Ärmeln, Turnschuhen und einer schwarzen, figurbetonten Weste war sie zugleich ihrem Stil treu geblieben. Rae musste zugeben, dass sie gut aussah. Selbst die Weste ließ sie irgendwie noch weiblicher wirken.

»Ja, zumindest so lange, wie die Kleinbergs zuschauen.« Steph sah Rae ins Auge. »Wird das wirklich so schrecklich für dich sein?«

Schrecklich? Das war nicht das Wort, das Rae benutzt hätte. Sie war kein Fan von zärtlichen Gesten in der Öffentlichkeit, aber das war es nicht, was sie beunruhigte. Eigentlich hatte sie vorgehabt, die Anziehung, die Steph auf sie ausübte, abklingen zu lassen und nicht noch Benzin ins Feuer zu gießen.

»Ich wusste nicht, dass es so schlimm für dich sein würde«, murmelte Steph, als Rae nicht antwortete. Ihre Stimme klang belegt. »Vielleicht sollten wir die Sache einfach vergessen. Ich meine, die Kleinbergs können uns nicht rausschmeißen, selbst wenn sie herausfinden, dass wir kein Paar sind.«

»Nein«, hörte Rae sich sagen, bevor sie sich bewusst eine Antwort zurechtgelegt hatte. Sie konnte Steph nicht in dem Glauben lassen, es wäre schrecklich für sie, ihre Freundin zu spielen. »Vielleicht können sie uns nicht rausschmeißen, aber wenn sie herausfinden, dass wir sie angelogen haben, wäre das eine unangenehme Situation. Schließlich müssen wir weiter im selben Haus wohnen. Vergiss, was ich gesagt habe. Ich schaffe das schon. *Wir* schaffen das schon.«

Steph zögerte. Der verletzte Ausdruck wich nicht von ihrem Gesicht. »Bist du dir sicher?«

»Absolut«, sagte Rae. »Es wäre mir eine Ehre, als deine Partnerin mit dir zum Grillfest zu gehen. Na ja, als deine Scheinpartnerin.«

Der Anflug eines Lächelns umspielte Stephs Lippen. »Dann solltest du dir vielleicht die Zahnpasta aus dem Gesicht wischen.«

Rae ging an Steph vorbei, um einen Blick in den Spiegel über dem Waschbecken im Bad zu werfen. Ihr Körper streifte Stephs und ein Hauch von deren Parfüm stieg ihr in die Nase. *Mmh.* Sie starrte sich selbst im Spiegel an. *Was soll das? Bist du jetzt ein Parfümjunkie? Hör auf mit dem Scheiß.* Sie hielt die Ecke eines Handtuchs unter eiskaltes Wasser, um ihr Gesicht zu reinigen und sich ein wenig abzukühlen. »Besser?«, fragte sie, als sie sich wieder umdrehte.

Stephs Blick wanderte langsam ihren Körper hinauf, was ein Kribbeln auf Raes Haut hinterließ. »Ja. Du siehst großartig aus.«

»Ähm, danke.« Rae fuhr mit den Händen über die Außennähte ihrer schwarzen Hose und schloss den oberen Knopf des blau-schwarz karierten Hemdes wieder. »Okay, dann lass uns gehen.« *Bevor ich es mir anders überlege.*

Obwohl sie pünktlich waren, hallten bereits laute Stimmen durch den Innenhof, als sie ankamen. Lange Tische und Bänke waren aufgestellt worden und etwa zwanzig Menschen lachten, unterhielten sich und hatten scheinbar eine Menge Spaß miteinander. Dutzende von Schüsseln und Tellern bedeckten jeden verfügbaren Zentimeter eines separaten Tischs. Der Geruch von frisch gebackenen Brötchen und von Steaks, die auf dem Grill brutzelten, hing in der Luft.

Rae lief das Wasser im Mund zusammen.

»Hey, Steph«, rief einer ihrer Nachbarn, der ein Dodgers-T-Shirt trug. Sein Blick wanderte von Steph zu Rae. »Und hallo, ähm …«

»Hallo, Keith.« Steph schlang einen Arm um Raes Hüften, zog sie zu sich heran und schaute liebevoll zu ihr auf. »Das ist Rae.«

Rae hatte die meisten ihrer Nachbarn ein oder zwei Mal im Vorbeigehen gesehen, war aber nie stehen geblieben, um mit ihnen zu reden, sodass sie keinen namentlich kannte. Bei Steph war das offensichtlich anders.

Keith schaute zwischen ihnen hin und her. »Oh, ihr zwei seid also zusammen? Ich dachte, ihr wärt nur Mitbewohnerinnen in einer WG.«

Scheiße! Rae sah zum Grill, wo Mr Kleinberg gerade die Steaks wendete. »Wie kommst du denn darauf? Die Kleinbergs vermieten nicht an WGs.«

»Ach?« Keith zuckte mit den Schultern. »Vermutlich wegen dieser Idioten, die um drei Uhr früh in voller Lautstärke Metalcore gespielt haben.«

»Tja«, sagte Steph, »wir mögen keinen Metalcore und wir sind definitiv nicht nur Mitbewohnerinnen. Wir haben lediglich versucht, diskret zu sein. Man weiß nie, wie die Leute auf zwei Frauen reagieren, die sich lieben. Stimmt's, Schatz?« Sie schlang auch den anderen Arm um Rae und zog diese noch näher an sich, bis ihre Körper von den Oberschenkeln bis zu den Schultern aneinandergepresst waren.

Stephs Brüste schmiegten sich unter ihre, sodass Raes Fähigkeit, Konversation zu betreiben, schlagartig abnahm. »Ähm, ja, das stimmt.«

Keith lachte. »Ach, darüber müsst ihr euch bei uns im Haus nun wirklich keine Sorgen machen.« Er zeigte auf etwas links von Rae.

Als sie den Kopf drehte, sah sie Mrs Kleinberg, die mit einer riesigen Schüssel über den Hof ging. Auf ihrem T-Shirt stand in Regenbogenfarben *Love is Love is Love* und sie sah so stolz darauf aus, als würde sie die neueste Kollektion eines berühmten Modedesigners auf dem Laufsteg präsentieren.

»Ihr Sohn ist schwul«, sagte Keith. »Genau wie die Hälfte der Mieter, mich eingeschlossen. Die Kleinbergs entscheiden sich immer für lesbische oder schwule Bewerber, wenn es welche gibt. Also braucht ihr euch nicht zurückzuhalten. Falls ihr euch nicht gerade gegenseitig die Kleider vom Leib reißt und mitten im Hof Sex habt, wird niemand auch nur mit der Wimper zucken.«

Steph grinste. »Gut zu wissen.«

»Stimmt«, sagte Rae erneut und hätte sich dann ohrfeigen können. Mann, sie klang vielleicht albern. Wenn die Jungs von der Arbeit hätten sehen können, wie sie ganz nervös wurde, nur weil eine Frau sie in den Armen hielt. Das musste jetzt sofort aufhören. Sie musste die Kontrolle übernehmen. Aber wie?

Ihr blieb keine Zeit zum Überlegen, deshalb tat sie das Erste, was ihr in den Sinn kam: Sie beugte sich hinab und küsste Steph.

Sie hatte es auf einen flüchtigen, fast platonischen Kuss auf Stephs Mundwinkel abgesehen, der gerade ausreichen würde, um ihren Status als verliebtes Paar zu bestätigen, aber Steph drehte im genau falschen – oder vielleicht im genau richtigen – Moment den Kopf und ihre Lippen trafen sich.

Ihr blieb keine andere Wahl. Wenn Rae überzeugend sein wollte, konnte sie jetzt nicht zurückweichen. Nicht, dass sie das gewollt hätte.

Als Stephs Lippen ihre eigenen berührten, hörte Rae auf zu denken und fühlte nur noch. Stephs Mund war warm und sanft und weich. So unglaublich weich.

Steph keuchte überrascht und ihre Hände umklammerten Raes Hüften, ließen dann aber los.

Gerade als Rae zurückweichen und ihr eine Entschuldigung zuflüstern wollte, fuhr Steph mit den Fingern durch die kurzen Haare auf Raes Nacken und erwiderte den Kuss.

Raes Puls hämmerte in einem wilden Rhythmus. Das zarte Streicheln von Stephs Lippen über ihre eigenen ließ ihren Körper kribbeln bis hinab zu den Zehenspitzen. Sie drückte sich fester an Steph und versuchte, sie überall zu spüren.

Steph lehnte sich ihr entgegen, bis kein Zentimeter mehr zwischen ihnen lag. Keuchend öffnete sie den Mund.

Rae wollte gerade den Kuss vertiefen, als sich jemand neben ihnen räusperte.

Es war, als hätte man eine Wanne voll eisigem Wasser über ihren Köpfen ausgeschüttet. Der Dunst der Begierde, der Raes Sinne vernebelte, löste sich auf. Schnell nahm sie ihren Mund von Stephs und unterbrach den Kuss.

Steph stolperte einen Schritt zurück und drückte ihre Hand an die Lippen. Ihre Pupillen waren geweitet, sodass von ihrer Iris nur noch dünne, graue Ringe übrig geblieben waren, als sie Rae anstarrte.

O Gott. Was hatte sie getan? Ihr Plan war völlig nach hinten losgegangen. Anstatt die Kontrolle zu übernehmen, hatte Rae sie komplett verloren – genau wie ihren Verstand.

Keith grinste sie an und sagte etwas, aber das Trommeln ihres Herzens übertönte seine Worte.

Als jemand ihren Ellbogen berührte, erschrak Rae und wirbelte herum.

Mrs Kleinberg stand vor ihr und grinste amüsiert. »Ich bin froh, dass Sie gekommen sind und dass Sie sich hier offenbar schon ganz zu Hause fühlen.«

Diesmal konnte Rae nicht verleugnen, dass sie bis zu den Haarwurzeln errötete. »Ähm, danke für die Einladung. Brauchen Sie irgendwelche Hilfe?«

»Nein, danke, meine Liebe. Alles bereits erledigt. Wir können gleich essen. Warum kommen Sie nicht mit mir und suchen zwei Steaks für sich und Stephanie aus?« Ohne eine Antwort abzuwarten, hakte sie sich bei Rae unter und zog sie zum Grill.

Die feinen Härchen auf Raes Nacken, die eben noch vor Lust zu vibrieren schienen, sträubten sich nun vor Unbehagen. Mrs Kleinberg hatte sich von links bei ihr eingehakt. Nachdem Rae vor zwei Tagen Arm in Arm mit Steph durch den botanischen Garten geschlendert war, hatte sie gedacht, sie hätte womöglich dieses Gefühl der Beunruhigung überwunden, wenn jemand sich ihr von links näherte, aber scheinbar war das ein einmaliger Vorfall gewesen.

Oder ein Vorfall, der auf Steph beschränkt war, ließ sich eine wenig hilfreiche Stimme in ihrem Hinterkopf vernehmen.

Rae ignorierte die Stimme und versuchte, sich auf Mrs Kleinberg zu konzentrieren, die ihr sämtliche Speisen aufzählte, die sie für das Grillfest vorbereitet hatte.

Nichts davon machte Rae Appetit. Ihr Magen fühlte sich an, als würde ein Pterodaktylus darin Flugversuche unternehmen, und sie wusste, dass es nicht an Mrs Kleinbergs unbehaglicher Nähe lag.

»Hey.« Eine warme Hand schob sich zwischen Mrs Kleinbergs Finger und die bloße Haut von Raes Unterarm.

Rae brauchte nicht den Kopf zu drehen, um zu sehen, wer es war. Die Hitze, die die Berührung auslöste, sagte ihr genug.

Steph schob sich zwischen sie und schlang je einen Arm um Rae und Mrs Kleinberg. »Ich möchte nicht stören, aber könnte ich statt eines Steaks ein Stück Halloumi bekommen?«

»Oh, sind Sie Vegetarierin?«, fragte Mrs Kleinberg.

»Nein, nur phasenweise, aber als ich den Halloumi gesehen habe, hat mein Magen entschieden, dass heute ein Käsetag ist. Wenn es keine Umstände bereitet.«

Rae starrte sie an. Das war nur eine Ausrede, um sich zwischen sie schieben zu können, oder? Rae hatte noch nie davon gehört, dass ein Kuss jemanden zum Quasi-Vegetarier machen konnte.

»Nein, überhaupt nicht. Lassen Sie uns Ihren Magen glücklich machen. Holen Sie sich schon mal Salate und ich bringe Ihnen gleich ein Stück Halloumi.« Mrs Kleinberg tätschelte Stephs Bauch mit einer mütterlichen Geste und eilte davon.

Rae und Steph blieben zurück und starrten ihr hinterher. Sie sahen einander an, dann wandten beide schnell den Blick ab. Fast wünschte Rae sich Mrs Kleinberg zurück, um nicht mit Steph allein sein zu müssen.

Steph wechselte auf Raes rechte Seite und zog sie hinüber zum Tisch mit dem Essen. »Was war das denn?«, flüsterte sie und zeigte auf die Stelle, an der Rae sie geküsst hatte.

Mist! Natürlich hatte Steph nicht die Absicht, es dabei bewenden zu lassen. Rae hätte es am liebsten ignoriert, aber Steph war der Typ, der sich solchen Situationen lieber stellte.

Rae begann, Salate auf ihren Teller zu schaufeln, nur um Steph nicht ansehen zu müssen. »Es tut mir leid«, flüsterte sie. »Ich bin zu weit gegangen. Ich weiß, dass Küssen nicht Teil unserer WG-Regeln war. Ich wollte doch nur … Ich dachte, ein echtes Paar hätte zumindest ein Küsschen ausgetauscht, nachdem Keith uns grünes Licht gegeben hatte, und ich wollte eigentlich nur einen Kuss auf deinen Mundwinkel …« Dann setzte ihr Gehirn endlich wieder ein. »Moment mal! Warum bin ich eigentlich die Einzige, die sich entschuldigt? Du hast mich zurückgeküsst!«

Steph drückte ihren Arm. »Pst! Nicht so laut. Mr Kleinberg schaut schon zu uns rüber.«

»Du hast mich zurückgeküsst«, wiederholte Rae im Flüsterton.

Stephs Wangen nahmen die Farbe des Tomatensalats auf Raes Teller an. »Ähm, ja. Ich meine, was hätte ich tun sollen? Zurückweichen und dich dastehen lassen wie einen Welpen, der beim Pinkeln auf den Teppich erwischt wird?«

Rae ließ den Löffel zurück in den Kichererbsensalat fallen und richtete sich zu ihrer vollen Größe auf. »Ach, dann hast du den Kuss also nur erwidert, um mich nicht in Verlegenheit zu bringen? Und als du gekeucht hast, warst du nur …«

»Überrascht«, sagte Steph mit ernster Miene.

»Soso. Du warst also lediglich überrascht, hm?« Das kaufte ihr Rae keine Sekunde lang ab. Die Art, wie Steph sich mit den Fingern in ihre Haare gekrallt und ihren Körper gegen Rae gepresst hatte … Allein der Gedanke daran machte Rae atemlos. »Und ansonsten war es eine schreckliche Erfahrung, bei der du nur notgedrungen mitgemacht hast.«

Steph neigte den Kopf, als würde sie einen Moment lang darüber nachdenken. Dann breitete sich ein verschmitztes Lächeln auf ihrem Gesicht aus. »Na ja, vielleicht nicht ganz so schrecklich. Du küsst ganz passabel.«

»Ganz passabel?«, wiederholte Rae. »Es hat sich bisher noch niemand bei mir beschwert.« Um ehrlich zu sein, hatten bisher nicht viele Frauen Gelegenheit zur Beschwerde gehabt. Steph war erst die zweite Person, die sie jemals geküsst hatte. Vielleicht hätte sich dieser Kuss deshalb falsch anfühlen sollen, aber das tat er nicht. Er hatte sich auch nicht angefühlt, als wäre er vorgetäuscht gewesen.

»Glaube ich gern«, murmelte Steph.

Rae konnte sich ein Grinsen nicht verkneifen. »Ach, du gibst also zu, dass der Kuss nicht nur ganz passabel war?«

»Unter anderen Umständen hätte ich ihn vielleicht auf *gut* hochgestuft.«

»Gut? Nur gut?« Rae musste an sich halten, um nicht die Herausforderung anzunehmen und mit einem erneuten Kuss zu beweisen, dass er mehr als nur gut gewesen war. *Was zum Teufel machst du da?* Dieser Kuss durfte sich nie wiederholen. Wieso pries sie also dessen Vorzüge an?

»Hey.« Steph berührte sie sanft am Arm. »Jetzt mal Spaß beiseite. Du kannst aufhören, so schuldig auszusehen. Ich wollte, dass du meine Scheinpartnerin bist, du hast mich also nicht gegen meinen Willen geküsst. Wenn du dich schuldig fühlen willst, dann bitte wegen des leckeren, saftigen Steaks, auf das ich verzichtet habe, um dich vor Mrs Kleinberg zu retten.«

Wie auf dieses Stichwort hin kam ihre Vermieterin auf sie zu und legte ein Stück Halloumi auf Stephs Teller und ein Steak von der Größe eines kleinen Elefanten auf Raes.

Neidisch betrachtete Steph Raes Teller und leckte sich die Lippen.

Hör auf, ihre Lippen anzustarren. Rae zwang sich, wegzusehen.

Mrs Kleinberg folgte Stephs Blick und lachte. »Es ist schön, eine Frau mit einem gesunden Appetit zu sehen.«

Rae schaute nach unten. Erst jetzt merkte sie, dass sie sich zu viel Essen genommen hatte, während sie damit beschäftigt gewesen war, Steph bloß nicht anzusehen. Riesige Salatberge türmten sich auf ihrem Teller auf.

»Es muss eine Freude sein, für sie zu kochen«, sagte Mrs Kleinberg.

Steph lächelte und lehnte ihren Kopf an Raes Schulter. Die Geste fühlte sich erstaunlich ungekünstelt an. »Eigentlich ist Rae die Köchin in der Beziehung.«

»Ach, was für ein Schatz.« Mrs Kleinberg tätschelte Rae den Arm. »Guten Appetit, ihr zwei. Ich setze mich später noch eine Weile zu Ihnen, aber zuerst muss ich nachsehen, ob die anderen Mieter alles haben, was sie brauchen.« Sie ging zum Grill.

Steph betrachtete Rae mit einem amüsierten Grinsen. »Ich glaube, unsere Vermieterin ist ein wenig in dich verknallt.«

»Ist sie nicht.«

»Ist sie doch.«

Rae warf ihr einen finsteren Blick zu. »Willst du nun die Hälfte meines Steaks oder nicht?«

Stephs Grinsen wich einem unschuldigen Gesichtsausdruck. »Habe ich eben *verknallt* gesagt? So ein Quatsch.«

Rae nickte zustimmend. »Wusste ich doch, dass du das genauso sehen würdest wie ich.« Niemand hier war in irgendjemanden verknallt.

Kapitel 17

Dieses verflixte Auge trieb Rae in den Wahnsinn. Vielleicht lag es am Rauch von der Grillfeier vorhin, dass ihr linkes Auge – oder vielmehr die Augenhöhle und das Lid – heute gereizt waren. Sie hatte schon alles Mögliche versucht, aber nichts hatte geholfen. Nach dem Grillen hatte sie sogar die Prothese herausgenommen, diese gründlich gereinigt und ihre Augenhöhle mit Kochsalzlösung ausgespült.

Aber das unangenehme Gefühl ging einfach nicht weg. Zum ersten Mal seit Monaten fühlte sich die Prothese wie ein Fremdkörper an, der dort nicht hingehörte. Es war schon die ganze Woche so gewesen, aber sie hatte es ignoriert, auch weil das, was zwischen ihr und Steph vorgefallen war, sie abgelenkt hatte. Doch jetzt hatte das Unbehagen ein Ausmaß erreicht, das sie nicht länger ausblenden konnte.

Sie ballte die Hand zur Faust, um sich davon abzuhalten, erneut ihr Auge zu reiben, und sah hinüber zu der Warteschlange vor dem Club. Sobald alle Gäste auf ihren Plätzen saßen, konnte sie auf die Toilette verschwinden und sich ein paar Augentropfen verabreichen. Vielleicht würde das helfen.

Zumindest bot ihr Auge eine willkommene Ablenkung. Es waren mindestens fünf Minuten vergangen, seit sie das letzte Mal an den Kuss gedacht hatte.

Na toll. Nun sah sie vor ihrem inneren Auge wieder den Kuss in Dauerschleife. Fast konnte sie Stephs Mund auf ihrem und ihre Wärme an ihrem Körper spüren. Die Arbeit war nicht der geeignete Ort, um darüber nachzudenken. Eigentlich war *nirgendwo* der richtige Ort, um darüber nachzudenken. Sie war nicht in der Verfassung, sich auf jemanden einzulassen, insbesondere nicht auf eine Frau, die so bindungsunfähig wie Steph war.

»Alles in Ordnung?«, fragte Carlos, als sie die nächste Gruppe zu sich heranwinkten.

»Alles bestens«, antwortete Rae, ohne ihn anzuschauen. Ihre Aufmerksamkeit galt bereits dem nächsten Gast. »Sir, ich muss Sie bitten, den Hut abzunehmen. Hüte sind verboten, damit jeder die Vorstellung sehen kann.«

Murrend nahm der Mann seinen Hut ab und stapfte an ihr vorbei.

Rae rieb sich das Auge mit dem Handballen. Mist, jetzt tränte es sogar. Zwar hatten die Chirurgen ihren Augapfel entfernt, doch die Tränenkanäle waren noch intakt.

»Machen dir deine Augen zu schaffen?«, fragte Carlos.

»Das sind nur Allergien.«

Er warf ihr einen ungläubigen Blick zu. »Im Dezember? Ich dachte immer, Allergien gibt's hauptsächlich im Frühling.«

»Nicht, wenn man gegen Weihnachten allergisch ist«, antwortete Rae.

Er lachte. »Kann ich gut verstehen. *Nochebuena* bei uns zu Hause ist nichts für schwache Nerven.«

»Sieht so aus, als hätten wir heute Abend ein volles Haus«, sagte jemand hinter ihnen.

Beide wirbelten herum.

Mr Hicks stand mit einem iPad in der Hand vor ihnen.

»Ja, Chef.« Carlos nickte.

»Schaffen Sie den Rest der Warteschlange auch allein?«, wandte sich Mr Hicks an Carlos. »Ich würde gern mit Ms Coleman sprechen.«

Raes Herz schlug schneller. In den neun Wochen, in denen sie nun schon für ihn arbeitete, hatte Mr Hicks nie allein mit ihr sprechen wollen. Hatte sie etwas falsch gemacht? Hoffentlich ging es nur darum, wie sie die Leute im Saal verteilen sollte. Sie war auf ihren Job angewiesen, nicht nur, weil ihre Berufsunfähigkeitsrente kaum für ihren Lebensunterhalt ausreichte, sondern weil er ihr etwas gab, was sie noch dringender als Geld brauchte: Verantwortung und das Gefühl, noch für etwas gut zu sein.

Mr Hicks hielt in der Lobby inne und drehte sich zu ihr um. »Mir ist aufgefallen, dass Sie von meinem gesamten Sicherheitspersonal die meisten Schichten übernehmen.«

»Wenn es um Überstunden geht …«

Er unterbrach sie mit einer ungeduldigen Handbewegung. »Darum geht es mir nicht. Aber da Sie fast jeden Abend im Dienst sind, haben Sie vermutlich mehr Komiker gesehen als jeder Ihrer Kollegen.«

Rae nickte schweigend. Worauf wollte er hinaus?

»Nehmen wir einmal an, ich bräuchte einen Headliner für die Silvestershow«, sagte Mr Hicks. »Unser Star des Abends hat sich gerade selbst in die Entzugsklinik eingewiesen und alle anderen namhaften Komiker sind bereits gebucht. Ich brauche also jemanden, der kurzfristig ein gutes einstündiges Programm liefern kann, ohne dass ich dafür eine Niere verkaufen muss. Wen würden Sie empfehlen?«

Nur ein einziger Name kam ihr in den Sinn, aber Rae hielt sich zurück, bevor sie ihn aussprechen konnte. War ihr Stephs Name nur deshalb eingefallen, weil sie seit dem Kuss ständig an sie dachte? In Gedanken verglich sie die Ausschnitte aus den Nummern anderer Komiker mit dem, was sie von Steph gehört hatte – und das war ziemlich viel, weil sie ihr oft zu Hause beim Üben zuhörte. Stephs Timing war großartig und sie war eine talentierte Gagschreiberin. Sie hatte Rae öfter zum Lachen gebracht, als sie zugeben wollte. »Stephanie Renshaw«, sagte sie mit Nachdruck.

Mr Hicks kniff die Augen zusammen.

Mist. Wusste er, dass sie zusammenlebten? Vielleicht dachte er sogar, dass sie miteinander schliefen. Falls ja, würde das kein gutes Ende nehmen, denn Mr Hicks hatte ihr an ihrem ersten Arbeitstag klipp und klar gesagt, dass sie sich nicht mit anderen Mitarbeitern oder Komikern einlassen durfte.

»Sagen Sie das nur aus weiblicher Solidarität?«, fragte Mr Hicks.

Nicht schon wieder dieser Schwachsinn darüber, dass Frauen nicht lustig sein können. Rae straffte die Schultern und sah ihm in die Augen. »Ich empfehle sie nicht, weil sie eine Frau ist. Ich empfehle sie, weil sie gut ist.«

»Wenn sie so gut ist, warum ist sie dann nicht schon für Silvester gebucht?«

»Ich glaube, sie hat Pläne mit ihrer Schwester erwähnt.«

Mr Hicks musterte sie mehrere Sekunden lang, bevor er etwas in sein iPad tippte. Er nickte ihr zu und ging ohne ein weiteres Wort davon.

Bedeutete das, dass Steph den begehrten Auftritt bekommen würde? Oder hatte er vor, ihren Rat zu ignorieren, weil sie eine Frau war? Sie beschloss, Steph noch nichts davon zu erzählen, damit sie sich keine falschen Hoffnungen machen würde.

»Ähm, Rae?«, rief Carlos vom Eingang her. »Kannst du mal kommen? Ich glaube, wir haben hier einen gefälschten Ausweis.«

Endlich gab es etwas zu tun! Rae rieb sich noch einmal das Auge, bevor sie zum Eingang schritt. »Bin schon unterwegs.«

Stephs Samstagabend lief genau wie der Rest ihres Tages: ganz und gar nicht nach Plan.

Insgesamt vier Personen waren zu der Hinterhofshow erschienen, die ein Freund von ihr organisiert hatte. Drei davon waren Freunde der Komiker gewesen, deshalb hatten sie die Veranstaltung abgesagt.

Gabe hatte vorgeschlagen, in der Fun Zone vorbeizuschauen, um sich einen Teil der Vorstellung anzusehen. Sie konnte ihm schlecht sagen, dass sie sich für den Rest des Tages lieber von ihrer Mitbewohnerin fernhalten wollte, sonst hätte er sofort wissen wollen, warum.

Deshalb standen sie jetzt vor dem Club, von wo aus sie einen großartigen Ausblick auf Rae hatte und ihr bei der Arbeit zusehen konnte, während sie sich langsam dem Eingang näherten.

Wie üblich sah Rae in Anzug und Krawatte umwerfend aus und ihre selbstbewusste Haltung, als sie den Eingang des Clubs bewachte, war zugegebenermaßen heiß.

Scheinbar hatten Rae und ihr Kollege gerade ein Mädchen mit einem gefälschten Ausweis erwischt.

»Tut mir leid«, sagte Rae. »Ohne einen gültigen Ausweis kann ich Sie nicht hereinlassen. So lauten die Regeln.«

»Aber ich habe einen Ausweis.« Das Mädchen hielt Rae das gefälschte Dokument vor die Nase.

Rae nahm ihn ihr ab und steckte ihn in die Innentasche ihres Anzugs. »Nein, haben Sie nicht.«

»Das können Sie nicht machen«, protestierte das Mädchen. »Der Ausweis gehört mir. Wenn Sie ihn nicht zurückgeben, rufe ich die Polizei.«

Rae verschränkte ihre Arme über der Brust und warf ihr einen gleichgültigen Blick zu. »Nur zu. Meine ehemaligen Kollegen werden Sie sehr gern wegen des Besitzes eines gefälschten Dokuments verhaften.«

»Ach, kommen Sie schon.« Das Mädchen machte einen Schritt auf Rae zu, legte ihr die Hand auf den Arm und klimperte mit den Wimpern. »Oder ist das ein Versuch, an meine Adresse zu gelangen? Falls ja, muss ich Ihnen leider sagen, dass die auch gefälscht ist. Aber ich könnte Ihnen im Austausch für den Ausweis meine Telefonnummer geben. Interessiert?« Ihre Stimme klang wie ein verführerisches Raunen.

O Mann! Steph schob die Leute, die vor ihr warteten und sie von der Spitze der Schlange trennten, beiseite. Nicht etwa, weil sie eifersüchtig war. Sie fand es nur erniedrigend, mit anzusehen, wie eine andere Frau sich derart aufführte. Das brachte sämtlichen Frauen einen schlechten Ruf ein.

Gabe stieß einen Pfiff aus. »Hast du das gesehen? Mensch, Frauen scheinen total auf deine Mitbewohnerin abzufahren. Ich kapier das nicht. Mir werfen sie sich nie so an den Hals.«

Steph schnaubte. »Du kannst dich wohl kaum über zu wenig Aufmerksamkeit von Frauen beklagen.«

»Ja, aber nicht so. Was ist es, was sie an ihr so attraktiv finden?« Er wandte den Blick von Rae ab, um Steph seine volle Aufmerksamkeit zu schenken. »Findest *du* sie attraktiv?«

Steph wollte es nicht leugnen. Warum sollte sie? Menschen attraktiv zu finden, war für sie eine alltägliche Sache und bedeutete nichts weiter, oder? »Klar. Sie ist heiß.« Sie leckte ihren Zeigefinger ab und gab ein zischendes Geräusch von sich. »Und verdammt, kann sie küssen!«

Gabe starrte sie an und Steph starrte zurück.

Mist! Sie hatte das nicht laut sagen wollen, aber anscheinend ging ihr der Kuss immer noch durch den Kopf, egal wie sehr sie versucht hatte, ihn zu vergessen.

Gabe riss die Augen auf. »Du hast sie geküsst?«

»Ähm, eigentlich hat sie mich geküsst.«

Er winkte ab. »Ist doch egal. Los, erzähl mir alles!«

»Beruhig dich, du Perversling.« Sie gab ihm einen spielerischen Klaps auf die Schulter. »Das Ganze war so falsch wie der Ausweis des Mädchens. Unsere Vermieter haben uns zum Grillen eingeladen und wir haben uns nur geküsst, damit sie nicht merken, dass wir gelogen haben und eigentlich nur Mitbewohnerinnen sind.«

»Und dazu waren heiße Küsse nötig? Ein bisschen Händchenhalten hätte nicht gereicht?«

Steph schüttelte den Kopf. »Du hättest dabei sein müssen, um das zu verstehen.« Sie verstand es ja selbst nicht vollständig. Na ja, wie es zu dem Kuss gekommen war, verstand sie schon, nur nicht, warum er ihr nicht mehr aus dem Kopf ging. Sie hatte Dutzende von Leuten geküsst. Daran war nichts Besonderes. Außer, dass dieser Kuss besonders gewesen war.

»Du und Rae, ihr seid also …«

»Mitbewohnerinnen«, sagte Steph nachdrücklich. »Himmel, Gabe, du kennst mich doch. Es war ein Kuss. Das hat nichts zu bedeuten.«

»Ja, das kann ich bestätigen.« Ein Hauch von Bitterkeit lag in seinem Ton.

Steph musterte ihn. »Bist du immer noch sauer, weil ich keine Beziehung mit dir wollte?«

»Ach Quatsch.« Er grinste sie an. »Du bist großartig, aber wohl kaum die Liebe meines Lebens. Du taugst besser zur Freundin als zur Partnerin.«

»So viel steht fest, und das habe ich dir auch von Anfang an gesagt.« Nur ein einziges Mal in ihrem Leben war sie an einer Beziehung interessiert gewesen und alles hatte damit geendet, dass sie ein großes Chaos angerichtet und alle Beteiligten verletzt hatte.

Das Mädchen stapfte schließlich ohne ihren gefälschten Ausweis davon und kurz darauf erreichten Gabe und Steph die Spitze der Warteschlange.

Rae rieb sich die Augen und hatte sie anscheinend noch nicht gesehen.

»Hey«, sagte Steph. Wohl zum ersten Mal in ihrem Leben war sie ein wenig schüchtern. Wie lächerlich! Sie zwang sich, Rae anzuschauen, anstatt auf ihre Schuhe zu starren. Sofort musste sie ein zweites Mal hinsehen.

Raes Augenprothese war verrutscht, sodass die Iris nun in Richtung Nase zeigte, statt sich in der Mitte des Auges zu befinden. Sie sah Steph mit ihrer üblichen undurchdringlichen Miene an. Offenbar hatte sie keine Ahnung, dass mit ihrem Auge etwas nicht stimmte.

»Geh schon mal rein und halt mir einen Platz frei«, sagte Steph zu Gabe. »Ich komme gleich nach.«

Zu ihrer Überraschung kam Gabe ihrer Aufforderung nach, ohne zu zögern oder auch nur einen Blick auf Rae zu werfen. Vermutlich dachte er, sie wollte zurückbleiben, um mit Rae über den Kuss zu sprechen, und wollte ihnen etwas Privatsphäre geben.

Auch Raes Kollege schien noch nichts bemerkt zu haben, da er rechts von Rae stand. Aber es würde nicht lange dauern, bis er darauf aufmerksam wurde. Hatte Rae ihren Kollegen überhaupt erzählt, dass sie eine Prothese trug? Wie sie Rae kannte, hatte sie das wahrscheinlich nicht getan. Und deshalb musste Steph ihr jetzt zu Hilfe kommen.

»Rae …« Sie stellte sich auf die Zehenspitzen, um ihr etwas ins Ohr flüstern zu können.

Die Pupille von Raes rechtem Auge weitete sich. »Was machst du da?«

Der leichte Zitrusduft von Raes Unisexparfüm lenkte Steph einen Moment lang ab, bevor sie sich die Ernsthaftigkeit der Situation in Erinnerung rief. »Dein Auge ist verrutscht«, flüsterte sie.

Rae wurde schlagartig blass. Sie hob ihre Hand und bedeckte ihr Auge, während sie sich mit dem anderen verzweifelt umsah.

Steph hatte ihre normalerweise stoische Mitbewohnerin noch nie so panisch gesehen. Der Drang, ihr zu helfen, überkam sie. *Denk nach! Schnell!* »Carlos, macht es dir etwas aus, wenn ich Rae kurz entführe?«, fragte sie so ruhig wie möglich. »Ich brauche ein wenig Hilfe mit meinem … ähm, BH. Der Haken hat sich in meinem T-Shirt verheddert.«

»Oh. Nur zu. Ich mach das hier schon.« Carlos deutete auf die Leute vor dem Eingang. »Und ich habe gehört, dass Rae gut mit BHs umgehen kann.«

Rae warf ihm mit einem Auge einen bösen Blick zu, während sie vorgab, das andere zu reiben, um es mit der Hand bedeckt halten zu können.

Steph nahm Raes linken Arm und führte sie sicher durch die Menschenmenge in der Lobby und zu den Damentoiletten.

Sie hatten Glück. Eine der drei Kabinen war leer.

Steph zog sie darauf zu, doch Rae sperrte sich und blieb am Waschbecken stehen, um sich die Hände zu waschen. »Ohne Spiegel geht das nicht.« Ihre Stimme klang angespannt und ihr Blick huschte zur Tür, dann zu den beiden belegten Kabinen. »Scheiße, Scheiße, Scheiße.« Sie runzelte die Stirn, vermutlich als sie erkannte, dass jederzeit jemand hereinkommen oder eine der Kabinen verlassen und sie sehen konnte.

»Ich habe einen.« Steph tätschelte die Handtasche, die über ihrer Schulter hing.

»Gott, ich könnte dich küssen.«

Ein nervöses Kichern entfuhr Steph. »Ähm, ich glaube, der Kuss vorhin hat gereicht, danke. Ein weiterer Kuss würde die Grenzen unseres platonischen Mitbewohnerdaseins sprengen.«

»Ich habe es nicht wörtlich gemeint. Ich will nur nicht, dass jemand sieht, wie ich –«

Das Geräusch eines Drehschlosses unterbrach sie.

Steph reagierte als Erste. Sie zog Rae am Arm in die leere Kabine und drängte sich an sie, um die Tür schließen zu können. Erst als sie sicher hinter der verschlossenen Tür waren, wurde ihr klar, in welcher Situation sie sich befand.

Waren die Toilettenkabinen des Clubs schon immer so winzig gewesen? Da die Toilettenschüssel, der Mülleimer und der Papierspender den größten Teil des Raums einnahmen, blieb kaum genug Platz für zwei Erwachsene. Sie mussten so dicht beieinanderstehen, dass nur wenige Zentimeter zwischen ihnen verblieben. Bildete sie sich das nur ein oder konnte sie die Wärme spüren, die von Raes Körper ausging? Es erinnerte Steph daran, wie es sich angefühlt hatte, sich an Rae zu pressen und ihren erstaunlich weichen Mund mit den Lippen zu liebkosen.

Reiß dich zusammen, Stephanie. Für die arme Rae hatte diese Situation nichts Erotisches. Noch immer bedeckte sie ihr linkes Auge mit der Hand und die Anspannung, die von ihr ausging, schien die Luft um sie herum knistern zu lassen.

»Es ist alles in Ordnung. Hier sind wir sicher.« Steph flüsterte, damit niemand sie belauschen konnte. »Was musst du tun und wie kann ich dir dabei helfen?«

Rae schloss ihr anderes Auge und atmete aus, als würde sie versuchen, einen Teil ihrer Anspannung abzuschütteln. Als sie ihr Auge wieder öffnete, lag ihre alte Entschlossenheit in ihrem Blick. »Ich muss die Prothese herausnehmen, ein paar Augentropfen hineinträpfeln und sie dann wieder einsetzen«, antwortete sie im Flüsterton. »Aus irgendeinem Grund ist das verflixte Auge schon den ganzen Tag lang gereizt. Vermutlich ist es verrutscht, weil ich ständig daran herumgerieben habe.«

Steph durchwühlte ihre Handtasche, bis sie den kleinen Spiegel fand, den sie nur selten benutzte. Gut, dass sie zu unordentlich war, um regelmäßig ihre Handtasche auszuräumen. »Soll ich einfach nur den Spiegel halten?«

Rae nickte. Ihre zusammengepressten Lippen formten eine dünne Linie. »Ja. Und kannst du bitte die Augen schließen?«

»Rae, das ist …« Steph hielt sich zurück, bevor sie *albern* sagen konnte. Es war überhaupt nicht albern. Sie konnte sich vorstellen, wie viel Mut und Vertrauen es Rae abverlangen würde, jemandem zu gestatten, sie ohne die Prothese zu sehen. »Du weißt sicher, dass es mir nichts ausmacht, oder? Ich kann gern die Augen schließen, wenn es dir dann leichter fällt, aber bitte glaub nicht, meine Empfindsamkeit schützen zu müssen.«

»Tu's einfach, okay? Wir haben nicht die Zeit für lange Diskussionen«, sagte Rae. »Ich muss zurück und du auch. Gabe wundert sich vermutlich schon, wo du bleibst.«

Steph grinste sie an, in der Hoffnung, mit ein bisschen Humor Raes Nervosität zu lindern. »Nein. Er denkt, ich habe dich auf die Damentoilette geschleppt, um dich zu verführen.«

»Wenn überhaupt, würde ich dich verführen«, murmelte Rae.

»Ha! Das denkst auch nur du.«

Ihr neckisches Geplänkel hatte die gewünschte Wirkung: Rae schien sich ein wenig zu entspannen. »Okay, bringen wir es hinter uns.«

Steph öffnete den Spiegel, hielt ihn hoch und schloss die Augen. »Meine Augen sind zu.«

»Nicht gucken.«

»Ich verspreche es.« Steph drückte ihre Augen noch fester zu.

Raes Anzugjacke raschelte. Sie fluchte leise vor sich hin.

»Was ist?«, flüsterte Steph. »Soll ich …?«

»Nein. Lass die Augen zu. Ich hab's schon.« Rae lehnte sich so nah an Steph heran, dass diese Raes warmen Atem auf ihrem Gesicht spüren konnte.

Stephs Herz schlug schneller und es fiel ihr schwer, den Spiegel ruhig zu halten. Meine Güte, das bisschen Nähe sollte keine solche Wirkung auf sie haben. *Sie ist deine Mitbewohnerin. Eine Clubangestellte. Eine Freundin.*

»Ein bisschen höher«, sagte Rae. »Ja! Mehr rechts. Ja, genau so.«

Steph musste lachen, als sie Raes Anweisungen befolgte. »Wenn uns jemand hört, denkt er wirklich, ich verführe dich.«

»Was würde derjenige dann erst denken, wenn ich jetzt juble und sage, dass das Ding endlich drin ist?«

Steph wäre fast an ihrer eigenen Spucke erstickt. Sie kicherte atemlos. »Ich will es gar nicht wissen. Ist es drin?«

»Ja. Du kannst die Augen wieder aufmachen.«

Steph tat es. Aus nächster Nähe sah sie in Raes Augen und bewunderte wieder die bernsteinfarbenen Sprenkel.

Raes Prothese saß nun wieder richtig. Ihr Lid und die Haut unter ihrem Auge waren etwas gerötet, aber ansonsten sah ihr linkes Auge wie das rechte aus. Nervös musterte sie Steph. »Wie sieht es aus?«

»Wunderschön.« Steph schenkte ihr ein ermutigendes Lächeln und gab ihr einen Klaps auf die Schulter.

Rae atmete hörbar auf.

Steph steckte den Spiegel zurück in die Handtasche und griff nach dem Türschloss, um endlich die winzige Kabine zu verlassen.

»Warte!«, sagte Rae.

Steph ließ das Schloss los und drehte sich um. »Brauchst du noch einen Moment, bevor wir wieder rausgehen?«

»Nein, ich …« Rae senkte den Blick auf die Fliesen und sah Steph dann in die Augen. Ihre Wangen färbten sich rot. Für eine Frau, die behauptete, seit 1997 nicht mehr rot geworden zu sein, nahm sie diese niedliche Farbe auffallend häufig an. »Ich wollte mich nur bei dir bedanken. Dafür, dass du den Spiegel gehalten und deine Augen geschlossen und mich so schnell hierhergebracht hast.« Die Worte sprudelten förmlich aus Rae heraus. »Deine schnelle Reaktion hat mir den Hintern gerettet.«

»Du musst dich nicht bei mir bedanken. Ich weiß, du bist eher der Einzelkämpfertyp, aber ich betrachte mich als Teil von Team Rae.«

Das zarte Pink auf Raes Wangen verwandelte sich in ein Scharlachrot, doch ihr Auge nahm einen neuen Ausdruck an, der Steph wie ein zaghaftes Hoffen erschien. »Es gibt ein Team Rae?«

Steph nickte energisch. »Soweit es mich betrifft, schon. Und ich wette, Carlos und deine übrigen Kollegen wären auch im Team, wenn du es zulassen würdest. Manchmal gehen sie mit ihren Neckereien und ihren Machosprüchen ein wenig zu weit, aber im Grunde sind sie nette Kerle.«

»Das weiß ich.«

»Wäre es nicht weniger stressig für dich, ihnen von deinem Auge zu erzählen?«, fragte Steph. »Für den Fall, dass so etwas noch einmal passiert.«

Rae starrte zu Boden und schabte mit ihrem Schuh über die Fliesen. »Ich weiß nicht so recht.«

Sanft hob Steph mit dem Daumen Raes Kinn an, sodass sie ihr in die Augen sehen musste. Dann berührte sie behutsam eine Stelle unterhalb von Raes linkem Auge und bemerkte dankbar, dass Rae nicht zurückschreckte. »Das ist nichts, wofür du dich schämen müsstest.«

»Ich schäme mich nicht dafür. Es ist einfach nur so, dass ich …« Rae zuckte mit den Schultern, ließ sie aber nicht wieder ganz zurücksinken, was zeigte, wie angespannt sie noch immer war. »Es ist schon schwer genug, die einzige Frau im Team zu sein. Ich bin noch nicht so weit, jemandem von meiner Verletzung zu erzählen.«

»Du hast es mir erzählt«, sagte Steph leise. »Und ich respektiere dich deswegen nicht weniger als zuvor. Ganz im Gegenteil. Ich bewundere dich nur noch mehr.«

»Ja, aber das ist etwas anderes. Du bist …« Rae hob den Blick, um Steph ins Gesicht zu sehen. Ein neuer, weicher Ausdruck schimmerte in ihren Augen. »Du bist Teil von Team Rae.«

Ihre Akzeptanz erfüllte Steph mit Wärme. Ein Kloß in ihrer Kehle hinderte sie am Antworten. Sie wusste ohnehin nicht, was sie hätte sagen sollen. Ausnahmsweise fiel ihr kein Witz ein und sie fand keine Worte, mit denen sie hätte ausdrücken können, wie es sich anfühlte, als Teil von Raes innerem Kreis akzeptiert zu werden. Deshalb schwieg sie und lächelte Rae an.

Ein zaghaftes Lächeln erhellte Raes Gesicht. Schließlich sah Rae weg, als könnte sie die Intensität ihres Blickkontakts nicht länger ertragen. »Okay, genug jetzt«, sagte sie schroff. »Lass uns gehen, bevor draußen wirklich alle denken, dass ich dich gegen die Klotür gedrückt im Stehen nehme.«

Ein Bild von Rae, die sie mit ihrem kräftigen Körper gegen die Tür drückte, schoss Steph durch den Kopf. Ihr wurde von Kopf bis Fuß heiß. Mit einem Kopfschütteln versuchte sie, das Bild loszuwerden. »Ich dachte, wir hatten uns darauf geeinigt, dass ich diejenige sein würde, die dich nimmt?«

»Das hättest du wohl gern.« Ihr altes Selbstbewusstsein lag wieder in Raes Stimme. Sie schob sich an Steph vorbei und schloss die Tür auf. In der engen Kabine streifte ihre Brust Stephs Arm.

O Gott. Das verdammte Bild von Rae, wie sie Steph gegen die Tür drückte, kehrte zurück und Stephs Knie wurden weich. Sobald die Tür aufschwang, taumelte Steph zum Waschbecken und drehte das kalte Wasser auf.

Rae folgte ihr und wusch sich am Waschbecken neben ihr die Hände. Im Spiegel betrachtete sie ihr Auge und blinzelte ein paarmal, als wollte sie austesten, ob sich das Lid ganz schließen würde. Das tat es.

»Kommst du für den Rest deiner Schicht klar?«, fragte Steph.

Rae nickte. »Solange ich das Auge nicht wieder in der falschen Richtung reibe, sollte es glattgehen. Hoffe ich«, fügte sie leiser hinzu. Ein verletzlicher Ausdruck huschte über ihr Gesicht, verschwand dann aber, als sie ihre Hände abtrocknete, auf die Tür zuging und sie für Steph offen hielt.

Sobald sie die Lobby betreten hatten, vergrößerte Rae schnell den Abstand zwischen ihnen. »Wir sehen uns dann zu Hause.«

Steph nickte. »Bis später.« Anstatt sofort in den Saal zu eilen, sah sie Rae hinterher, als diese die fast leere Lobby durchquerte.

Raes Gang war schwungvoll und die Haltung ihrer breiten Schultern zeugte von ihrem Selbstvertrauen. Sie schien tatsächlich in Ordnung zu sein. Niemand würde ahnen, was passiert war. Aber Steph wusste, sie würde niemals den verletzlichen Ausdruck auf Raes Gesicht oder das Zittern ihrer Hände vergessen.

Als Rae nach draußen gegangen war, schlüpfte Steph in den Saal, wo jeden Moment die Vorstellung beginnen würde.

Sie brauchte einen Moment, um Gabe im Halbdunkel zu finden. Wie erwartet hatte er sich für zwei Plätze ganz hinten entschieden, sodass er sich aus dem Saal schleichen konnte, wenn ihm langweilig wurde.

Sie ließ sich auf den Sitz neben ihm fallen. »Entschuldige«, flüsterte sie, gab aber keine Erklärung für ihre Verspätung ab.

»Na endlich!« Er stieß sie mit dem Ellbogen an. »Wo warst du denn so lange? Ich dachte schon, du hättest Rae auf die Toilette geschleppt, um sie zu ficken.«

Eine Welle des Zorns überkam Steph mit einer Heftigkeit, die sie überraschte. »Halt die Klappe, Gabe.«

Abwehrend hob er beide Hände und starrte sie an.

Sie starrte zurück. *Was zum Teufel?* Gabe und sie scherzten ständig über ihr Sexualleben und machten sich dabei nicht die Mühe, sich politisch korrekt auszudrücken. Aber ihn so über Rae sprechen zu hören, fühlte sich einfach falsch an. »Entschuldige.« Sie massierte sich die Nasenwurzel und die Stirn, hinter der sich Kopfschmerzen ankündigten. »Ich glaube, Rae und ich …«

Er riss die Augen auf.

»Nein, nicht das, was du denkst. Wir sind dabei, Freundinnen zu werden. Wir *sind* Freundinnen. Und ich will nicht, dass du so über sie redest.«

»Okay, okay. Ich werde in Zukunft mein dreckiges Mundwerk zügeln.« Er stupste ihren Schuh mit seinem Fuß an. »Du weißt, dass ich es nicht böse gemeint habe, oder?«

»Ja, ich weiß.«

Er beugte sich näher an sie heran und musterte sie. »Bei dir alles in Ordnung?«

»Ja, alles bestens.« Aber insgeheim fragte sie sich, wem sie versuchte, etwas vorzumachen: Gabe oder sich selbst?

Kapitel 18

Rae rief in der Praxis ihres Ocularisten an, sobald diese am Montagmorgen um neun Uhr öffnete. Sie trommelte mit den Fingern auf ihrem Oberschenkel herum, während das Handy klingelte und klingelte. Verdammt, sie hätte das Problem nicht so lange ignorieren dürfen. Heute war der Tag vor Heiligabend und womöglich konnte sie vor den Feiertagen keinen Termin mehr bekommen. Hatte die Praxis heute überhaupt geöffnet?

Sie konnte es sich nicht leisten, dass so etwas noch einmal passierte, vor allem nicht, wenn es damit endete, dass sie sich mit Steph in eine winzige Toilettenkabine zwängen und vor ihr die Prothese herausnehmen musste. Dieser Vorfall hatte sie zwei Nächte lang kaum schlafen lassen. Sie wusste nicht, wie sie mit der Intimität umgehen sollte, wobei ihr die körperliche Nähe weniger Probleme bereitete als die emotionale. Selbst Steph zu küssen, war irgendwie weniger intim gewesen. Das konnte sie mit sexueller Anziehung erklären, aber die Geschehnisse in der Toilette hatten bei ihr ein Gemisch von Gefühlen ausgelöst, das sie nicht verstand und vielleicht auch nicht näher betrachten wollte.

Sie wurde aus ihren Gedanken gerissen, als am anderen Ende jemand das Telefon abnahm.

»*Tor zur Seele*, hier spricht Ana. Wie kann ich Ihnen helfen?«

»Rae Coleman hier. Ich habe Probleme mit meiner Prothese und ich hätte gern noch vor den Feiertagen einen Termin bei Mr Kamali.«

»Vor den Feiertagen?« Ana klang, als hätte Rae sie gebeten, Wasser in Champagner zu verwandeln. »Ich fürchte, das ist völlig unmöglich. Wir sind … Oh, einen Moment, bitte.«

Rae hielt das Handy fest umklammert, während sie wartete. Gedämpfte Stimmen drangen durch die Leitung.

»Ms Coleman?« Es war Mr Kamali. »Ana sagt, Sie haben Probleme mit Ihrer Prothese. Was stimmt damit nicht?«

»Mein Auge ist seit etwa einer Woche ziemlich gereizt. Ich habe die Prothese mehrmals herausgenommen und gereinigt, aber das half auch nicht. Am Samstagabend ist das Auge sogar verrutscht.« Sie wollte nicht daran denken, dass die Prothese vor ihrem Kollegen hätte herausfallen können.

»Hm. Das hört sich gar nicht gut an. Die Praxis ist über die Feiertage geschlossen, aber vielleicht ist es ein Problem, das sich schnell lösen lässt. Vielleicht muss die Prothese nur nachpoliert werden. Können Sie heute um fünf vorbeikommen?«

Mist! Sie müsste jemanden finden, der ihre Schicht für sie übernahm, aber das war nicht das eigentliche Problem. Rae hielt sich immer über die Sonnenauf- und Sonnenuntergangszeiten auf dem Laufenden und wusste daher, dass die Sonne im Moment um Viertel vor fünf unterging. Das bedeutete, dass sie auf dem Rückweg von Tarzana nach Beverly Grove im Dunkeln fahren musste. Aber sie hatte keine andere Wahl. »Vielen Dank. Ich werde da sein.«

Sie beendete das Gespräch, streckte sich auf der Couch aus und ließ ihre Füße über deren Ende baumeln. Das Kissen, auf dem ihr Kopf ruhte, roch nach Stephs Parfüm. Der Duft war süß und blumig, gemischt mit einem Hauch Ingwer, der ihm eine frische, würzige Note verlieh. Es war seltsam tröstlich, hier zu liegen und ihn einzuatmen.

Himmel, vielleicht sollte ich Mr Kamali bitten, auch meinen Verstand zu untersuchen. Sie zog das Kissen unter ihrem Kopf hervor und warf es quer durch den Raum.

Ihr Handy klingelte auf ihrem Schoß und ließ sie zusammenzucken. Als sie auf das Display sah, überkamen sie vertraute Schuldgefühle. Es war Kim. Rae hatte sie viel zu lange nicht angerufen. Das lag nicht daran, dass es ihr egal war, wie es ihrer Freundin ging. Aber jedes Mal, wenn sie Kim sah oder mit ihr sprach, musste sie an Mike denken und an ihre Mitschuld an seinem Tod. Einen Moment lang überlegte sie, nicht ranzugehen, aber dann verwarf sie den Gedanken. Vielleicht brauchte Kim sie.

Sie wischte mit dem Finger über das Display und hob das Handy ans Ohr. »Hallo, Kim. Wie geht es dir?«

»Hallo, Fremde.« Der vorwurfsvolle Unterton in Kims Stimme war deutlich herauszuhören. »Ich will nicht behaupten, dass es mir großartig geht, aber ich mache Fortschritte. Ich bin endlich Mikes Sachen durchgegangen und habe ein paar Klamotten in Kisten verpackt, die ich an die Wohlfahrt geben möchte.«

Rae schluckte. Ihre Kehle fühlte sich rau an. »Es tut mir leid, Kim. Ich hätte da sein sollen, um dir dabei zu helfen.«

»Nein«, sagte Kim. »Ich weiß, ich hätte anrufen können, wenn ich dich gebraucht hätte. Aber ich glaube, ich musste das ganz allein tun, um endlich ein wenig loszulassen.«

Beide schwiegen einen Moment lang.

»Das ist gut«, brachte Rae schließlich hervor. Ihre Stimme klang, als wäre sie heiser. Sie zwang sich zu fragen, bevor sie kneifen konnte. »Und? Ist es dir gelungen? Loszulassen, meine ich.«

Einige Sekunden lang hörte sie nur ein lang gezogenes Seufzen und dann Kims Atem durch das Handy. »Ich bin mir nicht sicher, ob ich jemals vollständig werde loslassen können. Ich will es auch nicht. Aber ich möchte auch nicht den Rest meines Lebens total vernebelt vor Wut und Trauer verbringen, so wie ich das seit März getan habe. Das isoliert mich von den Menschen und allen schönen Dingen in meinem Leben. Das würde Mike nicht wollen.«

»Nein«, sagte Rae mit Nachdruck, denn diese eine Sache wusste sie mit Gewissheit. »Garantiert nicht.«

»Er würde auch nicht wollen, dass du so weiterlebst«, sagte Kim leise.

Rae drückte ihre freie Hand gegen ihre Schläfe. Eine Arterie pochte unter ihren Fingern. Es erinnerte sie an das viel zu schnelle Hämmern von Mikes Puls, als sie die Hände auf seinen Hals gepresst hatte, um das Blut zurückzuhalten, das mit jedem schwächer werdenden Herzschlag hervorschoss. Ihr wurde übel. Schnell nahm sie die Hand weg. »Ich weiß.«

»Dann komm bitte an Weihnachten vorbei und iss mit mir und Mikes Eltern zu Abend.«

Rae fühlte sich völlig überrumpelt. »Kim, ich …«

»Du hast Weihnachten immer mit uns gefeiert. Du weißt, dass Dot und Gordon dich als Teil der Familie betrachten.«

Ein bitterer Geschmack breitete sich in Raes Mund aus. Sie wusste nicht, ob sie es verdiente, Teil der Familie zu sein. Wäre sie nicht gewesen, könnte ihr Sohn noch am Leben sein und mit ihnen Weihnachten feiern. »Ich weiß, aber …«

»Was aber?«, fragte Kim.

Rae biss sich auf die Lippe, bis es schmerzte. Sie konnte Kim nicht sagen, dass sie noch nicht bereit war, sich Mikes Eltern zu stellen. Schon gar nicht heute, nachdem Kim Mikes Sachen durchgesehen hatte und davon merklich mitgenommen war.

»Bitte, Rae. Du hast schon abgelehnt, als ich dich zum Thanksgiving-Essen eingeladen habe. Ich möchte nicht, dass du Weihnachten auch noch alleine verbringst.«

»Das muss ich nicht. Steph hat mich zum Weihnachtsessen mit ihrer Familie eingeladen«, sagte Rae, noch ehe sie über ihre Worte nachdenken konnte. Die Schuldgefühle, die auf ihr lasteten, fühlten sich plötzlich noch schwerer an. Jetzt belog sie auch noch ihre Freundin! Natürlich stimmte es, dass Steph sie zum Weihnachtsessen eingeladen hatte, aber Rae hatte nicht vor, das Angebot anzunehmen.

»Was? Du verbringst Weihnachten mit Steph und ihrer Familie?«

»Es ist nicht so, wie du denkst. Es hat alles damit angefangen, dass Steph einen Witz darüber gemacht hat, dass ich viel besser in ihre Familie passen würde als sie. Irgendwie wurde daraus dann ein ernsthaftes Angebot. Ich weiß nicht einmal, wie es dazu kam.«

»Du hast sie liebgewonnen, ohne es zu merken, stimmt's?« Kims Tonfall verriet, dass sie lächelte. »Du magst sie.«

Zuerst wollte Rae es abstreiten. Aber wollte sie Kim wirklich erneut anlügen? »Sie ist …« Wie konnte man eine so komplexe Person wie Steph mit wenigen Worten beschreiben? »Sie ist anders, als ich dachte.«

»In welcher Hinsicht?«, fragte Kim, als Rae verstummte.

Rae rutschte etwas höher, sodass sie ihren Kopf auf die Armlehne der Couch legen konnte. Sie starrte an die Decke. »In ziemlich jeder Hinsicht. Sie ist loyal, treu und mitfühlend.«

»Hm.«

»Was soll das denn heißen?«, fragte Rae.

»Nichts. Ich freue mich nur für dich.«

Rae setzte sich auf. »Hey, ich glaube, du hast missverstanden, was ich gesagt habe. Wir sind kein Paar oder so etwas.«

»Ich weiß. Aber dass du eine Freundschaft schließt und jemanden an dich heranlässt, das kommt nicht alle Tage vor.«

Hatte sie Steph an sich herangelassen? Sie dachte an alles, was sie in den vergangenen zwei Monaten mit Steph geteilt hatte. *Ja, ich glaube, das habe ich.* Und das jagte ihr Angst ein. Rae sank zurück auf die Couch. »Sie hat mich gesehen.« Wieder rutschten ihr die Worte heraus, ohne dass sie bewusst darüber nachgedacht hatte. »Ohne mein Auge. Nicht mit Absicht. Ich bin noch nicht so weit, ihr das absichtlich zu zeigen, aber sie hat gut reagiert. Sie war zwar überrascht, ist aber nicht zurückgewichen und sah auch nicht angeekelt aus.«

»Ach, Rae. Wie könnte sich jemand davor ekeln?«

Wie könnte jemand sich nicht davor ekeln? Rae hatte mehrere Monate gebraucht, bis sie sich im Spiegel betrachten und die leere Augenhöhle als Teil von sich selbst akzeptieren konnte. An manchen Tagen fiel es ihr noch immer schwer.

»Glaubst du, ich hätte mich geekelt, wenn Mike ein Auge verloren hätte?«, fragte Kim im Flüsterton. »Das wäre mir egal gewesen, solange er nur überlebt hätte.«

Rae bedeckte ihr Gesicht mit einem Arm. Ihre Augen brannten und diesmal hatte es nichts mit der unbequemen Prothese zu tun. »Ich weiß«, war alles, was sie herausbekam.

»Bitte sei nicht so hart zu dir. Oder zu Steph. Stoß sie nicht weg, nur weil du Angst bekommst.«

Rae stieß ein Grunzen aus. »Ich habe keine Angst.«

»Nein, natürlich nicht.« Kim klang amüsiert. »Hör zu, ich muss los. Ich habe das Hilfswerk gebeten, die Kartons gleich abzuholen, damit ich keinen Rückzieher mache, und sie werden jeden Moment hier sein. Ich sehe dich dann am Tag nach Heiligabend.«

»Ähm, was ist denn am Tag nach Heiligabend?« Hatte sie eine Verabredung vergessen?

»Du kommst bei mir vorbei und hilfst mir, all die Reste vom Weihnachtsessen zu vertilgen, die meine Schwiegereltern mir mitgeben werden«, sagte Kim. »Und du wirst mir alles über dein Weihnachtsfest mit Steph und ihren Eltern erzählen.«

Mist. Nun hatte sie den Salat! Entweder musste sie zugeben, dass sie gelogen hatte, oder Kim weiter anlügen und sich eine detaillierte Geschichte über Weihnachten mit den Renshaws ausdenken. Oder aber sie musste wie behauptet Heiligabend mit Steph und ihrer Familie verbringen.

Das war wie die Wahl zwischen Pocken, Ebola und der Beulenpest. Nachdem sie das Gespräch beendet hatten, schlug sie mit der Faust auf die Rückenlehne der Couch ein. »Verdammt noch mal!«

»Was ist passiert?«, fragte Steph, die im Türrahmen ihres Zimmers stand. Sie eilte auf Rae zu. »Macht dein Auge wieder Probleme?«

»Nein. Ja, aber das ist es nicht.« Rae massierte sich mit beiden Händen unsanft ihren verspannten Nacken. Es war wohl an der Zeit, sich für die beste der drei unerfreulichen Optionen zu entscheiden, auch wenn sie nicht wusste, welche das war. Vermutlich nicht, Kim weiterhin anzulügen. »Bleiben also noch Ebola und die Beulenpest.«

»Wie bitte?«

Hatte sie das laut gesagt? Rae war erschöpft. Sie wollte einfach nur noch ins Bett kriechen und alles vergessen, was heute passiert war: den Kuss, das Verrutschen ihrer Prothese, den Vorfall in der Toilette und all die Gefühle, die Kims Anruf in ihr ausgelöst hatte.

Steph schob den Couchtisch beiseite und setzte sich auf die Kante des Sofas. Ihr Oberschenkel ruhte weich und warm an Raes Bein und ihr Gesichtsausdruck war besorgt, als sie auf Rae herabsah. »Was ist los? Und sag bloß nicht, es sei nichts.«

»Ich habe mich nur gefragt …« Rae zupfte an einigen losen Fäden, die aus ihrer abgeschnittenen Jogginghose ragten. »Steht dein Angebot noch?« Sie konnte nicht fassen, dass sie wirklich gefragt hatte.

Steph neigte ihren Kopf zur Seite. »Welches Angebot? Das Angebot, dich zu verführen?« Sie senkte die Stimme zu einem sexy Raunen. »Aber sicher doch. Jederzeit, Schatz.«

Rae gab ihr einen Schubs mit dem Knie. »Träum weiter.«

Lachend griff Steph nach Raes Bein, um ihr Gleichgewicht nicht zu verlieren. Dann ließ sie ihre Hand dort liegen, scheinbar ohne sich dessen bewusst zu sein.

Das Kribbeln, das Stephs Berührung auslöste, überraschte Rae nicht mehr, wohl aber die Tatsache, dass ihr Stephs Nähe nicht unangenehm war. Diese Feststellung brachte sie so sehr aus der Fassung, dass sie eine Weile brauchte, um zu bemerken, dass Steph mit fragender Miene auf sie herabsah. »Ähm, ich meinte das Angebot, Heiligabend mit dir und deiner Familie zu verbringen.«

Das neckische Grinsen verschwand sofort aus Stephs Gesicht und wurde durch ein aufrichtiges Lächeln ersetzt. »Ja, natürlich steht das Angebot noch.« Sie hüpfte auf der Couch auf und ab, was Rae durchschüttelte. »Das ist toll! Zumindest sind wir jetzt drei normale Leute, die richtiges Essen zu sich nehmen, während die drei Psychologen nur Kaninchenfutter vertilgen. Das gleicht die Dinge aus.«

Normal? Rae war sich nicht sicher, ob diese Bezeichnung auf sie zutraf.

»Hey, kneif jetzt bloß nicht, nur weil ich Psychologen erwähnt habe, ja?« Steph zeigte mit dem Finger auf sie. Anscheinend hatte sie den Grund für Raes Zögern missverstanden.

»Das werde ich nicht. Du hast gesagt, wir können jederzeit gehen und die Arbeit als Entschuldigung vorschieben. Gilt das noch?«

»Jederzeit. Lass mich einfach wissen, wenn du dich unwohl fühlst, dann sind wir schneller weg als ein geölter Blitz. Wir können gern auch erst etwas später hingehen, sodass wir direkt vor dem Essen ankommen und nur ein paar Stunden dort sind. Und zerbrich dir nicht den Kopf darüber, dass wir vermutlich nicht vor Sonnenuntergang zurück sein werden. Ich werde fahren und du kannst den veganen Eierlikör meiner Eltern probieren.«

Rae schüttelte sich. »Nein danke.« Sie dachte über Stephs zweites Angebot nach. Sollte sie Steph fragen, ob es ihr etwas ausmachen würde, sie heute zu dem Termin mit dem Ocularisten zu bringen? Steph hatte ihr schon einmal angeboten, sie jederzeit zu fahren. Aber der Termin bei Mr Kamali war kein Ausflug zur Imbissbude. Vielleicht sollte sie sich lieber ein Taxi rufen. Das würde zwar mehr kosten, aber es war anonymer und sie musste nicht um Hilfe bitten.

Steph klopfte Rae aufs Knie und zog dann ihre Hand zurück, als hätte sie erst jetzt bemerkt, wo ihre Hand die ganze Zeit über geruht hatte. »Du wolltest noch etwas anderes sagen, oder?«

Verdammt! Was war aus dem Pokerface geworden, auf das sie sich immer hatte verlassen können? Rae rang noch eine weitere Minute lang mit der Entscheidung.

»Was immer es auch ist, sag es mir einfach«, sagte Steph leise. Erstaunlich, wie warm und einladend graue Augen sein konnten. »Du weißt, ich bin auf deiner Seite.«

Auf meiner Seite. Team Rae. Diese beiden einfachen Worte gaben den Ausschlag. »Ich habe meinen Ocularisten angerufen.«

»Deinen … was?«

»Meinen Ocularisten. Das ist der Mann, der mein künstliches Auge gemacht hat.« Rae zeigte darauf.

»Ach so. Konnte er dir weiterhelfen?«

»Er kann nicht sagen, was damit nicht stimmt, ohne einen Blick darauf zu werfen, deshalb möchte er, dass ich vorbeikomme.« Rae schluckte. Himmel, warum war das so schwer? »Heute um fünf.« Sie ließ die Worte so stehen, in der Hoffnung, Steph würde es von sich aus verstehen, ohne dass sie fragen musste.

»Super. Er kann dich also noch vor den Feiertagen dazwischenschieben?«

Rae nickte. *Sieht so aus, als würde ich doch ein Taxi nehmen.* Aber dann ertönte eine innere Stimme, die ein wenig wie Mike klang: *Verdammt noch mal, benimm dich wie eine Erwachsene und frag einfach, Coleman!* Ihr Partner hätte so etwas tatsächlich gesagt. Und er hätte recht gehabt. »Steph, ähm, würdest du …? Hättest du zufällig …? Der Termin ist nach Sonnenuntergang. Ich weiß, du arbeitest wahrscheinlich heute Abend, aber für den unwahrscheinlichen Fall, dass du es nicht tust …«

»Nein, ich arbeite nicht.« Steph bewegte ihre Hand wieder auf Rae zu, zog sie diesmal aber zurück, bevor sie Raes Knie berühren konnte. »Natürlich kann ich dich fahren.«

»Bist du dir sicher? Mr Kamalis Praxis ist in Tarzana. Es ist eine lange und umständliche Anfahrt. Ich kann ein Taxi nehmen, wenn du dir das nicht antun möchtest.«

»Was, ich soll einen Ausflug nach Tarzana verpassen?« Steph fasste sich mit entsetzter Miene an die Brust. »Auf keinen Fall!«

»Vielen Dank.« Rae hoffte, Steph würde verstehen, dass sie sich nicht nur für ihre Dienste als Fahrerin bedankte, sondern auch dafür, dass sie ihr nicht das Gefühl gab, ihr zur Last zu fallen.

Dieses Mal legte Steph ihr kurz die Hand aufs Knie. »Nein, Rae, ich danke dir. Dafür, dass du nicht einfach ein Taxi gerufen hast, um mich nicht um Hilfe bitten zu müssen.«

Rae wandte den Blick ab und beschloss, nicht zu erwähnen, dass sie es beinahe doch getan hätte.

Steph zog ihre Hand zurück und erhob sich. »Wann sollen wir zum Augapfelladen losfahren?«

Die scherzhafte Bezeichnung war so typisch für Steph, dass Rae lachen musste. Es tat gut, dass sie kein Aufheben davon machte, sondern es klingen ließ, als würden sie nur im Supermarkt eine Tüte Milch kaufen. »Als ich das letzte Mal zu seiner Praxis gefahren bin, habe ich eine Stunde gebraucht.«

»Lass uns um halb vier aufbrechen«, sagte Steph. »Dann musst du dir keine Sorgen darum machen, dass du zu spät kommen könntest. Und wenn wir zu früh da sind, können wir uns einen Kaffee oder ein Eis holen.«

Rae nickte und staunte noch immer darüber, wie einfach alles war. Wenn man das doch nur auch von ihrem Termin bei Mr Kamali hätte sagen können.

Steph blickte immer wieder zu Rae hinüber, während sie fuhr.

Auf dem Beifahrersitz vibrierte Rae förmlich vor Anspannung. Vielleicht war es gut, dass der Verkehr so dicht war, dass sie keine Zeit hatten, vor dem Termin einen Kaffee zu trinken. Rae brauchte nun wirklich kein Koffein, das sie noch unruhiger machen würde.

Nun war Steph froh, dass sie Gabe angerufen und ihn gebeten hatte, ihren Platz in einer Comedyshow in einem Waschsalon zu übernehmen, damit sie Rae fahren konnte. Ein paarmal ertappte sie sich dabei, wie sie eine Hand vom Lenkrad nahm und beinahe beruhigend Raes Hand genommen oder ihr Bein gedrückt hätte. Was sollte das denn? Händchenhalten war sonst nicht ihre Art und sie war sich ziemlich sicher, dass das auch auf Rae zutraf.

Fünf Minuten vor dem Termin hielt Steph den Wagen auf dem Parkplatz des Ocularisten. »Perfektes Timing.«

»Ja.« Rae lächelte nicht und sah nicht erleichtert aus.

Steph stellte den Motor ab, stieg jedoch nicht aus. »Es wird doch nicht wehtun, oder?«

»Das bezweifle ich. Als ich das letzte Mal hier war, musste er das Auge so oft rausnehmen und wieder einsetzen, dass es am Ende etwas gereizt war, aber das ist alles.«

»Was beunruhigt dich dann so?«

»Nichts.«

Das nahm Steph ihr nicht ab. Sie schaute sie weiterhin an, aber Rae sah stur geradeaus. Steph hatte das Gefühl, dass sie Steph absichtlich in ihrem toten Winkel haben wollte, um sie nicht ansehen zu müssen.

Aber jetzt war nicht der richtige Zeitpunkt, um Blickkontakt zu erzwingen. Rae war zu angespannt, um sich verletzlich zu machen und zuzugeben, was sie beunruhigte.

»Lass uns reingehen.« Steph stieg aus und zeigte auf das Schild neben dem Eingang. »*Tor zur Seele*. Das ist irgendwie süß.«

Rae brummte zustimmend.

Steph folgte ihr in die Praxis und sah sich um, während Rae sich bei der Frau hinter dem Empfangstresen anmeldete.

Die Räume wirkten wie eine typische Arztpraxis, allerdings bedeckten Fotos von Menschen die Wände. Als Steph genauer hinsah, erkannte sie, dass es wohl Patienten waren, für die Mr Kamali eine Augenprothese angefertigt hatte. Bei einigen konnte Steph erkennen, dass ein Auge nicht echt war, weil ein Lid etwas schlaffer war, bei anderen war es jedoch unmöglich zu sagen, welches Auge das künstliche war.

Als Rae ihr zuwinkte, riss sich Steph von den Fotos los und folgte ihr ins Wartezimmer.

Sie hatten gerade Platz genommen, als die Tür geöffnet wurde und ein dünner Mann um die fünfzig hereinkam. »Hallo, Ms Coleman. Ich würde sagen, es ist schön, Sie zu sehen, aber ich wette, Sie wären jetzt lieber woanders.«

Sein weißer Laborkittel schwang bei jeder Bewegung mit, als er den Raum durchquerte und Rae die Hand schüttelte. Dann drehte er sich mit fragendem Blick zu Steph um.

»Das ist Stephanie Renshaw«, sagte Rae. Nach kurzem Zögern fügte sie hinzu: »Sie ist, ähm, eine Freundin von mir.«

Steph wurde ganz warm und sie strahlte. Sie ahnte, dass Rae nur selten jemanden auf diese Weise vorstellte.

»Freut mich, Sie kennenzulernen. Ich bin David Kamali.« Der Ocularist schüttelte ihr herzlich die Hand.

»Freut mich auch, Dr. Kamali.«

Er lachte und hob abwehrend die Hand. »O nein, ich bin kein Arzt.«

»Aber offensichtlich sind Sie ein Künstler.« Steph deutete auf Raes künstliches Auge.

Aufgrund seiner hellbraunen Haut war es schwer zu erkennen, aber ihr schien, als würde er erröten. »Nun ja, es ist eine Kunst, aber eine Kunst, die niemand bemerken soll. Wenn ich meine Arbeit richtig mache, unterscheidet sich das Auge nicht von dem anderen.« Er nickte Rae zu. »Sollen wir loslegen?«

Rae nickte mit grimmiger Miene.

Mr Kamali wollte sich gerade umdrehen, hielt dann aber inne und schaute Steph an. »Oh, wenn Sie mit reinkommen möchten, wäre das für mich kein Problem.«

Wow. Damit hatte Steph nicht gerechnet. Vielleicht hatte er Raes kurzes Zögern, als sie Steph vorgestellt hatte, als ein Zeichen dafür gewertet, dass sie in Wirklichkeit Raes Lebensgefährtin war, oder aber er dachte einfach, Rae könnte etwas Unterstützung gebrauchen.

Rae erstarrte. Ihr Blick huschte zwischen Steph und Mr Kamali hin und her.

Vermutlich musste Mr Kamali die Prothese herausnehmen, sodass Steph sie ohne Auge sehen würde. Steph wusste, dass Rae dafür noch nicht bereit war. Behutsam legte sie ihr die Hand auf den Arm. »Ist schon okay. Ich kann auch hier im Wartezimmer bleiben. Ich habe ohnehin so einiges nachzuholen, was Prominentenklatsch in der Regenbogenpresse angeht.«

Rae atmete zweimal tief ein und aus, wie ein Taucher, der sich darauf vorbereitete, unter die Meeresoberfläche zu tauchen. »Nein. Komm mit rein.«

Steph starrte sie an. »Bist du dir sicher? Meinetwegen musst du das nicht tun.«

»Ich weiß.«

Sie sahen sich eine Zeit lang an. Steph versuchte, Raes Gesichtsausdruck zu ergründen. Wollte sie wirklich, dass sie mit in den Behandlungsraum kam, oder versuchte sie nur, Stephs Gefühle nicht zu verletzen? Unzählige Emotionen huschten über Raes Gesicht, wechselten aber zu schnell, als dass Steph sie hätte identifizieren können. Sie beschloss, Raes Worten genauso zu vertrauen, wie Rae ihr vertraute. »Na gut.« Ihre Stimme zitterte. Als sie Mr Kamali und Rae den Flur hinabfolgte, schlug ihr das Herz bis zum Hals. *Reiß dich zusammen. Du bist hier, um Rae zu beruhigen, nicht, um selbst auszuflippen.*

Sie versuchte, sich abzulenken, indem sie sich in Mr Kamalis Behandlungszimmer umsah. Es wirkte wie eine Arzt- oder vielmehr eine Zahnarztpraxis. Sogar die Behandlungsliege ähnelte einem Zahnarztstuhl. Das Einzige, was nicht zu einer Arztpraxis passte, waren die kleinen Farbflaschen, die auf einem L-förmigen, weißen Schreibtisch aufgereiht waren.

Mr Kamali setzte sich hinter seinen Schreibtisch, während Rae auf der anderen Seite Platz nahm.

Steph zog einen Besucherstuhl durch den Raum, damit sie rechts von Rae sitzen konnte. Ihr Blick fiel auf eine riesige Lupe und einen runden Spiegel, die am Schreibtisch befestigt waren.

Mr Kamali verschränkte seine Hände. »Worum geht es denn genau?«

»Mein Auge war eine Zeit lang sehr gereizt und am Samstag ist die Prothese sogar verrutscht.« Rae sprach so schnell, dass sie schwer zu verstehen war. »Vermutlich habe ich in die falsche Richtung gerieben, aber das ist mir trotzdem noch nie passiert, nicht mal, als ich eine Erkältung hatte. Ich weiß auch nicht. Es fühlt sich irgendwie seltsam an.«

»Hm. Alles klar. Dann schauen wir uns das einmal an. Können Sie sich bitte nach vorn lehnen?« Er wies sie an, nach oben, unten, links und rechts zu schauen und ihre Augen zu schließen, während er jede Bewegung der Prothese verfolgte. Schließlich griff er über den Schreibtisch und zog Raes Unterlid herunter. Als wäre es die normalste Sache der Welt, ließ er ihr künstliches Auge herausrutschen.

Steph wollte höflich den Blick abwenden, um Rae nicht zu beunruhigen, aber der große Spiegel zu Raes Linken war so eingestellt, dass Steph darin Raes Gesicht sehen konnte.

Einen Moment lang raubte ihr der Anblick der leeren Augenhöhle den Atem. Als sie Rae versehentlich im Bad ohne Prothese gesehen hatte, hatte sie nur einen kurzen Blick darauf erhascht. Außerdem hatte sie der Anblick von Raes nacktem Körper abgelenkt.

Als Mr Kamali nun Raes Lider auseinanderzog, um die Augenhöhle zu inspizieren, konnte Steph nicht anders, als auf die leere Stelle zu starren, wo der linke Augapfel hätte sein sollen. Es sah nicht schrecklich aus, aber sie würde sich erst daran gewöhnen müssen – vorausgesetzt, Rae würde je wieder zulassen, dass Steph sie ohne Prothese sah. Der Anblick der Augenhöhle war kein bisschen abstoßend. Das rosa Fleisch sah gesund aus. Die Farbe erinnerte Steph an die Innenseite ihrer Wange.

Im Spiegel begegnete sie dem Blick von Raes verbliebenem Auge.

Rae sah unglaublich ernst aus. Atmete sie überhaupt oder hatte sie die Luft angehalten?

Plötzlich war es Steph egal, dass sie normalerweise nicht Händchen hielt. Sie nahm Raes Hand.

Raes Finger zuckten, als hätte die Berührung sie überrascht, doch dann umklammerte sie Stephs Hand, als wollte sie Steph davon abhalten, davonzulaufen.

Steph schenkte ihr ein beruhigendes Lächeln. *Keine Sorge. Das wird nicht passieren,* versuchte sie, ihr wortlos zu vermitteln.

Mr Kamali räusperte sich und grinste amüsiert.

Jetzt hielt er sie auf jeden Fall für ein Paar.

»Hat Ihr Auge in letzter Zeit öfter getränt oder gab es irgendwelche Absonderungen?«, fragte er.

Rae nickte.

»Es mag seltsam klingen, aber welche Farbe hatte die Absonderung?«, fragte Mr Kamali.

Rae schielte zu Steph, die fest ihre Hand drückte, um sie wissen zu lassen, dass ihr das nicht peinlich sein musste. »Weiß, glaube ich«, sagte Rae.

»Dann haben wir es eindeutig nicht mit einer Infektion zu tun. Ich glaube, es handelt sich um folgendes Problem: Als man Ihr Auge entfernt hat, haben die Chirurgen Ihnen ein Orbitaimplantat eingesetzt.« Mit Blick auf Steph fügte er hinzu: »Im Grunde handelt es sich um eine kleine Kugel, die dazu dient, einen Teil des verlorenen Gewebes zu ersetzen. Man vernäht es mit den Muskeln des Auges und bedeckt es mit Gewebe. Die Prothese sitzt auf dem Implantat, sodass die Muskeln sie zusammen mit dem verbleibenden Auge bewegen.« Er hielt Raes künstliches Auge in die Höhe.

Es war das erste Mal, dass Steph es außerhalb der Augenhöhle sah. Die Prothese war nicht wie ein Augapfel geformt, sondern eher wie eine Schale. Ein schwarzer Punkt am Rand zeigte an, wo oben und unten war.

»Aber das Problem ist, dass sich das Gewebe, das die Prothese umgibt, mit der Zeit verändert«, fuhr Mr Kamali fort. Nun sprach er mehr zu Rae. »Das Fettgewebe im Auge atrophiert und dann passt die Form der Augenhöhle nicht mehr zur Rückseite der Prothese. Es bilden sich kleine Taschen, in denen sich Tränenflüssigkeit sammelt, und deren Salze reizen das Auge. Außerdem beginnt die Prothese zu reiben, was die Reizung noch verstärkt. Es kann sogar passieren, dass die Prothese verrutscht, weil sie nun zu locker in der Augenhöhle sitzt.«

»Ja«, sagte Rae. »Ich konnte es nicht genau benennen, aber genau so fühlt es sich an. Als würde die Prothese nicht mehr richtig passen.«

»So ist es. Deshalb sagen wir unseren Kunden, dass sie ihr künstliches Auge alle fünf Jahre ersetzen müssen, um einen bequemen Sitz zu gewährleisten.«

»Alle fünf Jahre? Aber ich habe die Prothese erst seit etwa sieben Monaten.«

Mr Kamali nickte. »Ich weiß. Aber im ersten Jahr verändert sich die Augenhöhle am meisten. Als wir die Prothese angepasst haben, gab es möglicherweise aufgrund Ihrer Verletzung noch eine Restschwellung. Es kann bis zu einem Jahr dauern, bis das Ödem vollständig verschwunden ist, und dadurch verändert sich auch die Form der Augenhöhle. Deshalb bin ich froh, dass Sie gekommen sind, sodass es nicht erst zu schwerwiegenderen Problemen wie einem hängenden Augenlid oder einer schlimmen Entzündung kommen konnte.«

Rae bedeckte wie aus reinem Instinkt mit der freien Hand ihr linkes Auge.

Steph streichelte mit dem Daumen Raes Zeigefinger. Sie wusste nicht, ob Rae die Berührung tatsächlich als beruhigend empfand, aber nach einer Weile ließ Rae die Hand zurück auf ihren Schoß fallen.

Sie umfasste Stephs Finger fester. »Heißt das, ich brauche eine neue Prothese? Die wird dann sicher nicht vor Weihnachten fertig sein, oder? Kann ich die alte weiterhin tragen, bis die neue fertig ist?«

Steph stockte der Atem. Machte sich ihre sonst so starke, selbstbewusste Freundin wirklich um Weihnachten Sorgen? Sie zog an Raes Hand, um ihre Aufmerksamkeit auf sich zu lenken. »Du sorgst dich doch nicht etwa darum, was meine Familie denken wird, oder?«

Rae schnaubte. »Nein, natürlich nicht. Es ist ja schließlich nicht, als würde ich versuchen, sie zu beeindrucken.«

»Lügnerin«, sagte Steph liebevoll. »Ich verspreche, dass niemand etwas sagen oder dich anstarren wird, wenn du mit einer Augenklappe auftauchen wirst.« Sie würde jedes Mitglied ihrer Familie anrufen und wenn es sein musste auch die Nachbarn, um dafür zu sorgen, dass jeder Bescheid wusste. »Na ja, ich werde dich vielleicht ein bisschen anstarren, aber nur, weil du mit Augenklappe bestimmt ziemlich verwegen aussehen wirst.«

Raes Kiefermuskeln, die stark hervorgetreten waren, entspannten sich ein wenig. »Ist das ein Fetisch von dir?«

Steph grinste. »Es könnte leicht einer werden.«

»Ach ja?«

Der leicht heisere Klang von Raes Stimme verursachte bei Steph eine Gänsehaut. »Ja.« *Mensch, würdest du endlich aufhören, mit ihr zu flirten?*

»Ähm, es liegt mir fern, einer Piratenromanze im Wege zu stehen«, sagte Mr Kamali. »Aber bevor Sie sich eine Augenklappe kaufen, lassen Sie vielleicht erst mal den Experten zu Wort kommen.«

»Entschuldigung.« Steph schenkte ihm ein verlegenes Lächeln.

Mr Kamali lachte. »Kein Problem. Es ist schön zu sehen, dass Ms Coleman jemanden hat, der sie unterstützt.«

»Hallo?« Rae wedelte mit der Hand. »Ich sitze übrigens hier. Sie sagen also, ich brauche keine Augenklappe? Kann ich die alte Prothese noch eine Weile tragen?«

»Noch besser«, sagte Mr Kamali. »Die Veränderung Ihrer Augenhöhle ist nicht so drastisch, dass wir eine völlig neue Prothese herstellen müssten. Zumindest noch nicht. Irgendwann wird es wahrscheinlich notwendig werden, aber für den Moment reicht es, die Prothese ein wenig zu vergrößern, indem wir etwas Material auf der Rückseite hinzufügen.«

Rae strahlte, als hätte er gesagt, ihr Auge würde nachwachsen.

Steph starrte sie an. Selbst am Anfang ihres Zusammenlebens, als Rae meist nur mit finsterer Miene herumgelaufen war, hatte Steph sie irgendwie attraktiv gefunden. Aber der Anblick einer strahlenden Rae ließ ihr Herz schneller schlagen.

Rae nahm die Prothese vom Schreibtisch und hielt sie dem Ocularisten hin. »Worauf warten wir dann noch? Machen Sie sich an die Arbeit.«

Lachend nahm Mr Kamali das Kunstauge entgegen. »Ist sie immer so herrisch?«

»Meistens schon.«

»Dann lassen Sie uns anfangen. In höchstens einer Stunde sind Sie hier raus.«

Sie schafften es tatsächlich in nur vierzig Minuten. Als sie die Praxis verließen, fiel Steph auf, dass Rae ihre Hand die ganze Zeit nicht losgelassen hatte.

»Ähm, du fährst in die falsche Richtung.« Rae war in Gedanken versunken gewesen und hatte sich die Nummernschilder entgegenkommender Autos angesehen. Diese Angewohnheit beruhigte sie, hatte sie aber auch abgelenkt, sodass ihr erst jetzt auffiel, dass Steph auf dem Ventura Boulevard nach Westen fuhr, anstatt nach Osten Richtung Hollywood abzubiegen. Das erstaunte sie. Normalerweise achtete sie genau auf alles, was der Fahrer tat, wenn sie auf dem Beifahrersitz saß.

»Nein, tue ich nicht.« Steph bog auf den Parkplatz eines Einkaufszentrums ein. »Ich dachte, nach so einem Tag hättest du dir eine Belohnung verdient.«

»Einen Drink?«

Steph lachte. »Das auch. Aber ich rede eher davon.« Sie deutete auf einen der Läden, vor dem kleine bunte Tische standen.

Rae konnte die Worte *Italienisches Eis* auf der Glastür erkennen. »Eiscreme?«

»Ja! Oder möchtest du lieber gleich nach Hause?« Steph schaute zu ihr herüber. »Tut mir leid. Ich hätte fragen sollen. Ich wette, dein Auge tut weh.«

»Nein, es ist nur ein wenig wund.« Mr Kamali hatte ihre Prothese mehr als ein Dutzend Mal herausgenommen und eingesetzt, während er Schichten aus durchsichtigem Acrylkunststoff hinzufügte, bis alles passte. »An so viel Rein und Raus bin ich einfach nicht gewöhnt.«

Steph lachte los und presste sich die Hand auf den Mund. »Entschuldige. Ich lache nicht über dein Auge. Denk mal darüber nach, was du eben gesagt hast.«

Rae reckte den Hals, um Steph einen gespielt missbilligenden Blick zuzuwerfen. »Hat dir schon mal jemand gesagt, dass du immer nur an das eine denkst?«

»Das ist mir hin und wieder schon gesagt worden.« Steph hörte auf zu lachen. »Aber mal im Ernst, wie fühlst du dich?«

»Mir geht's gut. Es fühlt sich alles etwas eng und gestrafft an, aber Mr Kamali sagte, das gibt sich in ein paar Tagen von allein.«

»Ich weiß«, sagte Steph. »Ich war dabei.«

»Ja, das warst du.«

Die Worte hallten bedeutungsschwer zwischen ihnen wider. Sie sahen einander an und eine ungewohnte Wärme breitete sich in Raes Brust aus.

Diesmal war Steph die Erste, die wegsah. »Also, willst du nun Eiscreme oder nicht?«

»Ja.« Rae konnte definitiv eine Abkühlung gebrauchen.

»Dann komm!« Steph sprang aus dem Wagen.

Rae folgte ihr gemächlicher und betrat nach ihr die Eisdiele.

Mehrere Tafeln an den gelben Wänden zählten eine riesige Auswahl von Geschmacksrichtungen auf, während eine weitere verkündete: *Vertrauen Sie auf den Zauber von Eiscreme.*

Irgendwie schien Vertrauen das Motto des Tages zu sein. Rae konnte immer noch nicht fassen, dass sie Steph mit in Mr Kamalis Behandlungszimmer genommen hatte. Außer ihren Ärzten und ihrem Ocularisten hatte nie jemand sie ohne Prothese gesehen, nicht einmal Kim. Die Entscheidung hatte ihr Magengrimmen verursacht, aber sie hätte sich keine Sorgen machen müssen. Steph war völlig unbeeindruckt vom Anblick ihrer leeren Augenhöhle gewesen. Gegen Ende des Termins hatte Rae sich sogar getraut, sich Steph zuzuwenden, wann immer Mr Kamali den Raum verließ, um mit dem Kunstauge in die Werkstatt nebenan zu gehen. Steph hatte weiter mit ihr geplaudert, als würde es für sie keinen Unterschied machen, ob sie die Prothese nun trug oder nicht.

Was für eine erstaunliche Frau!

Raes Blick folgte Steph, die im hinteren Teil des Ladens ein Regal mit Süßigkeiten im Retro-Stil entdeckt hatte. Anfangs hatte sie Stephs unbekümmerte Art, ihre ständigen Witze und flapsigen Kommentare nicht gemocht, aber jetzt begann sie, Stephs Lebenseinstellung zu schätzen. Steph hatte die Fähigkeit, die Gegenwart zu genießen und sich nicht mit Dingen aufzuhalten, die sie nicht ändern konnte. Vielleicht würde ein bisschen davon auf Rae abfärben, wenn sie weiterhin Zeit mit Steph verbrachte – und das hatte sie auf jeden Fall vor.

»Rae! Sieh dir das an!« Steph schwang einen meterlangen Kaugummi wie einen Baseballschläger, hielt sich dann riesige Wachslippen vor den Mund und gab schmatzende Kussgeräusche von sich.

Als der Mann hinter der Theke zu ihnen herübersah, tat Rae, als würde sie vor Verlegenheit ihr Gesicht hinter den Händen verstecken, aber insgeheim musste sie über Stephs Posen lachen. Sie gesellte sich zu ihr vor das Süßigkeitenregal. »Ich kann dich nirgendwohin mitnehmen. Du benimmst dich wie ein Kind in einem Süßwarenladen. Im wahrsten Sinne des Wortes.«

Steph grinste ohne die geringste Reue und zeigte auf eine bunte Halskette aus Traubenzuckerperlen. »Oh, die hatten wir, als wir klein waren. Du auch?«

»Nein. Meine Eltern haben uns keine Süßigkeiten gegeben, das weißt du doch.«

»Stimmt. Zum Glück waren meine Eltern damals nicht so streng. Komm, ich kaufe dir eine.« Steph griff nach der Halskette.

Schnell hielt Rae sie am Arm fest. »Mir Schmuck zu kaufen, selbst wenn er nur aus Traubenzucker besteht, ist nicht Teil des Mitbewohnerinnenvertrags.«

Steph gab vor zu schmollen. »Aber wir nehmen auf jeden Fall eines der Schweinchen mit.« Sie schnappte sich ein Pfefferminzschwein, zu dem ein kleiner Hammer gehörte, damit man es in Stücke zerlegen konnte. »Lana liebt die. Scheinbar gab es die Schweinchen nur an der Ostküste, wo sie aufgewachsen ist. Sie freut sich bestimmt, wenn ich ihr eines zu Weihnachten schenke, insbesondere, weil sie bei meinen Eltern nur Grünkohl und Rüben zu essen bekommt.«

Mist. Rae war so sehr mit dem Termin bei Mr Kamali beschäftigt gewesen, dass sie sich bisher noch keine Gedanken über Weihnachtsgeschenke gemacht hatte. Sie schnappte sich die beiden verbliebenen Pfefferminzschweine und marschierte zur Kasse.

Lachend folgte ihr Steph. »Du bist also doch eine Naschkatze!«

»Nein. Sie sind für Lana und du musst mir sagen, was ich dir und dem Rest deiner Familie schenken kann. Wenn ich schon zur Familienweihnachtsfeier komme, will ich nicht mit leeren Händen dastehen.«

Steph ergriff Raes rechten Arm und zog sie herum. »Du brauchst uns nichts zu schenken. Allein die Tatsache, dass du da bist, wird mein Weihnachtsgeschenk sein.«

Mann, wie schnulzig. Rae rümpfte übertrieben die Nase.

Steph stieß sie mit der Hüfte an. »Ach, tu doch nicht so. Insgeheim bist du ein richtiger Teddybär.«

»Wohl eher ein Grizzly.«

»Na klar. Komm schon, Grizzly. Lass uns erst einmal Eiscreme essen. Wegen der Geschenke kannst du auch später noch Panik schieben.« Steph zog sie zur Glastheke, hinter der zwei Dutzend verschiedene Eissorten angeboten wurden. Ihr Blick glitt zwischen den Stahlbehältern hin und her und sie knabberte an ihrem Finger wie ein kleines Kind, das sich für sein Lieblingseis entscheiden muss.

Da sie eine erwachsene Frau war, hätte der Anblick lächerlich wirken müssen, aber Rae fand ihn einfach nur süß. Anstatt sich die Eistheke anzusehen, beobachtete Rae grinsend Steph.

»Lassen Sie es mich wissen, wenn Sie einige der Geschmacksrichtungen probieren möchten, bevor Sie sich entscheiden«, sagte der Mann hinter der Theke.

Steph strahlte. »Ach, das wäre großartig.«

Damit begann der längste Entscheidungsprozess, den Rae je miterlebt hatte. Der Mann, der scheinbar der Eigentümer war, reichte ihr immer neue

Sorten über die Theke. Steph probierte alle bereitwillig, selbst fragwürdige Geschmacksrichtungen wie Wasabi oder Malzbier. Jedes Mal erklärte sie die Sorte zu ihrem Favoriten, nur um dann beim nächsten Löffel ihre Meinung zu ändern.

Schließlich wählte sie zwei der dekadentesten Eissorten aus, während Rae sich innerhalb von Sekunden für Erdbeereis entschied.

Mit ihren Bechern setzten sie sich an einen der winzigen Tische im vorderen Teil des Ladens. Steph nahm den Stuhl mit dem Rücken zur Tür und überließ Rae die Sitzgelegenheit in der Ecke.

»Danke.« Rae lehnte sich zurück und streckte die Beine aus. Erst jetzt spürte sie, wie angespannt sie den ganzen Tag über gewesen war. Ihre Muskeln schmerzten, als hätte sie ein intensives Training absolviert. Aber sie vergaß ihr Unbehagen, als sie zusah, wie Steph sich über ihr Eis hermachte.

Steph ließ den kleinen Plastiklöffel durch die weiche Masse gleiten und schob ihn sich dann genüsslich in den Mund. Sie schloss die Augen. Als sie den Kopf zurückwarf, entblößte sie dabei ihren eleganten Hals und stieß ein viel zu sinnliches Stöhnen aus.

Rae schaufelte sich mehrere Löffel ihres Erdbeereises in den Mund, in der Hoffnung, es würde sie abkühlen. Zwar war es erfrischend, doch es trug nicht dazu bei, ihre Körpertemperatur zu senken oder sie von Stephs Anblick abzulenken.

Mit geschlossenen Augen schob sich Steph einen weiteren Löffel Eis in den Mund. »Gott, das ist ja so gut.«

Beim Essen so sexy zu klingen, gehörte verboten. Rae rutschte auf ihrem Stuhl herum. »Wäre ja auch schlimm, wenn es nicht schmecken würde, nachdem du eine Stunde gebraucht hast, dich zu entscheiden.« Sie tat, als wäre es nur das kalte Eis, das ihre Stimme seltsam klingen ließ. »Ich dachte schon, du würdest seinen gesamten Bestand durchgehen.«

Steph öffnete die Augen. »Was soll ich sagen? Ich probiere eben gern neue Dinge aus.«

»Ja, das hat man mir schon erzählt.«

»Sagen die Leute im Club das wirklich über mich? Dass ich ständig was mit neuen Leuten habe?« Steph sah eher neugierig als verletzt aus.

Rae wurde sofort ernst. »Nein. Jedenfalls nicht, wenn ich dabei bin. Alle wissen, ich würde nicht zulassen, dass jemand so über dich redet.«

»Es ist mir egal, was sie über mich sagen.«

»Mir aber nicht.«

Unter dem Tisch berührte Steph Raes Fuß mit ihrem eigenen. »Danke.« Sie betrachtete Rae mit einem für sie ungewöhnlich ernsten Blick, bis Rae wegsah. »Hier, probier mal das Vanille-Apfel-Crisp.« Steph schob ihren Pappbecher über den Tisch. »Schmeckt genau wie der Apfelkuchen meiner Großmutter. Na ja, genauer gesagt wie der Apfelkuchen, den ihre Köchin gebacken hat. Großmutter Katherine hat man nie mit den Händen in einem Teig angetroffen. Dazu war sie viel zu vornehm. Niemand durfte je erwähnen, wie ihr Ehemann – mein Großvater – seine Millionen verdient hat.«

Millionen? Rae schluckte. Je mehr sie von Stephs Familie erfuhr, desto mehr bezweifelte sie, dass sie zur Familie passen würde. »Wie denn? War er ein Hochstapler? Ein Mafioso? Ein Drogenbaron?«

Steph lachte. »Typisch Polizistin. Ja, in gewisser Weise war er eine Art Drogenbaron.«

»Wie kann man so eine Art Drogenbaron sein?«

»Seine Firma hat eine legale Droge hergestellt: Abführmittel.«

Das hatte Rae nicht erwartet. Ihr Mund klappte auf.

Lachend streckte Steph ihren Arm über den Tisch und schob ihr einen Löffel Apfel-Crisp-Eis in den Mund.

Kapitel 19

Als sie nach Hause kamen, war es halb neun. Steph ließ sich sofort auf die Couch fallen. Nun, da der Zuckerschub von der Eiscreme nachgelassen hatte, fühlte sie sich, als wäre ihr sämtliche Energie ausgesaugt worden. Sie konnte sich vorstellen, wie kaputt Rae erst sein musste, deshalb überraschte es sie nicht, als Rae sich nicht zu ihr setzte, sondern auf halbem Weg zu ihrem Zimmer stehen blieb.

»Nochmals vielen Dank.« Rae sah sie mit eindringlicher Miene an. »Fürs Fahren. Und auch für alles andere.«

»Jederzeit gern«, sagte Steph und meinte es ernst.

Ihre Blicke trafen sich, dann nickte Rae ihr zu und verschwand schnell in ihrem Zimmer.

Steph starrte ihr nach. Bildete sie sich das nur ein oder hatte sich etwas zwischen ihnen verändert? Natürlich war sie schon zuvor ein Teil von Team Rae gewesen, aber jetzt fühlte es sich anders an.

Sie schüttelte den Kopf. Vermutlich lag es an dem Moment, in dem Rae ihrem Blick in Mr Kamalis Spiegel begegnet war. Die unverhüllte Verletzlichkeit in Raes Auge musste wohl einen Beschützerinstinkt bei Steph ausgelöst haben, wie bei einer Mutter, die ihr Kind beschützte.

Na klar. Seit wann hatte Stephanie Renshaw einen Mutterinstinkt? Das würde ihr niemand auch nur eine Sekunde lang abnehmen!

Das Wort *Mutterinstinkt* erinnerte sie daran, dass sie ihre Mutter immer noch nicht angerufen hatte, um ihr mitzuteilen, dass sie Rae zum Weihnachtsessen eingeladen hatte. Rasch schnappte sie sich ihr Handy und ging in ihr Zimmer, während es klingelte.

»Hallo, Schatz«, sagte ihre Mutter. »Wie geht's dir?«

Im Haus ihrer Eltern war das keine belanglose Floskel, die zur Begrüßung verwendet wurde. Es wurde tatsächlich eine Antwort erwartet und ein *Prima* würde nicht ausreichen. »Hallo, Mama. Ich bin ein bisschen müde, aber sonst geht es mir gut. Leider gibt es aber immer noch keine aufregenden Neuigkeiten, was meine Comedykarriere angeht.«

»Wie schade«, sagte ihre Mutter. »Glaubst du wirklich, dass sich das irgendwann ändern wird?«

Steph war nicht in der Stimmung für diese Diskussion, die gewöhnlich mit einem subtilen Hinweis darauf endete, dass sie zurück an die Uni gehen sollte. »Wenn ich weiterhin hart daran arbeite, passiert es irgendwann ganz bestimmt. Aber deshalb rufe ich nicht an.« Sie schloss die Tür hinter sich und sank auf ihr Bett. »Ich weiß, es ist eine Änderung in letzter Minute, aber würde es dir etwas ausmachen, wenn ich jemanden zum Weihnachtsessen mitbringe?«

Mehrere Sekunden lang herrschte Stille. Nicht einmal das Atmen ihrer Mutter war zu hören.

Steph warf einen Blick auf das Display, um nachzusehen, ob die Verbindung versehentlich abgebrochen war, bevor sie das Handy wieder ans Ohr hob. »Mama? Bist du noch dran?«

»Entschuldige. Ja, ich bin noch da. Ich musste das nur kurz verarbeiten. Um ehrlich zu sein, bin ich ein wenig überrascht.«

»Ich auch«, murmelte Steph.

»Wie bitte? Das habe ich nicht verstanden.«

»Es ist nicht so, wie du vielleicht denkst. Rae und ich, wir sind …«

»Ach, du willst deine Mitbewohnerin mitbringen?«, fragte ihre Mutter. »Deine Schwester hat mir von ihr erzählt.«

Steph fragte sich, was Claire ihren Eltern noch über Rae erzählt hatte. »Ja. Ich weiß, dass man normalerweise nur während des Studiums seine Mitbewohner mit nach Hause bringt, aber wir sind uns in letzter Zeit ziemlich nahegekommen.«

»Willst du damit sagen, dass ihr miteinander schlaft?«, fragte ihre Mutter.

»Nein! Warum denken das immer alle?« Steph atmete mehrfach tief durch, um sich zu beruhigen. »Sag nichts. Ich weiß, warum das ständig alle denken. Aber dieses Mal ist es wirklich nicht so, Mama.«

»Schon gut«, sagte ihre Mutter in dem neutralen Therapeutinnentonfall, den Steph hasste. »Bring sie mit. Ich würde die Frau, mit der alles anders ist, gern kennenlernen. Und dein Vater auch.«

»Mama …« Steph ahmte Rae nach, indem sie ihre Stimme zu einem leisen Knurren senkte. »Ich warne dich. Kein Psychoanalysieren. Das ist mein Ernst.«

»Glaub's oder lass es, Schatz, aber Menschen zu *psychoanalysieren*, wie du es nennst, steht nicht auf der Liste der Dinge, die wir Therapeuten gern in unserer Freizeit tun.«

Steph schnaubte. »Ja, klar. Deshalb habt ihr auch Elyse nicht psychoanalysiert, als Claire sie zum ersten Mal mit nach Hause brachte.«

Ihre Mutter schwieg einen Moment lang.

Verdammt! Steph biss sich auf die Unterlippe. Warum in aller Welt hatte sie damit angefangen?

»Nun ja, es hat sich dann herausgestellt, dass ich recht hatte«, sagte ihre Mutter schließlich. »Sie hatte in der Tat einige Probleme, an denen sie dringend arbeiten musste. Es kann doch nicht normal sein, wenn man die sechzehnjährige Schwester seiner Exfreundin verführt, nur um –«

»So war das nicht, Mama. Das habe ich dir schon tausendmal gesagt. Außerdem haben wir gerade über euer ständiges Psychoanalysieren gesprochen, nicht über mich.«

»Ist das der Grund, warum du nie jemanden mit nach Hause gebracht hast?«, fragte ihre Mutter, wieder mit dieser verflixten Therapeutinnenstimme.

»Nein.« Es war zumindest nicht der einzige Grund. »Wenn ich jemanden mit nach Hause nehme, um ihn oder sie meiner Familie vorzustellen, glaubt derjenige sofort, ich hätte es auf eine feste Beziehung abgesehen. Das will ich vermeiden.«

»Bis jetzt.« Steph konnte praktisch hören, wie sich ein selbstgefälliges Grinsen auf dem Gesicht ihrer Mutter ausbreitete.

»Ich habe dir doch schon gesagt, dass das mit Rae etwas anderes ist.«

»Selbstverständlich. Hat deine Freundin irgendwelche speziellen Ernährungsbedürfnisse?«

»Essen«, sagte Steph. »Und damit meine ich Lebensmittel, die für den menschlichen Verzehr bestimmt sind, nicht einen Haufen Kaninchenfutter.«

Ihre Mutter seufzte. »Wir lassen uns das Essen wieder von einem Cateringservice liefern. Claire bestand auf einem Krustenbraten in Honig mit Süßkartoffelauflauf und Brotfüllung für Lana. Das könnt ihr auch essen.«

»Lecker.« Stephs Magen knurrte. »Ich wusste doch, dass es einen Grund gibt, warum ich Lana so mag.«

»Das Essen wird gegen zwei Uhr geliefert. Kommt bitte pünktlich, verstanden?«

Steph sah zur Decke. Da kam man einmal zu spät und musste sich das dann den Rest seines Lebens anhören. »Wir werden überpünktlich sein. Rae ist total zuverlässig. Sie wird vermutlich darauf drängen, dass wir schon um eins losfahren.«

»Gut. Wir sehen uns dann an Weihnachten. Ach, und schick mir doch bitte eine E-Mail mit ein paar Ideen für eine Kleinigkeit, die dein Vater und ich deiner Freundin schenken könnten.«

»Mach ich.« Stephs Ärger verrauchte. Trotz all ihrer Fehler hatte ihre Mutter auch ihre guten Seiten. »Ähm, Mama?«

»Ja?«

Steph zögerte. Sie hasste es abgrundtief, ihre Eltern um Geld anbetteln zu müssen. Aber wenn sie Rae das Geschenk kaufte, das sie im Sinn hatte, blieb nicht mehr genug Geld für ihren Anteil an der Stromrechnung übrig. »Falls ihr nicht schon ein Geschenk für mich habt, könnt ihr mir auch einfach Geld geben.«

Ihre Mutter seufzte, als hätte sie von Steph nichts Besseres erwartet. »Morgen ist Heiligabend. Natürlich haben wir schon ein Geschenk.«

Ja, natürlich. Steph war die Einzige, die Geschenke immer auf den letzten Drücker kaufte. Vielleicht hatte Claire recht und sie sollte ihr Leben ein bisschen besser planen.

»Aber wenn du Geld brauchst, warum sagst du das nicht einfach?«, fügte ihre Mutter hinzu.

Steph biss sich in die Knöchel ihrer Hand, bis ihre Zähne Abdrücke auf ihrer Haut hinterließen. Am liebsten hätte sie einfach »Vergiss es« gesagt und den Anruf beendet. Aber dann musste sie entweder Rae mit der Stromrechnung hängen lassen oder ohne Geschenk für sie dastehen. Sie schluckte ihren Stolz hinunter. »Ich brauche Geld.«

»Wie viel?«, fragte ihre Mutter in jenem enttäuschten Tonfall, den Steph noch mehr hasste als die Therapeutinnenstimme.

Steph überschlug rasch, wie viel Raes Geschenk kosten würde. »Zweihundert, wenn das okay ist. Ich zahle es euch nächsten Monat zurück.«

»Ich kann dir auch mehr überweisen«, sagte ihre Mutter.

»Nein danke. Zweihundert reichen.«

»In Ordnung. Ich werde den Betrag sofort anweisen.«

Es fiel Steph schwer, sich nicht anmerken zu lassen, wie gedemütigt sie sich fühlte. »Danke.«

Sie beendeten das Gespräch und Steph warf das Handy ans Fußende des Bettes. *Was macht man nicht alles aus Liebe. Ähm, nicht aus Liebe. Aus Freundschaft*, korrigierte sie sich mit Nachdruck. Aber sie wusste, dass Rae es wert war. Sie konnte es kaum erwarten, ihr Gesicht zu sehen, wenn Rae ihr Geschenk auspackte.

Um halb zwei am Weihnachtstag umklammerte Rae die beiden Taschen mit ihren und Stephs Geschenken, die sie auf dem Schoß hatte. Warum hatte sie bloß zugesagt, mit Steph zu ihrer Familie zu fahren? Unter all den reichen Leuten, die noch dazu alle als Psychologen arbeiteten, würde sie auffallen wie ein bunter Hund. Aber jetzt war es zu spät, es sich anders zu überlegen, denn sie saßen bereits im Auto und waren auf dem Weg nach Beverly Hills.

In der Rosewood Avenue steuerte Steph ihren Wagen in eine Lücke zwischen zwei am Straßenrand geparkten Autos und hielt an. »Weißt du was? Das ist doch albern.«

Raes Magen krampfte sich noch stärker zusammen. Sie reckte den Hals, um Stephs Gesichtsausdruck erkennen zu können. »Was ist albern?« Bereute Steph, sie zum Weihnachtsessen eingeladen zu haben?

»Dass ich fahre«, sagte Steph. »Es ist hell draußen. Warum tauschen wir nicht die Plätze und ich fahre dann auf dem Nachhauseweg? Ich weiß doch, dass es dich nervös macht, die Beifahrerin zu sein.«

War ihre Nervosität derart offensichtlich? »Danke, aber dein Mini hat tote Winkel von der Größe eines Wals. Außerdem, ähm …« Sollte sie es zugeben? Rae gab sich einen Ruck. »Ich bin nicht nervös, weil ich auf dem Beifahrersitz sitze.«

»Bist du etwa wegen meiner Familie nervös? Trotz allem, was ich möglicherweise über sie gesagt habe, sind meine Eltern nicht so schlimm.«

»Sie werden nicht annehmen, dass ich deine Freundin bin, oder?«, fragte Rae.

Anstatt sie sofort zu beschwichtigen, fädelte sich Steph zuerst wieder in den Verkehr ein. »Wäre es so schlimm, wenn sie das glauben würden?«, fragte sie leise.

»Nein, natürlich nicht. So habe ich es nicht gemeint. Deine zukünftige Partnerin oder dein Partner kann sich glücklich schätzen.« Der Gedanke, dass Steph irgendwann mit einer fremden Frau oder einem Mann zusammen sein würde, ließ Rae die Finger in die Taschen mit den Geschenken krallen.

Steph ließ ein undamenhaftes Schnauben aus. »Wir wissen beide, dass das Quatsch ist.«

Rae drehte sich auf dem Beifahrersitz so weit es ging, um sie besser sehen zu können. Wegen des herrlichen Wetters hatte Steph das Verdeck des Cabrios heruntergelassen und nun wehte der Wind durch ihr Haar. Rae musste einfach bewundern, wie unbeschwert und schön sie aussah. Einen Moment lang vergaß sie fast, was sie hatte sagen wollen. »Du behauptest ständig, dass du nicht für eine Beziehung taugst, aber weißt du was? Ich fange an, daran zu zweifeln.«

»Da bist du aber die Einzige«, murmelte Steph. »Wie kommst du darauf?«

»Du bist rücksichtsvoll, loyal und lustig.« Rae bemühte sich, nicht zu erröten. Komplimente zu machen, war normalerweise nicht ihre Stärke. »Ich bin keine Beziehungsexpertin, aber ich würde doch meinen, dass das genau die Eigenschaften sind, die sich die meisten Menschen von ihrem Partner wünschen.«

Steph schüttelte den Kopf. »Glaub mir, all diese Eigenschaften verabschieden sich, sobald ich in einer Beziehung bin. Ich bin wirklich keine gute Partnerin.«

»Hattest du überhaupt schon einmal eine Beziehung?«

»Kommt drauf an, was du unter *Beziehung* verstehst«, sagte Steph.

»Also nein.«

Steph zuckte mit den Schultern. »Es ist schwer, eine Beziehung aufrechtzuerhalten, wenn man die ganze Zeit unterwegs ist.«

Rae schaute sie an und ahnte, dass noch mehr dahintersteckte.

Steph bog vom North San Vincente Boulevard nach rechts auf den Beverly Boulevard ab, bevor sie antwortete. »Na schön, ich gebe zu, dass ich es nie ernsthaft versucht habe. Ich habe die Freiheit genossen, durchs Land zu touren und jederzeit Sex haben zu können, wenn ich jemanden getroffen habe, der oder die mir gefiel. Ich brauchte mir nicht einmal Ausreden auszudenken, warum ich nicht anrufen würde, denn alle wussten, dass ich schon in der nächsten Woche in einer neuen Stadt sein würde.«

»Gab es nie jemanden, den du gern angerufen hättest?«, fragte Rae. Normalerweise redete sie nicht über Beziehungen, aber jetzt verspürte sie den überraschend starken Drang, Steph besser zu verstehen.

»Nein«, sagte Steph sofort. »Die Leute, mit denen ich, während ich auf Tour war, schlief, haben mich als Komikerin kennengelernt. Das war alles, was sie in mir sahen. Sie wollten mit der Entertainerin zusammen sein, die ständig Witze macht, und genau das habe ich ihnen gegeben.«

»Hm.« Rae glättete eine Falte in einer der Taschen auf ihrem Schoß. Das klang irgendwie einsam. Leute, die nicht erkannten, welch komplexe Frau sich hinter Stephs flapsiger Fassade versteckte, hatten sie nicht verdient.

Steph hielt an einer roten Ampel und sah zu ihr herüber. »Und du?«

»Ich möchte nicht, dass du ständig Witze machst«, erwiderte Rae.

Steph griff über die Mittelkonsole und bohrte ihren Zeigefinger in Raes Schenkel. »Das weiß ich. Weich der eigentlichen Frage nicht aus.« Sie rieb sich das Gesicht und lachte. »Mein Gott, jetzt klinge ich schon wie meine Eltern. Tu einfach so, als wärst du bereits in ihrem Haus und antworte trotzdem.«

Rae starrte auf das Nummernschild des Autos vor ihnen. »Ja, ich war schon einmal in einer Beziehung.«

»In einer einzigen?«, fragte Steph.

Der Fahrer im Auto hinter ihnen begann zu hupen, als die Ampel auf Grün umschaltete und Steph die Kreuzung blockierte.

Sie zeigte ihm den Mittelfinger und trat aufs Gaspedal. »Du meinst doch sicher nicht, dass du nur eine Beziehung hattest, oder doch?«

Raes ging innerlich auf Abwehr. »Daran gibt es nichts auszusetzen.«

»Nein, natürlich nicht. Entschuldige. Ich wollte damit nicht andeuten, dass das etwas Schlechtes ist. Es passt irgendwie zu dir. Du bist eine treue Seele.« So etwas wie Bewunderung schwang in Stephs Tonfall mit, vielleicht sogar eine Spur Sehnsucht oder Neid. »Ich wette, ihr wart eine ganze Weile zusammen.«

»Fünfzehn Jahre.«

Steph starrte sie mit großen Augen an, bevor sie ihren Blick wieder auf die Straße richtete. »Wow. Das ist beachtlich.« Sie stieß einen leisen Pfiff aus. »Was ist passiert? Nach fünfzehn gemeinsamen Jahren geht man doch nicht einfach getrennte Wege, oder?«

»Doch. Zumindest hat Lise das getan.« Rae konnte nicht verhindern, dass sich ein bitterer Unterton in ihre Stimme schlich.

»Lise.« Steph wiederholte den Namen, als wollte sie seinen Klang austesten. »Hat sie dich betrogen?«

»Nein. Sie …« Raes Magen fühlte sich an wie ein Knoten, der sich immer enger zusammenzog.

Steph berührte sanft ihr Knie.

Rae stellte fest, dass sie schon seit einer ganzen Weile nicht mehr erschrak, wenn Steph sie unerwartet von links berührte. Es war, als hätte ihr Körper seine Schutzschilde ihr gegenüber gesenkt und Stephs Hand als Teil von sich akzeptiert. *Mann, jetzt bist du aber total durchgeknallt! Dabei hast du noch nicht mal den veganen Eierlikör ihrer Eltern probiert.*

»Du musst nicht darüber reden, wenn du nicht willst«, sagte Steph.

»Schon okay. Ich bin darüber hinweg.« Das behauptete sie seit Jahren, aber zum ersten Mal entsprach es der Wahrheit. Sie hatte gerade nicht einmal an Lise gedacht. »Lise ist vor vier Jahren ausgezogen.«

»Einfach so?«

»Nein. Wir haben in den letzten ein oder zwei Jahren viel geredet und uns ständig gestritten. Na ja, eigentlich hat sie geredet. Das ist es ja gerade. Sie sagte, sie könne nicht mehr mit mir zusammen sein, weil ich nicht mit ihr rede.«

Steph runzelte die Stirn. »Aber sie muss doch gewusst haben, dass du nicht gerade eine Quasselstrippe bist, als ihr zusammengekommen seid.«

»Sie sagte, damals sei ich anders gewesen«, antwortete Rae. »Und dass mein Job mich verändert hat.«

»Glaubst du, da ist etwas Wahres dran?«

»Ja. Ich meine, wie du eben gesagt hast, war ich nie eine Quasselstrippe, aber meine Arbeit als Polizistin hat diese Tendenz noch verstärkt.«

»Wie das denn? Ich dachte, Polizisten müssten ständig mit anderen interagieren und gut darin sein, mit Leuten zu reden?«

»Sicher. Das fiel mir auch nicht schwer, solange es im Rahmen meiner Arbeit geschah. Aber über mich und meine Gefühle zu sprechen …« Rae schüttelte den Kopf. »Polizisten halten das für eine Schwäche. Lise hat nie verstanden, warum ich ihr nicht von meinen Arbeitsalltag erzählt habe. Ich wollte sie von all den unschönen Dingen fernhalten, die ich bei der Arbeit sah, und dabei habe ich wohl aufgehört, mit ihr auch über andere Dinge zu reden. Ich habe verlernt, mich ihr zu öffnen und über meine Gefühle zu sprechen, und Lise hatte es satt, mir alles aus der Nase ziehen zu müssen. Das kann ich ihr nicht verübeln.«

Steph sah zu ihr herüber und wandte dann ihre Aufmerksamkeit wieder dem Autofahren zu, als sie nach links auf den Santa Monica Boulevard abbog. »Hey, geh nicht so hart mit dir ins Gericht. Man merkt, dass du seither an dir gearbeitet hast. Du scheinst keine Probleme mehr damit zu haben, über deine Gefühle zu reden.«

Rae öffnete ihren Mund, um zu widersprechen, schloss ihn dann aber wieder. *Verdammt!* Steph hatte recht. Sie sprach gerade über ihre Gefühle und das auch noch völlig freiwillig, ohne dass jemand sie zu einem solchen Gespräch gezwungen hatte! Wann war das denn passiert?

Steph lachte. »Was geht dir gerade durch den Kopf? Du solltest mal dein Gesicht sehen! Du siehst aus, als hättest du gerade erfahren, dass du ein Kind hast, von dem du nichts wusstest!«

Bevor Rae eine Antwort geben konnte, bog Steph in eine ruhige, von hohen Palmen gesäumte Straße ein. Elegante Villen und weitläufige Einfamilienhäuser lagen hinter Eisentoren und hohen Hecken. Eines der Tore stand offen und Steph steuerte ihren Mini Cooper eine lange Einfahrt hinauf, die von kegelförmigen Büschen flankiert wurde.

Zum zweiten Mal innerhalb weniger Minuten war Rae sprachlos. Sie starrte auf das schneeweiße, zweistöckige Herrenhaus, das sich vor ihr erhob. »Hier bist du aufgewachsen?«

»Ja.«

Stephs ehemaliges Zuhause hätte sich nicht mehr von dem Wohnmobil und den winzigen Häusern, in denen Rae aufgewachsen war, unterscheiden können. Nie schien es genug Platz für all die Menschen gegeben zu haben, die im Haus ihrer Eltern ein und aus gingen, während die Villa der Renshaws wirkte, als könnte man sich auf dem Weg zum Badezimmer verlaufen.

»Keine Sorge.« Steph lachte und nahm ihr eine der Taschen ab. »Ich kenne mich hier aus. Du brauchst keine Brotkrumen zu streuen, um zurück zur Tür zu finden«, sagte sie, als hätte sie Raes Gedanken erraten. »Bleib einfach in meiner Nähe.«

Genau das hatte Rae vor. Sie umklammerte die Tasche, als sie aus dem Auto stiegen und auf den portalartigen Eingang zugingen.

Auf Stephs Klingeln hin öffnete ihre Schwester die Tür. »Frohe Weihnachten.« Claire klopfte auf ihre silberne Armbanduhr, als wäre diese stehengeblieben. »Meine Güte, Stephanie Renshaw ist pünktlich!«

»Genau genommen sind wir sogar ein bisschen zu früh dran, Schwesterherz. Frohe Weihnachten.« Steph schob ihre Schwester zur Seite und zog Rae ins Haus.

Rae bemühte sich, die Kronleuchter an der hohen Decke nicht anzustarren. Eine Treppe, deren Geländer mit Girlanden umwickelt war, führte hinauf in den ersten Stock. Rae wäre nicht überrascht gewesen, Stephs Eltern in einem Smoking und einem seidenen Ballkleid herabschreiten zu sehen. Sie fuhr mit der Hand über ihre dunkelblaue Baumwollhose und ihr hellblaues Hemd. Hoffentlich würde sie die Entfernung nicht falsch einschätzen und versehentlich eine der teuer aussehenden Porzellanstatuen, Vasen oder hässlichen Weihnachtsdekorationen im Foyer umstoßen.

Steph wechselte auf Raes linke Seite und legte ihr die Hand auf den Arm. »Ist es in Ordnung, wenn ich links von dir bin?«, fragte sie so leise, dass ihre Schwester nicht mithören konnte.

Rae atmete auf. »Das ist klasse. Danke.«

Claire schloss sich ihnen an, als Steph Rae in einen riesigen Speisesaal führte. Der Esstisch war lang genug für zehn Personen. Unter einem weiteren Kronleuchter funkelten Silberbesteck und Porzellan mit Goldrand, aber noch saß niemand am Tisch und es war kein Essen zu sehen.

Lana erhob sich aus einem Sessel und kam mit einem herzlichen Lächeln auf sie zu. In einem weiten, schokoladenbraunen Rock und einem elfenbeinfarbenen Wickeloberteil, das ihre üppigen Rundungen betonte, sah sie hübsch und leger zugleich aus.

Rae fiel auf, dass sie barfuß lief, was die spießige Atmosphäre sofort etwas auflockerte.

»Schön, dass ihr da seid.« Lana umarmte ihre zukünftige Schwägerin freudig und zupfte dann an der aufgemalten Krawatte auf Stephs T-Shirt. Da Steph direkt im Anschluss zu ihrem Auftritt gehen musste, trug sie bereits ihr Bühnenoutfit. »Cooles T-Shirt. Ich würde es klauen, aber ich glaube nicht, dass es mir passen würde.« Sie kicherte und schien völlig unbefangen, was ihre mollige Figur anging.

Das hatte Rae sofort gefallen, als sie Lana das erste Mal gesehen hatte.

Lana drehte sich zu Rae um und gab ihr eine etwas kürzere Umarmung, wobei sie die Tasche ignorierte, die Rae als Schild an ihre Brust gedrückt hielt. »Hallo, Rae. Schön, dich wiederzusehen.«

Rae hielt still und klopfte ihr einmal auf den Rücken. »Ähm, hallo.«

»Oh, Stephanie, du bist ja schon da.«

Als eine weitere Stimme erklang, nahm Rae dies als Vorwand, um einen Schritt von Lana zurückzutreten. Sie sah zu, wie Steph die Frau begrüßte, die nur ihre Mutter sein konnte. Die Ähnlichkeit zwischen ihr und ihren Töchtern war unverkennbar. Sie hatten alle die gleiche schlanke Figur, graue Augen und blonde Haare, doch Dr. Renshaw trug ihre in einem eleganten Haarknoten hochgesteckt. Ihr lavendelfarbener Hosenanzug wirkte, als ginge sie zu einem Geschäftstreffen oder einer Therapiesitzung, anstatt Weihnachten mit ihrer Familie zu verbringen.

Es war schwer zu glauben, dass die freche, zwanglose Steph aus einer so vornehmen Familie stammte.

»Und Sie müssen Rae sein. Fröhliche Weihnachten.« Stephs Mutter betrachtete sie mit einem aufmerksamen Blick, dann fasste sie Rae an den Schultern und begrüßte sie mit Luftküssen.

Rae musste an sich halten, um sich nicht aus ihrem Griff zu befreien. »Frohe Weihnachten. Schön, Sie kennenzulernen, Dr. Renshaw. Vielen Dank für die Einladung.«

»Es war mir ein Vergnügen. Ich habe so viel von Ihnen gehört, dass ich es kaum erwarten konnte, Sie kennenzulernen.«

Rae wölbte die Augenbrauen und schaute Steph an. Was hatte sie ihrer Mutter von ihr erzählt?

Steph hob abwehrend die Hände und warf ihrer Schwester einen anklagenden Blick zu. »Was immer sie auch gehört hat, von mir hat sie das nicht.«

»Das Interessante war eher, was du nicht gesagt hast«, meinte ihre Mutter.

»Mama, es ist Weihnachten. Kannst du bitte das Psychogeschwätz sein lassen?«

»Das war kein Psychogeschwätz.« Mit Blick zu Steph nickte Dr. Renshaw schließlich. »Wenn das so ist, sollten wir uns duzen. Ich bin Diane.«

Rae wusste nicht, ob sie es fertigbringen würde, Stephs Mutter beim Vornamen zu nennen, aber sie nickte höflich.

»Wo ist Papa?«, fragte Steph. »Isst er heimlich Schinken in der Küche, während niemand hinsieht?«

»Dein Vater isst kein Fleisch, das weißt du doch«, sagte ihre Mutter. »Außerdem ist das Essen noch nicht einmal da. Er ist draußen am Pool. Warum geht ihr nicht und leistet ihm Gesellschaft?« Sie nahm Rae und Steph die Tüten ab. »Ich rufe euch, wenn das Essen eintrifft. Es dürfte jeden Moment so weit sein.«

Es hätte Rae nicht wundern sollen, dass die Renshaws einen Pool hatten. Er war sogar groß genug, um darin Bahnen zu schwimmen und nicht nur ein wenig zu planschen. Die Sonne funkelte auf dem türkisfarbenen Wasser. Als Steph sie durch eine offene Glastür in einen Hinterhof mit einem schön angelegten Garten führte, spürte Rae die Anziehung, die von dem ovalen Pool ausging. Wäre sie in diesem Haus aufgewachsen, sie wäre vermutlich nie aus dem Wasser herausgekommen.

»Gut, dass ich dich festhalte.« Lachend drückte Steph Raes Arm. »Du siehst aus, als wolltest du gleich reinspringen. Das kannst du übrigens. Falls du nach dem Essen nicht zu voll bist.«

Rae wandte ihren Blick vom Becken ab. »Nein. Ich habe keinen Badeanzug mitgebracht.«

Steph grinste spitzbübisch. »Ach, mir würde es nichts ausmachen, wenn du nackt schwimmen gehst.«

»Warum überrascht mich das nicht?«

»Ganz im Ernst, meine Mutter hat sicher einen Badeanzug, der dir passt. Oder wir können ein anderes Mal wiederkommen, wenn du mal in einem privaten Pool schwimmen möchtest. Du siehst aus, als wärst du eine gute Schwimmerin.« Steph fuhr mit der Hand über Raes Schulter.

Die flüchtige Berührung brachte Raes ganzen Körper zum Kribbeln. Ihre Wangen brannten. »Früher bin ich jeden Tag vor der Arbeit geschwommen, aber das ist schon eine Weile her.«

»Schwimmst du nicht mehr, seit …?« Steph deutete auf Raes linkes Auge.

Rae nickte.

»Würde es dir schaden, wenn gechlortes Wasser in deine Augenhöhle gelangt?«

»Nein. Das ist nicht der Grund. Ich könnte eine Schwimmbrille tragen. Aber irgendwie bin ich noch nicht so weit. Vielleicht irgendwann.«

»Jederzeit.«

Sie gingen zu einer Pergola am Pool, unter der drei breite Poolliegen einen Glastisch umgaben.

Ein großer Mann Mitte sechzig erhob sich von einer der Liegen. Er trug eine schwarze Hose und ein gestärktes, weißes Hemd, doch er hatte die Ärmel bis zu den Ellbogen hochgekrempelt, sodass seine gebräunte Haut zum Vorschein kam. Nur seine linke Hand war heller, was darauf hindeutete, dass er viel Zeit auf dem Golfplatz verbrachte. Mit seinem gebräunten Gesicht und seinem schwarzen Haar, das an den Schläfen von silbernen Strähnen durchsetzt war, ähnelte er Steph äußerlich überhaupt nicht. Rae freute sich darauf, herauszufinden, was Steph sonst von ihm geerbt hatte.

Er begrüßte Steph mit einer Umarmung und wandte sich dann Rae zu. Sein Händedruck war fest und er musterte Rae abschätzend, während er ihr die Hand schüttelte. Zumindest versuchte er nicht, sie zu umarmen.

»Rae, das ist mein Vater James. Papa, das ist meine Freundin Rae.«

Meine Freundin. Eine wohlige Wärme breitete sich in Raes Brust aus und ihre Unsicherheit ließ nach. Sie war hier, in dieser Luxusvilla, weil sie Stephs Freundin war und Steph sie hier haben wollte.

»Herzlich willkommen und frohe Weihnachten.« Stephs Vater nickte zu einer der Poolliegen hinüber, die für zwei ausgelegt waren. »Macht es euch bequem. Das Essen sollte jeden Moment hier sein.«

Claire und Lana hatten sich zu ihnen gesellt und kuschelten sich auf einer der Liegen aneinander. Als James sich wieder setzte, blieb nur noch eine Liege übrig, die Rae und Steph sich teilen mussten.

»Komm schon.« Steph zog sie zu der verbleibenden Liege. »Ich beiße nicht. Es sei denn …«

Rae erinnerte sich noch lebhaft daran, wie Steph diesen Satz beendet hatte, als sie sich im botanischen Garten für ein Foto an Rae gelehnt hatte. Sie warf Steph einen warnenden Blick zu. Auf keinen Fall wollte sie, dass Steph den Satz vor ihrem Vater wiederholte.

Steph grinste. Sie streifte ihre Schuhe ab, schlug ein Bein unter und machte es sich auf ihrer Hälfte der Liege bequem, so als wäre es ihr völlig egal, ob ihre Hose zerknitterte.

Rae setzte sich neben sie und presste ihre Hände auf ihre Oberschenkel, um nicht unruhig herumzuzappeln.

»Entspann dich«, flüsterte Steph.

»Dann erzähl doch mal, Rae«, sagte James, woraufhin Rae sich noch mehr verkrampfte. »Womit verdienst du deinen Lebensunterhalt?«

Früher hatte Rae immer stolz erzählt, dass sie bei der Polizei war, aber nun fragte sie sich, was er wohl von ihrer Arbeit halten würde.

Steph lehnte sich in einer Geste der wortlosen Unterstützung an sie. Ihre Schulter wärmte Raes Seite.

Rae blickte sie an, dann schaute sie Stephs Vater in die Augen. »Ich arbeite als Türsteherin in der Fun Zone, einem der Comedyclubs, in denen Steph gelegentlich auftritt.«

»Als Türsteherin?«, wiederholte James.

Rae konnte den Unterton in seiner Stimme nicht deuten. »Ja, Sir.«

»Sag doch bitte James. Dann gehörst du also zu den Menschen, die für die Sicherheit meiner Tochter sorgen?«

Rae richtete sich auf. Diese Beschreibung ihrer Arbeit gefiel ihr. »Ja, Sir … James.«

»Sie ist die Beste im ganzen Team«, sagte Steph nachdrücklich. »Wenn Rae im Dienst ist, muss ich nie befürchten, dass die Leute schlecht im Saal verteilt sitzen oder mir ein Zwischenrufer die Vorstellung versaut.«

Lana seufzte. »Wo warst du, als ich mich das erste und einzige Mal als Stand-up-Comedian versucht habe? Ich hätte jemanden gebrauchen können, der mich vor dem Zwischenrufer rettet, der sich ständig über mich lustig machte.«

Claire gab ihr einen mitfühlenden Kuss auf die Wange. »Armer Schatz. Du warst sicher großartig.«

»Himmel, nein.« Lana lachte. »Ich war fürchterlich. Der Zwischenrufer war lustiger als ich. Stand-up-Comedy ist nicht so einfach, wie es aussieht.«

»Kann ich mir vorstellen«, sagte James, aber es klang nur so dahergesagt.

Stille breitete sich aus. Weder Claire noch ihr Vater schienen zum Thema Stand-up-Comedy etwas zu sagen zu haben, und auch Steph war merkwürdig still geworden. Soweit Rae wusste, war niemand in Stephs Familie jemals in einer ihrer Vorstellungen gewesen. Lana schien Stephs Beruf als Einzige zu respektieren.

Steph stand auf, griff nach Raes Hand und zog sie mit sich. »Ich führe Rae vor dem Essen noch kurz herum.« Ohne eine Antwort abzuwarten, zerrte sie Rae von der Pergola weg. Anstatt ihr das Haus zu zeigen, nahm sie Rae mit zum Rand des Grundstücks, als wollte sie so viel Abstand wie möglich zwischen sich und ihre Familie bringen.

Rae fragte nicht nach. Sie war sich sehr bewusst, dass Steph noch immer ihre Hand hielt, während sie an einer Reihe von Aprikosen- und Pflaumenbäumen vorbeischlenderten.

An einem der älteren Bäume blieb Steph stehen und berührte ein kleines, etwas unförmiges Herz, das zusammen mit den Buchstaben *S&C* in den Stamm geschnitzt worden war.

»Stephanie und …?«

»Hm?« Steph sah auf, als wäre sie in Gedanken versunken gewesen.

Rae deutete auf den Baum. »Wie hieß deine Liebste oder dein Liebster? Constance? Curtis? Chester? Clementine?«

Steph schüttelte sich und lachte. »Wo hast du denn diese Namen her? Aus dem Buch der altmodischen Babynamen?«

Rae hatte ihr Ziel erreicht, Steph zum Lachen zu bringen und sie von den trübsinnigen Gedanken abzulenken, die ihr offenbar durch den Kopf gingen. Sie lächelte. »Wie heißt das Mädchen oder der Junge im Baum? Clarence? Cornelius? Clytee?«

»Den Namen hast du dir ausgedacht!«

»Nein, den gibt es wirklich, das schwöre ich.« Rae hob ihre freie Hand, als würde sie einen Eid ablegen. »Ich habe einmal eine Frau verhaftet, die genau so hieß. Also, wie heißt dein mysteriöser Schatz?«

»Es gibt keinen Schatz. Claire und ich haben das Herz in den Baum geschnitzt, als wir klein waren.«

Rae starrte über den Pool hinweg zu Claire, die stocksteif auf der Liege saß, ohne sich zurückzulehnen, um ihre Seidenbluse nicht zu zerknittern. »Claire hat etwas in einen Baum geschnitzt?«

»Ich habe eine ganze Woche gebraucht, um sie dazu zu überreden. Sie wollte keinen Ärger mit unseren Eltern bekommen.«

Aber sie hatte es ihrer kleinen Schwester zuliebe schließlich doch getan. »Habt ihr euch nahegestanden, als ihr klein wart?«, fragte Rae.

Stephs Blick schweifte durch den Garten, als würde sie Szenen aus ihrer Kindheit vor sich sehen. »Ja, irgendwie schon. So nah wie zwei Geschwister sich sein können, wenn sie so verschieden sind wie Claire und ich.«

»Was ist passiert?«

Steph schaute zu Boden. »Das Übliche. Wir sind erwachsen geworden und haben uns in unterschiedliche Richtungen entwickelt. Obwohl Claire bestreiten würde, dass ich je erwachsen geworden bin.«

Steckte wirklich nicht mehr dahinter? Rae sagte nichts, um Steph Gelegenheit zum Weitersprechen zu geben, fragte aber nicht nach, denn sie wollte Steph nicht drängen.

»Ich habe mit ihrer Ex geschlafen, wenn du's unbedingt wissen musst.« Steph zog abrupt ihre Hand weg, machte auf dem Absatz kehrt und marschierte auf das freistehende Gästehaus am anderen Ende des Pools zu.

Einen Moment lang stand Rae nur da und sah ihr nach, dann eilte sie ihr hinterher. »Steph! Warte, bitte.« Sanft umfasste sie ihren Ellbogen und zwang sie, stehen zu bleiben. »Ich verurteile dich doch nicht. Sicherlich gab es dafür einen guten Grund.«

Steph setzte sich ins Gras vor dem Gästehaus. »Eigentlich nicht. Ich war sechzehn und damals schien es mir eine gute Idee zu sein.«

Rae betrachtete das Gras, setzte sich dann aber neben sie, ohne auf mögliche Grasflecken zu achten. Ihr Knie berührte leicht das von Steph, doch sie rutschte nicht von ihr weg. Beide saßen eine Weile da, ohne zu sprechen.

»Als ich klein war, wollte ich immer hier wohnen.« Steph zeigte auf das Gästehaus, dessen Glasfront zum Pool hin lag. »Meine Eltern haben das nicht nachvollziehen können, zumal ich das größte und beeindruckendste Zimmer hatte, das man sich vorstellen kann.«

»Dir liegt nichts an Dingen, die andere beeindrucken«, sagte Rae. »Haben deine Eltern das nicht verstanden?«

Steph seufzte. »Sie dachten, sie würden mich besser kennen als ich mich selbst. Ständig haben sie darauf bestanden, dass es für alles, was ich tat, einen unbewussten Grund gab, und natürlich wussten sie immer, welcher das war. Wenn ich zum Beispiel zu spät nach Hause kam, hieß das immer, dass ich gar nicht hier sein wollte.« Sie verzog das Gesicht. »Na ja, damit lagen sie vermutlich sogar richtig.«

»Bestimmt hast du eine Menge Sachen gemacht, ohne einen guten Grund zu haben, nur um zu beweisen, dass sie sich irren, oder?«, fragte Rae.

Steph wandte sich ihr zu, wobei ihr Knie an Raes Oberschenkel entlangglitt.

Ein Schauder durchlief Rae und sie krallte ihre Finger ins Gras.

»Verdammt, ich glaube, du hast recht.« Steph lachte, aber es klang vor allem erschrocken und bitter. Sie klopfte Rae aufs Knie. »Du hättest Psychologin werden sollen.«

»Hey, wenn du mich beleidigst, kriegst du kein Weihnachtsgeschenk!«

Beide lachten und diesmal schwang keine Bitterkeit in Stephs Gelächter mit. Schließlich wurde sie wieder ernst. »Claire glaubt, dass ich mit ihrer Ex geschlafen habe, um sie zu verletzen. Aber das stimmt nicht. Elyse – ihre Ex – war wundervoll. Klug, witzig und wahnsinnig hübsch. Und sie hat mir immer zugehört. Sie hat mich nie wie die nervige kleine Schwester ihrer Freundin behandelt. Ich schätze, ich war ein bisschen in sie verknallt.« Ihre Wangen färbten sich zartrosa.

Rae kam sich vor, als hätte sie endlich das Puzzleteil gefunden, das ihr gefehlt hatte, um Steph besser zu verstehen. Vielleicht war dies der Grund, warum Steph Beziehungen mied. Das eine Mal, als sie womöglich jemandes Freundin hatte sein wollen, hatte in einem Familiendrama geendet.

»Klingt, als wärst du nicht nur ein bisschen verknallt gewesen«, sagte Rae leise. »Vielleicht hattest du doch einen Grund.«

»Ja, vielleicht.« Steph ließ ihre Hand auf Raes Knie liegen und sah ihr in die Augen. »Danke, dass du mich deswegen nicht verurteilst.«

»Dafür musst du dich nicht bedanken. Ich bin stolzes Mitglied von Team Steph, okay?«

Ein sanftes Lächeln vertrieb die letzten Anzeichen von Traurigkeit aus Stephs Gesicht. Sie neigte sich Rae entgegen. Die Wärme ihres Körpers schien Rae zu umgeben, ebenso wie der unwiderstehliche Duft ihres Parfüms.

Raes Herz hämmerte gegen ihre Rippen. *Beruhig dich. Sie wird dir nur einen Kuss auf die Wange geben.* Das hatte Steph schon einmal getan. Aber ihr Blick galt nicht Raes Wange, sondern ihrem Mund. Als Stephs Gesicht näher rückte, streichelte ihr warmer Atem Raes Lippen wie ein Vorbote dessen, was sie in Kürze mit ihrem weichen Mund tun würde.

»Schatz, ich glaube, wir haben ein Problem.« Dianes Stimme erklang unmittelbar neben ihnen und ließ beide voneinander zurückweichen.

Rae sank fast ins Gras, als ihr Blickkontakt mit Steph so abrupt unterbrochen wurde, als wäre eine Rettungsleine durchgeschnitten worden.

Steph drückte ihre Hand auf ihren Mund, als ob sie einander tatsächlich geküsst hätten und sie noch immer Raes Lippen auf ihren spüren könnte. »Wie bitte?« Sie blinzelte zu ihrer Mutter hinauf.

»Wir haben ein Problem«, wiederholte Diane. »Ich habe gerade bei Foodtopia angerufen, um zu erfahren, warum sich unsere Lieferung verzögert, und es stellte sich heraus, dass unsere Bestellung nicht in ihrem System ist. Offenbar hat jemand vergessen, sie einzugeben.«

Ihr Mann, Claire und Lana kamen herüber. Die Renshaws sahen einander hilflos an.

»Können sie nicht schnell etwas zusammenstellen und vorbeibringen?« James drückte eine Hand auf seinen Bauch. »So langsam bekomme ich Hunger.«

»Sie haben es angeboten, aber heute haben sie so viel zu tun, dass es mindestens eineinhalb Stunden dauern würde«, antwortete Diane. »Dann müssten Stephanie und Rae ihr Essen hinunterschlingen und danach direkt zur Arbeit fahren. Es tut mir sehr leid. Ich dachte, wir hätten noch jede Menge Zeit, sonst hätte ich gesagt, ihr sollt früher kommen.«

»Du konntest nicht wissen, dass es eine solche Verzögerung geben würde, Mama«, sagte Claire.

Lana schlang einen Arm um Claire und strich liebevoll mit der Hand über den Ärmel ihrer Seidenbluse. »Warum bestellen wir nicht einfach Pizza?«

Die Renshaws sahen sie an, als hätten sie vorgeschlagen, den Hund des Nachbarn zu essen.

Rae stand auf und zog auch Steph auf die Füße. »Oder wir könnten einfach etwas kochen.« Das brachte ihr einen Blick ein, als hätte sie vorgeschlagen, die Kinder der Nachbarn zu essen, aber Rae ließ sich davon nicht aufhalten. Nach dem Beinahekuss mit Steph brauchte sie etwas, um sich abzulenken. »Es gibt doch sicher eine Küche im Haus, oder?«

»Ja, natürlich«, sagte Diane. »Aber …«

»Dann lasst uns gehen. Ich spiele die Chefköchin und ihr könnt mir assistieren. Wir werden im Nu etwas auf dem Tisch haben.« Rae marschierte auf das Haus zu und bedeutete allen, ihr zu folgen.

Steph blieb zurück und starrte Rae nach, die das Kommando übernommen hatte, als würde sie schon seit Jahren für die Renshaws kochen. Aber das war nicht das Überraschendste.

Sie berührte erneut ihren Mund und strich mit dem Zeigefinger über ihre Unterlippe, wo sie immer noch Raes warmen Atem spüren konnte. Zweifellos hätten sie sich geküsst, wenn ihre Mutter sie nicht unterbrochen hätte.

Diesmal waren ihre Vermieter nicht da, sodass sie es nicht auf ihre angebliche Beziehung schieben konnten. War dies eines der spontanen Dinge, die sie nur machte, um zu beweisen, dass ihre Eltern sich irrten und sie nicht immer einen Grund für ihr Verhalten hatte?

Nein. Zwar war sie keine Psychologin, aber sie kannte sich und wusste, dass sie Rae nur aus einem Grund fast geküsst hätte: weil sie es wollte. Himmel, und wie sehr sie es wollte! Es fühlte sich an wie ein Ziehen im ganzen Körper. Aber es war kein rein körperliches Verlangen. Sie mochte Rae. Sie mochte sie sogar sehr.

»Ich mag sie.«

Die Stimme ihres Vaters wiederholte das, was Steph eben noch gedacht hatte, und riss sie aus ihrer Benommenheit.

»Papa«, sagte sie warnend. »Wir sind kein Paar.«

»Ich kann sie doch trotzdem mögen, oder nicht? Außerdem seht ihr euch nicht so an, als wärt ihr lediglich Mitbewohnerinnen. Ich mag ja nur ein Organisationspsychologe sein, kein Paartherapeut wie deine Schwester, aber ich habe während des Studiums auch in einer WG gelebt und keiner meiner Mitbewohner hat mich je so angesehen, wie du und Rae euch anseht.« Er klopfte ihr auf die Schulter. »Jetzt musst du mich entschuldigen. Ich möchte den ersten und wahrscheinlich einzigen Versuch deiner Mutter, beim Kochen zu helfen, nicht verpassen.«

Als er ging, sank Steph ins Gras zurück.

Ihre Eltern verstanden sie oft nicht, aber das bedeutete nicht, dass sie immer unrecht hatten. Es stimmte, dass sie noch nie einen Mitbewohner oder eine Mitbewohnerin so angesehen hatte, wie sie Rae ansah. Eigentlich hatte sie überhaupt noch nie irgendjemanden so angesehen. Es fühlte sich gleichzeitig wunderbar und angsteinflößend an. Was, wenn sie es wieder vermasselte? Sie hatte nicht gerade eine tolle Erfolgsbilanz. Anfangs hatte sie ignoriert, wie sehr sie sich zu Rae hingezogen fühlte, weil Rae ihre Mitbewohnerin war und in einem der größten Comedyclubs arbeitete. Doch inzwischen war der Verlust ihrer Wohnung oder gar ihrer Auftritte in der Fun Zone ihre geringste Sorge. Raes Freundschaft zu verlieren, wäre viel schlimmer.

Aber was, wenn …? Sie nagte an ihrer Unterlippe. Nein, daran durfte sie nicht denken. Rae war eine treue Seele, die bisher nur eine einzige Beziehung gehabt hatte. Sie stand nicht auf flüchtige Abenteuer und Steph wusste nicht, ob sie ihr mehr geben konnte. Wenn es ihr zu ernst wurde, hatte sie immer Schluss gemacht und war gegangen, doch das konnte sie Rae nicht antun, schon allein, weil Lise dasselbe getan hatte. Rae hatte etwas Besseres verdient.

Sie wusste nicht, wie lange sie im Gras gesessen und gegrübelt hatte, als laute Stimmen aus dem Haus sie aus ihren Gedanken rissen. Schnell sprang sie auf und lief hinein.

Gott, was hatte sie sich nur dabei gedacht, Rae mit ihrer Familie allein zu lassen? Sie wusste, dass sich Rae unter fremden Menschen meist unwohl fühlte.

Vor der sonst wenig genutzten Küche ihrer Eltern blieb sie abrupt stehen.

Rae hatte vor dem riesigen Gasherd Stellung bezogen wie ein Kapitän auf der Brücke eines Schiffes und kommandierte alle herum.

Erstaunlicherweise befolgten alle Helfer ihre Anweisungen, selbst Stephs Mutter, und schafften Töpfe und Zutaten heran, ohne sich lange bitten zu lassen.

Vorsichtig trat Steph näher. Sie hatte das Gefühl, dass sie jeden Moment aus diesem seltsamen Traum erwachen würde. »Braucht ihr noch Hilfe?«

Rae sah auf und ihre Blicke trafen sich. »Ich würde ja sagen, du kannst die Zwiebeln schneiden, aber ich habe deine kläglichen Versuche gesehen.«

Lana lachte. »Ist sie so schlimm wie Claire?«

»Hey, ich kann kochen«, protestierte Claire. »Ich esse nur einfach lieber auswärts oder lasse meine talentierte Verlobte für mich kochen.« Sie beugten sich über die Kücheninsel und küssten sich kurz, aber innig. »Auch wenn ich die Küche danach praktisch renovieren muss«, fügte Claire hinzu, als der Kuss endete.

Lana streckte ihr neckisch die Zunge heraus.

Steph versuchte, einen Blick in den riesigen Topf auf der hintersten Flamme zu erhaschen. »Was kocht ihr denn?«

»Spaghetti mit Tomatensoße«, antwortete Rae.

Steph brach in Gelächter aus. »Wir essen Spaghetti an Weihnachten?«

Rae zuckte mit den Schultern. »Die Auswahl war eingeschränkt. Deine Eltern haben die größte, praktisch leere Speisekammer, die ich je gesehen habe.«

»Spaghetti klingt gut«, sagte Steph. »Besser als der Tofutruthahn mit Apfelfüllung, den wir vor ein paar Jahren hatten. Es überrascht mich bloß, dass du meine Mutter dazu überredet hast, Kohlenhydrate zu essen.«

»Unsinn«, sagte Stephs Mutter. »Ich esse sehr wohl Kohlenhydrate, aber eben nur zu besonderen Anlässen. Jetzt gib mir die Zwiebeln, Rae. Ich kann sie schneiden. Glaube ich zumindest.« Sie ging von links auf Rae zu. Bevor Steph sie aufhalten konnte, nahm sie Rae die Zwiebel aus der Hand.

Rae erschrak sichtlich und stolperte rückwärts gegen den Herd. Wasser schwappte über und die Gasflamme zischte.

»Alle mal herhören!«, rief Steph über das Chaos in der Küche hinweg. Sie kämpfte gegen den Drang an, zu Rae zu eilen, um sich zu vergewissern, dass es ihr gut ging. »Zu viele Köche verderben den Brei. Wie wäre es, wenn ihr alle nach draußen geht, während ich Rae helfe?«

»Ist schon okay, Steph«, sagte Rae leise.

Steph sah sie an und flüsterte: »Bist du sicher?«

Rae nickte.

»Was ist passiert?« Stephs Mutter musterte Rae mit einem Blick, als würde sie in Gedanken durch ihr Exemplar des DSM5- blättern, um die richtige Diagnose für sie zu finden.

Zähneknirschend nahm Steph ihrer Mutter die Zwiebel aus der Hand und legte sie in sicherer Entfernung von Rae auf die Kücheninsel. »Du kannst sie hier drüben schneiden.« Sie warf ihrer Mutter einen warnenden Blick zu. »Und benutze dazu bitte kein Brotmesser.«

Scheinbar hatte ihre Mutter verstanden, worum es ihr eigentlich ging. Sie schloss den Mund und nahm das Messer, das Lana ihr reichte.

Das Weihnachtsessen war viel besser gelaufen, als Rae befürchtet hatte, und das traf nicht nur auf die Mahlzeit selbst zu, sondern auch auf die Unterhaltung. Obwohl sie nicht viel dazu beigetragen hatte, da sie lieber im Hintergrund blieb und zuhörte, hatte sie es genossen, Steph mit ihrer Familie zu beobachten.

Eines musste sie den Renshaws lassen: Sie waren nicht so etepetete, wie sie angenommen hatte. Sie hatten sich über die Spaghetti hergemacht, als würde es sich um eine Fünf-Sterne-Mahlzeit handeln.

Nachdem alle aufgegessen hatten, stapelte Diane die leeren Teller. Als Rae aufstand, um zu helfen, winkte Stephs Mutter ab. »Du hast gekocht. Wir machen die Küche sauber. Steph bleibt hier und leistet dir Gesellschaft.«

Als der Rest der Familie in die Küche verschwand, sanken Steph und Rae zurück auf ihre Stühle und sahen einander an.

Rae wandte den Blick ab. Sollte sie etwas sagen und über das sprechen, was vorhin passiert – oder vielmehr fast passiert – war? Aber sie hatte keine Ahnung, wie sie an dieses Gespräch herangehen sollte. Würde Steph es überhaupt für erwähnenswert halten? Da sie eher locker mit ihrem Liebesleben umging, bedeutete ein Kuss ihr womöglich nicht so viel wie Rae.

Was hätte er dir denn bedeutet? Steph war eine gut aussehende Frau, das hatte Rae schon bei ihrer ersten Begegnung festgestellt. Dennoch war es bisher relativ einfach gewesen, die Momente zu ignorieren, wenn Steph in einem Top mit Spaghettiträgern durch die Wohnung lief oder ihr so nahe kam, dass Rae die Anziehung zwischen ihnen spüren konnte. Aber jetzt war eine Verbindung zwischen ihnen entstanden, bei der es nicht mehr nur um das Körperliche ging, und diese war weniger einfach zu ignorieren. Dieser Kuss hätte etwas bedeutet – zumindest ihr.

Schließlich war es Steph, die den Mut fand, das Schweigen zu brechen. »Wie kommst du zurecht?« Sie wedelte vage mit der Hand.

»Alles …« Rae unterbrach sich, bevor sie wie gewohnt behaupten konnte, alles sei bestens. Steph hatte die Wahrheit verdient. »Ich weiß es nicht. Ich bin ein bisschen durcheinander.« Sie tippte sich an die Schläfe, dann, nach kurzem Zögern, auf die Brust. »Um ehrlich zu sein, bin ich sogar sehr durcheinander.« Mehr wollte sie nicht eingestehen, denn das würde sie viel zu verletzlich machen. Sie war nur deshalb überhaupt so ehrlich gewesen, weil Steph immer noch ein Teil von Team Rae war. Sie vertraute darauf, dass Steph ihr nicht wehtun würde, zumindest nicht absichtlich.

Steph legte ihre Hand auf Raes und hielt sie fest umklammert. »Du hast dir doch nicht wehgetan?«

»Mir wehgetan?« Rae drehte ihren Stuhl, um Stephs Gesicht besser sehen zu können. Wovon sprach sie?

»Vorhin.« Steph zeigte in Richtung der Küche. »Als du gegen den Herd gestoßen bist.«

Ach so. Davon sprach sie. »Es geht mir gut.«

»Was dachtest du, was ich meine? Oh!« Steph riss die Augen auf. »Du dachtest, ich spreche von –«

»Das wäre erledigt.« Diane und der Rest der Familie kehrten ins Esszimmer zurück. »Lasst uns hinüber ins Kaminzimmer gehen und die Geschenke öffnen, bevor Stephanie und Rae sich auf den Weg machen müssen.«

Rae wusste nicht, ob sie froh oder enttäuscht über die Unterbrechung sein sollte.

Steph hakte sich erneut links bei Rae ein und bewahrte sie davor, eine der teuren Dekorationen umzustoßen, als sie Diane ins Kaminzimmer folgten.

Rae entschied sofort, dass dies der schönste Raum im Haus war. Zwei große Erkerfenster ließen viel Sonnenlicht herein und boten einen herrlichen Ausblick auf den Garten und den Pool. Gemütliche Sitzbänke verliefen entlang der dreigeteilten Scheiben. Ein offener Kamin verlieh dem Raum eine entspannende Atmosphäre und in einer Ecke funkelte ein geschmückter Weihnachtsbaum.

Vorsichtig schob Rae eines der Seidenkissen beiseite und setzte sich neben Steph auf einen der Fensterplätze. Durch die geschwungene Form der Bank saßen sie nahe beieinander und Rae war sich Stephs Schulter sehr bewusst, die an ihrer eigenen ruhte.

»Mach es dir nur nicht zu bequem, Stephanie«, sagte Diane. »Das Verteilen der Geschenke war schon immer deine Aufgabe.«

Murrend erhob sich Steph, wobei sie sich mit einer Hand auf Raes Schulter abstützte. Sie verteilte die Geschenke so schnell, als könnte sie es nicht abwarten, wieder an Raes Seite zu sein.

Als Steph fertig war, starrte Rae auf die Päckchen auf ihrem Schoß. Damit hatte sie nicht gerechnet. Gut, dass sie gestern einkaufen gegangen war und sich nicht gescheut hatte, die Verkäuferinnen um Rat zu fragen. Für Stephs Eltern hatte sie zwei Flaschen Rotwein gekauft und sobald die Renshaws diese ausgepackt hatten, diskutierten sie bereits darüber, welche sie später öffnen sollten. Claire zog sofort den türkisfarbenen Seidenschal an, der zum Gestell ihrer Brille passte, und Lana klatschte begeistert in die Hände, als sie die Pfefferminzschweine in ihrem Paket entdeckte.

Steph lehnte sich noch näher an Rae heran. »Das hast du toll gemacht.« Ihr Atem kitzelte Raes Ohr.

»Ehrlich?«

»Ja. Schau doch.« Steph zeigte auf Lana, die den kleinen Hammer schwang und dann Claire spielerisch ein Stück Pfefferminze in den Mund schob. »Die Geschenke sind super angekommen.«

»Was ist mit deinem?«, fragte Rae leise und deutete auf das ungeöffnete Päckchen auf Stephs Schoß.

Steph hatte ihre anderen Geschenke bereits ausgepackt. Von ihrer Schwester hatte sie ein Abonnement für einen Biosaft bekommen und von Lana ein T-Shirt mit dem Spruch *Ich bin Komikerin und was ist deine Superkraft?* Ihre Eltern hatten sie mit einem Morgenmantel aus Seide und einem Umschlag mit Geld bedacht. Raes Geschenk hatte sie sich bis zum Schluss aufgespart.

Vorsichtig löste sie das Klebeband, fast als hätte sie Angst, dass auch dieses Päckchen ein gut gemeintes, aber nicht zu ihr passendes Geschenk enthalten würde.

Rae hoffte, dass sie eine bessere Wahl getroffen hatte.

Schließlich legte Steph die Schleife und das Papier beiseite und öffnete die Schachtel. »Eine Tasse?«

»Es ist die gleiche wie meine. Du scheinst sie ja sehr zu mögen, denn du stiehlst sie jeden Morgen.«

Steph errötete. »Ertappt. Ich liebe diese Tasse. Danke.«

»Warte. Das eigentliche Geschenk liegt drin.«

Steph spähte in die große Tasse und fischte den zusammengerollten Umschlag heraus.

Rae versuchte, nicht unruhig auf ihrem Platz hin und her zu rutschen, während Steph den Umschlag öffnete und die Karte las. Hoffentlich fand Steph sie nicht langweilig oder schnulzig.

Steph legte die Karte weg und schlang beide Arme um sie.

Sofort schloss Rae erleichtert die Augen, all ihre Sorgen schmolzen dahin wie Schnee in L.A. Sie erwiderte die Umarmung und atmete tief Stephs Duft ein.

Unzählige Augenblicke später bemerkte sie, dass es still im Raum geworden war. Rasch ließ sie los und wich zurück.

»Das muss ja ein tolles Geschenk sein«, sagte Diane. »Was ist es denn?«

Steph hielt den Gutschein mit einem strahlenden Lächeln in die Höhe. »Eine einjährige Mitgliedschaft für Descanso Gardens.«

»Der botanische Garten in La Cañada Flintridge?« James legte die Stirn in Falten, als würde er sich fragen, warum Steph sich plötzlich für einen botanischen Garten begeisterte.

»Ja.« Steph nickte eifrig. »Nach einem schrecklichen Tag hat Rae mich dorthin mitgenommen und wir haben uns die Lichterspiele angesehen. Es war atemberaubend.«

Claire starrte sie an. »Du hast dir die Lichter angesehen? Ausgerechnet du?«

»Das ist keine Weihnachtsbeleuchtung. Es ist etwas ganz Besonderes. Ich würde gern noch einmal hingehen.«

»Das kannst du«, sagte Rae. »Die Mitgliedschaft beinhaltet nicht nur freien Eintritt für zwei Personen, sondern auch ermäßigte Vorverkaufskarten für den Lichterwald.«

Steph sah sie fragend an. »Der Eintritt ist für zwei?«

»Ja. Aber das bedeutet nicht, dass du mich mitnehmen musst. Du kannst auch mit jemand anderem gehen.«

»Machst du Witze?« Steph stupste sie sanft an. »Natürlich nehme ich dich mit!« Dann schien ihr bewusst zu werden, dass sie Rae ihrer Familie vorgezogen hatte. »Ähm …«

Ihre Mutter lachte. »Keine Sorge. Wir haben nicht erwartet, dass du deine langweiligen Eltern mitnimmst.«

»Oder deine langweilige Schwester«, murmelte Claire.

Rae senkte den Kopf. »Wenn ihr mitkommen wollt ….«

»Entspann dich. Das war nur ein Scherz. Es ist in Ordnung, wenn Steph mit dir gehen will.« Claires beruhigendes Lächeln wirkte aufrichtig. »Ich bin froh, dass sie jemanden hat, der sie nach einem harten Tag aufmuntert.«

»Würdet ihr bitte alle aufhören, über mich zu reden, als säße ich nicht hier?« Steph klopfte auf die Geschenke auf Raes Schoß. »Jetzt bist du dran.«

Rae war sich sehr bewusst, dass die Aufmerksamkeit aller plötzlich ihr galt, als sie das Klebeband löste und das erste Päckchen auspackte. Ein Schildchen verriet, dass es von Stephs Eltern stammte. Sie hielt eine schwarz-silbern gestreifte Seidenkrawatte in die Höhe und bewunderte die regenbogenfarbene Krawattennadel, die daran befestigt war.

»Ich bat Steph, mir einige Ideen zu schicken, und sie sagte, du trägst bei der Arbeit Krawatten«, sagte Diane.

Steph beugte sich zu Rae hinüber und ließ ihre Finger über den glatten Stoff gleiten. »Oh, gute Wahl, Mama.«

Rae bekam eine Gänsehaut, als hätte Steph anstelle der Krawatte ihre Hand gestreichelt. »Ja. Sehr schön.« Ihre Stimme klang heiser. »Herzlichen Dank.«

»Sie ist doch nicht zu lang, oder?«, fragte Diane.

»Passt sch–«

Raes Worte erstarben in ihrer Kehle, als Steph ihr die Krawatte abnahm, sie um Raes Hals schlang und Rae ein wenig herunterzog.

Einen Moment lang glaubte Rae, Steph würde sie küssen, aber natürlich band Steph nur einen Krawattenknoten. Ihr verräterischer Körper reagierte trotzdem, als wäre sie geküsst worden. Ihr Herz hämmerte so heftig, dass sie Angst hatte, jeder im Raum könnte es hören.

»Seht ihr?«, sagte Steph mit rauer Stimme. »Sie sitzt perfekt.«

Rae sah nach unten und berührte die Krawattennadel. »Perfekt.«

Lana und Claire tauschten amüsierte Blicke aus.

Rae wollte lieber nicht wissen, was sie gerade dachten. Schnell griff sie nach ihrem nächsten Geschenk, einem Umschlag von Claire und Lana. Als sie ihn öffnete, hielt sie einen Geschenkgutschein in den Händen. »Paddelboardunterricht. Wow. Das ist viel zu teuer. Das kann ich nicht annehmen.«

»Keine Sorge«, sagte Lana. »Eine Freundin von uns macht das nebenbei, deshalb bezahlen wir nicht den vollen Preis. Sie ist Stuntfrau und eine wunderbare Lehrerin. Sogar Claire hatte eine Menge Spaß, als wir im Juni Paddelboardunterricht genommen haben. Wir dachten, das wäre vielleicht etwas für dich.«

»Ich bin sicher, dass es mir gefallen wird.« Aber dazu musste sie erst den Mut aufbringen, schwimmen zu gehen. Vielleicht war dies genau die Ermutigung, die sie brauchte.

Steph lehnte sich an sie, als wüsste sie genau, was Rae gerade dachte.

Das nächste Geschenk war ein USB-Stick. Rae warf Lana und Claire einen fragenden Blick zu. »Noch ein Geschenk von euch? Ihr habt mir doch bereits den Paddelboardunterricht geschenkt.«

»Das ist nur eine kleine Zugabe«, sagte Lana. »Es sind Ausgaben von allen Hörbüchern, die ich bisher eingesprochen habe. Claire meinte, sie könnten dir gefallen.«

»Sie gefallen jedem, der Geschmack hat«, sagte Claire fest.

Rae warf Lana einen beeindruckten Blick zu. »Du bist Hörbuchsprecherin?«

Während Claire stolz strahlte, zuckte Lana mit den Schultern. »Unter anderem. Ich schauspielere auch ein wenig, aber ich habe festgestellt, dass mir das Einsprechen von Hörbüchern großen Spaß macht.«

»Von wegen ein wenig!« Claire gab ihr einen liebevollen Stups. »Sie ist zu bescheiden. Nächsten Monat dreht sie einen Film mit Grace Durand!«

Rae stieß einen leisen Pfiff aus. »Wow. Grace Durand! Sie ist –«

»Heiß«, sagte Steph grinsend.

»Ja, das auch. Aber ich wollte sagen, sie ist eine großartige Schauspielerin.«

»Da ist noch ein Geschenk.« Diane deutete auf das verbliebene Päckchen auf Raes Schoß.

Aus irgendeinem Grund zögerte Rae, Stephs Geschenk vor allen Leuten zu öffnen. Nicht, weil sie dachte, es könnte etwas Peinliches darin sein, sondern weil es sich wie eine Privatsache anfühlte, die nur sie beide anging. Aber da alle sie erwartungsvoll ansahen, löste sie das bunte Geschenkpapier.

Eine rechteckige, relativ flache Schachtel kam zum Vorschein. »Wow. Ein E-Reader.« Sie öffnete die Verpackung und zog ihn heraus.

»Er hat ein E-Ink-Display, sodass du auch im Sonnenlicht lesen kannst, und es ist viel angenehmer für die Augen als ein Tablet oder Handy.« Steph warf ihr einen vielsagenden Blick zu.

Vermutlich hatte sie bemerkt, dass Rae Probleme hatte, längere Zeit über auf dem Handy oder Tablet zu lesen. Rae schluckte den Kloß in ihrer Kehle hinunter und beschloss, nicht mit ihr zu schimpfen, weil sie so viel Geld ausgegeben hatte. »Vielen Dank.«

»Gern geschehen.«

Sie sahen einander in die Augen und wieder setzte die seltsame Schwerkraft ein, die Rae zu Steph hinzuziehen schien.

»Es liegt mir fern, euch rauszuwerfen oder die Stimmung zu verderben, aber habt ihr nicht gesagt, dass ihr um fünf gehen müsst, um pünktlich zur Arbeit zu kommen?«, fragte Diane.

Rae riss ihren Blick von Steph los und sah auf ihre Armbanduhr. *Mist.* Es war kurz nach fünf. Wie war das denn passiert? Heute Morgen hatte sie noch befürchtet, dass jede Minute im Haus der Renshaws sich wie im Zeitlupentempo hinziehen würde.

Sie sprangen auf, sammelten ihre Geschenke ein und verabschiedeten sich von allen.

Lana umarmte Rae erneut, aber diesmal war Rae darauf gefasst und wartete geduldig, bis Lana sie losließ.

Claire beschränkte sich auf einen freundschaftlichen Klaps auf Raes Arm. »Danke nochmal fürs Kochen. Du hast unser Weihnachtsfest gerettet.«

»Kein Problem.« Rae schüttelte James die Hand und wandte sich dann Diane zu, während Steph sich von ihrer Schwester verabschiedete. »Vielen Dank noch mal für die Einladung.«

»Es war mir ein Vergnügen. Und das meine ich ernst.« Diane versuchte diesmal nicht, ihr Luftküsse zu geben, so als hätte der Vorfall in der Küche sie verunsichert. Vielleicht glaubte sie, Rae könnte keine körperliche Nähe ertragen. »Wenn du jemals irgendetwas brauchst, irgendeine Hilfe zum Beispiel, ruf mich bitte an.«

Rae starrte auf die Visitenkarte, die Diane ihr in die Hand gedrückt hatte. *Dr. Diane Renshaw, tiefenpsychologische Therapeutin und Professorin für Psychologie, USC*, stand darauf geschrieben, gefolgt von Dianes Telefonnummer. Was sollte das denn?

»Ich kann dich natürlich nicht selbst behandeln«, fügte Diane leise hinzu. »Aber ich kenne mehrere großartige Therapeuten, die sich auf traumafokussierte Verfahren spezialisiert haben.«

Trauma? Offenbar dachte Diane, Rae würde an einer posttraumatischen Belastungsstörung leiden, weil die unerwartete Berührung in der Küche sie erschreckt hatte. Rae krampfte die Finger um die Visitenkarte und hatte plötzlich das Gefühl, Diane würde direkt auf ihr linkes Auge starren.

Als Steph sich zu ihnen gesellte, um ihre Mutter zu umarmen, steckte Rae die Karte schnell in die Hosentasche. Wenn Steph sie sah, würde sie ihre Mutter vermutlich umbringen wollen und Rae wollte keinen Familienstreit vom Zaun brechen, schon gar nicht an Weihnachten.

Dann verließen sie endlich das Haus und gingen zum Mini Cooper. Rae war in Gedanken immer noch bei der Visitenkarte. Erst als der Sicherheitsgurt einrastete, wurde ihr bewusst, dass sie nun mit Steph allein war und keine Ahnung hatte, ob und wie sie den Beinahekuss ansprechen sollte.

Kapitel 20

»Weißt du was?«, sagte Rae, als Steph auf den Santa Monica Boulevard einbog. »Ich glaube, es geht schneller, wenn du mich bei der Arbeit absetzt. Ich habe dort Kleidung zum Wechseln.«

Steph schaute zu ihr hinüber. Schlug Rae das vor, weil sie Angst hatte, zu spät zu kommen, oder weil sie nicht länger als unbedingt notwendig mit ihr allein sein wollte? Diesmal wurde sie nicht aus Raes Miene schlau. »Mach ich.«

Sie gab Gas, um es noch über eine Kreuzung zu schaffen, bevor die Ampel auf Rot schaltete.

Eine Zeit lang schwiegen beide.

Ach, das ist doch lächerlich! Steph öffnete den Mund, um etwas zu sagen.

»Steph?«

»Hm?« Ihr Herz schlug schneller. War sie wirklich bereit, darüber zu reden? Vielleicht hatte es auch seine Vorteile, das Offensichtliche zu ignorieren.

»Danke, dass du mich mitgenommen hast«, sagte Rae leise. »Ich hatte einen schönen Nachmittag.«

»Im Ernst?«

»Mhm.«

»Das freut mich«, sagte Steph. »Ich habe schon befürchtet, meine Familie hätte dich verschreckt.«

»Ich lasse mich nicht so leicht verschrecken.«

»Ach ja? Mir kommt es aber schon so vor.« Die Worte waren Steph herausgerutscht. Claire hatte wohl recht. Sie hatte tatsächlich keinen Ausschalter.

»Was soll das denn heißen?« Raes Gesicht verfinsterte sich, aber Steph ließ sich schon längst nicht mehr von ihr einschüchtern.

»Das soll heißen, dass du genauso feige bist wie ich.« Wieder schien ihr Mund zu antworten, ohne zuerst ihr Gehirn zurate zu ziehen. Aber vielleicht war das auch gut so, denn wenn sie darauf wartete, dass Rae das Thema ansprach, würde sie vorher an Altersschwäche sterben. »Wir tänzeln beide wie auf rohen Eiern umeinander herum und vermeiden es, darüber zu sprechen, was zwischen uns vorgeht.«

Als keine Antwort kam, sah Steph zu Rae hinüber.

Unverhüllte Panik machte sich auf Raes Gesicht breit.

Bei diesem Anblick krampfte sich Stephs Magen zusammen. Rae hatte vermutlich bewaffneten Verbrechern gegenübergestanden, ohne mit der Wimper zu zucken, aber wenn es um Gefühle ging, hatte sie keinerlei Schutzpanzer. Und das jagte Steph Angst ein, denn sie hatte ein Talent dafür, Beziehungen zu vermasseln. Auf keinen Fall wollte sie Rae wehtun.

Rae räusperte sich. »Wir hätten uns beinahe geküsst, oder?«

»Ja. Ehrlich gesagt wollte ich dich schon die ganze Zeit küssen. Nicht nur, um die Kleinbergs zu täuschen.« Steph sah erneut zu Rae hinüber, um ihre Reaktion abzuschätzen. *Verdammt!* Das Auto war nicht der richtige Ort für diese Unterhaltung, doch sie hatten keine Zeit, irgendwo anzuhalten, sodass sie sich wenigstens anschauen konnten, während sie darüber sprachen. Sie erhaschte einen Blick auf das zarte Pink, das sich auf Raes Wangen breitmachte.

»Ich dich auch«, sagte Rae leise. »Wolltest du es, wie du die Möbelwagentussi küssen oder mit ihr schlafen wolltest?«

»Möbelwagentussi?« Steph brauchte ein paar Sekunden, um sich daran zu erinnern, wen Rae meinte, und das beantwortete die Frage eigentlich schon. »Nein. Das zwischen uns ist etwas ganz anderes.«

Rae drehte sich auf dem Beifahrersitz so weit wie möglich zu ihr um. »Inwiefern?«

»Ich weiß es nicht.« Steph nahm eine Hand vom Lenkrad und rieb sich das Gesicht. Sie war noch nicht so weit, das Kind beim Namen zu nennen, denn damit ging eine große Verantwortung einher, der sie ihr ganzes Leben lang ausgewichen war. »Ich weiß nur, dass es etwas anderes ist.« Sie versuchte, Rae ein Grinsen zu schenken, doch es fühlte sich ein wenig wackelig an. »Zum einen könnte ich dich, wenn wir miteinander schlafen, am nächsten Morgen nicht einfach rauswerfen, weil es auch deine Wohnung ist.«

Rae schwieg, als sie eine weitere Kreuzung überquerten.

Steph sah zu ihr hinüber.

Rae hatte sich wieder nach vorn gedreht. Sie hielt die Hände auf die Oberschenkel gepresst, grub die Zähne in die Unterlippe und starrte stur geradeaus.

Verdammte Scheiße. Sie war drauf und dran, es zu verderben und Rae wehzutun. *Mach es wieder gut, Arschloch.* »Es tut mir leid, Rae. Es war feige von mir, mich hinter einem Witz zu verstecken. Ich hab dir ja gesagt, dass ich nicht für eine Beziehung tauge.«

Raes Kopf schnellte herum. »Willst du das denn? Eine Beziehung mit mir?«

Steph umklammerte das Lenkrad so fest, dass ihre Knöchel weiß anliefen. Schwang da eine Spur Hoffnung in Raes Stimme mit? Wollte sie, dass Steph Ja sagte? Doch das konnte Steph nicht. Wenn ihre Freundschaft, geschweige denn eine Beziehung, funktionieren sollte, musste sie ganz ehrlich sein. »Ich weiß es nicht. Ich wollte nie eine Partnerschaft. Aber jetzt bin ich mir nicht mehr sicher. Das Einzige, was ich sicher weiß, ist, dass ich dich nicht verletzen oder unsere Freundschaft gefährden will.«

»Das will ich auch nicht. Ich sage nicht, dass wir uns mir nichts dir nichts in eine Beziehung stürzen sollten.« Rae seufzte. »An den meisten Tagen bin ich mir noch nicht mal sicher, ob ich es überhaupt verdiene, glü–«

»Mist, halt dich fest!« Steph wäre fast am Comedyclub vorbeigefahren. Sie trat auf die Bremse und riss das Steuer nach rechts.

Der Mini Cooper holperte über den Bordstein und kam mit quietschenden Reifen auf dem Parkplatz zum Stehen.

»Tut mir leid.« Steph lockerte ihren eisernen Griff um das Lenkrad und stellte den Motor ab. »Was wolltest du eben sagen?«

Rae rieb sich die pockennarbenartigen Male auf ihrer Stirn. »Lass uns später zu Hause darüber reden. Ich muss jetzt gehen. Mr Hicks winkt schon.«

Steph sah zum Eingang des Clubs, wo Mr Hicks mit Brandon stand und Rae bedeutete, zu ihm zu kommen.

Ihr Timing ließ wirklich zu wünschen übrig. Warum wurden sie ständig unterbrochen? Aber vielleicht war das sogar gut. Sie brauchte Zeit zum Nachdenken. Zum ersten Mal in ihrem Leben war etwas zu wichtig, um vorschnelle Entscheidungen zu treffen. »Okay. Wir reden später weiter.« Sie griff über die Mittelkonsole und berührte sanft Raes Arm. »Sei bitte vorsichtig. An Weihnachten geht es während der Spätvorstellung manchmal ziemlich wild zu. Vermutlich lassen die Leute die Sau raus, weil sie froh sind, ihren Familien entkommen zu sein.«

Rae bedeckte Stephs Finger mit ihrer Hand, als wollte sie diese noch einen Moment länger auf ihrem Arm halten. »Mach ich. Viel Glück bei deinem Auftritt und fahr vorsichtig. Keine Stuntmanöver mehr.« Ihr Ton war streng, aber die Berührung ihrer Finger war behutsam.

»Zu Befehl, Officer.«

Einige Sekunden lang rührte sich keine von beiden vom Fleck, dann stieg Rae seufzend aus dem Wagen und schloss die Tür. Durch die Scheibe der Beifahrertür hindurch trafen sich ihre Blicke.

Rae hob die Hand und als Steph die Geste erwiderte, nickte sie ihr zu und ging davon.

Steph sank vornüber und presste die Stirn gegen das Lenkrad. *O Gott! Was mache ich bloß?*

Ein Klopfen am Fenster der Fahrertür erschreckte sie. Steph richtete sich auf und drehte den Kopf in der Erwartung, Rae vor sich zu sehen. Der bloße Gedanken an sie ließ ihr Herz schneller schlagen.

Doch stattdessen stand Mr Hicks vor ihr. Er bedeutete ihr, das Fenster herunterzulassen.

Sie tat es. »Hallo, Mr Hicks. Frohe Weihnachten.«

»Frohe Weihnachten.« Er beugte sich vor und warf ihr durch das Fenster einen verärgerten Blick zu. »Haben Sie nicht gesehen, dass ich Ihnen zugewinkt habe?«

»Oh. Ich dachte, Sie meinen Rae.«

»Nein. Ich wollte schon länger mit Ihnen sprechen, aber um die Weihnachtszeit hält mich der Club ziemlich auf Trab. Sind Sie noch an der Chance interessiert, um die Sie mich angefleht haben?«

»Natürlich!« Irgendwie schaffte es Steph, vor Aufregung nicht ins Stottern zu geraten.

»Haben Sie an Silvester schon etwas vor?«, fragte er. »Ich brauche jemanden, der als Headliner die Spätvorstellung übernimmt.«

Steph musste an sich halten, um nicht auf und ab zu hüpfen. Sie hatte vorgehabt, Silvester mit Claire und Lana zu verbringen, aber die beiden mussten einfach verstehen, dass ihre Karriere vorging. Ein abendfüllendes Programm in einer der größten Comedyshows des Jahres war eine einmalige Gelegenheit. Vielleicht könnte Claire endlich ihr Versprechen einlösen und sie auf der Bühne sehen. »Ich mache das.«

»Sind Sie sicher, dass Sie damit umgehen können? Das Publikum an Silvester kann ziemlich ruppig sein.«

Steph wusste, dass er recht hatte. Die Leute tranken mehr und für viele war es der erste Besuch in einem Comedyclub, sodass sie keine Ahnung hatten, wie sie sich verhalten sollten. Sie sah ihm in die Augen. »Ich bin keine Anfängerin. Damit werde ich fertig.«

»In Ordnung. Ich schicke Ihnen die Einzelheiten per E-Mail.« Er ging davon, ohne ihre Antwort abzuwarten.

»Ja!« Steph ballte beide Hände zu Siegerfäusten, obwohl das Lenkrad ihr nicht viel Platz ließ.

Mr Hicks drehte sich um. »Haben Sie etwas gesagt?«, rief er ihr zu.

Mist. Sie hatte vergessen, dass das Fenster noch unten war. »Ähm, nein. Überhaupt nichts.« Sie warf ihm ein hoffentlich professionelles, nicht übertrieben aufgekratztes Lächeln zu und schloss das Fenster. Als er im Club verschwunden war, hüpfte sie mehrmals auf und ab.

Die Silvestershow könnte der Beginn ihres großen Durchbruchs sein. Wenn die Vorstellung ein Erfolg war, würde ihr das viele Türen in anderen Clubs öffnen. Vielleicht gelang es ihr sogar, die Aufmerksamkeit eines Talentsuchers zu erregen.

Eine Weile saß sie mitten auf dem Parkplatz und grinste, als hätte sie im Lotto gewonnen. Dann ließ ihre Euphorie langsam nach. Steph sank gegen die Rückenlehne und atmete nervös tief aus. Was für ein Tag! Es schien, als hätte das Universum sich verschworen, um zu sehen, mit wie vielen Veränderungen sie gleichzeitig fertig werden konnte. In ihrem Kopf rasten die Gedanken wie ein außer Kontrolle geratenes Karussell.

Konnte sie wirklich damit umgehen? Gemeint war nicht die Comedyshow. Sie vertraute auf ihre Fähigkeiten als Komikerin. Ihre Fähigkeiten, was Beziehungen anging, waren eine ganz andere Sache. Stand-up-Comedy war schon immer ihre wahre Liebe gewesen. Keine der Frauen und keiner der Männer, mit denen sie zusammen gewesen war, hatte es je damit aufnehmen können. Das hatte sie auch nie erwartet oder gewollt. Jetzt, da es mit ihrer Karriere endlich bergauf ging, sollte sie sich eigentlich darauf konzentrieren, anstatt sich von etwas ablenken zu lassen, das vielleicht sowieso nicht klappen würde.

Was, wenn sie den großen Durchbruch schaffte und dann ständig unterwegs war? Wäre ihre zaghafte Beziehung zu Rae dann nicht dem Untergang geweiht?

Die Stille im Auto brachte keine Antworten.

Seufzend drehte sie den Schlüssel in der Zündung und startete den Motor.

Adeles Stimme drang durch die Lautsprecher. Sie sang ausgerechnet eine Ballade über Liebeskummer und eine gescheiterte Beziehung.

Steph schaltete das Radio aus und fuhr zu ihrem Auftritt.

Steph hatte nicht übertrieben, als sie gesagt hatte, dass es während der Spätvorstellung an Weihnachten ziemlich wild zugehen konnte. Rae warf den Kellnerinnen und Türstehern, die sich um sie versammelt hatten, finstere Blicke zu, aber vermutlich wirkte das durch das Coolpack auf ihrer Stirn weniger einschüchternd. »Wie oft soll ich denn noch sagen, dass es mir gut geht? Geht endlich nach Hause, Leute! Hier gibt es nichts zu sehen.«

Mr Hicks schob sich an seinen Mitarbeitern vorbei. »Lasst ihr etwas Platz zum Atmen, Leute.«

Endlich wichen alle zurück, bis schließlich nur noch Carlos und Mr Hicks zurückblieben.

»Es tut mir leid«, sagte Carlos zum gefühlt hundertsten Mal.

»Es war nicht deine Schuld.« Rae wusste, dass nur sie selbst die Schuld traf. Sie war den ganzen Abend lang nicht mit dem Kopf bei der Sache gewesen. In Gedanken hatte sie jede einzelne Berührung nacherlebt und war jedes Wort durchgegangen, das Steph und sie heute zueinander gesagt hatten. Vor allem hatte sie sich vorgestellt, was wohl später passieren würde, wenn sie nach Hause kam.

Würde Steph sagen, dass es keine gute Idee war und sie Freunde bleiben sollten? Oder würde Rae diejenige sein, die es sagen würde?

Diese Gedanken hatten sie während der beiden Vorstellungen begleitet.

Sie war froh gewesen, als der Headliner ihnen bedeutet hatte, den Zwischenrufer, der die Show störte, aus dem Saal zu entfernen.

Zuerst war der Kerl brav mitgekommen, aber sobald sie sich dem Ausgang näherten, schien sein von Eierlikör vernebeltes Gehirn zu begreifen, dass sie im Begriff waren, ihn rauszuschmeißen, und er begann, sich zu wehren.

Chaos brach aus und Rae hatte sich ausschließlich auf den Störenfried konzentriert und nicht auf Carlos geachtet. Als sie sich beide gleichzeitig auf ihn geworfen hatten, hatte sie Carlos' Ellbogen ins Gesicht bekommen.

»Sind Sie in der Lage, den Unfallbericht auszufüllen?«, fragte Mr Hicks.

Rae nahm das Coolpack von ihrer Stirn. »Muss das wirklich sein? Es ist doch nur eine kleine Beule. Es blutet nicht einmal.«

Mr Hicks schüttelte den Kopf. »So läuft das hier nicht, das sollten Sie mittlerweile wissen.«

»In Ordnung. Wo ist der Papierkram?« Sie wollte endlich hier wegkommen und nach Hause gehen, wo Steph vermutlich schon auf sie wartete.

Es schien ewig zu dauern, bis Mr Hicks endlich das richtige Formular gefunden und sie es ausgefüllt hatte. Carlos wartete die ganze Zeit über neben ihr.

Schließlich übergab sie den ausgefüllten Unfallbericht und erhob sich von der Couch in Mr Hicks' Büro.

Doch anstatt sie einfach gehen zu lassen, wandte sich Mr Hicks an Carlos. »Lassen Sie uns bitte kurz allein.«

»Klar doch, Chef. Ich warte draußen und fahre Rae nach Hause, wenn Sie fertig sind.«

Rae schüttelte den Kopf. Zum Glück tat es kaum weh. »Du musst mich nicht fahren.«

Aber Carlos war schon weg.

Himmel. Irgendwie schien sie heute das letzte bisschen Kontrolle zu verlieren.

Mr Hicks bedeutete ihr, sich wieder zu setzen, und ließ sich auf der Kante seines Schreibtischs nieder. »Ich möchte, dass Sie vollkommen ehrlich zu mir sind. Sie und Carlos versichern beide, es sei nur ein blöder Zufall gewesen, und das glaube ich Ihnen auch, aber …«

Rae knirschte mit den Zähnen. Sie wusste, worauf er hinaus wollte. Denselben Unsinn hatte sie sich auch von ihren Vorgesetzten bei der Polizei anhören müssen, die ihr gesagt hatten, sie tauge nicht mehr für den Streifendienst. Stattdessen hatte man ihr einen gottverdammten Schreibtischjob angeboten.

»Sind Sie sicher, dass Sie für den Job geeignet sind, obwohl Sie nur … Na ja, Sie wissen schon.« Er deutete auf ihr Auge.

Raes Fingernägel bohrten sich in ihre Handflächen. »Ich arbeite schon seit Oktober für Sie. Ist es nicht ein bisschen spät für solche Zweifel?«

»Ich zweifle nicht an Ihnen. Ich frage nur.«

»Die Antwort lautet Ja. Ich bin für den Job geeignet.« Rae bemühte sich, ruhig und professionell zu bleiben. »Oder gab es irgendwelche Beschwerden?«

»Überhaupt nicht. Sie sind ziemlich direkt und die Jungs respektieren das. Selbst unsere Comedians scheinen Sie zu mögen.« Er hielt inne und fügte hinzu: »Eine von ihnen ganz besonders, wie ich höre.«

Die unerwartete Richtung, die das Gespräch nahm, traf Rae wie ein Schlag in die Magengrube. Tratschten die Leute etwa über Steph und sie? Sie wollte nicht lügen und es leugnen. *Nicht, dass es viel zu leugnen gäbe.* Doch das stimmte nicht ganz. Zwischen Steph und ihr war unbestreitbar etwas im Gange, auch wenn sie noch nicht wussten, wohin das führen würde. Sie schloss den Mund und wartete darauf, was er als Nächstes sagen würde.

»Ich weiß nicht, was zwischen Ihnen und Ms Renshaw läuft.« Er hob beide Hände. »Ehrlich gesagt will ich es auch gar nicht wissen. Aber was immer es auch ist, halten Sie es aus dem Club heraus oder eine von Ihnen fliegt.«

Rae hatte damit gerechnet, dass eine solche Drohung Panik in ihr auslösen würde, doch stattdessen empfand sie nur eine ruhige Entschlossenheit, sich nicht wieder von Gedanken an Steph von der Arbeit ablenken zu lassen. Vor ein paar Monaten hätte sie bestimmt versucht, ihren Job auf Biegen und Brechen zu behalten, denn er war alles, was sie noch hatte. Aber scheinbar hatte sie, ohne es zu merken, ihr Selbstvertrauen wiedergewonnen. Wenn Mr Hicks sie entließ, würde sie sich einfach nach einem neuen Job umsehen, der besser als der jetzige war. Sie wusste nun, dass sie selbst mit nur einem Auge mehr konnte, als bloß Bourbon von alten Damen zu beschlagnahmen. »Verstanden, Sir.«

»Und noch etwas.« Er beugte sich vor und fixierte sie mit einer Intensität, die Rae an ihren früheren Vorgesetzten bei der Polizei erinnerte. »Wenn ich herausfinde, dass Sie Ms Renshaw nur empfohlen haben, weil Sie beide …«

»Ich habe sie empfohlen, weil sie gut ist«, sagte Rae schärfer als beabsichtigt.

»Das hoffe ich für sie. Wenn sie am Silvesterabend versagt, war's das für sie.«

Bedeutete das, dass er Steph als Headliner auftreten lassen würde? »Sie wird nicht versagen«, sagte Rae fest.

Er sah sie noch einen Moment lang mit seinem kritischen Blick an, bevor er nickte. »In Ordnung. Nehmen Sie sich morgen frei, und wenn Sie Probleme haben, gehen Sie zu einem Arzt.«

»Ja, Sir.« Sie ging zur Tür und schritt an Carlos vorbei zur Lobby. Wenn er sie unbedingt nach Hause fahren wollte, würde sie es zulassen. Je früher sie nach

Hause kam, desto besser. Sie konnte diese Ungewissheit keine Sekunde länger ertragen.

Steph war in der Wohnung auf und ab gegangen, seit sie von ihrem Auftritt nach Hause gekommen war. Jedes Mal, wenn sie sich hinsetzte, ließ ihre innere Unruhe sie wieder aufspringen. Mehrfach hatte sie zum Handy gegriffen, um Penny oder Claire anzurufen und um Rat zu fragen, aber dann hatte sie es wieder weggelegt. Womöglich hätten die beiden es ihr ausgeredet – oder sie davon überzeugt, es zu versuchen.

Sie wusste nicht, was schlimmer wäre.

Es war schon nach eins. Normalerweise war Rae um diese Uhrzeit längst zu Hause. Streifte sie etwa durch die Straßen und versuchte, ihren Kopf frei zu bekommen und sich darüber klar zu werden, was sie wollte, anstatt nach Hause zu gehen?

Endlich wurde ein Schlüssel ins Schloss geschoben.

Steph erstarrte mitten im Wohnzimmer. Sie drehte sich um und stand Rae gegenüber.

Sie sahen einander an wie ein Nilpferd und ein Löwe, die sich an der Wasserstelle begegneten und nicht wussten, ob sie sich vorsichtig nähern oder flüchten sollten.

Dann fiel Stephs Blick auf einen roten, geschwollenen Bereich oberhalb von Raes linker Augenbraue. »O mein Gott!« Sofort eilte sie zu ihr und streckte die Hand aus, um die Beule behutsam zu berühren. In letzter Sekunde zog sie ihre Hand zurück, denn sie wollte Rae nicht wehtun. »Was ist passiert?«

Rae grinste schief. »Ich habe mit einem Ellbogen Bekanntschaft geschlossen.«

Ausnahmsweise war Steph einmal nicht zum Scherzen zumute. In ihren Ohren rauschte es. Sie ballte die Hände zu Fäusten. »Jemand hat dich angegriffen?«

»Nicht direkt. Wir mussten einen Typen rauswerfen, der nicht rausgeworfen werden wollte, und in dem Durcheinander hat Carlos' Ellbogen mich am Kopf getroffen.«

»Mit deiner Prothese hätte das im wahrsten Sinne des Wortes ins Auge gehen können!« Steph schlang einen Arm um Raes Hüften, um sie zu stützen. Langsam führte sie Rae zur Couch.

Rae lachte. »Steph, ich kann allein laufen.« Aber sie löste sich nicht von Steph.

Sobald Rae auf dem Sofa saß, eilte Steph zum Kühlschrank, holte den erstbesten gefrorenen Gegenstand heraus – ein Päckchen Tiefkühlerbsen – und kam damit und mit einem Geschirrtuch zurück zu Rae.

»Es geht mir gut. Ich habe die Beule schon im Club gekühlt.«

»Trotzdem.« Steph setzte sich neben sie und wickelte die Erbsen in das Geschirrtuch.

Rae hielt still, während Steph den improvisierten Eisbeutel sanft an ihre Stirn drückte. »Irgendwie wird das bei uns zur Gewohnheit.«

»Sieht so aus.« Steph strich Rae mit der freien Hand eine Strähne ihres dunkelbraunen Haars aus dem Gesicht. »Und es ist immer deine linke Seite. Können wir irgendetwas dagegen tun? Vielleicht gibt es ein Hilfsmittel. So etwas wie der Tote-Winkel-Spiegel an deinem Auto.«

»Alle Spiegel der Welt hätten das nicht verhindern können«, sagte Rae. »Ich hätte Carlos' Ellbogen nicht kommen sehen, selbst wenn er rechts von mir gewesen wäre. Ich war heute irgendwie nicht so richtig bei der Sache.« Sie senkte den Kopf, was Steph aber nicht davon abhielt, zu sehen, wie sie errötete.

Jetzt wurde ihr einiges klar! Auch Rae hatte scheinbar nicht aufhören können, über sie beide nachzudenken. Steph spürte, wie die Hitze in ihr aufstieg, und sie hatte das Gefühl, dass nun auch sie rot wurde. Mit den Fingerkuppen strich sie zärtlich über Raes gerötete Haut, fuhr ihren ausgeprägten Kiefer und ihren Mundwinkel nach, der unter ihrer Berührung zuckte wie die Schnurhaare einer Katze. Schließlich legte sie ihre Hand auf Raes Wange.

Rae schmiegte sich in ihre Handfläche.

Aus nur wenigen Zentimetern Entfernung sahen sie einander in die Augen.

»Ich will nur nicht, dass du verletzt wirst«, flüsterte Steph. Redete sie davon, dass Rae Schranktüren und Ellbogen zu ihrer Linken nicht kommen sah, oder davon, dass ihre Beziehungsunfähigkeit Rae verletzen würde? Steph wusste es selbst nicht.

»Es tut kein bisschen weh«, murmelte Rae. Ihre rechte Pupille war so weit, dass von ihrer Iris nur noch ein dünner Bernsteinkreis zu sehen war, der wie ein Ring aus Flammen wirkte. Die Hitze, die davon ausging, brachte Stephs Haut zum Glühen.

»Ach nein?«

»Ganz im Gegenteil.« Auch Rae hob die Hand und berührte mit den Fingerspitzen Stephs Wange, als würde sie Stephs Geste spiegeln.

Steph war sich nicht sicher, ob sie noch atmete. Es war ihr auch gleichgültig. Ihr Herzschlag dröhnte in ihren Ohren. Oder war es das Pochen von Raes Herzen?

Die Tiefkühlerbsen fielen zu Boden, als sie sich zeitgleich zueinander neigten.

Stephs Hand ruhte auf Raes Hüfte und sie krallte ihre Finger in Raes Hemd, um sie noch enger an sich zu ziehen, bis ihr Atem eins war. Dann streiften sich federleicht ihre Lippen.

Beide hielten inne, bevor sich ihre Münder erneut trafen, diesmal zu einer längeren Liebkosung.

Steph schloss die Augen. Es war der zärtlichste Kuss, den sie je erlebt hatte, und doch schien er sie mit seiner leidenschaftlichen Intensität zu verbrennen. Raes Lippen waren warm und weich. Sie glitten in einer gemächlichen Erkundung über Stephs, sodass deren Muskeln sich in Wackelpudding verwandelten und sie gegen Rae sank.

Ein leises Stöhnen entfuhr Steph.

Wie als Antwort darauf gab Rae einen kehligen Laut von sich. Mit der Zungenspitze fuhr sie zaghaft über Stephs Mundwinkel.

Gott, ja. Stephs Lippen teilten sich.

Rae nahm die Einladung an und strich mit ihrer Zunge an Stephs entlang, was ein angenehmes Ziehen in ihrem Bauch auslöste.

Steph ließ ihre Hand Raes Hals hinaufwandern, fuhr mit den Fingern durch ihr kurzes Haar und neigte den Kopf, um den Kuss zu vertiefen.

Ihre Zungen liebkosten einander, zogen sich zurück und trafen sich dann wieder. Beide ließen sich alle Zeit der Welt, um sich miteinander vertraut zu machen.

Raes Geschmack, ihr Duft und die Hitze, die von ihr ausging, machten Steph ganz benommen. Während Rae sie weiterhin mit ihren Lippen und ihrer Zunge streichelte, verblasste die Welt um sie herum und die einzigen Gedanken, die ihr in den Sinn kamen, waren *Gott, ja!* und *Mehr!*

Ihr ganzer Körper begann zu vibrieren, bis all ihre Nervenenden bebten. Am liebsten wäre sie auf die Couch gesunken und hätte Rae auf sich gezogen, aber sie kämpfte gegen diesen Impuls an. *Ganz langsam,* sagte sich Steph. Dennoch ließ sie zu, dass ihre Hände auf Wanderschaft gingen und jeden Zentimeter von Raes muskulösem Rücken erforschten.

Als sie die süße Folter nicht länger ertragen konnte, knabberte sie ein letztes Mal an Raes Unterlippe, bevor sie zurückwich.

Rae starrte sie an. Ihr Atem ging genauso schnell wie Stephs. Ihre rechte Hand ruhte immer noch auf Stephs Wange, während ihre linke ein Stück von Stephs T-Shirt umfasst hielt.

Irgendwie war es gut zu wissen, dass sie nicht als Einzige um Selbstkontrolle rang.

Rae leckte sich die Lippen, was in Steph sofort den Wunsch auslöste, sie erneut zu küssen. »Wir haben uns geküsst.«

Raes raue Stimme stellte seltsame Dinge mit Steph an. »Und wie.«

»Was jetzt?«, fragte Rae. Für eine Frau Mitte dreißig, die früher Polizistin gewesen war und viel durchgemacht hatte, klang sie erstaunlich unschuldig und verletzlich.

Erneut jagten winzige Schauder durch Steph und diesmal waren sie zu gleichen Teilen auf Verlangen und Unsicherheit zurückzuführen. Ein Teil von ihr wollte weglaufen, aber das ließ sie nicht zu. »Noch mehr Küsse?«, schlug sie vor und verlieh ihrer Stimme eine Leichtigkeit, die sie eigentlich nicht empfand.

Rae streichelte Stephs Wange, dann ihren Hals und hinab zum Schlüsselbein. Gerade als ihre Finger beinahe den Ansatz von Stephs Busen gestreift hätten, schien sie zu bemerken, was sie gerade tat, und zog ihre Hand zurück. »Führ mich nicht in Versuchung. Wir müssen reden und wenn du mich noch einmal küsst, verliere ich jede Selbstbeherrschung und höre nicht auf, bis du nackt und stöhnend unter mir liegst.«

Eine Welle des Verlangens ging durch Steph hindurch. »Himmel, Rae. Du machst es mir nicht leicht, dir zu widerstehen.«

Rae blinzelte mehrfach, als müsste sie die Bilder vertreiben, die ihr durch den Kopf gingen. Sie sah Steph in die Augen. »Ich will nicht nur eine weitere Kerbe an deinem Bettpfosten sein.«

Steph schüttelte energisch den Kopf. Rae könnte niemals nur eine Eroberung für sie sein, das wusste sie genau. Obwohl ihr Körper protestierte, rutschte sie ein Stück von Rae weg, um klar denken zu können. »Was willst du dann?«

Rae stützte die Ellbogen auf ihre Oberschenkel und rieb sich mit beiden Händen das Gesicht. Als ihre Finger versehentlich die Beule auf ihrer Stirn berührten, zuckte sie zusammen. »Wenn ich das nur wüsste«, murmelte sie zwischen ihren Fingern hervor. »Vermutlich will ich, was alle wollen.«

»Und das wäre?«

»Mein Leben leben, anstatt nur zu existieren. Mich nicht mehr jeden Tag zum Aufstehen zwingen zu müssen.«

Ihre Worte trafen Steph mitten ins Herz. Sie wünschte sich das für Rae mit einer Intensität, die sie erschreckte. Rae wollte glücklich sein. Sie verdiente es, glücklich zu sein. Doch konnte Steph wirklich diejenige sein, die dazu beitrug? Die Last der Verantwortung drückte sie in das Sofakissen. »Ich weiß nicht, ob ich dafür die Richtige bin. Außer im Bett habe ich noch nie jemanden glücklich gemacht.«

»Das verlange ich gar nicht von dir.« Rae raufte sich die Haare. Dabei fiel eine Strähne zur Seite und enthüllte die kleine, kahle Stelle. »Es gibt Tage, da bin ich mir nicht einmal sicher, ob ich es verdiene, glücklich zu sein, während Kim …«

»Was ist mit Kim?«, fragte Steph, als Rae verstummte.

Rae sah zu Boden.

Steph versuchte zu raten. »Während sie ihren Mann verloren hat? Das ist tragisch und es tut mir sehr leid, dass er gestorben ist, aber das hat nichts mit dir und mir zu tun.«

»Es hat eine ganze Menge mit mir zu tun.« Die Worte platzten förmlich aus Rae heraus. »Es ist meine Schuld, dass er tot ist.«

Der Selbsthass in ihrer Stimme traf Steph tief. »Das kann ich mir nicht vorstellen.« Sie versuchte, Raes Hand zu nehmen, aber Rae zog sie zurück.

»Es ist aber so. Wenn du wüsstest.«

»Dann erzähl mir davon.« Wieder griff Steph nach Raes Hand und diesmal ließ sie nicht zu, dass Rae sich ihr entzog. »Bitte, erzähl es mir.«

Rae schloss die Augen, als wollte sie nicht riskieren, Ablehnung auf Stephs Gesicht zu sehen. Vielleicht konzentrierte sie sich aber auch auf die Bilder in ihrem Kopf. Sie zögerte lange, bevor sie schließlich sagte: »Mike und ich sind zwölf Jahre lang zusammen auf Streife gegangen. Bei der Polizei ist das eine sehr, sehr lange Zeit.«

»Wie Hundejahre?«, fragte Steph.

Der Hauch eines Lächelns kräuselte Raes Lippen. »So etwas in der Art. Die meisten Partner bleiben nur ein paar Jahre zusammen, dann wird einer versetzt oder verlangt einen neuen Partner, weil sie sich nicht ausstehen können. Wenn man den ganzen Tag lang miteinander in einem Streifenwagen verbringt, kann man sich nicht aus dem Weg gehen. Man geht durch die Hölle, wenn man sich nicht mit seinem Partner versteht.«

»Aber du und Mike habt euch gut verstanden, oder?«

»Ja. Zuerst hätte ich es nicht gedacht. Wir waren einfach zu verschieden. Mike war ein Scherzkeks, der ständig Witze machte. Ich dachte, ich müsste ihn hassen. Aber irgendwie haben wir ein gutes Team abgegeben. Wir haben uns ohne viele Worte verstanden.«

Steph verflocht ihre Finger mit Raes. »Klingt irgendwie nach uns.«

Rae blinzelte, als hätte sie das noch nie in Betracht gezogen. »Ja, irgendwie schon.«

»Nur ohne das Küssen.«

Rae rümpfte die Nase. »Genau. Er war mehr wie ein Bruder für mich als mein tatsächlicher Bruder. Unsere Vorgesetzten wollten uns immer wieder trennen, damit wir neue Partner ausbilden können, aber wir haben uns dagegen gewehrt. Das letzte Mal, als das passiert ist, war nur wenige Wochen, bevor …« Sie schluckte hörbar. »Bevor er getötet wurde. Hätte er doch nur der Bitte des Captains Folge geleistet, wäre er noch am Leben.«

»Das kannst du nicht wissen.«

»Doch, ich weiß es«, sagte Rae.

»Was ist passiert?«

Rae schwieg so lange, dass Steph schon nicht mehr mit einer Antwort rechnete. Schließlich sagte sie: »Am vierten März hatten Mike und ich einen Einsatz, der laut Polizeifunk nach einem bewaffneten Raubüberfall in einem Restaurant klang. Als wir am Tatort ankamen, stellte sich heraus, dass es sich um etwas ganz anderes handelte. Eine der Kellnerinnen hatte sich von ihrem Freund getrennt, deshalb war er in das Restaurant marschiert, um sie sich mit einer Schrotflinte zurückzuholen.«

Steph biss sich auf die Unterlippe, als sie zu ahnen begann, wohin das führen würde. Ihre Finger schlossen sich fester um Raes Hand.

»Er hatte die Kellnerin nach draußen gezerrt, vermutlich um mit ihr wegzufahren. Das konnten wir nicht zulassen, deshalb beschloss ich, nicht auf Verstärkung zu warten. Bis dahin war es mir immer gelungen, in solchen Situationen auf die Leute einzureden, bis sie sich beruhigten. Ich dachte, ich könnte es auch diesmal schaffen. Himmel, ich war so von mir überzeugt. Ich habe keine Sekunde an mir gezweifelt.«

»Das sollten Polizisten auch nicht, oder?«, fragte Steph, doch Rae schien sie nicht zu hören.

»Ich dachte schon, ich hätte es auch diesmal geschafft. Er machte Anstalten, die Schrotflinte wegzulegen. Ich konnte fast schon hören, wie sie zu Boden fiel. Aber dann traf unsere Verstärkung ein. Er ist in Panik geraten und hat abgedrückt.«

Steph konnte ein erschrockenes Keuchen nicht zurückhalten. »Er hat dir in den Kopf geschossen?«

»Ja. Ich habe ein paar Schrotkugeln abbekommen.« Raes Hand zitterte, als sie über ihr Auge, zwei oder drei kreisrunde Narben auf ihrer Stirn, die Stelle an ihrem Kopf, an der keine Haare wuchsen, und ihre linke Schulter fuhr. »Dabei hatte er nicht auf mich gezielt. Mike bekam den größten Teil der Ladung ab. Seine Weste fing einen Teil davon ab, aber eine Schrotkugel …«

Steph legte auch ihre freie Hand über Raes. »Du brauchst es nicht zu sagen.«

»Doch, das muss ich. Eine Kugel hat seine Halsschlagader getroffen.« Rae umklammerte ihren eigenen Hals, als könnte sie spüren, wie sich das heiße Blei in ihr Fleisch bohrte. Ihr Blick war verschleiert. »Überall war Blut. Unglaublich viel Blut.« Sie würgte, als würde sie gegen aufsteigende Übelkeit ankämpfen. »Ich versuchte, die Blutung zu stillen. Ich habe es wirklich versucht. Aber er ist innerhalb weniger Minuten in meinen Armen verblutet.« Sie sah auf und fixierte Steph mit einem verzweifelten Blick. »Er … Er ist gestorben und es ist alles meine Schuld.«

»O Rae. Es war nicht deine Schuld. Niemand hatte Schuld, nur der Kerl mit der Schrotflinte.« Steph zog Rae zu sich, bis sie ihr Gesicht an Stephs Schulter vergrub. Ihr Körper zitterte heftig, wie ein Damm, der Tonnen von Wasser zurückhielt und dabei kurz vor dem Bersten stand. »Lass los, Rae. Du musst es loslassen. Lass los.«

Warme Tränen benetzten ihre Halsbeuge. Sie schlang beide Arme um Rae und hielt ihren Kopf an sich gedrückt. Wie sehr sie sich wünschte, Raes Schmerz und ihre Schuldgefühle in sich aufsaugen zu können.

Rae klammerte sich an sie und weinte leise.

Jedes Schluchzen drückte schmerzhaft auf Stephs Herz.

Schließlich lag Rae reglos an Steph gelehnt. Nur ein gelegentliches Zittern lief noch durch sie hindurch. Sie lockerte ihren festen Griff, richtete sich auf und fuhr sich mit dem Ärmel über das Gesicht. Ihre Wangen waren vom Weinen mit roten Flecken übersät und ihre Augen geschwollen.

Für Steph sah sie schöner aus als je zuvor.

»Es tut mir leid«, sagte Rae, ohne sie anzuschauen. »Ich wollte mich nicht bei dir ausweinen. So hast du dir diese Nacht vermutlich nicht vorgestellt.«

»Eigentlich hatte ich etwas anderes im Sinn, als ich daran dachte, wie du mich ganz feucht machen würdest«, sagte Steph mit einem sanften Lächeln. »Aber du hast es gebraucht, deshalb ist es völlig okay. Wenn du glücklich sein willst, musst du Platz dafür in deinem Herzen schaffen.« Sie legte ihre Hand auf Raes Brustkorb und spürte das hektische Pochen unter ihren Fingern. »Und das kannst du nicht, wenn du an deinen Schuldgefühlen festhältst.«

Rae rang sich ein schiefes Lächeln ab. »Jetzt klingst du schon wieder wie deine Schwester oder deine Eltern.«

»Ich weiß.« Steph stöhnte. »Ich würde es ihnen gegenüber nie zugeben, aber ab und zu haben sie tatsächlich recht. Du kannst nichts dafür, dass eure Verstärkung im falschen Moment eintraf oder der Kerl zufällig auf Mike zielte. Du bist ebenso sehr ein Opfer, wie Mike es war. Wenn die Kugel etwas tiefer eingedrungen wäre …« Ihr wurde übel. Sie presste eine Hand auf ihren Mund und weigerte sich, den Gedanken zu Ende zu führen.

»Ist sie aber nicht. Mike ist gestorben. Nicht ich.«

War es egoistisch von ihr, darüber erleichtert zu sein? »Das bedeutet nicht, dass du schuld bist. Es ist nicht so, als hättest du dein Leben gegen seines eingetauscht.«

»Ich wünschte, das wäre möglich. Wenn es ihn zurückbringen würde, würde ich –«

»Ich weiß.« Steph wollte nicht, dass sie es aussprach. »Aber du kannst es nicht. Alles, was du tun kannst, ist, dein Leben zu leben, anstatt es mit solchen Hätte-Wäre-Wenns zu verschwenden.«

»Das möchte ich ja«, flüsterte Rae. »Zum ersten Mal seit März möchte ich das wirklich.«

Sie saßen eine Weile schweigend da. Steph wusste, dass Rae zu erschöpft war, um heute Abend noch weiter darüber zu reden. »Komm.« Sie stand auf und zog Rae mit sich.

»Was machst du da?«, fragte Rae, als Steph sie an ihrem Raum vorbei in Richtung ihres eigenen Zimmers zerrte.

»Wir gehen zusammen ins Bett.«

»Ähm, ich glaube nicht, dass ich dazu in Stimmung bin.«

Steph lachte. »So war das nicht gemeint. Ich möchte dich einfach nur halten.«

»Oh.«

»Nur, wenn du das auch möchtest«, fügte Steph hinzu.

Rae sah weg. »Ich … Es ist schon eine Weile her.«

»Hey, schon gut. Wenn du dich nicht wohl damit fühlst, kann ich auch einfach –«

»Nein.« Nun war es Rae, die sie den letzten Meter zum Schlafzimmer zog. »Ich glaube, es würde mir gefallen, dich in den Armen zu halten.«

»Und gehalten zu werden«, sagte Steph. »Das soll schließlich eine gleichberechtigte Beziehung werden, keine, bei der du die ganze Zeit über die Starke sein musst.«

Rae blieb im Türrahmen stehen. »Ist es das?«

Steph war zwischen dem Türrahmen und Raes muskulösem Körper gefangen. Ihre Nähe ließ sie kaum klar denken. »Ist es was?«

Rae deutete zwischen ihnen hin und her. »Ist das zwischen uns eine Beziehung?«

Mist. Hatte sie das wirklich gesagt? Sie nahm all ihren Mut zusammen. »Ich hätte es gern. Ich weiß nur nicht, ob ich das Zeug dazu habe.«

»Ich auch nicht.«

»Du hattest eine Beziehung, die fünfzehn Jahre gehalten hat«, sagte Steph.

»Und die schließlich daran zerbrach, dass ich ein hoffnungsloser Fall war, was Kommunikation anging«, antwortete Rae. »Und das war, bevor ich Mike und meinen Job verloren habe. Deine Mutter hält mich für eine Geisteskranke, die dringend Hilfe braucht, und damit hat sie vermutlich sogar recht. Du hast meinen kleinen Zusammenbruch ja eben miterlebt.« Sie deutete in Richtung Couch.

»Was ich erlebt habe, war eine starke Frau, die sich endlich gestattet hat, um einen guten Freund zu trauern«, sagte Steph mit Nachdruck. »Und meine Mutter würde niemals ein solches Wort benutzen. Wie kommst du auf die Idee, dass sie so über dich denken könnte?«

Rae schob ihre freie Hand in die Hosentasche. »Sie hat mir ihre Visitenkarte gegeben und mir angeboten, den Kontakt zu einem Kollegen herzustellen.«

»Wie bitte? Du machst wohl Witze!« Steph sah sich nach ihrem Handy um, ohne sich darum zu scheren, dass es fast zwei Uhr morgens war. Sie würde nicht zulassen, dass ihre Mutter sich in ihr Leben einmischte, insbesondere nicht, wenn es um Rae ging.

Doch Rae hielt sie fest. »Mach das nicht. Sie hat nur versucht, mir zu helfen. Vermutlich weil sie sich Sorgen darum macht, du könntest dich mit jemandem wie mir einlassen.«

»Wir brauchen ihre Hilfe nicht. Wir kommen gut allein zurecht.«

Rae neigte den Kopf. »Du glaubst also, wir können es schaffen und irgendwie gemeinsam lernen, eine Beziehung zu führen?«

Steph beschloss, die Einmischung ihrer Mutter für den Moment zu vergessen. Sie lächelte Rae an. »Wenn ich dir etwas über Beziehungen beibringen soll, wäre das so, als ob ein Blinder versucht, einen Blinden zu führen.«

»Wohl eher, als ob eine Blinde eine Einäugige führt«, meinte Rae.

Eine tiefe Zuneigung durchrieselte Steph. »Wir könnten einfach zusammen ausgehen und sehen, wohin das führt. Und dabei ganz langsam vorgehen, damit wir nicht gegen irgendwelche Hindernisse prallen.«

»Klingt gut.« Rae legte zwei Finger auf Stephs Wange, beugte den Kopf und küsste sie kurz und behutsam.

Bevor Steph reagieren und den Kuss vertiefen konnte, wich Rae zurück und ging davon.

»Hey, wo gehst du hin?«

»Mein Schlafzeug holen«, sagte Rae über ihre Schulter. »Ich werde das Schicksal nicht herausfordern, indem ich mich nackt neben dir ins Bett lege.«

Steph starrte ihr hinterher. »Spielverderberin.«

»Das habe ich gehört«, rief Rae, bevor sie in ihr Zimmer verschwand.

Steph sank gegen den Türrahmen. *O Gott. Wir versuchen es ernsthaft. Wir gehen miteinander. Und schlafen miteinander. Wirklich nur schlafen.* Beides war eine völlig neue Erfahrung für sie. Noch nie zuvor hatte sie mit jemandem das Bett geteilt, ohne Sex zu haben.

Auf dem Weg zum Bad kam Rae an Stephs Zimmer vorbei. Sie hatte bereits ihr Hemd aufgeknöpft und ihre Krawatte baumelte lose um ihren Hals. Das beinahe schüchterne Lächeln, das sie ihr schenkte, ließ Stephs Knie weich werden.

»Herr, gib mir Kraft«, flüsterte sie. »Lass mich das nicht vermasseln.«

Rae blieb vor der Badezimmertür stehen. »Hast du etwas gesagt?«

»Ähm, ich habe gefragt, ob es in Ordnung ist, wenn ich in diesen Klamotten schlafe?« Steph deutete auf ihr T-Shirt und die kurze Baumwollhose, die sie angezogen hatte, sobald sie nach Hause gekommen war.

»Sind das deine üblichen Schlafklamotten?«

Ein Kichern entfuhr Steph. »Nein. Meine normalen Schlafklamotten sind viel sinnlicher.«

Raes Blick wanderte über Stephs nackte Beine. »Sinnlicher als das? Schläfst du in Spitzendessous?«

War das Raes Vorstellung von sexy Wäsche? Steph würde es sich merken. »Nein. Meistens schlafe ich nackt.«

Rae schluckte hörbar und deutete auf Stephs T-Shirt und die Shorts. »Das ist in Ordnung. Für den Moment.« Ihre Stimme senkte sich zu einem heiseren Flüstern.

Jetzt war Steph diejenige, die schlucken musste. Sie sah Rae nach, als diese im Bad verschwand.

Sie hatte sich bereits die Zähne geputzt, während sie auf Rae gewartet hatte, sodass sie bettfertig war. Sie ging zum Bett und schlug die Decke zurück. Dann zögerte sie. Welche Seite würde Rae bevorzugen? Bei anderen Bettpartnern hatte sie sich nie die Mühe gemacht, nachzufragen. Normalerweise wurde sowieso nicht viel geschlafen.

Schließlich entschied sich Steph für die Seite, die es Rae erlauben würde, sie zu sehen, wenn Steph sie in den Armen hielt. Sie legte sich auf den Rücken und zog die Decke bis zum Kinn hoch. Vermutlich wirkte sie jetzt wie eine verängstigte Jungfrau. Sie schob die Decke bis zu ihren Hüften hinunter.

Rae schien ewig im Bad zu brauchen. Normalerweise war sie genau wie Steph innerhalb von Minuten fertig. Was machte sie wohl gerade? Starrte sie in den Spiegel und fragte sich, was zum Teufel sie da machten?

Die Badezimmertür wurde geöffnet und Raes Schritte kamen langsam und zögernd näher.

O nein. Hatte sie es sich anders überlegt?

»Steph«, sagte Rae von der Tür aus.

Steph umklammerte die Decke. »Ja?« Sogar sie konnte hören, wie angespannt ihre Stimme klang.

»Ähm, ich …«

»Wenn du lieber nicht mit mir … neben mir schlafen möchtest, ist das völlig okay«, platzte Steph heraus, bevor Rae etwas sagen konnte.

»Nein, das ist es nicht.« Rae stand immer noch in der Tür, anstatt näher zu kommen. »Mein Auge ist nicht daran gewöhnt, dass ich weine. Jetzt ist es ziemlich gereizt, vor allem wegen der neuen Prothese. Deshalb habe ich mich gefragt, ob es dir etwas ausmacht, wenn ich sie heute Nacht nicht trage.«

Steph setzte sich auf. »Warum sollte es mir etwas ausmachen? Ich habe dich schon ohne dein künstliches Auge gesehen.«

»Ja, aber … Ich weiß auch nicht. Kann ja sein, dass es jetzt anders für dich ist. Jetzt, wo wir … Ich meine, das ist nicht gerade sexy.« Rae zeigte auf ihre linke Gesichtshälfte, die im Dunkeln lag, weil sie im Türrahmen stehen geblieben war und im Flur kein Licht brannte.

Steph tätschelte das Bett neben sich. »Komm her.«

Rae zögerte, tappte dann auf sie zu und setzte sich so auf die Bettkante, dass ihre rechte Seite Steph zugewandt war.

Steph schob die Decke zur Seite und kniete sich neben sie. Sanft umfasste sie Raes Kinn und drehte ihren Kopf, sodass sie ihr ganzes Gesicht im Licht der Nachttischlampe sehen konnte.

Rae schluckte, versuchte aber nicht, sich zu widersetzen. Sie hatte die Prothese herausgenommen, sodass Steph unter ihrem hängenden Lid einen Blick auf ihre Augenhöhle erhaschen konnte. Sie wirkte tatsächlich ein wenig gereizt.

»Alles an dir ist sexy«, sagte Steph fest. »Hörst du? Alles an dir. Jetzt komm ins Bett und zwing mich nicht, noch mehr solche schnulzigen Sachen zu sagen.«

Rae lachte los. »Himmel, du bist wirklich einzigartig.«

»Ist das gut oder schlecht?«, fragte Steph.

»Das ist gut. Sogar sehr gut.«

Beide legten sich auf die Seite, sodass sie nahe beieinander waren, ohne sich jedoch zu berühren.

Steph sah ihr ins Auge. »Mir gegenüber brauchst du nie zu zögern, wenn es darum geht, dich nackt zu zeigen. Und das schließt deine Prothese mit ein.«

»Danke.« Raes Stimme war heiser.

»Bist du der Typ, der gern kuschelt?«, fragte Steph nach einer Weile.

»Nein. Eigentlich nicht.«

»Ich auch nicht.«

Sie sahen sich an.

»Sollen wir heute Nacht mal eine Ausnahme machen, weil ich versprochen habe, dich im Arm zu halten?«, fragte Steph.

Rae nickte lächelnd.

Steph rollte sich auf den Rücken und öffnete einladend die Arme.

Rae rutschte ein wenig im Bett nach unten, schlang einen ihrer langen Arme um Steph und bettete den Kopf auf ihre Brust. Dann hob sie ihn an, legte ihn wieder hin und wiederholte den ganzen Vorgang mehrfach, wobei sich ihr Körper gegen Steph presste.

Ein Kribbeln durchlief Steph bis hinab in die Zehenspitzen. Als Raes Kinn an ihrer Brustwarze rieb, biss sie sich auf die Unterlippe, um nicht aufzustöhnen, und schlang beide Arme um sie, damit sie stillhielt. Ihre Selbstbeherrschung hatte ihre Grenzen. »Was machst du da?«

»Ich versuche nur, es mir bequem zu machen. Ich bin es nicht gewohnt, gehalten zu werden. Bei Lise war ich immer diejenige, die sie gehalten hat.«

»Ich stehe nicht auf Regeln, aber können wir eine Regel einführen? Keine Kommentare über Expartner, wenn wir zusammen im Bett liegen.«

Rae hob den Kopf von Stephs Brust und blickte auf sie herab. »Bist du eifersüchtig?«

»Quatsch. Natürlich nicht.« Sie war noch nie in ihrem Leben eifersüchtig gewesen. Warum sollte sie jetzt damit anfangen? Steph schaltete das Licht aus, sodass es dunkel im Zimmer wurde.

Rae lachte. Ihr Atem kitzelte das Stück Haut, das der V-Ausschnitt von Stephs T-Shirt freiließ. »O ja. Du bist definitiv eifersüchtig.«

»Bin ich nicht.« Steph fuhr mit den Fingern durch Raes Haar. »Lass uns jetzt schlafen. Es war ein langer Tag.«

»Stimmt. War das wirklich nur ein einziger Tag?«

»Genau genommen ist es nach Mitternacht und damit schon der nächste Tag. Aber es fühlt sich an, als wäre noch immer Weihnachten.« Der rührselige Teil von Steph, den sie normalerweise hinter ihrem sarkastischen Humor verbarg, flüsterte ihr zu, dass das beste Weihnachtsgeschenk aller Zeiten gerade in ihren Armen lag. Beruhigend streichelte sie Raes Rücken.

»Das ist angenehm«, murmelte Rae. »Aber ich glaube nicht, dass ich so einschlafen kann.«

»Schon okay. Wir können gleich tauschen.« Steph setzte ihr sanftes Streicheln fort und es dauerte keine zehn Sekunden, bis Raes Atmung tief und regelmäßig wurde, was verriet, dass sie eingeschlafen war.

Grinsend schloss Steph die Augen.

Kapitel 21

Steph wachte völlig überhitzt auf. Sie hatte immer vermutet, dass es heiß zugehen würde, wenn sie mit Rae das Bett teilte, aber so hatte sie sich das nicht vorgestellt. Raes kräftiger Körper strahlte eine enorme Hitze aus. Himmel, die Frau war ein richtiger Ofen, wenn auch ein ziemlich großer sexy Ofen.

Benommen hob Steph den Kopf und stellte fest, dass sie während der Nacht irgendwie ihre Positionen getauscht hatten. Rae lag nun auf dem Rücken und hielt Steph mit beiden Armen an sich gedrückt. Eine ihrer Hände steckte unter dem Bund von Stephs kurzer Hose und ruhte nun auf ihrem Po.

Diese Entdeckung trug nicht gerade dazu bei, Steph beim Abkühlen zu helfen. Sie kämpfte gegen den Impuls an, ihre Hüften gegen Rae zu drücken.

Normalerweise hätte sie ihre Bettgefährtin für einen Quickie geweckt, bevor sie aus dem Bett gestiegen und für immer aus ihrem Leben verschwunden wäre. Aber bei Rae kam das nicht infrage.

Sie sah auf Raes Gesicht hinab, das im Schlaf entspannt und um Jahre jünger aussah. Die Beule auf ihrer Stirn war fast verschwunden, aber dafür hatte sich ein rötlicher Bluterguss gebildet.

Ein heftiger Beschützerinstinkt flammte in Steph auf. Vielleicht müsste sie mal ein ernstes Wörtchen mit Carlos reden, damit er beim nächsten Mal vorsichtiger war und nicht mit dem Ellbogen um sich schlug.

Sie beobachtete Rae beim Schlafen und nutzte die Chance, um sie unbemerkt zu mustern. Wenn ihre Lippen nicht zu einer grimmigen Linie zusammengepresst waren, sah sie völlig anders aus. Am liebsten hätte Steph die Umrisse der vollen Lippen mit den Fingerkuppen nachgezeichnet, doch sie wollte Rae nicht wecken. Nach ihrem Zusammenbruch gestern Nacht brauchte Rae allen Schlaf, den sie bekommen konnte. Ihr linkes Auge war nicht vollständig geschlossen, was ein bisschen gruselig war, aber Steph wusste, dass sie sich daran gewöhnen würde, wenn sie öfter das Bett mit ihr teilte. Ihr Atem stockte. Der Gedanke jagte ihr immer noch Angst ein. War sie wirklich in der Lage, eine Beziehung zu führen? Oder würde sie am Ende nur Rae wehtun oder selbst verletzt werden?

Rae begann, sich unter ihr zu regen. Ihre Arme spannten sich um Steph herum an, was ihre Finger auf Stephs Hintern etwas tiefer gleiten ließ.

Schaudernd schloss Steph die Augen.

»Bist du wach?«, flüsterte Rae. Ihre Stimme vibrierte unter Stephs Ohr.

»Ich bin mir nicht sicher«, murmelte Steph in den Stoff von Raes T-Shirt. »Womöglich schlafe ich noch und habe gerade einen sehr erotischen Traum.«

Rae atmete hörbar ein. »Ist das deine Vorstellung davon, es langsam angehen zu lassen?« Ihre Stimme war rau vom Schlaf und einem Hauch von Verlangen.

»Hey, du hast damit angefangen.«

»Ich? Bis eben habe ich noch geschlafen. Wie hätte ich da etwas anfangen können?«

»Achte mal darauf, wo deine rechte Hand ist.«

»Meine Hand? Ups.« Rae zog ihre Hand weg. »Tut mir leid. Das war keine Absi–«

Steph unterbrach ihre Entschuldigung, indem sie Rae behutsam auf den Mund küsste. »Ich habe nicht gesagt, dass es mir etwas ausmacht, oder?«

»Nein, hast du nicht.« Rae legte ihre Hand stattdessen auf Stephs Hüfte.

Steph stützte sich auf einem Ellbogen auf und schaute auf sie hinab.

Rae rutschte unruhig im Bett hin und her, als befürchtete sie, ihr Auge könnte tränen.

»Wie fühlst du dich?«, fragte Steph.

»Gut«, sagte Rae sofort. Sie reckte sich. »Ich habe geschlafen wie ein Stein.« Steph sah sie weiterhin an, bis Rae hinzufügte: »Ein bisschen seltsam. Zum einen bin ich es nicht gewohnt, vor anderen Leuten zu weinen.«

»Ich bin aber nicht ›andere Leute‹«, sagte Steph leise.

Rae lächelte. »Nein. Du gehörst zum Team Rae.«

Seit gestern hatte dieser Begriff eine völlig neue Bedeutung. Steph schluckte und nickte.

»Ist das ein Team, das aus nur zwei Mitgliedern besteht?«, fragte Rae.

Steph hatte keine Ahnung, worauf sie hinauswollte. Sie warf ihr einen fragenden Blick zu.

Rae strich Steph eine zerzauste Haarsträhne hinters Ohr zurück. »Ich meine, wir hatten ja gesagt, wir lassen es langsam angehen.« Sie starrte auf einen Punkt oberhalb von Stephs Schulter. »Heißt das, dass du gleichzeitig auch mit anderen ausgehen wirst?« Sie schielte zu Steph, bevor sie rasch wieder den Blick abwandte. »Denn um ehrlich zu sein, weiß ich nicht, ob ich dazu in der Lage bin.«

O Gott. Emotionale Diskussionen vor dem ersten Kaffee. Steph wusste nicht, ob sie *dazu* in der Lage war. Aber was viel wichtiger war: War sie zu dem in der Lage, was Rae von ihr verlangte? Sie hatte noch nie jemandem eine monogame Beziehung versprochen. Sie rollte sich auf die Seite, sodass ihre Körper sich nicht mehr berührten und sie klar denken konnte. »Ich denke nicht, dass du dich darum sorgen musst.« Sie versuchte, beiläufig und vergnügt zu klingen, aber das hielt ihr Herz nicht davon ab, wie wild gegen ihre Rippen zu trommeln. »Ich habe das Gefühl, dass ich mit dir sowieso alle Hände voll zu tun haben werde. Da bleibt mir keine Energie für andere Leute.«

Rae lächelte nicht. »Heißt das, wir sind in einer festen Beziehung?«

Stephs Kehle wurde eng, sodass sie nicht sprechen konnte. Stattdessen nickte sie nur. Das war keine große Sache, oder? Schließlich hieß das nicht, dass sie jetzt praktisch verheiratet waren und es kein Zurück mehr gab.

»Wenn du es dir anders überlegst, lass es mich wissen, ja?« Rae biss sich auf die Lippe. »Ich möchte auf keinen Fall, dass du einfach …«

Mit jemand anderem in die Kiste hüpfst? Weggehst, so wie Lise? Steph schüttelte den Kopf. »Das werde ich nicht.« Sie wusste, dass sie Rae kein ähnliches Versprechen abnehmen musste. Rae hatte sich ihrer Beziehung bereits mit Haut und Haaren verschrieben und das war beruhigend und beängstigend zugleich.

»Danke«, flüsterte Rae.

»Kein Problem.« Steph rang sich ein Grinsen ab und rollte sich herum, sodass sie halb auf und halb neben Rae lag und ihre Lippen nur noch wenige Zentimeter voneinander entfernt waren. »Jetzt, da wir das geklärt haben, hast du irgendeine Idee, wie wir die Zeit totschlagen könnten, bis ich zu meinem letzten Spaziergang mit Moose gehen muss?«

»Ach, das ist heute? Das tut mir leid.«

»Ich versuche, nicht daran zu denken«, sagte Steph. »Vielleicht fällt dir etwas ein, das mich ablenken könnte.«

»Hm, lass mich mal überlegen.« Rae sah sich um, als würde sie nach einer vielversprechenden Ablenkung suchen. Dann fiel ihr Blick auf den Wecker und sie erstarrte unter Steph. »Mist! Es ist fast elf! Wie um alles in der Welt ist das denn passiert?«

Steph zuckte mit den Schultern. »Wir sind spät ins Bett gegangen. Nach gestern Nacht hast du dich mal so richtig ausschlafen müssen. Ist das ein Problem?«

»Ja.« Rae schlüpfte unter ihr hervor und stieg aus dem Bett, ohne Steph den erhofften Kuss zu geben. »Ich habe Kim versprochen, dass ich zum Mittagessen zu ihr komme.«

»Soll ich dich fahren?«

Rae war bereits an der Tür. »Nein danke. Es ist hell draußen und ich bleibe nicht lange. Ich komme schon zurecht.«

Als sie im Bad verschwand, ließ Steph ihren Kopf zurück aufs Kissen sinken. Es roch nach Rae.

Nein. Sie würde nicht hier liegen und schmollen, weil sie nicht mehr Zeit mit Rae im Bett verbringen konnte. Sie hatte es doch nicht anders gewollt, oder? Diese Beziehungen, bei denen die beiden Partner praktisch an der Hüfte zusammengewachsen waren, hatte sie nie verstanden. Nein, sie mochte es unverbindlicher.

Aber das hieß nicht, dass sie Rae ohne einen Kuss gehen lassen würde. Steph stieg aus dem Bett.

Rae drückte ein wenig Shampoo für Babys auf einen Mulltupfer und säuberte damit ihr leicht verklebtes Auge. Sie starrte sich im Spiegel über dem Waschbecken an. Noch immer konnte sie nicht fassen, dass sie gestern Abend in Stephs Armen geweint hatte. Aber sie musste zugeben, dass es gutgetan hatte, endlich auszusprechen, was sie seit zehn Monaten belastete. Vermutlich würde sie mit Mikes Tod und ihrer Mitschuld daran nie ihren Frieden machen, doch zumindest fühlte sich das bleierne Gewicht, das auf ihr lastete, jetzt nicht mehr ganz so schwer an. In Stephs Armen hatte sie die ganze Nacht friedlich durchgeschlafen.

Auch das hatte Rae überrascht, genau wie vieles andere gestern Abend.

Steph und sie waren jetzt zusammen! Der Gedanke ließ vor Aufregung und Panik ihr Herz rasen.

Nachdem sie erst Lise, dann Mike, ihren Job und all ihre Kameraden bei der Polizei verloren hatte, hätte sie nicht gedacht, dass sie je wieder jemanden an sich heranlassen würde. Doch irgendwie hatte Steph es geschafft, all die Schutzwälle zu überwinden, die Rae um sich herum errichtet hatte. Sie hatte sich in ihre Festung geschlichen, sodass Rae es erst bemerkt hatte, als es bereits zu spät gewesen war.

Aber jetzt hatte sie keine Zeit, um darüber nachzudenken. Sie musste los, sonst käme sie zu spät zum Mittagessen mit Kim.

Sie musterte ihre Augenhöhle im Spiegel. Zum Glück war sie nicht mehr geschwollen oder gereizt. Rae reinigte die Prothese, spülte sie dann gründlich ab und tupfte sie mit einem Taschentuch trocken. Dann hob sie das obere Augenlid mit dem Zeigefinger an, schob die obere Kante der Prothese darunter und zog das untere Lid herab, sodass das Kunstauge in seine endgültige Lage glitt.

Jetzt sah alles normal aus. Das war ihr gerade für den Besuch bei Kim wichtig. Nichts sollte Kim an den Tag erinnern, an dem sie ihren Ehemann verloren hatte.

Rasch zog sie sich an und schloss ihre Gürtelschnalle auf dem Weg zu ihrem Zimmer, wo noch Kims Weihnachtsgeschenk lag.

Als sie mit dem Päckchen in der Hand zurückkam, stand Steph in der Küche. Sie trug noch das T-Shirt und die kurze Hose, in denen sie geschlafen hatte. Dieselbe Hose, unter deren Bund Raes Hand vorhin gewandert war. Hitze sammelte sich in ihrem Unterleib. Heftig schüttelte sie den Kopf. *Komm schon. Für so etwas hast du jetzt keine Zeit.*

»Hier.« Steph drückte ihr einen Thermobecher in die Hand. »Das ist mir eigentlich zu häuslich, so als wäre ich die pflichtbewusste Hausfrau, die das Frühstück zubereitet, aber ich dachte, du könntest einen Kaffee gebrauchen.«

Rae hätte für eine Tasse Kaffee morden können, hatte aber keine Zeit dafür gehabt, welchen zu machen. »Gott, ich könnte dich küssen.«

»Du könntest nicht nur, du wirst es. Ich lasse dich nicht ohne einen Kuss aus dem Haus.«

»Ach ja?« Rae musste lächeln. »Ist das eine weitere Regel, die es zu beachten gilt, wenn man mit dir zusammen ist?«

»Könnte man so sagen.« Steph trat näher, bis Rae ihre Körperwärme spüren konnte. »Also?«

Ihre Nähe ließ Raes Herz auf eine Weise schneller schlagen, wie nicht einmal das Koffein es vermochte. Sie musste über Stephs spielerische Forderung schmunzeln. Diese Frau hatte nichts Demütiges an sich. Wenn sie etwas wollte, egal ob es sich um einen Auftritt in einer Comedyshow oder einen Kuss handelte, hatte sie kein Problem damit, das offen zu sagen. »Nun ja, als ehemalige Polizistin sollte ich mich an die Regeln halten, oder?« Sie klemmte sich Kims Geschenk unter den Arm, sodass sie Steph an sich ziehen konnte.

»Ja«, murmelte Steph etwas atemlos. »Das wäre sicher –«

Rae beugte den Kopf und küsste sie.

Steph drückte sich an sie, verschränkte die Hände in Raes Nacken und erwiderte den Kuss. Ihre Brüste schmiegten sich an Raes Oberkörper. Es war verdammt sexy, wie sie mit den Fingern durch Raes Haar fuhr und sie noch näher zog. Neckisch ließ sie ihre Zungenspitze über Raes Mundwinkel und dann zwischen ihre Lippen gleiten.

Eine elektrisierende Welle durchflutete Raes Körper. Sie verlor sich in der Weichheit und der feuchten Hitze von Stephs Mund und hatte keine Ahnung, wie viel Zeit vergangen war, als sie sich an die Kücheninsel gepresst wiederfand. »Ich muss los«, murmelte sie an Stephs Lippen.

»Mhm.« Steph küsste sie ein letztes Mal und fuhr dann mit den Händen über Raes Schultern, um ihr Hemd zu glätten, bevor sie zurücktrat.

»Hey.« Rae ergriff ihre Hand und zog sie erneut an sich. »Ich weiß, es wird dir schwerfallen, von ihm Abschied zu nehmen, aber ich hoffe, du hast trotzdem einen schönen Spaziergang mit Moose.«

Steph seufzte. »Danke.«

Rae zögerte. Was konnte sie sonst noch sagen, um Steph aufzumuntern? Vielleicht hätte sie Moose nicht erwähnen sollen. Mann, dieser Kommunikationskram war wirklich nicht leicht.

»Du musst los, sonst macht Kim sich Sorgen.«

»Ich weiß.« Rae rührte sich nicht vom Fleck. »Mr Hicks meinte, ich solle mir den Tag freinehmen. Möchtest du vielleicht heute Abend etwas unternehmen?« Sie versuchte, es beiläufig klingen zu lassen, nicht wie ein Date, obwohl es für sie natürlich eines war.

»Normalerweise gern, aber ich möchte zu ein oder zwei Open-Mic-Veranstaltungen, um mich auf die Show vorzubereiten. Ach, davon habe ich dir ja noch gar nichts erzählt. Dein Chef lässt mich an Silvester als Headliner auftreten!« Vor Aufregung funkelten Stephs graue Augen wie Silber.

Dann war Mr Hicks ihrer Empfehlung also tatsächlich gefolgt. Rae hatte schon befürchtet, er hätte es sich anders überlegt. Sie beschloss, sich nicht anmerken zu lassen, dass er sie um ihre Meinung gebeten hatte, denn Steph sollte nicht denken, sie hätte den Platz nur ihretwegen bekommen. Was Rae betraf, so hatte Steph ihn sich verdient. »Das ist ja toll! Herzlichen Glückwunsch!«

»Danke.« Steph hüpfte euphorisch auf und ab.

Meine Güte, ist sie niedlich. Rae konnte sich ein Grinsen nicht verkneifen. »Kommt deine Familie zur Vorstellung?«

Stephs strahlendes Lächeln verblasste. »Vielleicht Claire und Lana. Es sei denn, Claire ändert ihre Meinung.«

»Und was ist mit deinen Eltern?«

»Nein, die mögen keine Comedy.«

Konnten sie sich nicht einmal für einen Abend zusammenreißen, um ihre Tochter zu unterstützen? »Was haben sie gesagt, als du gefragt hast, ob sie kommen wollen?«

»Ich habe nicht gefragt. Ich kenne die Antwort bereits.« Steph winkte ab, als wäre das Thema für sie beendet. »Arbeitest du an Silvester?«

»Ja.« Wenn nötig, würde sie ihre Kollegen bestechen, um während Stephs Auftritt den Saaldienst machen und darauf achten zu können, dass alles reibungslos lief.

Stephs Lächeln kehrte zurück. »Super.«

Einen Moment lang überlegte Rae, ob sie Steph zu ihrem Open-Mic-Abend begleiten sollte. Dann verwarf sie die Idee. Hätte Steph das gewollt, hätte sie sicher gefragt. Vielleicht brauchte Steph etwas Zeit für sich, um sich nicht eingeengt zu fühlen. Rae verbarg ihre Enttäuschung darüber, Steph den Rest des Tages nicht mehr zu sehen, und sagte: »Dann Hals- und Beinbruch für heute Abend. Wir sehen uns morgen.«

Steph zögerte. Überlegte sie, Rae doch zu fragen, ob sie mitkommen wollte? Aber dann nickte sie nur. »Bis morgen. Grüß Kim von mir.«

Als Rae schließlich zu ihrem Auto eilte, griff sie auf der Suche nach dem Autoschlüssel in ihre Hosentasche. Stattdessen stieß sie auf die Visitenkarte, die Stephs Mutter ihr gegeben hatte. Sie zog sie heraus und starrte auf die Nummer.

Wenn sie jetzt nicht losfuhr, würde sie wirklich zu spät kommen. Sie öffnete die Fahrertür und stieg in den Subaru.

Ach, scheiß drauf. Sie schickte Kim eine kurze SMS, um sie wissen zu lassen, dass sie sich etwas verspäten würde, und tippte die Handynummer ein. Es klingelte und klingelte.

Gerade als sie dachte, die Mailbox würde anspringen, erklang Dianes Stimme. »Dr. Diane Renshaw.«

»Ähm, hallo, Diane. Hier spricht Rae Coleman. Tut mir leid, dass ich auf deinem Diensthandy anrufe, aber ich hatte keine andere Telefonnummer.«

»Kein Problem«, sagte Diane. »Ich hab dir meine Karte gegeben, damit du anrufst, und ich bin froh, dass du es getan hast. Das hätte ich nicht gedacht.«

Wenn Steph nicht gewesen wäre, hätte sie es nicht getan.

»Hast du schon darüber nachgedacht, welche Art von Therapie du dir wünschst?«, fragte Diane. »Kognitive Verhaltenstherapie und EMDR haben bei posttraumatischer Belastungsstörung gute Erfolge erzielt, aber es gibt auch noch andere Optionen.«

Rae umklammerte das Handy fester. »Das ist nicht der Grund, warum ich anrufe. Ich leide nicht an einer posttraumatischen Belastungsstörung.«

»Ich weiß, es ist schwer, sich das einzugestehen.«

»Ich habe keine posttraumatische Belastungsstörung!« Raes Stimme hallte durch den Wagen. Sie hatte lauter als gewollt gesprochen, was Diane vermutlich in ihrer Annahme bestätigte, dass Rae ihre Erkrankung nicht wahrhaben wollte. »Du hast mich nur erschreckt. Das ist alles.«

Diane seufzte. »Ach, Rae.«

Sie würde nicht nachgeben, das spürte Rae. Wahrscheinlich hatte Steph ihre Sturheit von ihrer Mutter geerbt. Sie schluckte gegen den Kloß in ihrer Kehle an. »Ich bin auf einem Auge blind.«

Diane schwieg so lange, dass Rae sich fragte, ob sie aufgelegt hatte. Dann räusperte sie sich. »Oh. Deshalb bist du dermaßen erschrocken. Du hast mich nicht kommen sehen.«

»Ja.« Rae rieb sich mit der freien Hand das Auge. Sie hasste es, jemandem davon zu erzählen. Dadurch fühlte sie sich unglaublich entblößt und verletzlich. Schon jetzt graute ihr vor dem nächsten Wiedersehen mit Diane, denn diese würde zweifellos ihre Prothese anstarren. Rae atmete tief durch und zwang sich, sich ihren Ängsten zu stellen und vollkommen ehrlich zu sein. »Hör zu, Diane, ich weiß, dass ich einiges aufzuarbeiten habe. Vielleicht werde ich dich eines Tages bitten, mir einen Kollegen zu empfehlen, aber deshalb rufe ich heute nicht an. Es geht um Steph.«

»Weiß sie von deinem Auge?«

»Ja.«

»Gut«, sagte Diane. »Ich weiß, sie gibt gern die flapsige Komikerin, die nie etwas ernst nimmt, aber das ist einfach ihre Art, andere auf Distanz zu halten, um nicht verletzt zu werden. Sie hat es in sich, eine wunderbare Freundin zu sein. Oder auch mehr.«

Die feinen Härchen auf Raes Nacken kribbelten vor Unbehagen. Obwohl Diane es gut meinte, würde Steph es nicht schätzen, hinter ihrem Rücken derart analysiert oder in eine Beziehung gedrängt zu werden. »Eigentlich rufe ich an, um zu fragen, ob ihr an Silvester schon etwas vorhabt.«

Diane kicherte. »Hat Steph etwa vor, das neue Jahr damit anzufangen, dass sie eure Verlobung bekanntgibt?«

»Nein!« Rae massierte sich die Nasenwurzel. Sie war dabei, alles gründlich zu versauen. »Steph tritt an Silvester als Headliner in dem Club auf, in dem ich arbeite. Das ist eine ziemlich wichtige Sache und es würde ihr viel bedeuten, wenn ihr kommen würdet.«

»Warum ruft sie uns dann nicht an?«

»Weil sie Angst hat, dass ihr wieder Nein sagt.« Rae schaffte es nicht ganz, den vorwurfsvollen Unterton aus ihrer Stimme herauszuhalten, aber das war ihr egal.

Diane schwieg mehrere Sekunden lang. »Ich wusste nicht, dass es ihr so wichtig ist, uns dabeizuhaben. Das letzte Mal, als sie uns gefragt hat, musste ich ihr wegen einer Konferenz absagen. Steph hat nur mit den Schultern gezuckt und meinte, wir hätten ohnehin nur dafür gesorgt, dass sie verkrampft.«

Meine Güte. Für eine Therapeutin war sie bemerkenswert schwer von Begriff. Oder vielleicht hatte sie sich nicht bemüht, Stephs Abwehrmechanismen zu durchschauen, weil es für sie bequemer war.

»Ich weiß, was du denkst.« Diane seufzte. »Und du hast wahrscheinlich recht. Wenn du mir eine SMS mit Zeit und Ort schickst, werden wir da sein.«

Rae atmete auf. »Danke.«

»Nein, Rae. Ich danke dir.«

Sie beendeten das Gespräch. Rae warf das Handy auf den Beifahrersitz und nahm einen großen Schluck von ihrem Kaffee, als wäre es Schnaps. Damit war ihre Kapazität für zwischenmenschliche Interaktion eigentlich schon ausgereizt, bevor sie überhaupt bei Kim angekommen war. Stöhnend startete sie den Wagen.

Magensäure stieg Rae in die Kehle, als sie aus dem Auto stieg und auf Kims Haus zuging. Der Gartenzwerg, den Mike als Scherz auf den Rasen gestellt hatte, war noch da, als hätte sich Kim nicht dazu durchringen können, ihn zu entfernen.

Kim öffnete die Tür, noch bevor Rae klingeln konnte. Sie begrüßte sie mit einer herzlichen Umarmung und zog sie dann ins Haus.

Rae bereitete sich auf den Ansturm von Erinnerungen vor, die jedes Mal auf sie einprasselten, wenn sie Mikes und Kims Haus betrat. Zwar hatte Kim einige Gegenstände weggeräumt, doch noch immer erinnerte alles an Mike. Manchmal glaubte Rae sogar, noch einen Hauch seines Aftershaves zu riechen. Wie konnte Kim es bloß ertragen, hier zu leben? Oder war es ihr ein Trost, von Erinnerungen an Mike umgeben zu sein?

Kim führte sie in die Küche, wo bereits verschiedene Schüsseln und Servierplatten bereitstanden. »Stört es dich, wenn wir hier essen, da wir nur zu zweit sind?«

»Nein, überhaupt nicht.« Dann brauchte sie wenigstens nicht an letztes Weihnachten zu denken, als Mike und sie gemeinsam den Baum aufgestellt hatten. Hatte Kim dieses Jahr überhaupt einen Weihnachtsbaum? »Kann ich dir bei irgendetwas helfen?«

»Nein danke. Dot hat gestern schon alles vorbereitet. Ich muss es nur noch aufwärmen.« Kim schob eine Schüssel in die Mikrowelle. »Sie und Gordon lassen grüßen.«

»Grüß sie von mir, wenn du sie das nächste Mal siehst.«

»Du kannst sie selbst anrufen«, sagte Kim leise. »Sie würden sich freuen, von dir zu hören.«

Rae legte ihr Geschenk auf die Arbeitsfläche, um einen Vorwand zu haben, Kim den Rücken zu kehren. »Ich werde mich irgendwann bei ihnen melden.« Nur nicht in nächster Zeit. Es gab noch so vieles, was sie erst verarbeiten musste.

Zum Glück ließ es Kim dabei bewenden und drängte sie nicht dazu, Mikes Eltern anzurufen.

Rae setzte sich an die Kücheninsel und sah zu, wie Kim weitere Schüsseln zur Mikrowelle trug. In ihrer hellblauen Jeans und dem kurzärmeligen, schwarzen Rollkragenpulli sah Kim großartig aus. Nach Mikes Tod hatte sie erschreckend viel Gewicht verloren, doch nun schien sie einige Kilos zugenommen zu haben.

»Was ist?«, fragte Kim, als sie die Brotfüllung aus der Mikrowelle nahm und die Soße hineinschob.

»Nichts. Du siehst gut aus.«

Kim drehte sich um und lächelte sie an. »Danke. Du auch.« Sie neigte den Kopf und musterte Rae über die Kücheninsel hinweg.

Rae rutschte unruhig auf der Kante ihres Hockers hin und her. »Lass mich dir das abnehmen.« Sie trug die Brotfüllung zur Kücheninsel.

Schließlich war das Essen so weit und Rae machte sich eifrig darüber her, da sie seit gestern Mittag nichts mehr gegessen hatte.

»Was gab es bei euch an Heiligabend zu essen?«, fragte Kim. »Auch Truthahn?«

Rae lachte. »Spaghetti mit Tomatensoße.«

Kim senkte ihre Gabel mit einer Ladung Kürbis auf den Teller zurück. »Ihr hattet Spaghetti an Heiligabend? Klingt, als wäre Stephs Familie genauso unkonventionell wie sie selbst.«

»Eigentlich nicht. Der Cateringservice hat die Bestellungen durcheinandergebracht, sodass wir selbst etwas kochen mussten, und in der Speisekammer waren nur Spaghetti.«

»Aber du hattest trotzdem eine gute Zeit, oder?«

Rae dachte daran, wie sie mit Steph im Gras gesessen und sie sich beinahe geküsst hatten. »Ja, es war schön.«

»Das merkt man. Deine Augen strahlen förmlich.«

»Das liegt daran, dass ich am Montag beim Ocularisten war«, sagte Rae. War das tatsächlich erst zwei Tage her? Seitdem war sehr viel passiert. »Er hat das Kunstauge poliert.«

»Ach, hat er das rechte Auge ebenfalls poliert?«, fragte Kim grinsend. »Das strahlt nämlich auch.«

»Unsinn«, murmelte Rae. »Ich strahle nicht.«

»Komm schon, Rae. Ich kenne dich seit zwölf Jahren. Etwas ist anders an dir und ich glaube, es ist etwas Positives. Was ist es?«

Rae zeichnete mit der Preiselbeersoße Muster auf ihrem Teller und legte dann ihre Gabel beiseite. Ihr war der Appetit vergangen.

Auch Kim legte ihr Besteck weg. »Warum willst du es mir nicht sagen?«

Ein Stöhnen drang aus Raes Brust. Wie konnte sie Kim von diesem Glücksgefühl erzählen, das zaghaft in ihr heranwuchs, während Kim den Rest ihres Lebens allein verbringen würde?

»Rae, bitte. Schließ mich nicht aus.«

Der Schmerz in Kims Stimme durchdrang Raes Schutzpanzer. »Das will ich nicht.« Sie griff über die Kücheninsel und nahm Kims Hand. Im Vergleich zu ihrer breiten Pranke fühlte sie sich zerbrechlich an. »Ich will dir bloß nicht wehtun.«

»Mir wehtun?«, wiederholte Kim. »Wie könnte dein Glück mir wehtun?«

Rae ließ den Kopf hängen. »Ich …«

Kim rutschte von ihrem Barhocker und zog Rae hinüber ins Wohnzimmer, wo sie tatsächlich einen Weihnachtsbaum aufgestellt hatte. Sie führte Rae zur Couch und überreichte ihr ein Päckchen. »Ich glaube, du solltest jetzt dein Geschenk öffnen.«

»Jetzt? Wir haben noch nicht aufgegessen.«

»Ich glaube, keine von uns hätte noch einen Bissen runterbekommen.«

Rae sah auf das Geschenk hinab. Ein Bleiklumpen setzte sich in ihrem Magen fest. Fast fürchtete sie sich vor dem, was sich unter der Geschenkverpackung befand. Sie fummelte an dem Klebeband herum, bis ihre zitternden Finger es schließlich lösten. Ein wunderschöner Bilderrahmen aus Holz kam zum Vorschein. Als sie ihn umdrehte, sah sie, dass er bereits ein Foto enthielt.

Der Anblick ließ sämtliche Luft aus Raes Lungen entweichen, als hätte ihr jemand einen Schlag in den Magen verpasst.

Das Bild zeigte sie mit Kim und Mike. Kim stand in der Mitte und beide hatten einen Arm um sie geschlungen. Das Foto war an Kims Geburtstag aufgenommen worden, wenige Wochen vor der Schießerei. Rae und Mike trugen ihre Uniformen. Mikes Mutter, Dot, hatte das Foto aufgenommen, kurz bevor sie zur Arbeit gegangen waren. Alle drei lachten über irgendetwas. Sie hatten nicht geahnt, dass dies das letzte Foto von ihnen zusammen sein würde.

Rae fuhr mit dem Daumen über die Gesichter unter dem Glas. Sie wandte den Blick nicht von dem Foto ab, selbst als Kim sich neben sie setzte. Vielleicht war es gut, dass Kim links von ihr Platz genommen hatte. So musste Rae zumindest die Trauer auf ihrem Gesicht nicht sehen, während Kim das Bild betrachtete.

Aber als Kim mit einem zitternden Finger das Glas berührte, waren es nicht Mikes Gesichtszüge, die sie nachzeichnete. Es waren Raes. »Das ist die Rae, die ich sehen möchte«, sagte sie mit rauer Stimme. »Wenn irgendetwas passiert ist, das dich glücklich macht, warum sollte mich das verletzen?«

»Weil … weil Mike …«

Kim nahm ihr das Bild aus der Hand und legte es vorsichtig auf den Couchtisch. Dann umfasste sie Raes Finger mit beiden Händen. »Glaubst du nicht, er würde wollen, dass du glücklich bist?«

»Er würde hier bei uns sein wollen. Bei dir. Und das habe ich vermasselt.« Sie bohrte ihre Faust in die Decke neben sich. Stephs Stimme ging ihr durch den Kopf. *Es war nicht deine Schuld. Niemand hatte Schuld, nur der Kerl mit der Schrotflinte.* »Zumindest glaube ich, dass ich es war«, fügte sie hinzu.

Kims Griff um ihre Hand wurde fester. »Wie kommst du denn darauf?«

»Weil ich mich ohne Verstärkung in eine gefährliche Situation begeben habe.«

»Mike war deine Verstärkung und du warst seine.«

Rae zog den Kopf ein. »Ja, aber …«

»Ich habe mir das Video angesehen«, sagte Kim leise.

Raes Kopf schnellte herum. Sie starrte Kim an. »Du hast es dir angesehen?« Sie selbst hatte es nicht ertragen können, sich die Aufnahme der Kamera ihres Streifenwagens anzusehen.

»Ich musste es tun. Ich dachte ständig, er würde jeden Moment durch die Tür kommen und mich mit seinem schelmischen Grinsen begrüßen. Ich musste es sehen.« Beim letzten Wort versagte Kims Stimme.

Rae schlang schützend beide Arme um sie. Als Kim ihren Kopf an Raes Schulter drückte, lehnte Rae ihre Wange an sie und flüsterte: »Es tut mir so unendlich leid.«

Kim hielt sie fast schmerzhaft fest. »Das ist es ja gerade, Rae. Es gibt nichts, was dir leidtun müsste.« Sie wich zurück und sah sie an. Tränen glitzerten in ihren Augen. »Überhaupt nichts.«

»Aber ich hätte –«

»Was denn? Im Auto bleiben sollen, bis dieses Arschloch mit der Kellnerin weggefahren und wer weiß was mit ihr angestellt hätte? Glaubst du, Mike hätte das zugelassen?« Kim schüttelte heftig den Kopf. »Was hättest du tun sollen, Rae? Ihn erschießen, obwohl er bereits die Waffe gesenkt hatte?«

»Ich weiß es nicht. Irgendetwas.«

»Du wurdest angeschossen. Um ein Haar wärst auch du gestorben. Du hattest eine Schrotkugel im Auge und hast eine Menge Blut verloren. Ich weiß nicht, wie du es überhaupt geschafft hast, bei Bewusstsein zu bleiben. Aber du hast nicht einmal versucht, deine Blutung zu stoppen oder Hilfe für dich zu holen. Du hast dich nur auf Mike konzentriert.«

»Ich habe versucht, ihn zu retten.« Rae konnte ihr nicht in die Augen sehen. »Ich habe es versucht, aber ich habe versagt.«

Kim nahm ihr Gesicht in beide Hände. Mit unerwarteter Kraft zog sie Raes Kopf herum, bis sie ihr in die Augen sehen musste. »Du hast nicht versagt. Niemand hätte ihn retten können. Ich musste das akzeptieren und du musst es auch. Nichts davon war deine Schuld. Niemand hat das je gedacht. Nicht Dot, nicht Gordon und ich schon gar nicht.«

»Ich schon.« Ein Teil von ihr dachte es selbst jetzt noch, nachdem sowohl Steph als auch Kim ihr versichert hatten, dass sie nichts falsch gemacht hatte.

»O Rae.« Leicht schüttelte Kim Raes Kopf, den sie immer noch zwischen ihren Händen hielt. »Du musst loslassen, sonst frisst es dich innerlich auf. Mike hätte das nicht gewollt. Er würde dir gewaltig in den Hintern treten, wenn er jetzt hier wäre.«

Ein müdes Lächeln glitt über Raes Gesicht. »Ich weiß. Ich werde es versuchen.«

»Gut.« Kim streichelte ihre Wange, dann ließ sie los und gab ihr einen Klaps auf die Schulter. »Und jetzt sag mir, was deine Augen zum Strahlen bringt. Und sag nur nicht wieder, es sei der Ocularist gewesen.«

Rae zögerte nur noch eine weitere Sekunde lang. Insgeheim konnte sie es kaum erwarten, jemandem von dieser unerwarteten Wendung in ihrem Leben zu erzählen. »Steph.« Allein ihren Namen auszusprechen, löste schon ein Lächeln aus. »Es ist Steph.«

Kim starrte sie an. »Du meinst, ihr beide seid …? Hast du mir nicht am Montag noch versichert, ihr wärt kein Paar?«

»Waren wir auch nicht. Das mit uns ist erst gestern passiert. Du hattest recht. Ich habe sie liebgewonnen, ohne es zu bemerken.«

Ein Lächeln breitete sich auf Kims Gesicht aus. So strahlend hatte sie schon seit Monaten nicht mehr gelächelt. »Das ist großartig. Ich freue mich so für dich.«

Rae hob die Hand. »Wir sind noch nicht so weit, Handtücher mit unseren gemeinsamen Initialen zu kaufen. Im Moment gehen wir nur miteinander. Steph hatte noch nie eine feste Beziehung, deshalb gehen wir es langsam an.«

»Du meinst, sie hatte noch nie eine Beziehung mit einer Frau, richtig?«

»Sie hatte noch nie eine Beziehung mit irgendjemandem.« Rae versuchte, unbekümmert zu klingen. »Bisher hatte sie nur flüchtige Abenteuer.«

Zwischen Kims Augenbrauen bildete sich eine Falte. »Aber zwischen euch ist es nicht nur ein flüchtiges Abenteuer, oder?«

»Nein.«

»Gut«, sagte Kim mit Nachdruck. »Du verdienst mehr als das.«

Rae beugte sich vor und betrachtete das Foto auf dem Tisch und die Art und Weise, wie Mike und Kim ihre Arme umeinander geschlungen hatten. »Als du mit Mike zusammengekommen bist, woher wusstest du da, dass es zwischen euch klappen würde?«

»Das wusste ich nicht. Ich habe an meinem Verstand gezweifelt, als ich zugestimmt habe, mit ihm auszugehen.«

Raes Mund klappte auf. »Wie bitte? Warum das denn?« Für sie waren die beiden immer das perfekte Paar gewesen.

»Weil er damals ein totaler Casanova war.« Kim schüttelte mit einem liebevollen Lächeln den Kopf. »Der Mann war so charmant, dass ihm die Frauen praktisch ihre Unterwäsche vor die Füße geworfen haben.«

»Mike? Unser Mike?«

»O ja. Frag einen der Jungs, die ihn in der Akademie kannten. Die könnten dir ein paar wilde Geschichten erzählen.«

Rae fuhr sich mit der Hand durchs Haar. »Das wusste ich nicht. Er hat immer nur von dir geredet.«

Ein trauriges Lächeln huschte über Kims Gesicht. »Hast du Angst, dass es zwischen dir und Steph nicht klappen könnte?«

»Nein.«

Kim stieß sie in die Rippen.

»Na gut, vielleicht ein bisschen. Steph ist ziemlich unabhängig. Sie braucht mich nicht. Nicht so, wie Lise mich gebraucht hat. Was, wenn sie sich mit mir langweilt oder entscheidet, dass eine Beziehung ihrer Comedykarriere im Weg steht?«

»Dann werde ich sie mir vorknöpfen und ihr die Hölle heißmachen«, sagte Kim und versuchte, eine einschüchternde Miene aufzusetzen, was ihr aber nicht gelang.

Rae lachte los. Gott, das hatte sie gebraucht.

»Aber mal im Ernst, Rae. Wenn mich meine Tätigkeit als Datingberaterin eines gelehrt hat, dann, dass es in einer erfolgreichen Beziehung nicht darum geht, jemanden zu brauchen.«

»Ach nein?«

Kim schüttelte den Kopf. »Es geht darum, jemanden zu *wollen*. Es geht darum, jemanden über alles andere zu stellen – nicht, weil man ohne ihn nicht leben kann, sondern weil man nicht ohne ihn leben möchte.«

Das hörte sich irgendwie logisch an. Rae kratzte sich am Kopf. »Warum scheinen alle anderen so viel über Beziehungen zu wissen, während ich mich wie eine totale Anfängerin fühle, obwohl ich fünfzehn Jahre lang in einer Beziehung war?«

»Weil du nie daran arbeiten musstest«, sagte Kim. »Wie alt warst du, als du mit Lise zusammengekommen bist?«

»Siebzehn.«

»Meine Güte, du warst noch ein Baby.«

»War ich nicht«, murmelte Rae.

Kim winkte ab. »Im Ernst, ich hoffe, das mit dir und Steph klappt. Bitte zögere nie, mich um Rat zu fragen, dich an meiner Schulter auszuweinen oder mir einfach nur mitzuteilen, dass du wahnsinnig glücklich bist, okay?«

Rae atmete zittrig aus. »Okay.«

Kim erhob sich. »Und jetzt sag mir: Mag Steph Sandwiches?«

Gott sei Dank. Der emotionale Teil dieses Gesprächs schien vorbei zu sein. »Sie liebt Sandwiches. Warum?«

»Weil noch jede Menge Truthahn übrig ist und wir ihn nicht noch mal aufwärmen können, sonst wird er trocken.« Sie zog Rae vom Sofa hoch. »Komm, lass uns Sandwiches machen.«

Nach einem letzten Blick zurück auf das Foto folgte Rae ihr in die Küche.

Kapitel 22

Dieser Tag stellte sich als einer der beschissensten in Stephs Leben heraus – abgesehen natürlich davon, wie er begonnen hatte. In Raes Armen aufzuwachen, war überraschend schön gewesen, aber von da an war alles bergab gegangen.

Erst hatte sie sich nicht getraut, Rae zu fragen, ob sie mit zum Open-Mic-Abend kommen wollte. Sie war davon ausgegangen, dass Rae bei der Arbeit schon genügend Comedy sah und an ihrem freien Tag nicht noch mehr davon hören wollte, schon gar nicht all die Amateure und seltsamen Gestalten auf einer Open-Mic-Veranstaltung. Und Rae hatte auch nicht gefragt, ob sie mitkommen konnte. Das hatte Steph als Bestätigung aufgefasst, doch mittlerweile fragte sie sich, ob Rae womöglich auf eine Einladung gewartet hatte.

Mann, dieser Beziehungskram war vielleicht kompliziert! Genauso schwer war ihr heute Morgen der Abschied von Moose gefallen.

Und um dem Ganzen jetzt auch noch die Krone aufzusetzen, versagte sie gerade komplett auf der Bühne. In dem Moment, als sie das Mikro in der Hand hielt, war ihr Kopf plötzlich wie leer gefegt. Sie starrte in die gelangweilten Gesichter der Komiker im Publikum und konnte sich nicht mehr an den Witz entsinnen, mit dem sie ihre Nummer beginnen wollte.

Das war ihr schon seit Ewigkeiten nicht mehr passiert.

Schließlich fiel der Gag ihr wieder ein. Er brachte ihr sogar einen Lacher von jemandem an der Bar ein, aber sie war sich nicht sicher, ob er über den Witz oder ihre schwache Darbietung lachte. Was war bloß mit ihr los? Sie kam ins Stottern, obwohl sie diesen Gag schon tausendmal perfekt gespielt hatte.

Als sie endlich ihren Rhythmus fand, waren die fünf Minuten auch schon um und sie musste die Bühne verlassen.

Einer der Komiker, mit dem sie manchmal abhing, formte mit den Händen ein Megafon. »Buh! Das war ungefähr so lustig wie ein schlimmer Fall von Tripper, Steph!«

»Na, du musst es ja wissen«, gab Steph zurück. Sie ging an ihm vorbei und kletterte auf den Barhocker neben Penny.

»Was war das denn?« Penny sprach lauter, um die Stimme des Comedians zu übertönen, der jetzt das Mikrofon hatte. Ihm erging es auch nicht besser als Steph. Das Publikum buhte lautstark.

»Keine Ahnung.« Steph nahm einen großen Schluck von ihrem Bier und verzog das Gesicht. Es war warm geworden.

Penny lehnte sich zu ihr herüber. »Ich hätte nicht gedacht, dass du es so schwernehmen würdest, dass Moose wegzieht. Ich meine, ich wusste, dass du traurig sein würdest, aber dass du deswegen so unkonzentriert auf der Bühne stehst? Das sieht dir nicht ähnlich.«

Steph legte ihren Arm auf die Theke und vergrub ihr Gesicht in der Ellbogenbeuge. Das hatte nichts mit Moose zu tun. Es waren vor allem Gedanken an Rae gewesen, die sie so unkonzentriert gemacht hatten. »Ich weiß.« Sie hob den Kopf. »Ich hoffe, ich kann mich an Silvester zusammenreißen. Das ist meine letzte Chance, Penny. Wenn ich es versaue …«

»Das wirst du nicht«, sagte Penny. »Das war eben nur ein Zufall. Bis dahin wirst du wieder in Hochform sein.«

»Hoffen wir es. Du kommst doch, oder?«

»Ich würde es um nichts in der Welt verpassen.«

Ein Mann Ende zwanzig, der neben ihnen auf seinen Drink gewartet hatte, drehte sich zu Steph um. »Hey, du warst doch gerade oben auf der Bühne, oder?«

»Ja. Ich und die meisten der Leute hier.« Wie bei Open-Mic-Veranstaltungen üblich, bestand das Publikum hauptsächlich aus Komikern, die auf ihren Auftritt warteten.

»Ja«, sagte er. »Aber im Gegensatz zu den meisten anderen warst du gut.«

»Und du bist gut darin, Scheiße zu labern.«

Er brach in Gelächter aus. Seine strahlend weißen Zähne hoben sich blitzend von seinem gebräunten Gesicht ab. »Na ja, gegen Ende warst du gut.« Er sah zwischen Steph und Penny hin und her. »Was trinkt ihr Damen? Darf ich euch eine Runde ausgeben?«

Steph zögerte. Zwar hätte sie gern ein kühles Bier gehabt und mit seinen blauen Augen und seinem charmanten Grinsen sah der Typ gut aus, aber wenn sie seine Einladung annahm, würde er sicher ungeniert mit ihr flirten. War harmloses Flirten in Ordnung, wenn man eine Beziehung hatte?

Gott, sie war in einer Beziehung! Sie konnte es immer noch nicht fassen.

Der Barkeeper kam zu ihnen herüber. »Was kann ich Ihnen bringen?«, fragte er den Mann.

»Noch ein Bier?« Der süße Typ warf Steph einen fragenden Blick zu.

»Nein danke«, sagte Steph.

»Dann nur ein Bier für mich«, sagte der Typ zum Barkeeper. Mit der Flasche in der Hand drehte er sich zu Steph um. »Wenn du es dir anders überlegst, ich bin da drüben.« Er deutete auf das gegenüberliegende Ende des Raums.

»Gut zu wissen.« Steph schenkte ihm ein freundliches, aber nicht zu freundliches Lächeln.

Penny starrte ihm nach, dann sah sie Steph mit weit aufgerissenen Augen an. »Was war das denn?«

»Was meinst du?«

»Erst gehst du auf der Bühne baden, dann lehnst du ab, als ein Typ, der offenbar auf dich steht, dir einen Drink spendieren will. Was ist denn mit dir los?«

Steph starrte auf die Wasserpfütze, die sich unter ihrer Bierflasche gebildet hatte. »Ich habe schon früher hin und wieder einen Drink abgelehnt.«

»Ja, wenn das Angebot von Arschlöchern kam, aber er schien nett zu sein.« Penny streckte die Hand aus und legte sie prüfend auf Stephs Stirn. »Was ist los? Du bist doch nicht krank, oder?«

Lachend schob Steph Pennys Hand weg. »Es geht mir gut. Aber ich bin jetzt in einer Beziehung, deshalb ist es vielleicht besser, wenn ich mir keine Drinks ausge–«

»Moment!« Penny klopfte sich aufs Ohr. »Kannst du das noch mal sagen? Es ist hier drin so laut, dass ich doch tatsächlich verstanden habe, dass du in einer Beziehung bist!« Sie lachte.

Steph nahm einen Schluck von ihrem lauwarmen Bier. »Das habe ich ja auch gesagt.«

Pennys Lachen verstummte abrupt. Sie hielt sich mit beiden Händen an der Theke fest. »Du bist in einer Beziehung? Das ist ein Scherz, oder? So was wie diese vorgetäuschte Beziehung, die du mit Rae hast.«

»Nein«, sagte Steph. »Nichts daran ist vorgetäuscht. Es ist so echt, wie etwas nur sein kann.«

»Meine Güte! Wie ist das denn passiert?«

Steph kicherte nervös. »Ich habe keine Ahnung.«

»Wer ist denn der oder die Glückliche?« Penny wirkte noch immer, als würde sie gleich vom Barhocker fallen. »Warte, sag's mir nicht. Es ist Rae, oder?«

Jetzt war Steph an der Reihe, sich am Tresen festzuhalten. »Woher weißt du das?«

»Ganz einfach. Du hast von Anfang an Wert auf ihre Meinung gelegt, selbst als du dich ständig über sie beschwert hast.«

»Aber … aber …« Das war vor fast zwei Monaten gewesen, als sie gerade erst zusammengezogen waren. Hatte es damals schon eine Verbindung zwischen ihnen gegeben, ohne dass Steph es bemerkt hatte?

Penny lachte. »Du solltest mal dein Gesicht sehen. Ich hätte nie gedacht, dass ich dich mal so erleben würde.«

»Wie denn?«

»Verliebt!«

Steph hielt beide Hände in die Höhe. »Das habe ich nie gesagt.«

»Du behauptest also, du wärst nicht verliebt?«

»Ich sage, wir lassen es langsam angehen.« Steph sah weg. Ihr Herz raste. »Mir liegt etwas an ihr und ich will das nicht vermasseln und sie verletzen.«

»Jetzt verstehe ich! Deshalb warst du auf der Bühne so unkonzentriert! Du empfindest zum ersten Mal etwas anderes als Lust für jemanden und das macht dir Angst.«

Steph schob ihre Bierflasche beiseite. »Ich habe keine Angst.«

Penny hob beide Augenbrauen.

»Na ja, vielleicht ein bisschen.«

Pennys Augenbrauen kletterten noch höher.

»Okay, ich habe eine Scheißangst. Du hast es ja eben selbst gesagt. Ich sage selten Nein, wenn ein heißer Kerl oder eine attraktive Frau Lust auf einen Flirt – oder mehr – hat. Was, wenn ich nicht für eine Beziehung geschaffen bin? Was, wenn ich nicht monogam sein kann?«

Pennys Lockenkopf bebte, als sie loslachte.

»Na, vielen Dank«, grummelte Steph. »Ich schütte dir mein Herz aus und du lachst über mich!«

Penny reckte sich zu ihren vollen eins fünfundfünfzig, um einen Arm um Steph zu legen. »Ich lache dich nicht aus. Überleg mal selbst. Wann hattest du das letzte Mal was mit jemandem?«

»Wie bitte?«

»Du schickst mir immer eine SMS, wenn du mit jemandem nach Hause gehst, für den Fall, dass sich die Person als schmierig entpuppt.«

Steph zuckte mit den Schultern. »Ja. Na und?«

»Mir ist gerade klar geworden, dass es Monate her ist, seit ich eine solche SMS von dir bekommen habe. Falls du nicht mit jemandem nach Hause gegangen bist, ohne es mir zu sagen, hast du mit niemandem mehr geschlafen, seit du mit Rae zusammengezogen bist.«

Stephs Fuß rutschte von der Sprosse des Barhockers. »Ach du Scheiße!« Penny hatte recht! Sie hatte seit der Frau von der Möbelwagenfirma mit niemandem mehr geschlafen und es war ihr noch nicht einmal aufgefallen! Wie in aller Welt war das denn passiert? Sie hob ihre Flasche und winkte verzweifelt dem Barkeeper zu. Sie brauchte jetzt dringend noch ein Bier.

Penny lachte und drückte sanft Stephs Hüfte. »Siehst du? Im Grunde bist du schon längst monogam.«

Steph brauchte ein paar Sekunden, bis ihre Stimmbänder wieder funktionierten. »Du hast vermutlich recht. Willst du wissen, was das Merkwürdigste ist? Ich vermisse es nicht, mit anderen Leuten zu schlafen. Ich dachte immer, es würde mich langweilen, wenn ich mich auf eine Person beschränke.«

»Warum ist es mit Rae so anders?«, fragte Penny.

»Ich weiß es nicht.« Steph nahm einen Schluck von dem frischen Bier, das der Barkeeper ihr hinstellte. »Sie versteht mich einfach. Selbst die Teile von mir, die ich normalerweise niemandem zeige. Und gleichzeitig bietet sie mir Paroli und lässt mich mit nichts davonkommen.«

Penny lehnte ihren Kopf an Stephs Schulter. »Klingt toll. Das habe ich mir schon immer für dich gewünscht. Halt dieses Glück mit beiden Händen fest, okay?«

»Wie mache ich das?«

»Klingt, als würdest du bereits alles richtig machen«, sagte Penny. »Mach weiter so, dann klappt das schon.«

War das wirklich so einfach? Steph warf ihr einen skeptischen Blick zu.

Penny brach in Gelächter aus.

»Wenn du so weitermachst, bekomme ich noch einen Minderwertigkeitskomplex. Wieso lachst du jetzt schon wieder?«

Penny drückte sich eine Hand auf den Mund, gluckste aber immer noch. »Entschuldige. Ich lache dich wirklich nicht aus. Ich musste nur gerade an diesen alten Witz denken. Was bringen zwei Lesben zu ihrem zweiten Date mit?«

»Ich bin bisexuell, nicht lesbisch.«

»Na schön. Was bringen zwei Frauen, die auf Frauen stehen, zu ihrem zweiten Date mit?«

»Einen Möbelwagen.« Steph griff erneut nach ihrem Bier. »Das ist der älteste Witz der Welt. Was ist daran so lustig?«

»Du und Rae, ihr habt das im Grunde wirklich getan.«

Steph verharrte mit der Flasche auf halbem Weg zum Mund. Dann lachte auch sie los und innerhalb von Sekunden hielten sie sich beide die Seiten und schnappten keuchend nach Luft.

Als Steph nach Hause kam, war es bereits kurz vor Mitternacht. Für die meisten Leute schon spät, aber Rae und sie waren daran gewöhnt, erst um diese Zeit von der Arbeit nach Hause zu kommen. Doch als Steph den Flur betrat, lag alles im Dunkeln. War Rae noch nicht von ihrem Besuch bei Kim zurück? Sie hatte gesagt, dass sie vor Sonnenuntergang zurück sein würde.

Sorge regte sich in Steph. Sie schaltete das Licht an.

Raes Schlüssel lagen auf dem Tischchen im Flur. Daneben stand ein Foto mit einem wunderschönen Holzrahmen.

Steph nahm es in die Hand, um es zu betrachten.

Das Bild zeigte Kim und einen gut aussehenden Mann, der wahrscheinlich ihr verstorbener Ehemann war. Stephs Blick richtete sich sofort auf Rae. Donnerwetter, sie sah unglaublich heiß aus in ihrer Uniform und sie wirkte glücklich. Sie hatte den Kopf in den Nacken gelegt und lachte. Ihre Augen blitzten vergnügt. Steph sehnte sich danach, sie auf diese Weise lachen zu hören.

Behutsam stellte sie das Foto weg und warf ihre Schlüssel neben Raes.

In der Wohnung blieb alles ruhig. Kein Lichtschimmer drang unter Raes Tür hindurch. Scheinbar war sie bereits ins Bett gegangen.

Ein leises Seufzen entfuhr Steph. Auf dem Weg zu ihrem Zimmer schlich sie an Raes Tür vorbei. *Ach, komm schon. Du bist doch diejenige, die sich in einer*

Beziehung immer eingeengt fühlte. Und jetzt bist du enttäuscht, weil Rae nicht auf dich gewartet hat?

Aber sie konnte nicht anders. Nach diesem schrecklichen Tag wollte sie nur noch zu Rae ins Bett kriechen, ihre wohlige Wärme genießen und alles andere vergessen. Durfte sie das einfach so machen? Sie hatte keine Ahnung, wie die Verhaltensregeln lauteten, nun, da sie nicht mehr nur Mitbewohnerinnen waren. Ging Rae davon aus, dass sie von jetzt an jede Nacht das Bett teilen würden, oder war das gestern eine einmalige Ausnahme gewesen? Wollte Rae erst dann gemeinsam übernachten, wenn sie so weit waren, Sex zu haben? Oder würden sie das jeden Abend spontan entscheiden?

Verdammt! Beziehungen waren schon schwer genug, aber mit einer Person auszugehen, mit der man bereits zusammenlebte, machte es noch komplizierter. Sollte sie anklopfen und fragen?

Aber sie wollte Rae nicht aufwecken oder wie eine Klette wirken. Und was wäre, wenn Rae vorerst lieber allein schlafen wollte und Nein sagte? Das konnte schnell zu einer peinlichen Situation werden.

Steph tapste ins Badezimmer und machte sich bettfertig. In T-Shirt und Slip schlich sie zurück zu ihrem Zimmer. Vor Raes Tür blieb sie stehen und lauschte.

Noch immer drang kein Licht unter der Tür durch. Alles blieb still.

Seufzend schaltete Steph die Lampe im Wohnzimmer aus.

Bevor sie noch in ihr Zimmer gehen konnte, knarrte eine Diele und Raes Tür schwang auf. Ein warmer Körper kollidierte mit ihrem und ein überraschtes Keuchen hallte durch die Dunkelheit.

»Ich bin's nur«, rief Steph schnell, bevor Rae sie für eine Einbrecherin halten und sie k. o. schlagen konnte. Sie ergriff Raes Arme, um zu verhindern, dass eine von ihnen das Gleichgewicht verlor.

»Himmel, Steph!« Das Licht ging an. Rae stand in Boxershorts und einem verwaschenen LAPD-T-Shirt vor ihr. »Was machst du da?«

»Ähm, ich gehe ins Bett.«

»Vor meiner Tür?« Rae runzelte die Stirn. Dann formten ihre Lippen ein stummes »Oh!« Sie räusperte sich. »Wolltest du etwa …? Du weißt schon.«

»Was denn?«

Rae zeigte über ihre Schulter. »Mit mir schlafen? In meinem Bett, meine ich.«

»Das war nicht der Grund, warum ich vor deinem Zimmer herumstehe.« Kaum hatte sie es gesagt, hätte Steph sich ohrfeigen können. Aber sie wollte nicht, dass Rae sie für zu anhänglich hielt.

»Na schön.« Rae ging an ihr vorbei in die Küche, wo sie sich ein Glas Wasser holte.

Steph sah zu, wie sie mehrere große Schlucke nahm, konnte aber Raes Gesichtsausdruck nicht deuten. War sie enttäuscht oder projizierte Steph nur ihre eigenen Gefühle auf sie? Mensch, sie musste wirklich aufhören, ständig über alles nachzugrübeln. Sie hörte sich langsam schon wie ihre Eltern an.

Mit dem halb leeren Glas in der Hand ging Rae auf dem Weg zurück in ihr Zimmer an ihr vorbei.

Steph hörte auf zu grübeln und ergriff die Gelegenheit. Sie schnappte nach Raes T-Shirt und hielt sie fest. »Du hattest recht. Ich möchte mir dir schlafen. In deinem Bett. Darf ich?«

Ein Lächeln legte sich über Raes mürrische Miene und raubte Steph den Atem.

»Na klar. Komm.« Rae nahm ihre Hand und führte sie in ihr Zimmer, wo sie die Decke anhob, damit Steph darunterschlüpfen konnte.

Steph kroch in das warme Nest. Noch bevor Rae neben ihr ins Bett kletterte, umgaben sie Raes Duft und ihre Körperwärme. Ein angenehmer Schauder durchlief sie, als Raes nackte Beine an ihren Schenkeln entlangglitten.

Rae drehte sich auf den Rücken und zog Steph in ihre Arme.

Mmh. Steph kuschelte sich an sie. Die Berührung ihrer Körper machte süchtig. Sie konnte es nicht fassen, dass sie sich das beinahe hatte entgehen lassen, nur weil sie zu stolz gewesen war. Nach einer Weile merkte sie, dass sie links von Rae lag. »Sollen wir die Seiten wechseln?«

»Nein, Sehen wird überbewertet.« Rae streichelte Stephs Rücken, schob ihre Hand dann unter deren T-Shirt und liebkoste ihre nackte Haut.

Stephs Augen fielen zu. Sehen wurde definitiv überbewertet. Jede Nervenzelle in ihrem Körper war ganz allein darauf konzentriert zu fühlen.

»Ist das in Ordnung?«, flüsterte Rae.

»Mmh, sogar sehr.« Steph lehnte sich in die Berührung.

»Selbst wenn das …«

Steph öffnete die Augen, doch es war zu dunkel, um Raes Gesicht erkennen zu können. »Selbst wenn was?«

»Selbst wenn das alles ist, was wir tun?« Rae seufzte. »Mein Körper behauptet etwas anderes, aber nach mehr steht mir heute Nacht nicht der Sinn.«

Steph tastete in der Dunkelheit herum, bis ihre Fingerspitzen die weiche Haut von Raes Wange berührten. »Hör zu. Ich liebe Sex. Daraus habe ich nie einen Hehl gemacht. Und sicher ist es auch kein großes Geheimnis, dass ich gern Sex mit dir haben würde.«

Raes Stöhnen vibrierte durch Steph hindurch. »Gott, das will ich auch.« Ihre Stimme war heiser. »Aber …«

»Aber wenn du eine Umarmung oder ein bisschen Kuscheln gerade dringender brauchst als multiple Orgasmen, ist das völlig in Ordnung«, sagte Steph.

»Multiple Orgasmen?« Rae schnappte nach Luft. »Himmel, Steph, du wirst noch mein Tod sein.«

Steph lachte. »Ja, aber Sex zwischen uns beiden könnte es wert sein, dafür zu sterben.« Sie wurde wieder ernst und streichelte Raes Wange. »Ich weiß, dass ich nicht die beste Erfolgsbilanz habe, wenn es um Beziehungen geht. Aber bitte glaub mir, wenn ich sage, dass es mir nicht nur um das Körperliche geht.« Vielleicht war es deshalb für sie völlig in Ordnung, vorerst keinen Sex zu haben: Sie wusste, dass es zum ersten Mal in ihrem Leben viel mehr sein würde. Was für ein beängstigender Gedanke! Sie fühlte sich wie ein nervöser Teenager.

Rae schlang ihre Arme fester um sie, als könnte sie nicht die richtigen Worte finden.

Steph legte den Kopf auf Raes Schulter und vergrub ihre Nase in dem weichen Stoff des alten LAPD-T-Shirts. Es duftete köstlich nach Rae. »Du sagtest, nach mehr steht dir heute Nacht nicht der Sinn. Ist irgendetwas passiert, als du bei Kim warst?«

»Wir haben geredet. Über Mike. Über das, was passiert ist.«

Steph legte ihre Hand auf Raes Brust und spreizte die Finger. Raes Herz hämmerte unter ihrer Hand. »O Rae. Das muss hart gewesen sein. Geht es dir gut?«

»Mhm. So langsam wird es wieder. Sie hat dasselbe gesagt wie du. Dass es nicht meine Schuld war.«

»Das war es auch nicht«, sagte Steph nachdrücklich.

Rae schwieg eine Weile, als bräuchte sie Zeit, um diesen Gedanken auf sich wirken zu lassen. »Wie war dein Tag?«

Wow. Jetzt waren sie tatsächlich ein Paar, das sich gegenseitig erzählte, wie ihr Tag gewesen war! Steph hatte das immer für langweilig und spießig gehalten, aber jetzt fand sie es überraschend schön, jemanden zu haben, der sich um sie sorgte. »Nicht großartig, aber nicht so schlimm wie deiner.«

»Hey, das ist hier nicht die Leidensolympiade.« Rae streichelte erneut Stephs Rücken. »Ich weiß, es fiel dir schwer, dich von Moose zu verabschieden. Willst du darüber reden?«

»Moose war wie immer total lieb und hat sich gefreut, mich zu sehen und mit mir einen Spaziergang zu machen. Er wusste nicht, dass es das letzte Mal war, und das machte es noch schwieriger. Und dann bin ich vor Penny und einem halben Dutzend Komikerkollegen auf der Bühne baden gegangen.«

»Du bist baden gegangen? Du?«

»Ja, und wie.« Steph stöhnte. »Bis morgen weiß es sicher die halbe Comedyszene von L.A. Ich hoffe, Mr Hicks bekommt nicht Wind davon, sonst überlegt er sich das mit der Silvestershow noch mal.«

»Unsinn. Jeder Comedian hat mal einen schlechten Tag. Das weiß sogar ich.« Rae beschrieb mit der Hand beruhigende Kreise zwischen Stephs Schulterblättern. »Wahrscheinlich bist du nur nervös wegen der großen Show. Wenn es zählt, wirst du deine Sache großartig machen.«

»Was, wenn das nicht ausreicht?«, fragte Steph. »Es gibt viele großartige Komiker, aber nur eine Handvoll hat jemals ihren großen Durchbruch. Manchmal frage ich mich, ob meine Eltern vielleicht recht haben und ich eine andere Karriere in Betracht ziehen sollte.«

Rae hielt mit ihren Streicheleinheiten inne. »Schließ die Augen.«

Steph lachte. »Die habe ich schon geschlossen, als du angefangen hast, meinen Rücken zu streicheln.«

»Gut. Stell dir vor, du stehst auf der Bühne. Nicht bei einer Open-Mic-Veranstaltung. In einem richtigen Comedyclub, mit tollem Soundsystem und einer schönen Backsteinmauer im Hintergrund. Der Saal ist voll und du kannst die Vorfreude der Leute förmlich spüren, als du auf das Mikrofon zugehst. Dann kommt dein erster Witz und alle lachen sich kaputt. Das Gelächter wird von der

Backsteinmauer zurückgeworfen und umgibt dich von allen Seiten. Wie fühlt sich das an?«

Steph stellte sich das Szenario vor. Fast konnte sie das Mikro in ihrer Hand spüren, die Hitze, die die Scheinwerfer ausstrahlten, und die erste Welle des Gelächters, die über sie hereinbrach. »Richtig«, flüsterte sie, ohne die Augen zu öffnen. »Es fühlt sich richtig an. Als wäre ich genau da, wo ich sein möchte.«

Rae begann wieder, sie zu streicheln. »Siehst du? Du bist zur Komikerin geboren. Du brauchst nur eine Chance, dich zu beweisen. Zweifle nicht an dir.«

»Hm.« Raes Worte dämpften die Ängste, die sie schon seit ihrem letzten Geburtstag plagten. Bislang hatte sie befürchtet, ihre Beziehung könnte ihre Karriere behindern und einen Durchbruch noch unwahrscheinlicher machen, aber vielleicht würde Rae ihrer Karriere sogar guttun.

Sie schob ihren Oberschenkel über Raes und kuschelte sich noch enger an sie. Raes Frage und ihre eigene Antwort gingen ihr durch den Kopf. *Es fühlt sich richtig an. Als wäre ich genau da, wo ich sein möchte.*

Genau so fühlte sie sich jetzt, als sie in Raes Armen lag. *Penny hatte recht. Ich glaube, ich bin verliebt.*

Nein, das konnte doch nicht sein. Oder doch? Das ging alles viel zu schnell. Sie hatten doch gerade erst entschieden, es miteinander zu versuchen. Sie hatten noch nicht einmal Sex gehabt und waren auch noch nicht auf ein richtiges Date gegangen. Und doch war das Gefühl des Glücks und der Zugehörigkeit unverkennbar.

»Hey, ich kann spüren, wie dein Herz rast.« Rae klang alarmiert. »Geht es dir gut?«

»Ja, ich denke nur nach.«

»Worüber?«

Sie konnte es ihr nicht sagen. Rae würde sie für verrückt erklären. Steph hielt sich ja selbst für verrückt. Deshalb sagte sie das Erste, was ihr in den Sinn kam. »Ich frage mich nur, was 1997 passiert ist. Du weißt schon. Der berüchtigte Vorfall, der dich zum Erröten gebracht hat.«

»Ach das. Nichts Wichtiges. Alberner Teenagerkram.«

»Ich würde es gern hören.« Vielleicht würde die Geschichte sie von der verblüffenden Erkenntnis ablenken, dass sie vermutlich zum allerersten Mal in ihrem Leben verliebt war.

Rae verlagerte unter ihr die Position. »Na schön, ich erzähle es dir. Aber nicht lachen.«

»Ich werde mein Bestes versuchen. Also, was ist passiert?«

»Als ich vierzehn war, war ich im Schwimmteam, und Lise auch.«

»Deine Lise?«

»Damals war sie noch nicht meine Lise. Sie wusste kaum, dass ich existiere.«

Wie konnte jemand Rae übersehen? Steph verstand es nicht. »Aber du warst in sie verknallt?«

»O ja. Gott, war das peinlich. Ich wusste nicht einmal, ob sie sich für Mädchen interessierte. Ich wusste bloß, dass ich sie mochte, deshalb habe ich versucht, sie zu beeindrucken.«

Steph lächelte. Sie konnte sich leicht vorstellen, wie süß Rae als Jugendliche gewesen war. »Was hast du getan?«

»Eines Tages schwammen wir im Training auf derselben Bahn und ich beschloss, ein bisschen damit anzugeben, wie schnell ich schwimmen kann. Aber Lise dachte, ich wollte mit ihr um die Wette schwimmen, und beschleunigte ebenfalls, ohne dass ich es bemerkte. Es endete damit, dass ich ihr versehentlich beim Kraulen ins Gesicht schlug.«

Steph bemühte sich angestrengt, Wort zu halten und nicht loszulachen. »Tja, ich schätze, du hast einen bleibenden Eindruck hinterlassen.«

»Im wahrsten Sinne des Wortes. Sie hatte den Rest des Tages einen roten Fleck auf der Wange.« Rae stöhnte. »Und danach hat sie sich ein Jahr lang geweigert, auch nur in meine Richtung zu sehen.«

»Wie hast du sie dann dazu gebracht, mit dir auszugehen?«

»Ich hab aufgehört, sie beeindrucken zu wollen, und sie drei Jahre lang nur noch aus der Ferne angeschmachtet«, sagte Rae. »Das hat geholfen. Scheinbar bin ich aus der Ferne viel unwiderstehlicher.«

»Ach, ich weiß nicht so recht. Aus nächster Nähe bist du auch ziemlich unwiderstehlich.« Steph stemmte sich auf einem Ellbogen in die Höhe und küsste Rae auf den Mund. Es sollte eigentlich nur ein kurzer, gefühlvoller Kuss werden, doch sobald sich ihre Lippen berührten, war es um ihren Vorsatz geschehen.

Raes Mund glitt mit einem sexy Brummen über ihren, während ihre Hände wieder ihren Rücken streichelten und ein prickelndes Gefühl auf ihrer Haut hinterließen.

Der Kuss wurde tiefer und Rae strich mit der Zunge sinnlich über Stephs.

Steph schob ihre Finger in Raes kurze Haare und presste sich gegen ihren warmen Körper.

Mit einer Hand liebkoste Rae ihre Seite. Ihre Finger streiften eine von Stephs Brüsten.

Keuchend unterbrach Steph den Kuss und presste die Stirn ins Kissen, um nach Luft zu schnappen. *Langsam. Verdammt, mach langsam!*

»Tut mir leid«, sagte Rae heiser. »Und dabei habe ich gesagt, dass mir heute Nacht nicht nach so etwas ist.«

Steph hoffte, dass ihr trommelnder Herzschlag sich gleich verlangsamen würde. »Du brauchst dich nicht zu entschuldigen. Ich bin genauso wenig sicher, ob ich schon zu mehr bereit bin, ganz egal, was mein Körper sagt.« Rae war erst mit einer einzigen Frau zusammen gewesen. Steph würde die zweite sein und das wollte sie nicht auf die leichte Schulter nehmen. Und obwohl Steph ziemlich freizügig gewesen war, was ihren Körper betraf, hatte sie noch nie jemandem ihr Herz geschenkt. Das wollte sie nicht überstürzen.

Rae beschrieb erneut beruhigende Kreise auf Stephs Rücken. »Steph?«, flüsterte sie nach einer Weile.

»Hm?« Stephs Herz schlug schneller.

»Ich …« Die Decke raschelte. »Danke, dass du mich dazu gebracht hast, über Mike zu reden. Wenn du das nicht getan hättest, hätte ich nicht den Mut gehabt, mit Kim zu sprechen.«

Eine Wärme ganz anderer Art breitete sich in Steph aus und dämpfte die Erregung, die sie noch immer empfand. »Du musst mir nicht danken. Den schwierigen Teil hast du ganz allein geschafft.«

Rae antwortete nicht. Sie drehte sich auf die linke Seite, was Steph allmählich als ihre Schlafposition erkannte.

Als Steph es ihr gleichtat, schob Rae sich von hinten näher an sie heran und legte einen Arm um ihre Taille. Obwohl Rae fast zehn Zentimeter größer war, passten ihre Körper perfekt zueinander.

Steph griff nach Raes Hand, zog sie zu ihrem Mund und küsste sanft ihre Finger, bevor sie ihre miteinander verflochtenen Hände auf ihre Brust legte.

Scheinbar nahm ihr Tag doch noch ein gutes Ende. Daran könnte sie sich gewöhnen und mittlerweile jagte ihr dieser Gedanke nur noch ein bisschen Angst ein.

Kapitel 23

Steph starrte die E-Mail auf ihrem Handy an. Das chinesische Restaurant, in dessen Comedyshow sie heute Abend hatte auftreten sollen, hatte abgesagt. *Mist.* Die Silvestershow war in zwei Tagen. Vermutlich würde sie nun keine Gelegenheit mehr haben, ihre neuen Witze vor einem echten Publikum auszuprobieren, statt nur bei einer Open-Mic-Veranstaltung.

Aber vielleicht hatte das auch seine Vorteile. Seit sie erfahren hatte, dass Mr Hicks sie als Headliner auftreten lassen würde, hatte sie fast jeden wachen Moment auf der Bühne, im Stau auf dem Weg zu einem Auftritt oder in ihrem Zimmer verbracht, wo sie an ihrem Programm feilte.

Sie und Rae hatten einander kaum zu Gesicht bekommen. Nur nachts schliefen sie immer eng aneinander gekuschelt.

Anstatt zu versuchen, kurzfristig noch einen anderen Auftritt zu ergattern, konnte sie vielleicht etwas Zeit mit Rae verbringen oder sogar auf ein Date gehen.

Steph hatte schon seit Ewigkeiten keine richtige Verabredung mehr gehabt, wenn man mal von einem Abend in einer Bar absah, der dann im Bett einer fremden Person endete.

Zwar hatte sie absolut nichts dagegen, mit Rae im Bett zu landen, aber diesmal wollte sie mehr als nur ein flüchtiges Abenteuer. Sie wollte etwas ganz Besonderes für Rae vorbereiten. Aber was?

Sie hatte sich nie die Mühe gemacht, ein Date zu planen. War ein romantisches Abendessen in einem netten Restaurant zu kitschig? Früher hatte sie das gedacht, aber mit Rae könnte es sogar Spaß machen.

Ihr Handy klingelte, bevor sie eine Idee hatte.

Einen Moment lang dachte sie, es könnte das Restaurant sein, das anrief, um zu sagen, dass die Vorstellung doch stattfinden würde. Zu ihrer Überraschung spürte sie Enttäuschung in ihr aufsteigen. Zeit mit Rae war ihr wichtiger als Zeit auf der Bühne.

Aber der Anrufer war ihre Mutter.

Steph atmete auf und hob das Handy ans Ohr. »Hallo, Mama.«

»Ich dachte, ich schaue mal, wie's dir geht. Deine Schwester ruft jeden Sonntag an, aber du meldest dich ja nie.«

Nicht schon wieder diese Leier! Steph knirschte mit den Zähnen. »Claire hat auch ein normales Wochenende. Ich nicht. Ich arbeite heute.«

»Wenn ich dich von etwas Wichtigem abhalte, kann ich später noch einmal anrufen.«

»Nein, ist schon in Ordnung.«

»Na dann«, sagte ihre Mutter. »Wie geht's dir?«

Ich bin gestresst. Nervös. Verliebt. Aber Steph war noch nicht so weit, ihrer Mutter davon zu erzählen. Diese würde ihre Gefühle ohnehin nur analysieren. Was sie für Rae empfand, war zu neu und zerbrechlich, um das zuzulassen. »Es geht mir gut. Was gibt es Neues bei dir und Papa?«

»Nicht viel. Ich habe deinen Vater endlich dazu gebracht, mit mir zum Tanzunterricht zu gehen.«

»Oh, schön.« Kam Tanzen auch für ihr Date mit Rae infrage? Sie verwarf die Idee sofort wieder. Eine überfüllte Tanzfläche war sicherlich nicht Raes Vorstellung von einem schönen Abend. »Ähm, Mama? Was habt ihr eigentlich bei eurem ersten Date gemacht?«

Ihre Mutter lachte. »Wir sind zu einem Vortrag über Sozialpsychologie gegangen.«

Steph stöhnte. »Kein Wunder, dass ich derart unromantisch bin! Das muss ich wohl von euch haben. Und bei der zweiten Verabredung?«

»Ich glaube, wir sind ins Kino gegangen.«

Hm, Kino. Das war ein Klassiker. Und Rae mochte Filme. Steph musste nur darauf achten, dass es kein 3-D-Film war, weil sie irgendwo gelesen hatte, dass Menschen mit nur einem Auge nichts von diesem besonderen Effekt hatten. Aber würde Rae ihr erstes Date in einem dunklen, überfüllten Raum verbringen wollen?

»Warum fragst du?«

»Ach, ich bin nur neugierig«, sagte Steph.

»Bist du auf der Suche nach etwas, was du und Rae machen könnt? Ihr beide geht doch miteinander, oder?«

War sie so leicht zu durchschauen? Dabei hatte sie ihre neue Beziehung eine Zeit lang für sich behalten wollen. »Ähm, ja.«

»Ich wusste es!«

Gott, Steph hasste diesen allwissenden Tonfall. Sie kämpfte gegen den Drang an, ihrer Mutter zu widersprechen. Doch damit würde sie ihre Beziehung verleugnen und das hatte Rae nicht verdient. »Hör zu, Mama. Rae ist etwas ganz Besonderes für mich. Ich will nicht, dass du unsere Beziehung unter dein Psychologenmikroskop legst, klar?«

»Wie kommst du darauf, dass ich so etwas tun würde?« Ihre Mutter klang zutiefst gekränkt. »Kann ich mich nicht einfach als Mutter darüber freuen, dass meine Tochter endlich bereit ist, jemandem ihr Herz zu öffnen?«

»Sag du es mir«, gab Steph zurück. »Mütter verteilen normalerweise keine Visitenkarten.«

Ihre Mutter seufzte. »Sie hat dir also davon erzählt. Nun, zumindest scheint ihr gut miteinander zu kommunizieren.«

»Mama! Du machst es schon wieder.«

»Entschuldige«, sagte ihre Mutter. »Ich werde versuchen, meine innere Psychologin zu zügeln. Ich freue mich wirklich für dich. Manchmal scheine ich einfach Probleme zu haben, das auszudrücken.«

Ihre Mutter hatte zugegeben, dass das Problem bei ihr lag. Das war ja etwas ganz Neues! »Danke. Ich muss los. Bis bald.«

»Viel Spaß bei eurem Date«, sagte ihre Mutter, bevor sie das Gespräch beendeten.

Ja, aber zuerst musste ihr einmal etwas einfallen. Steph öffnete den Browser auf ihrem Handy und begann, nach Ideen für die perfekte Verabredung zu suchen.

Rae öffnete eine weitere Webseite, las sich einige Rezepte durch, verwarf aber jedes. Keines der Gerichte schien gut genug zu sein. Zwar wusste sie, dass Steph im Moment keine Zeit für ein ausführliches Date hatte, aber sie wollte sie morgen vor der Arbeit zumindest mit einem besonderen Abendessen überraschen.

Das Batteriesymbol ihres iPads blinkte.

Rasch öffnete sie die Schublade ihres Nachttischs, um das Gerät an die Steckdose anzuschließen.

Doch anstelle des Netzkabels stieß sie auf ihre Schwimmbrille. Wie war die denn hierhergekommen?

Sie warf das iPad aufs Bett und rieb mit dem Daumen über die Kunststoffgläser. Dann gab sie dem Impuls nach, die Brille aufzusetzen, und zog vorsichtig das Gummiband fest. Mit aufgesetzter Schwimmbrille durchquerte sie den Raum und spähte hinaus.

Die Tür zu Stephs Zimmer war geschlossen, was darauf hindeutete, dass sie sich noch auf die heutige Vorstellung vorbereitete.

Rae ging ins Bad und sah in den Spiegel über dem Waschbecken.

Sie wusste nicht, was sie erwartet hatte. Die Schwimmbrille sah völlig normal aus. Der Rand der Brille erzeugte um ihr Auge herum einen Druck, der ihr unteres Lid ein Stückchen herunterzog. Lief sie Gefahr, dass die Prothese herausrutschte? Sie schüttelte mehrfach den Kopf, aber das künstliche Auge blieb, wo es war. Würde es auch einem Sprung vom Beckenrand standhalten?

Rae starrte auf die handgemalte Iris. Sie war sich nicht sicher, ob sie schon so weit war, es zu versuchen, aber zum ersten Mal seit März hatte sie das Gefühl, dass sie nur noch eine kleine Ermutigung brauchen würde.

»Hey, du. Bist du bereit für ein kleines Abenteuer?«

Stephs Stimme, die unerwartet hinter ihr erklang, ließ Rae zusammenzucken. Warum hatte sie auch die Badezimmertür nicht abgeschlossen? Schnell griff sie nach der Schwimmbrille, um sie abzusetzen. Dann hielt sie inne. Früher hätte sie die Schwimmbrille versteckt, damit sie nicht über ihre Gefühle sprechen musste. Doch vor Steph wollte sie keine Geheimnisse haben. Langsam drehte sie sich um.

Steph blinzelte. »Sieht aus, als hättest du dein eigenes kleines Abenteuer geplant. Gehst du schwimmen?«

»Nein. Noch nicht.« Rae nahm die Schwimmbrille ab. »Aber vielleicht könnten wir irgendwann zusammen gehen.«

Steph trat näher und fuhr mit dem Zeigefinger über die Haut unter Raes linkem Auge, dort, wo eben noch die Schwimmbrille gewesen war. »Das würde mir gefallen. Sag einfach, wenn du so weit bist.«

Rae beugte sich hinab und küsste sie sanft. »Mach ich. Danke.«

Sie sahen einander an.

Ein Wirrwarr komplexer Emotionen überkam Rae. »Was für eine Art Abenteuer schwebt dir denn vor?«

»Ich dachte, vielleicht könnten wir …« Eine leichte Röte färbte Stephs Wangen. »Du weißt schon.«

Rae neigte den Kopf. Redete sie von Sex?

»Ich meine, normalerweise mache ich mir nicht so viele Gedanken über solche Sachen, aber ich dachte mir, es wäre nett, wenn wir, na ja …«

Rae konnte sich ein Lächeln nicht verkneifen. Bisher hatte sie Steph nie so schüchtern erlebt. Früher schien sie kein Kind von Traurigkeit gewesen zu sein. Sie beschloss, ihr die Sache zu erleichtern, obwohl Stephs Erröten verdammt süß war. »Du möchtest, dass wir miteinander schlafen. Oder vielmehr, dass wir heute im Bett nicht nur schlafen.«

»Nein! Ja! Ich meine, natürlich möchte ich das, aber das wollte ich eigentlich nicht fragen.« Steph atmete geräuschvoll aus, als würde sie die Geduld mit sich selbst verlieren.

Rae nahm ihr Gesicht in beide Hände und streichelte mit dem Daumen Stephs Wange. »Sag es einfach.«

»Wie würde es dir gefallen, mit mir ins Kino zu gehen?«, fragte Steph.

Rae schmunzelte. »Du möchtest mit mir ausgehen?«

Steph nickte. »Ja.« Ihre Stimme klang wie ein Krächzen.

Rae fand es überaus niedlich. »Ich würde gern mit dir ausgehen, aber wir arbeiten heute Abend beide.«

Nun huschte das gewohnt selbstbewusste Grinsen über Stephs Gesicht. »Nö.«

»Wir arbeiten heute nicht?«

»Meine Vorstellung ist abgesagt worden und da habe ich Carlos angerufen und ihn gebeten, deine Schicht zu übernehmen. Er ist dir noch was schuldig dafür, dass er dir den Ellbogen ins Gesicht gerammt hat.«

Rae konnte sich das Lachen nicht verkneifen. »Du hast ihm ein schlechtes Gewissen gemacht, damit er meine Schicht übernimmt?«

Steph zuckte mit den Schultern. »Ich bin eine Frau mit einem Ziel. Also, willst du mit mir ausgehen?«

»Unbedingt.« Rae brachte es nicht übers Herz, ihr zu sagen, dass sie seit dem Verlust ihres Auges nicht mehr im Kino gewesen war. Im Halbdunkel ihren Platz im Kino zu finden, war eine Herausforderung, und wenn Steph einen -3D-Film ausgesucht hatte, würde Rae nicht in der Lage sein, die Effekte zu genießen. Aber all das spielte keine Rolle. Sie würde sich trotzdem prächtig amüsieren, solange sie sich nur an Stephs Seite kuscheln und ab und zu einen Kuss erhaschen konnte.

»Das ist das merkwürdigste Kino, in dem ich je gewesen bin«, murmelte Rae, als sich die Fahrstuhltüren hinter ihnen schlossen und Steph den Knopf für die oberste Etage drückte.

Steph stupste sie mit dem Ellbogen an. »Vertrau mir einfach.«

»Das tue ich.« Rae verflocht ihre Finger mit Stephs und als sich die Fahrstuhltüren öffneten, ließ sie sich von Steph auf eine Dachterrasse führen.

Acht Reihen weiß-blau gestreifter Strandliegen waren vor einer riesigen Leinwand aufgestellt worden. Die untergehende Sonne tauchte die umliegenden Hochhäuser in orangefarbenes Licht. Der Duft von Popcorn lag in der Luft und vermischte sich mit dem köstlichen Aroma von gebratenen Burgern.

»Wow.« Rae sah sich um. »Ein Kino auf dem Dach?«

Steph nickte. »Ich dachte, hier draußen würdest du dich wohler fühlen als mit hundert anderen Menschen in einem dunklen Raum.«

»Definitiv.« Sie zog Steph näher und gab ihr einen kurzen, aber innigen Kuss. »Ich danke dir. Das ist großartig. Wie hast du von diesem Kino erfahren?«

»Ich bin letztes Jahr hier aufgetreten und konnte mich noch daran erinnern, dass sie im Winter jeden Monat ein paar Filme zeigen.« Steph drückte Rae ihr Handy mit den Eintrittskarten in die Hand. »Wenn du uns Kopfhörer holst und einen Platz aussuchst, besorge ich uns etwas zu essen.«

Als Steph zum Imbissstand hinüberging, sah Rae ihr einen Moment lang nach. Sie beobachtete, wie Steph lebhaft gestikulierte und etwas zu dem Mann in der Warteschlange vor ihr sagte, was diesen zum Lachen brachte.

Rae konnte nicht hören, was sie gesagt hatte, aber sie musste einfach lächeln. Mensch, sie war ein Glückspilz! Mit Steph zusammen zu sein, hatte eine unerwartete und dringend benötigte Leichtigkeit in ihr Leben gebracht.

Als die junge Frau, die die Kopfhörer ausgab, sie anlächelte, merkte Rae, dass sie immer noch breit grinste. Vielleicht hatte es seine Vorzüge, wenn man die Leute nicht immerzu grimmig anstarrte. Allerdings war es eine prima Methode, um dafür zu sorgen, dass Fremde sich von ihr fernhielten und nicht versuchten, sie in Small Talk zu verwickeln.

Sie nahm die drahtlosen Kopfhörer und die warmen Decken, die ihr die Frau reichte, und suchte sich eine der Strandliegen für zwei in der letzten Reihe aus. Zum Glück hatten bisher nur etwa dreißig Personen den Weg ins Freiluftkino gefunden, sodass sie genügend Platz hatten.

»Kannst du mir mal helfen, Rae?«, rief Steph hinter ihr.

Rae ließ die Kopfhörer auf die Liege fallen und drehte sich um.

Steph hatte Mühe, zwei Limoflaschen, zwei Burger und einen riesigen Eimer Popcorn zu ihrem Platz zu tragen.

Schnell nahm Rae ihr die Flaschen ab. »Ich dachte, du wolltest *etwas* zu essen holen, nicht *sämtliches* Essen, das sie verkaufen. Der Popcorneimer ist ja riesig! Und die Burger auch. Du hast echt einen schlechten Einfluss auf mich.«

Steph neigte den Kopf zur Seite. »Ach tatsächlich?«

Rae wurde ernst und sah ihr in die Augen. »Nein. Genau das Gegenteil ist der Fall.«

»Das kann ich nur zurückgeben.« Steph lächelte sanft. Dann schüttelte sie sich. »Igitt. Wir werden schon wieder total rührselig.« Ohne dass Rae etwas sagen musste, setzte sie sich auf die rechte Seite der Strandliege, sodass Rae sie sehen konnte.

Rae wusste das mehr zu schätzen, als sie zu sagen vermochte.

Während sie ihre Burger aßen und sich die Werbung und die Filmtrailer anschauten, ging die Sonne unter, bis nur noch ein schwaches orangefarbenes Glühen übrig blieb. Die Sterne erschienen am Himmel und funkelten mit den Lichtern der Stadt um die Wette. Es wurde kühl auf der Dachterrasse. Rasch breitete Rae die beiden Decken über ihnen aus.

Als Steph sich an sie kuschelte, aß Rae schnell ihren Burger auf, damit sie Steph in den Arm nehmen konnte. *Mmh.* Steph roch sogar noch besser als das Essen. *Das ist das beste Date aller Zeiten.*

Steph stupste sie an. »Hey, der Film hat angefangen. Du musst ihn dir ansehen.«

Rae wandte ihre Aufmerksamkeit der riesigen Leinwand zu, auf der ein Zauberer Tricks mit Münzen vorführte. Dann erschien Richard Gere, der gerade telefonierte. Sie warf Steph einen ungläubigen Blick zu. »Pretty Woman?«

»Ach, tu doch nicht so, als würdest du den Film nicht mögen. Ich habe genau gesehen, dass du ihn bei Netflix auf deine Watchlist gesetzt hast.«

Raes Wangen wurden warm. »Verdammt. Wie soll man sich denn mysteriös geben, wenn man mit seiner Mitbewohnerin ausgeht?«

Lachend stopfte sich Steph eine Handvoll Popcorn in den Mund, ohne sich darum zu scheren, wie sie dabei aussah.

Das war eine weitere Sache, die Rae an ihr mochte.

Trotz ihrer Behauptung, Steph hätte zu viel zu essen besorgt, schafften sie das Popcorn bis zur Mitte des Films. Das Popcorn war lecker, aber was Rae mindestens genauso sehr genoss, war die Berührung ihrer Hände, wenn sie zeitgleich in den Eimer griffen.

Ihre Wangen wurden noch wärmer, als sie zusah, wie Steph ein wenig geschmolzene Butter von ihren Fingern leckte. Rae nahm einen großen Schluck von ihrer kalten Limonade. Normalerweise trank sie keine Cola, schon gar nicht eine so riesige Menge. »Himmel, da ist genug Koffein drin, um eine Elefantenherde in Schwung zu bringen. Hast du etwa vor, mich die ganze Nacht wachzuhalten?«

Stephs Augen schienen im Halbdunkel förmlich zu glühen. »Schon möglich«, raunte sie.

Ihre Antwort und das Timbre ihrer Stimme bescherten Rae eine Gänsehaut.

Dann seufzte Steph und fügte mit einem reumütigen Lächeln hinzu: »Aber nicht heute Nacht. Ich muss morgen ganz früh aufstehen, und wenn wir endlich Sex haben, wird mich nicht mal ein Erdbeben dazu bringen können, das Bett zu verlassen, bevor nicht mindestens vierundzwanzig Stunden vergangen sind.«

»Vierundzwanzig Stunden?« Rae nahm noch einen großen Schluck Cola.

»Vielleicht sogar länger«, sagte Steph mit einem gespielt anzüglichen Grinsen.

»Jetzt haust du aber auf den Putz«, murmelte Rae.

»Pst!«, zischte jemand in der Reihe vor ihnen.

Steph warf Rae einen verführerischen Blick zu und lehnte sich noch näher an sie heran, um ihr ins Ohr zu flüstern: »Wart's einfach ab, dann wirst du schon sehen.«

Ihr warmer Atem ließ Rae erschaudern. »Das werde ich«, flüsterte sie zurück. »Das werde ich auf jeden Fall.«

Kapitel 24

Rae hatte Carlos gebeten, die Frühvorstellung am Silvesterabend zu übernehmen, sodass sie mit Steph zu Hause bleiben konnte, bis es Zeit war, sich auf den Weg zum Club zu machen. Sie war froh, dass sie ihn um diesen Gefallen gebeten hatte, denn sie hatte Steph noch nie so nervös erlebt.

Steph war den größten Teil des Tages mit ihrer Stichwortliste durch die Wohnung gelaufen und hatte ihr Programm immer wieder durchgespielt. Rae hatte sie in Ruhe gelassen und nur kurz gestört, um sicherzustellen, dass sie wenigstens einen Happen aß.

Nun war es endlich Zeit, aufzubrechen. Sie befestigte die Regenbogennadel, die die Renshaws ihr zu Weihnachten geschenkt hatten, an ihrer Krawatte und warf einen Blick in den Spiegel, um zu prüfen, ob die Prothese richtig saß und ihre Haare die Narben auf ihrem Kopf bedeckten.

Man könnte meinen, du wärst diejenige, die auf die Bühne muss! Aber heute war ein wichtiger Tag für Steph, deshalb konnte Rae nicht so tun, als wäre alles wie sonst. Einerseits hoffte sie, die Vorstellung würde ein voller Erfolg werden, aber andererseits sorgte sie sich darum, was passieren würde, wenn Steph damit tatsächlich ihren großen Durchbruch schaffte. Würde Steph L.A. – und damit Rae – verlassen? Wenn sie auf Tournee ging, würde sie ihre Beziehung als ein Hindernis betrachten?

Zerbrich dir darüber den Kopf, wenn es so weit ist. Sie betrat Stephs Zimmer. »Bist du fertig?«

Steph schaute von ihrem Stichwortzettel auf. Statt der Jeans, die sie normalerweise auf der Bühne trug, hatte sie für heute eine schwarze Hose gewählt, aber ansonsten war sie ihrem Stil treu geblieben, indem sie diese mit einem T-Shirt mit aufgemalter rosaroter Krawatte und einem Blazer kombinierte.

Rae lächelte sie an. »Du siehst süß aus.«

»Süß?« Steph blickte an sich hinab. »Du meinst wohl modisch und heiß.«

»Das auch.« Rae ging auf sie zu, schob eine Hand unter Stephs Blazer, bis ihre Finger auf Stephs Hüfte ruhten, und zog sie für einen kurzen Kuss zu sich heran.

Stephs Parfüm war inzwischen zu einem Aphrodisiakum für sie geworden. Oder vielleicht lag es auch an der Art, wie Steph die Finger in Raes Haaren vergrub, wenn sie einander küssten.

Rae musste sich zwingen, sie loszulassen. »Unglaublich heiß sogar. Aber jetzt komm. Lass uns zu Fuß zum Club gehen. Vielleicht hilft dir das, nicht so nervös zu sein.«

Sie verließen die Wohnung und machten sich auf den Weg zur Melrose Avenue.

Nach ein paar Schritten griff Steph nach Raes rechter Hand. »Ist das in Ordnung?«

»Natürlich.« Rae drückte sanft ihre Finger und sie gingen Hand in Hand weiter. Ihre Kollegen würden Rae wahrscheinlich gnadenlos hänseln, wenn sie so im Club ankamen, aber das war ihr egal.

Es dauerte nicht lange, bis sie den Club erreichten. Der Parkplatz war voll. Zum Glück waren sie nicht mit dem Auto gekommen. Sie hoffte, dass die Renshaws genug Zeit eingeplant hatten, um einen Parkplatz in der Nähe zu finden, und nicht zu spät kommen würden – falls sie überhaupt kamen.

Sie warf einen Blick zu Steph hinüber, die ungewöhnlich still war.

Rae wusste, dass sie in Gedanken noch einmal ihr Programm durchging. War es richtig gewesen, dass sie Stephs Familie gebeten hatte, zur Vorstellung zu kommen, oder würde ihre Anwesenheit Steph aus dem Konzept bringen?

Mist. Daran hätte sie früher denken sollen. Vielleicht sollte sie es Steph jetzt sagen. Aber wenn sie Steph Hoffnungen machte und ihre Familie dann doch nicht auftauchte, würde es ihr das Herz brechen. Steph mochte so tun, als wäre es ihr egal, aber Rae wusste es besser.

Am Rande des Parkplatzes blieb Steph abrupt stehen, als wäre sie gegen eine unsichtbare Wand gelaufen. »O mein Gott. Sieh dir das an!«

Rae schaute in die Richtung, in die Steph deutete.

Der Name *Stephanie Renshaw* erstrahlte in dicken Neonbuchstaben auf dem riesigen Display außen am Clubgebäude.

Raes Kehle schnürte sich zu und sie musste ein paarmal schlucken, bevor sie sagen konnte: »Gewöhn dich lieber daran. Ich hab so das Gefühl, dass du nach heute Abend deinen Namen sehr oft da oben sehen wirst.«

»Hoffen wir es.« Steph wandte sich Rae zu. »Bekomme ich einen Kuss als Glücksbringer?«

»Natürlich. Aber du brauchst kein Glück, denn du hast Talent.« Rae küsste sie sanft. Anstatt sie loszulassen, zog sie Steph in eine enge Umarmung und hielt sie einen Moment lang fest. »Du wirst großartig sein.«

Steph drückte sich einige Sekunden lang an sie, bevor sie zurücktrat. »Wir sehen uns nach der Show.«

»Wir sehen uns *während* der Show«, sagte Rae. »Mach dir keine Sorgen um Zwischenrufer, okay? Sobald jemand den Mund aufmacht, knöpfe ich ihn mir vor.«

»Danke, aber mit Zwischenrufern werde ich schon fertig.« Ihr gewohntes Selbstvertrauen lag nun wieder in Stephs Stimme.

»Ich weiß. Aber ich möchte einfach …« Rae wusste nicht, wie sie ihr diesen übermächtigen Beschützerinstinkt erklären sollte.

Steph lächelte und küsste sie erneut. »Bis später.« Dann marschierte sie auf den Eingang des Clubs zu und an Carlos vorbei, der Türdienst hatte.

Als Rae sich zu ihm gesellte, klopfte er ihr grinsend auf den Rücken. »Zwischen dir und Steph läuft also was! Das habe ich kommen sehen.«

»Ich nicht«, murmelte Rae. Niemals hätte sie sich vorstellen können, mit dieser forschen, unbekümmerten Komikerin eine Beziehung anzufangen. Aber sie war auch noch niemals zuvor so froh darüber gewesen, sich getäuscht zu haben.

Steph spähte durch den kurzen, versteckten Gang zur Bühne. Gelächter drang zu ihr herüber. Die Vorstellung war ausverkauft und das Publikum schien guter Stimmung zu sein. Als es an einigen Tischen im hinteren Bereich vorhin etwas unruhig geworden war, hatten Rae und ihr Team schnell für Ruhe gesorgt.

Das Licht im Saal war gedimmt worden, aber Steph konnte fast spüren, dass Rae irgendwo da unten war und sich bereithielt, um auf sie aufzupassen. Früher hätte sie sich vermutlich eingeengt und bevormundet gefühlt, doch jetzt verursachte es ihr ein warmes Gefühl in der Magengrube, das ihre Nervosität linderte.

Die Tür zur Garderobe wurde aufgestoßen und Gabe platzte herein. »Hey, rate mal, wen ich gerade in der Lobby getroffen habe!«

»Scarlett Johansson?«

»Hahaha. Spar dir deine Witze für die Bühne auf. Nein. Deine Mutter.«

»Wie bitte?« Steph schüttelte den Kopf. Nein, das war unmöglich. Ihre Eltern waren höchstwahrscheinlich auf irgendeiner Benefizveranstaltung oder feierten Silvester mit Freunden, die ebenfalls Psychologen waren. »Du kennst meine Mutter doch gar nicht, woher willst du also wissen, wie sie aussieht?«

»Sie sieht genauso aus wie du und Claire.«

»Es ist wahrscheinlich nur jemand, der so aussieht wie sie.«

»Ja, vermutlich. Eine Frau, die genau wie deine Mutter aussieht, sitzt in der ersten Reihe neben Penny, Claire, Lana und einem Typen, der wahrscheinlich wie dein Vater aussieht.«

Steph starrte ihn an. »Willst du mich verarschen?«

Er drückte eine Hand auf seine Brust. »Würde ich so etwas tun?«

»O ja.«

»Na schön, ich würde es tun, aber es ist mein Ernst. Sie sind hier. Ich schwöre es.«

Steph ließ sich auf die abgenutzte Couch fallen. »Ach du heilige Scheiße!« Das hatte sie sicher Lana zu verdanken. Sie musste ihre Eltern überredet haben zu kommen. Steph nahm sich vor, ihrer zukünftigen Schwägerin nach der Vorstellung eine dicke Umarmung zu geben.

Die Tür zur Garderobe wurde erneut geöffnet und Rae steckte ihren Kopf in den Raum. Sie sah von Gabe zu Steph. »Du bist in drei Minuten dran.«

Stephs Mund wurde trocken. Sie umklammerte ihre Stichwortliste, die in ihrer Hosentasche steckte. »Ich habe gerade erfahren, dass meine Familie hier ist.«

Ein Lächeln zeichnete sich auf Raes Gesicht ab. »Das ist toll. Oder etwa nicht?«

»Ja, es ist super.« Dann traf es Steph wie ein Schlag. »Vielleicht aber auch nicht. Scheiße! Mein halbes Programm besteht aus Gags über meine Familie!« Sie konnte sich noch lebhaft an den heftigen Streit erinnern, den sie mit Rae gehabt hatte. Rae war sauer gewesen, als Steph Witze über sie gemacht hatte. Ihre Familie würde vermutlich genauso reagieren.

Sie nahm ihr Notizbuch aus der Tasche und durchsuchte es nach Witzen, die sich nicht auf ihre Familie bezogen.

Gabe nahm ihr das Buch aus der Hand. »Was soll das denn? Du weißt doch, dass man sein Programm nie in letzter Sekunde ändern soll. Das geht nie gut aus. Außerdem ist es dir sonst doch auch egal, was deine Familie davon hält.«

Er hatte recht, aber in den letzten Monaten hatte sich vieles verändert. Stephs Blick richtete sich auf Rae. »Was meinst du?«

Rae rieb die winzigen, runden Narben auf ihrer Stirn, als sie kurz darüber nachzudenken schien. »Es klingt vielleicht seltsam, dass ausgerechnet ich das sage, aber ich denke, du solltest dein Programm durchziehen. Vor ein paar Monaten hätte ich vermutlich etwas anderes gesagt, aber jetzt kenne ich dich und die Comedyszene besser, deshalb sehe ich es etwas anders. Du sagst doch selbst immer, dass es nur Witze sind, die zwar an dein Leben angelehnt sind, es aber nicht hundertprozentig wiedergeben.«

Steph starrte sie an. Mit dieser Antwort hatte sie nicht gerechnet. Natürlich wäre sie wohl anders ausgefallen, falls Steph geplant hätte, Witze über Rae zu machen. Aber trotzdem fühlte es sich gut an, ihre Unterstützung zu haben. »Stimmt.«

»Außerdem hat niemand in deiner Familie deine Karriere unterstützt, deshalb sollten sie jetzt auch kein Mitspracherecht bekommen«, fügte Rae hinzu.

»Genau«, sagte Gabe. »Die sollen sich nicht so aufregen wegen der paar Gags.«

Steph atmete aus und straffte die Schultern. »Okay, ich mach's.«

»Geh da raus und zeig's ihnen! Du schaffst das.« Die Zuversicht auf Raes Gesicht war wie ein Lieblingsmantel, der sich schützend um Steph legte.

Nach einem letzten Blick zurück zu Rae schlüpfte Steph auf die Bühne, gerade als der Moderator ihren Namen rief.

Donnernder Applaus brandete auf und als Steph das Mikrophon nahm, verflog auch die letzte Spur von Nervosität. Darauf hatte sie zehn Jahre lang hingearbeitet. Sie war bereit.

Mit dem größten Lächeln aller Zeiten trat sie an den Rand der Bühne.

Verdammt, Gabe hatte recht gehabt. Ihre Eltern, Claire, Lana und Penny saßen in der ersten Reihe. Sogar Raes Freundin Kim war gekommen und alle schauten sie erwartungsvoll an.

Bloß kein Druck! Insgeheim begann sie zu schwitzen, aber äußerlich ließ sie sich nichts anmerken. Sie winkte fröhlich und wartete, bis der Applaus sich gelegt hatte, bevor sie anfing. »Hallo, alle zusammen! Und ein ganz besonders herzliches Hallo an meine Familie, die heute Abend zum ersten Mal zu einem meiner Auftritte gekommen ist.«

Das Publikum klatschte höflich Beifall.

»Das ist eine ziemliche Überraschung. Bisher schien zwischen uns immer eine unausgesprochene Vereinbarung zu existieren: Sie besuchen mich nicht bei meiner Arbeit und ich sie nicht bei ihrer.« Sie benutzte ihren Fuß, um das Mikrokabel vor sich her zu schieben, sodass sie es nicht hinter sich her schleifen oder sich darin verheddern würde, während sie sich über die Bühne bewegte. »Nun, ich werde trotzdem nicht zu ihnen an ihren Arbeitsplatz gehen, denn alle drei sind Psychologen.« Sie senkte die Stimme zu einem Flüstern, als spräche sie über etwas Anrüchiges. »Ja, ich weiß, was ihr jetzt denkt: Wie kannst du aus einer Psychologenfamilie stammen? Du wirkst so normal!«

Gelächter hallte durch den Saal und wurde von der Backsteinmauer hinter ihr zurückgeworfen, so wie Rae es gestern Abend beschrieben hatte. Steph hielt nicht inne, um nachzusehen, ob ihre Familie sie anstarrte oder mit dem restlichen Publikum lachte. Mit hoch erhobenem Kopf begann sie ihren nächsten Witz. »Könnt ihr euch vorstellen, wie meine Kindheit war? Normalerweise würde ich ja sagen, ich brauche deswegen eine Therapie, aber meine Kindheit war eine einzige Therapie!«

Jemand in der ersten Reihe lachte lauter als der Rest. Vermutlich nicht jemand aus ihrer Familie, aber darum würde sie sich später kümmern.

Normalerweise gab es keinen Ort, an dem Steph lieber war als auf der Bühne, aber als die Vorstellung kurz vor Mitternacht endete und die Komiker sich vor dem Publikum versammelten, um den Countdown bis zum Jahreswechsel herunterzuzählen, wäre sie am liebsten von der Bühne gesprungen und hätte Rae gesucht, damit sie die ersten Sekunden des neuen Jahres mit ihr verbringen konnte.

Aber sie war der Headliner der Vorstellung, deshalb musste sie bleiben, wo sie war. »Zehn, neun, acht«, rief sie ins Mikrofon.

Ihre Komikerkollegen und das Publikum zählten mit ihr rückwärts.

Als sie bei »fünf« ankam, ging das Licht im Saal wieder an.

Stephs Blick huschte auf der Suche nach Rae über das Publikum.

»Vier, drei, zwei …«

Sie fand Rae, gerade als alle »eins« riefen. Jubel brach aus und überall wurde »Frohes neues Jahr« gerufen.

Steph hörte den Trubel kaum.

Rae hatte ganz hinten im Saal Stellung bezogen, von wo aus sie jeden sehen konnte. Jetzt galt ihr Blick jedoch allein Steph. Um sie herum umarmten und küssten sich alle, nur Rae stand völlig bewegungslos da. In ihrem schwarzen Anzug und mit Krawatte raubte sie Steph den Atem. Langsam erhellte ein Lächeln Raes ernste Gesichtszüge.

Steph hob das Glas Sekt an, das ihr jemand in die Hand gedrückt hatte, und prostete Rae über die Köpfe der Zuschauer hinweg zu. »Frohes neues Jahr«, flüsterte sie, obwohl Rae es nicht hören konnte.

Raes Lächeln wuchs in die Breite und ihre Lippen formten dieselben Worte.

Ein warmes Gefühl durchflutete Stephs Körper, obwohl sie noch nicht einmal an ihrem Sekt genippt hatte. Sie wünschte, sie wären jetzt zu Hause, wo sie das neue Jahr mit einem Kuss begrüßen könnten.

Der DJ, den Mr Hicks für die After-Show-Party engagiert hatte, begann, »Auld Lang Syne« zu spielen. Steph hörte einen Moment lang dem Text des Liedes zu. Es ging um alte Bekannte, die man nicht vergessen wollte. Nun ja, Rae war keine alte Bekannte. Sie hatten sich erst vor einigen Monaten kennengelernt, doch schon jetzt konnte Steph sich ein Leben ohne sie nicht mehr vorstellen.

Wann war sie so verdammt rührselig geworden?

Neben ihr blies jemand in eine Tröte.

Steph zuckte zusammen. »Gabe!« Sie nahm ihm das Ding weg und steckte es in die Tasche ihres Blazers, den sie ausgezogen und über ihre Schulter geworfen hatte.

Er zog sie in eine ausgelassene Umarmung und sie hatte das Gefühl, dass er bereits ein paar Gläser Sekt getrunken hatte. »Frohes neues Jahr!«

»Frohes neues Jahr.« Steph entzog sich ihm und rieb sich das Ohr, das noch immer klingelte.

»Tolle Show!« Gabe hob die Hand, um sie abzuklatschen. »Hat mir sehr gefallen, wie du die Intro über deine Familie improvisiert hast.«

»Danke. Hoffentlich sehen sie das genauso.«

»Du wirst es gleich erfahren.« Er zeigte auf etwas hinter ihr. »Deine Schwester ist im Anmarsch. Ich glaube, ich lasse euch besser allein.« Er klopfte ihr auf die Schulter und verschwand in der Menge.

»Herzlichen Dank, treulose Tomate.« Langsam drehte Steph sich um.

Claire kam auf sie zu. In einem knielangen Rock und einem figurbetonten, zartrosa Pullover sah sie elegant aus, wirkte aber dennoch entspannter, als Steph erwartet hatte. Bevor Lana in ihr Leben getreten war, wäre Claire sicher in Businessklamotten hier aufgetaucht.

»Hey, du bist tatsächlich gekommen.« Steph zog ihre Schwester in eine Umarmung, die sich etwas steif anfühlte. »Frohes neues Jahr.«

»Frohes neues Jahr. Natürlich bin ich gekommen. Ich habe es schließlich versprochen.« Wie so oft in der Öffentlichkeit hatte Claire ihre Therapeutinnenmiene aufgesetzt, sodass Steph nicht sagen konnte, was in ihr vorging. Schäumte sie insgeheim vor Wut und hatte das Gefühl, Steph hätte sie zur Witzfigur gemacht?

»Wo ist Lana?«, fragte Steph, weil sie nicht wusste, was sie sonst sagen sollte, und weil Lana ihr oft wie ihre einzige Verbündete in der Familie vorkam.

»An der Bar, um Mama und Papa ein Glas Champagner zu holen.«

»Hat ihr die Vorstellung gefallen?«

»O ja.« Ein liebevolles Lächeln durchbrach Claires Therapeutinnenmaske und verlieh ihrem Gesicht einen glückseligen Ausdruck. »Ein paarmal hat sie so laut gelacht, dass ich kaum deine Pointen hören konnte.«

»Das ist großartig.« Steph starrte auf Claires Pumps hinab, als sie versuchte, all ihren Mut zusammenzunehmen und zu fragen, was Claire und ihre Eltern von der Vorstellung gehalten hatten. Seit wann war sie derart feige?

Eine Berührung am Arm ließ sie aufblicken. Das glückliche Strahlen lag noch immer auf Claires Gesicht. »Mir auch.«

»Ähm, was meinst du?«

»Mir hat die Vorstellung auch gefallen«, sagte Claire.

Steph hätte fast ihr Glas fallen lassen. »Im Ernst?«

Claire nickte langsam. »Sie hat mir sogar sehr gefallen.«

»Selbst die Witze über, na ja, dich?«

Claire seufzte. »Ich gebe zu, dass ich sie mehr genossen hätte, wenn es Witze über die Schwester einer anderen gewesen wären. Aber seit Lana in mein Leben getreten ist, habe ich gelernt, mich nicht immer so ernst zu nehmen. Ich gebe zu, dass ich ein oder zwei Mal gelacht habe, sogar als du dich darüber lustig gemacht hast, wie ich den Geschirrspüler einräume.«

Wow. Ihre zukünftige Schwägerin hatte wahre Wunder vollbracht. Oder vielleicht hatte eher die Liebe wahre Wunder vollbracht.

Als Steph sie mit offenem Mund anstarrte, lachte Claire. Dann wurde sie wieder ernst. »Ich weiß, dass wir uns nicht immer sonderlich nahegestanden haben, aber ich möchte, dass du weißt, wie sehr ich dich dafür bewundere, dass du deinen Traum nie aufgegeben hast, egal, was Mama und Papa oder sonst jemand gesagt haben. Ich gebe zu, ich habe nicht ganz verstanden, warum du dich so an diesen Traum geklammert hast, aber dich da oben zu sehen …« Sie deutete zur Bühne. »Ich glaube, ich verstehe es jetzt. Ich hätte schon früher zu einem deiner Auftritte kommen sollen und es tut mir leid, dass ich es nicht getan habe. Ich bin stolz auf dich.«

Ohne Vorwarnung schossen Steph Tränen in die Augen. Sie umarmte ihre Schwester erneut, diesmal viel enger, und Claire erwiderte die Umarmung ebenso innig. »Danke«, brachte Steph heraus. »Und danke, dass du Mama und Papa überredet hast, ebenfalls zu kommen.«

Claire ließ sie los. »Das war ich nicht.«

»Gut, dann sag Lana –«

»Sie war es auch nicht. Scheinbar hat deine Freundin Rae Mama angerufen und sie gebeten, mit dem Rest der Familie zur Vorstellung zu kommen.«

»Rae …« Steph sah sich suchend im hinteren Teil des Saales um, konnte Rae aber nicht entdecken, weil sie jetzt nicht mehr ihren Aussichtspunkt oben auf der Bühne hatte.

»Mama hat angedeutet, Rae sei mehr als eine Freundin für dich.« Claire musterte sie. »Seid ihr tatsächlich –?«

»Ja.«

Claire schüttelte den Kopf. »Du hast mich nicht ausreden lassen. Ich wollte fragen, ob ihr wirklich in einer festen Beziehung seid und es dir ernst mit ihr ist.«

Steph schluckte. »Ja«, sagte sie erneut. »Es ist mir sehr ernst mit ihr.«

Jetzt war Claire diejenige, die sie mit offenem Mund anstarrte.

»Ich weiß, du hast nicht geglaubt, dass ich zu tieferen Gefühlen fähig bin. Verflixt, ich hätte es ja selbst nicht gedacht.«

»Eigentlich hatte ich schon das Gefühl, dass du dazu fähig bist«, sagte Claire. »Schon seit du mir diesen Vortrag gehalten hast. Von wegen Glücklichsein kann man nicht planen wie eine Kapitalanlage.«

Steph schielte skeptisch zu ihr hinüber. »Das hab ich gesagt?«

»Ja. Als du mich darauf hingewiesen hast, dass meine Gefühle für Lana doch nicht nur vorgetäuscht waren. Du hast mir gesagt, ich solle mein Herz riskieren und auf das Beste hoffen.«

Steph rümpfte die Nase. »Ja, das habe ich wohl gesagt. Aber es klang viel besser, als es um dich ging, nicht um mich. Mein Herz zu riskieren, jagt mir eine Scheißangst ein.«

Claire schlang einen Arm um sie. »Willkommen im Club, Schwesterherz.«

»Welcher Club?«, fragte ihre Mutter, als sie mit Lana auf sie zukam.

»Der Club der besten Komiker in L.A.«, antwortete Claire.

Steph nickte ihr dankbar zu. Sie war nicht erpicht darauf, noch einmal mit ihrer Mutter über ihre neue Beziehung zu sprechen.

Lana reichte Claire ein Glas Champagner und umarmte Steph herzlich. »Im ganzen Land«, korrigierte sie. »Du warst großartig.«

»Danke.« Steph umarmte auch ihre Mutter, die noch nichts gesagt hatte. Das sah ihr gar nicht ähnlich. »Wie hat es dir gefallen, Mama?«, fragte sie leise.

»Ich will ganz ehrlich sein. Anfangs war es schon seltsam, dich über uns reden zu hören.« Ihre Mutter zuckte mit den Schultern. »Aber Humor war schon immer dein Bewältigungsmechanismus.«

»Mama, kannst du bitte endlich mit dem Psychogeschwätz aufhören und mir einfach sagen, was du davon gehalten hast?«

»Dein Vater konnte nicht aufhören, über deinen Witz mit dem Freud'schen Versprecher zu lachen.«

Claire schnaubte. »Papa. Schon klar. Er war derjenige, der bei dem Witz gekichert hat wie eine Zwölfjährige.«

»Na schön.« Ihre Mutter gestattete sich endlich ein Grinsen. »Womöglich habe ich auch ein bisschen gelacht. Aber erzählt es nicht der APsaA.«

»APsaA?«, fragte Lana.

»Die Amerikanische Psychoanalytische Vereinigung«, sagten Steph, Claire und ihre Mutter gleichzeitig.

Ihre Mutter schlang einen Arm um Stephs Hüften. »Keine Sorge, Schatz. Ich bin schnell darüber hinweggekommen. Die meiste Zeit über war ich in Ehrfurcht erstarrt. Ich konnte kaum glauben, dass es meine Tochter ist, die da oben einen ganzen Saal voller fremder Menschen mit ihren brillanten Witzen zum Lachen bringt.«

»Ähm, danke.« Steph wartete auf das unvermeidliche *Aber*. Es dauerte eine Weile, bis sie merkte, dass keines kommen würde. Daran würde sie sich erst gewöhnen müssen. »Wo ist Papa?«

»Er ist mit deinen Freundinnen Penny und Kim in die Lobby gegangen«, sagte ihre Mutter. »Da ist ein Tisch, an dem sie deine DVD verkaufen.«

Steph konnte es nicht glauben. Nachdem zehn Jahre lang niemand in der Familie ihren Job ernst genommen hatte, war es wundervoll, endlich etwas Lob einzuheimsen. Aber gleichzeitig machte es sie auch wütend. Wieso hatte ihre Familie sie nicht von Anfang an so unterstützt?

»Hallo, alle zusammen.« Rae bahnte sich mit ihren breiten Schultern einen Weg durch die Menge.

Ihr Anblick war eine Erleichterung. Steph musste sich beherrschen, um nicht zu ihr zu laufen. Ihr Körper fühlte sich zu Rae hingezogen wie ein Stück Eisen zu einem Magneten.

»Entschuldigt bitte die Störung«, sagte Rae. »Hast du kurz Zeit, Steph? Mr Hicks würde gern mit dir reden.«

»Klar. Ich bin gleich wieder da, Leute.« Steph hakte sich von links bei Rae ein, um ihr sicheres Geleit durch die Menge zu bieten, während sie auf Mr Hicks' Büro zusteuerten. Doch um ehrlich zu sein, brauchte sie ihre Nähe genauso sehr.

Rae zog sie am Büro vorbei in die Garderobe und schloss die Tür hinter ihnen.

»Mr Hicks will hier mit mir sprechen?«

»Nein«, sagte Rae. »Er hat mich nicht gebeten, dich zu holen. Ich habe das nur gesagt, weil du irgendwie wütend ausgesehen hast, und da dachte ich mir, ich rette dich mal vor deiner Familie.«

Steph rieb sich das Gesicht. »War es so offensichtlich?«

»Für mich schon. Was ist passiert? Hat ihnen die Vorstellung nicht gefallen?« Rae knurrte. »Scheiß auf deine Familie. Du warst toll.«

Stephs Ärger schmolz dahin, als Rae sie so leidenschaftlich verteidigte. »Nein, die Show hat ihnen gefallen. Plötzlich kaufen sie meine DVD und sagen mir, wie stolz sie auf mich sind. Ich meine, das ist natürlich toll, aber gleichzeitig kommt es verdammt spät. Diese Art von Unterstützung hätte ich schon vor zehn Jahren gebrauchen können.«

»Ich weiß. Es tut mir leid.« Rae schlang beide Arme um Steph und drückte sie an sich. »Du hast etwas Besseres verdient. Aber besser spät als nie, oder?«

Steph schob ihre Arme unter Raes Anzugjacke und vergrub ihr Gesicht an ihrer Schulter, wobei sie ihren beruhigenden Duft einatmete. »Stimmt. Wie ich höre, habe ich das alles dir zu verdanken.« Als Rae in ihren Armen erstarrte, drückte Steph sie sanft. »Keine Sorge. Ich bin nicht sauer. Ich bin dir sehr dankbar.« Sie sah zu ihr hinauf. »Ach, übrigens: Frohes neues Jahr.«

Rae lachte. »Frohes neues Jahr.«

Endlich konnte Steph das tun, was sie schon die ganze Zeit über hatte tun wollen. Sie umfasste Raes Nacken mit einer Hand und zog sie zu einem Kuss zu sich herab.

Ihre Münder trafen sich in einer perfekten Mischung aus Leidenschaft und Zärtlichkeit.

Steph gab einen genüsslichen Laut von sich. Gerade als sie im Begriff war, den Kuss zu vertiefen, wurde die Tür zur Garderobe aufgestoßen.

Beide wichen rasch voneinander zurück. *Verdammt!* Wenn Mr Hicks oder sein stellvertretender Geschäftsführer sie beim Knutschen im Club erwischten, könnte Rae Schwierigkeiten bekommen oder er könnte sich weigern, Steph jemals wieder auftreten zu lassen, ganz egal, wie großartig sie heute Abend gewesen war.

Doch es war nicht Mr Hicks, der reglos in der Tür stand und sie anstarrte.

»Mensch, Steph.« Gabe sah sie kopfschüttelnd an. »Was ist aus dem Vorsatz geworden, dich nicht auf ein Abenteuer mit Clubangestellten einzulassen?«

Steph sah ihm in die Augen. »Diese Regel gilt immer noch.«

»Lüg mich nicht an. Ich hab es eben selbst gesehen.«

»Was du gesehen hast, ist kein Abenteuer.« Steph griff nach Raes Hand und hielt sie fest. Sie sah zu Rae, die ihr zunickte. »Rae und ich sind zusammen.«

Gabe lachte, hörte dann jedoch abrupt auf, als Steph nicht mit einstimmte. »Ist das dein Ernst?«

»Allerdings.«

»Aber du lässt dich nie auf Beziehungen ein.«

Rae drückte ihre Hand und gab ihr den Mut zu sagen: »Jetzt schon.«

Gabe durchquerte den Raum und ließ sich auf die Couch fallen, als hätten seine Beine den Dienst versagt.

Rae drückte erneut Stephs Hand. »Wollt ihr beide allein reden?«

Das war wahrscheinlich eine gute Idee. Widerwillig ließ Steph Raes Hand los.

Doch bevor Rae gehen oder Steph sich neben Gabe setzen konnte, wurde die Tür erneut geöffnet.

Diesmal war es tatsächlich Mr Hicks. »Ach, da sind Sie ja.« Er winkte Steph zu sich, indem er den Zeigefinger krümmte. »Kann ich kurz mit Ihnen reden?«

Scheiße! Sein Timing hätte nicht schlechter sein können. Jetzt würde sie Rae mit Gabe allein lassen müssen und dieser sah noch immer ziemlich aufgebracht aus. Aber sie hatte keine andere Wahl, deshalb rang sie sich ein Lächeln ab. »Klar.« Sie sah zu Gabe hinüber. »Wir sehen uns später, ja?«

»Mal sehen.«

Autsch. Als Steph zur Tür ging, warf sie Rae einen bedauernden Blick zu. Wenn Gabe ihr wehtat, nur weil er sauer auf Steph war, würde sie ihm einen gewaltigen Tritt in den Hintern verpassen.

Als Steph die Tür hinter sich zuzog, breitete sich Stille im Raum aus.

Rae machte Anstalten, ihr zu folgen. »Ich gehe lieber wieder an die Arbeit. Es ist nicht fair, meine Kollegen alles allein machen zu lassen.«

»Ach, aber es ist fair, mich mit so einem Hammer zu überraschen und dann einfach zu gehen?«, gab Gabe zurück.

Verdammt! Rae drehte sich wieder zu ihm um. Ihre Kehle schnürte sich zusammen, als sie den verletzten Ausdruck auf seinem Gesicht sah. Sie hasste solche Situationen.

»Wie lange läuft diese Sache schon zwischen euch beiden?«

Sein Tonfall ließ die feinen Härchen auf ihrem Nacken zu Berge stehen. »Das ist keine Sache.« Sie bemühte sich, leise zu sprechen. »Mir ist bewusst, dass wir beide uns kaum kennen, aber du könntest wenigstens Steph gegenüber etwas mehr Respekt zeigen.«

Er ließ sich gegen die Rückenlehne der Couch sinken und verschränkte die Arme vor der Brust. »Ach, weil sie mir ja auch so viel Respekt zeigt, indem sie heimlich was mit dir anfängt, anstatt mir davon zu erzählen.«

»Sie hat es nicht vor dir geheim gehalten. Das ist nur alles noch ziemlich neu.«

Gabe starrte eine Zeit lang ins Leere. Schließlich richtete er seinen Blick wieder auf Rae und schüttelte den Kopf. »Steph Renshaw ist in einer Beziehung.

Wie zum Teufel hast du das geschafft, während sie bei mir am nächsten Morgen nicht mal zum Frühstück bleiben wollte?«

Rae versuchte, nicht darüber nachzudenken, was zwischen ihm und Steph vorgefallen war. Es gab keinen Grund, eifersüchtig zu sein. Das, was zwischen Steph und Gabe gelaufen war, war längst vorbei und spielte keine Rolle mehr. »Ich wünschte, ich wüsste es.« Wenn sie es wüsste, könnte sie bewusst so weitermachen. »Ich hatte wohl einfach Glück.«

Er seufzte.

Rae musterte ihn aufmerksam. War er verletzt, weil Steph es ihm nicht früher gesagt hatte, oder steckte mehr dahinter?

»Was ist?«, fragte er.

»Nichts.« Mit ihm wollte sie dieses Thema lieber nicht diskutieren.

»Komm schon.« Er winkte ihr mit beiden Händen zu. »Spuck's aus.«

Scheiße! Jetzt gab es keinen Ausweg mehr. »Na ja, so wie du dich verhältst, frage ich mich, ob du immer noch in sie verliebt bist.«

»Nein«, antwortete er, ohne zu zögern. »Aber du schon, oder?«

Die Frage raubte ihr einen Moment lang den Atem. War sie in Steph verliebt? Die Antwort kam tief aus ihrem Inneren, wo sie, wenn Rae ehrlich zu sich selbst war, schon seit einiger Zeit geschlummert hatte. Sie konnte nicht genau sagen, wann es passiert war, aber sie wusste ohne jeden Zweifel, dass es geschehen war. Sie hatte sich in Steph verliebt. Ihr schwirrte vor Freude und Panik der Kopf. Sie machte zwei wackelige Schritte und plumpste auf das andere Ende der Couch.

Er sah sie mit erwartungsvollem Blick an.

Rae wollte einem Kerl, den sie kaum kannte, ihre innersten Gefühle nicht offenbaren, zumal sie es noch nicht einmal Steph gegenüber getan hatte, aber abstreiten wollte sie es genauso wenig. »Ja«, krächzte sie. »Ja, ich bin in sie verliebt.«

Er gaffte sie an, als hätte er nicht mit dieser Antwort gerechnet. Dann nickte er ihr mit widerwilligem Respekt zu. »Wenigstens hattest du den Mumm, es ihr gegenüber zuzugeben. Ich hatte den damals nicht.«

Rae starrte auf die Chipskrümel und die Flaschenverschlüsse auf dem Tisch. »Ich, ähm, habe es ihr noch nicht gesagt.«

»Dann solltest du es lieber sein lassen. Sonst läuft sie dir davon.«

Würde das tatsächlich passieren? Angst kroch ihren Nacken empor.

»Um deine Frage zu beantworten«, sagte Gabe. »Ich bin schon vor langer Zeit über sie hinweggekommen.«

Rae warf ihm einen ungläubigen Blick zu. Wie konnte jemand über eine Frau wie Steph hinwegkommen?

»Das ist mein Ernst«, sagte er. »Yolanda und ich passen ohnehin viel besser zusammen. Ich gebe zu, es ärgert mich ein wenig, dass Steph mit dir so schnell eine Beziehung eingegangen ist, während sie es mit mir nicht einmal in Betracht ziehen wollte. Aber das ist auch alles. Wir sind nur noch gute Freunde, mehr nicht.« Gabes Stimme wurde eindringlicher. »Und als ihr Freund sollte ich dich warnen. Wenn du ihr wehtust, ziehe ich dir die Eingeweide durch die Nasenlöcher raus.«

Rae wusste genau, dass sie ihn innerhalb von zwei Sekunden zu Boden ringen konnte, aber darum ging es nicht. Sie nickte ihm respektvoll zu. »Ich werde alles daransetzen, um sie nie zu verletzen.«

»Gut.«

»Und wo wir gerade davon sprechen, Steph zu verletzen … Bitte mach ihr keine Vorwürfe, weil sie dir nicht früher von uns erzählt hat.«

»In Ordnung.« Er stand auf und ging zum Kühlschrank. »Willst du ’n Bier?«

»Nein, danke. Ich muss wieder an die Arbeit gehen.« Als sie sich erhob, fühlten sich ihre Beine an wie Gummi. Würde Steph wirklich davonlaufen, wenn Rae ihr sagen würde, dass sie sie liebte?

Als Mr Hicks ihr einen Umschlag reichte, hielt Steph ihn in der Hand, ohne ihn zu öffnen und ihr Geld zu zählen. Stattdessen warf sie ihm einen fragenden Blick zu.

»Was ist?« Er lehnte sich in seinem Chefsessel zurück. »Worauf warten Sie noch?«

Sie sah ihn über den Schreibtisch hinweg an. »Wie wäre es mit einem ›Gut gemacht‹?«

Er brummte genervt, nickte aber schließlich. »Na schön. Gut gemacht. Ich muss zugeben, dass Sie witzig sind.«

Steph wusste, dass sie besser den Mund halten sollte, aber sie konnte nicht anders. »Für eine Frau, meinen Sie.«

»Um das ein für alle Mal zu klären, Ms Renshaw: Auch wenn Sie vielleicht etwas anderes gehört haben, ich habe nichts gegen Frauen im Allgemeinen oder in der Comedyszene.«

Steph wusste, dass ein *Aber* folgen würde, noch bevor er es aussprach.

»Aber weil es weniger weibliche Comedians gibt, erhalten einige von ihnen Programmplätze, bevor sie so weit sind, nur als Quotenfrau, nicht, weil sie wirklich gut sind.«

Steph weigerte sich, klein beizugeben. »Dann sollten wir vielleicht Frauen mehr unterstützen, um sie zu ermutigen, es mit Stand-up-Comedy zu versuchen und dann dabeizubleiben.«

»Ich habe Sie ja engagiert, oder etwa nicht? Und es hat sich herausgestellt, dass Sie gut sind, die ganze Diskussion ist somit also unsinnig.« Er lächelte schief. »Sieht so aus, als müsste ich Rae doch nicht feuern.«

»Sie feuern?«, wiederholte Steph. »Warum sollten Sie Rae feuern? Sie macht ihren Job ganz großartig!«

Er zuckte mit den Schultern. »Das hat sie über Sie auch gesagt, als ich sie nach ihrer Meinung gefragt habe.«

»Moment mal. Wollen Sie damit sagen, Sie haben mich nur gebucht, weil Rae mich empfohlen hat?«

»Warum nicht? Meine Türsteher sehen mehr Komiker als jeder andere. Sie können genau sagen, wer gut ist und wer nicht. Und ich gebe offen zu, dass Rae recht hatte.«

Seine Angestellten um Rat zu fragen, ergab Sinn, aber Steph war sich dennoch nicht sicher, wie sie es fand, den größten Auftritt des Jahres nur deshalb bekommen zu haben, weil jemand, mit dem sie etwas hatte, sie empfohlen hatte. Das war ein weiterer Grund, warum sie sich geschworen hatte, flüchtige Abenteuer mit Clubangestellten zu meiden.

Ja, aber das mit Rae ist nicht nur ein flüchtiges Abenteuer, sagte die neue Stimme in ihrem Kopf.

Bei anderen Leuten hätte sie sich vielleicht gefragt, ob sie sie nur empfohlen hatten, um sie ins Bett zu kriegen, aber sie wusste, dass Rae es getan hatte, weil sie an Steph glaubte. Das warme Gefühl, an das sie sich noch immer nicht so richtig gewöhnt hatte, breitete sich wieder in ihrer Brust aus.

»Geht es Ihnen gut?« Mr Hicks lachte. »Ein Kompliment von mir zu bekommen, hat Ihnen wohl die Sprache verschlagen, oder?«

»Nein. Es geht mir gut.« Sogar mehr als gut. Zum ersten Mal war sie sowohl mit ihrem Beruf als auch mit ihrem Privatleben glücklich und zufrieden, anstatt sich nur irgendwie durchzumogeln. Sie schlüpfte in ihren Blazer und schob den Umschlag in die Innentasche. »Ich werde Sie nächste Woche anrufen, damit wir über die nächste Vorstellung reden können, bei der Sie mich als Headliner buchen könnten.«

Er warf ihr einen gelangweilten Blick zu. »Wie kommen Sie darauf, dass ich Sie wieder als Headliner auftreten lasse?«

»Nennen wir es weibliche Intuition«, sagte Steph. »Na ja, weibliche Intuition und meine mathematischen Fähigkeiten. Ich habe mit mehreren Leuten aus dem Publikum geredet und alle haben gesagt, dass sie jederzeit wieder in meine Vorstellung kommen würden. Es ist also nicht so, als würden Sie meinetwegen Geld verlieren.«

»Machen Sie, dass Sie hier rauskommen«, sagte Mr Hicks, doch es klang, als könnte er sich nur mit Mühe ein Grinsen verkneifen.

Steph hüpfte förmlich zur Tür, um endlich Rae vor Gabe zu retten und mit ihr nach Hause zu gehen.

Kapitel 25

Nachdem Steph noch kurz mit Gabe gesprochen hatte und sie sich von Stephs Eltern, Claire, Lana, Penny und Kim verabschiedet hatten, war es bereits zwei Uhr morgens, als sie den Club verließen.

Rae blieb kurz auf dem Parkplatz stehen, um tief die Nachtluft einzuatmen und Steph die Möglichkeit zu geben, auf ihre linke Seite zu wechseln, was Steph prompt tat.

Sofort fanden sich ihre Hände.

Rae drückte sanft Stephs Finger. Schon erstaunlich, wie natürlich und richtig sich das alles anfühlte. Sie hätte nie gedacht, dass sie das noch einmal erleben würde – falls sie es überhaupt jemals in diesem Ausmaß erlebt hatte.

»Vorsicht.« Steph zog sie ein wenig zur Seite und führte sie um ein Schlagloch herum, dessen Entfernung Rae falsch eingeschätzt hatte.

Noch vor wenigen Monaten hätte sich Rae hilflos und frustriert gefühlt und wäre wild entschlossen gewesen, noch härter an sich zu arbeiten, um nicht auf Hilfe angewiesen zu sein. Doch jetzt verschwendete sie keinerlei Energie mehr auf solche Gedanken.

Immer wieder sah sie zu Steph hinüber und versuchte, im Licht der Straßenlaternen, an denen sie vorbeikamen, ihr Gesicht zu erkennen. Konnte es sein, dass Steph ihre Gefühle erwiderte, sich aber auch nicht traute, darüber zu sprechen? Diese Anziehung zwischen ihnen wäre doch sicher nicht so stark, wenn sie bloß einseitig wäre, oder?

Steph streichelte Raes Handrücken mit ihrem Daumen. »Alles in Ordnung?«

»Hm, ja.«

»Gabe hat dir doch nicht das Leben schwer gemacht, oder? Ich glaube, er hat ein bisschen zu viel getrunken. Aber das ist keine Entschuldigung dafür, sich dir gegenüber wie ein Arsch aufzuführen.«

Rae erwiderte die Liebkosung ihrer Hand. »Schon okay. Er hat sich nicht wie ein Arsch aufgeführt.«

»Was ist dann mit dir?«

Verdammt! Steph kannte sie schon viel zu gut. Raes Herz schlug so laut, dass sie nicht einmal mehr das Geräusch ihrer Schritte auf dem Bürgersteig hörte. Kalter Schweiß lief ihr den Rücken hinunter, als ihr Gabes Warnung durch den Kopf ging: *Sie wird dir davonlaufen.*

Aber was, wenn dem nicht so wäre? Gabe hatte auch nicht damit gerechnet, dass Steph sich je auf eine feste Beziehung einlassen würde. Was, wenn er falsch lag? Rae hatte sich geschworen, mit Steph nicht denselben Fehler zu machen wie mit Lise, indem sie es vermied, über ihre Gefühle zu reden.

Sie holte tief Luft und beschloss, ihren Instinkten zu vertrauen. »Ich …« Ihre Stimme war kaum zu verstehen, deshalb räusperte sie sich. »Ich muss dir etwas sagen.«

Steph strich ihr beruhigend über die Hand. »Ich weiß es bereits.«

Raes Kopf schnellte herum. »Im Ernst?«

Steph nickte lächelnd.

Oh. Sie wusste es und trotzdem lächelte sie noch immer? Das war ein gutes Zeichen, oder? Hoffnung keimte in Rae auf. »Was sagst du dazu?«

»Es ist okay. Vergiss es. Es ist mehr als nur okay. Es fühlt sich richtig gut an.«

Erleichterung überkam Rae mit einer solchen Intensität, dass ihr ein wenig schwindelig wurde. »Im Ernst?« Himmel, sie klang ziemlich dämlich, weil sie immer nur dasselbe sagte.

»Ja. Zuerst hat es ein wenig meinen Stolz gekränkt.«

Rae starrte sie an. Wie konnte das Wissen, dass Rae sie liebte, ihren Stolz verletzen?

»Keine Sorge. Ich bin drüber hinweg«, sagte Steph.

»Worüber?«

»Dass du mich Mr Hicks empfohlen hast. Damit bist du ein großes Risiko eingegangen.«

Ja. Sie hatte ihr Herz riskiert. Aber davon sprach Steph offenbar nicht.

»Mittlerweile ist mir klar geworden, wie wunderbar es ist, dass du derart an mich glaubst. Da ist mein Stolz nicht so wichtig.« Steph musterte sie. »Das war es doch, was du gemeint hast, oder nicht?«

Rae zögerte. Sie konnte es Steph immer noch sagen. Aber jetzt hatte sie der Mut verlassen. »Nein. Ich meine, ja, genau davon habe ich gesprochen.«

»Danke.« Steph blieb stehen und gab Rae einen kurzen, aber zärtlichen Kuss, bevor sie den Heimweg fortsetzten.

Benommen berührte Rae ihre Lippen. »Ähm, gern geschehen. Übrigens habe ich dich Mr Hicks empfohlen, bevor wir zusammengekommen sind. Falls das für dich einen Unterschied macht.«

Steph öffnete ihren Mund, schloss ihn dann jedoch wieder. Ein Lächeln glitt über ihr Gesicht. »Weißt du was? Ich dachte, es würde einen Unterschied machen, aber dem ist nicht so. Na schön, vielleicht bist du nicht ganz objektiv. Aber was soll's. Wenn ich eine unvoreingenommene Meinung haben möchte, könnte ich die Zuschauer fragen. Von dir hätte ich lieber deine leicht voreingenommene Unterstützung.«

Rae fuhr mit den Fingerkuppen Stephs Handgelenk hinauf. Ihre Kehle fühlte sich ein wenig eng an, als sie sagte: »Die wirst du immer haben.«

Sie hatten ihr Wohnhaus erreicht und hielten inne, um sich anzusehen.

Sollte sie noch einmal versuchen, Steph zu sagen, was sie für sie empfand?

Ein lautes Knurren von Stephs Magen unterbrach den intimen Moment.

Rae lachte. »Du hättest vor der Vorstellung mehr essen sollen.«

Steph rieb sich mit der freien Hand den Bauch. »Dazu war ich zu nervös.«

Rae schloss die Haustür auf und zog sie die Treppe hinauf. »Komm, ich mache dir etwas Leckeres. Ich kann schließlich nicht zulassen, dass die …« Sie unterbrach sich selbst, bevor sie *die Frau, die ich liebe* sagen konnte. »Dass der Star des Abends hungrig ins Bett gehen muss.«

»Bist du sicher, dass du jetzt noch kochen willst?«, fragte Steph. »Es ist zwei Uhr nachts. Ich kann mir einfach ein Brot schmieren.«

Rae schloss die Tür zu ihrer Wohnung auf und hielt sie Steph auf. »Nein, das macht mir nichts aus.« Sie zog ihre Anzugjacke aus, nahm ihre Krawatte ab und krempelte die Hemdsärmel hoch. »Ich bin noch kein bisschen müde.«

»Ich auch nicht.«

Während Rae eine Schüssel Erdbeeren aus dem Kühlschrank nahm, hängte Steph ihren Blazer auf die Stuhllehne und schwang sich auf die Arbeitsfläche.

Lächelnd warf Rae einen Blick auf Stephs lange Beine. Sie spürte, wie Stephs Blick ihr folgte, als sie eine Pfanne erhitzte und Erdnussbutter auf Tortillas schmierte.

»Was in aller Welt machst du da?«, fragte Steph von ihrem Hochsitz aus.

»Hab Geduld. Du wirst es gleich erfahren.« Sie ging zu Stephs Seite der Küche, um sich ein Messer zu nehmen, aber Stephs Beine blockierten die Schublade. »Darf ich? Ich brauche ein Messer.«

Stephs Augen funkelten. »Ach, tatsächlich?« Sie winkte mit einem Finger. »Warum kommst du dann nicht her und holst es dir?«

Raes Lippen verzogen sich zu einem Grinsen. Einer Herausforderung hatte sie noch nie widerstehen können. Sie stellte zwischen Stephs gespreizte Beine und fuhr mit dem Zeigefinger von Stephs Knie hoch bis zu ihrer Hüfte. Dabei genoss sie das sinnliche Gefühl des satinartigen Stoffes und die Wärme von Stephs Bein. »Kann ich ein Messer haben?«, flüsterte Rae ihr ins Ohr.

Stephs Atem ging merklich schneller. »Was bekomme ich als Gegenleistung?«, fragte sie mit heiserer Stimme.

Rae schluckte gegen ihren trockenen Mund an. »Was willst du denn haben?«

»Dich. Ich will dich.«

Sie sahen einander tief in die Augen. In der Küche schien es plötzlich heiß zu werden und das hatte nichts mit der Pfanne zu tun, die gerade auf dem Herd stand.

Stephs rauchgraue Augen schienen zu glühen. Sie hakte ihre Finger in die Gürtelschlaufen von Raes Anzughose, zog sie tiefer zwischen ihre Beine und küsste sie.

Ihre Münder trafen sich mit einer Leidenschaft, die beide bis dahin zurückgehalten hatten.

Rae knabberte an Stephs Lippen und drängte sie dann mit der Zunge auseinander.

Steph vergrub ihre Finger in Raes Nacken und vertiefte den Kuss.

Das Spiel von Stephs Zunge mit ihrer eigenen entlockte Rae ein Stöhnen. Während sie sich weiter küssten, ließ sie ihre Hände Stephs Rücken hinabgleiten, bis zu der sanften Rundung ihres Hinterns.

Keuchend krallte Steph ihre Finger in Raes Haare. Ohne ihren Kuss zu unterbrechen, schlang sie die Beine um Raes Hüften und zog sie fest zu sich heran.

Ihre Wärme drang durch den dünnen Stoff ihrer Hose. Beide stöhnten, als Steph sich gegen Raes Bauch presste.

Verlangen durchflutete Rae. Sie löste ihre Lippen gerade lange genug von Stephs, um zu fragen: »Wie hungrig bist du?«

»Sehr«, antwortete Steph heiser. Sie knabberte an der empfindlichen Stelle unterhalb von Raes Ohr. »Mach den Herd aus.«

Rae wollte das berauschende Gefühl nicht aufgeben, Steph so eng an sich gedrückt zu spüren. Sie schob beide Hände unter Stephs Oberschenkel und hob sie von der Arbeitsplatte.

Steph schnappte nach Luft. Sie schlang ihre Arme um Raes Hals und ihre Beine um Raes Taille. »Was machst du da?«

»Ich trage dich ins Schlafzimmer, um dich zu lieben.« Die Worte rutschten ihr heraus, bevor Rae darüber nachdenken konnte.

Doch dann fanden Stephs Lippen wieder ihren Mund und Rae stellte das Denken gänzlich ein. Sie stolperte zum Herd und schaffte es irgendwie, ihn auszuschalten, ohne Steph fallenzulassen oder den Kuss zu unterbrechen. Dann trug sie Steph zum nächstgelegenen Bett.

Steph hatte sich ab und zu vorgestellt, wie es sein würde, mit Rae zu schlafen. Um ehrlich zu sein, war es nicht nur ab und zu gewesen. In ihren Fantasien hatten sie einander immer ganz langsam ausgezogen und das Erlebnis genossen, aber jetzt stand ihr nicht der Sinn danach, es langsam angehen zu lassen. Ihr ganzer Körper hungerte nach Rae.

Als Rae ein Knie auf die Matratze stemmte und sie aufs Bett legte, zog Steph sie zu sich herab, bis Rae auf ihr lag und ihre Lippen einander erneut fanden. Raes Gewicht auf ihr fühlte sich himmlisch an.

Rae zitterte ein wenig, als sie eine Hand über Stephs Hüfte und unter ihr T-Shirt gleiten ließ, wo sie die empfindliche Haut an ihrer Seite streichelte.

Nun bebte auch Steph. Sie konnte keinen klaren Gedanken mehr fassen, bis auf einen: Sie wollte mehr von Rae spüren. Ihr Atem ging bereits schneller. Sie unterbrach den Kuss und setzte sich unter Rae auf.

Rae stemmte sich auf den Knien in die Höhe, um Steph genügend Spielraum zu lassen, und nutzte den Moment, um die Nachttischlampe einzuschalten.

Ihr intensiver Blick brachte Stephs Haut zum Glühen, als sie den Saum ihres T-Shirts ergriff, es sich über den Kopf streifte und zu Boden warf.

Raes Finger verharrten auf dem oberen Knopf ihres Hemdes. Unverhohlenes Verlangen und Bewunderung vermischten sich auf ihrem Gesicht, als sie

Steph anstarrte. Ihr Blick glitt an Stephs Körper entlang, hielt an ihrem Bauchnabelpiercing inne und fuhr dann weiter hinauf. Sie schluckte hörbar und zeichnete mit einer Fingerkuppe den Rand von Stephs schwarzem Spitzen-BH nach.

Eine Gänsehaut jagte über Stephs Brust. Ihre Nippel wurden sofort hart.

»Hast du eigentlich eine Ahnung, wie unglaublich sexy du bist?«, flüsterte Rae.

»Du hast eine Schwäche für spitzenbesetzte Unterwäsche, stimmt's?«, fragte Steph in dem Versuch, die Situation ein wenig aufzulockern. Die Intensität ihrer Empfindungen – nicht nur Erregung, sondern vor allem Liebe – war beinahe überwältigend.

Doch Rae lächelte nicht. Ihr glühender Blick war nach wie vor auf Steph gerichtet. »Ich habe eine Schwäche für dich.«

Bevor Steph darüber nachdenken konnte, was das bedeutete, beugte sich Rae herab und platzierte eine Reihe heißer Küsse auf ihrem Hals. Dann beschritt sie mit ihren Lippen einen Pfad an Stephs Schlüsselbein entlang bis hinab zu ihrem Dekolleté. Mit zitternden Fingern fand sie den Verschluss vorn am BH und öffnete ihn. Während sie noch immer über ihr kniete, zog sie die Träger über Stephs Arme hinab und blickte bewundernd auf sie herab. »Wunderschön.« Sanft strichen ihre Fingerkuppen über die äußere Wölbung einer Brust.

Die Zärtlichkeit dieser Berührung ließ Stephs Körper pulsieren und ihr Herz dahinschmelzen. »Rae«, stöhnte sie.

Wie als Antwort auf Stephs Flehen rutschte Rae nach unten und senkte den Kopf.

Steph atmete schneller und sie schob die Finger in Raes Haare, um sie an sich zu ziehen.

Rae widersetzte sich nicht. Sie küsste die Mulde zwischen Stephs Brüsten, streichelte die weichen Kurven mit ihren Lippen und beschrieb dann mit der Zungenspitze einen sinnlichen Kreis um ihre Nippel.

Steph wand sich unter ihr und umklammerte Raes Haare fester. Gott, wenn Rae sie schon jetzt so antörnte, konnte sie sich kaum vorstellen –

Erregung durchfuhr ihren Körper, als Rae einen Nippel in den Mund nahm und begann, leicht daran zu saugen.

Keuchend bäumte Steph sich ihr entgegen. »Himmel, Rae«, stieß sie hervor. »Wenn du so weitermachst …«

»Mhm, genau das habe ich vor«, murmelte Rae. Ihr Atem strich kühl über Stephs feuchte Haut.

»Nicht so. Ich will dich sehen. Dich spüren.«

Widerwillig nahm Rae ihren Mund von Stephs Brust, setzte sich auf und begann, ungeschickt ihr Hemd aufzuknöpfen.

Steph ging das zu langsam. »Lass mich das machen.« Sie schob Raes Hände beiseite und griff nach den Knöpfen. Doch ihre Finger zitterten nicht weniger. Ein ungeduldiges Knurren entfuhr ihr. *Verflixt!* Schließlich riss sie das Hemd auf, sodass die letzten Knöpfe quer durch den Raum flogen.

Rae starrte sie an, dann breitete sich ein sexy Grinsen auf ihrem Gesicht aus. Sie schlüpfte aus den Ärmeln und warf das Hemd auf den größer werdenden Kleiderstapel neben dem Bett.

Bewundernd ließ Steph ihren Blick über Raes breite Schultern wandern, dann hinab zu den straffen Rundungen ihrer Brüste, die in einem schwarzen Sport-BH steckten. Sie konnte es kaum abwarten, Rae überall zu berühren. »Jetzt bin ich dran.« Sie drückte gegen Raes Schultern, bis diese den Wink verstand, sich auf den Rücken drehte und Steph mit sich zog.

»Ist das in Ordnung?« Steph wies auf ihre vertauschten Stellungen.

Rae nickte. Die Mischung aus Verletzlichkeit und Verlangen auf ihrem Gesicht raubte Steph den Atem.

Sie legte eine Hand auf Raes Wange und küsste sie, zuerst sanft, dann leidenschaftlicher. Sie griff zwischen ihre Körper, fand Raes Gürtelschnalle und zerrte an dem Leder. Nach einer Weile schaffte sie es endlich, den Gürtel zu lösen. Als Nächstes öffnete sie den Knopf von Raes Hose und zog den Reißverschluss auf. Ihr keuchender Atem durchbrach die Stille.

Rae hob bereitwillig die Hüften an, sodass Steph die Hose zusammen mit ihren Boxershorts nach unten ziehen konnte.

Als Steph kurz aufstand, um sich ihrer eigenen Hose zu entledigen, nutzte Rae die Gelegenheit und zog sich ihren Sport-BH über den Kopf.

Steph ließ achtlos ihre Hose fallen. Sie starrte auf Rae hinab, die nun völlig nackt vor ihr lag. »Wow. Wer von uns beiden ist jetzt wunderschön?« Diese Mischung aus durchtrainierten Muskeln und subtilen Kurven hatte etwas unglaublich Anziehendes. Ungeduldig griff Steph nach ihrem eigenen Slip, um ihn auszuziehen.

Aber Rae setzte sich auf und hielt ihre Hände fest. »Lass mich das machen«, sagte sie mit einem glühenden Blick.

Der fordernde Tonfall erregte Steph noch mehr. Sie nahm ihre Hände zurück. »Nur zu.«

Rae setzte sich auf die Bettkante und zog Steph zwischen ihre kräftigen Oberschenkel. Sie strich mit den Fingerkuppen die Außenseite von Stephs Beinen entlang, so wie sie das vorhin schon in der Küche getan hatte. Aber jetzt trennte sie keine Stoffschicht mehr voneinander, sodass Steph die Berührung noch intensiver spürte. Sie stöhnte laut auf.

Als Rae Stephs Hüften erreichte, ließ sie ihre Finger unter den Spitzenbund ihres Slips gleiten, doch statt ihr das Höschen endlich auszuziehen, streichelte sie über Stephs Hüften bis zu ihrem Hintern.

Steph brauchte ihre ganze Konzentration, um sich auf den Beinen zu halten.

Rae sah ihr fest in die Augen, als sie langsam den Slip nach unten zog. Ihre Hände schienen Flammen auf Stephs Haut zu hinterlassen. Als sie leicht schwankte, umfasste Rae ihre Hüften, zog sie aufs Bett und rollte sich auf sie. Nun lag sie wieder oben.

»Geschickt gemacht«, flüsterte Steph. »Äußerst –« Ihr Satz endete in einem Keuchen, als Rae ihren muskulösen Schenkel zwischen ihre Beine drückte.

Rae ließ sich nach unten sinken. Nun berührten ihre Körper sich von den Schultern bis hinab zu den Zehenspitzen. Raes Brüste schmiegten sich an Stephs und ihre Herzen rasten im selben Tempo.

Der Hautkontakt war das Schönste, was Steph je gefühlt hatte. Die leisen Laute des Verlangens, die aus Raes Brust drangen, verursachten ein Ziehen in Stephs Körper.

»O Gott«, flüsterte Rae dicht an ihren Lippen. »Du bringst mich total um den Verstand.« Sie ließ ihre Hand an Stephs Hüfte und ihrer Seite hinauf- und hinabwandern, so als wüsste sie nicht, wo sie Steph zuerst berühren sollte. Nach einigen Sekunden dieser süßen Folter nahm sie eine Brust in die Hand und fuhr mit dem Daumen über den harten Nippel.

Lust raste Stephs Körper hinab. Sie schlang ein Bein um Raes Schenkel und drückte sich an sie, bis Rae ein kehliges Stöhnen von sich gab. Ihre Hände glitten unruhig über Raes Rücken. »Rae …«

»Hm?« Raes Lippen folgten dem Pfad ihrer Hand über Stephs Brust.

Stephs Herz pochte heftig unter jeder Liebkosung. Als Rae ihren Nippel in den Mund nahm, vergrub Steph ihre Finger in Raes Haar und bog ihr ihre Hüften entgegen.

Rae knabberte behutsam an der Unterseite ihrer Brust und ließ dann feuchte Küsse ihren Bauch hinabwandern. Als sie Stephs Bauchnabelpiercing erreichte, hielt sie inne. Ihr warmer Atem streichelte Stephs Haut und brachte sie zum Erbeben. Sanft beschrieb Rae einen Kreis um das Piercing herum.

Die Berührung eines einzigen Fingers genügte, damit sich Steph ihr entgegenbäumte.

Rae berührte das Schmuckstück mit der Fingerspitze. »Tut das weh?«

»Nein«, brachte Steph mit Mühe hervor. »Die einzige Stelle meines Körpers, die sich momentan beschwert, ist ein Stück weiter unten.«

Grinsend küsste Rae ihren Bauch. »Keine Sorge. Zu der Stelle komme ich auch noch.« Sie ließ ihre Zunge über das Piercing schnellen, was einen Wirbel der Lust durch Stephs Körper schickte. »Irgendwann.«

Steph fuhr mit den Fingernägeln Raes muskulösen Rücken hinab, was ihr ein Stöhnen entlockte. »Nein. Jetzt.«

Die Begierde in ihrer Stimme schien die letzten Reste von Raes Selbstkontrolle hinwegzuspülen. Ihr Auge glühte vor Verlangen, als sie sich Stephs Körper entlang nach oben küsste, bis sie Stephs Lippen mit einem fordernden Kuss verschloss.

Steph stöhnte in ihren Kuss hinein. Dann musste sie den Kopf wegdrehen und nach Luft schnappen, als Rae eine Hand ihren Bauch hinabgleiten ließ. Mit zwei Fingern kämmte sie durch Stephs Schamhaar und glitt dann tiefer.

Stöhnend kämpfte Steph darum, nicht schon bei der ersten Berührung zu kommen. Ihre Augen waren halb geschlossen, als Rae langsame Kreise zog. Schauder liefen ihren Rücken hinab und erfassten dann ihre Schenkel.

»Fühlt sich das gut an?«, fragte Rae. Ihr Atem neckte Stephs Lippen. »Sag mir, was dir gefällt.«

Ihre Fähigkeit, Worte zu formen, gehörte der Vergangenheit an, deshalb hob Steph ihr einladend ihre Hüften entgegen.

Rae schaute ihr in die Augen. Mit fast quälender Langsamkeit drang sie in Steph ein.

Stephs Keuchen verwandelte sich in ein lang gezogenes Stöhnen, als Rae sich zurückzog und dann mit einem zweiten Finger in sie hineinglitt. Mit dem Daumen massierte Rae ihre Klitoris.

O Gott.

Sie hielten Blickkontakt, als sie begannen, sich gemeinsam zu bewegen. Das berauschende Verlangen auf Raes Gesicht entsprach genau dem, was Steph fühlte.

Raes Rhythmus war perfekt und Steph gab sich ihren Berührungen hin. Sie krallte die Finger in Raes Rücken und stemmte die Fersen gegen die Matratze, um sie noch tiefer in sich zu spüren.

Wieder fanden sich ihre Lippen und Rae küsste sie mit hitziger Intensität. Ihre Zunge spiegelte die Bewegungen ihrer Finger wider, bis Steph schließlich den Kuss unterbrechen musste, um nach Atem zu ringen. Bei jedem von Raes Stößen rieben ihre Nippel über Stephs und diese zusätzliche Stimulation hätte fast ausgereicht, um sie zum Orgasmus zu bringen.

Nein, nein. Noch nicht. Sie rang um Kontrolle, wollte jede Sekunde auskosten.

Rae biss ihr sanft ins Ohrläppchen und saugte an ihrem Hals, während sie ihre Finger im genau richtigen Winkel krümmte.

»Ja! Genau da!« Stephs Hüften schnellten in die Höhe. Ihre Muskeln begannen zu beben. Ekstase jagte durch ihren Körper. Mit einem kehligen Stöhnen krallte sie sich an Raes schweißfeuchtem Rücken fest und bäumte sich ein letztes Mal unter ihr auf. Vor ihren fest geschlossenen Augenlidern tanzten weiße Flecken und der einzige Grund, warum sie nicht laut aufschrie, war, dass sie nicht genügend Luft in den Lungen hatte.

Als sie wieder zu Sinnen kam, bedeckte Rae ihr Gesicht mit sanften Küssen.

Steph stieß einen atemlosen Seufzer aus. Ihre Hände, die sich an Raes Rücken geklammert hatten, fielen schlaff auf die Matratze.

Als die letzten Nachbeben verebbten, küsste Rae sie erneut und zog ihre Finger zurück.

Ein letztes Zittern durchlief Steph. Ihr ganzer Körper fühlte sich wohlig schwer an, aber irgendwie schaffte sie es, eine Hand zu heben und mit den Fingerspitzen Raes Schultern und Rücken zu erkunden, um zu sehen, ob sie dort Kratzer hinterlassen hatte. »Mist«, sagte sie mit rauer Stimme. »Hoffentlich habe ich dir nicht wehgetan.«

»Mir wehgetan?« Rae lachte verblüfft. »Nein.« Ein Lächeln umspielte ihre Lippen. Irgendwie schaffte sie es, total heiß und gleichzeitig schüchtern zu wirken. »Wie hast du vorhin so schön gesagt? Die einzige Stelle meines Körpers, die sich momentan beschwert, ist ein Stück weiter unten.«

»Keine Sorge. Ich werde diesen Schmerz lindern, sobald ich mich wieder richtig bewegen kann.«

»Ich habe es nicht eilig«, sagte Rae. Gleichzeitig drückten sich ihre Hüften gegen Stephs, vielleicht ohne dass sie es bemerkt hatte. »Ich liebe es, dich so zu sehen. Ganz außer Atem und wunderschön und total befriedigt.« Sie strich eine feuchte Haarsträhne aus Stephs Gesicht. Der Ausdruck in ihrem Auge war so zärtlich, dass Steph dahinschmolz.

»Äußerst befriedigt.« Steph schob ihre Hand in Raes Haar und zog sie zu sich hinab. Eigentlich hatte es nur ein Dankeschönkuss werden sollen, doch sobald sich ihre Lippen fanden, glomm neues Begehren in ihr auf und der Kuss wurde leidenschaftlicher.

Rae stieß ein hilfloses Stöhnen aus und rieb sich an Stephs Oberschenkel.

Die warme Nässe auf ihrer Haut ließ auch Steph aufstöhnen.

»Himmel, Steph.« Raes heißer Atem kitzelte ihr Ohr. »Du gibst mir das Gefühl, als würde ich mich gleich in Einzelteile auflösen.«

»Das will ich sehen. Und dann will ich dir helfen, die Stücke wieder zusammenzusetzen.« Sie fuhr mit beiden Händen Raes Rücken hinab, wobei sie das seidene Gefühl ihrer Haut genoss, und umfasste dann ihre Hüften. »Leg dich auf den Rücken. Ich will dich überall berühren.«

Rae zitterte, als sie sich auf den Rücken rollte. Ihre Körper verloren keine Sekunde lang ihren Kontakt.

Steph stützte sich auf einem Ellbogen auf und legte sich halb neben, halb auf Rae, um sie im Licht der Nachttischlampe bewundern zu können. Gott, sie war atemberaubend schön. Steph bewunderte die breiten Schultern, die sanfte Wölbung ihrer Brüste und die kurzen Locken zwischen ihren muskulösen Schenkeln. Doch all das war es nicht, was Stephs Atem stocken ließ; es war das komplexe Gemisch aus Liebe und Leidenschaft, das sie durchflutete. Sie hatte sich immer genommen, was sie wollte – was sowohl sie als auch ihr Partner oder ihre Partnerin für die Nacht wollten – doch nie hatte sie so viel geben und jemandem so viel Vergnügen bereiten wollen. Diesmal ging es nicht nur um ihren Körper, sondern auch um ihr Herz und ihre Seele.

Langsam fuhr sie mit den Händen über Raes starke Arme und zeichnete zwei kleine, runde Narben auf ihrer linken Schulter nach. Unter ihren Fingerspitzen spürte sie eine winzige Erhebung. Vermutlich hatte sich dort eine Schrotkugel tief unter Raes Haut eingegraben. Steph schluckte gegen eine Flut von Gefühlen an, die sie zu überwältigen drohte, und küsste die Stelle sanft.

Als sie aufsah, trafen sich ihre Blicke und sagten so vieles, ohne dass eine von ihnen auch nur ein einziges Wort sprach.

Steph streichelte Raes Schlüsselbein, die zarte Haut unter ihren Achseln, die Wölbung ihrer Rippen. Sie nahm sich alle Zeit, sie zu erkunden, was Rae dazu brachte, ihren Namen zu stöhnen oder nach Luft zu schnappen.

Es verblüffte sie, wie leicht es war, Rae Vergnügen zu bereiten. Jede Berührung löste sofort eine Reaktion aus. Hitze stieg in Wellen von Raes Körper auf. »Gott, Rae, deine Haut glüht förmlich.«

»Ja.« Raes Stimme vibrierte vor Erregung. »Das ist es, was du mit mir anstellst.«

»Mal sehen, was ich sonst noch mit dir anstellen kann.«

Als Steph eine ihrer kleinen Brüste in die Hand nahm und diese mit dem Daumen massierte, legte Rae den Kopf in den Nacken und stieß ein fast gequältes Stöhnen aus.

Steph nahm das Angebot sofort an und fuhr mit Lippen und Zähnen ihren Kiefer und dann ihren Hals entlang.

Eine Schweißperle lief zwischen Raes Brüsten hinab und Steph rutschte auf dem Bett nach unten, um ihr mit dem Mund zu folgen. Mmh, Rae schmeckte unglaublich köstlich, nach Salz und Leidenschaft. Sofort wollte Steph mehr. Sie leckte an Raes straffer Brust und beschrieb mit der Zunge immer kleiner werdende Kreise, bis sie über ihren Nippel strich.

Raes Hüften hoben sich ihr entgegen. Sie krallte beide Hände ins Laken.

Es war total heiß, mit anzusehen, wie sie um Selbstkontrolle kämpfte, aber noch heißer war es, mitzuerleben, wie sie diese verlor. Steph schloss ihren Mund um die harte Brustwarze und saugte sanft, während sie den anderen Nippel zwischen ihren Fingern rieb.

Rae murmelte etwas, was wie gedämpftes Fluchen klang.

Lächelnd strich Steph ein letztes Mal mit dem Daumen über ihren Nippel, bevor sie ihre Finger neckisch über Raes Bauch gleiten ließ.

Raes Muskeln spannten sich an und bebten unter ihrer Handfläche.

Steph ließ sich Zeit, als sie erst ihre Hüften, dann ihre kräftigen Oberschenkel erkundete, wobei sie an der Außenseite nach unten und an der empfindlichen Innenseite nach oben strich. Dort war Raes Haut noch weicher und Steph liebte es, wie Rae immer schneller atmete, je weiter ihre Finger nach oben wanderten.

Beide stöhnten auf, als Stephs Fingerspitzen feuchtes Schamhaar berührten.

Rae nahm ihre Unterlippe zwischen die Zähne. Die bernsteinfarbenen Sprenkel in ihrem Auge flackerten wie ein alles verzehrendes Feuer.

Steph hielt ihren Blick auf Raes Gesicht gerichtet und beobachtete sie verzückt, als sie langsam ihre Finger durch die feuchte Hitze zwischen ihren Beinen gleiten ließ.

Raes ganzer Körper zuckte. »Steph. Gott, Steph.« Sie ließ das Laken los und klammerte sich an Steph. Unglaublich, wie sanft ihre starken Hände dabei waren.

Steph streichelte sie zunächst behutsam, dann mit etwas mehr Druck, dem Rhythmus von Raes Hüften folgend.

Viel zu bald schon begannen Raes Beine zu zittern.

Rae warf den Kopf in den Nacken, als sie sich mit geröteten Wangen gegen Steph presste. Der Anblick sandte neue Erregung zwischen Stephs Schenkel. Mit der freien Hand griff sie nach oben und rieb erneut Raes harten Nippel zwischen ihren Fingern.

Ein Aufschrei, der vage nach Stephs Namen klang, entfuhr Raes Kehle.

Raes Höhepunkt zu spüren, ließ Steph fast ein zweites Mal kommen. Sie presste ihre Schenkel zusammen und beobachtete mit Ehrfurcht, wie ein gelöster Ausdruck sich auf Raes Gesicht ausbreitete. Steph streichelte sie ganz sanft weiter, bis Rae ihre Hand mit ihrer eigenen bedeckte.

Als Rae unter ihr still lag, vergrub Steph ihr Gesicht an ihrer Halsbeuge und küsste zärtlich ihre schweißfeuchte Haut. Raes Puls pochte hektisch an ihren Lippen und verlangsamte sich schließlich zu einem normalen Tempo.

Steph kuschelte sich an sie. Ihr übliches Bedürfnis nach Abstand blieb aus.

Rae blinzelte und sah aus, als hätte sie Probleme, ihr Auge zu fokussieren. Matt hob sie eine Hand und streichelte Stephs Haar. »Entschuldige.« Ihre Stimme war heiser und sie räusperte sich, bevor sie fortfuhr: »Normalerweise bin ich nicht so laut.«

»Machst du Witze? Dafür brauchst du dich bestimmt nicht zu entschuldigen! Es war unglaublich heiß, dich zum Stöhnen zu bringen.« Sie schenkte Rae ein verschmitztes Grinsen. »Und falls manche unserer Nachbarn uns noch immer nicht geglaubt haben, dass wir ein Paar sind, haben wir sie jetzt überzeugt.«

Raes Oberkörper vibrierte unter ihr, als sie loslachte. »Du bist so eine Komikerin! Aber du bist …«

Stephs Herz schlug schneller. Hatte Rae wirklich das sagen wollen, was sie glaubte? Sie schluckte und zwang sich, es auszusprechen. »Aber ich bin deine Komikerin?«

Rae erstarrte unter ihr. Eine Kombination aus Hoffnung und Unsicherheit huschte über ihr gerötetes Gesicht. »Willst du es denn sein?«, fragte sie leise.

Stephs Mund war so trocken, dass sie nur nicken konnte. »Aber nur, wenn du auch meine bist«, brachte sie schließlich hervor. »Ich meine, natürlich nicht meine Komikerin.« Gott, sie redete vielleicht einen Unsinn! »Sondern einfach nur … meine.«

»Heißt das, du …?«

Es zu leugnen, war zwecklos. Ihre Gefühle standen ihr wahrscheinlich ins Gesicht geschrieben. Steph wollte es auch gar nicht leugnen, so nervös es sie auch machte, es auszusprechen. »Ja«, flüsterte sie heiser. »Ich liebe dich.«

Rae schloss die Augen und als sie sie wieder öffnete, schimmerten sie vor Tränen. Sie rieb sie mit den Handballen weg. »Verdammt. Entschuldige.«

Steph zog Raes Hände von ihrem Gesicht. »Hör auf, dich zu entschuldigen.« Sie beugte sich hinab und küsste zuerst Raes rechten, dann – noch zärtlicher – den linken Augenwinkel.

Rae schlang beide Arme um sie, als würde sie Steph nie wieder gehen lassen. »Falls noch irgendwelche Zweifel daran bestehen: Ich liebe dich auch.«

Ihre Lippen trafen sich in einem langen Kuss.

Steph fühlte sich unglaublich leicht, als wäre sie einfach davongeflogen, wenn Rae sie nicht festgehalten hätte. Selbst das Hochgefühl auf der Bühne konnte damit nicht mithalten. »Wie lange empfindest du schon so für mich?«

»Ich habe keine Ahnung. Schon seit einer Weile, aber ich kann nicht genau sagen, seit wann.« Rae küsste Stephs Nase, ihren Mundwinkel, dann wieder ihre Lippen. »Es hat mich total überrumpelt. Aus meinem toten Winkel heraus, sozusagen.«

Steph lächelte und zeichnete Raes Gesichtszüge mit den Fingerspitzen nach. Gerade als sie sich hinabbeugte, um Rae erneut zu küssen, unterbrach sie ein lautes Knurren ihres Magens.

Rae lachte, schob eine Hand zwischen ihre Körper und streichelte Stephs Bauch, was sofort einen völlig anders gearteten Hunger aufflammen ließ. Trotz Stephs Protesten stieg sie aus dem Bett.

»He! Wohin gehst du?«

»Dir etwas zu essen besorgen. Du musst bei Kräften bleiben, denn ich bin noch nicht fertig mit dir.« Rae senkte ihre Stimme zu einem heiseren Flüstern.

Steph bekam sofort eine Gänsehaut. Sie drehte sich auf die Seite, um zusehen zu können, wie Rae in all ihrer nackten Pracht zur Tür schritt. Gott, das musste die heißeste Frau der Welt sein … und außerdem gehörte sie ganz Steph.

Kapitel 26

Rae wachte im falschen Bett auf, aber dennoch am genau richtigen Ort. Steph lag in ihren Armen, ihr nackter Oberschenkel ruhte auf Raes und ein Arm war locker um ihre Hüften geschlungen. Stephs Schamhaar kitzelte Raes Haut und ihr warmer Atem benetzte Raes Nippel mit jedem friedlichen Heben und Senken von Stephs Brust.

Sie spürte die Erregung wachsen. Gott, wie konnte sie Steph nur schon wieder begehren? Sie hatten sich geliebt, bis die Sonne aufgegangen war und beide vollkommen erschöpft waren.

Stephs Nähe brachte ihren Körper noch immer zum Erbeben, doch für den Moment genügte es ihr, sie einfach nur in den Armen zu halten.

Ein Gefühl der Zugehörigkeit erfüllte sie und das war etwas, was sie schon seit langer Zeit nicht mehr empfunden hatte. Nicht, seit sie keine Polizistin mehr war.

Einen Moment lang stieg das altvertraute Schuldgefühl wieder in ihr auf. Hatte sie das Recht, so glücklich zu sein, während Kim sich jede Nacht in den Schlaf weinte und jeden Morgen allein aufwachte?

Sie schob den Gedanken beiseite. Sich an ihr Elend zu klammern, würde weder Mike zurückbringen, noch würde es Kim helfen. Mike würde wollen, dass sie glücklich war. Er hätte Steph gemocht, das wusste sie. Rae lächelte bei dem Gedanken an all den Schabernack, den die beiden zusammen angestellt hätten, wären sie einander jemals begegnet.

Steph reckte und streckte sich und gab einen süßen Laut von sich.

Ihre warme, nackte Haut glitt über Raes und sandte winzige Wellen der Erregung durch Raes Körper.

»Guten Morgen«, sagte Steph mit rauer Stimme.

Rae strich eine Strähne von Stephs zerzaustem Haar hinter ihr Ohr. »Morgen.«

»Mmh.« Steph kuschelte sich noch enger an sie. »Ich mag es, so aufzuwachen. Mit dir.«

»Ja? Dann bedauerst du also nichts? Ich meine, eigentlich haben wir ja gesagt, wir gehen es langsam an und schauen, wohin es führt. Aber daraus ist ziemlich schnell ein ›Ich liebe dich‹ geworden.« Es laut aussprechen zu können, hinterließ ein Gefühl der Wärme in Raes Brust. »Ich will nicht, dass du Angst bekommst und womöglich …«

»Davonläufst?« Steph schüttelte den Kopf so heftig, dass ihr blondes Haar noch zerzauster wurde. »Entschuldige, dass ich meine eigene Regel breche, indem ich eine Ex erwähne, während wir gemeinsam im Bett liegen, aber ich bin nicht Lise, Rae. Ich gebe zu, dass mir das,« Steph legte eine Hand auf Raes Brust, genau an der Stelle, an der ihr Herz wild schlug, »immer noch eine Scheißangst einjagt, aber das liegt nur daran, dass es mir so wichtig ist. *Du* bist mir wichtig.«

Rae küsste sie sanft. »Du mir auch.«

Ein verschmitztes Lächeln entspannte Stephs Gesichtszüge. »Außerdem sind wir, wie Penny ganz richtig angemerkt hat, beide mit einem Möbelwagen aufgekreuzt, als wir uns das dritte Mal sahen. Ein bisschen zu schnell vorzugehen, scheint also typisch für uns zu sein.«

Lautes Lachen vertrieb Raes restliche Sorgen. »Wenn ich also das hier tun würde …« Sie rollte Steph auf den Rücken und ließ ihre Fingerkuppen ihre Wange hinab, über ihren Hals und bis zu ihrer Brust wandern, wo sie sinnliche Kreise zog und zusah, wie Stephs Nippel sich aufrichteten, noch bevor sie diese berührte. »Dann wirst du nicht denken, dass ich zu schnell vorgehe?«

Bevor Steph antworten konnte, klingelte irgendwo unter dem Kleiderhaufen neben dem Bett ein Handy.

Steph stieß ein frustriertes Stöhnen aus. »Entschuldige. Ich glaube, das ist meins.«

Widerwillig nahm Rae ihre Hand von Stephs weicher Brust.

»Hey!« Steph versuchte, ihre Hand dorthin zurückzuziehen, wo sie gewesen war. »Lass es klingeln. Ich habe dir vierundzwanzig Stunden im Bett versprochen und ich bin eine Frau, die zu ihrem Wort steht.«

Es war verlockend. Sehr verlockend. Rae kämpfte darum, Vernunft walten zu lassen. »Es könnte Mr Hicks sein, der dich für eine Show buchen möchte.«

Stephs Blick huschte zwischen dem Boden und Rae hin und her.

Das Handy hörte auf zu klingeln.

Steph sah mit einem triumphierenden Lächeln zu ihr auf. »Wo waren wir gerade?«

»Ich glaube, irgendwo hier in der Gegend.« Rae rieb mit dem Daumen über Stephs Nippel und als Steph sich unter ihr aufbäumte, vergaß Rae das Handy und alles andere für ein paar weitere Stunden.

Es war schon drei Uhr nachmittags, als Steph endlich einen Blick auf ihr Handy warf.

Hunger hatte sie schließlich aus dem Bett getrieben und Steph lauschte lächelnd Raes Pfeifen in der Küche. Es war schön zu wissen, dass Rae glücklich war, und noch schöner, sie glücklich gemacht zu haben. Die Hälfte ihrer Aufmerksamkeit galt noch immer Rae, als sie ihr Handy ans Ohr hob und die Mailbox abfragte.

»Ms Renshaw, hier spricht Dwight Ribbard von Universal Television. Würden Sie mich bitte so schnell wie möglich zurückrufen?«

Jemand vom Fernsehen? Wow! Steph suchte rasch nach Zettel und Stift, als er seine Telefonnummer nannte. Sie versuchte, sich keine allzu großen Hoffnungen zu machen. Wenn Mr Ribbard ein bedeutender Mann beim Sender wäre, hätte er am Neujahrstag ganz sicher nicht gearbeitet.

Trotzdem zitterten ihre Finger, als sie neben dem Bett nach ihrem T-Shirt fischte und es sich überstreifte. Nackt konnte sie den Typen vom Fernsehen auf keinen Fall anrufen, auch wenn er sie nicht sehen konnte. Sie versuchte, ganz ruhig zu atmen, als sie seine Nummer eintippte. Das Handy schien ewig zu klingeln.

»Mr Ribbard, hier ist Stephanie Renshaw. Sie hatten um einen Rückruf gebeten«, platzte es aus ihr heraus, sobald eine Männerstimme sich meldete.

»Danke für den Rückruf. Hören Sie, eigentlich bin ich im Urlaub, deshalb fasse ich mich kurz. Ich bin einer der Produzenten der *Tonight Show*.«

Fast wäre Steph das Handy aus der Hand gerutscht. Gut, dass sie sich hingesetzt hatte. »Die *Tonight Show*?« Ihre Stimme rutschte eine Oktave höher.

»Ja.« Er klang amüsiert. »Wie schon erwähnt bin ich gerade in L.A. im Urlaub und habe gestern Abend Ihren Auftritt in der Fun Zone gesehen. Ihr Programm hat mir gefallen, deshalb habe ich mir Ihre YouTube-Videos angesehen. Um es kurz zu machen: Wir werden im März eine Woche lang täglich Comedyshows bei Universal haben und suchen nach neuen Talenten aus der Gegend, die für ein bisschen Abwechslung sorgen. Wären Sie in der Lage, ein fünfminütiges Set in der Sendung zu machen?«

Steph drückte ihre nackten Füße auf den Boden, um sich zu erden. Sie würde in der *Tonight Show* auftreten und das auch noch ausgerechnet im März, genau zu dem Zeitpunkt, an dem ihre selbst gesetzte Frist enden würde! War sie wirklich wach oder war sie erschöpft eingeschlafen und träumte bloß?

»Ms Renshaw?«

»Oh, Entschuldigung. Ja, natürlich kann ich in der Sendung auftreten.« Es bedurfte ihrer ganzen Selbstbeherrschung, um nicht vor Glück laut zu jubeln.

»Großartig. Mein Assistent wird sich nächste Woche mit den Einzelheiten bei Ihnen melden, aber nach dem, was ich auf YouTube gesehen habe, ist Ihr Material genau das, was wir suchen.«

Ja, ja, ja! Sie hielt mit Mühe ein aufgedrehtes Lachen zurück.

»Vor allem die Witze über Ihre Mitbewohnerin werden sicher gut bei unserem Zielpublikum ankommen«, fügte Mr Ribbard hinzu.

Steph hielt in ihrem inneren Siegestanz inne. *Verdammt.* Sie hatte völlig vergessen, dass Gabe das Video auf ihrem YouTube-Kanal gepostet hatte. »Ähm, die Witze über meine Mitbewohnerin?«

»Ja. So etwas passt zu den jüngeren Zuschauern, die wir erreichen wollen. Ich möchte auf jeden Fall, dass Sie die WG-Gags bringen. Ist das ein Problem?«

»Nein«, sagte sie schnell. »Kein Problem, aber ich habe jede Menge tolles Material, das Ihrem Publikum gefallen könnte. Ich schicke Ihnen gern Links zu.«

»Das wird nicht nötig sein. Die Mitbewohnerinnenwitze waren perfekt. Aber lassen Sie uns später darüber reden. Ich rufe vom Hotelpool aus an und wenn mein Mann mich beim Arbeiten erwischt, bekomme ich Ärger.«

Steph hatte vermutlich geantwortet und sich höflich verabschiedet, aber sie war sich nicht sicher. Sie ließ das Handy aufs Bett fallen, sank zurück auf die Matratze und bedeckte ihr Gesicht mit dem Arm. Gott, die Welt war grausam.

Zehn Jahre lang hatte sie auf ihren großen Durchbruch hingearbeitet und nun war ihr Traum endlich in greifbare Nähe gerückt. Aber er hatte seinen Preis. Sie würde das Versprechen brechen müssen, das sie Rae gegeben hatte.

Kalter Schweiß perlte auf ihrem Rücken, als sie aufsprang und im Zimmer auf und ab ging. Konnte sie Rae das wirklich antun?

Noch vor zwei Monaten hätte sie alles für diese einmalige Chance getan. Doch nun gab es eine Sache, die sie nicht für ihren Traum opfern würde. Ihr Versprechen gegenüber Rae war genauso wichtig wie ihre Karriere, vor allem jetzt, da sie wusste, warum Rae so heftig reagiert und solche Angst hatte, zum Gespött der Leute zu werden.

Verdammt noch mal! Vor dem Regal mit ihren Büchern berühmter Komiker blieb sie stehen und schlug mit der Faust dagegen. Sie würde Mr Ribbard nicht davon überzeugen können, sie anderes Material verwenden zu lassen, das spürte sie. Er war es gewohnt, dass alle nach seiner Pfeife tanzten.

Natürlich könnte sie sein Angebot ablehnen, aber dann wäre ihre Karriere ruiniert. Die Produzenten und Programmchefs der Comedysender kannten sich untereinander. Es würde sich schnell herumsprechen und niemand würde ihr ein zweites Angebot machen. Dies war ihre einzige Chance und Steph wollte sie unbedingt nutzen.

Aber das würde Rae zu einer Witzfigur machen und für Steph war ihre Beziehung alles andere als lächerlich.

Sie lehnte sich gegen das Bücherregal und drückte beide Hände an ihre Brust, als würde diese unmögliche Wahl sie innerlich zerreißen.

Sie konnte es Rae nicht antun, im Fernsehen Witze über sie zu reißen. Doch wie um alles in der Welt sollte sie ihren jahrzehntelangen Traum aufgeben?

Rae pfiff vor sich hin, als sie die Eier auf zwei Teller gleiten ließ und diese dann auf das Tablett stellte, auf dem bereits Kaffee, Toast und Marmelade warteten. Es gefiel ihr, Steph mit einem Frühstück im Bett zu verwöhnen. Nun ja, eher mit einem Brunch im Bett. Ein Grinsen schlich sich auf ihr Gesicht, als sie daran dachte, weshalb das Frühstück und das Mittagessen ausgefallen waren.

Stephs Stimme drang aus dem Schlafzimmer zu ihr herüber. Wahrscheinlich rief sie gerade den Anrufer von vorhin zurück.

Rae hoffte, dass es nicht jemand war, der für heute Pläne mit Steph schmieden wollte. Sie hatten beide frei und Rae hatte vor, die gemeinsame Zeit auszukosten.

Barfuß und nur mit einem T-Shirt und Boxershorts bekleidet trug sie das Tablett in Stephs Zimmer und hielt im Türrahmen inne, um Steph zu betrachten.

Doch Steph lag nicht mehr gemütlich im Bett und sie begrüßte Rae auch nicht mit einem Lächeln. Sie war aufgestanden, hatte sich ein T-Shirt übergezogen und lehnte nun am Bücherregal, beide Hände auf ihre Brust gedrückt, als hätte sie Schmerzen.

Raes Magen zog sich zusammen. Sie rannte zu ihr hinüber. Die Tassen und Teller klirrten, als sie das Tablett unsanft auf dem Boden abstellte und behutsam ihre Hände über Stephs legte. »Was ist passiert?«

Steph richtete sich auf und schenkte ihr ein Lächeln, das zum allerersten Mal nicht echt wirkte. »Nichts. Es ist alles in Ordnung.«

»Bitte versuch das erst gar nicht. Nicht bei mir.« Raes Blick ging zu Stephs Handy, das auf dem Bett lag. »Schlechte Nachrichten?«

»Nein. Ja. Ich bin mir nicht sicher. Es hätten tolle Neuigkeiten sein können, aber …« Steph klammerte sich mit beiden Händen an Raes T-Shirt fest und vergrub ihr Gesicht an ihrer Schulter.

Rae schlang beide Arme um sie und hielt sie fest. »Erzähl mir, was passiert ist.«

»Der Anruf vorhin … Das war ein Produzent der *Tonight Show*.«

Rae wich ein wenig zurück, um sie anzustarren. »Ist das dein Ernst?«

Steph nickte.

»Wollen die dich für die *Tonight Show* buchen?« Raes Stimme versagte.

Nochmals nickte Steph.

Ein Dutzend verschiedener Gedanken und Emotionen prallten durch Raes Kopf wie außer Kontrolle geratene Billardkugeln. Sie war stolz auf Steph und freute sich für sie, gleichzeitig war sie aber auch voller Ängste und Zweifel darüber, was ein Durchbruch für sie als Paar bedeuten würde. Würde ihre Beziehung es aushalten, wenn Steph monatelang auf Tournee ging? Nur wenige Komiker, die tourten, hatten erfolgreiche Beziehungen, das wusste Rae. Himmel, sie hatte schon so viel verloren; sie konnte nicht auch noch Steph verlieren.

Doch am Ende verwarf sie alle Gedanken bis auf einen: Dies war Stephs Traum. Sie hatte es verdient, dass er in Erfüllung ging, nachdem sie zehn Jahre lang unermüdlich gearbeitet hatte, um an diesen Punkt zu gelangen. Auf keinen Fall würde Rae ihre Träume zerstören, nur weil sie selbst unsicher war. Sie beide würden einen Weg finden, ihre Beziehung weiterzuführen.

»Wow, Steph!« Sie schenkte ihr ein stolzes Lächeln. »Das ist toll!«

Doch anstatt zu strahlen und zu jubeln, sah Steph aus, als hätte sie die schlimmsten Nachrichten ihres Lebens erhalten.

Rae rieb ihr den Rücken. »Hey, mach dir keine Sorgen. Wir werden das schon irgendwie hinkriegen. Ich gebe uns nicht auf, nur weil du womöglich einen Teil des Jahres auf Tournee verbringst.«

»Das ist es nicht, worüber ich mir den Kopf zerbreche. Zumindest nicht nur.« Steph stand mit hängenden Schultern da. »Ich glaube, ich kann das nicht machen.«

»Was? Natürlich kannst du das! Du wirst großartig sein!«

»Das meine ich nicht.« Steph drückte ihr Gesicht erneut an Raes Schulter und flüsterte: »Sie wollen, dass ich die Mitbewohnerinnenwitze bringe.«

Jeder Muskel in Raes Körper verkrampfte sich. »Oh.« Sie musste zweimal schlucken, bevor sie weitersprechen konnte. »Woher weiß die *Tonight Show* überhaupt davon?«

Steph sah überall hin, nur nicht zu ihr. »Gabe hat das Video auf meinem YouTube-Kanal gepostet und ich habe vergessen, es zu löschen.« Sie schielte zu Rae. »Es tut mir schrecklich leid, Rae. Ich werde es sofort löschen.«

Aber der Schaden war bereits angerichtet.

Verdammt! Es kostete Rae Mühe, ruhig zu bleiben. »Daran lässt sich jetzt wohl nichts mehr ändern. Was hast du ihm geantwortet?«

»Ich habe versucht, ihm anderes Material anzubieten, aber er war nicht interessiert. Ich hatte das Gefühl, er will die Mitbewohnerinnenwitze oder gar nichts.«

Raes Magen verkrampfte sich bitterlich. »Schöne Scheiße.« In ihren Ohren rauschte es. Es klang wie das Gelächter des Publikums, als Steph Witze über sie gemacht hatte. Konnte sie es ertragen, sich noch einmal auf diese Weise zu entblößen?

»Vielleicht könnte ich die Mitbewohnerinnenwitze so umschreiben, dass sie eigentlich gar nicht mehr von dir handeln«, sagte Steph in zögerlichem Ton. »Ich könnte mir eine fiktive Mitbewohnerin ausdenken.«

»Was ist mit der Authentizität? Du sagst doch immer, gute Comedy basiert auf dem wirklichen Leben, nicht auf irgendetwas Erfundenem.«

Steph sah ihr in die Augen. Sie wirkte traurig, aber entschlossen. »Dich zu beschützen, ist sehr authentisch.«

Die Wärme, die sich in Rae ausbreitete, beruhigte ihren flauen Magen. »Was ist, wenn er auf den ursprünglichen Witzen besteht?«

»Dann sage ich ab. Das ist es nicht wert«, sagte Steph. »Wir sind nicht mehr in den 80er Jahren, wo ein einziger Auftritt in der *Tonight Show* mich über Nacht zum Star gemacht hätte.«

»Aber es wäre immer noch ein riesiger Schritt in die richtige Richtung, oder?«

»Ja.« Steph rang sich ein tapferes Lächeln ab. »Aber vielleicht bin ich sowieso noch nicht bereit für das, was nach der *Tonight Show* kommen würde. Witze über meinen schlechten Geschmack, was meine Bettgenossen angeht, sind ein wichtiger Bestandteil meines Programms. Jetzt, wo ich mit dir zusammen bin, muss ich mir ohnehin neues Material einfallen lassen.«

Stille dehnte sich zwischen ihnen aus.

Ganz egal, was Steph sagte, damit Rae sich besser fühlte, beide wussten, dass dies wahrscheinlich der große Durchbruch war, auf den Steph gehofft hatte. Rae hatte erwartet, dass Steph diese einmalige Chance mit beiden Händen ergreifen würde. Ein Teil von ihr hatte die ganze Zeit darauf gewartet, dass Steph sich für ihre Comedykarriere und gegen sie entscheiden würde. Womöglich hatte sie den Glauben noch nicht ganz überwunden, sie würde es nicht verdienen, glücklich zu sein. Doch Steph glaubte, sie hätte es verdient, und sie war sogar bereit, dafür ihren Traum zu opfern.

Eine Welle der Liebe und Dankbarkeit überkam Rae und spülte ihre Ängste davon. Ihre Kehle fühlte sich rau an, als sie sagte: »Ich will, dass du auftrittst. Samt der Mitbewohnerinnenwitze. Entweder in ihrer ursprünglichen Fassung oder überarbeitet. Das spielt keine Rolle.«

»Was? Natürlich spielt das eine Rolle! Ich habe dir versprochen, dich nie wieder für mein Programm zu benutzen.«

»Das war vorher. Inzwischen bin ich nicht mehr nur deine Mitbewohnerin, also sind die Gags genau genommen nicht über mich.« Rae ließ ihre Hand auf Stephs Hüfte gleiten und drückte sie behutsam. »Sag zu.«

Stephs Gesichtsausdruck wirkte gequält. »Das würde ich unheimlich gern tun. Aber ich will auch unbedingt vermeiden, dir wehzutun, indem ich unschöne Erinnerungen an deine Kindheit wecke.«

Jedes Wort fühlte sich wie eine heilende Liebkosung von Raes mitgenommenem Herzen an und ließ ihre Entschlossenheit wachsen, nicht zuzulassen, dass

Steph ihren Traum für sie aufgab. »Es war nicht nur meine Kindheit. Ich beginne langsam zu verstehen, dass diese Witze vor allem deshalb so wehtaten, weil sie mich an Mikes Tod erinnert haben.«

Steph wurde blass. »Darüber würde ich niemals Witze machen! Niemals!«

»Ich weiß. Es geht gar nicht um dich. Es geht um die Presse. Nach dem Schusswechsel war ich wochenlang ständig in den Nachrichten. Immer wieder brachten sie alles zur Sprache, was ich verloren hatte: mein Auge, meinen Job, Mike. Sie haben alles öffentlich gemacht und mich entblößt, als ich mich am verletzlichsten fühlte. Aber das Schlimmste war, dass sie mich zur Heldin machten, und dadurch fühlte ich mich noch schlechter, weil ich dachte, ich sei an Mikes Tod schuld.«

»Das bist du nicht«, sagte Steph nachdrücklich.

»Das verstehe ich jetzt. Und deshalb glaube ich, dass es für mich in Ordnung wäre, wenn du die Mitbewohnerinnenwitze bringst. Mental bin ich jetzt in einer ganz anderen Lage als noch vor zwei Monaten. Ich fühle mich nicht mehr so am Boden zerstört und ausgeliefert. Du hast mir beigebracht, dass ich keine Angst davor haben muss, bloßgestellt zu werden, und dass ich mich nicht schämen muss. Nicht wegen meines Auges und nicht für mein Handeln am Tag des Schusswechsels. Ich kann mit ein paar Witzen umgehen, genau wie deine Familie.«

»Rae …« Stephs Stimme war voller Emotionen. »Das kann ich nicht von dir verlangen.«

Rae streichelte ihre Wange mit den Fingerspitzen. »Du verlangst es nicht. Ich biete es an. Ich vertraue dir. Ich weiß, du wirst einen Weg finden, diese Dinge auf eine Weise zu erzählen, die authentisch ist und mich dennoch nicht verletzen wird.«

»Das werde ich.« Es klang wie ein feierlicher Eid. »Aber bevor wir diese Entscheidung treffen, sollten wir das wirklich durchdenken.«

»Was gibt es da groß zu überlegen? Du willst doch als Komikerin Karriere machen, oder nicht?«

»Natürlich will ich das. Aber ich will dich genauso sehr. Ich will uns. Und wenn ich in der *Tonight Show* auftrete und man auf mich aufmerksam wird, werde ich vermutlich durchs ganze Land reisen müssen. Vielleicht sogar weltweit touren.« Steph hob den Blick zu Rae. Verzweiflung stand ihr ins Gesicht geschrieben. »Ich müsste dich zurücklassen.«

Allein das Wort *zurücklassen* verursachte Rae Übelkeit. Ihr kaum verheiltes Herz fühlte sich an, als würde es in eine Million Stücke zerspringen, wenn eine weitere Person sie verlassen würde, insbesondere, wenn diese Person Steph wäre.

»Es sei denn …« Hoffnung schwang in Stephs Stimme mit. »Ich denke jetzt ganz weit voraus, aber falls ich wirklich berühmt werde, bräuchte ich dann nicht einen Leibwächter? Und ehrlich gesagt gibt es nur eine einzige Person, die ich über meinen Leib wachen lassen würde.« Ein Hauch von Verspieltheit kräuselte Stephs Lippen.

Rae küsste sie sanft. »Und du weißt, dass ich diesen wunderschönen Leib mit meinem Leben beschützen würde, aber ich glaube kaum, dass das die Lösung ist. Es gibt einen Grund, warum ich meinen Job als Polizistin aufgeben musste. Ich sehe auf einem Auge nichts und das würde dich in Gefahr bringen, wenn ich dein Bodyguard wäre. Das werde ich nicht riskieren.«

Steph seufzte und legte die Arme fester um Rae, als wollte sie niemals wieder loslassen.

»Aber vielleicht geht der Gedanke in die richtige Richtung. Wenn ich einen Weg finden könnte, meinen Lebensunterhalt zu verdienen, während ich mit dir durchs Land reise …« Rae spielte mit einer von Stephs Haarsträhnen.

Eine Zeit lang klammerten sie sich aneinander und versuchten, sich etwas einfallen zu lassen.

»Was wäre, wenn du …?«

»Was wäre, wenn ich …?«

Sie sprachen zur gleichen Zeit, hielten inne und lachten.

Steph bedeutete ihr, zuerst ihren Vorschlag zu unterbreiten.

»In Burbank gibt es eine Firma, die Sicherheitspersonal ausbildet. Die suchen ständig nach Ausbildern. Sie haben Zweigstellen in mehreren Bundesstaaten und einige Teile der Ausbildung werden online absolviert. Vielleicht könnte ich freiberuflich für sie tätig werden.«

Steph musterte sie. »Wäre das etwas, das dich interessiert?«

Rae nickte. »Damals im Oktober, als ich im Club anfing, war ich noch nicht bereit, die Verantwortung zu übernehmen, andere zu unterrichten.« Ihr Brustkorb hob und senkte sich unter einem tiefen Atemzug. »Aber jetzt bin ich es. Ich weiß nur nicht, ob sie genug Arbeit für mich hätten, damit ich davon leben kann. Anfangs womöglich nicht.«

»Na ja, wenn du freiberuflich tätig bist, könntest du nebenher noch andere Dinge tun.«

»Zum Beispiel?«

»Lana wird mit Grace Durand zusammenarbeiten, die vor Kurzem ihre eigene Produktionsfirma gegründet hat. Und da Lana jetzt auch zum Team Rae gehört, wäre sie sicher gern bereit, dich zu empfehlen.«

Ein tiefes Lachen entfuhr Rae. »Tut mir leid, wenn ich dir deine Illusionen rauben muss, aber ich glaube nicht, dass ich dem Schönheitsideal von Hollywood entspreche.«

»Ach, was wissen die schon?« Steph umfasste Raes Gesicht mit beiden Händen. »Du bist unglaublich schön. Aber ich wollte eigentlich nicht vorschlagen, dass du Karriere als Filmstar machst. Ich weiß, dass Produzenten immer auf der Suche nach Leuten mit Erfahrung im Polizeidienst sind. Vielleicht könntest du als Beraterin an Filmsets arbeiten und ich könnte versuchen, in der Nähe von deinen Drehorten aufzutreten.«

Rae wäre niemals auf eine solche Idee gekommen, aber es klang auf jeden Fall sehr interessant. Vielleicht konnte sie ein bisschen von beidem machen. »Das klingt großartig. Gott, ich liebe dich.«

»Ich liebe dich auch.«

Ihre verbliebene Anspannung wich aus Raes Muskeln, als ihre Lippen sich zu einem langen, zärtlichen Kuss trafen.

Etliche Minuten später wich Steph sanft ein Stück zurück. Ihre Nase vibrierte wie die eines Hundes, der eine Fährte aufnahm. »Rieche ich da Kaffee und Toast?«

Rae lachte. »Du denkst immer nur an das eine.«

Steph hatte ihre Hände unter Raes T-Shirt geschoben, während sie sich küssten, und jetzt fuhr sie leicht mit den Fingernägeln über ihren Rücken. »Du hast ja keine Ahnung.«

Rae erschauderte. »Du könntest es mir wieder in Erinnerung rufen.«

»Das werde ich auch«, sagte Steph, nun wieder mit ihrem gewohnten Selbstvertrauen. »Nachdem ich etwas gegessen und einen Kaffee getrunken habe.«

Lachend nahm Rae das Tablett und folgte Steph zurück ins Bett.

Epilog

Rae setzte die Schwimmbrille auf und betrachtete sich im Spiegel des Gästebadezimmers der Renshaws. Der Rand der Brille drückte ihr linkes unteres Lid ein wenig herunter, wodurch der Unterschied zwischen ihren Augen betont wurde. Langsam drehte sie sich zu Steph um, die sich gegen die geschlossene Badezimmertür lehnte und sie beobachtete. »Was meinst du?«

»Heiß.« Steph grinste und machte ein Geräusch, als würde sie ein Streichholz anzünden. Ihr Blick glitt über Raes Körper. »Du siehst total heiß aus.«

Rae musste lachen und ein Teil ihrer Anspannung ließ nach. »Du auch.« Der Anblick von Steph in ihrem schwarzen Bikini, der an der Hüfte hoch ausgeschnitten war und ihre langen Beine betonte, ließ sie wünschen, sie wären zu Hause geblieben, anstatt den Tag mit Stephs Familie zu verbringen. In den vergangenen zwei Monaten hatten sie nicht viel Zeit in ihrer Wohnung verbracht. Seit Steph in der *Tonight Show* aufgetreten war, hatten mehrere der großen Clubs in New York sie gebucht, während Rae dort zukünftige Sicherheitskräfte ausgebildet hatte. Jetzt waren sie wieder in L.A., wo Steph beim Comedyfestival und im Improv, im Comedy Store und in der Fun Zone auftreten und Rae am Set von *Central Precinct* arbeiten würde. »Aber ich habe nicht den Badeanzug gemeint. Ich rede von meinem Auge.«

»Das ist ein Teil von dir, also ist es ebenfalls heiß.« Steph stieß sich von der Tür ab, kam zu ihr und schlang die Arme um sie.

Ihre warme Haut ließ Rae sofort an weit angenehmere Dinge denken als an ihr Auge.

Steph beschrieb mit einer Hand gemächlich Kreise zwischen Raes Schulterblättern. »Selbst wenn die Prothese herausrutscht, was ich nicht glaube, wird dich niemand anstarren. Das verspreche ich. Aber wenn du dich dann wohler fühlst, kann ich meiner Familie auch sagen, dass sie Leine ziehen sollen, während wir den Pool benutzen.«

Rae schüttelte den Kopf. »Danke. Aber ich glaube, ich schaffe das schon.« Eigentlich fühlte sie sich schon seit Monaten so weit, wieder in den Pool zu steigen, aber seither war viel passiert. Erst hatte Steph sich auf die *Tonight Show* vorbereitet, dann war der Jahrestag von Mikes Tod gewesen, sie hatten Stephs Geburtstag gefeiert und Rae hatte einen neuen Job begonnen, deshalb hatte sie es bisher noch nicht einmal in ein Schwimmbecken geschafft.

»Ich weiß, dass du es schaffst.« Steph drückte sie sanft und trat dann zurück. »Dann mal los. Ich kann's kaum erwarten, dich schwimmen zu sehen.«

»So interessant ist das auch wieder nicht. Das kann man nicht damit vergleichen, dich in der *Tonight Show* und in den großen Clubs auftreten zu sehen.« Rae platzte noch immer fast vor Stolz.

»Da bin ich anderer Meinung. Dir zuzusehen, wie du geschmeidig durchs Wasser gleitest und deine sexy Muskeln spielen lässt, das ist sogar sehr interessant.« Steph stieß ein kehliges Knurren aus. »Vielleicht sollte ich meiner Familie wirklich sagen, sie sollen bitte ins Haus gehen. Sie können den Pool dann im August zurückhaben, wenn wir beide wieder unterwegs sind.«

Rae lachte. »Nein, schon okay.« Sie wusste, dass es nicht nur darum ging, wieder in den Pool zu steigen. Wichtiger war, ihre Angst davor zu überwinden, ihre Prothese könnte herausrutschen, sodass jeder ihre Augenhöhle sehen konnte. »Sie sind deine Familie und das bedeutet, sie gehören auch zum Team Rae, richtig?«

»Richtig.«

Hand in Hand gingen sie durchs Haus und hinaus auf die Terrasse. Es stand kein Wölkchen am Himmel und der graue Dunst, der so typisch für den Monat Mai war, hatte sich längst aufgelöst. Raes Frösteln konnte also nichts mit den Temperaturen zu tun haben.

Stephs Eltern saßen unter der Pergola am Pool und unterhielten sich mit Claire und Lana, die kürzlich braungebrannt und glücklich lächelnd aus den Flitterwochen zurückgekehrt waren. Nun kuschelten sie sich auf einer der breiten Poolliegen aneinander.

Als Steph und Rae nach draußen traten, sahen alle auf und taten auffällig beiläufig. Steph musste ihnen befohlen haben, Rae bloß nicht anzustarren, egal, was passierte.

Alle außer Lana hielten sich daran. Stephs Schwägerin ließ ihren Blick mit einem spielerischen Grinsen über Raes Körper gleiten. »Heiß.«

»Hey!«, sagten Steph und ihre Schwester zeitgleich.

Claire stieß ihre Frau mit der Schulter an, doch Rae wusste, dass sie Lana nur neckte und nicht eifersüchtig war.

»Was denn?«, sagte Lana. »Nur weil ich glücklich verheiratet bin, heißt das nicht, dass ich eine gut aussehende Frau im Badeanzug nicht zu schätzen weiß.«

»Was für ein glücklicher Zufall. Schau, was ich anhabe.« Claire deutete grinsend auf ihren Badeanzug.

»Oh, das habe ich schon längst bemerkt, glaub mir.« Lanas Blick war viel weniger verspielt und viel sinnlicher, als sie ihn über Claires Körper wandern ließ.

Steph stöhnte. »Mädels, euretwegen müssen Mama und Papa noch in Therapie, wenn ihr nicht damit aufhört.«

»Das musst du gerade sagen«, gab Claire zurück. »Du und Rae habt vorhin fünf Minuten gebraucht, um aus dem Auto zu steigen, weil ihr nicht aufhören konntet, euch zu küssen.«

Tatsächlich hatte Steph Rae Mut zugesprochen und sie dann geküsst, aber das brauchte Claire nicht zu wissen.

Steph zuckte mit den Schultern. »Komm, lass uns ins Wasser gehen.« Sie zog Rae hinter sich her. Am Beckenrand drehte sie sich zu Rae um und küsste sie sanft. »Bist du so weit?«

Rae nickte.

»Dann viel Spaß.« Anstatt die Stufen hinunterzugehen und ins Wasser zu waten, setzte sich Steph auf den Beckenrand und ließ ihre Beine ins Wasser baumeln.

Rae warf ihr durch die Gläser der Schwimmbrille hindurch einen fragenden Blick zu. »Kommst du nicht mit mir rein?«

»Nein. Ich würde ertrinken, weil ich zu sehr damit beschäftigt bin, dich anzugaffen.«

»Ich würde dich retten.«

»Ich komme gleich nach.« Steph beschattete ihre Augen mit einer Hand und schaute zu ihr auf. »Aber ich glaube, das musst du erst einmal allein machen.«

Sie hatte recht und Rae liebte sie wegen ihres intuitiven Verständnisses. Sie nickte und wandte sich dem Pool zu.

Die Sonne glitzerte auf dem türkisfarbenen Wasser. Es sah so einladend aus, dass Rae nicht mehr verstehen konnte, was sie an dieser Situation so bedrohlich gefunden hatte. Sie überprüfte ein letztes Mal den Sitz ihrer Schwimmbrille und zog das Gummiband fest. Ein letzter Blick zurück zu Steph, die ihr ermutigend zunickte, dann watete sie in den Pool.

Das Wasser empfing sie wie die Umarmung eines alten Freundes, den sie schon lange nicht mehr gesehen hatte.

Sie kraulte mit gleichmäßigen Zügen durchs Wasser. Ihr Körper fand rasch wieder den vertrauten Rhythmus und behielt ihn bei, bis sie nicht mehr über den richtigen Winkel ihrer Arme nachdenken musste.

Vier Armzüge, atmen. Vier Armzüge, atmen.

Als sie sich dem anderen Ende des Pools näherte, zögerte sie. Sollte sie eine Rollwende versuchen? Doch was, wenn sie sich zu stark abstieß, die Schwimmbrille verrutschte und die Prothese aus ihrem Auge glitt?

Und wenn schon, sagte sich Rae. Niemand hier würde sie weniger respektieren, nur weil er oder sie einen Blick auf ihre leere Augenhöhle warf.

Als sie noch eine Armlänge vom Beckenrand entfernt war, drückte sie ihr Kinn auf die Brust und leitete die Rolle mit einem Delfinbeinschlag ein. Beide Füße schlugen gegen die Fliesen und katapultierten sie vorwärts. *Ja!*

Es war nicht die eleganteste Rollwende aller Zeiten gewesen, aber sie hatte es geschafft und weder ihre Schwimmbrille noch die Prothese waren verrutscht.

Wasser spritzte auf, als sie schneller kraulte. Sie zog eine Bahn nach der anderen, bis ihre Muskeln brannten.

Als sie schließlich aufhörte und sich auf dem Rücken treibenließ, tauchte Stephs Kopf neben ihr aus dem Wasser auf. Ihr normalerweise zerzaustes Haar klebte an ihrem Kopf, was ihre hübschen Gesichtszüge betonte. »Wie war's? Die Schwimmbrille hat ausgesehen, als hätte sie ziemlich gut durchgehalten.«

Rae hob die Hand und berührte das Plexiglas über ihrem linken Auge. »Es lief prima. Während der letzten Bahnen habe ich ganz vergessen, mich darum zu sorgen.«

»Super. Ich hatte gehofft, dass das passieren würde. Du hast großartig ausgesehen. Erklär mir noch mal, warum du nicht an der Olympiade teilnimmst.«

Sie hatten nun das tiefe Ende des Beckens erreicht, weit weg von der Pergola und den Renshaws. Beide traten Wasser.

Rae drehte dem Beckenrand den Rücken zu, sodass sie Steph ansehen konnte. »Weil ich mein Leben genau so mag, wie es ist.«

Steph hielt sich links und rechts von Rae am Beckenrand fest und lehnte sich ihr entgegen, bis Rae selbst im Wasser ihre Körperwärme spürte. »Ach ja?«, flüsterte sie. Ihr Mund war nur wenige Zentimeter von Raes entfernt.

»Ja«, murmelte Rae heiser. Sie blickte von Stephs Lippen zur Pergola und zurück. »Deine Eltern werden wirklich eine Therapie brauchen, wenn wir nicht damit aufhören.«

Steph grinste sie verwegen an. »Na und? Sie kennen jede Menge fantastischer Therapeuten.«

»Hm, stimmt. Na, wenn das so ist …« Rae trat weiterhin Wasser, als sie die letzten Zentimeter zwischen ihnen überbrückte und Steph küsste. Sie beließ es bei einem kurzen, aber gefühlvollen Kuss. Es sollte ein Dankeschön und eine Liebeserklärung sein. Für Leidenschaft war später noch Zeit. Hoffentlich nicht allzu viel später.

Falls Ihnen dieses Buch gefallen hat, könnte Sie auch Jaes Roman *Alles nur gespielt* interessieren, in dem Stephs Schwester Claire Schauspielerin Lana anheuert, um mit ihr eine Beziehung vorzutäuschen. Doch obwohl die beiden nicht unterschiedlicher sein könnten, sind ihre Gefühle schon bald nicht mehr nur gespielt.

Ebenfalls im Ylva Verlag erschienen

www.ylva-verlag.de

Alles nur gespielt

Jae

ISBN: 978-3-96324-018-8
Umfang: 288 Seiten (102.000 Wörter)

Claire, eine Psychologin mit Hang zur Perfektion, bezahlt die impulsive Schauspielerin Lana, damit diese vorgibt, ihre Verlobte zu sein. Zwar treibt Lanas Unordnung sie in den Wahnsinn, aber schließlich ist es nur für zwei Monate. Auf keinen Fall wird sie die vorgetäuschten Küsse und die gespielt verliebten Blicke genießen …oder vielleicht doch?

Von wegen versprochen

G Benson

ISBN: 978-3-96324-141-3
Umfang: 400 Seiten (130.000 Wörter)

Die Krankenschwester Hayden Pérez stößt auf das Angebot, die komplizierte und unfreundliche Neurochirurgin Samantha Thomson für eine Vergütung von 200.000 Dollar zu heiraten. Sie muss bloß ein Jahr lang alle in ihrem Umfeld davon überzeugen, heillos in die frostige Samantha verliebt zu sein – was kann dabei schon schief gehen?

Liebe im Trinkgeld inbegriffen

Alison Grey

ISBN: 978-3-95533-459-8
Umfang: 334 Seiten (95.000 Wörter)

Sherry lebt mit ihrem Sohn in einem Trailerpark. Mit Aushilfsjobs versucht sie, sich über Wasser zu halten.

Madison hingegen führt ein sorgenfreies Leben als Partygirl – bis ihre reiche Großmutter sie zu enterben droht, falls Madison nicht endlich erwachsen wird.

Als Madison auf Kellnerin Sherry trifft, kommt ihr eine Idee, die beider Leben auf den Kopf stellen wird.

So schnell mein Herz schlägt

Cheyenne Blue

ISBN: 978-3-96324-369-1
Umfang: 260 Seiten (93.000 Wörter)

Nachdem ein Kind auf ihrer Farm verletzt wird, muss Nina Pellegrini den besten Anwalt finden, um ihr Zuhause zu retten. Die Anwältin Leigh Willoughby hat keine Zeit für kleine Fälle, die kein Geld einbringen. Doch es erweist sich als schwierig, die warmherzige Nina und ihre Tochter Phoebe abzuweisen. In was hat sie sich da bloß reingeritten?

Über Jae

Jae wuchs im Weingebiet Süddeutschlands auf. Schon als Kind war sie immer mit der Nase in einem Buch anzutreffen, was ihr den Spitznamen »Professor« einbrachte. Im Alter von elf Jahren begann sie dann mit dem Schreiben eigener Geschichten. Seit 2006 schreibt sie hauptsächlich auf Englisch.

Bis im Dezember 2013 arbeitete sie als Psychologin, gab dann aber ihren Beruf auf, um Vollzeitschriftstellerin und Teilzeitlektorin zu werden. In ihrer Freizeit liest sie nach wie vor gerne, frönt ihrem Eiscreme- und Schreibwarenfaible und schaut viel zu viele Krimiserien.

KONTAKT:

Webseite: www.jae-fiction.de
E-Mail: jae@jae-fiction.de

Bibliografische Information der Deutschen Bibliothek
Die Deutsche Bibliothek verzeichnet diese Publikation in der Deutschen Nationalbibliografie; detaillierte bibliografische Daten sind im Internet über www.dnb.de abrufbar.

1. Auflage
Taschenbuchausgabe September 2020 bei Ylva Verlag, e.Kfr.

ISBN: 978-3-96324-425-4

Dieser Titel ist auch als E-Book erschienen.

Korrektorat: Kati Krüger
Coverdesign: Streetlight Graphics

Kontakt:
Ylva Verlag, e.Kfr.
Inhaberin: Astrid Ohletz
Am Kirschgarten 2
65830 Kriftel
Tel: 06192/9615540
Fax: 06192/8076010
www.ylva-verlag.de
info@ylva-verlag.de
Amtsgericht Frankfurt am Main HRA 46713

Druck und Bindearbeiten
booksfactory
PRINT GROUP Sp. z o.o.
ul. Ks. Witolda 7-9
71-063 Szczecin
Poland
tel./fax 91 812-43-49
NIP/USt-IdNr.: PL8522520116